셜록 홈즈의 귀환

부클래식

012

셜록 홈즈의 귀환

아서 코난 도일

강의선 옮김

Arthur Conan Doyle

부북스

차 례

일러두기

-번역에 사용한 원본은 밴텀북스(Bantam Books)에서 간행한 ≪셜록 홈즈 전
집(Sherlock Holmes :The Complete Novels and Stories)≫이다.
-(원저자)표시가 없는 것은 옮긴이의 주이다.

빈집

윤군(允君)* 로널드 아데어가 극히 이상하고 이해하기 어려운 상황 속에서 살해되자, 온 런던사람들이 이목을 집중하고 사교계가 경악에 빠졌던 때는 1894년 봄이었다. 경찰은 이 사건을 기소할 증거가 너무도 강력해서, 또 모든 사실을 발표할 이유도 없었기에, 그 당시에 많은 부분을 공개하지 않았지만, 수사 과정에서 드러난 사실로 이미 일반 대중은 그 범죄 사건의 상세한 사항들을 알고 있었다. 이제, 거의 십 년 가까이 지나가서야, 나는 그 놀라운 사건 전체를 구성하는 데 빠진 고리를 끼울 수 있게 되었다. 사건은 그 자체로도 흥미로웠지만, 그 흥미는 상상조차 할 수 없었던 결말에 비하면 아무것도 아니었다. 그건 모험을 즐기는 내 생애에서 가장 충격적이고 놀라웠던 일이었다. 그 후 오랜 시간이 지나간 지금도 돌이켜 생각해 보면 전율이 느껴지고 내 마음을 온통 침몰시켰던 환희와 경악, 도무지 믿겨지지 않던 감정의 물결이 또다시 떠오른다. 내가 이따금 발표해온 한 특출한 인물의 사상과 활동에 대한 짧은 기록에 관심을 가져준 대중들에게 얘기하고자 하니, 내가 알고 있

---

* 다른 사람의 아들, 대개는 고위 관리의 아들을 높여 부르는 말. 윤옥(允玉), 영식(令息)으로도 부른다. 원문에 쓰인 말은 the Honourable. 영국에서는 백작 이하의 귀족 자녀나 고위직에 이 존칭을 붙인다.

던 사실을 말하지 않았다고 해서 비난하지 말기 바란다. 그 자신이 직접 단호하게 금지하지 않았다면 무엇보다도 이 일을 내 첫 번째 의무로 삼았을 것이기 때문이다. 금지가 풀린 것은 겨우 지난 달 3일이었다.

셜록 홈즈와 가깝게 지내며 나는 범죄 사건에 깊은 관심을 가지게 되었고, 그가 사라진 후에도 일반 대중에 알려진 갖가지 사건들을 주의 깊게 읽어보았다. 그리고 개인적인 흥미를 채우기 위한 일이지만 사건 해결에 그의 방식을 적용해 본 적도 몇 번 있었는데, 별다른 성과는 거두지 못했다. 하지만 로널드 아데어의 비극만큼 내게 큰 관심을 불러일으킨 사건은 없었다. 불특정 다수를 향한 의도적 살인이라는 결론에 이른 배심원의 평결을 읽으면서 나는 셜록 홈즈의 죽음이 이 사회에 얼마나 큰 손실을 가져왔는지 더욱 절실하게 느낄 수 있었다. 확신하건대, 이 이상한 사건에는 홈즈가 특별히 관심을 가질 만한 점이 있었고, 유럽 최고 범죄 전문가의 훈련된 관찰력과 기민한 정신이라면 경찰 수사에 도움이 되었을 테고, 어쩌면 그보다 훨씬 앞서 나갔을 것이다. 하루 종일 왕진을 다니며 나는 사건에 대해 고심해보았으나 만족할 만한 설명은 찾지 못했다. 지루한 이야기가 되겠지만, 일반에 알려진 심리 결과에 대해 요약하고자 한다.

윤군 로널드 아데어는 그 당시 오스트레일리아 식민지* 중 하나를 다스리던 총독, 메이누스 백작의 둘째 아들이었다. 아데어의 어머니는 백내장 수술을 받기위해 오스트레일리아에서 돌아왔고,

---

* 오스트레일리아는 1901년, 6개의 식민지가 연합하여 연방 국가를 구성하였다.

아들 로널드, 딸 힐다와 함께 파크 레인 427번지에서 살았다. 로널드 청년은 최상류층 사교계에 들어갔으며, 이제껏 알려진 바로는 적도 없었고 특별히 악덕도 없었다. 카스테어즈*의 에디스 우들리 양과 약혼을 하고, 몇 달 후 서로 합의하에 파혼을 했지만 그 때문에 어떤 깊은 감정이 남은 기색은 보이지 않았다. 왜냐하면 그 청년의 생활은 좁고 틀에 박힌 테두리 안에 머물러 있었고, 조용한 성격에 감정에 휩쓸리지 않는 천성을 지녔기 때문이었다. 그런데 1894년 3월 30일 밤 10시에서 11시 20분 사이에 가장 기묘하고 예기치 못한 방식으로, 이 태평스런 귀족 청년에게 죽음이 들이닥친 것이다.

로널드 아데어는 끊임없이 카드 게임을 즐겼지만 위험한 상태에 빠질 만큼은 절대 하지 않았다. 그는 볼드윈, 캐번디시, 바가텔 카드클럽의 회원이었다. 살해된 날에는 저녁 식사 후에 바가텔 클럽에서 휘스트** 게임을 했다. 그는 오후에도 그곳에서 게임을 했다. 같이 게임을 한 머레이 씨, 존 하디 경, 모런 대령의 증언에 의하면 그때도 휘스트 게임이었고, 승패는 막상막하였다. 아데어는 5파운드 정도 잃었는데, 그 이상은 아니었다. 그는 상당한 재산이 있기 때문에 그 정도 손실이 어떤 식으로든 영향을 끼칠 리가 없었다. 거의 매일 그 클럽이나 다른 클럽에 나가 카드 게임을 했지만, 신중한 성격이라 대개는 게임을 이기는 편이었다. 몇 주 전에는 모런 대

---

* Carstairs : 스코틀랜드 남부에 있는 지역.

** whist : 카드게임의 일종. 두 사람이 한 조가 되어, 2조가 서로 승부를 겨루는 게임.

령과 한 조가 되어 갓프리 밀너와 발모럴 경과 게임을 했는데, 앉은 자리에서 사백이십 파운드가 넘는 돈을 땄다는 증언도 있었다. 여기까지가 심리 결과 나온 그의 사망 전 근황이었다.

사건이 나던 날 저녁, 그는 클럽에서 정확히 열 시에 돌아왔다. 어머니와 여동생은 한 친척과 함께 저녁 시간을 보내고 있었다. 그가 대개 응접실로 사용하고 있는 3층 정면에 있는 방으로 들어가는 소리를 하녀가 들었다고 증언했다. 하녀가 그 방 난로에 불을 피웠었는데 연기가 나서 창문을 열어두었다고 했다. 11시 20분에 메이누스 부인과 여동생이 올라오기까지 그 방에선 아무 소리가 들리지 않았다. 부인은 잘 자라는 인사를 하기 위해 아들의 방에 들어가려 했던 것이다. 문은 안에서 잠겨있었으며, 소리를 지르고 문을 두드려도 응답이 없었다. 사람들의 도움을 받아 문을 강제로 열고 들어갔다. 그 불운한 청년은 탁자 옆에 쓰러진 채로 발견되었다. 그의 머리는 리볼버용 덤덤탄* 한 발에 맞아 끔찍하게 훼손된 상태였다. 하지만 방 안에선 어떤 총기도 나오지 않았다. 탁자 위에는 10파운드짜리 지폐 두 장이 있었고, 모두 합쳐 17파운드 10실링의 은화와 금화가 각기 작은 무더기로 쌓여 있었다. 클럽 친구들 이름 맞은편에 숫자가 적힌 종이도 한 장 놓여있던 것으로 볼 때, 그가 죽기 전까지 카드게임에서 딴 돈 혹은 잃은 돈을 계산하고 있었다고 추측해볼 수 있다.

---

* 목표물에 맞았을 때 더 큰 상처를 입힐 수 있도록 고안된 탄환. 19세기 후반 영국군이 식민지 인도의 내란 진압 목적으로 만들었는데, 탄두 끝부분에 홈이나 구멍을 내서 쉽게 부서지도록 했다. 1907년에 금지되었으나 한동안 계속 사용되었다.

면밀하게 이루어진 현장조사는 사건을 더욱 복잡하게 만들 뿐이었다. 우선, 그 청년이 왜 문을 안에서 잠가야 했는지 이유를 알 수 없었다. 살인범이 문을 잠그고 창문을 통해 도망갔을 가능성도 있다. 하지만 창문 높이가 20피트*가 넘고, 아래엔 활짝 핀 크로커스 꽃밭이 있었다. 꽃밭에든 땅에든 흐트러진 흔적이 전혀 보이지 않았고, 집과 도로 사이의 좁은 잔디밭 길에도 역시 아무런 자국이 남아있지 않았다. 그렇다면, 문을 잠근 사람은 그 청년임이 분명했다. 그런데 대체 그는 어떻게 죽은 걸까? 아무런 흔적을 남기지 않고 창문까지 기어 올라갈 수 있는 사람은 어느 누구도 없다. 창문을 통해 총을 쏜 것이라 가정해본다 해도, 권총을 가지고 치명적인 상처를 입힐 정도라면 놀라운 명사수가 틀림없을 것이다. 게다가 파크 레인은 사람들의 왕래가 많은 도로이고 그 집에서 백 야드**도 떨어지지 않은 곳에 마차 승강장이 있다. 총소리를 한 사람도 듣지 못했다. 하지만 죽은 사람이 있고, 윗부분을 연한 재질로 만든 탄환이 그렇듯이, 납작해진 리볼버용 탄환이 있다. 그리고 그로 인해 치명상을 입어 즉사한 것이 틀림없었다. 여기까지가 파크 레인 사건에 관한 여러 정황인데, 사건의 동기를 전혀 찾을 수가 없어 더욱 어려워졌다. 이미 말했듯이, 아데어 청년은 적이 없는 것으로 알려져 있고, 그 방에서 돈이나 값진 물건을 탈취하려한 흔적도 없었다.

모든 사실을 설명해낼 수 있는 가설과 가엾은 내 친구가 모

---

* 약 6m. 1 ft는 30.48cm

** 약 91m. 1 yard는 0.91m

든 조사의 출발점이라고 말한 최소 저항선을 찾느라 애쓰면서, 나는 하루 종일 이러한 사실들을 곰곰이 생각해보았다. 유감스럽게도 별다른 진전이 없었다. 저녁나절, 나는 공원'을 가로질러 산책을 했고, 6시쯤에는 파크 레인과 맞닿은 옥스퍼드 가(街) 끝에 도착했다. 그 길에서는 한가한 사람들이 무리지어 있었는데, 모두가 어느 집의 창문을 올려다보고 있어서 그곳이 내가 찾던 집이라는 걸 알 수 있었다. 색안경을 쓴 키가 크고 마른 사내가 자신의 가설을 얘기하고 있었고, 사람들은 주위에 둘러서서 그 얘기를 듣고 있었다. 내가 보기에 그 남자는 사복형사가 틀림없었다. 최대한 가까이 가서 들어봤지만, 터무니없는 의견일 뿐이라 나는 불쾌한 기분으로 물러섰다. 그때 내 뒤에 있던 허리가 구부정한 노인과 부딪쳤고, 그 노인이 들고 있던 책 몇 권이 바닥에 떨어졌다. 책을 주워들며 본 기억으로는, 그중 한 권의 제목이 《나무 숭배의 기원》이었다. 그게 직업이든 취미이든 간에 세상에 잘 알려지지 않은 도서를 수집하는 좀 가난한 애서가임이 틀림없었다. 나는 부딪친 것을 사과하려고 했지만, 내가 실수로 떨어뜨린 책이 그에겐 정말 귀중한 물건인 모양이었다. 노인은 으르렁거리듯 모욕적인 말을 내뱉으며 돌아섰고, 나는 그의 굽은 허리와 허연 구레나룻이 사람들 사이로 사라지는 것을 지켜볼 수밖에 없었다.

파크 레인 427번지를 살펴보았지만, 내가 관심을 가지고 있던 문제는 조금도 해결하지 못했다. 그 집과 도로 사이에는 낮은 담장과 울타리가 있었는데, 전체적인 높이는 5피트가 되지 않았다. 그

---

* 런던에 있는 하이드 파크(Hyde Park)를 말함.

렇기 때문에 누구든지 정원 안으로 들어가는 건 아주 쉬운 일이었다. 하지만 창문까지 올라가는 건 도저히 불가능했다. 배수관이든 다른 어떤 것이든 잡을 것이 없었기 때문에 아무리 운동을 잘하는 사람일지라도 올라갈 수 없었다. 나는 더욱 복잡해진 마음을 안고 켄싱턴으로 발걸음을 돌렸다. 서재에 들어 온지 채 오 분이되지 않았을 때, 하녀가 들어오더니 누군가 나를 만나러왔다고 전했다. 놀랍게도 찾아온 사람은 그 괴상한 고서 수집가 노인이었다. 예리하고 여윈 얼굴이 백발 사이로 보였고, 오른팔에는 소중하게 여기는 책을 끼고 있었는데 적어도 열두 권은 될 듯 했다.

"내가 찾아와서 놀란 모양이구려, 선생."

노인은 괴상한 쉰 목소리로 말했다.

나는 놀랐다고 인정했다.

"음, 나도 양심이 있는 사람이라오, 선생. 절뚝거리며 당신 뒤를 따라가다 이 집으로 들어가는 것을 우연히 보고서는 생각했소이다. 잠깐 들러 친절한 신사분을 뵙고 내가 좀 퉁명스럽게 굴었던 것은 나쁜 뜻이 있어서가 아니라는 말과, 책을 집어준 것에 대해 감사한다는 말을 전해야겠다고 말이오."

"별일 아니니 너무 괘념치 마십시오."

내가 말했다.

"저를 어떻게 아시는지 여쭤봐도 되겠습니까?"

"아, 실례일지는 모르겠지만, 선생과 이웃이라오. 처치 가(街) 모퉁이에 있는 작은 서점을 하고 있지요. 이렇게 만나 뵈니 정말 반갑소이다. 선생도 책을 수집하는 모양이구려. 여기 《영국 조류》와 《카툴루스》, 《성전(聖戰)》이 있는데, 모두 헐값에 드리지요. 다섯 권만 있으면 저 두 번째 책장의 빈 공간을 채울 수 있을 거요. 빈 곳이 좀 너저분해 보이지 않소?"

나는 뒤편의 책장을 보려고 고개를 돌렸다. 그리고 다시 돌아봤을 땐, 셜록 홈즈가 책상 앞에서 나를 보며 웃음 띤 얼굴로 서 있었다. 나는 경악하며 자리에서 벌떡 일어나, 한동안 그를 쳐다보았다. 그 다음엔 내 생애 처음이자 마지막으로 기절을 한 것 같다. 분명히 회색빛 안개가 눈앞에서 소용돌이치고 난 뒤, 정신 차리고 보니 내 칼라 끝이 풀어져있고 입술에서는 얼얼한 브랜디의 뒷맛이 느껴졌다. 홈즈는 휴대용 병을 손에 든 채 허리를 굽혀 의자에 앉은 나를 내려다보고 서 있었다.

"내 친구, 왓슨."

귀에 익은 목소리가 들려왔다.

"내가 백배 사과해야겠군. 자네가 이렇게 놀랄 줄은 정말 몰랐네."

나는 그의 두 팔을 움켜잡았다.

"홈즈!"

내가 소리쳤다.

"정말 자네가 맞나? 정말 자네가 살아있을 수 있단 말인가? 그 끔찍한 나락을 벗어나 올라온다는 것이 정말 가능한 일인가?"

"잠시만 기다리게."

---

* Gaius Valerius Catullus. 고대 로마의 서정시인. 서사시 〈펠레우스와 테티스의 결혼〉 등을 남겼다.

홈즈가 말했다.

"얘기할 수 있을 만큼 괜찮은 건가? 내가 쓸데없이 극적으로 나타나서 자네에게 심한 충격을 주고 말았군."

"난 괜찮네. 하지만 정말이지, 홈즈. 도무지 내 눈을 믿을 수가 없어. 세상에! 다른 사람도 아닌 자네가 내 책상 앞에 서 있다니."

나는 다시 그의 팔목을 붙잡았다. 옷소매 아래로 마르고 억센 팔이 느껴졌다.

"음, 어쨌거나 유령은 아니군."

내가 말했다.

"이보게. 자네를 보니 정말 미칠 듯이 기쁘다네. 이리 앉게나. 어떻게 그 끔찍한 절벽에서 살아날 수 있었는지 말해주게."

그는 내 앞에 마주 앉아서, 예전처럼 태평한 모습으로 담배에 불을 붙였다. 서적 판매상의 초라한 프록코트를 입고 있었지만, 분장도구로 쓰인 흰 수염과 오래된 책은 책상 위에 쌓아두고 있었다. 홈즈는 전보다 더 여위고 날카로워 보였는데, 독수리 같은 얼굴이 창백한 색을 띠고 있는 것으로 보아 최근 그의 생활이 별로 건강하지 못했다는 걸 알 수 있었다.

"몸을 쭉 펼 수 있으니 좋군, 왓슨."

그가 말했다.

"키 큰 사람이 신장을 일 피트*나 줄이고 몇 시간 동안 계속 지낸다는 건 정말 쉬운 일이 아니지. 자, 여보게 친구, 거기에 대해 설명하는 문제는 말이야, 내가 자네에게 협조를 구해도 된다면, 우리

---

* 약 30cm.

가 밤에 해야 할 어렵고 위험한 일이 있다네. 그러니, 설명을 모두 하는 것은 일이 끝난 뒤로 미루는 것이 나을 것 같아."

"나는 궁금해서 견딜 수가 없어. 당장이라도 들었으면 좋겠네."

"오늘밤 나와 함께 갈 텐가?"

"자네가 원한다면 언제라도, 어디라도 가겠네."

"정말 예전과 다름이 없군. 떠나기 전에 간단한 식사를 할 정도 시간은 있네. 자, 그러면 절벽 얘길 해볼까. 그곳을 빠져나오는 데 큰 어려움은 없었네. 이유는 아주 간단하지. 애초에 그 안으로 떨어지지 않았으니까."

"떨어지지 않았다고?"

"그렇네, 왓슨. 떨어지지 않았지. 자네에게 남긴 내 편지는 분명 진짜였어. 안전한 곳으로 가는 좁은 통로를 막아선, 사악한 모습의 고(故) 모리아티 교수를 보자 나는 내 생애가 끝에 다다랐다는 걸 조금도 의심하지 않았네. 그의 회색 눈에서 결연한 의지를 읽을 수 있었지. 모리아티 교수와 몇 마디를 주고받고 난 다음, 그의 친절한 배려로 나중에 자네가 받게 된 짧은 편지를 쓴 것일세. 나는 내 담뱃갑과 지팡이를 함께 놓아두고 좁은 통로를 따라 걸어갔고, 모리아티는 내 뒤를 따라왔네. 길이 끝난 지점에 이르자 나는 궁지에 처하고 말았지. 그는 무기를 꺼내들지 않았지만, 내게 달려들더니 긴 팔로 나를 감싸 안았네. 자신의 모든 것이 끝나버린 걸 알고 오직 내게 복수하려는 욕망만이 가득했지. 우리는 벼랑 끝에서 비틀거리며 엉켜있었어. 하지만 나는 일본 격투기라고도 하는 바리

츠를 좀 배웠지. 몇 번은 실제로 유용하게 쓰기도 했고 말이야. 나는 그의 팔에서 빠져나왔고, 그는 잠깐 동안 미친 듯이 끔찍한 비명을 지르며 두 팔을 허공에 휘저어댔어. 하지만 그런 노력에도 불구하고 중심을 잃고 밑으로 떨어졌지. 나는 절벽 가장자리에서 머리만 내밀고 그가 저 까마득한 아래로 떨어지는 걸 보았네. 바위에 한 번 부딪치고 튕겨져 나와 물속으로 첨벙 빠지더군."

홈즈가 담배 연기 사이로 전해주는 이야기를 나는 놀라움 속에서 듣고 있었다.

"하지만 발자국은!"

내가 소리쳤다.

"내가, 내 눈으로 직접 두 명이 길을 따라 걸어가고 돌아오지 않은 흔적을 보았네."

"그건 이렇게 된 거라네. 교수가 떨어지는 순간, 운명의 신이 내게 진정한 행운의 기회를 주었다는 생각이 번뜩 떠올랐지. 내 죽음을 바라는 사람이 모리아티만이 아니라는 걸 난 알고 있었네. 두목이 죽게 되면 나에 대한 복수심이 더욱 강해질 녀석들이 적어도 세 명은 있었어. 모두가 아주 위험한 인물들이지. 그중 한두 명은 분명 나를 잡을 수 있을 걸세. 그와 반대로, 만약 세상 사람들 모두가 내가 죽었다고 믿게 된다면 그들은 마음을 놓을 테고 곧 자신

---

* 원문에 쓰인 바리츠(baritsu)는 발티츠(bartitsu)를 의미한다. 발티츠는 신사들을 위한 종합격투기이다. 일본에서 3년간 있었던 영국인 엔지니어 Edward William Barton-Wright가 영국으로 돌아와, 일본 유술(柔術 : 유도의 전신)을 바탕으로 한 종합격투기를 만들어 소개했다. 1898-1902년 사이 영국에서 유행했으나, 그 후 관심이 시들해졌다.

을 드러내게 될 거야. 그러면 머지않아 그들을 제거할 수 있는 걸세. 그 다음에 내가 아직 이 땅에 살아있다는 것을 공표해도 되는 일이지. 이 모든 생각이 모리아티 교수가 라이헨바흐 폭포 바닥에 닿기도 전에 내 머릿속에서 빠르게 이루어졌네.

나는 일어나서 내 뒤쪽에 있는 암벽을 살펴보았지. 몇 달 후에 자네가 그 사건에 대해 쓴 생생한 이야기를 아주 흥미롭게 읽어보았는데, 그 벽을 수직선처럼 가파르다고 설명했더군. 글자 그대로는 아니었네. 작은 발판이 될 만한 것도 좀 있었고, 바위 턱도 있었어. 너무 높은 절벽이라 끝까지 올라간다는 것은 도저히 불가능했지. 아무런 흔적을 남기지 않고 축축한 길을 따라가는 것도 역시 불가능했고 말이야. 사실, 그와 비슷한 상황에서 몇 번 했던 것처럼 구두를 거꾸로 신고 갈 수도 있었지만, 세 명의 발자국이 한 방향으로 나있는 광경은 분명 속임수라고 의심 받을 수 있거든. 여러 가지를 고려할 때, 위험을 무릅쓰고 절벽을 오르는 것이 최선의 방법이었지. 그건 즐거운 일은 아니었네, 왓슨. 폭포가 저 아래에서 울부짖고 있었어. 나는 비현실적인 생각은 하지 않는 사람이지만, 저 깊은 심연으로부터 모리아티의 비명소리가 들려오는 것만 같았네. 한 번의 실수도 치명적인 것이었지. 붙잡았던 풀포기가 뽑혀져 나오고, 젖은 바위틈 안에 걸쳤던 발이 미끄러진 적도 몇 번 있었는데 그때마다 끝장이라는 생각이 들더군. 하지만 전력을 다해 올라간 끝에, 폭이 몇 피트 되고 부드러운 녹색 이끼로 덮인 바위 턱에 도달했다네. 거기서 몸을 감춘 채 아주 편안한 자세로 누울 수 있었지. 이보게, 왓슨. 자네와 같이 온 사람들이 안타깝고

비효율적인 방법으로 내 죽음의 정황을 조사하고 있을 때 나는 그곳에서 큰 대자로 누워있었다네.

결국, 자네는 당연하게도 완전히 어긋난 결론을 내린 후 호텔로 돌아갔고, 나는 혼자 남게 되었지. 나는 모험의 끝에 도달한 것이라 생각했는데, 예상하지 못한 일이 벌어졌네. 아직도 그때 놀랐던 것이 잊히지 않는군. 커다란 돌이 위에서부터 쿵하며 떨어져 내 옆을 스치더니, 길에 부딪쳤다가 튕겨져 절벽 아래로 내려갔네. 처음엔 우연히 일어난 일이라 생각했지만, 잠시 후 위쪽을 올려다보니 컴컴한 하늘을 배경으로 한 남자의 머리가 보였고, 또 다른 돌이 내가 누워있는 바위 턱 위에, 내 머리에서 일 피트 밖에 안 되는 곳에 떨어졌지. 물론, 그 의미는 명확했네. 모리아티는 혼자 온 것이 아니었어. 교수가 나를 공격하는 동안, 그와 한 패가—슬쩍 한 번만 봐도 얼마나 위험한 자인지 알 수 있는 한 패가—지켜보고 있던 것일세. 멀리, 보이지 않는 곳에 숨어서 동료의 죽음과 내가 탈출하는 장면을 보고 있던 거지. 그러다가 우회 길로 절벽 꼭대기에 올라가서 기다리며, 모리아티가 실패한 일을 자신이 끝내려고 한 것이라네.

이런 생각을 하는 데 그리 오랜 시간이 걸리지 않았네, 왓슨. 다시 올려다보니 무자비한 얼굴이 절벽 위에서 나를 내려다보고 있더군. 또 다른 돌이 떨어지리란 걸 깨달았네. 나는 길 쪽으로 기어 내려갔지. 냉정하고 침착하게 내려간 것은 아니었어. 그건 올라가는 것보다 백배는 더 어려운 일이었지. 하지만 바위 턱 모서리에 매달려 있는 동안 또 다른 돌이 내 옆을 쌩하며 스치고 지나가, 위험을 생각할 겨를이 없었다네. 반 쯤 내려오다 미끄러져 찢어지고 피가 나기는 했지만 신의 가호로 땅에 발을 디딜 수 있었지. 나는 어둠 속에 산을 넘어 10마일을 뛰어갔고, 일주일 후에는 플로렌스에 도착했네. 내게 무슨 일이 일어났는지 아는 사람은 세상에 한 명도 없다는 확신이 들더군.

오직 한 명, 내 형 마이크로프트 만이 비밀을 알고 있었네. 이보게, 왓슨. 자네한테는 정말 미안하네. 하지만 내가 죽었다고 알려지는 게 무엇보다 중요한 일이었고, 자네가 사실이라고 생각하지 않았다면 내 불행한 종말에 대해서 그토록 설득력 있는 이야기를 쓸 수 없었을 테니까. 지난 삼 년 동안 자네에게 편지를 쓰려고 몇 번이나 펜을 들었지만, 넘치는 우정으로 나를 아껴주는 자네가 무심코 비밀을 누설하게 될까봐 염려하는 마음에, 그때마다 그만 둘 수밖에 없었네. 그러한 이유로, 오늘 저녁 자네가 내 책을 떨어뜨렸을 때, 나는 위험한 상황에 처하게 되었기에 등을 돌리고 가버린 것일세. 자네가 놀라던가, 어떤 감정이라도 보였다면 내 정체가 드러나게 되어 아주 끔찍하고 돌이킬 수 없는 결과를 낳게 되었겠지. 마이크로프트 형에 대해서 말하자면, 내가 필요한 돈을 얻어야했기 때문에 비밀을 알릴 수밖에 없었네. 런던에서의 사건 처리 과정은 내가 바라던 대로 진행이 되지 않았지. 모리아티 일당 재판 결과 아주 위험한 조직원이며, 내게 커다란 원한을 품고 있는 두 사람이 풀려났기 때문일세. 그래서 나는 이 년 동안 티베트를 여행 다니며, 라싸'로 가서 즐거운 시간을 보냈고, 달라이라

---

* Lhassa : 티베트의 수도.

마*와 같이 며칠을 지내기도 했다네. 자네도 아마 노르웨이인 시게르손이 쓴 놀라운 여행기를 읽었을 테지만, 그게 자네 친구로부터 온 소식이라는 건 결코 알아차리지 못했을 걸세. 그 다음엔 페르시아를 지나 메카를 구경하고, 하르툼**으로 가서 칼리파***를 만났는데 짧지만 흥미로운 방문이었지. 그 결과는 외무부에 전달해주었네. 프랑스로 돌아온 후엔, 콜타르 유도체에 관한 연구를 하느라 몇 달을 보냈어. 프랑스 남부, 몽펠리에****에 있는 한 연구소였네. 만족할 만한 성과도 얻었고, 이제 런던에 남아있는 적은 오직 한 명뿐이라는 것도 알게 되었기에 돌아오려고 하던 중이었는데, 파크 레인의 놀라운 사건 소식에 서둘러 오게 된 걸세. 사건 자체에 관심이 끌리기도 했지만, 내 개인적으로도 더없는 기회라는 생각이 들었지. 곧장 런던으로 돌아온 나는 베이커 가를 찾아갔네. 허드슨 부인은 깜짝 놀라 발작을 일으킬 정도였다네. 마이크로프트 형이 내 방과 서류들을 예전과 똑같은 모습으로 잘 보존해주었더군. 이보게, 왓슨. 그래서 오늘 낮 두 시, 내 예전 방에서, 내 예전 안락의자에 앉아있노라니 내 오랜 친구 왓슨이 전처럼 옆에 앉아있는 걸 보는 것만이 내 유일한 소망이라네."

여기까지가 사월의 어느 날 저녁, 내가 들었던 놀라운 이야기

---

* 티베트의 최고 지도자. 살아있는 부처로 불린다. 홈즈가 방문했다는 시기에는 제13대 달라이라마, 툽텐 가쵸가 있었다. 현재 14대 달라이라마는 1950년에 취임한 텐진 가쵸이다.

** Khartoum : 수단의 수도.

*** 이슬람 제국의 최고 통치자. 칼리프(caliph). 칼리파(Khalifa)는 아랍어이다.

**** Montpellier : 프랑스 남부에 위치한 도시로, 생피에르 대성당, 베네딕트 수도원, 몽펠리에 대학 등이 유명하다.

였다. 결코 다시 보리라고는 생각하지 못했던, 큰 키에 마른 몸매, 날카롭고 열정적인 얼굴을 실제로 대하지 않았다면 절대 믿지 못했을 이야기였다. 내가 아내와 애절한 사별을 한 것도 어느 정도 들어서 알고 있었는데, 그의 말보다는 태도에 위로하는 마음이 나타나있었다.

"이보게, 왓슨. 슬픔을 이겨내는 가장 좋은 방법은 일을 하는 것이라네."

그가 말했다.

"오늘밤 우리가 같이 할 일이 하나 있는데, 성공적인 결과를 얻게 된다면 이 지구상에서 사는 한 남자의 삶이 정당한 의미가 있다는 것을 증명해 줄 걸세."

나는 좀 더 설명을 해달라고 간청해보았지만 소용이 없었다.

"아침이 오기 전까지 충분히 듣고, 보게 될 걸세."

그의 대답은 이랬다.

"지난 삼 년 동안 쌓인 이야기가 많이 있네. 아홉시 반까지는 시간이 충분하군. 그러면 빈 집으로 특별한 모험을 떠나기로 하세."

정말 예전으로 돌아간 기분이었다. 그 시간에 나는 이륜마차에 홈즈와 함께 앉아있었고, 주머니 안에는 리볼버 권총이, 가슴속에는 모험의 긴장감이 들어있었다. 홈즈는 냉정하고 단호한 표정으로 말이 없었다. 가로등 불빛이 그의 준엄한 모습을 비출 때, 눈썹을 찌푸리고 가는 입술을 굳게 다문 채 생각에 잠겨있는 얼굴이 보였다. 런던 범죄의 어두운 정글에서 우리가 사냥하려는 야생짐승이 누구인지는 모르지만, 최고 사냥꾼의 태도로 미루어볼 때 예사롭지 않은 모험이 되리라는 건 틀림없었다. 수도자 같은 암울한 얼굴에서 이따금 떠오르는 비웃는 듯한 미소는 우리가 찾는 사냥감에겐 그리 좋은 징조가 아니었다.

　베이커 가로 가는 길이라 생각했는데, 홈즈는 캐번디시 광장 한쪽 모퉁이에 마차를 세웠다. 그는 마차에서 내리며 좌우를 세심하게 살폈고, 미행을 당하지 않았다는 확신이 들 때까지 거리 모퉁이 구석구석을 최대한 신중히 둘러보았다. 걷는 길도 아주 특이한 경로였다. 홈즈는 런던 뒷골목에 대해서 훤히 꿰뚫고 있기 때문에, 마구간과 가축우리 사이의 그물처럼 연결된 길을 빠르고 확신에 찬 걸음으로 지나쳐갔는데, 나로서는 그런 길이 있다는 것조차 몰랐다. 마침내 우리는 낡고 음침한 집들이 늘어서 있는 작은 도로로 나왔는데, 그 길은 맨체스터 가와 브랜퍼드 가로 이어지는 곳이었다. 여기서 그는 재빠르게 좁은 길로 들어서더니 어떤 나무문을 지나 황량한 마당으로 들어갔고, 그 집의 뒷문을 열쇠로 열었다. 함께 안으로 들어간 뒤, 홈즈는 문을 닫았다.

　그 곳은 칠흑처럼 어두웠지만 빈 집이라는 건 분명했다. 카펫이 깔리지 않은 판자를 밟을 때마다 계속해서 삐걱 소리가 났고, 손을 뻗었을 때 닿은 벽에서는 벽지가 리본처럼 너덜거렸다. 홈즈는 차갑고 가는 손가락으로 내 손목을 감싸 쥔 채 나를 이끌며 기다란 현관을 따라 문 위로 먼지 가득한 부채꼴 채광창이 희미하게 보일 때까지 나아갔다. 홈즈는 갑자기 오른쪽으로 방향을 틀었고, 우리는 커다랗고 정사각형 모양의 빈 방에 들어섰다. 구석은 완전히 어두웠지만, 방 한가운데는 저 너머 거리에서 들어오는 불빛으로 인해 어렴풋하게나마 보였다. 하지만 가로등이 가까이 있지 않았고 창문은 먼지가 두텁게 앉아있었기 때문에 우리는 겨우 서로의 모습만을 구별할 수 있었다. 내 동료는 그의 손을 내 어깨에 올리며, 입을 귓가에 가까이 대고 속삭였다.

"여기가 어딘지 알겠나?"

"베이커 가가 분명하군."

나는 흐릿한 창 너머를 쳐다보며 말했다.

"맞아. 우리는 캠던 저택에 있네. 우리의 예전 하숙집 맞은편이지."

"그런데 왜 여기에?"

"저 아름다운 건물의 풍경이 아주 잘 보이기 때문이네. 이보게, 왓슨. 수고스럽겠지만 자네 모습이 드러나지 않도록 최대한 주의해서, 창문 가까이 다가가 우리가 예전에 쓰던 방을 살펴봐주겠나? 수많은 자네의 멋진 이야기가 시작된 곳 말이야. 떠나있던 삼 년 동안 자네를 놀래주는 내 능력이 완전히 사라진 건 아닌지 한 번 알아보기로 하세."

나는 살금살금 앞으로 나아가, 그 낯익은 창문을 건너다보았다. 그곳을 보자마자 나는 놀라 숨이 막혀 비명을 질렀다. 블라인드는 내려져있었고, 방 안에는 밝은 불이 켜져 있었다. 밝게 비친 창문에는 의자에 앉은 한 남자의 그림자가 검고 진하게 나타나 있었다. 고개를 든 자세, 가지런한 어깨, 날카로운 얼굴 형태로 보아 누구인지 분명했다. 그 얼굴은 옆모습을 보이고 있었는데, 우리의 할아버지 시대에 즐겨했던 검은 그림자놀이였다. 그건 완벽히 홈즈를 재현한 것이었다. 너무 놀란 나는 내 옆에 그가 있는지 확인하려고 손을 뻗었다. 홈즈는 몸을 들썩이며 소리 없이 웃고 있었다.

"어떤가?"

그가 말했다.

"세상에! 이건 도무지 믿을 수가 없네."

나는 소리쳤다.

"오랜 세월이 지나도 소멸하지 않고, 아무리 반복해도 진부해지지 않는 것이 나의 무한한 재능이지."

이렇게 말하는 그의 목소리에서 자신의 창조물을 대하는 예술가의 희열과 긍지가 느껴졌다.

"정말 나와 닮았지 않은가?"

"완전히 자네라도 해도 되겠네."

"오스카 뮈니에 씨가 만든 작품인데, 며칠이나 걸려 틀을 만들었지. 밀랍 흉상이야. 나머지는 오늘 오후에 베이커 가를 찾아갔을 때 설치해두었네."

"그런데 왜?"

"이보게, 왓슨. 거기엔 그럴만한 이유가 있어. 내가 실제로는 다른 곳에 있을 때도 내가 저곳에 있다고 믿게끔 해야 할 사람들이 있지."

"저 방이 감시당하고 있다고 생각하는 건가?"

"저들이 감시하고 있다는 걸 알았네."

"누가?"

"내 예전 적수일세, 왓슨. 두목이 라이헨바흐 폭포 안에 누워있는 멋진 집단이지. 자네는 기억해야하네. 저들만이, 오직 저들만이 내가 살아있다는 걸 알고 있네. 조만간 내가 집으로 돌아오리라 저들은 믿고 있었지. 내 방을 계속 지켜보고 있다가, 오늘 아침 내가 도착한 것을 보게 된 거야."

"어떻게 알았나?"

"창문 밖을 한번 내다보다가, 저들이 보낸 감시꾼이 있다는 것을 알아챘기 때문이네. 별 위험한 작자는 아니고, 이름은 파커인데 목 조르고 강도질을 업으로 삼고 있는데다 구금*을 아주 잘 연주하는 녀석이지. 이 친구에 대해선 별 신경 쓰지 않았어. 하지만 그 배후에 있는 훨씬 위험한 인물에 대해선 많은 신경이 쓰이더군. 모리아티의 막역한 친구이자, 절벽 위에서 내게 바위를 굴러 떨어뜨렸던 바로 그 녀석이지. 런던에서 가장 교활하고 위험한 범죄자라네. 오늘밤 나를 노리고 있는 자가 이 녀석일세. 왓슨. 하지만 우리가 그의 뒤를 노리고 있다는 건 전혀 생각하지 못하고 있지."

나는 차츰 내 친구의 계획을 파악할 수 있었다. 우리가 이 적절한 은신처에 있음으로 해서 감시자는 감시받게 되고, 추적자는 추적을 당하게 되는 것이다. 저쪽에 있는 야윈 그림자는 미끼였고, 우리는 사냥꾼이었다. 정적이 흐르는 어둠 속에 서서 우리는 바쁘게 오고가는 사람들의 모습을 지켜보았다. 홈즈는 아무 말도, 움직임도 없었다. 하지만 그가 날카롭게 신경을 세우고 있다는 것을, 지나가는 사람들에게 시선을 집중하고 있다는 것을 나는 알 수 있었

---

* 구금(口琴) : jew's harp. 입 안에 넣고 공명을 이용하여 소리를 내는 동시에 가운데 있는 얇은 기둥을 손으로 퉁기는 작은 악기.

다. 차갑고 사나운 밤이었다. 바람은 날카로운 휘파람 소리를 내며 긴 거리를 달려 내려갔다. 많은 사람들이 오고 갔는데, 대부분은 코트와 목도리로 몸을 감싸고 있었다. 한두 번은 이미 봤던 사람이 지나간 것도 같았다. 그러다 거리 저편에 있는 집 현관에서 바람을 피하고 있는 두 남자에게 유난히 눈길이 끌렸다. 그들 쪽으로 내 동료의 주의를 끌어보려 했지만, 조바심이 나는 듯 작게 탄식을 지를 뿐 거리에서 시선을 돌리지 않았다. 그는 초조하게 발을 구르고, 손가락으로 빠르게 벽을 두드리기도 두어 번 했다. 그의 마음이 점점 불안해지고, 계획이 바라던 대로 잘되어 가지 않는다는 증거였다. 마침내 밤은 깊어졌고 거리는 점차 한산해졌다. 홈즈는 마음의 동요를 억제하지 못하고 방 안을 왔다 갔다 했다. 무언가 그에게 말을 건네려, 불 켜진 창을 올려다봤을 때였다. 나는 아까와 거의 다를 바 없는 엄청난 충격을 받고 말았다. 홈즈의 팔을 부여잡고 위쪽을 가리켰다.

"저 그림자가 움직였네!"

내가 소리쳤다.

그림자는 이제 옆모습이 아니라 우리 쪽에 등을 돌린 뒷모습이 분명했다.

3년의 시간이 지났지만 그의 신랄한 태도와 자신보다 지성이 모자란 사람에게 인내심이 없는 면은 조금도 누그러지지 않았다.

"물론 움직이지."

그가 말했다.

"왓슨. 내가 그저 단순한 모형 하나 세워놓고 유럽에서 가장 교활한 자들이 속아 넘어가길 바랄 정도로 터무니없이 서툰 사람이란 말인가? 우리가 이 방에 두 시간 동안 있는 동안, 허드슨 부인이 저 흉상을 여덟 번 움직였어. 매 십오 분마다 말이야. 부인의 그림자가 보이지 않도록 앞쪽에서 일을 하고 있지. 아!"

홈즈는 갑자기 흥분하며 날카로운 소리로 숨을 삼켰다. 희미한 어둠 속에서, 그가 얼굴을 앞으로 내밀고 긴장한 상태로 모든 신경을 집중하고 있는 것을 볼 수 있었다. 바깥 거리는 텅 비어있었다. 그 두 남자는 여전히 현관 앞에 웅크리고 있는 것 같았지만, 눈에 보이지는 않았다. 한가운데에 검은 그림자가 있는 맞은 편 창문만이 노란 빛을 밝게 비추고 있을 뿐, 사방은 고요하고 어두웠다. 더없는 적막 속에서 또다시 희미한 소리가 들렸다. 홈즈가 흥분을 억누르려 입술을 다물고 내는 소리였다. 그러는 찰나 홈즈는 나를 뒤쪽으로 끌어당겨 방에서 가장 어두운 구석으로 데려갔고, 조심하라는 뜻으로 내 입술에 손을 가져다 댔다. 나를 붙잡은 그의 손가락은 떨리고 있었다. 내 친구가 이토록 흥분하는 것은 한 번도 본적이 없지만 어두운 거리는 여전히 텅 비어있고 아무런 움직임도 없었다.

그런데 불현듯 나는 홈즈가 날카로운 감각으로 이미 알아차린 것이 무엇인지 깨달았다. 베이커 가 쪽이 아닌, 우리가 몸을 숨기고 있는 바로 이 집의 뒤편에서 나직하고 숨죽인 소리가 들려오고 있었다. 문이 열리고 닫혔다. 곧이어 통로를 올라오는 발소리가, 소리를 내지 않으려고 애썼지만 텅 빈 집을 통해 거칠게 울려 퍼지는 발소리가 들렸다. 홈즈는 벽을 등지고 몸을 숙였다. 나 역시 권총 손잡이를 움켜쥔 채 그를 따랐다. 어둠 속을 지켜보니 사람의 형체가 나타났는데, 열려 있는 문 뒤의 어둠보다 더 짙은 검은 색이었다. 잠시 서 있더니, 몸을 웅크리고 위협하듯이 천천히 방 안으로 들어왔다. 이 불길한 형체는 우리 앞 3야드 거리까지 다가왔고, 나는 그가 덤벼들 때를 대비해 자세를 갖췄다. 그런데 우리가 있다는 걸 전혀 모르고 있었다. 그는 바로 우리 옆을 지나 창문으로 슬며시 다가가더니, 소리 나지 않게 조심하며 반 피트* 정도를 들어올렸다. 열린 틈으로 몸을 숙이자, 먼지 낀 창문의 어둑한 유리를 통하지 않은 거리의 불빛이 직접 그의 얼굴로 비춰졌다. 그 남자는 흥분해서 제정신이 아닌 것 같았다. 두 눈은 별처럼 빛나고, 얼굴은 경련을 일으키고 있었다. 가늘고 불쑥 솟아오른 코에, 앞이마가 많이 벗겨졌고, 회색빛 콧수염을 기른, 나이가 꽤 든 남자였다. 오페라해트**는 머리 뒤로 젖혀 썼고, 앞을 열어놓은 오버코트 사이로 셔츠가 어렴풋이 보였다. 몹시 여위고 거무스레한 얼굴에는 잔인해 보이는 주름이 깊게 패어있었다. 손에는 지팡이 같은 것을 들고 왔는데, 그것을 바닥에 내려놓자 철컹하며 쇳소리가 울렸다. 그리고는 오버코트 주머니에서 꽤 커다란 물건을 꺼내 바쁘게 무언가 작업을 하더니, 스프링이나 볼트가 제자리에 맞춰지는 것처럼 철컥 소리가 날카롭고 크게 들려왔다. 그는 한참동안 바닥에 무릎 꿇고 앞으로 몸을 숙인 채로 앉아, 온 힘을 다해 어떤 레버 같은 것

---

* 약 15cm. 1ft는 30.48cm.
** Opera Hat : 용수철 장치가 있어 납작하게 접을 수 있는 모자. 극장에서 공연을 관람할 때 쓴다.

을 당겼는데, 삐걱대는 소리가 소용돌이치듯 길게 퍼졌고, 마침내 일이 끝났는지 힘찬 철컥 소리가 다시 한 번 울렸다. 그리고서 몸을 일으켰을 때, 나는 그가 괴상하고 흉물스런 개머리판이 달린 총기를 손에 들고 있는 걸 보았다. 그는 약실을 열고 무언가를 그 안에 넣은 후 철컥하며 닫았다. 다음엔 웅크리고 앉아, 열린 창문 턱 위에 총열 끝을 올려놓았다. 그의 긴 콧수염은 총신에 늘어뜨려져 있었고, 그의 눈은 가늠쇠를 노려보며 빛났다. 개머리판을 어깨에 바짝 붙인 그는 가늠쇠의 끝에 놀라운 목표물, 노란 바탕을 배경으로 서 있는 검은 그림자를 조준하고서는 회심의 탄식을 내뱉었다. 잠시 동안 굳어버린 듯 아무런 움직임이 없었다. 그리고는 방아쇠에 손가락을 올려 잡아당겼다. 괴상하고 커다란 소리를 내며 총알이 날아갔고, 유리 깨지는 소리가 선명하게 울려 퍼졌다. 그 즉시 홈즈는 호랑이처럼 튀어나가 저격수의 등 뒤를 덮쳤고, 남자는 엎드린 자세로 바닥에 내던져졌다. 하지만 곧 일어나더니 맹렬한 기세로 홈즈의 멱살을 잡았다. 그때 내가 권총 개머리판으로 머리를 쳤고 남자는 다시 바닥에 쓰러졌다. 그 위를 내가 덮어 누르자 내 동료는 날카롭게 휘파람을 불어 신호를 했다. 도로에서 쿵쾅거리며 뛰는 소리가 들리더니 제복을 입은 경관 두 명과 평복을 입은 형사 한 명이 정면 입구를 통해 방 안으로 달려 들어왔다.

"레스트레이드, 당신이오?"

"그렇습니다. 홈즈 씨. 제가 직접 이 일을 맡았지요. 런던에서 다시 뵙게 되어 반갑습니다."

"당신께 비공식적인 도움이 좀 필요할 것 같더군요. 풀리지 않은 살인 사건이 일 년에 세 건이라니 그래선 안 되지요. 레스트레이드 씨. 그래도 모울시 사건은 평소보다 낫군요. 그러니까, 썩 잘 해결했다는 겁니다."

우리는 모두 서 있었고, 범인은 건장한 경관 둘에게 양팔을 잡힌 채로 거친 숨을 몰아쉬고 있었다. 벌써 거리에는 구경꾼들 몇 명이 모여들기 시작했다. 홈즈는 창가로 걸어가 창문을 닫고 블라인드를 내렸다. 레스트레이드는 양초 두 개를 꺼냈고 경관들은 등불의 덮개를 벗겼다. 그제야 우리가 잡은 범인을 제대로 볼 수 있었다.

우리 쪽을 향하고 있는 그 얼굴은 대단히 사내다웠지만 사악하기도 했다. 위로는 철학자의 이마, 아래로는 호색가의 턱을 지닌 그는 선과 악 어느 쪽일지라도 대단한 재능을 발휘할 것이 틀림없었다. 하지만 독기 있는 푸른 눈과 비꼬는 듯 늘어진 눈꺼풀, 흉포하고 호전적인 코, 주름이 깊게 파인 험악한 이마를 본다면 누구라도 조물주가 만들어놓은 명확한 위험 신호를 알아낼 수 있을 것이다. 그는 다른 사람은 신경도 쓰지 않은 채, 증오와 경악이 반씩 섞인 표정으로 홈즈의 얼굴을 쏘아보고 있었다.

"이 악마 같은 녀석!"

그는 계속해서 중얼거렸다.

"이 영악한, 영악한 악마 같은 놈!"

"아, 대령!"

홈즈가 구겨진 칼라를 바로 잡으며 말했다.

"〈여행은 연인들의 만남으로 끝난다〉라는 옛날 연극의 대사가 있지요. 내가 라이헨바흐 폭포 위 바위 턱에 누워 있을 때 각별한 호의를 베풀어주신 이후, 만나 뵙는 기쁨을 가지지 못한 것 같군요."

대령은 여전히 정신 나간 사람처럼 내 친구를 노려보았다.

"이 교활한, 교활한 악마!"

그는 이 말만을 계속해댔다.

"아직 소개해 드리지 못했군요."

홈즈가 말했다.

"이 신사 분은 세바스천 모런 대령입니다. 한때는 여왕폐하의 인도 주둔군으로, 동방 제국에서 가장 뛰어난 맹수 사냥꾼이었지요. 대령, 호랑이 사냥에서는 아직도 당신을 따를 자가 없다는 데, 내 말이 맞지요?"

흉포한 노인은 아무 말도 하지 않고, 내 동료를 쏘아볼 뿐이었다. 그의 사나운 눈과 곤두세운 콧수염은 놀랍게도 호랑이와 닮아 있었다.

"그리도 노련한 사냥꾼이 내가 만든 단순한 계략에 어떻게 넘어가게 된 건지 궁금하군요."

홈즈가 말했다.

"당신에게도 아주 친숙할 겁니다. 새끼염소를 나무 밑에 매어둔 다음 소총을 든 채 나무 위에 자리 잡고, 미끼에 끌려 호랑이가 오기를 기다린 적이 있겠지요? 이 빈 집이 나에겐 나무이고, 당신이 호랑이이지요. 당신도 호랑이가 몇 마리 더 있거나, 그럴 가능성은 별로 없지만 과녁이 빗나갈 때를 대비해서 예비로 다른 총을 준비했을 겁니다. 여기,"

홈즈는 주위를 가리켰다.

"내가 예비로 준비한 총입니다. 모든 게 호랑이 사냥과 그대로 들어맞지요."

모런 대령은 흥분해서 소리를 지르며 앞으로 달려들었지만, 두 경관이 그를 잡아 뒤로 끌어당겼다. 분노로 가득 찬 그의 얼굴은 보기에도 끔찍할 정도였다.

"솔직히 말하자면 조금 놀라운 점이 한 가지 있군요."

홈즈가 말했다.

"이 빈 집과 이 적절한 창문을 당신이 사용할 줄은 예상하지 못했습니다. 거리에서 일을 저지를 거라 생각하고 그곳에 내 친구 레스트레이드와 그의 부하들을 대기시켜 놓았지요. 그것만 제외하면, 모두가 내가 예상한 그대로 되었군요."

모런 대령은 레스트레이드 쪽으로 돌아섰다.

"나를 체포할 정당한 이유가 있는지 없는지 모르겠소. 하지만 적어도 이 인간의 조롱을 당해야할 이유는 없소. 내가 법에 따라 체포된 거라면, 법대로 처리해 주시오."

대령이 말했다.

"좋소. 그건 맞는 말이군."

레스트레이드가 말했다.

"홈즈 씨. 우리가 가기 전에 더 하실 말씀은 없습니까?"

홈즈는 바닥에 있던 그 강력한 공기총을 집어 들고, 작동원리를 살펴보았다.

"대단히 훌륭하고 독창적인 무기입니다."

그가 말했다.

"소음도 없이 가공할 만한 위력을 가지고 있지요. 죽은 모리아티 교수가 독일의 맹인 기술자 폰 헤르더에게 제작을 의뢰한 것입니다. 수년 간 이 총이 존재한다는 것을 알고 있었지만 직접 만져볼 기회는 없었지요. 레스트레이드, 특별히 주의를 기울여 보관해 주길 바랍니다. 여기 이 총에 맞는 총알도 있습니다."

"우리가 잘 맡아두도록 하겠습니다. 홈즈 씨."

레스트레이드는 일행과 함께 문 쪽으로 향하며 말했다.

"더 하실 말씀이 있습니까?"

"무슨 혐의로 기소할 작정인가요?"

"무슨 혐의냐고요? 그야 물론 셜록 홈즈 씨를 고의적으로 살해하려한 혐의이지요."

"그건 아닙니다. 레스트레이드. 이 사건에서 나는 전혀 이름을 드러내고 싶지 않군요. 훌륭하게 범인을 체포한 공로는 당신에게, 오직 당신에게 있습니다. 레스트레이드, 축하합니다! 언제나처럼 교묘하고 대담한 활동으로 범인을 잡았군요."

"잡았다구요? 누굴 잡았다는 겁니까, 홈즈 씨?"

"경찰이 전력을 다해 잡으려 애썼지만 실패한 바로 그 남자. 지난 달 13일 파크 레인 427번지 앞 건물 3층의 열린 창을 통해서, 공기총으로 리볼버용 덤덤탄을 발사해 윤군 로널드 아데어를 저격한 세바스천 모런 대령이지요. 레스트레이드, 혐의는 이것입니다. 자, 이제 왓슨. 깨진 창에서 찬바람이 들어오긴 할 테지만 30분 정도 내 서재에 앉아 담배를 피우는 것도 유익하고 재미있는 시간이 될 것 같군."

우리가 지냈던 방은 마이크로프트 홈즈가 관리를 했고 허드슨 부인이 가까이에서 보살폈기 때문에 예전과 다름이 없었다. 방에 들어서니, 정말이지 보기 드물게 깔끔해졌을 뿐, 모든 게 전과 똑같은 자리에 그대로였다. 화학 실험을 하던 자리와 산(酸)에 부식이 된 전나무 탁자도 있었다. 선반에는 위험스런 인물이 담긴 스크랩북과 참고 서적이 한 줄로 늘어서 있었다. 런던 시민 중에서도 이 책을 불살라버리고 싶어 할 사람들이 꽤 많이 있을 것이다. 주위를 둘러보니, 도표, 바이올린 케이스, 파이프 걸이, 심지어 담배를 넣어두는 페르시안 슬리퍼까지 눈에 들어왔다. 방에는 두 사람이 있었는데, 한 사람은 우리 둘이 방 안에 들어설 때 환한 미소를 보여준 허드슨 부인이었고, 또 한 사람은 오늘 저녁의 모험에서 중요한 역할을 했던 낯선 인형이었다. 그것은 내 친구를 본떠 만든 밀랍인형으로 경탄할 정도로 완벽하게 실물과 닮아 있었다. 홈즈의 낡은 실내복을 두르고 작은 주춧대 위에 놓여 있었기 때문에 거리 쪽에서 보면 완전히 착각할 수밖에 없었다.

"모든 주의사항을 지키셨겠지요, 허드슨 부인?"

"말씀하신 대로 무릎걸음으로 다녔답니다."

"잘 하셨습니다. 일을 아주 훌륭히 하셨어요. 총알이 어디에 맞았는지 보셨습니까?"

"그럼요. 멋진 흉상을 망가뜨리고 말았지요. 제대로 머리를 뚫고 나가, 벽에 부딪쳐 납작하게 되었더군요. 카펫에 떨어진 걸 내가 주웠지요. 여기 있어요."

홈즈는 그걸 받아 내게 보여주었다.

"왓슨, 자네도 보다시피 끝이 물렁한 리볼버 총알일세. 천재적이지. 누가 공기총으로 이걸 쐈다고 상상이나 하겠는가? 아, 허드슨 부인. 도와주셔서 정말 감사합니다. 자, 이제 왓슨. 자네가 예전 의자에 다시 앉아있는 걸 보고 싶군. 자네와 얘기하고 싶은 것이 몇 가지 있다네."

초라한 프록코트를 벗어던지고 인형에 둘러놓았던 쥐색 실내복 걸치고 나니, 그는 이제 예전 홈즈의 모습으로 돌아왔다.

"늙은 사냥꾼이 여전히 튼튼한 신경을 가지고 있는 데다, 시력도 날카롭군."

그는 흉상의 부서진 이마를 살피더니 웃으며 말했다.

"머리 뒷부분 한가운데를 수직으로 관통해 뇌를 부수며 나갔네. 인도에서 최고의 사수였는데, 내가 알기론 런던에서도 그보다 나은 사람은 거의 없을 걸세. 그 이름을 들어본 적이 있나?"

"아니, 들어보지 못했네."

"음, 그래. 명성이란 게 그런 거지! 그런데, 내 기억이 맞는다면 금세기 최고의 두뇌 중 하나인 제임스 모리아티 교수의 이름도 들어본 적이 없다고 했었지? 선반에서 내 인명 색인을 좀 내려주게."

그는 의자에 등을 기댄 채, 시가 연기로 커다란 구름을 불어내며 느릿느릿 책장을 넘겼다.

"M자 항목은 훌륭하지."

그가 말했다.

"모리아티 하나 만으로도 전체를 빛나게 하기에 충분하거든. 그리고 여기에 독살자 모건, 지긋지긋한 기억을 남긴 메리듀, 채링 크로스 대합실에서 내 왼쪽 송곳니를 부러뜨린 매튜, 그리고 드디어, 오늘밤 우리의 친구가 여기 나타났군."

홈즈가 책을 건네주었고 나는 그걸 읽어보았다.

모런, 세바스천, 대령. 직업 없음. 전직 뱅갈로 제1공병대 소속. 1840년 런던 출생. 페르시아 공사를 지냈고, 3등 훈장을 받은 오거스터스 모런 경의 아들. 이튼 학교 및 옥스퍼드 대학에서 수학. 조워키 전투, 아프가니스탄 전투, 챠라시아브(파견), 셰르푸르, 카불 등에서 복무. 《서부 히말라야의 맹수 사냥(1881)》, 《정글에서의 3개월(1884)》의 저자. 주소 : 컨듀잇 가. 클럽 : 앵글로 인디언, 탱커빌, 바가텔 카드 클럽.

여백 부분에는 홈즈의 꼼꼼한 글씨로 이렇게 적혀있었다.

런던 제2의 위험인물.

"이건 놀라운 걸."
책을 돌려주며 내가 말했다.
"군인으로서 명예로운 경력이로군."
"맞네."
홈즈가 대답했다.

"어떤 시기에 이르기까진 제대로 살았지. 그는 언제나 강철 같은 성격의 소유자였어. 상처 입은 식인 호랑이를 쫓아 배수로를 기어 내려간 이야기는 인도에서 아직도 이야기 거리가 되고 있지. 왓슨. 어떤 높이까지는 잘 자라다가 갑자기 엉뚱하게 보기흉한 모양으로 성장하는 나무가 있다네. 사람도 이러한 경우를 종종 볼 수 있어. 개인은 성장하면서 그 조상이 살아온 모든 과정을 발현하게 되는데, 선으로든 악으로든 급변하게 되는 건 혈통으로부터 강한 영향을 받기 때문이라는 것이 내 지론일세. 말하자면, 개인은 그 가족사의 축약본이라고 할 수 있지."

"그건 좀 허황된 얘기 같은 걸."

"아, 굳이 내 주장을 내세울 생각은 없네. 어떤 이유건 간에, 모런 대령은 나쁜 길로 접어들기 시작했지. 크게 드러난 스캔들은 없었지만, 저지른 악행 때문에 인도에서는 더 이상 있을 수가 없었던 거야. 그래서 퇴역 후 런던으로 돌아오기는 했지만, 또다시 악명을 떨치게 되었지. 그때쯤 모리아티 교수가 그를 찾아냈고, 그로부터 한동안 교수의 참모 역할을 했네. 모리아티는 그에게 많은 돈을 주었지만, 평범한 범죄자들은 처리할 수 없는 아주 고단수의 일에만 한두 번 이용했을 뿐이지. 자네는 1887년, 로더의 스튜어트 부인 살인 사건을 기억하고 있을 걸세. 아닌가? 어쨌든, 그 사건의 배후에 모런이 있다고 나는 확신하네만 증명할 수가 없었지. 대령은 아주 영리하게 자신을 숨겼기 때문에, 모리아티 일당이 괴멸했을 때조차도 그의 죄를 밝혀낼 수 없었네. 내가 자네 집을 방문했던 날, 공기총을 두려워하며 덧문을 닫던 일을 기억하겠지? 자네는 내가 허황된 생각에 빠져있다고 믿었을 거야. 나는 이 놀라운 총이 존재한다는 것과 세계 최고의 명사수 중 하나가 나를 노리고 있다는 것을 알고 있었기에 내가 어떻게 해야 할지 정확히 파악하고 있었네. 우리가 스위스에 가자, 그는 모리아티와 함께 우릴 따라왔는데, 라이헨바흐 폭포의 바위 턱에 있을 때 끔찍한 오 분을 겪게 한 것도 이 자임이 틀림없네.

자네도 짐작하겠지만, 프랑스에 머무르는 동안 나는 그를 잡아넣을 기회를 찾기 위해 신문을 주의 깊게 읽었다네. 그가 자유롭게 런던을 활보하는 한, 내 목숨은 죽은 거나 다름없지. 밤낮으로 나를 그림자처럼 따라다닐 테고, 얼마 지나지 않아 기회를 잡을 테니까 말이야. 그럼 어떻게 할까? 그를 보자마자 총을 쏠 수도 없네. 그러면 내가 피고석에 서게 될 테니까. 치안판사에게 호소해 봐도 소용없지. 터무니없는 의심이라고 생각할 테니 이 문제에 개입할 리가 없어. 그래서 나는 아무 일도 할 수 없었지. 하지만 머지않아 그를 잡게 되리란 걸 알기에 범죄 관련기사를 주시했네. 그때 로널드 아데어 살인 사건이 터진 거야. 마침내 기회가 온 걸세. 누구라도 내가 아는 만큼 그에 대해 안다면, 모런 대령이 저지른 일이라고 확신하지 않을 수 있겠나? 대령은 그 청년과 카드 게임을 한 뒤에 클럽에서 집까지 뒤를 따라가, 열린 창문을 통해 총을 쏜 거야. 그건 의심의 여지가 없지. 그 총알만으로도 충분히 그를 교수대로 보낼 증거가 되네. 나는 곧장 돌아왔지. 감시꾼이 내가 온 것을 보고 즉각 대령에게 보고했을 걸세. 대령은 내 갑작스런 귀국이 자신의 범죄와 관련이 있다는 걸 파악하고, 아주 위급한 상황이라는 걸 깨닫게 된 거지. 나는 대령이 즉시 나를 제거하려는 시도를 할 것이며, 그 목적을 위해 자신이 가진 흉악한 무기를 이용하리라 생각했네. 그래서 창문에 멋진 표적을 놓아두고, 필요시를 대비해 경찰에 연락을 해두었지. 그나저나, 왓슨, 현관에 있던 경찰을 아주 정확하게 집어내더군. 아무튼 나는 관찰하기에 적당한 장소로 이곳을 선택했는데 대령이 공격하는 장소로 같은 곳을 고를 지는 전혀 생각지 못했다네. 자, 이보게 왓슨. 더 이상 설명할 것이 남아 있나?"

"있네."

내가 말했다.

"모런 대령이 윤군 로널드 아데어를 살해한 동기는 밝혀내지 못한 건가?"

"아! 이보게, 왓슨. 그건 추측의 영역이라 아무리 논리적인 정신을 지닌 사람도 오류를 범하게 된다네. 누구라도 현재의 증거를 바탕으로 자신의 가설을 만들 수 있을 테고, 자네의 가설도 나만큼이나 정확할 걸세."

"그럼 자네의 가설은 뭔가?"

"사실을 설명하는데 어려움은 없다고 보네. 모런 대령과 아데어 청년, 두 사람이 상당히 많은 돈을 땄다는 증언이 나왔지. 모런이 틀림없이 속임수를 쓴 거야. 나는 그걸 오래전부터 알고 있었네. 살해당하던 그날, 아데어는 모런이 속임수를 썼다는 것을 알아차리게 되었지. 대령을 은밀히 만나 이야기했고, 그가 자발적으로 클럽 회원을 탈퇴하고 다시는 카드 게임에 손대지 않을 것을 약속하지 않으면 폭로하겠다고 위협했을 거야. 아데어 같은 청년이 자신보다 훨씬 나이가 많고 잘 알려진 사람의 비리를 그 즉시 폭로해서 커다란 스캔들을 만들려고 하진 않았을 테니까. 아마도 내 말대로 행동했을 걸세. 부정한 카드게임으로 얻은 돈으로 생활하는 모런에게는 클럽에서 추방된다는 건 파멸을 의미했지. 그래서 아데어를 살해한 거야. 그 당시 아데어는 같은 편의 속임수로 얻은 이익을 가질 수 없었기에, 얼마나 많은 돈을 돌려줘야할 지 계산하고 있었네. 여자들이 갑자기 들어와서 이름을 쓰고 동전을 계산하는 것을 보고 무슨 일이냐 캐물을까봐 문을 잠갔던 거지. 이정도면 되겠나?"

"자네 말이 분명 맞을 것 같네."

"맞는지 틀리는지는 공판에서 밝혀지겠지. 어찌 되었던, 모런 대령은 더 이상 우리를 괴롭힐 수 없을 걸세. 폰 헤르더의 저 유명한 공기총은 런던 경찰청 전시관을 장식하게 될 거고, 셜록 홈즈는 자유롭게 흥미로운 문제들을 조사하는데 또다시 그의 생애를 바칠 수 있게 되었다네. 복잡한 런던 생활이 가져다주는 그토록 풍부한 선물을 말이야."

노우드의 건축업자

"범죄 전문가의 관점에서 보면,"

홈즈가 말했다.

"고(故) 모리아티 교수가 죽은 이후로 런던은 아주 재미없는 도시가 되었네."

"양식 있는 시민이라면 자네 의견에 동의할 사람이 거의 없을 것 같은데."

내가 대답했다.

"그건 그래. 이기적으로 생각해선 안 되겠지."

홈즈는 아침 식사를 마친 탁자에서 의자를 뒤로 물리고, 이렇게 말하며 웃어보였다.

"사회 전체로는 분명 이득이 되고, 직업을 잃고 실업자가 된 가련한 범죄 전문가를 제외한다면 아무도 손해 본 사람은 없으니까. 그자가 활동하던 때는 조간신문에 무한한 가능성이 널려있었지. 왓슨, 때로는 아주 작은 흔적, 희미한 징후뿐일지라도 나는 거기에 매우 사악한 두뇌가 있다는 걸 파악해내었다네. 거미줄 끝이 부드럽게 떨리는 것만 봐도, 음험한 거미 한 마리가 중앙에 잠복해 있다는 걸 알 수 있는 것처럼 말이지. 좀도둑질, 무자비한 폭행, 이유 없는 폭력, 열쇠를 쥐고 있는 사람, 이 모든 것을 하나로 연결해 전체를 파악한다네. 지능범죄 세계를 연구하는 과학도에겐 유럽에서 런던만큼 장점을 지닌 수도는 없었지. 그런데 지금은……"

자신이 커다란 기여를 한 일에 불만이 있다는 듯, 그는 우스꽝스런 몸짓으로 어깨를 들썩였다.

홈즈가 돌아온 지 몇 달이 지나갔고, 나는 그의 요청으로 의원을 팔고 베이커 가의 옛집에서 함께 지내던 그때였다. 버너라는 이름의 젊은 의사가 켄싱턴에 있던 내 작은 병원을 인수했는데, 놀랍게도 내가 제시해본 최고가격에 이견을 거의 제기하지 않았다. 몇 년이 지난 후, 버너가 홈즈의 먼 친척이며 실제 돈을 지불한 사람은 내 친구라는 것을 알고서야 그때 일이 이해가 갔다.

우리가 함께 보낸 몇 달 동안, 그가 말한 대로 사건이 하나도 없던 것은 아니었다. 내 노트들을 훑어보니 이 시기에 무릴로 전(前)의장의 문서사건, 우리 둘의 목숨을 내줄 뻔한 네덜란드 증기선 프리슬란트' 호의 충격적인 사건이 있었다. 그는 냉정하고 자존심이 강한 성격이어서, 대중의 갈채 같은 것은 늘 싫어했으며, 자기 자신이나 수사 방법, 성공담에 대해서는 더 이상 말하지 말라고 엄중한 어조로 내게 금지시켰다. 이미 설명한 바와 같이, 이 금지령이 해제된 것은 바로 조금 전이다.

홈즈는 이런 별난 불평을 제기한 후에, 등을 의자에 기대고 여유 있는 자세로 조간신문을 펼치는 순간, 엄청나게 큰 벨소리가 우리의 주의를 끌었고, 누군가 바깥에서 주먹으로 문을 두드리는 듯 쿵쿵 소리가 그 뒤를 이었다. 문이 열리자마자 누군가 소란스러운

---

* Friesland : 네덜란드 북부에 있는 주의 이름.

발걸음으로 현관에 뛰어들더니, 쿵쾅거리며 빠르게 계단을 올라오는 소리가 났다. 곧이어 한 젊은이가 창백한 얼굴에 흐트러진 옷을 입고, 초점 없는 눈으로 숨을 헐떡이며 미친 듯이 방 안으로 뛰어들었다. 우리를 번갈아 쳐다보던 그는 우리의 의아한 시선을 느끼자, 갑작스럽게 들어온 데에 대해서 뭔가 사과해야겠다는 것을 깨달은 듯 했다.

"죄송합니다. 홈즈 씨."

그가 큰소리로 말했다.

"비난하지 말아 주십시오. 저는 거의 미칠 지경입니다. 홈즈 씨, 제가 그 곤경에 빠진 남자, 존 헥터 맥팔레인입니다."

그는 자기 이름만으로도 이곳에 찾아온 이유와 예의 없는 행동에 대해 설명할 수 있는 것처럼 얘기했지만, 내 동료의 반응 없는 표정을 보아하니 그 역시 나보다 아는 것이 없는 듯 했다.

"담배 한 대 태우시죠, 맥팔레인 씨."

이렇게 말하며 홈즈는 담배 케이스를 그쪽으로 밀었다.

"내 친구인 의사 왓슨 선생이 증상에 따라 진정제를 처방해주리라 봅니다. 최근 며칠 동안 날씨가 아주 따뜻하군요. 자, 이제 좀 진정이 되었으면 거기 의자에 앉아서 당신이 누구이며 무슨 일로 왔는지 천천히, 차근차근 얘기해주시면 좋겠군요. 이름만 들으면 내가 당연히 알아볼 것처럼 말을 했지만, 내가 확실히 아는 것은 당신이 미혼 남자이며, 사무변호사이고, 프리메이슨 회원이라는 것, 그리고 천식이 있다는 사실일 뿐, 당신에 대해 아는 것이 하나도 없습니다."

내 친구의 방식에 익숙해있는 나로서는 그의 추리를 따라가는 것이 어렵지 않았다. 흐트러진 옷차림, 법률서류 한 묶음, 시계 장식, 그리고 숨 쉬는 모습으로 그 모두를 짐작할 수 있었다. 하지만 우리의 의뢰인은 깜짝 놀라 눈이 휘둥그레졌다.

"그렇습니다. 모두 맞습니다, 홈즈 씨. 한 가지 덧붙이자면, 지금 이 순간 런던에서 가장 불행한 사람이라는 겁니다. 제발 저를 버리지 말아주세요, 홈즈 씨! 제가 이야기를 끝마치기 전에 저를 체포하러 온다면, 부디 저들에게 저의 모든 얘기를 끝낼 수 있도록 시간을 달라고 해주십시오. 홈즈 씨가 저를 위해 밖에서 일하신다는 걸 알면, 기쁜 마음으로 감옥에 갈 수 있을 겁니다."

"당신을 체포한다고!"

홈즈가 말했다.

"정말 바라던 사건……, 아니, 정말 흥미로운 사건이군요. 무슨 혐의로 체포한다는 건가요?"

"로어 노우드의 조너스 올대커 씨 살인 혐의입니다."

내 동료의 표정이 풍부한 얼굴에 동정의 빛이 떠올랐지만, 만족스러움이 전혀 섞이지 않은 건 아니었다.

"저런,"

홈즈가 말했다.

"방금 전에 아침식사를 하면서, 내 친구 왓슨 선생에게 세상을 놀라게 하는 사건은 이제 신문에서 사라져버렸다고 말하고 있었지요."

방문객은 떨리는 손을 앞으로 뻗어, 아직도 홈즈의 무릎 위에 있던 〈데일리 텔레그래프〉를 집어 들었다.

"이걸 보셨다면, 오늘 아침 제가 찾아온 용건을 한눈에 아셨을 겁니다. 제 이름과 제가 당한 불행이 모든 사람들의 입에서 오르내리고 있는 것만 같습니다."

그는 신문을 펼쳐 가운데 면을 보여주었다.

"여기 있습니다. 괜찮으시다면 제가 읽어드리겠습니다. 들어봐 주십시오, 홈즈 씨. 기사제목은 이렇습니다. 〈로어 노우드의 괴사건. 저명한 건축업자 실종. 살인 및 방화로 추정. 범인에 대한 단서 포착〉. 홈즈 씨, 벌써 단서를 추적하고 있다는데, 저를 향한 것이 틀림없습니다. 런던 브리지 역에서부터 제 뒤를 밟는 사람이 있더군요. 저를 체포할 영장이 나오기만을 기다리고 있는 것이 틀림없습니다. 그렇게 되면, 제 어머니는 가슴이 찢어지실 겁니다. 가슴이 찢어질 거예요."

그는 걱정으로 몸부림치며 두 손을 쥐어짰고, 의자에 앉은 채로 몸을 앞뒤로 흔들었다.

나는 중범죄 혐의를 받고 있는 이 남자에게 흥미를 느끼며 바라보았다. 옅은 황갈색 머리카락에 잘 생겼지만 옷은 남루하고 빛바랬다. 푸른 눈은 겁에 질려 있었고, 깨끗이 면도한 얼굴에 연약하고 예민한 입술을 가지고 있었다. 나이는 스물일곱 정도인 듯했고 신사다운 복장을 하고 있었다. 가벼운 여름용 오버코트 주머니에서 삐져나온 보증서류 한 다발은 그의 직업을 짐작하게 했다.

"서둘러야할 것 같군."

홈즈가 말했다.

"왓슨, 그 신문을 보고 문제의 기사를 읽어주지 않겠나?"

나는 의뢰인이 불러주었던 강렬한 기사제목 아래 내용을 읽었다.

〈지난 밤 늦은 시각이나 오늘 새벽, 로어 노우드에서 심각한 범죄로 염려되는 사건이 발생했다. 조너스 올대커 씨는 그 지역에서 잘 알려진 주민으로, 오랫동안 건축업을 하고 있었다. 52세의 독신남성인 올대커 씨는 딥딘 로(路)에서 시든햄 쪽 끝에 있는 딥 딘 저택에서 살고 있다. 그는 괴짜인데다 은둔하며 사람과 어울리지 않는 것으로 알려져 있다. 몇 해 전에 건축업 일선에서 물러났지만 상당한 재산을 소유하고 있다고 전해진다. 집 뒤편에 아직까지 작은 목재 저장소가 있는데, 어젯밤 약 12시 경, 그 목재 더미 중 하나에서 화재가 발생했다. 소방차가 곧 그곳에 도착했으나 마른 목재가 맹렬한 기세로 타올라 쌓여진 더미가 완전히 소각될 때까지 불길을 잡을 수가 없었다. 이때까지만 해도 화재는 단순한 사고 양상을 띠고 있었는데 심각한 범죄임을 알려주는 증거가 새롭게 나타났다. 화재 현장에 집주인이 없다는 것을 알고 당황한 경찰은 탐색을 시작했고, 그 결과 집안에서 자취를 찾을 수 없다는 걸 알아냈다. 그의 방을 조사하니 잠을 잔 흔적이 없었고, 금고가 열려있었으며 많은 중요서류들이 방 안에 흩어져있었다. 그리고 잔혹한 싸움의 흔적도 발견되었는데, 방에서 약간의 핏자국과 손잡이가 피로 물든 참나무 지팡이를 찾아냈다. 조너스 올대커 씨는 그날 밤 늦은 시각에 침실로 손님을 맞이했다고 알려졌는데, 발견된 지팡이의 소유자는 런던의 사무변호사로 이름은 존 헥터 맥팔레인이고, 이스트 센트럴 구(區) 그레샴 빌딩 426호 〈그래햄 앤 맥팔레인〉사무소의 하급사원이다.

경찰은 범행 동기를 입증하기에 충분한 증거를 확보했고, 사건해 결에 급진전이 있을 것이 확실하다고 믿고 있다.

추가 속보 – 신문 발간 전에 존 헥터 멕팔레인 씨가 조너스 올대커 씨 살인 혐의로 체포되었다는 소문이 돌았다. 적어도 구속 영장이 발급된 것은 확실하다. 노우드 사건 조사 결과 중대한 진전이 있었다. 불운한 건축업자의 격투 흔적이 발견된 것뿐만 아니라, 침실의 프랑스식 창문(1층에 있음)이 열려있었고 어떤 부피가 큰 물체를 목재더미까지 끌고 간 듯한 흔적도 있었다. 그리고 최종적으로, 불에 탄 목탄재 안에서 숯이 된 유해가 발견되었다. 경찰은 극악한 범죄가 일어났으며, 피해자는 자신의 침실에서 지팡이에 맞아 살해당했고, 서류를 강탈한 범인이 목재 더미까지 시체를 끌고 간 뒤 범죄의 흔적을 모두 지우기 위해 불을 지른 것이라 생각하고 있다. 범죄 수사 지휘권은 경험이 풍부한 런던 경찰청의 레스트레이드 경감이 맡고 있으며, 그는 늘 그랬듯이 열정과 뛰어난 능력으로 사건의 단서를 쫓아가고 있는 중이다.〉

셜록 홈즈는 눈을 감고, 두 손끝을 마주한 채로 이 놀라운 이야기를 듣고 있었다.

"이 사건은 정말 흥미로운 점이 있군."

그는 느긋한 태도로 말을 했다.

"멕팔레인 씨, 먼저 한 가지 물어봐도 되겠습니까? 어떻게 아직까지 자유로운 상태인 겁니까? 당신을 체포할 증거가 충분하다는데 말입니다."

"홈즈 씨, 저는 부모님과 함께 블랙히스의, 토링턴 저택에 살고 있습니다. 그런데 지난밤에 조너스 올대커 씨와 꽤 늦은 시각까지 일을 했기 때문에, 노우드에 있는 호텔에서 묵은 뒤 거기서 출근을 했습니다. 기차를 타고, 방금 들으신 내용을 신문에서 읽을 때까지 이 사건에 대해서 전혀 몰랐습니다. 그걸 읽자마자 제 신변이 끔찍한 위험에 처했다는 걸 알고 당신께 사건을 맡기려 서둘러 온 것입니다. 시내의 사무실이나 제 집에 있었더라면 체포되었을 것이 틀림없습니다. 런던 브리지 역에서부터 한 남자가 뒤를 따라왔는데, 분명히……. 세상에! 무슨 일입니까?"

벨 소리가 울리더니 곧이어 둔탁한 발소리가 계단을 올라왔다. 잠시 뒤, 우리의 옛 친구인 레스트레이드가 문 앞에 나타났다. 그의 어깨 뒤로 정복을 입은 경관 한두 명이 밖에 서 있는 것이 힐끔 보였다.

"존 헥터 맥팔레인 씨?"

레스트레이드가 말했다.

불운한 의뢰인은 창백한 얼굴로 일어났다.

"로어 노우드의 조너스 올대커 씨를 계획적으로 살해한 혐의로 당신을 체포하겠소."

맥팔레인은 절망적인 몸짓으로 우리 쪽을 돌아보더니 완전히 산산조각이 난 것처럼 다시 의자 안으로 무너져내렸다.

"레스트레이드, 잠시만."

홈즈가 말했다.

"한 삼십 분 정도 시간을 내주어도 별 차이는 없을 것 같은데요. 이 신사분이 매우 흥미로운 사건에 대해서 지금 막 이야기하려던 참인데, 사건을 해결하는데 도움이 될 것 같군요."

"사건 해결에는 전혀 어려움이 없을 겁니다."

레스트레이드가 냉정하게 말했다.

"그렇다해도, 허락해준다면 이야기를 들어보고 싶군요."

"아, 홈즈 씨. 당신 부탁이라면 어떤 일이라도 거절하기 어렵습니다. 예전에 한두 번 힘을 써주신 적이 있으니 런던 경찰청에서도 보답을 해야겠지요."

레스트레이드가 말했다.

"저는 피고인과 같이 있어야만 하겠습니다. 그리고 저 사람이 하는 말은 법정에서 불리한 증거로 쓰일 수도 있다는 걸 경고해두어야 하겠군요."

"더 이상은 바라지 않습니다."

우리의 의뢰인이 말했다.

"제가 바라는 것은 여러분이 이야기를 듣고 분명한 진실을 알아주었으면 하는 것뿐입니다."

레스트레이드는 자신의 시계를 들여다보고 말했다.

"삼십 분 주겠소."

"먼저 설명 드려야할 것은,"

맥팔레인이 말했다.

"저는 조너스 올대커 씨에 대해 전혀 몰랐다는 것입니다. 오래 전에 제 부모님과 아는 사이였기 때문에 이름은 알고 있습니다만, 그 이후에는 사이가 멀어졌습니다. 그렇기 때문에, 어제 오후 세 시경, 그가 시내에 있는 제 사무실에 걸어 들어왔을 때, 무척이나 놀랐습니다. 그런데 저를 찾아온 목적을 듣고 나선 더욱 놀랐지요. 그는 손으로 쓴 글씨가 잔뜩 적힌, 수첩에서 떼어낸 종이 몇 장을 들고 있었는데, 그걸 제 책상에 내려놓더군요. 여기 그 종이가 있습니다.

〈내 유언장이네.〉

그는 이렇게 말하더군요.

〈맥팔레인 군. 자네가 제대로 된 공식문서로 만들어주길 바라네. 그동안 나는 여기 앉아서 기다리겠네.〉

저는 그걸 필사했는데, 단서조항을 붙여서 모든 재산을 저에게 남긴다는 내용을 보고서 제가 얼마나 놀랐는지 짐작하실 수 있을 겁니다. 그는 흰 속눈썹에 족제비처럼 생긴 이상한 분으로, 제가 고개를 들어 쳐다보니 그의 날카로운 회색 눈동자가 재미있다는 듯 저를 지켜보고 있었습니다. 유언장의 조항을 읽으며 제 판단력으로는 도무지 이해할 수가 없었습니다만, 자기는 살아있는 친척은 아무도 없는 독신이며, 젊은 시절 제 부모님과 알고 지냈고, 그때 제가 매우 훌륭한 아이라는 이야기를 늘 들었다고 설명하더군요. 자기의 돈이 마땅히 받을 만한 사람에게 가는 거라고 분명히 말했습니다. 물론 저는 더듬거리며 감사하다는 말밖에 할 수 없었습니다. 유언장은 정식으로 작성되었고 서명을 한 다음 사무원의 보증도 마쳤습니다. 여기 푸른색 서류가 유언장이고, 이 종이들이 설명 드린 바와 같이 초안입니다. 조너스 올대커 씨는 그러고 나서 저한테 얘기하기를, 건물 임대차 문서, 증서, 저당권, 증권 등 많은 서류가 있으니 보고서 처리해달라고 했습니다. 그는 모든 일을 끝내기 전에는 마음이 편치 않을 것 같다며, 그날 밤 유언장을 가지고 노우드에 있는 집으로 가서 일을 처리해주길 간청했지요.

〈이보게. 자네 부모님께는 모든 일을 매듭짓기 전까지는 이 일에 대해서 한 마디도 하지 말아야한다는 걸 기억해두게. 나중에 놀라게 해주기로 하세.〉

그는 이 점을 특히 강조했고, 저에게 약속을 지키라고 다짐을 하게 했습니다.

홈즈 씨, 짐작하시겠지만, 그가 요청하는 것은 어떤 것이라도 거절할 수 있는 분위기가 아니었습니다. 그는 저에게 은혜로운 사람이었고, 그가 바라는 것은 모두 해야겠다는 마음 뿐이었지요. 그래서 처리할 중요한 일이 있으며, 얼마나 늦게 들어갈 지는 잘 모르겠다는 내용의 전보를 집으로 보냈습니다. 올대커 씨는 아홉 시에 함께 저녁식사를 하자고 했고, 그전에는 집에 없을 거라 했습니다. 그런데 집을 찾기가 좀 쉽지 않아서 아홉 시 반이 다되어서야 도착했지요. 저는……."

"잠깐만!"

홈즈가 말했다.

"누가 문을 열었습니까?"

"중년의 여인이었습니다. 아마도 그 집 가정부인 것 같습니다."

"짐작컨대, 그 여인이 당신 이름을 얘기했겠지요?"

"맞습니다."

맥팔레인이 말했다.

"계속 얘기하시지요."

맥팔레인은 땀이 흐르는 이마를 닦아내곤 이야기를 계속했다.

"그 여인은 저를 응접실로 안내했고, 거기엔 간단한 저녁식사가 차려져 있었습니다. 그 다음에 조너스 올대커 씨는 저를 침실로 데려갔지요. 그 곳에는 묵직한 금고가 있었습니다. 그는 금고를 열고 꽤 많은 서류를 꺼냈고, 우리는 함께 그 서류를 검토했습니다. 일이 끝난 건 11시에서 12시 사이였지요. 그는 가정부를 깨우지 말아야 한다며, 계속 열려있던 프랑스식 창문*을 통해 저를 밖으로 안내했습니다."

"블라인드가 내려져 있었나요?"

홈즈가 물었다.

"잘 모르겠습니다만, 반 쯤 내려져 있던 것 같습니다. 아, 그가 창문을 열려고 잡아 올리던 것이 기억납니다. 제가 지팡이를 찾지 못하자, 그는 이렇게 말하더군요. 〈여보게, 걱정 말게. 이제 자네를 만날 일이 많이 있을 걸세. 다음에 찾으러 올 때까지 내가 보관하고 있겠네.〉 제가 그곳을 떠날 때 금고는 열려 있었고, 탁자 위에는 서류가 한 다발은 쌓여있었습니다. 시간이 너무 늦어 블랙히스로 돌아갈 수 없었기 때문에 그날 밤 저는 애널리 암스 호텔에서 묵었습니다. 그리고 오늘 아침 신문을 읽고 나서야 이 끔찍한 사건을 알게 되었습니다."

"더 물어볼 것이 있으십니까, 홈즈 씨?"

레스트레이드가 말했다. 그는 이 놀라운 이야기를 듣는 동안 눈썹을 한두 번 치켜 올렸다.

---

* 좌우 양쪽으로 열리는 유리창. 뜰이나 발코니 등으로 나가는 용도로 많이 쓰인다.

"블랙히스에 가보기 전엔 물어볼 것이 없군요."

"노우드를 말씀하시는 거겠지요."

레스트레이드가 말했다.

"아, 맞아요. 내가 말하려던 게 그겁니다."

홈즈는 수수께끼 같은 미소를 띠고 말했다.

레스트레이드는 홈즈의 면도날 같은 두뇌라면 자신에겐 잘 파악되지 않는 문제라도 해결할 수 있다는 걸 경험을 통해 잘 알고 있었다. 그는 궁금증 가득한 눈으로 내 친구를 바라보았다.

"셜록 홈즈 씨, 지금 이야기할 것이 있습니다."

그가 말했다.

"자, 맥팔레인 씨. 경관 두 명이 문 밖에 있고, 사륜마차가 대기하고 있소."

비참한 청년은 일어나, 방에서 걸어 나가며 마지막으로 간청하는 눈빛을 보냈다. 경관들은 그를 마차로 데려갔고, 레스트레이드는 남았다.

홈즈는 대강 쓴 유서의 초안을 집어 들고 아주 흥미롭다는 표정으로 살펴보았다.

"이 문서에는 몇 가지 주목할 점이 있군요. 레스트레이드, 안 그렇습니까?"

이렇게 말하며 홈즈는 문서를 레스트레이드에게 내밀었다.

경감은 그걸 보고는 난처한 표정을 지었다.

"처음 몇 줄, 두 번째 면 가운데 부분, 그리고 끝에 한두 줄은 읽을 수 있습니다. 인쇄한 것처럼 정확하군요."

레스트레이드가 말했다.

"그런데 그 사이의 글씨는 악필인데다, 세 군데는 전혀 읽을 수가 없습니다."

"그걸 어떻게 생각하시는지?"

홈즈가 말했다.

"음, 홈즈 씨는 어떻게 생각하시는지요?"

"그건 기차 안에서 쓴 겁니다. 잘 쓴 글씨는 역에서, 악필은 기차가 움직이는 도중에, 알아볼 수 없는 글씨는 전철기*를 지나갈 때 썼다는 걸 의미하지요. 과학적인 사고에 익숙한 사람이라면 교외선을 타고 썼다는 걸 단번에 알겁니다. 대도시에 인접한 곳이 아니라면 전철기가 그렇게 연속해서 자주 나오는 일은 없을 테니까요. 여행하는 동안 내내 유서를 썼다고 가정한다면, 기차는 급행이었고 노우드와 런던 브리지 사이에 단 한 번 정차한 겁니다."

레스트레이드는 웃기 시작했다.

"홈즈 씨, 당신이 이론을 이야기하기 시작하면 저로서는 따라가기가 벅차군요."

그가 말했다.

"이게 도대체 사건과 무슨 관련이 있습니까?"

"음, 조너스 올대커 씨가 어제 여행 중에 유서를 썼다고 한 그 청년의 이야기를 확증해주는 거지요. 이상하지 않습니까? 그토록 중요한 문서를 그렇게 아무렇게나 썼다는 것이 말입니다. 그건 사

---

* 철도에서 열차를 다른 선로로 이동시키기 위해서 만든 장치. 포인트. 두 선로가 만나는 분기점에 설치한다.

실상 유서를 별 중요치 않게 생각했다는 걸 말해주는 겁니다. 유서가 실제로 효력을 발휘하지 않을 거라는 생각으로 쓴다면 그럴 수 있겠지요."

"글쎄요. 유서를 쓴 것이 자신의 사망 증명서를 쓴 결과가 된 거죠."

"오, 그렇게 생각합니까?"

"아닙니까?"

"음, 그럴 가능성도 있지만, 내가 보기에 아직 이 사건은 명료하지 않습니다."

"명료하지 않다고요? 허, 이게 명료하지 않다면, 명료한 사건이란 대체 어떤 겁니까? 여기 청년이 하나 있습니다. 그 청년은 어떤 노인이 죽으면 자신이 재산을 상속받는다는 걸 갑자기 알게 되지요. 어떻게 하겠습니까? 아무에게도 발설하지 않고, 핑계를 만들어 그날 밤 그의 고객을 만나러 갑니다. 집안에 다른 사람이라곤 한 명 뿐이고, 그 사람이 자러 갈 때를 기다렸다가 노인이 방에 혼자 남았을 때 살해한 뒤, 목재 더미에 넣어 태워버리고 근처 호텔로 간 것이죠. 방 안이나 지팡이에는 핏자국이 아주 조금 남았습니다. 아마도 피 한 방울 흘리지 않고 범행을 저질렀다고 생각한 청년은 시체가 타버리면 그를 범인으로 지목할 만한 모든 흔적, 살해방법 등이 사라지리라 기대한 겁니다. 모든 게 빤하지 않습니까?"

"이봐요, 레스트레이드. 그건 너무도 빤한 이야기 같은데요."

홈즈가 말했다.

"당신은 다른 능력은 훌륭한데, 거기에 상상력을 보태려고 하지 않는군요. 잠시 이 청년의 입장에서 생각해봅시다. 당신이라면 유언장을 작성한 바로 그날 밤에 범행을 저지르겠습니까? 그 두 가지 일 사이에 밀접한 관계를 만드는 건 위험한 일 같지 않은가요? 또 하나, 가정부가 문을 열어주었는데, 당신이 그 집에 있던 것을 다른 사람이 아는 상황에서 일을 저지를까요? 마지막으로, 시체를 숨기려고 그렇게 애를 썼는데 당신이 범행을 저질렀다는 증거가 될 지팡이를 두고 가겠습니까? 레스트레이드, 이 모두가 있을 법하지 않은 일이란 걸 인정하시지요."

"지팡이는 말입니다, 홈즈 씨. 당신도 저만큼이나 잘 알고 계시듯이, 범죄자란 당황한 나머지 냉정한 상태에선 하지 않을 일을 해버리는 경우가 있습니다. 그 청년은 방으로 다시 돌아가기가 무서웠던 게지요. 사실과 부합하는 다른 가설이 있으면 말해주시죠."

"그야 대여섯 개 정도는 간단히 얘기해줄 수 있지요."

홈즈가 말했다.

"자, 예를 들어보자면, 여기 아주 가능성이 높고 적합한 가설이 하나 있습니다. 무료로 선물을 하나 드리는 겁니다. 그 노인은 누가 봐도 중요한 서류를 펼쳐놓고 있었지요. 블라인드가 반쯤 내려져 있었으니까, 지나가던 부랑자가 창문 너머로 그걸 보게 됩니다. 사무 변호사가 떠나자, 부랑자가 등장! 그 부랑자는 거기 있던 지팡이를 집어 들고 올대커를 죽인 뒤, 시체를 태우고 떠나가는 겁니다."

"왜 부랑자가 시체를 태웁니까?"

"그렇다면 맥팔레인은 왜 그랬지요?"

"증거를 없애려고요."

"아마도 부랑자는 살인을 저지른 것 자체를 감추고 싶었겠지요."

"그리고 왜 아무것도 가져가지 않은 겁니까?"

"돈이 될 만한 서류가 없었기 때문입니다."

레스트레이드는 고개를 가로저었는데, 내가 보기에 아까보단 확고한 자신감이 줄어든 것 같았다.

"그럼, 셜록 홈즈 씨. 그 부랑자를 찾아보시지요. 그동안에 우리는 체포한 청년을 붙잡고 있을 테니 말입니다. 나중에 누가 옳은지 알게 되겠지요. 홈즈 씨, 이 점을 주의하셔야 할 겁니다. 우리가 아는 한, 사라진 서류는 없습니다. 그 서류를 없애지 않을 만한 이유를 가진 사람은 이 세상에서 단 한 명, 우리가 체포한 청년뿐이지요. 그가 법적 상속인이고, 어쨌든 간에 재산을 물려받을 테니까요."

이 이야기에 내 친구는 한 방 맞은 듯했다.

"그런 증거가 당신의 가설을 매우 강력하게 뒷받침한다는 걸 부정할 생각은 없군요."

홈즈가 말했다.

"다른 가설도 가능하다는 걸 지적한 것뿐입니다. 당신 말처럼, 앞으로 판명이 나겠지요. 안녕히 가십시오! 오늘 중에 노우드에 들러서 어떻게 되어가는 지 봐야겠습니다."

형사가 떠나자, 내 친구는 일어나 마음에 맞는 일을 앞에 둔 사람이 그렇듯이 민첩하게 오늘 할 일을 준비했다.

"왓슨, 첫 번째 해야 할 일은,"

그는 바쁘게 프록코트를 입으며 말했다.

"내가 말했듯이, 블랙히스로 가는 걸세."

"어째서 노우드가 아니고?"

"왜냐하면, 이 사건의 경우엔 하나의 특이한 사건이 또 하나의 특이한 사건과 인접해서 일어난 상황이기 때문이지. 경찰은 두 번째 사건에만 주의를 집중하는 실수를 저지르고 있네. 그것이 현재로는 범죄처럼 보이거든. 하지만 내가 보기에 이 사건을 논리적 방식으로 풀어가려면 첫 번째 사건, 즉 갑작스럽게 쓴 괴상한 유언장, 기대하지 않았던 상속 등에 초점을 맞춰야 하네. 그러면 나머지는 간단해지겠지. 아닐세, 친구. 자네 도움은 필요하지 않을 것 같네. 위험한 일은 없을 거야. 그렇지 않다면 자네 없이 다니는 건 생각도 못하지. 저녁에 만나면, 나에게 보호를 요청한 불행한 청년을 위해 무언가 했다는 보고를 들을 수 있을 걸세."

내 친구가 늦은 시간이 되어서야 돌아왔는데, 얼핏 보기에 초췌하고 불안한 얼굴을 하고 있어서 집을 나설 때 가졌던 큰 기대가 충족되지 않았다는 걸 알 수 있었다. 그는 한 시간 동안 바이올린을 켜면서 시간을 보내며, 엉클어진 자신의 마음을 달랬다. 그리고는 악기를 던져두고, 불운했던 하루를 상세하게 설명하기 시작했다.

"모두가 틀렸어, 왓슨. 모두가 잘못되었어. 레스트레이드에게는 자신 있는 얼굴을 했지만, 이것 참, 이번 한 번만은 저 친구가 옳은 길로 가고 있고 우리가 틀렸다는 생각이 드네. 내 직감은 한 방향으로 향해있는데 모든 증거는 다른 방향을 가리키고 있군. 그리고 영국의 배심원은 레스트레이드의 증거보다 내 이론을 우선할 만큼 높은 지성을 갖추고 있지 않으니 매우 걱정일세."

"블랙히스에 갔었나?"

"그랬네, 왓슨. 그곳에 가서, 죽은 올대커가 꽤 유명한 불한당이라는 걸 금방 알아낼 수 있었지. 청년의 아버지는 아들을 찾아 나섰더군. 어머니는 집에 있었는데, 작고 가벼운 체구에 푸른 눈이었고, 두려움과 분노에 떨고 있었어. 물론, 그녀는 아들이 범죄를 저질렀다는 가능성조차 받아들이려 하지 않았지. 하지만 올대커의 운명에 대해서는 놀라움도 슬픔도 나타내지 않더군. 오히려 그에 대해 신랄한 말을 해댔기 때문에, 무의식적으로 경찰의 입장에 힘을 실어주었지. 만약 그 남자에 대해 이런 말을 하는 것을 아들이들었다면, 당연히 혐오감과 적개심을 선입견으로 가지게 되었을 걸세. 그녀가 말하기를 〈그는 사람이라기 보단 사악하고 교활한 유인원 같다〉며, 〈어릴 때부터 줄곧 그래왔다〉고 하더군.

〈어릴 때부터 그 사람을 알았습니까?〉

내가 물었네.

〈네. 잘 알지요. 실은 오래전에 저에게 구혼했던 남자랍니다. 다행히도 그 사람을 떠나야한다는 것을 알 정도의 분별력은 있어서 헤어진 뒤, 가난하더라도 그보다 나은 남자와 결혼을 했지요. 홈즈 씨, 그가 새장에 고양이를 넣었다는 끔찍한 이야기를 들었을 때, 저는 그 사람과 약혼한 상태였어요. 야만스럽고 끔찍한 행동에 혐오를 느낀 저는 더 이상 그 사람과 아무 일도 할 수 없었지요.〉

그녀는 서랍을 뒤적이더니 한 여인의 사진을 꺼냈는데, 칼로 형편없이 난도질해놓은 것이었네.

〈이건 제 사진입니다.〉

그녀가 말했네.

〈제 결혼식 날 아침, 저주의 말과 함께 이 사진을 보냈더군요.〉

〈음.〉

내가 말했지.

〈결국, 그 사람이 당신을 용서했군요. 재산을 당신 아들에게 남겼으니 말입니다.〉

〈제 아들이든 저든 조너스 올대커로부터는 아무것도 바라지 않아요. 죽었든 살았든 말이에요!〉

그녀는 정색하며 소리쳤네.

〈홈즈 씨. 하늘에는 하느님이 계십니다. 사악한 그자를 벌한 그 하느님께서, 장차 필요한 시기에 제 아들이 죄가 없다는 것을 밝혀주실 거예요.〉

그 다음에, 한두 가지 실마리를 찾아보려 했지만 우리가 세운 가설을 뒷받침할만한 건 전혀 없었고 몇 가지는 오히려 그 반대가 되는 내용이었네. 결국 포기하고는 노우드를 향해 떠났지.

딥 딘 저택, 이곳은 요란한 빛깔의 벽돌로 지은 크고 현대적인 주택으로, 앞에는 마당이 있고 그 주위로 월계수 덤불이 있더군. 오른쪽으로, 도로에서 좀 떨어진 곳이 목재 저장소인데, 여기가 화재 현장일세. 내 수첩 한 장에 간략하게 평면도를 그려왔네. 왼쪽에 있는 창문이 올대커의 침실로 들어갈 수 있는 창문이지. 자네도 보다시피, 도로에서 이 창문을 통해 안을 볼 수 있네. 내가 오늘 했던 일 중에서 위안이 되는 건 오직 이것뿐이지. 레스트레이드는 그곳에 없었지만 부하 경사가 책임을 맡고 있었어. 방금 대단한 보물을 발견했더군. 경찰은 불에 타서 재가 된 목재더미 속을 아침 내내 갈퀴로 뒤져서, 숯이 된 시체뿐만 아니라 변색된 원형 쇳조각도 몇 개 발견했네. 그걸 조심스럽게 살펴보니, 바지 단추가 틀림없더군. 그중 하나에는 올대커의 옷을 만드는 재단사의 이름 〈하이엄스〉가 각인된 것도 있었네. 그 다음에 나는 흔적이나 자취가 있나보려고 잔디밭을 신중하게 살펴보았지만, 가뭄 때문에 모든 곳이 무쇠처럼 단단했다네. 시신이나 어떤 꾸러미를 낮은 쥐똥나무 울타리 너머 목재더미 쪽으로 끌고 간 흔적 외에는 아무것도 보이지 않았지. 당연히, 모든 것이 경찰의 가설에 들어맞았네. 나는 8월의 태양이 등 뒤로 쏟아지는 가운데 잔디밭을 기어 다녔지만, 한 시간을 보내고 일어설 때도 그 이상 알아낸 것이 없었지.

대실패를 겪은 후, 나는 침실로 들어가 또다시 조사를 시작했네. 핏자국은 아주 조금이었고, 단순한 얼룩이나 변색된 것처럼 보였지만, 최근 생긴 것은 틀림없었어. 지팡이는 치웠지만 거기에도 역시 핏자국이 적었다네. 지팡이가 우리 의뢰인 것이라는 건 의심할 여지가 없었지. 자신이 인정했으니까. 카펫에는 두 남자의 발자국이 남아있었는데, 제 삼자의 흔적은 없었기에 또다시 경찰 쪽 점수가 올라가게 되었네. 경찰은 계속 점수를 쌓고 있는데 우리는 계속 그 자리에 있는 거야.

단 한 줄기 희망의 빛이 있지만 아직까지는 별다른 성과가 없다네. 나는 금고 속 내용물을 조사했는데 대부분은 바깥으로 꺼내 탁자 위에 올려져있더군. 서류는 봉투에 넣어 봉해져 있었고, 그중 한두 개는 경찰이 열어보았네. 내가 판단하건대 값나갈만한 서류는 없었고, 은행통장을 보니 올대커 씨는 매우 풍족한 상황도 아니었어. 그런데 모든 서류가 다 있는 것 같진 않았네. 아마도 가장 중요한 것 같은 어떤 증서에 대해 언급했었는데 찾을 수가 없더군. 물론, 그것을 우리가 명확하게 증명할 수 있다면 레스트레이드의 주장을 뒤엎을 수 있을 걸세. 곧 상속받을 것을 알고 있는데 훔칠 사람이 누가 있겠는가?

결국, 모든 곳을 샅샅이 살펴보았지만 아무 낌새도 찾지 못한 나는 가정부에게 운을 맡겨보기로 했네. 그 부인의 이름은 렉싱턴인데, 몸집이 작고, 검은 피부에 말이 없는데다가 의심스런 눈으로 곁눈질을 하는 사람이었어. 그녀가 마음만 먹으면 무언가 말해줄 것 같은 생각이 들더군. 하지만 밀랍으로 봉한 듯 굳게 입을 닫고 있었네. 그래, 그녀가 맥팔레인을 들어오게 한 시각은 9시 반이었지. 그때 문을 열어주었던 자기 손을 원망하더군. 그녀는 10시 반에 잠을 자러 들어갔어. 그녀의 방은 집의 다른 편 끝에 있어서 누가 지나가는지 전혀 들을 수가 없었지. 맥팔레인 씨는 모자를 현관에 놓아두었는데, 지팡이도 거기에 두었다고 확신하더군. 그녀는 불이 났다는 소리를 듣고 잠에서 깨어났어. 가엾은 집주인은 살해당한 것이 틀림없다고 했네. 그 남자한테 적대적인 사람이 있냐고? 글쎄, 누구나 적이 있긴 하지만, 올대커 씨는 상당히 비사교적인 사람이어서, 직업상 관계된 사람만 만났어. 그녀도 단추들은 보았는데, 전날 밤 올대커 씨가 입었던 옷에 달린 것이라고 확실히 얘기하더군. 한 달 동안 비가 내리지 않았기 때문에 목재더미는 바짝 말라있었네. 불쏘시개처럼 타올라서, 그녀가 현장에 도착했을 때는 화염밖에 보이지 않았지. 그녀와 소방관 모두 불 속에서 살이 타는 냄새를 맡았다네. 서류에 관한 것이나 올대커 씨의 개인적인 일은 알지 못하더군.

자, 이보게 왓슨. 여기까지가 내 실패담일세. 하지만, 그렇긴 해도,"

그는 확신에 찬 모습으로 마른 손을 부르쥐었다.

"나는 모두가 잘못되었다는 걸 알고 있네. 내 뼛속 깊숙이 느끼고 있지. 분명 밝혀지지 않은 사실이 있고, 가정부는 그걸 알고 있어. 그녀의 눈에는 음산한 반항기 같은 것이 서려있는데 그건 떳떳하지 못한 일을 알고 있을 때 나타나거든. 하지만, 그건 거기에 대해서 더 이상 얘기해봐야 소용없는 일이야, 왓슨. 행운이 찾아오지 않는다면, 이 노우드 실종사건은 인내심 강한 대중들이라면 조만간 보게 될 우리의 성공담에 기록되지 못할 걸세."

"하지만,"

내가 말했다.

"그 청년의 용모를 보고 범죄자로 판단할 배심원이 있겠나?"

"이보게, 왓슨. 그건 위험스런 논리라네. 1887년, 우리에게 혐의를 벗겨달라고 부탁했던 끔찍한 살인자 버트 스티븐스를 기억하겠지? 그만큼 온순하고 주일학교 학생 같은 청년이 어디 있었던가?"

"그건 맞네."

"우리가 다른 가설을 입증하는 데 성공하지 못한다면 그 청년은 가망이 없어. 현재 그에게 불리한 이 사건에서는 결점을 찾기가 거의 힘들고, 모든 조사가 진행될수록 더욱 견고해지고 있지. 그나저나, 그 서류에 관련된 미심쩍은 점이 하나 있는데, 그것이 조사의 출발점이 될 것 같네. 통장을 살펴보니, 은행잔고가 줄어든 주된 이유가 지난 해 동안 코넬리우스 씨에게 거액의 수표를 지불했기 때문이더군. 코넬리우스 씨라는 사람이 누구기에 은퇴한 건축업자가 그리도 큰 거래를 한 것인지 정말 궁금하군. 그가 이 사건과 관련이 있는 걸까? 코넬리우스가 중개인일 수도 있겠지만, 그렇게 큰 지불과 관련된 영수증은 없었네. 다른 조사는 모두 실패했으니, 나는 은행으로 가서 수표를 현금으로 바꾼 이 신사에 대한 조사를 시작해야겠군. 그런데, 여보게. 이번 사건이 레스트레이드가 우리의 의뢰인을 교수대에 매다는 불명예스러운 결말로 끝나지 않을까 걱정이야. 그건 런던 경찰청의 승리가 되는 것이지."

그날 밤, 셜록 홈즈가 잠을 얼마나 잤는지는 모르겠지만, 내가 아침식사를 하려고 내려와 보니 그는 수척하고 밤새 시달린 얼굴이었고, 그를 둘러싼 그림자 속에서도 눈은 더욱 밝게 빛나고 있었다. 그가 앉은 의자 주변 카펫 위에는 담배꽁초와 조간신문 초판이 쌓여있었다. 탁자 위엔 전보가 펼쳐진 채 놓여있었다.

"왓슨, 자네는 이걸 어떻게 생각하는가?"

전보를 건네며 그가 물었다.

노우드에서 온 것으로, 내용은 다음과 같았다.

새로운 중요 증거를 입수. 맥팔레인의 유죄가 확실함. 이 사건을
포기하시길 바람.

- 레스트레이드.

"이건 심상치 않은 걸,"
내가 말했다.
"레스트레이드가 승리의 함성을 지르고 있군."
홈즈는 쓴 웃음을 지으며 대답했다.
"하지만 이 사건을 포기하기엔 이른 것 같네. 사실, 새로운 중요
증거란 양날을 가지고 있어서 레스트레이드가 생각하는 것과 전혀
다른 쪽을 벨 수도 있으니까 말이야. 아침식사를 하게, 왓슨. 함께
나가서 우리가 할 수 있는 일이 무엇인지 알아보기로 하세. 오늘은
자네가 동행하면서 나를 정신적으로 지원해주었으면 좋겠네."
내 친구는 아침식사를 하지 않았다. 매우 긴장된 순간에 음식
을 받아들이지 않는 건 그의 버릇 중 하나였고, 나는 그가 완전히
영양실조로 쓰러질 때까지 강철 같은 체력으로 버틴다는 걸 잘 알
고 있었다.
"지금은 소화시키는데 에너지와 신경을 소비하고 싶진 않네."
내가 의학적인 충고를 하면 그는 이렇게 대답하곤 했다. 그래서
이날 아침 식사에 손도 대지 않은 채, 노우드로 함께 떠날 때도 나
는 놀라지 않았다. 병적인 구경꾼들 무리가 아직도 딥 딘 저택 주
위에 모여 있었다. 그곳은 내가 상상했던 교외 주택의 모습 그대로
였다. 대문에서 레스트레이드를 만났는데, 얼굴엔 승리의 감정이

가득 차있었고, 그 태도는 눈에 띄게 의기양양했다.

"자, 홈즈 씨. 우리가 틀렸다는 걸 증명하셨습니까? 부랑자는 찾으셨나요?"

레스트레이드가 소리쳤다

"아직 어떤 결론도 내지 않았습니다."

내 동료가 대답했다.

"하지만 우리는 어제 결론을 내렸고, 이제 그게 옳다는 것이 증명되었습니다. 이번에는 당신보다 우리가 좀 앞섰다는 걸 인정해야 할 겁니다, 홈즈 씨."

"확실히 뭔가 심상치 않은 일이 생긴 모양입니다."

홈즈가 말했다.

레스트레이드는 큰 소리로 웃었다.

"당신도 다른 사람들만큼이나 지는 걸 싫어하시는군요."

그가 말했다.

"사람이 항상 잘되기만 바랄 수는 없는 것이지요. 안 그렇습니까, 왓슨 선생? 신사 여러분, 괜찮으시다면 이쪽으로 오시지요. 존 맥팔레인이 범행을 저질렀다는 걸 한 번에 납득시켜 드리겠습니다."

그는 우리를 이끌고 복도를 지나, 그 너머에 있는 어두운 현관으로 들어섰다.

"여기가 맥팔레인이 범행을 저지른 후 자신의 모자를 가지러 온 곳이 분명합니다."

그가 말했다.

"자, 이걸 보시죠."

레스트레이드는 연극처럼 과장된 동작으로 갑자기 성냥을 그었고, 그 불빛으로 회반죽을 칠한 벽에 핏자국이 나타났다. 성냥을 더 가까이 대자, 나는 그것이 단순한 얼룩 이상임을 알게 되었다. 그건 확연히 찍힌 엄지손가락 지문이었다.

"확대경으로 잘 살펴보십시오, 홈즈 씨."

"그러지요. 보고 있습니다."

"똑같은 엄지손가락 지문은 없다는 걸 알고 계시지요?"

"그런 얘기를 들은 적이 있습니다."

"아, 그렇다면 제가 오늘 아침 가져오게 한 맥팔레인 청년의 오른쪽 엄지손가락 밀랍본과 비교해보시겠습니까?"

그가 밀랍본을 핏자국에 가까이 가져가자, 확대경으로 보지 않아도 두 개가 같은 엄지손가락 지문이라는 건 의심할 수 없었다. 내가 보기에 우리의 불행한 의뢰인은 파멸에 이를 것이 분명했다.

"이건 결정적인 겁니다."

레스트레이드가 말했다.

"맞아요. 결정적인 겁니다."

나는 무심결에 그의 말을 따라했다.

"결정적이군."

홈즈가 말했다.

그 목소리에는 어딘가 다른 점이 느껴져서, 나는 홈즈를 돌아봤다. 그의 얼굴에는 커다란 변화가 있었다. 마음속으로부터 솟아난 기쁨에 겨워 얼굴이 경련을 일으키고 있었다. 그의 두 눈은 별처럼 빛났다. 그 모습은 웃음이 급격히 터져 나오는 것을 참으려고 기를 쓰며 참는 것 같았다.

"이럴 수가! 이럴 수가!"

마침내 그가 입을 열었다.

"아, 이런. 누가 그럴 거라고 생각이나 했겠습니까? 정말 믿지 못할 것은 사람의 외모이군요! 그렇게 잘생긴 청년이 이럴 수가! 이건 자신의 판단도 신뢰하지 말라는 교훈이 아니겠습니까. 레스트레이드, 그렇지요?"

"그렇습니다. 홈즈 씨. 우리 중 누구는 꽤 독단적인 사람도 있으니까요."

레스트레이드가 말했다. 그 남자의 오만한 태도는 불쾌하기 그지없었지만, 화를 낼 수는 없었다.

"그 청년이 모자걸이에서 모자를 가져가면서 엄지손가락으로 벽을 눌렀다니, 이 얼마나 행운입니까! 생각해보자면, 아주 자연스런 행동이기도 하지요."

겉으로는 침착했지만, 홈즈는 말하는 동안 흥분을 억누르려고 온몸을 비틀고 있었다.

"그나저나, 레스트레이드, 누가 이 놀라운 걸 발견했습니까?"

"가정부 렉싱턴 부인입니다. 밤에 경계를 서던 경관에게 알려줬다더군요."

"그 경관은 그날 밤 어디 있었습니까?"

"범행이 일어난 침실을 지키고 있었지요. 아무도 접근하지 못하도록 말입니다."

"헌데 그 경관은 어제 이 자국을 왜 보지 못했을까요?"

"그야, 현관을 자세히 살펴볼 특별한 이유가 없었기 때문입니다. 게다가, 아시다시피 대단히 눈에 띄는 장소도 아니고요."

"맞아요, 맞아. 눈에 띄는 장소가 아니지. 저 자국이 어제는 없었다는 것이 확실하겠지요?"

레스트레이드는 정신이 이상해진 것이 아닐까 생각하는 듯 홈즈를 쳐다보았다. 나는 그의 들뜬 모습과 다소 엉뚱한 이야기에 놀라고 있었다.

"맥팔레인이 자신을 위태롭게 하는 증거를 남기기 위해 한밤중에 감옥에서 빠져나왔다고 생각하시는 건가요."

레스트레이드가 말했다.

"그의 엄지손가락 지문인지는 유명한 전문가에게 맡길 겁니다."

"그의 지문이라는 데는 의심할 여지가 없습니다."

"그럼, 됐군요."

레스트레이드가 말했다.

"홈즈 씨, 저는 실제적인 걸 좋아하는 사람이라서, 증거를 찾으면 결론을 내립니다. 뭐든 하실 말씀이 있으시면, 저는 응접실에서 조서를 쓰고 있을 테니 그리 오십시오."

홈즈는 냉정을 되찾았지만, 그의 표정에는 즐거운 빛이 여전히 남아있음을 알 수 있었다.

"이런, 매우 슬픈 상황으로 발전했군. 그렇지 않은가, 왓슨?"

그가 말했다.

"하지만 우리의 의뢰인에게 희망이 될 만한 특이한 점이 몇 가지 있지."

"그 얘길 들으니 기쁘군."

나는 진심으로 얘기했다.

"그 청년이 끝장난 것 같아 걱정이라네."

"이보게, 왓슨. 아직 그럴 정도는 아니야. 저 친구가 그토록 중요한 뜻을 부여한 증거물에 한 가지 심각한 결점이 있는 건 사실이지."

"정말인가, 홈즈? 그게 뭔가?"

"바로 이걸세. 내가 어제 현관을 조사했을 때는 저 자국이 없었다는 것이지. 자, 이제 왓슨. 햇볕 속에서 잠시 산책을 해볼까."

머릿속은 복잡했지만 일말의 따뜻한 희망을 마음에 담은 채, 나는 내 친구와 함께 정원을 걸었다. 홈즈는 집의 사면을 차례대로 돌며 아주 신중하게 조사했다. 그 다음엔 안으로 들어가, 지하부터 다락방까지 모든 건물내부를 살폈다. 대부분의 방에 가구가 없었지만, 그럼에도 홈즈는 꼼꼼하고 세밀하게 검사했다. 마지막으로, 비어있는 세 개의 침실로 이어지는 윗층 복도에 올라서자 그는 또다시 한바탕 즐거움에 사로잡혔다.

"이 사건에는 정말 독특한 요소가 있네, 왓슨."

그가 말했다.

"이제 우리의 친구 레스트레이드를 만나 털어놓고 이야기할 시간이 된 것 같군. 그는 우리를 비웃었지만, 지금은 우리가 그만큼 갚아주게 될 걸세. 이 사건에 대한 내 해법이 정확하다면 말이야. 그래, 그래. 어떻게 해야 할지 방법이 생각났네."

홈즈가 찾아갔을 때, 런던 경찰청 경감은 아직 거실에서 조서를 쓰고 있었다.

"이 사건 조서를 쓰고 계시는군요."

"그렇습니다."

"조금 이르다고 생각하지 않습니까? 당신의 증거가 완전하지 않다는 생각이 떠나질 않는군요."

레스트레이드는 내 친구를 너무도 잘 알고 있었기에 그의 말을 무시할 수가 없었다. 그는 펜을 놓고 호기심 어린 얼굴로 홈즈를 보았다.

"무슨 말씀이십니까, 홈즈 씨?"

"당신이 만나지 않은 중요한 증인이 있다는 겁니다."

"데려올 수 있습니까?"

"그럴 수 있을 것 같군요."

"그럼 데려오십시오."

"최선을 다해 보지요. 경관은 몇 명이 있습니까?"

"부르면 올 수 있는 경관이 셋입니다."

"잘됐군요!"

홈즈가 말했다.

"모두 체구가 크고 목소리가 우렁찬 사람들이겠지요?"

"그건 말할 것도 없습니다만, 목소리가 무슨 관계가 있는지 모르겠습니다."

"그건 곧 알려드리지요. 그리고 한두 가지 더 알게 될 겁니다."

홈즈가 말했다.

"경관들을 불러주십시오. 그럼 시작하지요."

5분 후, 경관 세 명이 현관에 집합했다.

"헛간에 꽤 많은 짚단이 있을 걸세."

홈즈가 말했다.

"가서 두 단을 가져오길 부탁하네. 그러면 내가 원하는 증인을 불러내는데 큰 도움이 될 걸세. 대단히 고맙네. 왓슨, 주머니에 성냥이 있겠지? 자, 레스트레이드 씨. 모두 함께 맨 위층 층계참으로 올라갑시다."

앞서 말한 바와 같이, 그곳에는 세 개의 빈 침실로 이어지는 넓은 복도가 있었다. 셜록 홈즈는 그 복도 끝에 우리 모두를 일렬로 세웠다. 경관들은 이죽거리며 웃었고, 레스트레이드는 내 친구를 빤히 보고 있었는데 혼란과 기대, 비웃음이 그의 표정에 번갈아 나타나고 있었다. 홈즈는 공연을 하는 마술사처럼 우리 앞에 섰다.

"물을 두 양동이 떠오도록 경관 한 명을 보내주시겠습니까? 그 짚단은 여기 마루에 두게. 양쪽 벽에서 떨어뜨려서 말이야. 자 모든 준비가 끝난 것 같군요."

레스트레이드의 얼굴은 화가 난 듯 붉어지기 시작했다.

"셜록 홈즈 씨, 도대체 우리와 무슨 장난을 하려는 것인지 모르겠습니다."

그가 말했다.

"아시는 게 있으면 이따위 광대짓은 집어치우고 그냥 얘기해주십시오."

"이봐요, 레스트레이드. 내가 하는 이 모든 일에는 확실한 이유가 있다는 것을 보증하지요. 몇 시간 전, 당신이 유리한 상황일 때 나를 조롱한 것을 기억하고 있을 겁니다. 그러니 내가 지금 겉치레와 격식을 약간 차린다고 해서 원망하면 안 되지요. 왓슨, 저 창문을 열고나서 성냥으로 짚단 끝에 불을 붙여주겠나?"

시킨 대로 하자, 마른 짚단이 탁탁 소리를 내며 불꽃을 일으켰고, 바람이 들어와 복도에는 소용돌이치는 회색 연기가 낮게 깔렸다.

"자, 레스트레이드. 이제 증인을 찾아낼 수 있는지 봅시다. 모두 함께 '불이야!' 소리쳐주시겠습니까? 자, 그럼, 하나, 둘, 셋."

"불이야!"

우리는 일제히 소리 질렀다.

"고맙습니다. 괜찮다면 다시 한 번 합시다."

"불이야!"

"여러분, 한 번만 더, 다 함께."

"불이야!"

그 함성은 노우드 전체에 울려 퍼졌을 것이다.

소리가 다 멈추기도 전에 놀라운 일이 벌어졌다. 복도 끝 단단한 벽으로 보였던 곳에서 갑자기 문이 활짝 열리더니, 키가 작고 여윈 남자가 굴에서 나오는 토끼처럼 뛰어나왔다.

"훌륭하군!"

홈즈는 침착하게 이야기했다.

"왓슨, 짚단에 물 한 양동이를 뿌리게. 그러면 충분할 거야! 레스트레이드, 사라졌던 중요한 증인을 소개해드리지요. 조너스 올대커 씨입니다."

경감은 깜짝 놀라며 새로 나타난 인물을 바라보았다. 그 사람
은 복도의 밝은 빛에 눈을 깜빡이더니 연기가 피어오르는 짚단과
우리들을 자세히 살펴보았다. 가증스러운 그 얼굴은, 교활하고 심
술궂으며 사악해 보였고, 밝은 회색 눈과 하얀 눈썹은 의뭉스러웠
다.

"그럼, 이게 뭐요?"

레스트레이드가 마침내 입을 열었다.

"그동안 대체 뭘 하고 있던 거요?"

화가 나서 얼굴이 시뻘겋게 된 레스트레이드 앞에서 올대커는
몸을 움츠리며 어색한 미소를 지었다.

"피해를 끼친 건 없습니다."

"피해가 없다고? 죄 없는 사람을 교수대로 보내려고 애를 썼잖
소. 여기 이 신사분이 없었다면 당신이 성공했을 지도 모르겠군."

그 비열한 작자는 울먹이기 시작했다.

"나리, 저는 그저 장난을 좀 쳤을 뿐입니다."

"오! 장난이라고? 내 장담하건대, 당신 편을 드는 사람은 아무
도 없을 걸. 이 자를 아래로 데려가서, 내가 갈 때까지 응접실에 가
둬 놔."

경관이 그를 데려간 뒤 레스트레이드는 말을 이었다.

"홈즈 씨, 경관들 앞에서는 얘기할 수 없었습니다. 그런데 왓슨
선생님 앞에서는 얘기할 수 있을 것 같군요. 어떻게 하신 일인지
저한테는 수수께끼입니다만, 정말 훌륭하게 일을 해내셨습니다. 죄

없는 사람의 목숨을 구하셨고, 매우 중대한 스캔들이 터져서 경찰로서의 제 명성이 땅에 떨어지는 걸 막아주셨습니다."

홈즈는 웃으며 레스트레이드의 어깨를 가볍게 두드렸다.

"명성이 땅에 떨어지는 대신에 아주 높이 올라갈 겁니다, 레스트레이드. 쓰고 있던 보고서를 약간만 고치면 되지요. 그러면 레스트레이드 경감의 눈을 속인다는 것이 얼마나 어려운 일인지 사람들이 다 알게 될 겁니다."

"당신의 이름이 나타나길 원하지 않으십니까?"

"전혀요. 일이 나에겐 보상입니다. 아마도 먼 훗날엔 나 역시 영예를 얻게 되겠지요. 나의 열정적인 역사가가 또다시 기록을 시작하면 말입니다. 그렇지 않은가, 왓슨? 자, 이제 생쥐가 숨어있던 곳을 보기로 하세."

복도 끝에서부터 6피트* 되는 곳까지 회칠을 한 칸막이**가 붙어 있었고, 그 안에 문이 교묘하게 감춰져 있었다. 처마 밑의 틈 사이로 빛이 들어왔다. 안에는 가구 몇 개, 비축해 놓은 음식과 물, 그리고 몇 권의 책과 서류가 있었다.

"건축가라는 것이 도움이 되었군요."

밖으로 나오며, 홈즈가 말했다.

"어떤 도움도 없이 스스로 이 작은 은신처를 만들 수 있었으니까요. 물론 소중한 가정부의 역할도 있었지요. 레스트레이드, 지체

---

* 약 1.8m
** 가는 나무막대로 살을 만들고 그 위에 회칠을 한 것으로, 영국에서는 건물 내벽에 붙이는 내장재로 쓰였다. lath and plaster.

없이 그녀를 체포해야할 겁니다."

"말씀대로 하겠습니다. 그런데 이 장소를 어떻게 아시게 된 겁니까, 홈즈 씨?"

"그 작자가 집 안에 숨어있을 거란 생각을 하게 되었지요. 보폭으로 재어보니, 여기 복도가 아래층에 비해서 6피트 짧은 것을 알았습니다. 그가 있는 곳이 분명했지요. 나는 그가 불이 났다는 소리에도 조용히 누워있을 만큼 대담하지 않을 것이라 생각했습니다. 물론, 우리가 들어가서 끌어낼 수도 있었지만 스스로 나타나게 하는 것이 더 재미있었지요. 덧붙여서, 레스트레이드, 당신이 아침에 조롱했던 것을 작은 장난으로 갚아준 겁니다."

"아, 그렇다면 이제 서로 공평해졌군요. 그런데 그 자가 집 안에 있다는 건 대체 어떻게 안 겁니까?"

"엄지손가락 자국입니다, 레스트레이드. 당신이 결정적 증거라고 말했는데, 그건 그랬지요. 전혀 다른 뜻으로 말입니다. 나는 그 전날엔 자국이 없었다는 걸 알았습니다. 당신이 지금까지 봐왔겠습니다만, 나는 모든 걸 세밀하게 신경 쓰는 사람이고, 내가 현관을 조사했을 때 분명 벽은 깨끗했지요. 따라서 밤사이에 누가 찍은 것이 됩니다."

"하지만 어떻게?"

"아주 간단합니다. 그 서류봉투를 봉할 때, 조너스 올대커는 맥팔레인에게 엄지손가락으로 부드러운 왁스를 눌러 봉하도록 시킨 것이지요. 너무나 빠르고 자연스럽게 이루어졌기 때문에 그 청년은 기억도 못할 겁니다. 그런 까닭에 올대커도 그걸 이용할 의도는 없었지요. 밀실에서 지내면서 사건에 대해 곰곰이 생각하다가, 엄지손가락 자국을 이용하면 맥팔레인에게 결정적이고 치명적인 증거를 만들 수 있다는 걸 불현듯 떠올리게 된 것입니다. 봉인에서 지문이 찍힌 밀랍을 떼어내고, 자신의 손가락을 찔러서 필요한 만큼 피를 적신 다음, 밤 사이에 벽에다 자국을 만드는 건 식은 죽 먹기나 다름없는 쉬운 일이었지요. 자신이 직접 했거나, 아니면 가정부를 시켰을 겁니다. 그가 은신처에 들어갈 때 가지고 간 서류들을 조사해 보면, 엄지손가락 자국이 있는 봉인을 찾을 수 있다는 데 내기를 걸어도 좋습니다."

"훌륭합니다!"

레스트레이드가 말했다.

"훌륭해요! 말씀하신 것이 모두 수정처럼 명확하군요. 그런데 홈즈 씨, 이런 엄청난 사기극을 벌인 목적은 무엇입니까?"

거만했던 형사의 태도가 갑자기 바뀌어 선생님에게 질문하는 어린이처럼 변한 것을 보니 나는 유쾌한 기분이 들었다.

"음, 그걸 설명하는 건 별 어려운 일이 아닙니다. 저 아래층에서 우리를 기다리고 있는 신사는 아주 음흉하고 사악하며 원한을 품은 인물이지요. 예전에 맥팔레인의 어머니에게 구혼했다가 거절당한 것을 알고 있습니까? 모르는군요! 블랙히스를 먼저 가고 노우드를 나중에 가야한다고 내가 말했을 텐데요. 어쨌든 간에, 이걸 상처로 생각한 그는 사악하고 교활한 머릿속에 담아두고 평생 동안 복수를 갈망해왔지만, 기회를 잡을 수가 없었습니다. 최근 한두 해 동안, 그는 일이 잘되지 않았지요. 내 생각엔 비밀 투기를 한 것 같은데 아주 좋지 않은 상황에 처하게 된 겁니다. 그는 채권자로부터 돈을 빼돌리기로 결심하고, 그러기 위해 거액의 수표를 코넬리우스라는 사람에게 지불합니다. 아마도 그의 다른 이름이겠지요. 아직이 수표를 추적해보진 않았지만, 올대커가 코넬리우스라는 이름으로 가끔씩 가서 이중생활을 하는 어느 시골 마을 은행에 입금되어 있을 것이 틀림없습니다. 그는 이름을 완전히 바꾸고 돈을 인출해사라진 뒤, 어딘가 다른 곳에서 새로운 인생을 시작하려고 한 것이지요."

"아, 정말 그럴 듯합니다."

"몸을 감출 때에 옛 연인의 단 하나 뿐인 아들에게 살해당한것으로 하면, 모든 추적으로부터 자유로울 뿐 아니라 동시에 그녀에게도 엄청나고 충격적인 복수를 할 수 있다는 생각이 떠오른 겁니다. 악랄하기가 최고 경지에 이른 일이었고, 그는 전문가처럼 일을 진행했지요. 범죄의 명확한 동기가 되는 유언장을 고안해낸 것, 부모 모르게 비밀리에 방문하도록 한 것, 지팡이를 남겨두게 한 것, 핏자국, 동물 시체와 단추들은 목재더미에 둔 것 등, 모두가 감탄할만한 일입니다. 몇 시간 전만 해도, 도저히 빠져나갈 수없는 그물처럼 보였지요. 그런데, 그에겐 하늘이 내린 예술가의 재능이 없었기때문에 언제 그만둬야할 지를 몰랐습니다. 불행한 희생자의 목에둘러진 밧줄을 더욱 바짝 당기듯이, 이미 완벽한 상태인 것을 더향상시키려고 하다가 모든 걸 망쳐버린 겁니다. 레스트레이드, 내려갑시다. 그 자에게 질문할 것이 한두 가지 남아있습니다."

그 사악한 인간은 자신의 응접실에 앉아 있었고, 경관은 양쪽에 서 있었다.

"이건 장난입니다. 나리. 정말 장난이라고요. 다른 뜻은 없어요."

그는 끊임없이 우는 소리로 사정했다.

"정말입니다, 제가 없어지면 어떻게 되는지 보려고 숨어있던 것 뿐이에요. 나리께서는 제가 불쌍한 청년 맥팔레인에게 해를 끼치려고 했다는, 그런 말도 안 되는 생각을 하진 않으시겠지요."

"그건 배심원이 판단할 문제요."

레스트레이드가 말했다.

"어쨌든 간에, 당신을 고의 살인 모의가 아닐지라도, 살인 미수 혐의로 기소할 것이오."

"그리고 채권자들이 코넬리우스 씨의 은행 계좌를 몰수할 겁니다."

그 작은 체구의 남자는 흠칫 놀라며, 사악한 눈으로 내 친구를 돌아보았다.

"대단히 감사하다는 말을 해야겠군."

그가 말했다.

"언젠가는 이 빚을 갚고 말겠다."

홈즈는 관대하게 미소를 지었다.

"내 생각에는, 앞으로 몇 년 간 바쁘게 보내실 것 같은데."

홈즈가 말했다.

"그나저나, 낡은 바지와 함께 목재 더미에 던져 넣은 건 뭐였습니까? 죽은 개? 토끼? 아니면 다른 거? 말하지 않겠다고? 이런, 이렇게도 불친절할 수가! 됐어요. 됐습니다. 내가 보기에 토끼 두 마리면 그 핏자국이나 숯이 된 유골을 잘 설명할 것 같군. 왓슨, 자네가 이 보고서를 쓰게 된다면, 토끼가 거기에 가장 잘 어울릴 것 같네."

춤추는 사람

홈즈는 몇 시간 동안 말없이 앉아서, 길고 여윈 등을 화학실험 용기 앞으로 구부린 채 악취가 심하게 나는 물질을 만들고 있었다. 머리를 깊이 숙이고 있기에, 내가 있는 쪽에서 보면 흐릿한 회색 깃털과 검은 벼슬을 지닌 괴상하고 홀쭉한 새처럼 보였다.

"그래, 왓슨."

그가 갑자기 말을 꺼냈다.

"남아프리카 주식에는 투자하지 않을 생각이지?"

나는 깜짝 놀랐다. 홈즈의 별난 재능에는 익숙했지만, 이렇듯 갑자기 내 마음 속 깊은 생각에까지 침입해 들어오다니 도무지 이해가 가질 않았다.

"대체 그건 어떻게 안 건가?"

내가 물었다.

그는 증기가 올라오는 시험관을 손에 든 채, 앉아있는 의자를 빙 돌렸는데 움푹 파인 두 눈이 즐거움으로 빛나고 있었다.

"자, 왓슨. 깜짝 놀랐다는 걸 고백하게."

"사실이네."

"그 사실을 종이에 적고 사인을 받아야겠군."

"어째서?"

"오 분 후에는 모두가 터무니없이 간단한 일이라고 얘기할 테니 말일세."

"그런 말은 절대 하지 않겠네."

"이보게, 왓슨. 그러니까,"

그는 시험관을 선반에 기대놓고, 교수가 자신의 학생들에게 말하는 것처럼 강의를 시작했다.

"연속되는 추론을 구성해내는 것은 그리 어려운 일이 아니라네. 하나하나는 그 앞의 것과 연관되고, 그 하나 자체는 단순한 것이거든. 추론을 구성한 후에, 모든 중간 과정을 생략하고 처음과 결론만 청중에게 내놓는다면 좀 저속하기는 해도 깜짝 놀라게 하기엔 효과적이지. 지금은 자네 왼손 검지와 엄지 사이의 홈을 보고서 자네가 가진 작은 재산을 금광에 투자하지 않기로 했다는 걸 분명하게 느낄 수 있었는데, 그건 정말 별로 어려운 일이 아니라네."

"나는 그 연관성을 모르겠네."

"그럴 걸세. 하지만 내가 곧 밀접한 연관성을 보여주도록 하지. 여기 아주 간단한, 빠진 연결고리가 있네. 첫째, 지난 밤 자네가 클럽에서 돌아왔을 때 왼손 검지와 엄지 사이에 초크가 묻어 있었지. 둘째, 자네는 당구를 칠 때 큐를 안정적으로 잡기 위해 초크를 바르네. 셋째, 자네는 서스턴 아니면 당구를 치지 않지. 넷째, 4주 전에 자네가 말하기를, 써스턴이 남아프리카 자산에 대한 한 달짜리 옵션*을 가지고 있는데, 자네와 같이 투자하길 원한다고 했네.

---

* option : 주식, 채권 등 특정 자산을 장래의 일정 시점에 미리 정한 가격으로 사고 팔 수 있는 권리.

다섯째, 자네 수표책은 잠가놓은 내 서랍에 들어있는데 열쇠를 달라고 하지 않았지. 여섯째, 이렇게 해서 자네는 돈을 투자하지 않기로 한 것이지."

"정말 터무니없이 간단하군!"

나는 큰소리로 말했다.

"바로 그걸세!"

그는 약간 화가 나서 말했다.

"어떤 문제이든 간에 자네에게 설명만 하면 아주 유치한 것이 되고 마는군. 여기 아직 풀지 못한 문제가 있네. 이봐, 왓슨. 자네가 풀 수 있는 지 보게."

그는 탁자 위에 종이 한 장을 던져 놓고는, 화학분석으로 다시 돌아갔다.

나는 종이 위에 쓰인 우스꽝스런 그림문자를 보고는 깜짝 놀랐다.

"아니, 홈즈. 이건 아이들이 그린 그림이군."

내가 소리쳤다.

"오, 그건 자네 생각이지!"

"그럼 뭐란 말인가?"

"그게 바로 노퍽 주*, 리딩 도프의 영주 힐튼 큐빗 씨가 무척이나 알고 싶어 하는 것이라네. 이 작은 수수께끼가 우편으로 먼저 도착했고, 그는 다음 기차로 따라온다고 했네. 벨이 울리는군, 왓슨. 그 사람이 온 것이 틀림없네."

---

* 잉글랜드 동부에 있는 주. 미국 버지니아 주에 같은 이름의 도시가 있다.

계단을 올라오는 무거운 발소리가 들리더니, 곧이어 키가 크고 혈색 좋고 깨끗이 면도한 신사가 들어왔다. 그의 맑은 눈과 발그스름한 뺨은 베이커 가의 안개로부터 멀리 떨어진 곳에서 살고 있음을 말해주었다. 그가 들어오자, 강렬하고 신선하며 상쾌한 동부해안의 공기가 함께 불어온 것 같았다. 우리들과 각각 악수를 나눈 뒤 앉으려던 그는 내가 막 살펴보고 나서 탁자 위에 놓아둔 이상한 표식들이 있는 종이에 시선을 멈췄다.

"아, 홈즈 씨. 이걸 어떻게 생각하십니까?"

그가 소리쳤다.

"기묘한 수수께끼를 좋아하신다고 들었는데, 이것보다 더 기묘한 것은 보지 못하셨을 겁니다. 그래서 제가 오기 전에 연구할 시간을 드리려고 저 종이를 먼저 보냈습니다."

"꽤 기묘한 물건인 건 확실하군요."

홈즈가 말했다.

"처음 봤을 땐 아이들의 장난처럼 보입니다. 종이 위에 우스꽝스럽고 작은 모습들이 춤추고 있는 걸 그려놓았군요. 이런 괴상한 물건이 어째서 중요하다고 생각하시는 것인지요?"

"저는, 홈즈 씨, 전혀 그렇게 생각하지 않았습니다만, 제 아내는 그렇습니다. 아내는 그게 너무 무서워서 죽을 지경입니다. 아무 말도 하지 않지만, 공포가 눈 속에 서려있다는 걸 저는 알 수 있습니다. 제가 이 문제를 끝까지 조사해보려는 이유가 바로 이겁니다."

홈즈는 그 종이를 집어 들어, 햇빛에 잘 비추어 보았다. 그건 공책에서 한 장을 찢어낸 것이었다. 표식들은 연필로 그렸는데, 내용은 다음과 같다.

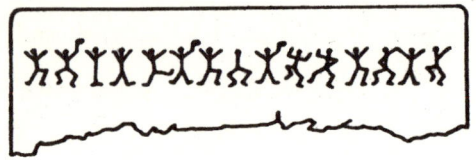

홈즈는 한참동안 살펴보더니 조심스럽게 접어서 수첩 안에 넣었다.

"이건 아주 흥미롭고 평범치 않은 사건이 될 것 같군요."

그가 말했다.

"힐튼 큐빗 씨, 편지에서 어느 정도 상세한 설명을 하셨지만, 내 친구 왓슨 선생을 위해서 다시 한 번 설명해주시면 감사하겠습니다."

"저는 이야기를 잘 하는 사람은 아닙니다."

방문객은 불안한 듯, 크고 강인한 손을 쥐었다 폈다 하면서 말했다.

"분명하지 못한 점은 무엇이든 물어봐주십시오. 작년에 제가 결혼하던 시기부터 이야기를 시작하겠습니다. 무엇보다도 먼저 말씀드리고 싶은 것은, 저는 부유한 사람이 아니지만, 제 친족은 리딩도프에서 5세기 동안이나 살아왔기 때문에 노퍽 주에서 우리만큼 유명한 집안은 없습니다. 작년, 저는 빅토리아 여왕 즉위 60년제를 보려고 런던에 올라와 러셀 스퀘어에 있는 하숙집에 머물렀지요. 우리 교구의 목사 파커가 그곳에 묵고 있었기 때문입니다. 거기엔 이름이 패트릭, 엘시 패트릭이라는 젊은 미국인 아가씨가 있었습니다. 어쩌다보니 우리는 친구가 되었고, 한 달 머무르는 기간이 지나기도 전에 그녀를 더할 수 없이 사랑하게 되었지요. 우리는 등기소에서 조용히 결혼을 했고, 부부가 되어 노퍽으로 돌아왔습니다. 홈즈 씨, 유서 깊고 훌륭한 가문의 남자가 이런 식으로, 부인의 과거나 가문 같은 건 알지도 못한 채 결혼하는 것은 너무도 정신 나간 일이라 생각하시겠지요. 하지만 그녀를 보고, 그녀를 알게 된다면, 이해하게 되실 겁니다.

그녀는, 그러니까 엘시는 그 부분에 대해 아주 태도가 분명했습니다. 제가 원한다면 언제든 결혼을 그만 둘 기회를 주지 않은 것도 아닙니다. 〈저는 살아오면서 좋지 못한 사람들과 관련이 있었어요.〉 그녀가 말했습니다. 〈그 사람들을 모두 잊어버리고 싶어요. 너무 고통스러운 일이기에 과거에 대해선 전혀 언급하고 싶지 않아요. 힐튼, 당신이 나를 데려간다면, 나 개인으로서는 한 점 부끄럼이 없는 여자를 데려가는 거예요. 하지만 그 말로서만 만족해야만 하고, 당신의 여자가 되기 전 과거에 대해서는 침묵하도록 허락해주셔야 해요. 이 조건을 받아들이기 어렵다면, 당신은 노퍽으로 돌아가고, 나는 당신을 만나기 전 혼자이던 시절로 돌아가게 해주세요.〉 그녀가 이 말을 한 때는 우리의 결혼식 바로 전날이었습니다. 저는 그 조건대로 기꺼이 그녀를 받아들이겠다고 말했고, 그 약속을 충실하게 지켜왔습니다.

그래서 우리가 결혼한 지 이제 일 년이 되었고, 아주 행복하게 살아왔지요. 그런데 한 달 전쯤, 유월 말에 사건의 첫 번째 징후가 보였습니다. 어느 날 제 아내가 미국에서 온 편지를 한 통 받았습니다. 미국 소인이 찍힌 것을 보았지요. 아내는 죽은 사람처럼 창백해졌고, 편지를 읽고 나서 벽난로 불 속으로 던져버렸습니다. 그러고 나서 그녀는 아무 말도 하지 않았지요. 약속은 약속이었기 때문에 저는 아무것도 할 수 없었습니다만, 아내는 그 순간 이후로는 한순간도 편히 지내질 못했습니다. 마치 무언가를 예상하고 기다리고 있는 것처럼 항상 얼굴에 두려운 빛이 있었습니다. 아내가 저를 신뢰하면 좋았을 텐데요. 그랬다면 가장 훌륭한 후원자라는 걸 알았을 겁니다. 하지만 그녀가 말을 할 때까지 저는 아무 말도 할 수가 없지요. 홈즈 씨, 이건 알아주시길 바랍니다. 아내는 진실한 여성이고, 과거에 어떤 문제가 있었던 간에 그녀의 잘못은 아닙니다. 저는 그저 노퍽의 지주일 뿐이지만, 영국에서 나보다 더 가문의 명예를 중요하게 생각하는 사람은 없습니다. 아내도 그걸 잘 알고 있지요. 결혼 전부터 잘 알고 있었습니다. 그 명예에 절대 먹칠을 하지 않으리란 걸 저는 확신합니다.

자, 이제 이야기는 기묘한 부분으로 들어갑니다. 약 일주일 전, 그러니까 지난 주 화요일이었습니다. 창틀 중 하나에, 종이에 있는 것과 같은 작은 사람이 춤추는 우스꽝스런 그림이 있는 걸 발견했습니다. 그건 분필로 조잡하게 그린 것이었지요. 저는 마구간 아이가 그렸다고 생각했는데, 그 아이는 전혀 모르는 일이라고 주장하더군요. 어쨌든 간에, 밤사이에 그려진 것이었습니다. 그걸 싹 지우고 난 뒤 나중에 가볍게 그 일에 대해 아내에게 얘기했지요. 놀랍게도 아내는 매우 심각하게 받아들이고, 만약 또 그런 일이 있으면 자신에게 꼭 보여 달라고 간곡하게 얘기하더군요. 일주일 동안 아무 일도 없었는데, 어제 아침 이 종이가 정원에 있는 해시계 위에 놓여있는 걸 발견했지요. 엘시에게 보여주었더니 정신을 잃고 쓰러졌습니다. 그 이후로부터 아내는 꿈을 꾸고 있는 듯, 반쯤 정신이 나간 것 같았고, 눈에는 언제나 두려움이 숨어있었습니다. 홈즈 씨, 그래서 당신께 편지를 쓰고 그 종이를 보낸 겁니다. 경찰에는 이 일을 가져갈 수가 없습니다. 저를 비웃을 테니까요. 하지만 당신은 제가 어떻게 해야 할지 말씀해 주시겠지요. 저는 부자는 아닙니다만 제 소중한 여인을 협박하는 위험이 있다면, 그녀를 보호하기 위해 제 마지막 남은 동전 하나까지도 쓸 것입니다."

오래된 영국의 땅에서 태어난 그는, 커다랗고 정직해 보이는 푸른 눈과 훤하게 잘생긴 얼굴을 지녔고, 꾸밈없고 솔직하며 온화한 성품을 갖춘 훌륭한 사람이었다. 그의 얼굴에선 아내에 대한 사랑과 믿음이 환하게 드러나 보였다. 홈즈는 최대한 집중해서 그의 이야기를 듣고 있었고, 이제는 조용히 앉아 한참 동안 생각에 잠겨 있었다.

"큐빗 씨, 가장 좋은 방법은,"

이윽고 홈즈가 입을 열었다.

"아내 분께 직접 이야기해서, 비밀을 함께 나누자고 하는 것이 아닐까요?"

힐튼 큐빗은 그의 커다란 머리를 흔들었다.

"홈즈 씨, 약속은 약속입니다. 엘시가 제게 이야기하길 원한다면 그렇게 하겠지요. 그렇지 않다면, 강제로 비밀을 털어놓으라고

할 순 없습니다. 하지만 제가 스스로 할 일을 하는 건 정당한 일이니, 그렇게 할 겁니다."

"그렇다면 전력을 다해 도와 드리겠습니다. 우선, 주변에 이방인을 보았다는 얘길 들은 적이 있으신지요?"

"없습니다."

"제 생각에 그곳은 매우 조용한 지방인 것 같습니다. 새로운 얼굴이 나타나면 소문이 나겠지요?"

"가까운 이웃이라면 그렇습니다. 그런데 멀지 않은 곳에 작은 해수욕장이 몇 군데 있습니다. 그리고 농부들이 숙박객을 받지요."

"이 상형문자는 분명 뜻이 있습니다. 만약 그저 제멋대로 쓴 것이라면 우리가 해독하는 건 불가능하겠지요. 그 반면에, 체계가 있는 것이라면 틀림없이 내용을 모두 알아낼 수 있을 겁니다. 그런데 이 독특한 표본은 너무 짧아서 저로서는 아무것도 할 수가 없고, 당신이 가져온 사건은 막연해서 조사를 할 근거가 되지 못하는군요. 노퍽으로 돌아가서 주의를 기울이고 있다가 또다시 춤추는 사람 그림이 새로 나타나면 정확히 적어두시길 바랍니다. 창문틀에 분필로 쓰여 있던 것을 모사해두지 못한 것은 매우 유감이군요. 인근에 이방인이 나타나지 않았는지도 신중하게 알아보시기 바랍니다. 새로운 증거를 입수하면 저한테 다시 오십시오. 힐튼 큐빗 씨, 이것이 제가 해드릴 수 있는 최선의 조언입니다. 만일 새로운 일이 급박하게 발생한다면, 곧장 노퍽으로 당신을 만나러 가겠습니다."

이 만남 이후 셜록 홈즈는 깊은 생각에 빠졌다. 다음 며칠 동안은 수첩에서 종이를 꺼내, 그 위에 그려진 기이한 그림을 한참 동안 진지하게 바라보는 모습을 볼 수 있었다. 그 사건에 대해선 아무런 언급을 하지 않았지만, 2주 정도가 지난 어느 날 오후 내가 외출하려던 때에 그가 뒤에서 나를 불렀다.

"왓슨, 여기 있는 편이 좋겠군."

"어째서?"

"오늘 아침, 힐튼 큐빗으로부터 전보가 왔다네. 춤추는 사람 그림의 힐튼 큐빗을 기억하겠지? 1시 20분에 리버풀 가(街)에 도착했어. 곧 여기로 올 걸세. 전보로 추측해보건대 중요한 사건이 생긴 것 같네."

얼마 기다리지 않아, 노픽의 지주는 역에서 곧장 이륜마차를 타고 전속력으로 달려왔다. 근심이 가득하고 침울한 모습에, 눈은 피로해보이고 이마에는 주름이 잡혀있었다.

"홈즈 씨, 이 일 때문에 점점 신경과민이 되고 있습니다."

그는 녹초가 된 사람처럼 안락의자에 주저앉았다.

"무언가 음모를 꾸미고 있는 사람에게 둘러싸여 있는데, 그 사람이 누구인지도 모르고, 보이지도 않는다면 홈즈 씨도 불쾌한 기분일 겁니다. 게다가 아내는 서서히 죽어가고 있으니 피와 살을 지닌 인간으로서는 견뎌낼 수가 없군요. 그녀는 점점 시들어가고 있습니다. 바로 제 눈앞에서 말입니다."

"부인께서 아직 아무 말도 하지 않았습니까?"

"그렇습니다. 홈즈 씨. 안했습니다. 그 가엾은 여자는 몇 번이고 말하고 싶어 했지만, 여전히 털어놓지를 못하더군요. 저는 아내를 도우려고 애를 썼습니다만, 서툴게 행동한 탓에 오히려 겁을 먹고 물러나게 만들었습니다. 아내는 유서 깊은 우리 집안과 이 고장에서 얻은 명성, 오점이라곤 없는 자랑스러운 명예 등에 대해 이야기를 했고, 중요한 얘기를 꺼내는 듯하다가 언제나 원점으로 돌아가곤 했지요."

"그래도 직접 찾아낸 것이 있으시겠지요?"

"많이 있습니다, 홈즈 씨. 조사에 도움이 될 새로운 춤추는 사람 그림을 몇 개 가져왔습니다. 그리고 무엇보다 중요한 것은 그 작자를 봤다는 겁니다."

"뭐라고요? 그걸 그린 자를?"

"네. 그리고 있는 걸 봤습니다. 그런데 모든 얘기를 순서대로 해드리겠습니다. 이곳을 방문하고 돌아간 뒤, 다음 날 아침에 제가 처음으로 본 것은 새로운 춤추는 사람 그림이었지요. 연장 창고의 검은색 문에 분필로 그렸더군요. 창고는 앞 창문에서 훤히 보이는 잔디밭 한편에 있습니다. 여기에 그대로 베껴왔습니다."

그는 종이 한 장을 펼쳐서 탁자 위에 올려놓았다. 아래는 그 상형문자의 복사본이다.

𝕏𝕏𝕏𝕏𝕩𝕪𝕏𝕏

"훌륭하군요!"

홈즈가 말했다.

"훌륭합니다! 말씀을 계속하시지요."

"그걸 베껴 쓴 후에 지워버렸습니다만, 이틀이 지난 뒤 아침에 새로운 그림이 나타났습니다. 여기 베껴놓은 그림이 있습니다."

홈즈는 두 손을 비비고 기뻐하며 껄껄 웃었다.

"재료가 빠르게 쌓이고 있군."

그가 말했다.

"사흘 뒤에는 메시지를 휘갈겨 쓴 종이가 해시계 위에 있는 조약돌 밑에 놓여 있더군요. 이겁니다. 보시다시피, 마지막 것과 완전히 똑같은 기호입니다. 그 후에 저는 숨어서 기다리기로 결심을 하고, 권총을 지닌 채 잔디밭과 정원이 내다보이는 서재에 자리 잡고 앉았습니다. 새벽 두 시 쯤, 저는 창가에 앉아 있었는데 달빛이 밖에서 비추고 있을 뿐 모든 것이 암흑이던 때였지요. 등 뒤로 발소리가 들리더니 아내가 실내복을 입고 나타났습니다. 아내는 침실로 가자고 간청을 했습니다. 저는 누가 저런 말도 안 되는 장난을 하는지 보고 싶다고 솔직하게 말했지요. 그녀는 별 의미 없는 장난에 불과하다며 신경 쓰지 말라고 하더군요.

〈힐튼, 그게 정말 신경 쓰인다면, 우리 둘이 여행을 떠나요. 그러면 성가신 일을 피할 수 있잖아요.〉

〈이런 장난꾼 따위를 피하려고 자기 집에서 도망친다는 거요? 세상 모든 사람들이 우릴 보고 비웃을 거요.〉

제가 말했습니다.

〈이제 침실로 가요. 아침에 이야기하면 되잖아요.〉

아내가 말했습니다.

이렇게 말하는 그 순간, 갑자기 달빛에 비친 아내의 하얀 얼굴이 더욱 하얗게 되더니 내 어깨를 잡은 손에 힘이 들어갔습니다. 무언가가 연장 창고 그늘 속에서 움직이고 있더군요. 검은 물체가 창고 모퉁이를 돌아서 문 앞에 웅크리고 앉는 것이 보였습니다. 권총을 손에 쥐고 뛰쳐나가는데, 아내가 두 팔로 나를 껴안더니 필사적으로 있는 힘을 다해 붙들었습니다. 떼어내려고 했지만 더욱 세게 매달리더군요. 마침내 아내를 뿌리치고 나서, 문을 열고 나가 창고에 도달했을 때에는 그 녀석이 사라진 뒤였습니다. 하지만 왔다 간 흔적은 있었지요. 제가 벌써 두 번이나 종이에 베꼈던 춤추는 사람 그림과 완전히 똑같은 것이 문에 그려져 있었습니다. 정원을 뛰어다니며 살펴보았지만 다른 흔적은 어디에도 보이지 않았습니다. 그런데 놀라운 일은 그녀석이 틀림없이 거기에 있었다는 겁니다. 아침에 다시 문을 조사해보니 이미 보았던 그림 아래에 몇 개 더 그려놓았더군요."

"새로운 그림을 가지고 계십니까?"

"네. 짧긴 하지만 베껴놓았지요. 여기 있습니다."

그는 또 다시 종이 한 장을 꺼내놓았다. 새로운 춤추는 사람 그림은 다음과 같은 모양이었다.

"그러니까."

이렇게 말하는 홈즈의 눈을 보니 꽤 흥분해 있다는 걸 알 수 있었다.

"이 그림은 앞의 것에 덧붙인 겁니까, 아니면 완전히 따로 그린 겁니까?"

"문의 다른 판자에 그려져 있었습니다."

"잘됐군요! 우리 목적을 달성하려면 이것이 가장 중요한 점입니다. 희망이 차오르는군요. 자, 힐튼 큐빗 씨. 흥미로운 이야기를 계속 해주시지요."

"홈즈 씨, 더 이상 말씀 드릴 것은 없습니다. 그날 밤에 살금살금 기어 다니던 악당 녀석을 잡을 수 있었는데, 아내가 저를 붙들어서 화가 났던 것 외엔 말입니다. 아내는 제가 다칠까봐 겁이 났다고 하더군요. 잠깐 동안, 제 마음 속에는 혹시 그녀가 정말 걱정한 것은 내가 아니라 그녀석이 아닐까하는 생각이 교차되었습니다. 그 녀석이 누구이며, 그 괴상한 기호가 무슨 의미인지에 대해 아내는 분명 알고 있을 테니까요. 하지만 홈즈 씨, 아내의 음성과 눈빛을 보니 진정으로 제 안전을 걱정하고 있다는 마음이 느껴져서 의심할 수가 없었습니다. 이제 모든 이야기를 다했으니, 제가 무엇을 해야 할 지 조언을 구하고 싶습니다. 제 마음대로 한다면, 제 농장 청년 대여섯 명을 관목숲에 숨겨 놓고 그녀석이 다시 오면 혼찌검을 내주게 해서, 앞으로는 그런 장난을 못하게 하고 싶습니다."

"그런 단순한 치료법을 쓰기엔 복잡한 사건 같군요."

홈즈가 말했다.

"런던에 얼마나 머물 생각이신지?"

"오늘 돌아가야 합니다. 무슨 일이 있어도 제 아내를 밤새 혼자 있게 할 수는 없습니다. 아주 불안한 상태인데다, 저에게 꼭 돌아오라고 하더군요."

"옳은 말씀입니다만, 머물러 계실 수 있다면 하루나 이틀 뒤에 저와 같이 돌아갈 수 있을 텐데요. 이 종이들은 두고 가시지요. 그러면 머지않아 제가 찾아가서 이 사건에 도움을 드릴 수 있을 것 같습니다."

셜록 홈즈는 방문객이 떠날 때까지 침착하게 직업적인 태도를 유지하고 있었다. 하지만 홈즈를 잘 알고 있는 나로서는, 그가 무척이나 흥분해있다는 걸 쉽게 느낄 수 있었다. 힐튼 큐빗의 넓은 뒷모습이 문 밖으로 사라지자마자, 내 친구는 탁자로 달려가 춤추는 사람 그림이 담긴 종이를 모두 앞에 펼쳐놓고 복잡하고 정교한 계산에 몰두했다. 두 시간 동안 나는 홈즈가 몇 장의 종이를 그림과 글자로 가득 채워 넣는 걸 지켜보았는데, 그는 일에 너무 흠뻑 빠져서 내가 있다는 것조차 완전히 잊어버렸다. 이따금 일에 진전이 있을 때에는 휘파람을 불며 노래를 불렀고, 어쩌다가 난제에 부딪쳤을 때는 이마를 찌푸리고 멍한 눈으로 한동안 앉아 있기도 했다. 마침내 환호성을 지르며 의자에서 벌떡 일어난 홈즈는 두 손을 비벼대며 방 안을 왔다 갔다 했다. 그러더니 전보용지에 긴 전신문을 적었다.

"왓슨. 내가 바라는 답신이 온다면, 자네 모음집에 아주 멋진 사건을 하나 추가할 수 있을 걸세."

그가 말했다.

"내일은 노퍽으로 내려가, 우리 친구를 괴롭히는 비밀에 관해 확실한 정보를 전해줄 수 있을 것 같네."

솔직히 말하자면 나는 호기심에 가득 차 있었다. 하지만 나는 홈즈가 자신이 원하는 시간에, 자신의 방법으로 발표하길 좋아한다는 것을 잘 알고 있었기에 스스로 털어놓을 때까지 기다리기로 했다.

그런데 회신이 늦어졌기 때문에, 초조하게 이틀을 보내는 동안 홈즈는 벨이 울릴 때마다 귀를 곤두세웠다. 이튿날 저녁, 힐튼 큐빗에게서 편지가 한 통 도착했다. 그날 아침 해시계 받침 위에 그림이 비문처럼 길게 그려져 있던 것 외엔 아무런 일도 일어나지 않았다고 했다. 그걸 베낀 종이를 동봉했는데, 아래는 그 그림을 모사한 것이다.

허리를 숙이고 몇 분 동안 이 기괴한 춤추는 사람의 행렬을 살펴보던 홈즈는 갑자기 놀라움과 당황스러움이 섞인 탄식을 지르며 벌떡 일어났다. 그의 얼굴은 근심으로 가득 차 초췌해보였다.

"사건이 너무 깊게 진행되도록 내버려두었어."

그가 말했다.

"오늘 밤 노스 월셤으로 가는 기차가 있나?"

나는 기차 시간표를 펼쳐보았다. 막차가 방금 떠났다.

"그러면 아침에 일찍 식사를 하고 첫차를 타야겠군."

홈즈가 말했다.

"지금 아주 긴박한 상황이라네. 아! 기다리던 전보가 왔군. 잠시만요, 허드슨 부인. 답장을 할 지도 모르겠군요. 아니, 됐습니다. 내가 예상했던 그대로일세. 이 내용을 보니, 힐튼 큐빗에게 한 시도 지체 없이 사건 상황을 알려줘야만 하겠네. 순진한 노퍽의 지주가 특이하고도 위험한 거미줄에 말려들었어."

정말 그랬다. 나에게는 그저 유치하고 기괴해보였던 이야기가 음울한 파국에 다다르게 되었고, 이제 다시 되돌아보자니 그때의 경악과 전율이 또다시 마음속에 가득 차는 느낌이다. 독자들에게 좀 더 밝은 결말을 전해주었으면 좋으련만, 이 글은 사건의 기록이니, 한때 영국 전역을 휩쓸었던 리딩 도프의 영주관 이야기는 기이한 사건의 사슬을 따라 어두운 국면으로 이어지지 않을 수가 없다.

노스 월셤에 내리자마자 우리는 행선지가 어느 쪽인지 물어보았는데, 그때 역장이 급하게 뛰어왔다.

"혹시 런던에서 온 형사 분이신지요?"

그가 물었다.

홈즈의 얼굴에 당혹한 표정이 지나갔다.

"어째서 그렇게 생각하시죠?"

"노리치'에서 온 마틴 형사가 방금 지나갔기 때문입니다. 그런데 의사 분이실 수도 있겠군요. 부인은 죽지 않았다고 들었는데, 최근 소식은 모릅니다. 아직 부인의 생명을 구할 수 있는 시간에 오신 것 같습니다. 결국 부인은 교수대에 오르겠지만요."

홈즈의 얼굴에 불안한 그림자가 드리워졌다.

"우리는 리딩 도프의 영주관으로 갑니다."

홈즈가 말했다.

"그런데 그곳에서 무슨 일이 일어났는지는 아무것도 듣지 못했습니다."

"끔찍한 일입니다."

역장이 말했다.

"힐튼 큐빗 씨와 그의 부인 둘 다 총에 맞았지요. 부인이 남편을 쏘고 그 다음에 자신을 쐈다고 하인들이 말하더군요. 큐빗 씨는 죽고 부인의 생명은 경각에 달려있습니다. 세상에나, 노퍽 주에서 가장 유서 깊고 가장 영예로운 가문 중 하나인데 말입니다."

홈즈는 한 마디 말도 하지 않은 채 서둘러 마차에 올랐고, 7마일"이나 가는 동안에도 전혀 입을 열지 않았다. 이토록 낙담한 모습을 보는 건 드문 일이었다. 런던에서 오는 동안에도 내내 불안해했었고 걱정스런 얼굴로 조간신문을 살펴보고 있었는데, 가장 염려했던 일이 이렇게 갑자기 현실로 나타나자 그는 깊은 우울증에 빠지게 되었다. 그는 의자에 등을 기대고 앉아, 음울한 생각에 잠겼

---

* Norwich : 잉글랜드 동부에 있는 노퍽(Norfolk)주의 주도(州都).

** 약 11.2km. 1 mile은 약 1.6km.

다. 하지만 주위에는 흥미를 끄는 것이 많았다. 우리는 영국의 어느 지역 못지않게 특이한 지방을 지나고 있었다. 드문드문 산재해있는 농가는 현재의 인구를 나타내고 있었지만, 곳곳에 거대한 사각탑 교회들이 평탄한 녹색 대지로부터 솟아올라있어 옛 동(東) 앵글리아* 지방의 영광과 번영을 말해주고 있었다. 마침내 독일해(海)**의 보랏빛 수평선이 노픽 해안의 푸른 경계 너머로 나타났고, 마부는 채찍으로 작은 나무숲 위로 튀어나온, 벽돌과 목재로 지은 두 개의 낡은 박공지붕을 가리켰다.

"저기가 리딩 도프 영주관입니다."

마부가 말했다.

마차가 주랑(柱廊)***이 있는 현관에 진입했을 때 나는 그 앞에, 테니스장 옆으로 있는 연장 창고와 그토록 기이한 일에 관련이 된 검은 주춧돌 위에 놓인 해시계를 보았다. 그때 막 말쑥하게 차려입은 작은 사내가 높은 이륜마차에서 내렸는데, 콧수염은 밀랍으로 붙였으며 재빠르고 민첩해보였다. 그는 자신을 노픽 경찰대의 마틴 경감이라고 소개를 했고, 내 동료의 이름을 듣더니 깜짝 놀랐다.

"세상에, 홈즈 씨. 사건이 발생한 건 오늘 새벽 세 시였습니다. 런던에서 어떻게 소식을 듣고, 저 만큼이나 빠르게 현장에 도착하

---

* East Anglia : 옛 영국의 7왕국 중 하나. 7왕국은 Kent, Sussex, Wessex, Essex, Northumbria, East Anglia, Mercia.

** German Ocean : 북해(North Sea)의 옛 이름. 유럽 대륙과 영국 사이의 바다를 말한다.

*** 벽이 없고 기둥만 줄 지어 있는 형태의 건축. 콜로네이드. 그리스와 로마의 고전 건축에서 흔히 볼 수 있다.

신 겁니까?"

"이런 일을 예상했지요. 그걸 막아보려는 기대를 가지고 온 겁니다."

"그러면 저희가 모르는 중요한 증거를 가지고 계시겠군요. 이두 사람은 아주 사이가 좋은 부부였다고 들었으니까요."

"내가 가지고 있는 증거는 춤추는 사람 그림뿐입니다."

홈즈가 말했다.

"그건 나중에 설명하지요. 어쨌든 비극을 막기엔 너무 늦었으니, 내가 가진 지식을 동원해서 정의를 실현하는데 애써보려고 합니다. 나와 함께 조사를 하겠습니까? 아니면 내가 혼자서 활동하는 게 낫겠습니까?"

"홈즈 씨, 함께 조사할 수 있다면 영광으로 생각합니다."

경감은 진지하게 말했다.

"그렇다면 쓸데없는 일로 지체하지 말고, 증언을 듣고 집 안을 조사하는 것이 좋겠군요."

마틴 경감은 내 친구가 자신의 방식대로 일을 하게하고, 자신은 겸손하게 결과만으로 만족할 줄 아는 지각 있는 사람이었다. 늙고, 머리는 하얗게 센 그 지방의 외과의사가 막 힐튼 큐빗 씨의 방에서 내려와, 부인이 중상을 입었지만 생명이 위독한 것은 아니라고 전했다. 총알은 부인의 이마를 관통했고, 의식을 되찾으려면 시간이 꽤 걸릴 것이라 했다. 그녀가 총에 맞은 것인지, 아니면 스스로 쏜 것인지에 대한 질문에는 어느 편으로도 단정적인 대답을 하지 않았다. 총알이 아주 가까운 거리에서 발사된 것은 분명했다.

방 안에선 단 하나의 권총이 있었고, 탄창 두 개가 비어있었다. 힐튼 큐빗 씨는 가슴에 관통상을 입었다. 그가 부인을 쏜 후 자신을 쐈다고 할 수도 있고, 부인이 범인이라고 할 수도 있었다. 권총이 놓여있던 마루는 두 사람 사이의 중간 쯤 되었기 때문이다.

"남편 분은 옮겼습니까?"

홈즈가 물었다.

"부인 말고는 아무것도 움직이지 않았소. 부상을 입은 부인을 마루바닥에 그대로 뉘어둘 순 없었다오."

"의사 선생님, 여기 오신 지 얼마나 되셨습니까?"

"네 시에 왔소."

"다른 사람도 있었습니까?"

"여기 경관이 있었소."

"그러면, 자네는 아무것도 건드리지 않았겠지?"

"그렇습니다."

"아주 신중하게 잘 했네. 누구한테 연락을 받았나?"

"가정부, 손더스입니다."

"사건을 알려준 사람이 그 가정부인가?"

"그 가정부와 요리사 킹 부인입니다."

"그 사람들은 지금 어디에 있지?"

"주방에 있을 겁니다."

"그럼 당장 그리로 가서 이야기를 들어보는 게 낫겠군."

참나무 판자로 방을 두르고, 높은 창이 있는 낡은 홀은 조사실로 바뀌어 있었다. 홈즈는 커다랗고 고풍스런 의자에 앉았는데, 그의 야윈 얼굴에선 단호한 눈빛이 번득였다. 그 눈빛에서 나는, 미처 구하지 못했던 의뢰인의 복수를 위해서 이 임무에 목숨이라도 걸 겠다는 의지를 읽을 수 있었다. 그 외에 단정한 모습의 마틴 경감, 늙고 머리는 하얗게 센 시골 의사, 나, 그리고 둔해 보이는 지방 경찰이 이 색다른 모임의 구성원이었다.

두 여자는 비교적 분명하게 이야기를 했다. 총성을 듣고 잠에서 깨어났는데, 일 분 뒤에 두 번째 총성이 들렸다고 했다. 서로 붙어있는 방에서 잠을 자고 있었고, 킹 부인이 손더스의 방으로 뛰어 들어왔다. 두 사람은 함께 아래층으로 내려갔다. 서재 문은 열려 있었고 탁자 위에는 양초 하나가 타고 있었다. 주인은 방 한가운데에 엎드려 누워 있었다. 완전히 숨을 거둔 상태였다. 창문 가까이에는 부인이 웅크리고 있었다. 그녀의 머리는 벽에 기대어 있었다. 심각한 상처를 입었고, 얼굴 한 쪽은 피로 붉게 물들어 있었다. 힘겹게 숨은 쉬고 있었지만, 한 마디 말도 할 수 없는 상태였다. 방 안뿐만 아니라 복도에도 화약 연기와 냄새가 가득 차 있었다. 창문은 안쪽에서 닫아 잠근 것이 분명했다. 두 여자 모두 그 부분에서는 같은 의견이었다. 그들은 즉시 의사와 경관을 불렀다. 그런 다음, 마부와 마구간 소년의 도움으로 상처 입은 여주인을 방으로 옮겼다. 침대는 주인 부부가 사용하던 것이었다. 부인은 평소 입던 옷이었고, 남편은 잠옷위에 실내복을 걸치고 있었다. 서재에 있는 물건들은 그대로였다. 그들이 아는 한, 주인 부부 사이에서 다툼이란 전혀 없었다. 아주 화목한 부부라고 늘 생각해왔다.

하인들이 증언한 증언의 요점은 이상과 같다. 마틴 경감의 질문에는, 모든 문이 안쪽에서 잠겨있었기 때문에 아무도 집안을 빠져 나갈 수 없을 거라고 대답했다. 홈즈의 질문에는, 두 사람 모두 위 층에 있는 자신의 방에서 뛰어나왔을 때부터 화약 냄새를 느꼈다 고 대답했다.

"이 사실을 주의 깊게 살피길 추천 드리지요."

홈즈가 직업상 동료에게 말했다.

"그럼 이제 그 방을 세밀하게 조사해야할 때가 된 것 같군요."

서재는 작은 방이었고, 삼 면이 책으로 가득 차 있었으며, 정원 이 내다보이는 평범한 창문을 마주하고 책상이 놓여 있었다. 우리 들의 시선은 제일 먼저, 커다란 몸으로 방 안을 가로지르며 누워있 는 불운한 지주의 시체에게로 향했다. 그의 흐트러진 옷은 잠자리 에서 급하게 일어났다는 것을 보여주고 있었다. 총탄은 그의 정면 에서 발사되어, 심장을 관통한 후 몸속에 남았다. 그의 죽음은 순 간적이었고, 고통이 없었음이 분명했다. 실내복이나 손에서는 화약 의 흔적이 없었다. 시골 의사의 말에 따르면, 부인의 얼굴에는 화약 흔적이 있었지만 손에는 없었다고 했다.

"손에 흔적이 없는 것은 아무런 의미가 없지요. 있다면 아주 중 요한 것이겠지만 말입니다."

홈즈가 말했다.

"탄약통이 제대로 맞지 않아 화약이 뒤로 분출되는 경우가 아 니라면, 흔적을 남기지 않고 여러 번 쏠 수가 있습니다. 이제 큐빗 씨의 시신을 옮겨도 좋습니다. 의사 선생, 부상당한 부인에게서 총 탄을 제거하지 않았겠지요?"

"그러려면 먼저 큰 수술을 해야 하오. 하지만 권총에는 네 개의 총알이 남아 있소. 발사된 건 두 발이고 두 사람이 총에 맞았으니, 계산은 맞는 셈이오."

"그런 것 같습니다만,"

홈즈가 말했다.

"저 창문 모서리를 확실하게 뚫어놓은 총알도 계산에 넣은 것이겠지요?"

그는 몸을 확 돌리며, 길고 가는 손가락으로 창문틀 오른쪽 아래에서 약 일 인치 윗부분을 관통한 구멍을 하나를 가리켰다.

"맙소사!"

경감이 소리쳤다.

"어떻게 그걸 보신 겁니까?"

"찾고 있었으니까요."

"놀랍구려!"

시골 의사가 말했다.

"선생 말이 확실히 맞소. 세 번째 총알이 발사되었다면 제 삼의 인물이 틀림없이 있어야 하오. 그런데 누가 거기에 있었으며, 어떻게 도망쳤단 말이오?"

"그게 이제 우리가 풀어야할 문제이지요."

셜록 홈즈가 말했다.

"마틴 경감, 하녀가 방에서 나오자마자 화약 냄새를 느꼈다고 말했을 때 내가 그 점이 특히 중요하다고 한 것을 기억합니까?"

"네. 기억합니다만, 무슨 뜻인지 저는 전혀 모르겠습니다."

"그건 총이 발사됐을 때 창문뿐 아니라 방문도 열려 있었다는 걸 의미하지요. 그렇지 않다면 화약연기가 그렇게 빨리 집안 전체에 퍼져갈 수가 없습니다. 그러려면 방 안에 외풍이 불어 들어와야 하지요. 하지만, 문과 창문은 아주 짧은 시간만 열려 있었습니다."

"어떻게 그걸 증명합니까?"

"초에 촛농이 흘러내리지 않았기 때문이지요."

"대단하군요!"

경감이 소리쳤다.

"정말 대단합니다!"

"비극이 벌어지던 시간에 분명 창문이 열려있던 것을 알게 되자, 현장에 제 삼자가 있었고, 그는 밖에서 열린 창문을 통해 총을 쐈다고 생각해봤습니다. 그 사람을 향해 쏜 총탄이 창틀에 맞았을 수도 있지요. 그래서 찾아봤더니, 역시 거기에 총탄 자국이 있더군요."

"하지만 어떻게 창문을 닫고 잠근 겁니까?"

"부인이 본능적으로 창문을 닫고 잠갔을 겁니다. 그런데, 아니! 이건 뭐지?"

책상 위에 놓여있는 건 여자용 핸드백이었는데, 악어가죽과 은 제품으로 만든 작고 깔끔한 것이었다. 홈즈는 그걸 열어 내용물을 꺼냈다. 그 안에서는 고무 밴드로 묶인 50파운드짜리 영국지폐 20장이 나왔다. 다른 건 아무것도 없었다.

"공판 때 중요한 역할을 할 테니 잘 보관해야합니다."

홈즈는 이렇게 말하며, 그 핸드백과 내용물을 경감에게 건넸다.

"이제 세 번째 총탄에 대해서 조사를 해야겠군요. 나무가 부서진 모양으로 볼 때 방 안에서 발사된 것이 분명합니다. 요리사 킹 부인과 다시 한 번 얘기하고 싶군요. 킹 부인, 큰 총성을 듣고 깨어났다고 했습니다. 그 말뜻은 두 번째 총성보다 더 컸다는 건가요?"

"글쎄요. 그것 때문에 막 잠을 깼기 때문에 뭐라 판단할 수가 없군요. 하지만 꽤나 소리가 컸던 것 같아요."

"총성 두 발이 동시에 난 것이라 생각하지는 않습니까?"

"잘 모르겠어요."

"틀림없이 그랬을 겁니다. 마틴 경감, 이 방에서는 더 이상 조사할 것이 없는 것 같군요. 괜찮으시다면 저와 함께 걸으며, 정원에 새로운 증거가 될 만한 것이 있는지 보기로 합시다."

꽃밭은 서재 창문까지 이어져 있었는데, 우리들은 그곳에 가까이 가자마자 탄성을 내질렀다. 꽃은 마구 짓밟혀 있었고 무른 땅 위에는 온통 발자국이 찍혀있었다. 커다란 남자의 발자국이었으며, 특이하게도 신발 끝이 길고 뾰족했다. 홈즈는 리트리버*가 상처 입은 새를 쫓아가듯이 잔디밭과 나뭇잎 사이를 다니며 조사했다. 그러더니, 환호성을 지르며 허리를 숙여 놋쇠로 만든 작은 탄피를 집어 들었다.

"그 권총에는, 탄피 배출장치가 있을 거라 생각했지요. 여기 세 번째 탄피가 있습니다. 마틴 경감, 사건이 거의 해결되어 가는군요."

그가 말했다.

홈즈의 조사가 빠르고 노련하게 진행되는 것을 보자, 지방 경감의 얼굴에는 크게 놀란 표정이 나타났다. 처음에는 자신의 지위를

---

* 리트리버(retriever) : 사냥개의 일종. 대형견으로 원산지는 영국.

주장하려는 기색이 있었지만, 지금은 완전히 탄복하여 홈즈가 이끄는 대로 아무런 의문 없이 따라가고 있었다.

"용의자는 누구입니까?"

경감이 물었다.

"그건 나중에 얘기하지요. 이 사건에는 아직까지 설명할 수 없는 몇 가지가 있습니다. 이제 이만큼 왔으니, 내 방식대로 계속하는 것이 좋겠군요. 그 다음에 모든 사실을 한 번에 밝혀드리지요."

"원하는 대로 하십시오, 홈즈 씨. 우리는 용의자를 잡기만 하면 되니까요."

"비밀로 남겨두려는 건 아닙니다만, 조사가 진행 중인 때는 길고 복잡한 설명을 할 수가 없군요. 내 손 안에 이 사건의 모든 실마리가 들어있지요. 부인이 의식을 되찾지 못하는 일이 생긴다 해도, 지난 밤 있었던 일을 재구성할 수 있으며, 정의는 반드시 실현되리라 확신합니다. 우선, 이 근처에 〈엘리지〉라는 여관이 있는지 알 수 있을까요?"

하인들에게 다시 물어봤지만 어느 누구도 그런 여관은 들어본 적이 없다고 했다. 마구간 소년이 이스트 러스턴 방향으로 몇 마일 떨어진 곳에 그런 이름의 농장주가 살고 있다는 걸 기억해내, 한 줄기 빛을 던져줬다.

"외따로 있는 농장인가?"

"아주 외딴 곳에 있습니다."

"그곳에선 지난밤에 벌어진 일에 대해 아직 듣지 못했겠지?"

"그럴 겁니다."

홈즈는 잠시 생각하더니, 얼굴에 뜻을 알 수 없는 미소를 지었다.

"얘야, 말 등에 안장을 얹어라."

그가 말했다.

"엘리지 농장에 편지를 전해줘야겠구나."

그는 주머니에서 춤추는 사람 그림이 그려진 종이를 여러 장 꺼냈다. 그걸 앞에 펼쳐놓고 홈즈는 책상에서 한동안 연구를 했다. 그러더니 마구간 소년에게 편지 한 장을 건네며, 주소에 적힌 사람에게 직접 전해야 하고, 특히 어떤 종류의 질문을 받더라도 대답하지 말라고 했다. 편지 겉봉을 보니 평소 홈즈의 정확한 필체와는 조금도 닮지 않은, 난잡하고 단정하지 못한 글자가 적혀있었다. 편지가 배달될 곳은 노퍽, 이스트 러스턴, 엘리지 농장, 에이브 슬레이니 씨 앞이었다.

"경감, 내 생각에는,"

홈즈가 말했다.

"전보를 쳐서 호송할 인원을 요청하는 것이 좋겠군요. 내 계획대로 된다면 아주 위험한 죄수를 지방 감옥까지 호송해야 될 겁니다. 이 편지를 가지고 가는 소년이 틀림없이 전보를 전송해줄 겁니다. 왓슨, 런던으로 가는 오후 기차가 있으면 타고 가기로 하세. 흥미로운 화학실험도 끝마쳐야 하고, 이번 조사도 곧 끝날 테니 말이야."

소년이 급하게 편지를 가지고 떠난 뒤, 셜록 홈즈는 하인들에게 지시를 내렸다. 누구든 힐튼 큐빗 부인을 찾아오는 손님이 있다면,

부인의 상태에 대해선 알려주지 말고 즉시 응접실로 데려 오라고 했다. 그는 이 점을 특히 아주 중요한 일이라며 강조했다. 그리고는 앞서서 응접실 안으로 들어가면서, 사건은 이제 우리의 손을 떠났고 결과를 지켜볼 때까지 최대한 시간을 활용해야 한다고 말했다. 의사는 환자를 돌보러 갔고 경감과 나만이 남았다.

"재미있고 유익하게 한 시간을 보낼 수 있도록 해드리지요."

홈즈는 이렇게 말하며, 책상 앞으로 의자를 바싹 끌어놓고 기묘한 춤추는 사람 그림을 기록한 종이를 앞에 펼쳐놓았다.

"이보게, 왓슨. 자네의 천부적인 호기심을 이리도 오랫동안 충족시켜주지 못해서 미안하네. 경감, 당신께는 이 사건 전체가 훌륭하고 전문적인 연구거리가 될 겁니다. 먼저 이와 관련된 흥미로운 상황을 이야기해야겠군요. 나는 이전에 베이커 가에서 힐튼 큐빗 씨를 만나 상담을 한 적이 있습니다."

그는 앞서 일어났던 일을 간단하게 요약해서 설명했다.

"그토록 끔찍한 비극이 앞서 일어나지 않았다면, 그저 웃음거리에 지나지 않았을 특이한 물건이 여기 내 앞에 있습니다. 나는 모든 형식의 비밀 문자에 대해 잘 알고 있고, 160가지 각기 다른 문자를 분석해서 그와 같은 주제로 변변찮은 논문이나마 쓴 적도 있지요. 그런데 솔직히 말하자면, 이런 건 처음 봤습니다. 이 암호 체계를 만든 사람의 목적은, 이 문자가 갖고 있는 의미를 숨기고 그저 아이들이 닥치는 대로 그린 그림이라고 생각하게 만드는 것입니다.

하지만 그 기호가 문자를 나타낸다는 것을 알고 나면, 그리고 모든 비밀 문자 형식에 적용되는 규칙을 적용해 보면 아주 쉽게 풀 수 있지요. 처음에 받은 메시지는 너무 짧아서 ⚹ 기호가 E를 뜻한다는 것 외엔, 어느 정도 확신을 가지고 말할 수 있는 것이 없었습니다. 아시다시피, E는 영어 알파벳에서 가장 많이 쓰이는 글자라서, 짧은 문장일지라도 자주 발견할 수 있습니다. 첫 번째 메시지의 열다섯 개 기호에서 네 개가 같은 것이므로, 그걸 E라고 보는 것이 합당하지요. 사람이 깃발을 들고 있는 기호도 있고, 그렇지 않은 것도 있는데, 깃발이 여기저기 분포되어있는 걸 보면 단어의 끝을 구분하는 역할이라고 짐작할 수 있습니다. 이걸 가설로 삼고, ⚹ 을 글자 E에 대입했지요.

그런데 이제부터 정말 어려운 연구가 시작됩니다. E 다음으로 많이 나오는 영문자는 확실하게 정해진 것이 없고, 인쇄물에는 자주 나오는 문자가 짧은 한 줄 문장에서는 그 반대로 나타날 수도 있습니다. 대체로 말하자면, T, A, O, I, N, S, H, R, D 그리고 I가 자주 나오는 순서이지요. 그런데 T, A, O와 I는 서로 비슷하게 나타나기 때문에, 맞는 의미를 찾을 때까지 각각 조합해보는 것은 언제 끝날 지 알 수 없는 일입니다. 그래서 나는 새로운 자료가 나오기를 기다렸습니다. 두 번째로 힐튼 큐빗을 만났을 때 짧은 문장 두 개와, 깃발이 없어서 한 개 단어일 것이라 예상되는 메시지 하나를 얻었지요. 여기 그 기호가 있습니다. 자, 다섯 개 문자로 된 한 단어 안에 E 두 개가 두 번째와 네 번째에 이미 나와 있지요. 그건 〈sever〉 또는 〈lever〉, 아니면 〈never〉일 겁니다. 어떤 요청에 대한 대답으로는 〈never〉가 가장 적합하다는 건 물어볼 필요도 없고,

정황으로 판단해볼 때 부인이 대답으로 쓴 것이라 볼 수 있습니다. 이 생각이 옳다고 한다면, 기호 은 각기 N, V, R을 나타내는 것이지요.

여기까지 왔지만 아직은 곤경에 빠진 상태였습니다. 그런데 문득 멋진 생각이 떠올라 다른 몇 가지 기호도 알아낼 수 있었지요. 만약 이 요청하는 글이, 내가 생각한 대로 부인의 예전 시절 친했던 어떤 사람으로부터 온 것이라면, E가 앞뒤로 있고 그 사이에 세 글자가 있는 단어의 조합은 〈엘시(ELSIE)〉라는 이름을 뜻하리란 생각이 떠올랐습니다. 조사해보니 그런 조합이 전체 메시지에 걸쳐서 세 번 반복되었더군요. 이건 〈엘시〉를 향한 어떤 요청인 겁니다. 이런 방식으로 L, S, I를 풀게 되었지요. 그런데 어떤 요청일까요? 〈Elsie〉 앞에 있는 단어는 네 글자밖에 되지 않았고, E로 끝납니다. 틀림없이 이 단어는 〈COME〉입니다. E로 끝나는 다른 모든 4글자 단어를 시험해보았지만 맞는 건 하나도 없었지요. 이렇게 해서 C, O, M을 알게 되었고, 이걸 가지고 맨 처음 메시지에 다시 한 번 도전할 수 있게 되었습니다. 단어를 구분하고 아직 밝히지 못한 기호에 점을 찍었습니다. 그렇게 하니까, 이와 같은 식이 되더군요.

. M . ERE . . E SL . NE.

이제 첫 번째 글자는 A밖에 올 수가 없는데, 이건 아주 유익한 발견이었습니다. 짧은 문장 안에서 세 번이나 나왔기 때문이지요.

그리고 두 번째 단어에 H가 들어가는 것도 명백했습니다. 이제 이렇게 되지요.

AM HERE A . E SLANE.

그 다음에 이름이 확실한 부분을 채워 넣습니다.

AM HERE ABE SLANEY.

이제 많은 글자들을 알았기 때문에 두 번째 메시지도 이와 같은 방법으로 자신 있게 풀어나갈 수 있었지요.

A . ELRI . ES.

여기서는 빠진 글자에 T와 G를 채워서 의미를 알아낼 수 있었습니다*. 이것을 쓴 사람이 묵고 있는 어떤 집이나 여관 이름일 거라 생각했지요."

마틴 경감과 나는 내 친구가 어떻게 난제를 완벽하게 해결했는지에 대해 명확하고 상세한 설명을 하는 동안 푹 빠져서 듣고 있었다.

"그 다음엔 어떻게 하셨습니까?"

경감이 물었다.

---

* T와 G를 넣으면 AT ELRIGES(엘리지에서)가 된다.

"이 에이브 슬레이니라는 자를 미국인이라고 생각할 만한 충분한 이유가 있습니다. 에이브는 미국식 약칭일 뿐 아니라, 미국에서 편지가 도착하면서부터 모든 문제가 시작되었기 때문이지요. 거기에 어떤 범죄에 관련된 비밀이 있다고 생각할 만한 근거도 역시 있습니다. 부인이 자신의 과거에 대해 암시했던 것, 남편에게 비밀을 고백하길 거부하는 것, 이 두 가지가 그쪽을 가리키고 있지요. 그래서 런던 범죄사건에 대한 내 지식으로 한두 번 도와준 적이 있는 뉴욕 경찰국의 내 친구 윌슨 하그리브에게 전보를 쳤습니다. 에이브 슬레이니라는 이름을 알고 있는 지 물었지요. 답장은 이랬습니다. 〈시카고에서 가장 위험한 악당〉. 답장을 받은 그날 저녁, 힐튼 큐빗이 슬레이니로부터 온 마지막 메시지를 보내왔습니다. 이미 알고 있는 문자로 풀어보니, 이와 같은 문장이 되더군요.

ELSIE . RE . ARE TO MEET THY GO.

P와 D를 넣어 완전한 메시지로 만들었더니, 악당 녀석이 설득에서 협박으로 태도를 바꿨음을 알 수 있었습니다.* 시카고의 악당들은 자신이 한 말을 신속하게 행동으로 옮긴다는 걸 나는 잘 알고 있었지요. 그래서 즉시 내 친구이자 동료인 왓슨 선생과 함께 노퍽으로 내려왔지만, 불행히도 최악의 사태가 이미 벌어졌던 것입니다."

---

* P와 D를 넣으면 ELSIE PREPARE TO MEET THY GOD(엘시, 죽어서 하느님을 만날 준비를 해라)가 된다.

"당신과 함께 이 사건을 조사하게 되어서 정말 영광입니다."

경감은 열성적으로 얘기했다.

"하지만, 죄송하게도 솔직히 말씀드려야겠군요. 선생께서는 보고할 사람이 없지만 저는 상관에게 보고할 책임이 있는 사람입니다. 엘리지에서 살고 있는 이 에이브 슬레이니라는 사람이 정말 살인범인데, 제가 여기 앉아있는 동안 도망간다면, 저는 아주 심각한 곤란에 처할 것입니다."

"불안해할 필요 없습니다. 도망치려하지 않을 테니까요."

"그걸 어떻게 아십니까?"

"도망친다는 건 죄를 자백하는 것이 되기 때문이지요."

"그럼 그 자를 체포하러 가겠습니다."

"곧 이리로 오리라 생각합니다."

"어째서 온다는 겁니까?"

"내가 오라고 편지를 썼으니까요."

"홈즈 씨, 그건 도무지 믿어지지 않는군요! 홈즈 씨가 오라고 했다고 오겠습니까? 오히려 의심을 품고 도망가려하지 않겠습니까?"

"나는 그런 편지를 쓰는 방법을 알고 있지요."

셜록 홈즈가 말했다.

"내가 잘못 본 것이 아니라면, 저기 차도를 걸어오는 신사가 바로 그 자일 겁니다."

한 남자가 대문으로 이어지는 길을 성큼성큼 걸어오고 있었다. 큰 키에 잘 생기고 가무잡잡한 피부를 지닌 남자로, 회색 플란넬 정장에 파나마 모자[*]를 썼으며, 무성한 검은 턱수염과 크고 호전적인 매부리코를 가지고 있었고, 걸을 때마다 지팡이를 휘둘렀다. 그는 자기 집에 온 것 마냥 으스대며 걸어와, 거만스럽게 벨을 크게 울렸다.

"신사 여러분,"

홈즈가 소리를 낮춰 말했다.

"우리는 문 뒤에 있는 것이 좋을 듯합니다. 이런 녀석을 다룰때는 만반의 준비를 해야지요. 경감, 수갑이 필요할 겁니다. 얘기하는 건 내게 맡겨두십시오."

잠시 동안 우리는 아무 말 없이 대기하고 있었다. 그 순간은 결코 잊을 수가 없다. 문이 열리고 한 남자가 들어왔다. 그 즉시 홈즈가 그의 머리에 권총을 들이댔고, 마틴 경감은 손목에 수갑을 채웠다. 너무도 신속하고 능숙한 솜씨였기에 그자는 습격당한 것을 깨닫기도 전에 무력한 상태가 되었다. 그는 검은 눈동자를 번득이며 우리를 하나하나 쳐다보았다. 그리고는 쓴 웃음을 터뜨렸다.

"신사 여러분, 이번엔 내가 당한 것 같소이다. 뭔가 대단한 것에 당한 것 같군요. 그러나 나는 힐튼 큐빗 부인의 편지를 받고 온 거요. 부인이 여기 있는 건 아니겠지요? 나를 덫에 걸리게 한 사람이 부인인 건 아니겠지?"

"힐튼 큐빗 부인은 중상을 입고 죽음의 문턱에 있다."

그 남자는 비통한 목소리로 울부짖었다. 그 소리는 집 안 전체로 울려 퍼졌다.

---

[*]   Panama hat : 에콰도르가 원산지인 챙이 있는 모자.

"당신 미쳤군!"

그는 사납게 소리쳤다.

"다친 건 남자이지 여자가 아니야. 누가 그 약한 여자를 다치게 한단 말인가? 협박을 하긴 했지만 ─신이여 용서하소서! ─그녀의 아름다운 머리카락 한 올도 손대지 않았다. 당신! 그 말을 취소해! 다치지 않았다고 말해!"

"부인은 중상을 입은 채 죽은 남편 옆에서 발견됐다."

그는 괴로움으로 신음하며 긴 의자에 주저앉아, 수갑 찬 손으로 얼굴을 감쌌다. 오 분 동안 그는 아무 말도 없었다. 그러더니 다시 고개를 들고 절망에 찬 냉정한 목소리로 말했다.

"여러분, 나는 아무것도 숨길 것이 없소."

그는 이렇게 말했다.

"그 남자를 쏜 것은, 그가 먼저 내게 쏘았기 때문이오. 그러니 살인이 아니오. 만일 여러분이 내가 그 여인에게 상처를 입혔다고 생각한다면, 그건 나와 그녀를 몰라서 그런 거요. 내가 말하건대, 이 세상에서 내가 사랑하는 것만큼 그녀를 사랑하는 남자는 결코 없을 것이오. 나는 그녀를 가질 권리가 있소. 몇 년 전에 나와 결혼하기로 약속했소. 그 영국인이 누구이기에 우리 사이에 끼어든단 말이오? 나는 그녀에게 우선권이 있고, 그 권리를 주장한 것뿐이오."

"부인은 네가 어떤 사람인지 알고는 네게서 도망쳐 나왔다."

홈즈가 준엄하게 말했다.

"너를 피하기 위해 미국에서 도망쳐 나왔고, 영국에서 존경할 만한 신사를 만나 결혼했다. 너는 부인을 추적하고 따라와서는 그 여인의 삶을 불행하게 만들었다. 그녀가 사랑하고 존경하는 남편을 버리고 너와 함께 가자고 설득했지. 부인이 증오하고 두려워하는 너와 함께 말이다. 결국 훌륭한 남자를 죽이고, 부인은 자살로 몰아가는 파국에 이르렀지. 그것이 이 사건에서 네가 저지른 범죄다, 에이브 슬레이니. 법정에서 그 죄의 대가를 치르게 될 거다."

"엘시가 죽는다면 나는 어떻게 되든 상관없소."

미국인은 말했다. 그는 한 손을 펴서 손바닥에 있던 구겨진 편지를 쳐다보았다.

"이걸 보시오."

그가 의심스런 눈빛을 번득이며 소리쳤다.

"나를 겁주려고 이러는 것 아니오? 당신 말대로 그 여자가 중상을 입었다면 누가 이 편지를 썼겠소?"

그는 탁자 위로 편지를 던졌다.

"너를 오게 하려고 내가 쓴 것이다."

"당신이 썼다고? 조인트 조직원 외에는 춤추는 사람의 비밀을 아는 사람은 아무도 없소. 어떻게 당신이 썼단 말인가?"

"만드는 사람이 있으면 풀어내는 사람도 있는 법이지."

홈즈가 말했다.

"슬레이니. 너를 노리치로 데려갈 마차가 오고 있다. 하지만, 그동안 네가 저지른 범행에 대해 조금이나마 보상할 수 있는 시간이 있다. 힐튼 큐빗 부인이 남편을 살해했다는 중대한 혐의를 받고 있다는 걸 알고 있나? 내가 이곳에 있고, 암호 해독 지식을 가지고 있었기에 부인이 기소되는 걸 막을 수 있었다. 부인에게 조금이나마 속죄하려면, 그녀가 직접적이든 간접적이든 남편의 비극적인 최후에 책임이 없다는 것을 온 세상에 명백하게 밝혀야할 것이다."

"내가 바라는 바이오."

미국인은 말했다.

"내가 스스로 할 수 있는 최선의 길은 있는 그대로 진실을 밝히는 것이라 생각하오."

"당신이 하는 말은 법정에서 불리한 증거로 쓰일 수 있다는 걸 얘기해야겠소."

경감이 영국 형법의 숭고한 페어플레이 정신으로 이렇게 말했다.

슬레이니는 어깨를 으쓱해보였다.

"상관없소."

그가 말했다.

"먼저, 나는 이 여인이 어릴 때부터 알아왔다는 걸 여러분들은 알아주시오. 시카고에서 우리 갱단은 일곱 명이었는데, 엘시의 아버지가 조인트 파의 두목이었소. 패트릭 두목은 영리한 사람이었지. 푸는 방법을 알지 못하면 그저 어린아이의 낙서 정도로 넘어가게 되는 암호를 발명한 사람이 바로 그 사람이오. 어쨌든, 엘시는 우리가 하는 일을 알게 되면서, 그걸 견뎌내질 못했소. 그래서 스스로 정직하게 일해서 번 얼마 안 되는 돈을 가지고, 우리 모두를 따돌린 뒤 영국으로 도망간 것이오. 그녀와 나는 약혼한 사이였고 만일 내가 다른 직업을 가지고 있었다면 분명 나와 결혼했을 거요.

하지만 그녀는 나쁜 짓과 관계되는 건 전혀 하지 않으려 했소. 내가 엘시를 찾게 된 때는 이미 그 영국인과 결혼한 후였소. 편지를 썼지만 아무런 답장을 하지 않더군. 편지가 소용이 없었기 때문에 나는 이곳으로 건너왔고, 그녀가 읽을 수 있는 장소에 메시지를 남긴 것이오.

이제 이곳에 머문 지 한 달이 되었소. 그 농장에서 살았는데, 내 방은 아래층에 있어서 매일 밤 아무도 모르게 드나들 수 있었지. 나는 엘시를 설득해서 데려가려고 온갖 애를 다 썼소. 그녀가 메시지를 읽었다는 건 알고 있었소. 한 번은 내가 쓴 암호 밑에 답장을 쓴 것을 보았으니까. 그러다가 나는 점점 화가 났고, 엘시를 협박하기 시작했소. 그러자 내게 편지를 보내서 떠나달라고 간청하며, 어떤 추문이라도 돌아 남편에게 누를 끼친다면 자기 마음이 아플 것이라고 말하더군. 그녀는 자신을 편안히 놔두고 돌아가겠다면, 남편이 잠든 새벽 세 시에 내려올 테니 맨 끝 창가에서 만나 이야기할 수 있다고 했소. 엘시는 돈을 가지고 내려오더니, 그걸 줘서 나를 보내려고 했지. 그 바람에 미친 듯이 화가 난 나는 그녀의 팔을 붙잡고 창밖으로 끌어내려 했소. 그때 남편이 권총을 들고 뛰어온 거요. 엘시는 바닥에 주저앉았고 우리는 얼굴을 마주하게 되었소. 나 역시 무장하고 있었기에 내 총을 꺼내들고 그를 위협해서 쫓아버린 후 가려고 했소. 그가 총을 쏘았는데 맞질 않았지. 나도 거의 동시에 방아쇠를 당겼고 그는 쓰러졌소. 정원을 가로질러 뛰어가는데 등 뒤로 창문이 닫히는 소리가 들렸소. 여러분, 이 이야기는 분명한 진실이오. 그리고는 아무런 소식을 듣지 못하고 있다가, 아이가 말을 타고 와서 전해준 편지로 이곳에 걸어 들어왔고, 바보 같이 당신들 손에 잡히고 말았소."

그 미국인이 이야기하는 동안 마차가 도착했다. 정복을 입은 경관 두 명이 그 안에 앉아 있었다. 마틴 경감은 일어나 죄인의 어깨를 툭 쳤다.

"이제 갈 시간이군."

"먼저 엘시를 볼 수 있소?"

"아니, 부인은 의식이 없네. 홈즈 씨, 만일 또다시 중요한 사건이 생긴다면, 당신과 함께 일하는 행운을 있기를 기원합니다."

우리는 창가에 서서 마차가 떠나는 모습을 지켜보았다. 돌아서자, 죄인이 탁자 위에 던진 구겨진 종이가 눈에 들어왔다. 홈즈가 그를 유인하기 위해 보낸 편지였다.

"왓슨, 읽을 수 있는지 보게나."

홈즈는 웃으며 말했다. 거기엔 글자는 하나도 없고 작은 춤추는 사람 그림이 한 줄 있을 뿐이었다.

"내가 설명해준 암호 해독법을 이용하면,"
홈즈가 말했다.

"〈Come here at once.(당장 이곳으로 오시오)〉라는 간단한 의미라는 걸 알게 될 걸세. 나는 그자가 이 초대를 거절하지 못하리란 걸 확신했네. 부인이 아닌 다른 사람이 보냈으리라곤 상상도 못할 테니까 말이야. 이보게, 왓슨. 그러니까 악행의 도구로 쓰이던 춤추는 사람 그림이 결국은 선행의 도구로 끝을 맺은 것이지. 그리고 자네 노트에 뭔가 특별한 사건을 기록하게 해주겠다는 내 약속도 실천한 셈이네. 기차가 세 시 사십 분에 있으니, 베이커 가로 돌아가 저녁을 먹을 수 있을 것 같군."

끝맺는 글로 한 마디 첨부하자면,

그 미국인, 에이브 슬레이니는 노리치의 동계 순회재판에서 사형을 선고 받았지만, 힐튼 큐빗이 먼저 발포한 것이 명백하기에 정상 참작이 인정되어 징역형으로 감형되었다. 힐튼 큐빗 부인에 관해서 내가 아는 것은, 건강을 완전히 회복했고, 지금까지 미망인으로 살면서 가난한 사람들을 돌보고 남편의 영지를 관리하는데 평생을 바치고 있다는 소식뿐이다.

홀로 자전거를 타는 사람

1894년에서 1901년에 이르기까지, 셜록 홈즈는 매우 바쁜 사람이었다. 그 8년 동안 널리 알려진 사건 중 조금이라도 어려운 점이 있었던 사건이라면, 그가 자문을 하지 않은 건 하나도 없었다고 해야 옳을 것이다. 공개되지 않은 사건도 수 백 건 있었는데, 그중에는 아주 복잡 난해하고 기이한 것도 많이 있었으며, 홈즈는 그 사건마다 뛰어난 역할을 해냈다. 수없이 많은 놀라운 성과와 부득이한 몇 건의 실패, 이것이 그 긴 기간 동안 쉼 없이 활동한 결과였다. 나는 이 모든 사건을 아주 상세하게 기록한 노트를 보관하고 있고, 많은 사건에서는 직접 참여하기도 했기에, 대중 앞에 내놓을 사건을 선택하는 일은 쉽지 않다는 걸 짐작할 수 있을 것이다. 그렇긴 하지만 이전의 원칙에 따라, 범죄의 잔인성이 아니라 독창적이고 극적인 해결 방식에서 재미를 끌어낼 수 있는 사건을 선택하기로 하겠다. 이러한 이유로 내가 지금부터 독자 여러분 앞에 펼쳐 보이는 이야기는 찰링턴에서 홀로 자전거를 타던 바이올렛 스미스 양과 관련된 사건과, 예상치 못한 비극으로 끝난 우리의 기묘한 조사과정에 대해서이다. 사실 이 사건은 내 친구의 유명한 재능이 발휘된 인상적인 표본이 되지는 못했지만, 내가 쓰는 이야기의 소재가 되는 긴 범죄의 기록 중에서 두드러지게 구별되는 몇 가지 점이 있기 때문이다.

1895년에 쓴 기록을 찾아보니, 바이올렛 스미스 양의 이름을 처음 들은 날은 4월 23일, 토요일이었다. 기억하건대, 홈즈는 그녀의 방문을 몹시 귀찮게 생각했다. 그 당시 홈즈는 유명한 백만장자 담배상인 빈센트 하든이 맡긴, 기묘한 협박 사건과 관계된 아주 난해하고 복잡한 문제에 몰두하고 있었다. 다른 무엇보다도 정신 집중과 엄밀한 사고를 사랑했던 내 친구는 현재 하는 일에서 주의를 돌리는 것에 대해 아주 분개했다. 하지만 천성이 모질지 못한 그로서는, 늦은 저녁에 조언과 도움을 구하기 위해 베이커 가를 찾아온, 이 젊고 아름다우며 큰 키에 우아하고 여왕 같은 여인의 이야기를 듣지 않는다는 건 불가능한 일이었다. 이미 일정이 꽉 차 있다고 강조해봐야 상담하길 결심하고 찾아온 이 젊은 여인에겐 소용이 없었다. 웬만한 힘이 아니고서는, 원하는 일을 끝낼 때까지 그녀를 방에서 쫓아낼 수 없다는 건 분명했다. 체념한 듯 피곤한 미소를 띠고, 홈즈는 이 아름다운 침입자에게 앉기를 권한 후 고민거리가 무엇이냐고 물었다.

"적어도 건강 문제는 아니군요."

예리한 시선으로 그녀를 쏘아보며 말했다.

"자전거를 열심히 탄다는 건 기력이 넘쳐난단 뜻일 테니까요."

그녀는 깜짝 놀라며 자신의 발을 내려다보았다. 신발 바닥이 자전거 페달과 마찰되어 약간 거칠어진 것을 나도 볼 수 있었다.

"네, 홈즈 씨. 저는 자전거를 많이 탑니다. 오늘 방문한 일과 관련이 있기도 하고요."

내 친구는 장갑을 벗은 그녀의 손을 잡고, 과학자가 표본을 관찰하듯 아무런 감정 없이 세심한 태도로 살펴보았다.

"실례했습니다. 이게 제 직업인지라."

손을 놓으며 그가 말했다.

"타자를 친다고 생각하는 실수를 저지를 뻔 했군요. 물론, 그건 음악가의 손입니다. 왓슨, 손가락 끝이 주걱 모양인 것이 보이는가? 두 직업에서 공통적인 현상이지. 그런데 이 분의 얼굴에는 정신적인 것이 느껴지는군."

그녀는 불빛 쪽으로 천천히 몸을 돌렸다.

"타자를 치는 사람에겐 이런 면이 없지. 이 숙녀 분은 음악가일세."

"네, 홈즈 씨. 저는 음악을 가르칩니다."

"안색을 보니, 시골이겠군요."

"네. 서리 주 변두리, 파넘 근교입니다."

"아름다운 곳이지요. 흥미로운 일들이 수없이 연상되는군요. 기억할걸세, 왓슨. 위조범 아치 스탬포드를 붙잡은 곳이 그 근처였지. 바이올렛 양, 서리 주 변두리, 파넘 근교에서 무슨 일이 일어난 겁니까?"

젊은 여인은 침착하고 분명한 태도로, 아래와 같은 기묘한 이야기를 시작했다.

"홈즈 씨, 제 아버지는 돌아가셨습니다. 그분의 성함은 제임스 스미스이고, 옛 황실 극장에서 오케스트라를 지휘하셨지요. 어머니와 저에게 친척이라고는 이 세상에서 단 한 분, 랄프 스미스 삼촌이 계셨는데 25년 전에 아프리카로 떠나신 후 소식 한 번 듣지 못했습니다. 아버지가 돌아가시자 우리 모녀는 형편이 매우 어려워졌답니다. 그런데 어느 날 〈타임스〉에 우리를 찾는 광고가 실렸다는 이야기를 듣게 되었어요. 누군가 우리에게 재산을 남겨줬다는 생각에 얼마나 흥분했는지 짐작하실 겁니다. 우리는 당장 신문에 이름이 나와 있는 변호사를 찾아갔어요. 그곳에서 남아프리카에서 돌아온 캐루더스 씨와 우들리 씨라는 두 신사분을 만났지요. 그분들은 삼촌의 친구이며, 삼촌은 가난에 시달리다가 몇 달 전에 요하네스버그에서 임종하셨는데 마지막으로 말씀하시기를, 친척을 찾아서 돌봐달라고 부탁했다는 겁니다. 생전에는 우리에게 아무런 관심이 없던 랄프 삼촌이 돌아가실 때에 우리를 돌봐달라고 했다니 이상한 일이었어요. 캐루더스 씨는 제 삼촌이 임종하기 얼마 전에야 동생이 사망했다는 걸 듣고, 우리 모녀에게 책임감을 느꼈기 때문이라고 설명하더군요."

"잠시만요,"

홈즈가 말했다.

"이 이야기를 한 때는 언제입니까?"

"지난 12월, 네 달 전이에요."

"계속하시지요."

"제가 보기에, 우들리 씨는 아주 불쾌한 인물이었어요. 추잡하고 살찐 얼굴에 붉은 콧수염을 길렀고, 머리는 이마 양쪽으로 갈라 붙인 청년인데, 끊임없이 저에게 추파를 던졌지요. 정말 제가 싫어하는 사람이어서, 시릴은 그런 사람과 제가 알고 지내는 걸 바라지 않을 겁니다."

"오, 시릴은 애인 분의 이름이군요!"

홈즈는 웃으며 말했다. 젊은 여인은 얼굴을 붉히고 웃어보였다.

"네, 홈즈 씨. 시릴 모튼은 전기 기사이고, 여름이 끝날 즈음 결혼할 예정이에요. 어머나, 어쩌다 그이에 대해 얘기하게 되었을까요? 제가 말씀드리려던 건, 우들리 씨는 아주 불쾌한 인물이지만, 좀 더 나이가 많은 캐루더스 씨는 상냥한 분이라는 거예요. 피부색은 어둡고 혈색은 나쁜데 깨끗이 면도한 얼굴에 조용한 분입니다. 하지만 정중한 태도에 기분 좋은 미소를 가지고 계신 분이지요. 아버지가 돌아가신 후 우리 모녀가 어떻게 살았는지 물어보시고는 매우 궁핍하게 살았다는 걸 알자, 그분의 열 살 난 외동딸에게 음악을 가르치는 교사로 오기를 제안하시더군요. 저는 어머니를 떠나고 싶지 않다고 말씀드렸더니, 주말마다 집에 가서 어머니를 만나라면서 일 년에 백 파운드를 주겠다고 하셨어요. 정말 굉장한 보수이지요. 그래서 제안을 받아들이고, 파넘에서 6마일 떨어진 칠턴 그랜지로 내려가게 되었습니다. 캐루더스 씨는 홀아비지만, 딕슨 부인이라 불리는 훌륭하고 나이 지긋한 가정부가 있어서 집안을 관리하고 있었어요. 아이는 사랑스러웠고 모든 일이 잘되어갈 것 같았지요. 캐루더스 씨는 아주 친절하고 음악을 좋아하셨기에 저녁마다 우리는 즐겁게 지냈습니다. 저는 주말마다 어머니를 만나러 런던의 집으로 돌아왔답니다.

그런 행복이 처음으로 깨진 것은 붉은 콧수염을 한 우들리 씨가 도착한 때였어요. 그 사람은 일주일 동안 머물렀는데, 아! 저에

겐 석 달처럼 느껴졌습니다. 아주 불쾌한 사람이었어요. 누구에게
나 으스대며 거만하게 굴었지만, 특히 저로서는 더욱 나빴지요. 가
증스럽게도 저를 사랑한다며, 재산 자랑을 하면서 자기와 결혼하
면 런던에서 가장 멋진 다이아몬드를 사주겠다고 하는 거예요. 그
러더니, 제가 아무런 상대를 하지 않자, 어느 날 저녁식사 후에 두
팔로 저를 붙들더니 키스할 때까지 놓아주지 않겠다고 하더군요.
무서우리만큼 힘이 셌어요. 캐루더스 씨가 와서 저를 풀어주었는
데, 이번엔 그분한테 덤벼들어 넘어뜨리고는 얼굴에 상처를 입히고
말았습니다. 짐작하시겠지만 그 일로 우들리 씨는 떠났지요. 다음
날 캐루더스 씨는 제게 사과하면서 다시는 그런 모욕을 당하게 하
지 않겠다고 했습니다. 그 이후로는 우들리 씨를 보지 못했어요.

홈즈 씨, 이제부터 오늘 이곳에 찾아와 상담을 드리게 된 특별
한 사건에 대해 이야기할 때가 되었군요. 저는 매주 토요일 오전,
런던으로 가는 12시 22분 기차를 타기 위해 자전거를 타고 파넘
역으로 갑니다. 칠턴 그랜지에서 역까지 가는 길은 호젓한 길인데,
특히 길 한쪽은 찰링턴 황야이고 다른 한쪽은 찰링턴 저택을 둘
러싼 숲이 있는 1마일 정도가 더욱 그래요. 그렇게 인적이 드문 길
은 어디에서도 찾기 힘들 겁니다. 크룩스베리 힐 근처 큰 길에 이르
기까진 짐마차 하나, 농부 한 명 만나는 일이 거의 없지요. 2주 전
에 이곳을 지나가다가 문득 어깨너머로 뒤를 돌아보았더니, 약 이
백 야드* 뒤에서 한 남자가 자전거를 타고 오더군요. 짧고 검은 수
염이 있었고 중년인 것 같았어요. 파넘에 도착하기 전에 돌아보니

---

* 약 182미터. 1야드(yd)는 0.9144미터(m).

그 남자가 보이지 않았기 때문에, 더 이상 신경 쓰지 않았습니다. 하지만 홈즈 씨, 월요일에 돌아갈 때에 똑같은 남자가 똑같은 거리를 두고 나타난 것을 보고, 제가 얼마나 놀랐는지는 짐작하시겠지요. 다음 토요일과 일요일에도 그와 똑같은 일이 다시 일어났기에 저는 더욱 놀라고 말았습니다. 그 사람은 항상 일정한 거리를 유지했고 저를 괴롭히는 것도 아니었지만 분명 이상한 일임은 틀림없었지요. 캐루더스 씨에게 이야기했더니, 제 말을 관심 있게 듣고 나서, 말과 마차를 주문했으니 앞으로는 혼자서 인적이 드문 길을 지나는 일은 없을 거라고 하더군요.

이번 주에 말과 마차가 와야 했지만 몇 가지 일로 도착하질 않아서 또다시 저는 자전거를 타고 역으로 가야했어요. 그게 오늘 아침입니다. 짐작하시다시피, 찰링턴 황야에 이르자 저는 뒤를 돌아보게 되었고 아니나 다를까, 지난 이주 동안 그랬듯이 그 남자가 있었어요. 언제나 멀리 떨어져 있었기 때문에 얼굴을 확실히 볼 수는 없었지만 분명 제가 아는 사람은 아니었어요. 검은 색 정장에 천으로 만든 납작한 모자를 쓰고 있었지요. 얼굴에서 똑똑히 볼 수 있는 건 검은 수염뿐이었어요. 오늘은 놀라지 않았고, 다만 호기심이 가득 차올랐습니다. 그래서 그가 누군지, 대체 뭘 원하는지 알아내야겠다고 결심했어요. 제가 자전거 속도를 늦추자 그 사람도 역시 속도를 늦추더군요. 그래서 자전거를 멈췄더니 역시 멈춰섰어요. 이번에는 속임수를 쓰기로 했습니다. 길이 급하게 구부러지는 곳이 있는데 그곳까지 빠르게 페달을 밟아 달려가서 모퉁이를 돌아간 뒤, 자전거를 멈추고 기다렸지요. 그 남자가 모퉁이를 빠르게 돌아오다 제 앞을 지나갈 것이라 생각했어요. 그런데 나타나질 않았습니다. 되돌아가 모퉁이 너머를 보았지요. 길은 1마일 정도가 훤히 보였지만 그 남자는 없었습니다. 더욱 놀라운 것은, 그곳에는 그 남자가 가버릴 수 있는 샛길이 전혀 없다는 겁니다."

홈즈는 기분 좋은 듯 웃으며 손을 비벼댔다.

"이 사건은 분명 색다른 점이 있군요."

그가 말했다.

"모퉁이를 돌아간 후부터 길에 아무도 없다는 걸 알게 되기까지 시간이 얼마나 걸렸습니까?"

"이, 삼 분이에요."

"그러면 길을 따라서 되돌아갈 수 없었을 테고, 다른 길은 없다고 하셨지요?"

"없어요."

"그럼 분명 어느 쪽이든 보행자용 길로 갔겠군요."

"황야 쪽일 리는 없습니다. 그랬다면 제가 봤을 테니까요."

"그러면 소거법에 의해, 길 옆으로 정원이 이어져 있는 찰링턴 저택 쪽으로 갔다는 결론이 나오는군요. 더 하실 말씀이 있으십니까?"

"없습니다, 홈즈 씨. 다만 한 가지 말씀 드릴 것은, 제가 너무 혼란스런 상태라 당신을 다시 만나 조언을 듣기 전에는 마음이 편하지 않을 듯합니다."

홈즈는 잠시 아무 말 없이 앉아 있었다.

"약혼한 그 신사 분은 어디에 있습니까?"

이윽고 홈즈가 물었다.

"코번트리에 있는 미들랜드 전기 회사에 있어요."

"갑작스레 찾아오거나 하는 건 아닐 테지요?"

"오! 홈즈 씨! 제가 그 사람을 모를 리가 없지요!"

"다른 구혼자는 있었습니까?"

"시릴을 알기 전에 몇 명 있었어요."

"그 이후엔?"

"그 끔찍한 남자, 우들리가 있지요. 그 사람을 구혼자라 부를
수 있다면 말입니다."

"그 외에 다른 사람은 없나요?"

아름다운 의뢰인은 잠시 당황한 듯 보였다.

"누굽니까?"

홈즈가 물었다.

"오, 이건 저 혼자만의 공상일 수도 있습니다만, 제 고용주이신
캐루더스 씨가 저에게 많은 관심을 가지고 있다는 생각이 들 때가
가끔 있어요. 우리는 꽤 많이 함께 있어요. 저녁 때 피아노 반주를
해드리고 있어요. 그런 말씀은 전혀 하시지 않았습니다. 그분은 흠
잡을 데 없는 완벽한 신사분이세요. 하지만 여자란 다 알게 마련이
죠."

"하!"

홈즈는 근심스런 표정으로 쳐다보았다.

"무슨 일을 하며 사는 사람인가요?"

"그는 부자에요."

"마차도 말도 없는데?"

"음, 적어도 꽤 잘 살긴 해요. 일주일에 두어 번 시내에 가곤 합니다. 남아프리카 금광주식에 깊은 관심을 가지고 있습니다."

"스미스 양, 뭐든 새로운 일이 발생하면 알려 주십시오. 지금 당장은 매우 바쁩니다만, 시간을 내서 의뢰하신 사건을 조사해보도록 하지요. 그동안은 저한테 알리지 않고 행동에 나서는 건 삼가시길 바랍니다. 그럼 안녕히 가십시오. 좋은 소식만이 있기를 기대하겠습니다."

홈즈는 명상용 파이프를 꺼내며 말했다.

"저런 여인에게 따라다니는 남자들이 있다는 건 자연의 이치일 뿐이지. 하지만 인적이 드문 시골길에서 자전거를 타고 따라오는 건 아니야. 몰래 짝사랑하는 사람일거야. 틀림없어. 하지만 왓슨, 이 사건에는 기묘하면서도 암시하는 부분이 있다네."

"오직 한 장소에서만 그 남자가 나타난다는 점 말인가?"

"맞아. 우리가 먼저 해야 할 일은 찰링턴 저택의 주인이 누구냐를 찾는 일이지. 그런 다음, 캐루더스와 우들리 사이에 어떤 연결관계가 있는지 알아내야 하네. 그들은 서로 완전히 다른 유형의 사람 같지 않은가? 랄프 스미스의 친척을 찾기 위해 두 사람 모두 그토록 열심이었던 이유는 무엇일까? 그리고 또 한 가지, 가정교사에게 시세의 두 배나 되는 봉급을 주는데, 말 한 필 보유하고 있지 않고 게다가 역에서 6마일이나 떨어져 있다니, 도대체 어떤 집안이란 걸까? 이상해, 왓슨. 정말 이상해!"

"자네가 내려갈 건가?"

"아니, 이보게 친구. 자네가 내려가게. 이건 좀 사소한 음모인 것 같고, 그것 때문에 다른 중요한 사건 조사를 멈출 수 없다네. 월요일에 파넘에 일찍 도착해서, 찰링턴 황야 근처에 숨어 있게. 자네가 직접 이 사실들을 확인하고 자네 판단에 따라 행동하게나. 그다음엔, 그 저택의 거주자에 대해 조사하고, 돌아와서 내게 보고하면 되네. 자 이제 왓슨, 사건 해결에 단단한 디딤돌이 될 단서가 나타날 때까지는 이 사건에 대해 더 이상 얘기하지 않기로 하세."

그 여인에게 들은 바로는 월요일 아침 9시 50분에 워털루 역을 떠나는 기차를 탄다고 했기에, 나는 그보다 일찍 출발해 9시 13분 기차를 탔다. 파넘 역에서 찰링턴 황야로 가는 길을 찾는 데는 어려움이 없었다. 젊은 여인이 모험을 겪은 현장도 쉽게 찾을 수 있었다. 그 길 한쪽 편으로는 관목만이 무성한 황야가 있었고, 다른 한편에는 낡은 주목 울타리로 둘러싸이고 안에는 장엄한 나무들이 가득 찬 정원이 있었다. 그곳에는 이끼가 낀 돌대문이 있었다. 양쪽 돌기둥에는 붕괴되어가는 가문의 문장이 얹혀 있었다. 거기에는 마차가 지나는 이 중앙 도로 외에도 울타리가 뚫린 곳이 여럿 있고, 안으로 난 작은 통로가 몇 군데 있었다. 길에서는 저택이 보이지 않았지만, 주변의 모든 것이 우울하고 황폐해보였다.

군데군데 황금빛 가시금작화로 덮인 황야는 밝은 봄 햇살에 화려하게 빛나고 있었다. 나는 그중 하나의 덤불 뒤에, 저택의 대문과 길게 뻗은 도로 양쪽이 모두 잘 보이는 곳에 자리 잡았다. 내가 길에서 내려와 몸을 숨길 때까진 아무도 없었는데, 이제 막 어떤 사람이 내가 온 곳과 반대 방향에서 자전거를 타고 오는 것이 보이기 시작했다. 검은 정장을 입었으며 검은 턱수염도 볼 수 있었다. 그는 찰링턴 저택 정원 끝에 이르자, 자전거에서 뛰어내리더니 그걸 끌고 울타리 사이 틈으로 들어가 버렸고, 내 시야에서 사라졌다.

15분 쯤 지났을 때, 두 번째 자전거가 나타났다. 바로 그 젊은 여인이 역 쪽에서 오고 있었다. 찰링턴 저택의 관목 울타리에 다다를 즈음 주위를 살피는 것이 보였다. 잠시 뒤 남자가 숨었던 장소에서 나와 자전거를 타고 그녀를 뒤쫓았다. 광활한 풍경 위로 움직이는 사람은 오직 그들뿐이었다. 우아한 여인은 자전거 위에서 등을 곧게 세우고 있었고, 남자는 핸들 쪽으로 몸을 낮추고 있었는데 그 행동 하나하나가 이상하게도 사람들의 눈을 피하는 것 같았다. 그녀는 남자 쪽을 돌아보더니 속도를 낮췄다. 남자 역시 속도를 낮췄다. 그녀가 멈췄다. 남자도 200야드 거리를 유지한 채 그 자리에서 멈췄다. 여자의 다음 행동은 뜻밖이었고, 대담한 것이었다. 갑자기 자전거를 획 돌리더니 남자를 향해서 곧장 달려갔다. 하지만 남자 역시 재빠르게 자전거를 돌리고는 쏜살같이 필사적으로 도망갔다. 얼마 지나지 않아 여인은 다시 돌아왔는데, 더 이상 소리 없는 수행자에겐 관심을 두지 않고 고개를 꼿꼿이 세운 채 거들떠보지도 않았다. 그 남자도 역시 돌아왔고, 모퉁이를 돌아 내 시야에서 사라질 때까지 여전히 같은 거리를 유지하고 있었다.

나는 몸을 숨긴 장소에 그대로 있었는데 그건 잘 한 일이었다. 이내 그 남자가 자전거를 타고 천천히 다시 나타났기 때문이다. 그는 저택의 정문으로 들어가더니 자전거에서 내렸다. 잠시 나무 사이로 그 남자가 서 있는 것이 보였다. 두 손은 올리고 있었고, 넥타이를 고쳐 매는 것 같았다. 그 다음엔 자전거에 올라타더니 도로를 따라 저택 쪽으로 사라져버렸다. 나는 덤불 뒤에서 뛰어나와, 길을 건너, 나무 사이에 숨어 살펴보았다. 저 멀리 튜더 양식* 굴뚝이 솟은 오래된 회색 건물이 언뜻 보일 뿐, 빽빽한 관목숲 사이로 도로가 나있는 까닭에 그 남자의 모습은 더 이상 볼 수 없었다.

어찌되었건, 오전 과제는 훌륭히 마친 것 같았기에 나는 기분 좋게 걸어서 파넘으로 돌아갔다. 부동산 중개인은 찰링턴 저택에 관해 아무것도 모른다며, 펠멜에 있는 유명한 부동산 회사에 문의해보라고 했다. 집으로 돌아오는 길에 들렀더니 대리인이 나와 정중하게 맞이하며 말했다. 아니다. 이번 여름엔 찰링턴 저택을 빌릴 수 없다. 너무 늦게 왔다. 한 달 전에 임대를 줬다고 했다. 빌린 사람 이름은 윌리엄스 씨였다. 그는 나이 지긋하고 훌륭한 신사라고 했다. 고객에 관해서는 그가 얘기할 수 있는 일이 아니라며, 대리인은 더 이상 알려줄 수 없다고 공손하게 말했다.

그날 저녁 셜록 홈즈는 한참 걸리는 보고를 주의 깊게 들어주었지만, 내가 기대했고 또 응당 받아야할 짤막한 칭찬 한마디 없었다. 오히려 쓸쓸한 얼굴을 하더니 평소보다 엄격한 말투로 내가 한 일과 하지 않은 일에 대해 평가했다.

"이보게 왓슨. 자네가 고른 은신처는 정말 좋지 않았어. 울타리 뒤에 숨었다면 이 흥미로운 인물을 가까이 볼 수 있었을 거야. 수백 야드 떨어진 곳에 있었으니 스미스 양보다 할 수 있는 이야기가

---

* 영국 튜더 왕조 때 유행한 고딕 건축 양식.

적은 거지. 그녀는 그 남자를 모른다고 생각하지만 나는 아는 사람이라 확신하네. 그렇지 않다면, 그녀가 가까이 다가와 얼굴을 보지 못하도록 필사적으로 애쓸 필요가 있겠는가? 자넨 그 남자가 핸들 위로 몸을 숙이고 있다고 했네. 그건 역시 얼굴을 감추기 위해서야. 자넨 정말 형편없이 일을 처리했어. 그 남자는 저택으로 돌아갔고, 자네는 그가 누군지 알아내려고 했지. 그런데 런던 부동산 업자를 찾아가다니!"

"내가 어떻게 했어야 한단 말인가?"

나는 좀 화가 나서 소리쳤다.

"가까운 술집으로 갔어야지. 거기가 마을의 온갖 소문이 모이는 곳이네. 저택 주인에서부터 주방 하녀에 이르기까지, 그 누구 이름이라도 알아냈을 걸세. 윌리엄슨이라고 했나? 그건 나에게 아무 도움이 되질 않아. 나이 많은 노인이라면 젊은 여인이 맹렬하게 쫓아오는 걸 피해 달아난 그 자전거 탄 남자는 아닐 걸세. 자네 탐험으로부터 얻은 게 뭔가? 그 여인의 이야기가 사실이라는 것. 난 그걸 의심치 않았네. 자전거 탄 사람과 그 저택 사이에는 무언가 연관이 있다는 것. 그것 역시 의심치 않았네. 그 저택을 빌린 사람이 윌리엄슨이라는 것. 그게 무슨 소용인가? 자, 자, 이 친구야. 그렇게 낙심하지 말게. 다음 토요일까지 시간이 있으니까 그동안에 내가 한두 가지 조사해보도록 하지."

다음 날 아침, 스미스 양으로부터 편지가 도착했다. 내가 보았던 바로 그 사건에 대해 간략하고 정확하게 기술하고 있었는데, 가장 중요한 부분은 추신에 있었다.

홈즈 씨, 제 비밀을 지켜주시리라 믿고 말씀을 드립니다. 집주인 캐루더스 씨가 제게 청혼을 해서 난처한 상황에 처하게 되었습니다. 그 분의 감정은 진실하고 고결하다는 걸 알고 있습니다. 그렇기는 하지만 저는 이미 결혼을 약속한 사람이 있지요. 제 거절을 매우 심각하게 받아들이긴 했지만, 역시 친절한 태도였습니다. 하지만 상황이 좀 편안치 못하다는 걸 짐작하실 겁니다.

"우리 젊은 친구가 점점 어려운 상황에 처하게 되겠군."

편지를 읽고 나자 홈즈는 생각에 잠기며 말했다.

"이 사건은 처음에 내가 생각했던 것보다 더 흥미롭고 더 크게 발전할 가능성이 있네. 시골에서 조용하고 평화로운 하루를 보내는 것도 나쁘지 않을 테지. 오늘 오후에 내려가서 내가 생각해둔 한두 가지 이론을 실험해 봐야겠네."

홈즈가 말한 시골에서의 조용한 하루는 특이하게 끝났다. 늦은 저녁, 베이커 가에 도착한 그는 입술이 찢어지고 이마엔 시퍼런 혹이 난데다, 런던 경찰청이 수배중인 인물에 꼭 어울리는 난봉꾼 같은 모습이었다. 자신이 겪은 모험이 꽤나 재미있었던 모양인지 그날 일을 얘기하면서 한참을 웃어댔다.

"나는 실전 훈련을 별로 하지 않으니까, 이런 건 언제나 즐겁게 받아들이지."

그가 말했다.

"내가 영국의 훌륭하고 유서 깊은 스포츠, 권투에 일가견이 있다는 걸 알고 있을 걸세. 가끔씩 그게 도움이 된다네. 예를 들어, 오늘 같은 날 권투를 못했다면 수치스런 망신을 당했을 테지."

나는 무슨 일이 있었는지 얘기해달라고 졸랐다.

"자네에게 이미 얘기했던, 그 마을에 있는 술집을 찾아서 신중하게 조사를 시작했네. 바에 앉아 있었더니, 수다스런 주인이 내가 바라던 것을 모두 말해주었지. 윌리엄슨은 흰 턱수염을 기른 남자인데, 하인 몇 명을 두고 그 저택에서 혼자 살고 있네. 목사라거나, 예전에 목사였다는 소문도 있지만, 그 저택에서 사는 짧은 기간 동안 한두 가지 사건이 있었다는 얘기를 들으니 성직자답지 않다는 생각이 들더군. 이미 성직자 단체에 조회를 해보았는데, 그런 이름이 있었기는 했지만 특이하게도 경력이 확실하지 않다고 했다네. 술집 주인이 계속해서 얘기하기를, 저택에는 보통 주말마다 손님이 오는데 주인은 〈기분 나쁜 놈들〉이라고 불렀네. 이름이 우들리이고, 항상 그곳에 머물러있는 붉은 콧수염을 가진 신사가 특히 심하다고 하더군. 여기까지 이야기하고 있는데 바로 그 신사가 걸어왔다네. 바에 앉아서 술을 마시고 있다가 대화 내용을 모두 들었던 거야. 너는 누구냐? 원하는 게 뭐냐? 어째서 그걸 묻는 거지? 하면서 얘기하는데, 아주 거침없는 말투에다가 박력 있는 형용사를 사용하더군. 욕지거리 끝에 손등으로 맹렬하게 일격을 가해왔는데, 나는 그걸 제대로 피하지 못했다네. 그 다음 몇 분은 유쾌했어. 강력한 악당을 쓰러뜨린 건 내 레프트 스트레이트 한 방이었지. 자네가 보다시피 나는 이런 꼴이 되었네. 우들리는 마차에 실려 집으로 돌아갔어. 이렇게 시골 여행은 끝이 났는데, 솔직히 말하면 재미있긴 했어도 서리 변경에서 보낸 내 하루가 자네에 비해서 나을 것은 별로 없다네."

목요일이 되자 우리의 의뢰인으로부터 또 다른 편지가 도착했다.

홈즈 씨, 제가 캐루더스 씨 댁의 일을 그만둔다 해도 놀라지 않으시겠지요. 아무리 급료가 많다 해도 제 상황이 불편해서 견딜 수가 없습니다. 토요일에 런던으로 올라가서 돌아오지 않을 생각입니다. 캐루더스 씨가 마차를 준비했기 때문에, 그 인적이 드문 길에 위험이 있다 해도 이제는 상관없습니다.

제가 떠나는 이유는 캐루더스 씨와의 부자연스런 상황뿐이 아니라, 그 가증스런 인물, 우들리 씨가 다시 나타났기 때문입니다. 그는 언제나 섬뜩한 얼굴이었지만, 무슨 사고라도 있었는지 얼굴에 상처를 입어 더욱 끔찍한 모습이 되었습니다. 창문 밖으로만 보고, 직접 만나지 않아서 얼마나 기쁜지 모릅니다. 그는 캐루더스 씨와 한참 얘기를 나눴는데 그 일로 캐루더스 씨는 몹시 흥분한 것 같습니다. 우들리는 이 근처에 머물고 있는 것이 틀림없습니다. 여기서 잠을 잔 것이 아닌데, 오늘 아침에 관목 숲 근처를 살금살금 걷고 있는 걸 언뜻 보았기 때문입니다. 차라리 이곳에 사나운 야생동물을 풀어놓았으면 좋겠어요. 저는 그 사람이 어찌나 혐오스럽고 무서운지 이루 다 말로 표현할 수가 없습니다. 캐루더스 씨는 그런 인물을 어떻게 견뎌내는 걸까요? 그렇지만, 토요일이면 이 모든 문제가 끝납니다.

"그래야지, 왓슨, 그렇게 해야지."
홈즈는 근심스럽게 말했다.
"이 나약한 여인을 둘러싼 무언가 심각한 음모가 있네. 우리에겐 그녀의 마지막 여행을 아무도 방해하지 않도록 돌봐줄 의무가 있지. 왓슨, 꼭 시간을 내서 토요일 아침에는 함께 내려가야 하겠네. 이 기묘하고 복잡한 사건이 불행한 결말이 되지 않도록 말이야."

솔직히 말하자면, 이때까지 나는 이 사건을 심각한 관점에서 보지 않았다. 위험하기 보다는 괴상하고 별스러운 사건이라고 생각했던 것이다. 남자가 아름다운 여인을 숨어서 기다리다 따라가는 일이 신기한 것도 아니고, 말을 건네는 건 고사하고 여자가 다가오는 데 도망갈 정도라면 그다지 위험한 인물은 아닐 테니까.

악당 우들리는 그와 전혀 다른 사람이지만, 의뢰인을 괴롭힌 건 단 한 번뿐이고, 지금은 캐루더스의 집을 찾아와도 그녀 앞에 나타나 집적대지 않았다. 자전거를 탄 남자는 분명 술집 주인이 말한 저택의 주말 파티 손님 중 하나가 틀림없었다. 하지만 그가 누구이며 무얼 원하는지는 여전히 모호하기만 하다. 나는 홈즈의 심각한 태도와 방을 나서기 전 주머니에 리볼버 권총을 슬며시 넣는 것을 보고서야, 이 기묘한 일련의 사건 뒤에 비극적인 일이 숨어있으리란 느낌이 들었다.

밤새 비가 내린 뒤의 아침은 화려하게 빛났고, 히스 관목으로 덮인 들판에는 피어오르는 가시 금작화가 무리 지어 작열하고 있었는데, 런던의 어두침침하고 우중충한 갈색과 회색에 지쳐있는 눈에겐 더욱더 아름답게 보였다. 홈즈와 나는 신선한 아침 공기를 들이마시고, 새들의 노래 소리와 상쾌한 봄바람을 즐기며, 모래가 깔린 넓은 길을 따라 걸어갔다. 크룩스베리 힐 고갯마루 위의 오르막 길에 이르자, 오래되긴 했어도 그 건물의 나이보다는 젊은 떡갈나무 사이로 저택이 굳세게 솟아올라 있는 것이 보였다. 홈즈는 길게 뻗어나가는 도로를 가리켰는데, 적황색 띠 하나가 히스로 덮인 갈색 황야와 연녹색 숲 사이로 가로지르고 있었다. 저 멀리, 검은 점으로 보이는 마차 하나가 이쪽으로 오고 있었다. 홈즈는 안타까운 탄식을 내뱉었다.

"30분 정도 여유를 두었는데,"

그가 말했다.

"저것이 그녀가 탄 마차라면, 일찍 출발하는 기차를 탈 모양이야. 왓슨, 우리가 가서 만나기도 전에 찰링턴 저택을 지나갈 것 같네."

언덕을 다 오르고 나니, 마차는 더 이상 보이지 않았지만 우리는 서둘러서 앞으로 나아갔다. 앉아서 생활하는 나로서는 뒤쳐질 수밖에 없었다. 하지만 홈즈는 언제나 단련이 되어있었고, 끌어낼 수 있는 강력한 에너지를 무한정 비축하고 있었다. 그는 탄력 있는 걸음으로 조금도 속도를 늦추지 않고 나아갔는데, 나보다 백 야드쯤 앞선 곳에서 갑자기 멈췄다. 그리고 실망과 비탄의 표시로 손을 들어 올려 보였다. 그 순간, 이륜마차 한 대가 길모퉁이를 돌아 덜컹거리며 우리 앞으로 곧장 나타났다. 마차는 비어 있었고, 말은 천천히 달리고 있었으며 고삐는 땅에 끌리고 있었다.

"너무 늦었네, 왓슨. 너무 늦었어!"

숨을 헐떡이며 그의 옆으로 달려갔을 때, 홈즈가 소리쳤다.

"바보 같이 기차를 일찍 타리란 걸 염두에 두지 않았어! 이건 유괴일세, 왓슨! 유괴! 살인이야! 어떻게 되었을지 알 수 없군! 길을 막게! 말을 세워! 잘했어. 자, 이제 올라타게. 큰 실수로 비롯된 결말을 되돌릴 수 있는지 알아보기로 하세."

이륜 마차에 뛰어오르자, 홈즈는 말을 되돌리며 민첩하게 채찍을 휘둘렀고, 마차는 왔던 길로 나는 듯이 달려갔다. 모퉁이를 돌아가니, 저택과 황야 사이로 길게 뻗은 길이 훤하게 눈에 들어왔다. 나는 홈즈의 팔을 움켜잡았다.

"저 사람일세!"

나는 숨을 헐떡이며 말했다.

홀로 자전거를 타는 사람이 우리 쪽을 향해 오고 있었다. 고개를 숙이고 허리는 굽힌 채, 가지고 있는 모든 힘을 실어 페달을 밟고 있었다. 마치 경주하는 레이서처럼 빠른 속도였다. 갑자기 그는 턱수염 가득한 얼굴을 들더니, 우리가 다가오는 걸 보고는 멈춰서 자전거에서 뛰어 내렸다. 석탄처럼 검은 턱수염은 창백한 얼굴과 대조되어 특이하게 보였고, 두 눈은 열병에 걸린 것처럼 밝게 빛나고 있었다. 그는 우리들과 이륜마차를 빤히 쳐다보았다. 그리고는 그의 얼굴 위로 놀란 표정이 떠올랐다.

"이봐, 멈춰라!"

그는 자전거로 도로를 막으며 소리쳤다.

"이 마차는 어디서 났지? 세워, 이봐!"

그는 옆 호주머니에서 권총을 꺼내들고 소리쳤다.

"세워! 세우지 않으면 말을 쏴버릴 거다. 정말이다!"

홈즈는 고삐를 내 무릎 위로 던지고는 마차에서 뛰어내렸다.

"당신이 우리가 찾던 사람이군. 바이올렛 스미스 양은 어디에 있지?"

그는 빠르고 명확하게 말했다.

"그건 내가 묻고 싶은 말이다. 당신들이 탄 마차가 스미스 양이 탔던 마차야. 어디 있는지는 당신이 알거다."

"우리는 길에서 이 마차를 보았소. 안에는 아무도 없었지. 그 젊은 여인을 도우려고 마차를 돌려서 온 것이오."

"맙소사! 맙소사! 어쩌면 좋지?"

낯선 남자는 절망에 빠져 소리쳤다.

"그 자들이 잡아갔군. 그 악마 같은 우들리와 깡패 목사가. 자, 이보시오. 당신들이 정말 스미스 양의 친구라면 나와 함께 구하러 갑시다. 구하지 못하면 찰링턴 숲에 내 뼈를 묻을 겁니다."

그는 권총을 손에 쥐고, 울타리 틈을 향해 미친 듯이 달려갔다. 홈즈는 그를 따라갔고, 나 역시 말을 길가에 풀을 뜯어먹도록 놔 둔 채 홈즈를 따라갔다.

"이쪽으로 갔습니다."

그는 진흙 길 위에 나있는 발자국을 가리키며 말했다.

"이봐요! 잠깐만! 덤불 속에 있는 사람이 누구지?"

거기엔 마부처럼 가죽끈과 각반을 하고 있는 열일곱 정도의 어린 소년이 있었다. 양쪽 무릎을 올리고 누워있었는데, 머리에는 심한 상처가 나있었다. 그는 의식이 없었지만 살아있었다. 상처를 살펴보니 뼈까지 꿰뚫은 것은 아니었다.

"마부 피터군요."

낯선 남자가 소리쳤다.

"그녀를 태우고 갔었습니다. 그 짐승 같은 놈들이 피터를 끌어 내리고 몽둥이로 때린 거요. 그대로 눕혀 둡시다. 이 아이는 도울 수 없지만, 그녀를 여성으로서 당할 수 있는 최악의 운명에서 구해 낼 수 있을 겁니다."

우리는 숲 사이에 나선형으로 구부러진 작은 길을 미친 듯이 달려갔다. 건물을 둘러싼 관목 앞에 도달했을 때 홈즈가 멈춰 섰다.

"집 안으로 들어가지 않았군요. 여기 왼쪽으로 그 자들의 발자 국이 있습니다. 여기, 월계수 덤불 옆에. 아! 내 말대로군."

그의 말과 동시에 앞쪽 울창한 푸른 덤불에서부터 여인의 날카 로운 비명이, 공포에 휩싸여 떨리는 비명 소리가 들려왔다. 그 비명 은 높게 올라갔다가 숨넘어가는 소리와 함께 갑자기 뚝 그쳤다.

"이쪽입니다! 이쪽! 그들은 볼링장에 있어요."

낯선 남자는 이렇게 소리치며 덤불 속으로 뛰어 들어갔다.

"비겁한 개 같으니! 신사 분들, 따라오십시오! 너무 늦었어요! 너무 늦었어! 절대 안 될 일이야!"

갑자기 우리 앞으로 고목으로 둘러싸인 아름다운 잔디밭이 나 타났다. 저 건너편, 커다란 떡갈나무 그늘 아래에는 세 사람이 특이 한 모습으로 서 있었다. 한 사람은 여성으로, 우리의 의뢰인이었는 데, 입에는 손수건이 둘러져 있었고 고개는 푹 숙인 채 정신을 차 리지 못했다. 그녀 앞에 서 있는 사람은 잔인하고 악랄해 보이는 얼굴에 붉은 콧수염이 있는 젊은 남자였다. 각반을 찬 다리를 넓 게 벌리고 서서, 한 손은 허리를 짚고, 다른 손으로는 채찍을 흔드는 모습이 승리를 거둔 뒤 우쭐대며 허세를 부리는 것 같았다. 그 두 사람 사이에는 회색 턱수염이 있는 나이 지긋한 남자가, 가벼운 트위드 정장 위에 짧은 소백의*를 입고 있었다. 우리가 나타났을 때는, 막 결혼식을 끝낸 듯 기도서를 주머니에 집어넣더니 그 사악한 신랑의 등을 두들기며 기분 좋게 축하해주었다.

"저 둘이 결혼한 건가?"

나는 숨을 몰아쉬며 말했다.

"갑시다!"

앞서 길을 안내하던 남자가 소리쳤다.

"가요!"

그는 잔디밭을 가로질러 달려갔고, 홈즈와 나는 뒤를 따랐다. 우리가 다가가는 동안 여인은 비틀거리며 나무 가지에 몸을 의지했다. 전직 목사 윌리엄슨은 조롱하듯 공손한 태도로 허리를 굽혀 인사했고, 악당 우들리는 의기양양하게 웃으며 앞으로 나서더니 짐승처럼 소리 질렀다.

"밥, 턱수염은 떼버려."

그가 말했다.

"네가 누군지 다 알아. 자, 마침 자네 친구들도 시간에 맞게 와주었으니, 우들리 부인을 소개해주지."

안내하던 남자의 대답은 독특했다. 그가 변장하고 있던 검은 턱수염을 뜯어내 바닥에 던지자, 말끔히 면도한 창백하고 기다란 얼굴이 나타났다. 그리고는 권총을 들고, 무시무시한 말채찍을 흔

---

* 카톨릭 또는 성공회 성직자가 교회 예식을 할 때 착용하는 짧은 흰 옷.

들며 다가오는 젊은 악당을 향해 겨누었다.

"그래."

우리 편 남자가 말했다.

"내가 밥 캐루더스다. 내가 교수대에 매달리게 된다 해도 저 여인을 구해낼 것이다. 그녀를 괴롭히면 내가 어떻게 할 지 이미 말했다. 맹세코! 내 말을 지킬 거다."

"너무 늦었어. 이 여자는 내 마누라야."

"아니, 과부가 될 거다."

그의 권총이 커다란 소리를 냈고, 우들리 조끼 앞쪽에서 피가 뿜어져 나왔다. 우들리는 비명을 지르며 몸을 한 바퀴 돌리더니 뒤로 쓰러졌다. 그의 가증스런 붉은 얼굴은 금방 무섭도록 창백한 반점이 번져나갔다. 여전히 소백의를 입고 있던 그 노인은 내가 생전 들어보지도 못한 더러운 욕설을 쏟아내면서 리볼버 권총을 꺼냈지만, 그걸 들어올리기도 전에 홈즈가 총구를 겨누고 있는 것을 보았다.

"이제 끝났다."

내 친구가 냉정하게 말했다.

"권총을 버려! 왓슨, 그걸 집어 들게. 머리에 겨누고 있게! 고맙네. 당신, 캐루더스. 권총을 내게 주십시오. 더 이상 폭력은 용납할 수 없습니다. 어서, 이리 줘요!"

"그런데, 당신은 누굽니까?"

"내 이름은 셜록 홈즈이지요."

"세상에!"

"나에 대해서 들어봤을 거요. 경찰이 오기까지 내가 그 임무를 대신하겠습니다. 이봐, 자네!"

홈즈는 어느 틈에 잔디밭 가장자리에 나타난 겁먹은 마부를 소리쳐 불렀다.

"이리 오게. 이 편지를 가지고 될 수 있는 한 빨리 파넘으로 가주게."

그는 수첩에서 한 장을 떼어내 몇 자 휘갈겨 썼다.

"경찰서에 가서 이걸 서장에게 전하면 되네. 경찰이 올 때까지, 내가 여러분 모두를 억류하고 있겠습니다."

홈즈의 강력한 통솔력이 비극적인 현장을 장악했고, 우리 모두는 그의 손에 놓인 꼭두각시처럼 움직였다. 윌리엄슨과 캐루더스는 부상당한 우들리를 집안으로 옮겼고, 나는 겁에 질린 여인을 부축했다. 부상자는 침대에 눕혀졌고 홈즈의 요청으로 나는 진찰을 했다. 그리고는 오래된 태피스트리'가 걸려있는 응접실에서 두 명의 포로를 앞에 두고 있는 홈즈에게 결과를 알려주려고 갔다.

"살 수 있을 것 같네."

내가 말했다.

"뭐라고요?"

캐루더스가 의자에서 벌떡 일어나면서 말했다.

"내가 위층으로 올라가서 당장 그 녀석을 끝장내겠습니다. 그 아가씨, 그 천사 같은 여인이 평생 주정뱅이 잭 우들리에게 얽매여

---

* tapestry : 다채로운 색실로 그림을 짜넣은 직물. 융단. 벽걸이, 휘장, 실내 장식품으로 쓰인다.

살아야 한단 말입니까?"

"그건 걱정할 필요가 없지요."

홈즈가 말했다.

"어떤 일이 있어도 그녀가 부인이 되지 않는다는 합당한 이유가 두 가지 있습니다. 첫째로, 윌리엄슨이 결혼식을 인도할 자격이 있느냐 하는 문제이지요."

"나는 성직자로 임명 받았다."

늙은 악당이 소리쳤다.

"그리고 제명되었소."

"한 번 목사는 영원히 목사인 거다."

"내 생각엔 아니오. 허가증은 어떻게 했소?"

"결혼 허가증을 받았다. 여기 내 주머니에 있어."

"그러면, 속임수로 얻은 거겠지. 어쨌든 강제 결혼은 결혼으로 성립되지도 않고, 아주 중대한 범죄요. 판결이 나기 전에 알게 되겠지만 말이오. 내가 틀리지 않다면 앞으로 십 년 정도는 그 문제를 생각해볼 시간이 있을 거요. 그리고 캐루더스, 당신은 권총을 주머니에서 꺼내지 않는 편이 좋았을 겁니다."

"이제야 그런 생각이 드는군요, 홈즈 씨. 그러나 나는 이 아가씨를 보호하기 위해 모든 예방책을 강구했던 겁니다. 왜냐하면 그녀를 사랑하기 때문입니다. 홈즈 씨, 진정한 사랑이 무엇인지 처음으로 알게 되었지요. 그녀가 남아프리카에서도 유명한 짐승 같은 악당의 손에 들어간다고 생각하니 미칠 것 같더군요. 킴벌리에서 요하네스버그까지 대단한 악명을 떨친 녀석에게 말입니다. 믿지 않을지도 모르겠습니다만, 아가씨를 고용한 이후부터 악당들이 숨어 있는 이 집 앞을 혼자 지나가게 한 적이 없습니다. 어떤 위험이라도 있을까봐 자전거를 타고 따라갔지요. 거리를 유지하고, 턱수염을 붙여서 그녀가 알아보지 못하게 했습니다. 훌륭하고 고결한 아가씨 이기에, 내가 시골길에서 따라다닌다는 것을 알게 되면 더 이상 가정교사로 머물러 있지 않을 것이기 때문입니다."

"그녀가 위험하다는 걸 왜 말하지 않았습니까?"

"같은 이유입니다. 그녀가 떠난다면 도저히 견뎌낼 수 없을 것 같았습니다. 비록 그녀가 나를 사랑하지 않는다 해도, 집 안에서 그녀의 우아한 모습을 보고 목소리를 듣는 것만으로도 나에겐 너무도 기쁜 일이었습니다."

"글쎄요."

내가 말했다.

"캐루더스 씨, 당신은 그걸 사랑이라 부르지만, 내가 보기엔 이기심이라 불러야할 것 같군요."

"아마도 그 두 마음은 함께 있는 걸지도 모릅니다. 어찌 되었던, 그녀를 가게 내버려둘 순 없었습니다. 게다가 이런 작자들이 있으니, 누군가 가까이에서 그녀를 돌봐주는 것이 옳았지요. 그런데 전보가 도착했기에, 그들이 곧 행동을 시작할 걸 알았습니다."

"무슨 전보죠?"

"캐루더스는 주머니에서 전보를 한 장 꺼냈다.

"이겁니다."

그가 말했다. 내용은 짧고 간결했다.

늙은이가 죽었다.

"흠!"

홈즈가 말했다.

"어떻게 된 일인지 알겠군요. 그리고 당신 말처럼 이 메시지가 그들을 행동에 나서게 만들었다는 것도 잘 알겠습니다. 그런데 기다리는 동안, 할 말이 있으면 하시지요."

갑자기 소백의를 입은 노인이 욕설을 잇달아 퍼붓기 시작했다.

"내가 맹세하는데!"

그가 말했다.

"밥 캐루더스, 우리를 배신하면 네가 잭 우들리에게 한 것처럼 똑같이 해줄 테다. 그 여자에 대해서는 직성이 풀릴 때까지 떠벌려도 좋아. 그건 네 일이니까. 하지만 이 사복경찰에 동료를 밀고한다면, 네가 평생 저지른 일 중에서 가장 최악이 될 거다."

"흥분할 필요는 없소."

홈즈가 담배에 불을 붙이며 말했다.

"이 사건에서 당신의 죄는 명백하니까. 다만 개인적인 호기심으로 몇 가지 세세한 것이 궁금할 뿐이오. 그런데 직접 말하기가 곤란하다면 내가 하지요. 얼마나 비밀을 감출 수 있는지 알아봅시다. 우선, 당신 셋은 이 일을 계획하고 남아프리카에서 건너왔지. 당신 윌리엄슨, 캐루더스, 그리고 우들리 말이오."

"첫 번째 거짓말이군."

노인이 말했다.

"두 달 전까지 나는 이 두 사람을 전혀 몰랐고, 평생 아프리카 엔 가 본 적이 없어. 그러니까, 그따위 말은 파이프에 넣고 태워버려. 참견장이 홈즈!"

"그 말은 사실입니다."

캐루더스가 말했다.

"음, 그렇군. 두 명이 돌아온 거군요. 목사님께서는 국산이시군. 그리고 남아프리카에서 랄프 스미스를 알고 지냈소. 그가 오래 살지 못한다고 생각할 만한 이유가 있었을 겁니다. 조카가 재산을 상속받는 다는 것도 알아냈지요. 어떻습니까?"

캐루더스는 고개를 끄덕였고, 윌리엄슨은 욕설을 해댔다.

"분명 그녀가 가장 가까운 친척이었을 테고, 당신은 그 노인이 유언장을 남기지 않을 거란 걸 알게 되었지요."

"읽을 줄도, 쓸 줄도 몰랐습니다."

캐루더스가 말했다.

"그래서 당신들 두 사람은 이곳으로 건너와 그 여자를 찾아 나섰습니다. 둘 중 한 명이 그녀와 결혼하고, 다른 한 명은 재산을 나눠 갖는다는 계획이었지요. 어떤 이유로 해서, 우들리가 남편감으로 선택되었습니다. 그 이유는 뭐죠?"

"배를 타고 오는 도중에 카드 게임을 했습니다. 우들리가 이겼지요."

"그렇군. 당신이 그 젊은 여인을 고용한 다음, 우들리가 구혼하기로 했군요. 그런데 주정뱅이 망나니라는 걸 알게 된 그녀가 상대를 하려하지 않았습니다. 그러는 동안에 당신은 그 여인을 사랑하

게 되었기에 계획이 뒤집어진 겁니다. 그 악당이 그녀를 차지한다
는 생각에 더 이상 참을 수가 없게 된 것이지요?"

"그렇습니다. 절대 안 됩니다!"

"그래서 당신과 싸움이 벌어졌습니다. 화가 나서 떠난 우들리
는 당신과는 별개로 계획을 세우기 시작한 겁니다."

"월리엄슨, 이 신사 분이 다 알고 있으니 우리가 할 얘기는 별
로 없는 것 같소."

캐루더스가 쓴웃음을 지으며 말했다.

"그렇습니다. 싸움을 했고, 그녀석이 나를 때려 눕혔습니다. 어
쨌든 피장파장이 된 셈이지요. 그리고는 그녀석이 보이지 않더군
요. 그때, 여기 있는 파문당한 목사를 찾아낸 겁니다. 나는 두 사람
이 그녀가 역으로 가려고 지나가는 길목에 집을 마련했다는 걸 알
았습니다. 어떤 흉계를 꾸미고 있다는 걸 알아챈 나는 그때부터 아
가씨한테서 눈을 떼지 않았지요. 무얼 하는지 궁금했기 때문에 나
는 가끔씩 두 사람을 만났습니다. 이틀 전에 우들리가 이 전보를
들고 내 집으로 찾아와서 보여주며 랄프 스미스가 죽었다고 하더
군요. 그는 계약을 지킬 거냐고 물었습니다. 그럴 수 없다고 했지
요. 그는 내가 그 아가씨와 결혼하고 자신의 몫을 챙겨주는 건 어
떠냐고 물었습니다. 나는 그렇게 하고 싶지만, 그녀가 나를 받아들
이지 않는다고 했습니다. 〈먼저 결혼해 버리는 거야. 일주일이나 이
주일이 지나면 그 여자도 달라질 테니까.〉 그는 이렇게 말하더군요.
나는 폭력을 사용할 수는 없다고 말했습니다. 그러자 입버릇이 나
쁜 불량배답게 저주를 퍼부으며, 머지않아 자기가 그녀를 차지할

거라고 큰소리치며 가버렸지요. 그녀는 이번 주말에 떠나기로 되어 있어서 역까지 태워줄 마차를 준비했습니다만, 불안한 마음에 자전거를 타고 따라갔습니다. 그런데 그녀가 출발하고 내가 따라잡기도 전에 사고가 난 겁니다. 두 신사분이 그녀의 마차를 타고 돌아오는 것을 보고서야 알게 되었습니다."

홈즈는 일어나 담배꽁초를 벽난로 안에 던졌다.

"내가 둔했었네, 왓슨."

그가 말했다.

"자전거를 탄 사람이 관목 사이에서 넥타이를 고쳐 매는 것 같다고 자네가 보고했을 때 모든 걸 알아챘어야 했었지. 어쨌거나, 기이하고도 독특한 사건을 겪었으니 축하해도 되겠네. 지방 경찰 세명이 진입로에 들어섰군. 어린 마부도 그들과 같이 걸어오는 걸 보니 기쁜 일이야. 저 아이도, 그 재미있는 신랑도 모두 오늘 아침의 모험에서 심각한 부상을 입지는 않았으니 말이지. 왓슨, 자네는 의사로서 스미스 양을 돌봐주는 게 좋을 것 같네. 그리고 충분히 회복되었다면 어머니 집까지 데려다주겠다고 얘기해주게나. 만일 회복되지 않았다면, 미들랜드에 있는 젊은 전기 기술자에게 전보를 보내려던 참이라고 넌지시 말해주면 치료가 될 걸세. 그리고 캐루더스 씨, 당신은 나쁜 음모에 참여한 것을 벌충하려고 할 만큼 한 것 같군요. 여기 내 명함이 있으니, 법정에서 내 증언이 필요하다면 언제든 연락하시길."

독자 여러분도 아시다시피, 끝없이 계속해서 활동을 하는 가운데, 이야기를 솜씨 있게 마무리하고, 호기심에 가득 차 기대하는 이에게 후일담을 들려드리는 것은 여간 어려운 일이 아니다. 각각의 사건은 다음 사건의 전주곡이 되고, 한 번 위기를 넘어서면 등장인물들은 우리의 바쁜 생활 속에서 영원히 사라져 버리기 마련이다. 그런데 이 사건을 다룬 내 글의 끝부분에서 간단한 메모를 발견했다. 거기에 적힌 바에 의하면, 바이올렛 스미스 양은 막대한 재산을 상속했고, 지금은 유명한 웨스트민스터 전기회사, 모튼 앤 케네디 사의 사장인 시릴 모튼의 아내가 되었다. 윌리엄슨과 우들리는 모두 유괴와 폭행죄로 재판에 회부되었고, 윌리엄슨은 7년, 우들리는 10년 형을 선고 받았다. 캐루더스의 운명에 대해서는 기록이 되어있지 않은데, 우들리가 아주 흉악한 악당으로 악명이 높았기 때문에, 그의 행위는 법정에서 그리 심각하게 처리되지 않았을 것이 분명하다. 정의를 실현하기 위해선 몇 개월이면 충분했을 것이라 생각한다.

프라이어리 학교

베이커 가, 우리의 작은 무대에서는 극적인 등장과 퇴장이 꽤 있었는데, 석사이자, 박사인 소니크로프트 헉스터블이 처음 등장했을 때보다 더 갑작스럽고 놀라운 일은 떠오르지 않는다. 그의 학문적인 칭호를 모두 담기에 너무 작아 보이는 명함이 전해지고 나서 몇 초 후에 그가 직접 들어섰다. 커다란 체구에 점잖고 기품 있는 모습은 바로 침착함과 충실의 화신이었다. 하지만 들어와서 문을 닫고 난 뒤 처음 한 행동은 책상에 부딪쳐 비틀거리다 미끄러져 바닥에 쓰러진 것이다. 웅대한 인물은 곰 가죽 깔개 위에 엎어져 정신을 잃고 말았다.

우리는 튀어 오르듯 자리에서 일어나, 잠시 동안 놀라서 말도 못한 채 난파선의 육중한 파편을 바라보았다. 그는 인생이라는 바다에서 갑작스럽고 치명적인 폭풍을 힘겹게 만난 듯했다. 홈즈는 서둘러 머리에 쿠션을 대어주었고, 나는 브랜디를 그의 입술에 흘려 넣었다. 이목구비가 뚜렷하고 창백한 얼굴은 근심으로 주름지고, 감겨진 눈 아래 늘어진 주름살은 납빛을 띠었으며, 벌어진 입술은 한쪽이 애처롭게 처져있었고, 둥근 턱은 수염이 덥수룩했다. 셔츠와 칼라는 오랜 여행으로 때가 묻어있었고, 잘생긴 머리는 빗질을 하지 않아 곤두서 있었다. 우리 앞에는 견디기 힘든 고통에 시달리는 남자가 누워있는 것이다.

"어떤가, 왓슨?"

"완전히 탈진했군. 아마 단순한 굶주림과 피로 때문일 걸세."

나는 생명의 흐름이 미약하게 뛰고 있는 약한 맥을 짚으면서 말했다.

"잉글랜드 북부, 맥클턴에서 온 왕복 차표."

홈즈는 시계주머니에서 차표를 꺼내며 말했다.

"아직 열두 시가 안 되었군. 일찍 출발한 것이 틀림없어."

주름 잡힌 눈꺼풀이 떨리기 시작하더니, 멍한 회색 눈동자가 우리를 올려다보았다. 그 남자는 급하게 몸을 일으켰는데, 얼굴은 부끄러움으로 붉게 물들었다.

"홈즈 씨, 약한 꼴을 보여드려 죄송합니다. 좀 과로를 했습니다. 고맙습니다만, 우유 한 잔과 비스킷을 주신다면, 분명 훨씬 나아질 겁니다. 홈즈 씨, 저와 함께 가주시길 부탁드리려고 직접 왔습니다. 전보로는 이 사건의 아주 긴박한 상황을 알려드리지 못할 것 같았습니다."

"기운을 좀 회복하신 후에―."

"이제 괜찮아졌습니다. 내가 어찌 이리 약해졌는지 모르겠군요. 홈즈 씨, 저와 함께 다음 기차를 타고 맥클턴으로 가주셨으면 합니다."

내 친구는 고개를 저었다.

"내 동료인 왓슨 선생이 우리가 지금 얼마나 바쁜지 알려드릴 겁니다. 페레스 문서 사건을 조사 중이고, 애버개브니 살인사건 재판이 곧 있습니다. 정말 중요한 사건이 아니라면 현재 런던을 떠날 수가 없지요."

"중요한 사건입니다!"

방문객은 두 손을 들어올렸다.

"홀더니스 공작의 외동아들 납치사건에 대해서 들어본 적이 없으십니까?"

"뭐라고요! 전 내각의 장관이었던?"

"맞습니다. 신문에 나지 않도록 애를 썼습니다만, 어젯밤 〈글로브〉지에 소문이 실리고 말았지요. 당신도 이미 들었으리라 생각했습니다."

홈즈는 그의 길고 야윈 팔을 뻗어 참고자료 사전 〈H〉 항목을 집어 들었다.

"〈홀더니스, 6대 공작. K.G.(가터 훈장), P.C.(추밀 고문관)〉 약자로 된 직함이 알파벳 반을 차지하겠군. 〈비벌리 남작, 칼스턴 백작〉, 이것 참, 대단한 목록이야! 〈1900년 이래 헬럼셔 주지사, 1888년 찰스 애플도어 경의 따님, 에디스와 결혼, 상속인이자 외동아들인 샐타이어 경. 약 25만 에이커*의 토지 소유. 랭커셔와 웨일스 광산. 주소는 칼턴 하우스 테라스. 헬럼셔의 홀더니스 저택. 웨일스, 뱅거의 칼스턴 성. 1872년 해군본부장, 국무장관 역임——〉 자, 그러면, 이 분은 여왕 폐하의 가장 중요한 신하 중 한 사람이 분명하군요!"

"가장 중요한 사람이고, 또 가장 부자이기도 할 겁니다. 홈즈

---

* 약 1011제곱킬로미터(km2), 평으로는 306,043,517평. 1 에이커(ac)는 약 4046m2(1224평).

씨, 나는 당신이 일에 관해서는 극히 까다로운 기준을 가지고 있고, 일 그 자체를 위해서만 일한다는 것을 잘 알고 있습니다. 하지만 각하께서는 이미 아드님의 소재를 알려주는 사람에게 오천 파운드를 주겠다고 공표하셨고, 납치한 자의 이름을 알려주면 거기에 천 파운드를 더 주겠다고 하셨습니다."

"귀족다운 제안이군."

홈즈가 말했다.

"왓슨, 우리 함께 헉스터블 박사님과 같이 잉글랜드 북부로 가야할 것 같네. 자, 이제 헉스터블 박사, 우유를 다 드셨으면 무슨 일이 일어난 것인지, 언제 일어났는지, 어떻게 되었는지를, 그리고 맥클턴 근교 프라이어리 학교의 소니크로프트 헉스터블 박사께서 이 사건과 어떤 관련이 있는지, 왜 사건이 일어나고 3일 후에야—턱수염 상태로 알았습니다만,—변변찮은 제게 도움을 청하려 오신 것인지 말씀해 주시길 바랍니다."

방문객은 우유와 비스킷을 모두 먹어치웠다. 눈에는 광채가 돌아왔고 뺨도 제 빛을 찾았으며, 기운차고 분명하게 상황을 설명하기 시작했다.

"여러분, 먼저 알려드릴 것은, 프라이어리 학교는 '예비학교'로서 제가 설립자이자 교장입니다. 〈헉스터블의 호라티우스 해석〉이란 책이름을 들으시면 기억하실 지도 모르겠군요. 프라이어리 학교

---

* 영국의 이튼 학교(Eton school)나 해로 학교(Harrow school)등의 사립학교에 입학하기 전 예비교육을 담당하는 학교. 초등학교 정도이며 6-14세의 아동이 들어간다.

는 단연코, 영국에서 가장 훌륭한 예비학교입니다. 레버스톡 경, 블랙워터 백작, 캐스카트 숌즈 경, 이 분들 모두가 제게 아드님을 맡겼습니다. 하지만 3주 전, 홀더니스 공작이 비서 제임스 와일더 씨를 보내 외아들이자 상속자인 10살 난, 샐타이어 경을 제게 맡긴다는 의향을 비치셨을 때가 우리 학교의 최대 전성기라고 생각합니다. 이것이 내 생애를 파멸시키는 불행의 전주곡이 될 줄은 티끌만치도 생각하지 못했습니다.

5월 첫째 날, 여름학기가 시작되는 때 그 소년이 도착했습니다. 사랑스런 소년이었고, 금방 학교에 적응했지요. 저는 경솔한 사람은 아닙니다만, 이와 같은 경우에 비밀을 남겨두는 것은 불합리하다고 알기에 말씀 드립니다. 그 소년의 가정은 그리 행복하지 않았습니다. 공작의 결혼 생활은 평화롭지 않았고, 결국 서로 합의하에 별거하게 되었으며, 공작부인은 프랑스 남부에 거처를 마련했다는 건 공공연한 비밀이지요. 이 일은 얼마 전에 생긴 일이고, 소년은 어머니 쪽에 더 큰 애정을 가지고 있다고 알고 있습니다. 홀더니스 저택에서 어머니가 떠난 후 소년이 우울해했기에, 공작께서 제 학교에 보내기로 결심하신 것이지요. 2주일이 지나자, 이곳에서 편안하게 지냈고, 겉으로 보기엔 아주 행복해 보였습니다.

그 소년이 사라진 것은 5월 13일 밤, 바로 지난 월요일 밤이었습니다. 그의 방은 3층으로, 두 아이가 자는 또 다른 큰 방을 통해서 들어가게 되어있습니다. 그 아이들은 아무것도 보지도 듣지도 못했다는 걸 봐서, 어린 샐타이어 경은 그쪽으로 지나가지 않은 것이 확실합니다. 창문이 열려있었고, 억센 담쟁이덩굴이 땅에서부터 올라와 있습니다. 아래쪽에 발자국은 없었지만, 빠져나갈 수 있는 곳은 오직 거기뿐이라는 건 분명합니다.

사라진 것을 안 때는 화요일 아침 일곱 시였습니다. 침대에는 잠을 잔 흔적이 있었지요. 나가기 전에, 평상시 교복인 검은 이튼 재킷*에 회색 바지를 제대로 챙겨 입었습니다. 아무도 방에 들어온 흔적은 없었지요. 안쪽 방에 있는 콘터라는 소년이 나이도 위이고 잠귀도 밝은데 비명이나 싸우는 소리를 듣지 못했다고 했으니 확실합니다.

샐타이어 경이 사라진 것을 알자, 나는 즉시 학생, 교사, 하인 등 모든 인원을 소집했습니다. 샐타이어 경이 혼자 사라진 것이 아니라는 걸 안 건 그때였습니다. 독일인 교사 하이데거도 사라졌더군요. 그의 방은 3층에 있었는데, 샐타이어 경의 방과 같은 쪽으로 맨 끝입니다. 그 역시 침대에 잠을 잔 흔적이 있었지만, 셔츠와 양말이 바닥에 떨어져 있는 걸 보아 대충 입고 나간 것으로 보입니다. 의심할 여지도 없이 담쟁이덩굴을 타고 내려갔습니다. 잔디밭 위에 그가 내려선 발자국이 있는 걸 발견했지요. 잔디밭 한쪽 편 창고에 그의 자전거를 보관하고 있었는데 그것도 역시 없어졌습니다.

그는 2년 동안 학교에 있었고 최상의 추천서도 가지고 왔습니다만, 과묵하고 까다로워서 학생들이나 교사 사이에서 그리 인기가 없었습니다. 사라진 두 사람에 대한 아무런 단서도 찾지 못했고, 이제 목요일 오전이 되었는데도 화요일과 달라진 것이 없습니

---

* 깃이 넓고 길이는 짧은 웃옷. 많이 접히는 둥근 깃의 셔츠를 안에 받쳐 입는다.

다. 물론, 홀더니스 저택에도 즉시 보고했지요. 학교에서 몇 마일 밖에 떨어지지 않은 곳이라, 갑자기 집이 그리워져서 아버지에게로 간 것이 아닐까 생각했습니다만, 그곳에서도 소식을 듣지 못했습니다. 공작께서는 몹시 걱정하고 계시고, 보시는 바와 같이 저 역시 불안과 책임감에 억눌려 신경쇠약에 걸리고 말았습니다. 홈즈 씨, 이 사건에 전력을 다해주실 수 있다면, 당장 그렇게 해주시길 애원합니다. 이보다 의미 있는 사건은 평생 찾아볼 수 없을 겁니다."

셜록 홈즈는 불운한 교장의 이야기를 최대한 집중해서 듣고 있었다. 찡그린 눈썹과 미간의 깊은 주름은 굳이 부탁하지 않아도 이 사건에 모든 신경을 집중하고 있다는 걸 보여주고 있었다. 막대한 보수가 있다는 건 제외하더라도, 색다르고 복잡한 것을 좋아하는 그에게 곧바로 흥미를 일으키는 사건이었다. 그는 수첩을 꺼내 한 두 가지 메모를 적었다.

"좀 더 일찍 제게 찾아오지 않은 것은 대단히 경솔한 일이었습니다."

홈즈가 엄격한 말투로 얘기했다.

"매우 심각하게 불리한 상황에서 조사를 하게 되었군요. 예를 들어, 전문가라면 담쟁이덩굴이나 잔디밭에서 아무것도 얻어내지 못한다는 건 생각조차 못할 일이지요."

"홈즈 씨, 그건 제 탓이 아닙니다. 각하께서는 공개적으로 소문이 나는 걸 최대한 피하려고 하셨습니다. 가족의 불행이 만천하에 드러나는 걸 두려워하셨지요. 그러한 일을 몹시 싫어하십니다."

"그런데 경찰이 조사하지 않았습니까?"

"네. 그렇습니다. 실망뿐이었지요. 즉각 확실한 단서를 찾았는데, 가까운 기차역에서 젊은 남자와 소년이 이른 시간에 출발하는 기차를 탄다는 보고가 들어온 것입니다. 바로 어젯밤, 리버풀에서 두 사람을 잡았지만 사건과는 아무런 관련이 없다는 것이 밝혀졌습니다. 절망스럽고 낙심천만한 일이었지요. 저는 뜬 눈으로 밤을 새우고 나서, 새벽 기차로 곧장 이곳으로 달려온 것입니다."

"잘못된 단서를 쫓느라 지방 경찰의 조사는 허술해졌겠지요?"

"완전히 손을 놓았지요."

"그렇게 사흘을 허비했군요. 그 일은 정말 통탄스럽게 처리했습니다."

"저도 그렇게 생각합니다."

"하지만 사건은 결국 해결될 겁니다. 기꺼이 조사를 맡기로 하지요. 사라진 소년과 독일 교사 사이에 어떤 관련이 있는지 찾아냈습니까?"

"전혀 없습니다."

"그 교사의 수업을 들었나요?"

"아니오. 제가 아는 한 말 한 마디 나눈 적 없습니다."

"그건 정말 이상하군요. 그 소년이 자전거를 가지고 있었나요?"

"아니오."

"다른 분실된 자전거가 있습니까?"

"없습니다."

"확실합니까?"

"틀림없습니다."

"음, 그러면 그 독일인이 한 밤중에 그 소년을 옆구리에 낀 채, 자전거를 타고 달아났다고 보는 것은 아니겠지요?"

"전혀 아닙니다."

"그럼 당신의 의견은 어떻습니까?"

"자전거는 눈속임일 겁니다. 어딘가에 숨겨두고, 두 사람은 걸어서 도망갔겠지요."

"그렇군요. 하지만 눈속임치고는 좀 터무니없는데요. 안 그런가요? 창고에 다른 자전거가 있었습니까?"

"몇 대 있었습니다."

"그걸 타고 달아났다는 생각을 하게 하려면, 두 대를 숨겨야하지 않았을까요?"

"그래야겠지요."

"당연히 그래야지요. 눈속임 이론은 맞지 않습니다. 그렇지만, 이 일은 사건조사의 출발점으로는 훌륭하군요. 아무튼, 자전거란 숨기기도 부숴버리기도 쉽지 않으니까요. 다른 질문이 하나 있습니다. 소년이 사라지기 전 날, 찾아온 사람이 있었습니까?"

"없습니다."

"편지도 받지 않았나요?"

"편지는 한 통 있습니다."

"누가 보냈나요?"

"아버지로부터 왔습니다."

"그 소년의 편지를 열어봤습니까?"

"아닙니다."

"그럼 아버지로부터 왔다는 걸 어떻게 아셨습니까?"

"봉투에 문장이 있었고, 공작 특유의 딱딱한 글씨체로 주소가 적혀있었습니다. 게다가, 공작께서도 편지 쓴 것을 기억하시더군요."

"그전에는 언제 편지가 왔나요?"

"며칠 동안은 없었습니다."

"프랑스에서는 오지 않았습니까?"

"전혀요."

"물론, 제 질문의 요점을 이해하시겠지요. 그 소년이 강제로 끌려갔는지, 아니면 자신의 의지로 나간 것인지 알기 위해서 묻는 말입니다. 후자의 경우, 어린 아이가 그런 행동을 한다는 것은 누군가 밖에서 자극을 했다고 봐야지요. 찾아온 사람이 아무도 없다면, 그 자극은 편지를 통해서 왔을 겁니다. 그러므로 편지를 쓴 사람이 누군지 알아내려고 하는 것입니다."

"제가 도움이 될 것 같지 않군요. 제가 아는 한, 편지를 보내는 사람은 그 소년의 아버지 뿐입니다."

"실종되던 바로 그 날에 편지를 쓴 사람이 아버지란 말이군요. 아버지와 아들의 관계는 아주 친밀했습니까?"

"각하는 어느 누구에게도 결코 친밀하게 대하지 않습니다. 공적인 문제에 완전히 몰두하고 계시기 때문에, 평범한 감정과는 도무지 가까울 수 없는 분입니다. 하지만 아드님에게는 항상 각하 나름대로는 친근하게 대했습니다."

"그러나 아드님은 어머니 편이었지요?"

"그렇습니다."

"직접 그렇게 말했나요?"

"아닙니다."

"그럼 공작께서?"

"세상에! 절대 아닙니다."

"그러면 어떻게 아셨습니까?"

"각하의 비서인 제임스 와일더 씨와 은밀한 이야기를 나누곤 합니다. 샐타이어 경의 감정에 대해 알려준 것은 그 사람이지요."

"알겠습니다. 그런데 공작이 마지막으로 보낸 편지 말인데요. 소년이 사라진 뒤, 방에서 발견되었습니까?"

"아닙니다. 가지고 갔습니다. 홈즈 씨, 제 생각에는 유스턴으로 떠날 시간인 것 같습니다만."

"사륜마차를 부르겠습니다. 15분 뒤에 떠나도록 하지요. 헉스터블 씨, 집으로 전보를 보내신다면, 주위에 있는 사람들에게 아직 수사가 리버풀이나 다른 어디에서 진행되고 있다고 생각하게끔 하는 편이 좋겠군요. 그 사람들의 주의를 다른 곳으로 끌기 위해서 말입니다. 그동안에 나는 현장 앞마당에서 조용히 수사를 하도록 하지요. 냄새가 다 사라지지 않았을 테니, 왓슨과 나 같은 노련한 사냥개라면 맡을 수 있을 겁니다."

그날 저녁 우리는 헉스터블 박사의 유명한 학교가 자리 잡은 산악 지방의 차갑고 상쾌한 공기 속에 있었다. 도착했을 때는 이미 어두워진 뒤였다. 명함 한 장이 홀의 탁자 위에 놓여 있었고, 집사가 주인에게 무언가 속삭이자, 그는 이목구비가 뚜렷한 얼굴에 불안감을 실은 채 우리 쪽으로 돌아섰다.

"공작께서 오셨군요."

그가 말했다.

"공작과 와일더 씨가 서재에 계십니다. 이리 오십시오, 신사 여러분. 소개해드리겠습니다."

나는 물론 그 유명한 정치가를 여러 사진을 통해 잘 알고 있었다. 하지만 실제는 사진과 많이 달랐다. 그는 키가 크고 위엄 있는 인물로, 빈틈없는 옷차림에, 얼굴은 마르고 주름졌으며, 긴 코는 괴상할 정도로 구부러져 있었다. 죽은 사람처럼 창백한 안색은 흰색 조끼 위로 늘어뜨린 길고 빈약한 턱수염의 선명한 붉은 색과 놀랍도록 대조적이었고, 그 수염 가장자리에 시계 체인이 어렴풋이 보이고 있었다. 헉스터블 박사의 벽난로 앞 깔개 가운데 서서, 차가운 시선으로 우리를 쳐다보며 당당하게 서 있는 인물의 모습은 이와 같았다. 그 옆에는 새파랗게 젊은 청년이 서 있었는데, 내가 보기에는 개인비서 와일드인 것 같았다. 그는 작은 몸집에 신경질적이고 민첩해 보였고, 지적인 연푸른 눈에 약삭빠른 얼굴이었다. 신랄하고 도전적인 말투로 곧장 이야기를 시작한 사람은 바로 그 청년이었다.

"헉스터블 박사님, 오늘 아침 전화를 걸었는데, 런던으로 가시는 걸 막기엔 너무 늦었더군요. 이 사건을 의뢰하려고 셜록 홈즈 씨를 초대하는 것이 목적이라고 들었습니다. 헉스터블 박사님, 각하께서는 상의도 없이 그런 조치를 취한 것에 대해 매우 놀라셨습니다."

"경찰이 실패했다고 들었기에—"

"각하께서는 결코 경찰이 실패했다고 생각하지 않으십니다."

"와일더 씨, 하지만 분명히—"

"헉스터블 박사님, 잘 알고 계시듯이 각하께서는 스캔들이 퍼질까봐 각별히 몹시 걱정하고 계십니다. 되도록이면 이 사실을 아는 사람이 최소한이길 바라십니다."

"이 일은 쉽게 되돌릴 수 있습니다."

박사는 주눅이 들어서 말했다.

"셜록 홈즈 씨는 내일 아침 기차로 런던에 돌아가시도록 하겠습니다."

"그건 아닙니다, 박사, 그건 아니지요."

홈즈는 부드러운 목소리로 말했다.

"북부의 공기가 기운을 북돋우고 마음을 즐겁게 하니, 이곳 광야에서 며칠 머물면서 제 마음을 채워볼까 합니다. 제가 이곳에서 머물지, 마을의 여관에서 머물지는 박사께서 결정하시지요."

박사가 어찌할 바를 몰라 주저하고 있을 때, 붉은 수염을 기른 공작이 저녁 식사를 알리는 공처럼 깊고 낭랑한 목소리로 그를 구해주었다.

"헉스터블 박사, 나와 상의를 하는 편이 현명했을 거라는 와일더 씨의 말에 나도 동의하오. 하지만 홈즈 씨에게 벌써 이 사실을 털어놓았는데, 도움을 받길 거절하는 건 참으로 불합리한 일이 될 거요. 여관은 당치도 않소, 홈즈 씨. 나와 함께 내 집으로 가서 머물도록 하시지요."

"고맙습니다, 각하. 그런데 사건 조사를 위해서는 수수께끼의 현장에 머무는 것이 현명한 일이라 생각합니다."

"마음대로 하시오, 홈즈 씨. 무엇이든 알고 싶은 것이 있다면 와일더 씨나 내가 기꺼이 도와드리리다."

"아마도 저택에 가서 찾아뵙게 되겠습니다만,"

홈즈가 말했다.

"지금 한 가지 묻겠습니다. 아드님의 수수께끼 같은 실종에 대해서 혹시 어떤 의견을 가지고 계신 것이 있습니까?"

"아니, 없소."

"곤란한 부분을 언급해서 죄송합니다만, 어쩔 수가 없군요. 공작부인께서 이 일과 어떤 관련이 있다고 생각하십니까?"

대정치가는 눈에 띄게 주저하는 모습을 보였다.

"그렇게 생각하지 않소."

그는 가까스로 입을 열었다.

"그밖에 가장 확실한 가능성은 몸값을 요구할 목적으로 아이를 납치했다는 것입니다. 그와 같은 요구가 없었습니까?"

"없었소."

"하나만 더 물어보겠습니다, 각하. 그 사건이 일어나던 날 아드님께 편지를 쓰셨다고 알고 있습니다."

"아니오, 그전날에 썼소."

"그렇군요. 하지만 받은 건 당일이지요?"

"맞소."

"편지 안에 아드님을 불안하게 하거나, 그런 행동을 유발할 만한 내용이 있었습니까?"

"아니오. 전혀 없소."

"직접 편지를 부치셨습니까?"

비서가 흥분한 말투로 지체 높은 귀족의 대답을 가로막았다.

"각하께서는 직접 편지를 부치지 않으십니다."

그가 말했다.

"그 편지는 다른 편지와 함께 서재 책상에 있었고, 제가 직접 우편낭에 넣었습니다."

"분명 다른 편지와 같이 있었습니까?"

"네. 제가 봤습니다."

"각하께서는 그날 편지를 몇 통이나 쓰셨습니까?"

"한 이삼십 통 정도. 나는 서신왕래를 많이 하오. 그런데 이건 분명 관계없는 일 아니오?"

"전혀 관계없는 건 아닙니다."

홈즈가 말했다.

"나로서는,"

공작이 말을 이었다.

"경찰에 남부 프랑스로 주의를 돌리라고 조언을 했소. 이미 말했듯이, 나는 공작부인이 그런 어처구니없는 일을 하도록 부추겼다고 생각하지 않소. 하지만 그 아이는 잘못된 생각을 고집하고 있으니, 그 독일인의 충동질과 도움으로 어머니를 찾아갔을 가능성이 있소. 헉스터블 박사, 나는 이제 집으로 돌아가야겠구려."

나는 홈즈가 묻고 싶은 질문이 아직 있다는 걸 알았지만, 지체 높은 귀족의 무뚝뚝한 태도로 볼 때 더 이상 대화를 할 수 없었다. 지극히 귀족적인 그의 성격은 사사로운 가정 문제를 외부인과 이야기한다는 걸 용납하지 못했고, 새로운 질문이 나올 때마다 신중하게 감추어놓은 공작 가문의 비밀스런 곳을 파헤치게 될까봐 두려운 것이 틀림없었다.

귀족과 그의 비서가 떠나간 뒤, 내 친구는 즉시 특유의 열정으로 사건 조사에 뛰어들었다.

소년의 방을 신중하게 조사했지만, 방에서 나갈 유일한 탈출구는 창문이라는 걸 확인했을 뿐이었다. 독일 교사의 방과 물건에서는 아무 단서도 나오지 않았다. 그 방의 담쟁이덩굴은 독일 교사의 무게를 견디지 못해 꺾여 있었고, 등불을 비춰보니 그가 내려간 잔디밭에 발자국이 남아있었다. 짧은 녹색 잔디 위에 움푹 팬 자국만이 이 불가사의한 한밤의 탈주에서 남은 유일한 물리적 증거였다.

셜록 홈즈는 혼자서 집을 나갔다가, 11시가 지나서야 돌아왔다. 그는 이 부근의 커다란 육지측량부 지도를 구해서 내 방으로 가지고 와 침대 위에 펼치더니 램프를 한가운데에 맞추어 놓았다. 담배를 내뿜으며 살펴보다가 가끔씩은 연기가 나오는 호박 파이프로 관심 있는 부분을 가리켰다.

"왓슨, 이 사건이 점점 마음에 드는 걸."

그가 말했다.

"이 사건과 관련된 흥미로운 요소가 몇 가지 있네. 아직 초기단계이니, 지리적인 특성을 알아두게. 조사하는데 큰 도움이 될 거야.

지도를 보게. 이 검은 사각형은 프라이어리 학교일세. 여기 핀을 꽂아 두겠네. 자, 이 선은 큰 길이지. 학교 앞을 지나 동서로 이어지는데, 양쪽으로 1마일은 샛길이 없는 게 보일 걸세. 두 사람이 길을 따라갔다면 바로 이 길이지."

"바로 그렇군."

"그런데 묘한 행운을 만나, 문제의 그날 밤에 이 길을 지나간 사람을 어느 정도 파악할 수 있었네. 내가 파이프로 짚고 있는 이 지점에서, 지방경찰관이 12시부터 6시까지 근무를 서고 있었지. 자네도 보다시피, 동쪽 방향으로 첫 번째 샛길이 있는 지점이야. 그 경관은 한순간도 자리를 비우지 않았고, 소년이든 어른이든 한 사람도 지나가는 걸 못 봤다고 확언했네. 오늘밤, 그 경관을 만나 이야기해봤는데 완전히 믿을 수 있는 인물이더군. 그러니 이쪽은 아니야. 자 이제 다른 쪽을 살펴봐야지. 여기 붉은 황소라는 여관이 하나 있는데, 안주인이 아팠다네. 의사를 부르러 맥클턴으로 사람을 보냈지만, 아침까지 오지 않았어. 다른 환자를 보러 나갔기 때문이지. 여관에 있던 사람은 의사를 기다리느라 밤을 새웠고, 계속해서 한두 사람은 길 쪽을 보고 있었다는군. 그 사람들은 아무도 지나가지 않았다고 분명하게 얘기했지. 그들의 증언이 옳다면, 다행스럽게도 우리는 서쪽도 아니라고 생각할 수 있고, 결국 탈주자들은 길로는 가지 않았다는 결론이 나는 걸세."

"하지만 자전거가 있는데?"

내가 반대의견을 말했다.

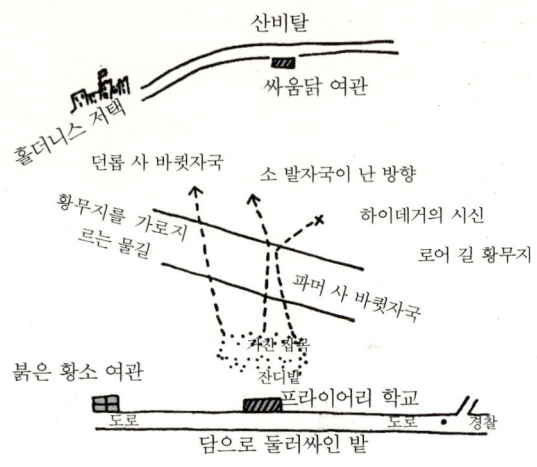

산비탈

싸움닭 여관

홀더니스 저택

던롭 사 바큇자국

소 발자국이 난 방향

하이데거의 시신

황무지를 가로지르는 물길

로어 길 황무지

파머 사 바큇자국

붉은 황소 여관

잔디밭

프라이어리 학교

도로

도로

경찰

담으로 둘러싸인 밭

홈즈가 그린 학교 주변 지도

"바로 그걸세. 자전거에 대해서는 곧 이야기하겠네. 추리를 계속해보세. 이 두 사람이 도로로 가지 않았다면, 그들은 분명 들판을 가로질러 학교의 북쪽이나 남쪽으로 갔을 걸세. 그건 확실하네. 하나하나 비교해보기로 하세. 학교의 남쪽은, 자네도 보다시피, 넓은 경작지인데 작은 밭으로 나뉘어 있고 사이에는 돌담이 있다네. 그곳으로 자전거가 다니는 건 불가능하지. 그러니 이쪽도 제외할 수 있어. 북쪽으로 눈을 돌리기로 하세. 여기에 〈거친 잡목숲〉이라고 표시된 작은 숲이 있고, 그 위에는 〈로어 길 황무지〉라는 넓은 황무지가 10마일이나 펼쳐져 있는데, 위쪽으로 갈수록 완만한 경사를 이루며 점차 높아지지. 여기, 황무지의 한쪽 편에 홀더니스 저택이 있네. 도로를 따라가면 10마일이지만 황무지를 가로지르면 6

마일이야. 이곳은 특히 인적이 드문 평원이네. 몇 명의 농부가 황무지에서 작은 소작지를 가지고 양과 소를 키우고 있네. 이들을 제외하면, 체스터필드 도로에 이를 때까지 그곳에 거주하고 있는 주민은 물떼새와 마도요뿐이지. 저쪽으로는 교회 하나, 농가 몇 채, 여관이 하나 있네. 그 너머로는 산이 점점 험해지지. 우리가 조사할 곳은 여기 북쪽이 틀림없어."

"하지만 자전거는?"

내가 계속해서 물었다.

"알았네, 알았어!"

홈즈가 견디지 못하겠다는 듯 말했다.

"자전거를 잘 타는 사람이라면 꼭 도로가 아니라도 상관없네. 황무지에는 작은 길이 여러 개 교차하고 있고, 달은 보름달이었으니까. 어라! 누구지?"

요란하게 문을 두드리는 소리가 나더니, 곧이어 헉스터블 박사가 방 안으로 들어섰다. 그는 챙에 흰색 갈매기표 수장이 달린 푸른 크리켓 모자를 들고 있었다.

"드디어 단서를 찾았습니다!"

그가 소리쳤다.

"이렇게 고마운 일이! 마침내 귀중한 소년의 흔적을 찾은 겁니다. 이것이 그 소년의 모자입니다."

"어디서 찾아냈습니까?"

"황무지에서 야영하던 집시들의 마차에서요. 그들은 화요일에 떠났습니다. 오늘 경찰이 추적해서 그들의 행렬을 수색했지요. 이게 나온 겁니다."

"그게 어디서 났답니까?"

"화요일 아침에 황야에서 주웠다고 되는대로 거짓말을 했답니다. 악당들! 소년이 어디에 있는지 알 겁니다. 다행히도, 그들 모두 잡아 가뒀습니다. 법이 무서워서이든, 공작님의 지갑에 의해서든, 아는 걸 모두 발설해낼 것이 틀림없지요."

"지금까지는 괜찮군."

박사가 방을 나간 뒤 홈즈가 말했다.

"적어도 우리가 성과를 기대해야할 곳은 로어 길 황무지 쪽이라는 이론이 증명되었으니까 말이야. 경찰은 집시를 체포한 것 외엔 이곳에서 한 일이 아무것도 없어. 여길 보게, 왓슨! 황무지를 가로지르는 수로가 있네. 여기 지도에 표시된 것이 보일 걸세. 수로가 넓어져서 늪이 된 부분이 군데군데 있네. 홀더니스 저택과 학교 사이에 있는 지역이 특히 그렇지. 요즘은 건조한 날씨라, 다른 곳은 찾아봐야 헛수고이겠지만, 이곳에는 분명 남아있는 흔적을 찾을 기회가 있을 걸세. 내일 아침 일찍 자넬 찾아올 테니, 우리가 이 수수께끼를 풀 단서를 찾을 수 있을지 한 번 시도해보세."

잠에서 깨어 침대 옆에 서 있는 홈즈의 길고 마른 모습을 보게 된 건, 동이 틀 무렵이었다. 그는 옷을 다 갖춰 입고 있었는데, 벌써 나갔다온 것이 분명했다.

"잔디밭과 자전거 창고에 다녀왔네."

그가 말했다.

"〈거친 잡목숲〉도 거닐다 왔어. 자, 왓슨, 옆방에 코코아가 준비되어 있다네. 서둘러 주게. 근사한 하루가 우릴 기다리고 있어."

그의 눈은 빛났고, 그의 뺨은 곧 시작할 작품을 앞에 둔 장인의 들뜬 마음처럼 상기되어 있었다. 이처럼 활동적이고 민첩한 모습은, 사색적이고 창백한 베이커가의 홈즈와는 완전히 달랐다. 힘찬 에너지가 살아있는 그의 유연한 모습을 올려다보니, 우리 앞에 힘든 하루가 기다리고 있다는 느낌이 들었다.

그런데, 시작은 완전히 실망이었다. 우리는 큰 기대를 안고, 양떼가 수없이 많은 갈림길을 내놓은 토탄질*의 적갈색 황무지를 가로질러, 넓은 연초록색 지대에 도착했다. 우리가 있던 곳과 홀더니스 저택 사이에 늪으로 표시된 곳이었다. 소년이 집을 향해 갔다면 분명 이곳을 지났을 것이고, 흔적을 남기지 않고서는 지날 수 없었을 것이다. 하지만 소년이나 독일인의 흔적은 보이지 않았다. 점점 어두워지는 얼굴로, 내 친구는 습지 가장자리를 따라 성큼성큼 걸어 다니며 이끼 낀 바닥 위에 있는 진흙 자국들을 열심히 살펴보았다. 양 발자국은 아주 많았고, 몇 마일 내려간 어떤 곳에는 소가 남긴 발자국도 있었다. 더 이상은 아무것도 없었다.

"틀렸어."

홈즈는 이렇게 말하며, 굽이쳐 흐르는 드넓은 황무지를 우울하게 바라보았다.

"저쪽 아래에 늪이 또 하나 있고, 그 사이는 목처럼 좁군. 어라! 이것 봐! 오호! 이게 뭐지?"

우리는 검은 리본처럼 좁은 길에 다다랐다. 그 한가운데 축축

---

* 토탄(土炭) : 석탄의 일종. 연대가 오래되지 않아 탄화작용이 덜 된 석탄.

한 흙 위에는 자전거 자국이 분명하게 나있었다.

"만세!"

내가 소리쳤다.

"찾아냈군."

하지만 홈즈는 고개를 좌우로 흔들었고, 그의 얼굴에는 기쁨보다는 당혹스러움과 기대감이 나타났다.

"자전거일세. 분명히. 그런데 그 자전거는 아니야."

그가 말했다.

"나는 42종의 자전거 자국을 잘 알고 있네. 자네도 눈치 챘겠지만, 이건 바깥쪽 표면을 고무로 덧댄 던롭 사 제품이야. 하이데거의 자전거 바퀴는 세로줄 무늬가 있는 파머 사 제품이지. 수학교사 아벨링이 그걸 확실히 알고 있더군. 그러니까, 이건 하이데거의 흔적이 아니야."

"그럼, 그 소년이 남긴 건가?"

"그럴 수도 있지. 그 소년이 자전거를 가지고 있었다는 걸 증명할 수 있다면 말이야. 그런데, 그럴 가능성은 전혀 없지. 이 자국은, 자네도 보다시피, 학교 방향에서 오는 자전거가 낸 걸세."

"학교 방향으로 간 건 아니고?"

"아냐, 아닐세. 왓슨. 더 깊이 파인 자국이 당연히 뒷바퀴, 체중이 실리는 쪽이지. 뒷바퀴가 겹쳐서 지나가면서 얕은 앞바퀴자국을 지워버린 곳이 몇 군데 보일 걸세. 이건 틀림없이 학교 쪽에서 온 것이네. 우리의 사건 조사와 관계가 있건 없건 간에, 이 자국을 따라서 뒤로 가보기로 하세."

그렇게 수백 야드를 가고 나니 우리는 황무지의 늪지대를 빠져 나오게 되었고, 바퀴자국은 사라졌다. 우리는 작은 길을 거슬러 따라갔고, 실개울이 졸졸 흘러 길을 가로지르는 곳이 나타났다. 이곳에 또다시 자전거 자국이 나있긴 했지만, 소 발굽 자국에 거의 다 지워져 있었다. 그 후로는 흔적이 없었다. 그런데 작은 길은 〈거친 잡목숲〉으로 곧장 이어졌고, 그 숲은 학교 뒤편에 위치하고 있었다. 자전거는 그 숲에서 나온 것이 틀림없었다. 홈즈는 둥근 돌 위에 걸터앉아 두 손으로 턱을 괴었다. 내가 담배를 두 대 피울 때까지 그는 움직이지 않았다.

"그래, 그래."

그가 마침내 입을 열었다.

"물론, 약삭빠른 자라면 바퀴를 바꿔서 다른 자국을 남기게 할 수도 있을 거야. 그런 생각을 해낼 수 있는 범죄자라면, 내가 상대하기에 부족함이 없을 테지. 이 문제는 해결하지 않은 상태로 놔두고, 다시 늪지로 돌아가기로 하세. 아직 가보지 않은 곳이 많이 남아 있으니까."

우리는 계속해서 황무지의 습지부분 가장자리를 체계적으로 조사해나갔고, 그 끈기 있는 노력은 곧 훌륭한 보상으로 돌아왔다. 습지 아래쪽을 곧장 가로지르는 진흙투성이 길이 있었다. 홈즈는 그곳에 다다르자 기쁨의 탄성을 내질렀다. 길 한가운데에 전신줄 다발을 눌러 놓은 듯한 자국이 남아 있었다. 파머 사 바퀴자국이었다.

"하이데거 선생이야. 분명해!"

홈즈가 몹시 기뻐하며 소리쳤다.

"내 추리가 완전히 들어맞았네, 왓슨."

"축하하네."

"하지만 아직 갈 길이 멀군. 길을 피해서 걸어 주게. 이제 저 흔적을 따라 가보세. 그리 멀리 갈 것 같지는 않아."

그런데 계속 가다보니, 황무지의 이쪽 부분에는 부드러운 땅과 메마른 땅이 교차하고 있어서 이따금 흔적이 사라질 때도 있었지만, 언제나 다시 찾을 수 있었다.

"왓슨."

홈즈가 말했다.

"자전거가 이제 속도를 높였다는 걸 알겠나? 의심할 여지가 없어. 이 눌린 자국을 보게. 양쪽 바퀴가 모두 선명하네. 서로 같은 깊이로 패여 있어. 자전거를 탄 사람이 속력을 내기 위해서 체중을 핸들 쪽으로 옮겼다는 의미일세. 저런! 넘어졌군."

몇 야드 정도 되는 길이 넓고 불규칙한 자국으로 엉망이 되어 있었다. 그리고는 발자국이 몇 개 있었고, 다시 바큇자국이 나타났다.

"옆으로 미끄러졌군."

내가 말했다.

홈즈는 찌부러진 가시금작화 가지를 들어올렸다. 끔찍하게도 노란 꽃송이에는 온통 피가 튀어 있었다. 또한, 작은 길 위에도 히스 덤불에도 응고된 피가 검은 얼룩으로 남아 있었다.

"좋지 않아!"

홈즈가 말했다.

"좋지 않은 일이야! 왓슨, 거기 서! 불필요한 발자국을 만들지 말게! 여기서 무슨 일이 생긴 걸까? 상처입고 쓰러졌다가, 일어나서, 다시 자전거를 타고, 앞으로 갔네. 그런데 다른 흔적이 전혀 없어. 이쪽 길옆에는 소가 있었군. 소뿔에 받힌 건 분명 아니겠지? 그건 불가능해! 하지만 다른 사람의 흔적은 보이지 않네. 계속 가보세, 왓슨. 바큇자국뿐만 아니라 핏자국이 우릴 인도하고 있으니 놓칠 리가 없어."

수색은 머지않아 끝났다. 바큇자국은 젖어서 반짝이는 작은 길 위에서 이상한 모양으로 곡선을 그리기 시작했다. 갑자기 빽빽한 가시금작화 덤불 속에서 금속이 어렴풋이 반짝이는 것이 눈에 띄었다. 그 안에서 우리는 자전거 하나를 끌어냈는데, 파머 사 바퀴를 달고 있었고, 페달 하나는 휘어졌으며, 앞부분 전체가 끔찍하게도 피를 뒤집어쓰고 물든 상태였다. 덤불 뒤편에는 구두 한쪽이 튀어나와 있었다. 서둘러 돌아가 보니, 자전거를 탔던 불운한 인물이 누워 있었다. 키가 컸고, 턱수염이 더부룩했으며, 안경을 쓰고 있었는데, 한쪽 안경알은 깨져 있었다. 머리에 엄청난 가격을 당하고 두개골 한쪽이 부서진 것이 사망 원인이었다. 그런 상처를 입고도 계속 자전거를 타고 간 것으로 보아, 체력과 담력이 강한 사람임을 알 수 있었다. 그는 구두는 신었지만 양말은 없었고, 외투 앞이 열려있어 안에 입은 잠옷이 드러나 보였다. 틀림없이 독일인 교사였다.

홈즈는 공손한 태도로 시신을 뒤집고, 주의 깊게 살펴보았다.

그리고는 앉아서 한참 동안 깊은 생각에 빠져들었는데, 이마에 생긴 주름살로 그의 생각을 유추해볼 때, 이 소름끼치는 발견이 사건 조사에 진전을 가져다준 건 아닌 것 같았다.

"왓슨, 어떻게 해야 할지 잘 모르겠군."

마침내 그가 입을 열었다.

"나는 조사를 계속 밀고 나가고 싶네. 벌써 많은 시간을 보냈기 때문에 더 이상 허비할 시간이 없으니까 말이야. 그런데 한편으로는, 이 발견을 경찰에 알리고 불쌍한 친구의 시신을 돌볼 수 있도록 해야 하거든."

"내가 돌아가서 알리겠네."

"하지만 나는 자네의 도움이 필요하다네. 잠깐만! 저기 토탄을 캐는 사람이 있군. 저 사람을 이리 데려와서, 경찰을 불러오게 하면 되겠어."

나는 농부를 데려왔고, 홈즈는 겁먹은 그 남자에게 편지를 주고 헉스터블 박사에게로 보냈다.

"왓슨, 이제,"

그가 말했다.

"우리는 오늘 아침, 단서 두 개를 찾아냈네. 하나는 파머 사 바퀴가 달린 자전거이고, 여기까지 우리를 인도해주었지. 또 하나는 고무를 덧댄 던롭 사 바퀴를 단 자전거일세. 사건 조사를 시작하기에 앞서, 그걸 최대한 활용할 수 있도록 우리가 아는 것이 무엇인지 되새겨보고, 부수적인 것과 본질적인 것을 구분해 보기로 하세.

먼저, 나는 그 소년이 자신의 의지로 나간 것이 분명하다는 걸 강조하고 싶네. 혼자이든 누군가와 함께이든, 창문을 통해 내려가 도망갔지. 그건 확실해."

나는 동의했다.

"그럼, 이제 불운한 독일 교사 얘기를 해보세. 소년은 도망갈 때 옷을 완전히 차려 입었네. 따라서, 무엇을 할 지 미리 알고 있었다는 거지. 하지만 독일인은 양말도 못 신고 나갔네. 그는 분명 아주 급하게 나간 거야."

"틀림없네."

"왜 나갔을까? 그의 침실 창문을 통해 소년이 도망가는 걸 보았기 때문이지. 그를 따라잡아 데려오려고 했기 때문이야. 자전거를 타고 그 아이를 뒤쫓았다가, 추적 중에 죽음을 맞게 된 걸세."

"그런 것 같군."

"이제 내 논증의 핵심적인 부분이네. 어른이 작은 아이를 따라갈 때는 뛰어가는 것이 일반적인 행동이지. 따라잡을 수 있다는 걸 알고 있으니까. 하지만 그 독일인은 그렇게 하지 않았네. 자전거를 타고 갔지. 그는 자전거를 아주 잘 탄다고 들었네. 그 소년이 무언가 속도가 빠른 탈출 수단을 사용한다는 걸 알지 못했다면, 자전거를 타지 않았을 걸세."

"다른 자전거로군."

"사실 재구성을 계속하기로 하세. 그는 학교에서 5마일을 가서 죽었네. 아이라도 다룰 수 있다고 생각되는 총에 맞은 것이 아니란 걸 주목하게. 아이라도 다룰 수 있다고 생각되는 총이 아니라, 힘 센 팔로 휘두른 잔인한 일격이었단 거야. 그렇다면 그 아이가 도망칠 때 동행인이 있었다는 얘기가 되네. 도망은 꽤 빨랐어. 능숙하게 자전거를 타는 사람이 따라잡기에 5마일이나 가야했으니까. 우리는 비극의 현장 부근 땅을 조사해보았네. 발견한 게 뭐지? 소 발자국 몇 개밖엔 없네. 부근 일대를 광범위하게 조사했지만, 50야드 안에는 다른 길이 없어. 또 다른 자전거는 실제 살인과는 관계가 없고, 그곳엔 다른 사람 발자국도 없었지."

"홈즈,"

내가 큰 소리로 말했다.

"그건 불가능한 일이네."

"훌륭해!"

그가 말했다.

"자네가 훌륭한 지적을 해주었네. 내가 말한 일은 불가능하지. 그렇다면 내 말에 틀린 점이 있다는 거야. 자네도 그걸 파악했군. 오류가 무엇인지 말해보겠나?"

"자전거에서 떨어졌을 때 두개골이 골절된 것 아닌가?"

"왓슨, 늪지에서?"

"나는 도무지 모르겠네."

"쯧쯧, 우리는 그보다 더 어려운 문제도 해결했네. 어쨌든 자료는 많으니까, 그걸 이용하기만 하면 되네. 자, 그러면 파머 사 바퀴는 끝났고, 바깥쪽에 고무를 덧댄 던롭 사 바퀴가 무얼 말해주는지 알아보기로 하세."

우리는 바큇자국을 찾아서 그 진행방향을 따라 나아갔다. 그런데 얼마 지나지 않아 황무지 지대가 높아지더니 히스 관목으로 덮인 길고 완만한 언덕이 되었고, 우리는 수로를 완전히 벗어났다. 바퀴자국을 찾을 희망은 더 이상 없었다. 던롭 사 바퀴자국을 마지막 본 지점에서는, 왼쪽으로 몇 마일 떨어져 있는 홀더니스 저택, 장엄한 탑이 솟아나있는 곳으로 갈 수도 있었고, 앞쪽에 있는 낮은 지붕의 회색마을, 체스터필드 도로에 있다고 지도에 표시된 곳으로도 갈 수 있었다.

문 위에 싸움닭이라는 간판이 붙은 혐오스럽고 지저분한 여관에 다가갈 즈음에 홈즈가 갑자기 짧은 신음소리를 내며, 넘어지지 않으려고 내 어깨를 와락 잡았다. 심하게 발목을 접질려서 혼자서는 걸을 수 없게 된 것이다. 힘겹게 절뚝거리며 여관 문까지 갔는데, 그곳에는 검은 얼굴에 땅딸막하고 나이가 지긋한 남자가 검은 도자기 파이프로 담배를 피우고 있었다.

"안녕하십니까, 루벤 헤이즈 씨?"

홈즈가 말했다.

"누구요? 내 이름을 어찌 그리 잘 알고 있소?"

그 남자는 교활해 보이는 눈에 의심스런 빛을 띠고 대답했다.

"그야, 당신 머리 위 간판에 적혀 있군요. 한 집안의 주인을 알아보기란 쉬운 일이지요. 마구간에 마차 같은 건 없겠지요?"

"없소."

"내가 발을 땅에 딛을 수가 없어서 그럽니다."

"딛지 마시구려."

"그럼 걸을 수가 없습니다."

"그럼 한 발로 뛰든가."

루벤 헤이즈 씨의 태도는 친절과는 거리가 멀었지만, 홈즈는 놀랄 만큼 상냥하게 대했다.

"이봐요, 여길 보십시오."

그가 말했다.

"이거 정말 곤란한 상태 아닙니까. 아무 거나 탈 것이면 상관없습니다."

"나도 상관할 바 아니오."

여관주인이 뚱하게 말했다.

"정말 중요한 일입니다. 자전거를 쓰게 해주면 금화 1파운드를 드리지요."

여관주인은 귀를 쫑긋 세웠다.

"어디로 갈 거요?"

"홀더니스 저택입니다."

"공작 나리 친구 되시오?"

여관주인은 빈정대는 눈초리로 우리의 진흙투성이 옷을 살펴보며 말했다.

홈즈는 사람 좋게 웃어보였다.

"어찌되었건, 그분은 우릴 보면 기뻐하실 겁니다."

"어째서?"

"실종된 아드님 소식을 가지고 가니까요."

여관주인은 눈에 띄게 깜짝 놀랐다.

"뭐? 당신들이 찾아냈소?"

"리버풀에 계시다고 들었습니다. 좀 있으면 찾게 될 겁니다."

수염이 덥수룩한 음울한 얼굴이 또다시 빠르게 바뀌었다. 그는 갑자기 친절해졌다.

"나는 다른 사람들보다 공작 나리가 잘되길 바랄 이유가 없소."

그가 말했다.

"내가 한때 그 밑에서 마부장 노릇을 했는데, 나를 지독히도 형편없이 대하더구려. 거짓말쟁이 잡곡상 말만 듣고는 추천장 하나 안 써주고 나를 해고해 버렸소. 하지만 그 어린 귀족이 리버풀에 있다는 얘기를 들으니 나도 기쁘다오. 그러니 저택에 그 소식을 전하도록 도와주겠소."

"고맙습니다."

홈즈가 말했다.

"먼저 음식을 좀 주십시오. 그 다음에 자전거를 가져다 주시지요."

"나는 자전거가 없소."

홈즈는 금화를 꺼내 들었다.

"이보시오, 내가 없다고 하지 않았소. 저택까지 갈 수 있도록 말 두 필을 빌려주겠소."

"자, 자."

홈즈가 말했다.

"그건 뭔가 먹고 난 후에 얘기합시다."

포석이 깔린 주방에 우리 둘만 남게 되자, 접질린 발목이 어찌나 금방 회복되는지 놀랄 정도였다. 해질녘이 가까워졌고, 우리는 새벽 이후에는 아무것도 먹지 않았기 때문에 얼마동안은 식사를 하며 시간을 보냈다. 홈즈는 생각에 빠져 있었고, 한두 번은 창가로 걸어가 열심히 바깥을 바라보기도 했다. 창은 지저분한 안마당을 향해 있었다. 저쪽 구석에는 대장간이 있었고, 거기엔 더러운 행색의 청년이 일을 하고 있었다. 반대편에는 마구간이 있었다. 홈즈는 몇 번을 왔다 갔다 하다 다시 앉아 있었는데, 갑자기 크게 환호성을 지르며 의자에서 벌떡 일어났다.

"세상에! 왓슨, 알아냈네!"

그가 소리쳤다.

"그래, 그래. 틀림없어. 왓슨, 오늘 소발자국을 본 것을 기억하나?"

"응. 몇 번 봤네."

"어디서?"

"음, 많이 있었지. 늪지에도, 작은 길에도, 가엾은 하이데거가 죽은 곳 근처에도 있었네."

"정확해. 자, 그러면 왓슨, 황무지에 소가 몇 마리나 있었나?"

"한 마리도 못 본 것 같은데."

"이상해, 왓슨. 우리가 가는 길마다 소발자국이 있었는데, 황무지 전체에 소 한 마리 없으니 말이야. 정말 이상하지 않은가, 왓슨?"

"맞아, 이상하군."

"왓슨, 이제 기억을 되살려 보게. 작은 길에 있었던 흔적을 떠올릴 수 있겠나?"

"응, 할 수 있네."

"그 흔적이 어떤 때는 이런 모양이었던 걸 기억하겠는가, 왓슨?"

그는 빵부스러기를 아래와 같은 형태로 배열했다.

: : : : :

"어떤 때는 이 모양이고,"

: . : . : .

"가끔은 이런 것도 있었지."

. . . .

"기억나는가?"

"아니, 모르겠네."

"나는 기억하네. 맹세할 수 있어. 어쨌거나, 시간이 날 때 그곳에 다시 가서 확인할 수 있겠지. 그걸 보고도 결론을 내지 못하다니, 나는 눈먼 딱정벌레였네."

"그럼 결론이 뭔가?"

"보통 걸음으로 걷다가, 느린 구보를 하다가, 전속력으로 구보하는* 특이한 소라는 거야. 허어! 왓슨, 이와 같은 속임수는 시골 술집 주인의 머리에서 나왔을 리가 없네. 대장간에 저 청년 외에는 아무도 없군. 슬며시 나가서 뭐가 있을지 찾아 보세."

쓰러질 듯한 마구간에는 거친 털에 빗질도 하지 않은 말이 두

---

* 승마에서 말의 속도를 말한다. 보통 걸음은 walk, 느린 구보는 canter, 전속력으로 하는 구보는 gallop이다. 그 외에 amble, trot이 있는데 빠르기는 walk 〈 amble 〈 trot 〈 canter 〈 gallop 순이다.

마리 있었다. 홈즈는 그중 한 마리의 뒷다리를 들어보고는 크게 웃었다.

"낡은 편자를 새로 달았군. 낡은 편자에 새 못이라. 이 사건은 걸작이 될 만하군. 대장간으로 가 보세."

그 청년은 우리 쪽엔 신경 쓰지 않고 일만 하고 있었다. 홈즈의 눈은 바닥에 흩어져 있는 철재와 목재 부스러기를 좌우로 재빨리 둘러보았다. 그런데 갑자기 뒤에서 발소리가 나더니, 여관주인이 나타났다. 두터운 눈썹에 덮인 눈은 맹렬히 타올랐고, 검은 얼굴은 분노로 경련을 일으키고 있었다. 그가 끝부분에 쇠가 달린 단장을 손에 들고 위협하듯 다가왔을 때, 나는 주머니 안에 권총이 들어 있다는 것이 기쁘게 느껴질 지경이었다.

"악독한 첩자들!"

그 남자가 소리쳤다.

"거기서 뭐하는 거냐?"

"루벤 헤이즈 씨, 왜 그러십니까."

홈즈가 태연하게 말했다.

"누가 보면 우리가 뭔가 찾아낼까봐 두려워하는 줄 알겠습니다."

그 남자는 감정을 억누르느라 무진 애를 썼는데, 험상스러운 입술로 억지웃음을 지으려는 모습이 오히려 찌푸린 얼굴보다 더 무서워보였다.

"내 대장간에서 뭐든 찾고 싶으면 맘대로 하시오."

그가 말했다.

"하지만, 이보시오. 허락도 없이 내 집에서 휘젓고 다니는 사람들은 받고 싶지 않소. 그러니 밥값을 치르고 빨리 나가 주면 고맙겠소이다."

"좋습니다, 헤이즈 씨. 나쁜 의도는 없었습니다."

홈즈가 말했다.

"말을 좀 구경하고 있었습니다만, 아무튼 걸어야겠군요. 멀지 않을 테니."

"저택 정문까지는 2마일이 안 되지. 왼쪽 길이오."

그는 우리들이 집을 떠날 때까지 기분 나쁜 얼굴로 지켜보았다.

우리는 그리 멀리 가지 않았다. 모퉁이를 돌아, 여관 쪽 방향에선 보이지 않게 되자 홈즈는 곧 걸음을 멈췄다.

"아이들 말처럼, 여관에 있을 때는 따뜻했는데,"

그가 말했다.

"한 걸음 한 걸음 멀어질 때마다 점점 추워지는 것 같네. 아니야, 아니야. 떠날 수는 없지."

"확신컨대,"

내가 말했다.

"그 루벤 헤이즈라는 작자는 모든 걸 다 알고 있네. 한눈에 봐도 악당임이 자명하더군."

"오! 자네도 그런 인상을 느낀 건가? 그곳엔 말이 있고, 대장간이 있어. 그래, 이 싸움닭 여관은 흥미로운 곳이야. 눈에 띄지 않게 숨어서 다시 한번 살펴봐야겠네."

우리 뒤쪽으로는 둥근 회색 석회암이 군데군데 박혀 있는 완만한 경사의 언덕이 있었다. 우리는 길에서 나와 언덕을 올라갔는데, 홀더니스 저택 쪽을 보니 자전거를 탄 사람이 빠르게 달려오는 모습이 보였다.

"왓슨, 몸을 숙여!"

홈즈가 억센 손으로 내 어깨를 잡으며 말했다. 보이지 않도록 몸을 숙이자마자 자전거가 우리 앞을 급하게 지나쳐 갔다. 피어오르는 먼지 구름 속에서 나는 창백하고 안절부절못하는 얼굴을 흘끗 보았다. 두려움이 가득 찬 표정에, 입은 벌리고, 두 눈은 정신없이 앞을 바라보고 있었다. 그 모습은 지난 밤 보았던 말쑥한 제임스 와일더를 기묘하게 그린 캐리커처 같았다.

"공작의 비서로군!"

홈즈가 말했다.

"가세, 왓슨. 무엇을 하는지 알아 봐야지."

우리는 바위에서 바위로 옮겨 다녔고, 잠시 뒤에는 여관 정문이 보이는 지점까지 도착했다. 와일더의 자전거는 문 옆 벽에 기대어 세워져 있었다. 그 집에선 사람의 움직임이 보이지 않았고, 창문에서도 얼굴이 비치는 사람이 없었다. 홀더니스 저택의 높은 탑 뒤로 태양이 짐에 따라 땅거미가 서서히 기어 내려왔다. 그런데, 그 어둑함 속에서 여관의 마구간 쪽에 있는 마차 양쪽 등에 불이 켜지더니, 곧이어 말발굽 소리가 들렸고 마차가 도로로 나가 체스터필드 방향으로 미친 듯이 달려가는 소리가 이어졌다.

"왓슨, 저게 뭔지 알겠는가?"

홈즈가 속삭였다.

"도망치는 것 같군."

"내가 본 바로는, 이륜마차 안에 한 사람이 타고 있었어. 음, 제임스 와일더 씨는 분명 아니야. 저기 문 앞에 있으니까."

네모난 붉은 빛이 어둠 속에서 흘러나왔다. 그 한가운데에 비서의 모습이 검게 나타났는데, 고개를 앞으로 내밀고 어둠 속을 살펴보고 있었다. 누군가를 기다리는 것이 틀림없었다. 마침내 도로 쪽에서 발자국 소리가 들리더니 두 번째 인물이 불빛 안으로 잠시 모습을 드러냈다. 하지만 곧 문이 닫혔고, 사방은 다시 암흑으로 변했다. 5분 후 이층에 있는 방에 불이 켜졌다.

"싸움닭 여관은 기묘한 손님들을 받는 것 같네."

홈즈가 말했다.

"바는 반대편에 있네."

"그렇지. 이 사람들은 이른바 비밀손님이라는 거야. 자, 대체 제임스 와일더 씨는 이런 밤에 밀실에서 무얼 하고 있는 것이며, 그를 만나러 온 사람은 누굴까? 가세, 왓슨. 위험을 무릅쓰고라도 좀 더 가까이 가서 조사해봐야겠네."

우리 둘은 조용히 도로로 내려가 몸을 숙인 채 여관 문 앞까지 갔다. 자전거는 여전히 벽에 기대어 있었다. 홈즈는 성냥을 켜서 뒷바퀴 쪽을 비춰보더니, 고무를 덧댄 던롭 바퀴라는 걸 알아내자 낄낄 웃었다. 우리 위로는 불 켜진 창문이 있었다.

"왓슨, 저기로 몰래 살펴봐야겠네. 허리를 굽히고 벽에 기대고 있으면, 내가 볼 수 있을 것 같아."

잠시 후, 그는 내 어깨를 딛고 올라서더니 금방 다시 내려왔다.

"가세, 친구."

그가 말했다.

"오늘 일은 꽤 오래 걸렸군. 우리가 할 수 있는 건 모두 모은 것 같아. 학교까지 한참 걸어야하니 빨리 출발하는 것이 좋겠네."

황무지를 가로질러 지치고 무거운 발걸음을 옮기는 동안 그는 아무 말도 하지 않았고, 학교에 도착해서는 들어가지도 않고, 어디론가 전보를 치려는지 맥클턴 역으로 갔다. 늦은 밤, 나는 그가 교사의 비극적 죽음으로 인해 몸져누운 헉스터블 박사를 위로하는 소리를 들었다. 그리고 잠시 뒤 방에 들어온 홈즈는 아침에 사건 조사를 떠날 때처럼 활발하고 민첩한 모습이었다.

"다 잘되고 있네, 친구."

그가 말했다.

"내일 저녁때까지 이 수수께끼를 해결한다는 걸 약속하지."

다음 날 아침 11시, 내 친구와 나는 홀더니스 저택의 유명한 주목 가로수 길을 걸어 올라가고 있었다. 우리는 안내에 따라 장엄한 엘리자베스 양식의 문을 지나 각하의 서재로 들어갔다. 그곳에는 제임스 와일더 씨가 있었는데, 점잖고 예의 바른 태도였지만, 몰래 살피는 듯한 눈빛과 경련을 일으키는 얼굴에는 지난밤 격렬한 공포의 흔적이 그대로 남아있었다.

"각하를 뵈러 오셨습니까? 죄송하지만, 공작께서는 몸이 좋지 않으십니다. 그 비극적인 소식을 듣고 많이 놀라셨지요. 어제 오후

헉스터블 박사로부터 전보를 받고서 당신이 발견한 일에 대해서 알게 되었습니다."

"와일더 씨, 공작님을 만나야만 합니다."

"하지만 지금 침실에 계십니다."

"그러면 침실로 가야겠습니다."

"침대에 누워 계실 겁니다."

"거기까지 가지요."

비서는 홈즈의 냉정하고 굽힐 줄 모르는 태도를 보고는 다퉈 봐야 소용없다는 걸 알았다.

"좋습니다, 홈즈 씨. 오셨다고 말씀 드리지요."

한 시간이 지난 후에야 대귀족이 나타났다. 그의 얼굴은 전보다 더 수척해지고 허리도 구부정해져서, 내가 보기엔 어제 아침보다 훨씬 늙은 노인 같았다. 그는 위엄 있고 공손하게 인사를 한 다음, 책상 앞에 앉았는데, 붉은 수염은 탁자 위로 흘러내렸다.

"음, 홈즈 씨?"

공작이 말했다.

그런데 내 친구의 시선은 공작의 의자 옆에 서 있는 비서에게 고정되어 있었다.

"각하, 와일더 씨를 내보내시면 좀 더 편하게 이야기할 수 있을 것 같습니다."

비서는 얼굴이 창백해지더니 홈즈를 향해 악의에 가득 찬 눈빛을 보냈다.

"각하께서 원하신다면야……"

"그래, 그래, 네가 나가는 게 좋겠다. 자, 홈즈 씨. 할 말이 무엇이오?"

내 친구는 비서가 나간 후 문이 닫힐 때까지 기다렸다.

"각하, 사실은,"

홈즈가 말했다.

"제 동료인 왓슨 선생과 저는 헉스터블 박사로부터 이 사건에 보상금이 있다는 이야기를 들었습니다. 각하께서 직접 확인을 해주셨으면 합니다."

"확실하오, 홈즈 씨."

"제가 들은 것이 맞는다면, 누구든 아드님이 있는 곳을 알려주는 사람에게 오천 파운드이지요?"

"맞소."

"그리고 아드님을 유괴한 자나 일당의 이름을 알려주면 천 파운드를 더 주신다고 하셨지요?"

"맞소."

"후자의 경우에는 아드님을 유괴한 자 뿐만 아니라, 현재 감금상태를 유지하도록 공모한 자도 물론 포함되는 것이지요?"

"맞소, 맞아."

공작은 참지 못하고 소리쳤다.

"셜록 홈즈 씨, 당신이 일만 잘해낸다면 인색한 대접을 받았다고 불평할 이유는 없을 거요."

내 친구는 탐욕스러운 태도로 야윈 두 손을 비볐는데, 그의 소박한 취향을 알고 있는 나로서는 놀랄 일이었다.

"탁자 위에 각하의 수표책이 있는 것 같군요."

그가 말했다.

"저에게 육천 파운드 수표를 써주시면 고맙겠습니다. 횡선을 그어주시면 좋겠군요.* 캐피탈 앤 카운티스 은행 옥스퍼드 가 지점이 제가 거래하는 은행입니다."

각하는 단호하고 꼿꼿한 자세로 앉아 내 친구를 냉혹하게 쳐다보았다.

"홈즈 씨, 농담하는 거요? 이건 웃음거리가 아니오."

"아닙니다, 각하. 저는 진심으로 말씀 드리고 있습니다."

"그렇다면 무슨 뜻이오?"

"제가 보상금을 받아야한다는 뜻입니다. 저는 아드님이 어디에 있는지, 그리고 붙잡고 있는 사람이 누구인지, 적어도 상당 부분을 알고 있습니다."

공작의 턱수염은 송장처럼 창백한 얼굴과 대조되어 더욱 붉은 색이 되었다.

"어디에 있소?"

그는 숨이 턱에 차서 말했다.

"그분은 지금, 아니, 어젯밤 공작님의 저택 대문에서 약 2마일 떨어진 싸움닭 여관에 계셨습니다."

공작은 쓰러지듯 의자 등받이에 몸을 기댔다.

---

* 참고 : 수표 앞면에 두 줄의 평행선을 그어놓은 수표를 횡선수표(crossed cheques)라고 한다. 도난 및 분실 위험을 방지하기 위해 횡선을 긋는 것으로, 이 수표는 자신의 거래은행에서만 지급 받을 수 있다.

"그러면 누가 범인이오?"

셜록 홈즈의 대답은 놀라웠다. 그는 재빠르게 앞으로 걸어가 공작의 어깨를 짚었다.

"당신입니다."

그가 말했다.

"자, 이제 각하. 폐를 끼쳐서 죄송하지만 수표를 써주시지요."

공작이 벌떡 일어나, 마치 끝없는 구렁으로 빠지는 듯, 두 손으로 허공을 움켜잡는 모습은 결코 잊히지 않을 것이다. 그리고는 귀족다운 엄청난 자제력으로 다시 의자에 앉더니 얼굴을 두 손에 파묻었다. 말을 한 것은 몇 분 뒤였다.

"얼마나 알고 있소?"

공작이 마침내, 얼굴을 파묻은 채로 물었다.

"어젯밤에 함께 계신 것을 봤습니다."

"옆에 있는 친구 외에 아는 사람이 있소?"

"아무에게도 말하지 않았습니다."

공작은 떨리는 손으로 펜을 잡더니 수표책을 펼쳤다.

"홈즈 씨, 내가 한 약속을 지키겠소. 당신이 내게 알려준 사실이 아무리 반갑지 않은 것일지라도 수표는 써줄 참이오. 처음에 상금을 걸었을 땐, 이런 일이 있으리라 생각도 못했소. 그런데 홈즈 씨, 당신과 친구 분은 사려 깊은 사람이겠지요?"

"무슨 뜻인지 모르겠습니다, 각하."

"솔직하게 말하겠소, 홈즈 씨. 이 사건에 대해서 당신들 두 사람 만이 알고 있다면, 더 이상 사람들에게 알릴 이유는 없는 거요.

당신들 앞으로 합계 만 이천 파운드면 어떻소?"

그러나 홈즈는 웃으며 고개를 저었다.

"각하, 사건이 그렇게 쉽게 정리될 수 없을 것 같습니다. 학교 교사의 죽음도 고려해야하니까요."

"하지만 제임스는 그 일을 알지 못했소. 당신도 그 아이에게 책임을 물을 수 없을 거요. 불행하게도 그 아이가 고용한 짐승 같은 악당이 한 짓이오."

"각하, 어떤 사람이 범죄를 저질렀다면, 그와 관련되어 일어나는 다른 범죄에도 도의적 책임이 있다는 것이 제 의견입니다."

"도의적이라, 홈즈 씨. 당신 말이 옳소. 하지만 법의 눈으로 볼 땐 분명 아니오. 누구든 자신이 현장에 없는 상황에서 벌어진 살인사건 때문에 유죄 판결을 받을 순 없고, 또한 그 아이는 당신만큼이나 그 죄를 싫어하고 혐오하오. 그 일을 듣자마자 곧장 내게 모든 것을 고백했고, 두려움과 양심의 가책으로 가득 차 있다오. 살인자와는 지체 없이 관계를 끊었소. 오, 홈즈 씨. 그 애를 구해주시오. 그 애를 구해주시오! 부디 그 애를 구해주시오!"

공작은 결국 마지막 남은 자제력마저 잃어버리고 방 안을 왔다 갔다 했다. 얼굴에는 경련을 일었고, 꽉 쥔 두 주먹을 미친 듯이 허공에 휘둘렀다. 마침내 평정을 되찾은 그는 다시 책상 앞에 앉았다.

"다른 사람에게 말하기 전에 내게 온 것에 대해 고맙게 여기고 있소."

그가 말했다.

"적어도 이 끔찍한 스캔들을 어느 정도까지 줄일 수 있는지 의

논할 수 있을 것이오."

"맞습니다."

홈즈가 말했다.

"제 생각에는, 각하, 이 일은 각하께서 저희에게 완전히 솔직하셔야만 합니다. 저는 최선을 다해 각하를 돕고자 합니다만, 그러기 위해선 사건이 어떻게 된 것인지 하나도 남김없이 알아야만 합니다. 제임스 와일더 씨에 대해 말씀하셨는데, 그가 살인범이 아니라고 하셨습니다."

"그렇소. 살인범은 도망갔소."

셜록 홈즈는 점잖게 미소를 지었다.

"각하께서는 제 보잘 것 없는 명성을 들어보지 못하셨을 겁니다. 그렇지 않다면 저한테서 그렇게 쉽게 도망치리라는 생각은 하지 않으셨겠지요. 루벤 헤이즈는 어젯밤 11시, 제가 보낸 통지로 체스터필드에서 체포되었습니다. 오늘 아침 학교를 떠나오기 전에 지방 경찰서장으로부터 전보를 받았습니다."

공작은 의자 등받이에 기대며 내 친구를 놀라운 눈으로 쳐다보았다.

"당신의 능력을 보니 인간 같지가 않구려."

그가 말했다.

"그래, 루벤 헤이즈가 잡혔다고? 그 말을 들으니 기쁘오. 제임스의 운명에 영향을 끼치지만 않는다면."

"각하의 비서 말입니까?"

"아니오, 내 아들 말이오."

이번엔 홈즈가 놀랄 차례였다.

"그건 처음 듣는 말씀입니다, 각하. 좀 더 명확히 말씀해 주시지요."

"당신에겐 아무것도 감추지 않겠소. 나에게는 아무리 고통스러운 일일지라도, 제임스의 어리석음과 질투가 만들어놓은 이런 절망적인 상황을 빠져나갈 최선의 방책은 오직 솔직함만이라는 당신의 의견에 동의하오. 홈즈 씨, 어렸을 때 나는 일생에 한 번 오는 그런 사랑에 빠졌었소. 그 여인에게 결혼을 청했지만, 그런 결합은 내 장래를 망칠 거라면서 거절했다오. 그녀가 살아 있다면, 나는 분명 다른 누구와도 결혼하지 않았을 것이오. 그녀는 아이를 하나 남기고 세상을 떠났는데, 나는 그녀를 위해 아이를 소중히 기르고 돌봤다오. 아버지임을 세상에 알릴 수는 없었지만, 최고의 교육을 받게 해주었고 성장한 후에는 내 곁에 가까이 두었소. 놀랍게도 비밀을 알아낸 그 아이는, 자신의 권리를 주장하며 내가 스캔들을 극히 싫어한다는 걸 약점으로 삼아 괴롭혔다오. 그 아이의 존재가 내 결혼생활을 불행하게 만든 면도 어느 정도 있소. 무엇보다도 그 애는 나이 어린 합법적 상속자를 끊임없이 증오하고 미워했다오. 이런 상황에서 왜 제임스를 내 지붕 밑에 여전히 두고 있는지 궁금할 거요. 그 아이에게서 그 어머니의 얼굴을 볼 수 있기 때문이오. 그녀를 위해서라면 끝없이 인내할 수 있었소. 그녀의 아름다운 점은 모두 가지고 있었기에, 그 하나하나가 내 기억을 되살아나게 해주었다오. 나는 그 아이를 내보낼 수 없었소. 하지만 그 아이가 아서, 그러니까 샐타이어 경에게 위해를 끼칠까 두려워, 안전을 위해서 헉스터블 박사의 학교에 서둘러 보낸 것이라오.

제임스는 이 헤이즈라는 녀석과 알고 지냈는데, 그 녀석은 우리 집 소작인이었고 제임스는 관리인으로 일하고 있었기 때문이오. 헤이즈는 원래부터 악당이었지만, 이상하게도 제임스가 그 녀석과 친하게 되었소. 그 아이는 늘 하층민과 어울리는 것을 좋아했다오. 제임스가 샐타이어 경을 유괴하기로 결심했을 때, 이 녀석의 도움이 필요하다고 생각한 것이었소. 그전날 내가 아서에게 편지를 쓴 것을 기억할 거요. 제임스는 그 편지를 열고 아서에게 〈거친 잡목숲〉이라 불리는 학교 근처 작은 숲에서 만나자는 내용을 집어넣었소. 공작부인의 이름을 이용했기 때문에 아서가 나올 수 있었던 거요. 나는 그 아이가 내게 고백한 대로 말하고 있소. 그날 저녁 제임스는 자전거를 타고 가서, 숲에서 기다리고 있던 아서를 만나 얘기하기를, 자정에 그 숲으로 다시 나오면 말을 탄 남자가 기다리고 있다가 어머니에게로 데려다줄 거라 했다오. 가엾은 아서는 함정에 빠지고 말았소. 약속대로 그 장소에 나갔고, 조랑말을 데려온 헤이즈 녀석을 만났소. 아서를 태우고, 둘은 함께 출발했다오. 그런데, 이건 제임스도 어제 듣고서 안 것이지만, 그들을 쫓는 사람이 있었고, 헤이즈가 그 추격자를 곤봉으로 때렸고, 상처를 입은 그 사람은 죽고 만 거요. 헤이즈는 아서를 자기가 운영하는 싸움닭 여관에 데려가 위층에 가두고 부인을 시켜 보살피게 했소. 그 부인은 인정 많은 여자였으나 짐승 같은 남편에게 완전히 휘둘려 살고 있다오.

자, 홈즈 씨. 여기까지가 이틀 전 당신을 처음 만났을 때의 상황이었소. 나는 당신보다도 사건의 진실을 알지 못했다오. 제임스가 그런 일을 저지른 동기가 무엇인지 궁금할 거요. 내 상속자에 대해 품고 있는 불합리적이고 광적인 증오 때문이오. 그 아이는 자기가 내 모든 재산을 상속받아야한다고 생각했고, 그걸 불가능하게 만드는 사회법칙에 대해 무척이나 분개했소. 그뿐 아니라 확실한 동기가 또 하나 있다오. 그 아이는 내가 한사상속제*를 폐지하길 간절히 바랐고, 내 능력이면 그렇게 할 수 있다고 생각했소. 그 아이는 나와 협상을 벌이려고 했던 거요. 한사상속제를 폐지하면 아서를 돌려준다는 조건인데, 그렇게 되면 내가 유언으로 그 아이에게 토지를 넘겨주는 게 가능해지니까 말이오. 내가 직접 그 아이를 경찰에 고발하진 않을 거란 걸 잘 알고 있었소. 그런 협상을 내게 하려고 했지만, 실제로 하지는 않았다오. 사건이 너무 빠르게 진행되어서 계획을 실제로 옮길 시간이 없었던 거요.

그 아이의 위험한 계획이 난파하게 된 것은 당신이 하이데거의 시신을 발견했기 때문이오. 제임스는 그 소식을 듣고는 공포에 사로잡혔소. 어제 서재에 함께 있을 때 소식이 들어온 거요. 헉스터블 박사가 전보를 친 것이지요. 제임스가 괴로워하며 마음의 동요를 일으키는 것을 보자, 그전까지 아주 없지는 않았던 의혹이 단번에 확신으로 바뀌었소. 그래서 추궁을 했다오. 그 아이는 스스로 모든 걸 고백했소. 그리고는 비열한 공범이 간악한 목숨을 살릴 기회를 주기 위해서 사흘 만 비밀을 지켜달라고 애원을 하더이다. 나는 언제나 그랬듯이 양보를 하고 말았소. 제임스는 즉시 헤이즈에게 위

---

* 한사상속(限嗣相續) : 상속인이 부동산을 배분하거나 달리 처분하는 것을 금지하는 제도. 이 때문에 가문의 토지는 계속해서 가문 소유가 된다.

험을 알리고 도망갈 수단을 마련해주려고 싸움닭 여관으로 급하게 떠났소. 나는 사람들의 입소문에 오를까봐 낮에는 갈 수 없어서, 밤이 되자마자 내 사랑하는 아서를 보러 서둘러 갔다오. 아이는 건강하게 잘 있었지만, 그때 겪었던 끔찍한 일 때문에 말로 표현하기엔 모자랄 만큼 겁에 질려 있었소. 내 의지와는 반대되는 일이었지만 약속을 지켜야 했기에, 아이를 헤이즈 부인의 보호 아래 사흘 동안 그곳에 두는 것에 동의했다오. 경찰에 아이가 어디 있었는지 알려주게 되면 살인범이 누구인지도 말해야 되고, 살인범이 처벌받게 되면 불쌍한 제임스도 파멸하게 될 것이 분명했기 때문이오. 홈즈 씨, 솔직하게 말해달라고 했는데, 당신 말 그대로 둘러대거나 감추지 않고 모든 것을 다 얘기했소. 이제 당신이 솔직하게 얘기할 차례요."

"그렇게 하지요."

홈즈가 말했다.

"각하. 첫째, 법의 시각에서 보면 각하께선 심각한 입장에 처하셨다는 것을 말씀드려야겠습니다. 중죄를 저지른 사람을 봐주고 살인범이 도주하도록 도왔습니다. 제임스 와일더가 공범의 도주를 돕기 위해 준 돈은 각하의 주머니에서 나간 것이 틀림없기 때문입니다."

공작은 긍정의 의미로 고개를 숙였다.

"이것은 정말 심각한 사건입니다. 제 생각에는, 각하께서 어린 아들에게 취한 태도는 더욱 비난받아야 할 일이라고 봅니다. 아드님을 그 소굴에 사흘 동안이나 내버려두셨습니다."

"엄숙한 약속을 받고……"

"그런 인간들에겐 약속이 무슨 소용입니까? 또다시 납치당하지 않는다는 보장이 없습니다. 죄지은 큰아들의 비위를 맞추기 위해 죄 없는 어린 아들을 절박하고, 꼭 필요하지 않은 위험 속에 방치하셨습니다. 이건 정말 도리에 맞지 않는 행동입니다."

홀더니스의 명예로운 영주는 자신의 저택에서 이런 질책을 받는 일에 익숙하지 않았다. 피가 이마 끝까지 몰려왔으나, 양심 때문에 벙어리처럼 말을 할 수 없었다.

"각하를 돕겠습니다만 단 한 가지 조건이 있습니다. 벨을 울려 하인을 불러주시고 제 마음대로 명령하도록 해주십시오."

아무 말 없이 공작은 전기 벨을 눌렀다. 하인이 들어왔다.

"반가운 소식이 있네."

홈즈가 말했다.

"어린 주인이 계신 곳을 찾아냈다네. 공작님이 바라시는 대로, 즉시 마차를 싸움닭 여관에 보내 샐타이어 경을 집으로 모셔오게."

제복을 입은 하인이 기뻐하며 나가자 홈즈가 말했다.

"자, 가문의 미래를 구했으니, 과거는 관대하게 생각할 여유가 있겠군요. 저는 공적인 위치에 있는 사람이 아니니, 정의가 실현되는 결말이라면 제가 아는 모든 것을 밝힐 이유는 없습니다. 헤이즈에 관해서는 아무 말도 하지 않겠습니다. 교수대가 그를 기다리고 있고, 제가 거기서 그를 구해내는 일은 하지 않을 겁니다. 그가 무엇을 발설할지 알 수 없습니다만, 침묵을 지키는 편이 유리하다는 걸 각하께서 납득시키리라 믿어 의심치 않습니다. 경찰은 그가 몸값을 노리고 아이를 납치했다고 볼 겁니다. 경찰 스스로 알아내지 못한다면, 더 넓은 시야를 갖도록 제가 촉구할 필요는 없다고 생각합니다. 그렇긴 해도, 제가 각하께 경계삼아 드리는 말씀은, 제임스 와일더 씨를 계속해서 집안에 두신다면 결국 불행한 결과밖에 없다는 것입니다."

"잘 알겠소, 홈즈 씨. 그 아이는 나를 영원히 떠나 오스트레일리아에서 자신의 운명을 찾기로 이미 조치를 취했다오."

"그렇다면 각하, 말씀하셨듯이 결혼 생활이 불행했던 원인이 그가 있었기 때문이라면, 공작부인께도 그간의 일을 최대한 바로 잡으셔서, 불행하게 중단되었던 관계를 회복하시기를 권해드립니다."

"그것도 역시 조치했소, 홈즈 씨. 오늘 아침에 공작부인에게 편지를 썼다오."

"그러시다면,"

홈즈가 일어나면서 말했다.

"저와 제 친구는 짧은 북부 방문 기간 동안, 아주 즐거운 결과를 몇 가지 얻게 된 것에 대해 자축할 수 있겠군요. 그런데, 사소하지만 제가 알고 싶은 점이 하나 있습니다. 헤이즈라는 작자가 그의 말에 소발자국이 나는 가짜 편자를 박아놓았더군요. 그런 비범한 물건은 와일더 씨한테서 나온 것이겠지요?"

공작은 몹시 놀란 얼굴로 서서, 잠시 생각에 잠겨 있었다. 그러더니 문을 열고 우리를 박물관처럼 꾸민 커다란 방으로 안내했다.

그는 구석에 있는 유리 장식장 앞으로 가더니, 설명문을 가리켰다. 그 안에 이렇게 적혀있었다.

〈이 편자는 홀더니스 저택 해자에서 출토된 것이다. 말에 사용되는 것이지만, 쇠로 된 바닥이 갈라진 발굽 모양이기 때문에 흔적을 따라오는 추격자를 따돌릴 수 있다. 중세 시대에 약탈을 했던 홀더니스 귀족들의 소유물로 추정된다.〉

홈즈는 상자를 열고 축축한 손가락으로 편자를 문질렀다. 시간이 얼마 지나지 않은 진흙이 얇게 묻어났다.

"고맙습니다."

홈즈는 유리 상자를 제자리에 놓으며 말했다.

"이것은 북부에서 본 두 번째로 흥미로운 물건이군요."

"그럼 첫 번째는?"

홈즈는 수표를 접어 조심스럽게 그의 수첩에 끼워 넣었다.

"저는 가난한 사람이지요."

그는 한껏 애정을 담아 수첩을 두드리더니, 안주머니 깊숙이 집어넣었다.

검은 피터

1895년만큼 내 친구가 정신적으로든 육체적으로든 가장 최고의 상태였던 때는 없었다. 그의 점점 높아지는 명성 덕에 엄청난 의뢰가 들어왔는데, 내가 만일 베이커 가의 누추한 문지방을 넘나든 저명한 의뢰인의 신원에 대해 조금이라도 밝혔더라면, 그 경솔함의 죗값을 치렀을 것이다. 그러나 홈즈는, 다른 위대한 예술가들이 그렇듯이, 자신의 예술을 위해서만 살았고, 홀더니스 공작 사건을 제외하면, 더할 수 없이 귀중한 도움을 주었어도 큰 보상을 요구한 적은 거의 없었다. 세속에 물들지 않은, 또는 변덕스러운 그는 사건이 마음에 들지 않으면 권력자나 부자일지라도 조사를 거절하는 일이 자주 있었고, 반면에 기묘하고 극적인 성질이어서 그의 상상력을 자극하고 그의 재능에 도전하는 사건이라면 비천한 의뢰인이라도 몇 주일 내내 전력을 다해 몰두하기도 했다.

이 잊지 못할 1895년에는 기묘하고 부조리한 사건이 연속해서 일어나 그의 주의를 끌었다. 교황 성하의 급박한 요청으로, 널리 알려진 토스카 추기경의 갑작스런 사망 사건을 수사했고, 악명 높은 카나리아 조련사를 체포함으로써 런던 이스트 엔드*의 암적 존재

---

* East End : 런던 동부 지역으로 노동자 계층이 살고 있다.

를 제거하기도 했다. 이 유명한 두 사건이 끝나자마자 우드맨 리의 참극이 뒤를 이었는데, 피터 캐리 선장의 죽음을 둘러싼 주변정황이 아주 이해하기 어려운 사건이었다. 셜록 홈즈의 사건 기록에 있어서 이 기묘한 사건이 포함되지 않는다면, 그건 불완전한 기록일 것이다.

7월 첫째 주를 보내는 동안, 내 친구는 우리의 하숙방을 자주, 오래 비우는 일이 많아서 나는 그가 사건에 손대고 있다는 걸 알아채고 있었다. 그가 없을 때 험한 인상을 가진 남자 몇 명이 와서 바질 선장을 찾는 일이 있었기 때문에, 홈즈가 그의 대단한 정체를 수많은 위장 신분과 이름 중 하나로 숨기고 어디선가 일을 하고 있다는 걸 알았다. 그는 신분을 바꿀 수 있도록 런던의 각기 다른 장소에 적어도 5개의 작은 은신처를 두고 있었다. 사건에 대해서 홈즈는 아무 말도 하지 않았고, 나 역시 굳이 비밀을 알려달라고 하는 체질이 아니었다. 처음으로 그가 사건에 대해 설명하게 된 건 아주 터무니없는 일을 통해서였다. 아침 식사 전에 그가 나가버려서 나는 혼자 식탁에 앉아 있었는데, 머리에 모자를 쓰고 미늘이 달린 커다란 작살을 우산처럼 팔에 낀 채 홈즈가 성큼성큼 걸어 들어왔다.

"어이쿠, 홈즈!"

내가 소리쳤다.

"그 물건을 들고 런던 시내를 걸어 다닌 건 아니겠지?"

"마차를 타고 푸줏간에 갔다 돌아왔네."

"푸줏간?"

"식욕이 무척 당기는군. 여보게, 왓슨. 아침 식사 전 운동이 효과 있다는 건 말할 필요도 없지. 그런데 자네는 내 운동이 어떤 것이었는지 짐작도 못할 걸세."

"전혀 모르겠네."

그는 혼자 웃으며 커피를 따랐다.

"자네가 앨러다이스 가게 뒤편을 들여다보았다면, 죽은 돼지가 천장에 갈고리로 매달려 있고 재킷을 입지 않은 한 신사가 이 무기로 맹렬하게 찌르는 걸 봤을 걸세. 내가 바로 그 힘 좋은 신사였지. 그리고 내 힘으로는 아무리 애를 써도 한 번에 돼지를 꿰뚫을 수 없다는 만족스런 결과를 얻었다네. 자네가 한번 시도해보겠나?"

"절대 아닐세. 그런데 왜 그런 일을 한 건가?"

"우드맨 리 사건에 간접적인 관계가 있다고 보았기 때문이지. 아, 홉킨스, 어젯밤 자네 전보를 받았네. 기다리고 있었지. 와서 같이 식사하세."

방문객은 서른 살 정도의 매우 민첩해 보이는 남자로, 평범한 트위드 정장을 입었지만 경찰 제복에 익숙해 있는 듯 꼿꼿한 자세를 유지하고 있었다. 나는 그가 스탠리 홉킨스라는 걸 금방 알아봤다. 홈즈가 장래 큰 희망을 걸고 있는 젊은 경감이며, 유명한 아마추어 탐정의 과학적 방법에 대해 스승을 따르는 제자처럼 경탄과 존경을 표하고 있는 사람이었다. 홉킨스의 이마에는 수심이 가득했고, 깊은 실의에 빠진 모습으로 자리에 앉았다.

"아니, 괜찮습니다. 오기 전에 아침을 먹었습니다. 보고를 하려고 어제 올라와, 런던에서 밤을 보냈습니다."

"무슨 보고인데?"

"실패죠. 완전한 실패입니다."

"진전이 없었나?"

"없었습니다."

"저런! 내가 그 사건을 한번 살펴봐야겠군."

"홈즈 씨, 그렇게 해주시길 부탁드립니다. 제게는 처음으로 온 큰 기회인데, 어찌할 바를 모르겠습니다. 제발 내려가서 도와주십시오."

"그래, 마침 심리 보고서를 포함한 모든 증거 서류를 자세히 읽었지. 그런데, 사건 현장에서 발견된 담배쌈지를 자네는 어떻게 생각하나? 거기엔 단서가 될 것이 없었나?"

홉킨스는 놀란 모습이었다.

"그건 그 남자의 쌈지였습니다. 머리글자가 안에 있었지요. 그리고 바다표범 가죽으로 만든 거고, 그 사람은 바다표범잡이를 했었습니다."

"하지만 파이프는 없었네."

"네. 파이프는 찾지 못했습니다. 실은 그는 담배를 거의 피우지 않았고, 친구들을 위해서 담배를 좀 가지고 있었을 겁니다."

"맞아. 그 이야기를 한 이유는, 내가 만약 수사를 맡는다면 그걸 수사의 출발점으로 삼았을 것이기 때문일세. 어쨌거나, 내 친구 왓슨 선생은 이 사건을 알지 못하고, 나로서는 사건의 전개 상황을 한 번 더 듣는 것도 나쁘지 않을 것 같네. 요점을 간단히 설명해 주게."

스탠리 홉킨스는 주머니에서 종이 한 장을 꺼냈다.

"여기에 죽은 남자, 피터 캐리 선장의 경력을 적어 놓았습니다. 그는 1845년에 태어났으니, 50살입니다. 용감무쌍하고 크게 성공한 바다표범 및 고래잡이였지요. 1883년에는 던디의 바다표범잡이 증기선, 〈시 유니콘〉호의 선장이었습니다. 그는 연속해서 성공적인 항해를 몇 번 한 뒤, 다음 해 1884년에 은퇴했습니다. 그 후에는 몇 년 동안 여행을 다니다가, 서섹스 지방 포리스트 로 근처에, 우드맨 리라고 불리는 작은 집을 구입했습니다. 거기서 6년을 살았고, 오늘로부터 꼭 일주일 전에 그곳에서 죽었습니다.

그 남자에게는 몇 가지 아주 특이한 점이 있었습니다. 일상적인 생활에서는, 엄격한 청교도인데다 말수가 적고 우울한 사람이었습니다. 식구로는 부인과 스무 살이 된 딸, 그리고 하녀 두 명이 있습니다. 하녀들은 계속해서 바뀌었는데, 그곳이 결코 즐거운 환경이 아니었고, 가끔씩은 도저히 참을 수 없는 지경이 되는 까닭입니다. 그 남자는 이따금 술고래가 될 지경으로 마셨는데, 그때는 완전히 악마가 되었습니다. 한밤중에 부인과 딸을 문 밖으로 쫓아내고 정원에서 매질을 해서, 그 비명소리가 대문을 넘어 마을 전체에 퍼질 정도였다고 들었습니다.

한 번은 그의 행동을 질책하러 온 늙은 교구목사를 난폭하게 폭행해서 법정에 선 적도 있지요. 홈즈 씨, 간단히 말하자면, 피터 캐리보다 더 위험한 인물은 찾아보기 힘들다는 겁니다. 그가 선장일 때도 똑같았다고 하더군요. 같은 직종의 사람들에게는 〈검은 피터〉라는 이름으로 알려져 있었는데, 그런 별명이 붙게 된 것은 가

무집잡한 얼굴과 더부룩한 검은 수염뿐만이 아니라, 주위 사람 모두를 공포에 질리게 만드는 성질 때문이었습니다. 이웃 사람 모두가 그를 싫어하고 피한다는 건 말할 것도 없겠지요. 그의 끔찍한 최후에 대해서도 애도한다는 말 한 마디도 듣지 못했습니다.

홈즈 씨께서는 심리 보고서를 통해 그 남자의 선실에 대해 읽으셨겠지만, 친구 분은 아마도 모르실 겁니다. 그는 직접 나무로 별채를 지었는데, 그걸 언제나 〈선실〉이라고 불렀습니다. 집에서 몇 백 야드 떨어진 곳에 있고, 매일 밤 거기서 잠을 잤지요. 폭이 16피트, 길이가 10피트* 되는 작고, 단칸방인 오두막이었습니다. 그는 열쇠를 자기 주머니에 넣고 다니며, 침대 정리나 청소도 직접 했고, 다른 사람은 누구도 문지방을 넘지 못하게 했습니다. 양쪽으로 작은 창문이 있는데, 커튼으로 가려놓고 절대 열지 않았습니다. 이 창문 중 하나가 큰 길 쪽을 향해 있어서, 밤에 불이 켜지면 마을 사람들이 손가락질하며 검은 피터가 거기서 무엇을 하는지 궁금해하고는 했지요. 홈즈 씨, 그 창문이, 심리 때 나온 몇 안 되는 확실한 증언 중 하나와 관련된 것이지요.

기억하시겠지만, 슬레이터라는 이름의 석공이 살인 사건 이틀 전, 새벽 한 시쯤에 로우 숲에서 걸어오다 그곳을 지나게 되었는데 나무 사이로 네모난 창의 불빛이 비치는 걸 보고 멈춰 섰다고 합니다. 그 창에는 한 남자의 옆얼굴이 커튼 너머로 분명하게 보이고 있었으며, 이 그림자는 석공이 잘 알고 있는 피터 캐리가 아니라고 단언했습니다. 턱수염이 난 사람이었지만, 수염이 짧았고 선장과는 확

---

* 폭 4.8m, 길이 3m 정도.

연히 다르게 앞으로 곤두 선 모양이었답니다. 그렇게 말하고는 있지만, 슬레이터가 술집에서 두 시간이나 있다 나왔고, 길에서 창문까지 거리도 꽤 됩니다. 게다가, 이 얘기는 월요일이고, 사건은 수요일에 일어났지요.

화요일에 피터 캐리는 아주 험악한 상태였습니다. 술을 잔뜩 마시고 위험한 야생 동물처럼 난폭했지요. 집안을 건들거리며 돌아다녔기 때문에, 여자들은 다가오는 소리가 들리면 도망쳤습니다. 늦은 저녁이 되자 그는 자신의 오두막으로 내려갔지요. 다음 날 새벽 두 시, 창문을 열어놓고 자던 딸이 오두막 방향에서 무시무시한 고함소리가 나는 걸 들었지만, 그가 술에 취했을 때 소리치고 떠드는 건 흔한 일이었기에 신경 쓰지 않았습니다. 일곱 시에 하녀 중 한 명이 오두막의 문이 열려있는 걸 보았는데, 너무 무서웠기 때문에 정오가 될 때까지는 아무도 그가 어떻게 되었는지 알아보려고 내려가는 사람이 없었지요. 열린 문으로 슬쩍 들여다본 하녀들은 눈앞의 광경에 창백하게 질려서 마을로 달려갔습니다. 한 시간 이내에, 저는 현장에 도착해서 사건을 맡게 되었지요.

홈즈 씨도 아시다시피, 저는 강심장을 가진 사람입니다만, 그 작은 집에 제 머리를 집어넣자마자 전율이 오더군요. 날벌레와 파리들이 오르간처럼 윙윙거렸고 바닥과 벽은 도살장 같았습니다. 선장은 그곳을 선실이라 불렀는데, 안에 들어가 있으면 정말 배라고 생각할 만큼 선실 그 자체였습니다. 한쪽 끝에 있는 침대, 선원용 사물함, 지도, 차트, 〈시(sea) 유니콘 호〉 사진, 항해일지가 줄지어 놓인 선반 등, 이 모든 것이 선장실을 그대로 연상시켰지요. 그리고 거기에, 한가운데에 그 남자가 있었습니다. 그의 얼굴은 고문을 당해 영혼을 잃어버린 사람처럼 일그러져 있었고, 더부룩하고 얼룩이 진 수염은 고통으로 뻣뻣이 서 있었습니다. 넓은 가슴 한가운데를 강철 작살이 꿰뚫었는데, 뒤편의 나무벽까지 깊이 들어가 있었지요. 마분지에 핀으로 꽂은 딱정벌레 같았습니다. 물론 완전히 죽은 상태였지요. 고통스런 마지막 비명을 지른 후에 즉사한 것이 분명합니다.

저는 당신의 수사방법을 알고 있었기에 그걸 적용해보았습니다. 아무것도 손대는 것을 금지한 다음, 바깥쪽 땅과 마룻바닥을 신중하게 살펴봤지요. 발자국은 없었습니다."

"아무것도 못 봤다는 건가?"

"확실합니다. 하나도 없었습니다."

"이보게, 홉킨스. 많은 사건을 조사해왔지만 날아다니는 인간이 범죄를 저지른 건 아직 본 적이 없네. 범인이 두 발로 서서 다니는 한, 과학적인 수사관은 조금이라도 움푹 들어갔다거나, 스친 자국, 사소하게 틀어진 위치 등을 탐지할 수 있어야 하는 걸세. 이처럼 피가 튄 방에 우리를 도울 만한 흔적 하나 없다는 건 믿을 수가 없네. 어쨌든 심리 기록을 보니 자네가 놓친 것이 거의 없다더군?"

젊은 경감은 내 친구의 비꼬는 말투에 움츠러들었다.

"홈즈 씨, 당신을 제때 부르지 않은 것은 바보 같은 일이었습니다. 하지만 지난 일을 후회해 봐야 무슨 소용이 있겠습니까. 네, 방 안에는 특별히 관심을 끄는 물건이 몇 가지 있었지요. 그중 하나는 범행에 사용된 작살입니다. 벽에 걸려 있던 걸 떼어낸 것이지요. 다른 두 개는 벽에 그대로 있고, 세 번째 것이 비어 있었습니다. 자루에는 〈SS. 시 유니콘 호, 던디〉라고 새겨져 있었습니다. 이것으로 볼 때 사건은 격심한 분노로 인해 저질러졌고, 살인범은 닥치는 대로 손에 닿는 무기를 움켜잡은 것 같습니다. 범행은 새벽 두 시에 일어났는데, 피터 캐리가 옷을 갖춰 입은 걸로 보아 살인범과 약속이 있었던 것 같습니다. 그건 탁자 위에 럼주 한 병과 사용한 잔이 두 개 있는 것으로도 알 수 있는 사실입니다."

"그렇지."

홈즈가 말했다.

"그 추리는 둘 다 맞는다고 생각하네. 방 안에 럼주 외에 다른 술이 있었나?"

"네. 선원용 사물함 위에 브랜디와 위스키가 들어있는 탄탈루스*가 있었습니다. 하지만 병이 가득 차 있고 사용한 흔적이 없으니 중요한 건 아닙니다."

"모든 것이 다 의미를 가지고 있지."

홈즈가 말했다.

"어쨌건, 자네가 보기에 사건과 관계있다고 생각하는 물건에 대해 좀 더 들어보세."

"담배쌈지가 탁자 위에 있었습니다."

"탁자 어느 쪽에?"

"가운데 있었습니다. 거친 바다표범 가죽, 그러니까 **빳빳한 털**이 있는 가죽으로 만들었고, 묶을 수 있는 가죽끈도 있었지요. 덮

---

* 술병 장식대.

개 안쪽에는 〈P.C.〉라는 글자가 있었습니다. 안에는 독한 선원용 담배가 반 온스 있더군요."

"훌륭해! 그리고 뭐가 더 있나?"

스탠리 홉킨스는 주머니에서 갈색 표지 수첩을 꺼냈다. 바깥쪽은 닳아서 너덜거렸고 속지는 변색이 되어 있었다. 첫 번째 쪽에는 〈J. H. N.〉이라는 머리글자와 1883이라는 연도가 적혀있었다. 홈즈가 그것을 탁자 위에 놓고 세밀하게 살펴보는 동안, 홉킨스와 나는 양쪽 어깨너머로 지켜보았다. 두 번째 쪽에는 〈C. P. R.〉이라는 글자가 인쇄되어 있었고, 그 뒤 몇 장에는 숫자들이 적혀있었다. 또 다른 항목으로 〈아르헨티나〉, 〈코스타리카〉, 〈상파울로〉 등이 있었고 각각 그 뒤로 몇 장씩 기호와 숫자가 있었다.

"이게 무슨 뜻이라고 생각하는가?"

홈즈가 말했다.

"증권거래소 유가증권 목록인 것 같습니다. 〈J. H. N.〉은 중개인의 머리글자이고 〈C. P. R.〉은 고객이라고 생각합니다."

"캐너디언 퍼시픽 철도(Canadian Pacific Railway)는 어떻겠나?"

홈즈가 말했다.

스탠리 홉킨스는 낮은 목소리로 욕하면서 주먹으로 자신의 넓적다리를 때렸다.

"정말 바보였군요!"

그는 소리쳤다.

"당연히 말씀하신 그대로입니다. 그러면 풀어야할 머리글자는 〈J. H. N.〉만 남았군요. 이미 예전 주식 거래소 명단을 조사해봤지만, 1883년에는 거래소 내부든 외부 중개인이든 이 머리글자에 맞는 이름은 없었습니다. 그러나 제가 가지고 있는 단서 중에선 가장 중요한 것이라 생각합니다. 홈즈 씨도 이 머리글자가 현장에 있던 제2의 인물, 그러니까 살인범의 머리글자일 가능성에 동의하실 겁니다. 저는 사건 관련 문서에 이처럼 많은 양의 유가 증권이 연결되어 있다는 것은 범행 동기에 대해 어떤 암시를 주고 있다고 봅니다."

홈즈의 얼굴을 보니 이 새로운 전개에 완전히 역습을 당한 듯했다.

"자네 지적을 모두 인정해야겠군."

그가 말했다.

"심리에는 나타나지 않았던 수첩을 보니, 정리해놨던 내 의견도 수정해야겠네. 내가 생각했던 범행 이론에는 이 수첩이 끼어들 자리가 없으니까 말이야. 여기에 적힌 유가증권에 대해 추적해보았나?"

"경찰청에서 현재 조사하고 있습니다만, 남아메리카와 관련된 주주들의 모든 명부는 남아메리카에 있으니, 추적하는데 몇 주가 걸릴 것 같습니다."

홈즈는 확대경을 들고 수첩의 표지를 살펴보았다.

"여기 얼룩이 확실하게 보이는군."

그가 말했다.

"네. 혈흔입니다. 말씀드렸다시피 바닥에 떨어져있던 걸 주운 겁니다."

"혈흔이 위에 있었나, 아래에 있었나?"

"아래쪽입니다."

"그건 물론, 범행이 벌어진 뒤에 수첩이 떨어졌다는 걸 입증하는 것이군."

"바로 그렇습니다, 홈즈 씨. 그 점을 깨닫고, 살인범이 서둘러 도망가다가 떨어뜨린 것으로 짐작하고 있습니다. 문 근처에 있었으니까요."

"죽은 남자의 재산 중에 여기 적힌 유가증권은 없던 것 같은데?"

"네. 없었습니다."

"그걸 강탈해갔다고 볼 수는 없나?"

"아닙니다. 아무것도 손댄 것 같지 않습니다."

"이것 참, 아주 흥미로운 사건이 틀림없군. 그런데 칼이 있지 않았나?"

"칼집이 있는 건데, 그대로 칼집에 들어있었습니다. 죽은 남자의 발쪽에 놓여 있었지요. 캐리 부인이 남편의 것이라고 확인했습니다."

홈즈는 한동안 생각에 잠겨 있었다.

"음,"

마침내 그가 입을 열었다.

"내가 가서 한번 살펴봐야할 것 같네."

스탠리 호킨스는 환호성을 질렀다.

"고맙습니다. 정말 제 마음의 짐이 가벼워지는 것 같습니다."

홈즈는 경감을 향해 손가락을 흔들었다.

"일주일 전이라면 일이 쉬웠을 거야."

그가 말했다.

"하지만 지금 간다고 해서 전혀 소용없는 건 아니겠지. 왓슨, 시간이 되면 같이 가길 부탁하네. 홉킨스, 자네가 사륜마차를 부르게. 우리는 15분 안에 포리스트 로를 향해 떠날 준비를 하겠네."

길 가의 작은 정거장에서 내린 우리는, 마차를 타고 넓은 숲의 유적지를 따라 몇 마일이나 달려갔다. 이곳은 한때, 오랜 세월 동안 만(灣)쪽에서 침입해오던 색슨 족을 막아낸 대삼림 지대의 일부로 〈난공불락 월드〉라 불리며 60년 동안 영국의 성채가 되었던 곳이다. 이 나라 최초의 제철업 중심지가 되면서 이곳의 많은 지역이 사라졌고, 나무는 광석을 제련하는 데 쓰기 위해 베어졌다. 현재는 북부의 부유한 광산지역으로 상권이 흡수되어, 황폐한 숲과 땅에 남은 거대한 상처 외엔 과거의 모습이 하나도 남아있지 않다. 여기, 푸른 언덕 비탈에 공터가 있고, 벌판을 지나 마찻길을 따라 굽어 올라가면 돌로 지은 낮고 긴 저택이 있었다. 그 길 가까이에 삼면이 덤불로 둘러싸인 별채가 있는데, 창문 하나와 문이 우리 쪽을 향하고 있었다. 그곳이 살인 현장이었다.

스탠리 홉킨스는 먼저 우리를 집으로 안내했고, 야위고 머리는 하얗게 센 피살자의 미망인을 우리에게 소개했다. 그녀의 얼굴은 수척하고 주름이 깊게 패여 있었으며, 주위가 붉게 물든 눈에서는

---

* weald : 잉글랜드 남부 지역의 옛 삼림 지대.

깊은 두려움이 엿보이고 있어서, 그녀가 견뎌 왔던 고난과 학대의 시간을 말해주고 있었다. 그 옆에는 창백한 얼굴에 금발머리를 한 딸이 서 있었는데, 반항적이고 번득이는 눈으로 우리를 쏘아 보며 아버지가 죽은 건 기쁜 일이고, 그를 쓰러뜨린 손에게 감사한다고 말했다. 피터 캐리가 만든 가정은 너무도 참담해서, 햇빛 아래로 다시 나오고서야 안도감이 들었다. 우리는 죽은 남자의 발에 닳고 닳은 작은 길을 따라 걸어갔다.

그 별채는 아주 간단한 집으로, 나무로 벽을 만들고, 널로 지붕을 이었으며, 문 옆에 창문 하나, 그 맞은편에 또 하나의 창문이 있었다. 스탠리 홉킨스는 주머니에서 열쇠를 꺼내 자물쇠 쪽으로 몸을 숙이다가, 깜짝 놀라며 긴장된 얼굴로 멈췄다.

"누군가 이걸 건드렸습니다."

그건 의심할 수 없는 사실이었다. 나무에 파인 자국이 있고 긁힌 부분에 칠이 하얗게 드러나 보였는데, 얼마 전에 생긴 듯했다. 홈즈는 창문을 살펴보았다.

"이것도 역시 강제로 열려고 했군. 그게 누구든 들어가는 데 실패했어. 아주 어설픈 도둑이 틀림없네."

"이건 정말 이상한 일입니다."

경감이 말했다.

"분명 어제 저녁에는 이런 자국이 없었습니다."

"마을에서 온 호기심 많은 사람이겠지. 아마도."

내가 의견을 말했다.

"그럴 리가요. 마을 사람 대부분이 마당에 발을 들여놓는 것도 무서워하는데 선실에 들어가려할 리가 없습니다. 홈즈 씨는 어떻게 생각하십니까?"

"내 생각에 행운은 우리 편인 것 같네."

"그 사람이 다시 올 거라는 말씀이신지요?"

"그럴 가능성이 아주 많아. 그는 문이 열려있기를 바라고 왔었네. 아주 작은 주머니칼을 가지고 들어가려 애썼지. 하지만 잘 해내질 못했어. 그렇다면 어떻게 하겠나?"

"쓸모 있는 연장을 가지고 밤에 다시 와야죠."

"나라도 그렇게 할 걸세. 그 사람을 환영해주지 않는다면 우리의 허물이 될 거야. 그동안 선실 내부를 보기로 하세."

참극의 흔적은 지워졌지만 작은 방 안의 가구는 여전히 범행이 * 밤과 다름없이 놓여있었다. 두 시간 동안 홈즈는 온 신경을 집중해서 모든 물건을 하나하나 살펴보았다. 그런데 얼굴을 보니 조사가 그리 성공적인 건 아닌 듯했다. 끈기 있게 조사하던 중 멈춘 것은 단 한 번이었다.

"홉킨스, 이 선반에서 무언가를 가져갔나?"

"아뇨. 아무것도 옮기지 않았습니다."

"뭔가 없어졌네. 이쪽 구석이 선반의 다른 곳보다 먼지가 적어. 이쪽에 책이 한 권 있었을 수도 있네. 상자일 수도 있고. 어쨌건, 더이상 할 일이 없군. 왓슨, 아름다운 숲을 산책하면서 새와 꽃을 보며 몇 시간 보내기로 하세. 홉킨스, 자네는 이따가 여기서 다시 만나기로 하지. 밤에 찾아왔던 그 신사를 만날 수 있을지 알아보기로 하세."

우리가 매복을 한 때는 11시가 지나서였다. 홉킨스는 오두막 문을 열어놓자고 했지만, 홈즈는 그 방문객의 의심만 불러일으킨다는 의견이었다. 자물쇠는 아주 간단한 것이어서 튼튼한 칼로 밀기만 하면 그만이었다. 홈즈는 또한 오두막 안이 아니라 바깥쪽에서, 그러니까 반대편 창문 근처 덤불 속에서 기다려야만 한다고 했다. 이렇게 해야 용의자가 불을 켰을 때 잘 볼 수 있고, 밤중에 비밀스럽게 찾아온 목적도 알 수 있기 때문이다.

지루하고도 갑갑한 불침번이었지만, 사냥꾼이 물가에 숨어서 목마른 짐승이 나타나기를 기다리는 것과 같은 전율도 있었다. 어떤 사나운 동물이 어둠을 틈타 나타날 것인가? 번쩍이는 이빨과 발톱을 지닌 호랑이처럼 흉포한 범인과 대적해 힘겨운 싸움을 벌어야 하는 걸까. 아니면 약하고 무방비한 자만 노리는 자칼처럼 슬며시 나타나는 것일까?

깊은 침묵 속에서, 우리는 덤불 한가운데 웅크리고 앉아 무슨 일이 생기기만을 기다렸다. 처음엔 늦게 귀가하는 사람들의 발소리나 마을에서 들려오는 목소리가 불침번의 마음을 위로해주었지만, 하나 둘씩 이러한 소리들은 사라지고 깊은 침묵만이 남았다. 밤이 깊어지고 있음을 알려주는 먼 교회에서 울리는 종소리와 지붕처럼 우리를 덮고 있는 나뭇잎 위로 떨어지는 가는 비의 바스락거림과 속삭임만이 들릴 뿐이었다.

2시 반을 알리는 종소리가 울리고, 새벽이 오기 전 가장 어두운 시간이 되었을 때, 문 쪽에서 낮지만 날카로운 찰칵 소리가 들려 우리 모두는 깜짝 놀랐다. 누군가 대문 안으로 들어온 것이다.

다시 긴 침묵이 이어지고, 잘못 들은 것이 아닐까 하는 생각이 들 때쯤 오두막 한쪽 편에서 살금살금 걷는 소리가 들려오더니 잠시 뒤, 무언가 금속성의 찰칵하는 소리, 긁히는 소리가 났다. 그 남자가 강제로 자물쇠를 열고 있는 것이었다. 이번에는 그의 기술이 늘었는지 도구가 좋아졌는지, 갑자기 딱 소리가 나더니 경첩이 삐걱 소리를 내며 열렸다. 성냥불이 켜졌고, 이어서 양초가 오두막 안을 밝혔다. 우리의 시선은 얇은 커튼 너머 벌어지는 장면에 고정되었다.

밤손님은 허약하고 마른 젊은 남자였는데 검은 콧수염이 그의 얼굴을 더욱 창백하게 보이게 했다. 나이는 스무 살보다 많지는 않을 듯했다. 나는 그토록 불쌍하게 공포에 질린 사람은 여태껏 본 적이 없었다. 눈에 보일 정도로 이를 딱딱 부딪치고 있었고 사지가 부들부들 떨렸다. 옷차림은 신사답게 노퍽재킷*에 니커보커**를 입었고 머리에는 천으로 된 모자를 쓰고 있었다. 그는 겁먹은 눈으로 주위를 둘러보았다. 그리고는 짧은 양초를 탁자 위에 놓고 한쪽 편으로 들어가 우리 시야에서 사라졌다. 그는 큰 책을 들고 나타났는데, 그건 선반에 일렬로 줄지어 있던 항해일지 중 한 권이었다. 그 남자는 탁자 위로 몸을 숙이고 재빨리 책장을 넘기다가 이윽고 원하는 항목을 찾아냈다. 그 다음엔 화가 난 듯 주먹을 움켜쥐더니, 책을 덮고 구석에 갖다놓고는 불을 껐다. 그리고 오두막에서 나오려고 몸을 돌리는 순간 홈즈의 손이 그 녀석의 목덜미를 잡았다.

---

* Norfolk jacket : 등과 가슴에 주름이 있고 허리에 벨트를 매는 웃옷.
** knickerbockers : 품이 넓고 느슨한 바지. 무릎 근처에서 졸라매게 되어있다.

그는 잡혔다는 것을 알자 공포에 질려 숨을 헐떡거렸다. 양초에 다시 불을 붙이니, 형사의 손에 잡힌 불쌍한 포로가 몸을 움츠린 채 떨고 있었다. 그는 선원용 사물함에 주저앉아 무력한 눈길로 우리들을 차례로 쳐다보았다.

"이봐, 친구."

스탠리 홉킨스가 말했다.

"너는 누구고 뭐하려 여기 온 거냐?"

그 남자는 마음을 가라앉히고, 태연하게 우리를 대하려고 애썼다.

"경찰이지요?"

그가 말했다.

"제가 피터 캐리 선장의 죽음과 관련 있다고 생각하실 겁니다. 저는 분명히 죄가 없습니다."

"그건 우리가 판단할 거다."

홉킨스가 말했다.

"우선, 네 이름이 뭐냐?"

"존 호플리 넬리건입니다."

나는 홈즈와 홉킨스가 재빨리 시선을 주고받는 걸 보았다.

"여기서 뭘 하고 있었지?"

"제 말을 비밀로 해주시겠습니까?"

"아니, 그건 안 되지."

"제가 왜 말해야 합니까?"

"대답하지 않으면, 재판에서 불리해질 거다."

젊은 남자는 움찔했다.

"그럼, 말씀 드리지요."

그가 말했다.

"안 될 것이 뭐가 있겠습니까? 하지만 이 오래전 스캔들을 다시 떠올려 생각나게 하는 것이 싫습니다. 도슨과 넬리건을 들어보신 적 있습니까?"

홉킨스의 얼굴은 전혀 모른다는 표정이었지만, 홈즈는 큰 흥미를 느끼는 듯했다.

"서부 지방 은행가 말인가?"

홈즈가 말했다.

"백만 파운드의 빚을 지고 파산해서 콘월 지방 가정의 반을 파멸시켰지. 넬리건은 사라졌어."

"맞습니다. 넬리건이 제 아버지입니다."

마침내 뭔가 확실해지고 있었다. 하지만 도망간 은행가와 자신의 작살 중 하나로 벽에 꿰뚫린 피터 캐리 선장 사이에는 아직 넓은 간격이 있었다. 우리 모두는 청년의 말에 열심히 귀를 기울였다.

"실제 관련 있는 사람은 아버지였습니다. 도슨은 은퇴했지요. 그때 저는 겨우 열 살이었지만, 모든 치욕과 두려움을 느끼기엔 충분한 나이였습니다. 제 아버지가 모든 유가증권을 훔쳐서 달아났다고 알려져 있습니다. 그건 사실이 아닙니다. 아버지는 증권을 현금화할 시간이 있었다면 모든 일이 제대로 되었을 거고, 채권자에게 진 빚도 다 갚을 수 있다고 믿었습니다. 체포 영장이 발부되기 바로 전에 아버지는 작은 요트를 타고 노르웨이로 떠났지요. 그날 밤,

아버지가 어머니께 작별인사를 하던 때를 기억하고 있습니다. 아버지는 가지고 온 증권 목록을 주시면서, 돌아와서 명예를 회복하고 자신을 믿는 사람들에게는 절대 고통을 주지 않겠다고 맹세하셨지요. 하지만 다시는 아버지로부터 소식이 들려오지 않았습니다. 요트도 아버지도 완전히 사라졌습니다. 어머니와 저는, 가지고 간 증권과 함께 아버지와 요트 모두 바다 속으로 가라앉았을 거라 생각했지요. 그런데, 사업을 하는 믿음직한 친구가 있는데, 아버지가 가져갔던 증권의 일부가 런던 주식시장에 다시 나타난 것을 찾아냈다는 겁니다. 우리가 얼마나 놀랐는지 아시겠지요. 많은 곤란과 어려움을 겪으며 그걸 추적하는데 몇 달을 보낸 끝에, 마침내 처음 증권을 판 사람이 이 오두막의 주인, 피터 캐리 선장이라는 걸 알아냈습니다.

당연히 저는 이 남자에 대해 조사를 해봤습니다. 이 남자는 제 아버지가 노르웨이로 건너가던 바로 그때에 포경선을 타고 북극해에서 돌아오고 있었다는 걸 알아냈습니다. 그해 가을은 폭풍이 있었고, 남쪽에선 강풍이 계속 불어왔지요. 아버지의 요트가 북쪽으로 떠밀려가서 피터 캐리 선장의 배를 만났을 수도 있습니다. 만약 그랬다면, 아버지는 어떻게 되었을까요? 어찌 되었건, 피터 캐리가 유가증권을 시장에 내놓은 경위를 알게 된다면, 아버지가 그걸 팔지 않았다는 것과 개인의 이익을 위해 가져간 것이 아니라는 걸 증명할 수 있는 겁니다.

저는 선장을 만나려고 서섹스로 내려왔지만, 그때 끔찍한 살인사건이 일어났지요. 그의 선실에 관한 심리 보고서를 읽고, 그 배의 예전 항해일지가 이곳에 보관되어 있다는 걸 알았습니다. 1883년 8월에 무슨 일이 있었는지 알게 되면 아버지의 운명에 관한 수수께끼도 풀 수 있다는 생각이 들더군요. 항해일지를 찾으러 지난밤에 왔었습니다만 문을 열 수가 없었습니다. 오늘 다시 와서 성공했지만, 그 달에 해당되는 부분이 일지에서 찢어져나갔다는 걸 알게 되었습니다. 바로 그때 당신들 손에 잡히게 되었지요."

"그게 다야?"

홉킨스가 물었다.

"네. 전부 다 말씀드렸습니다."

이렇게 말하며 청년은 눈길을 돌렸다.

"더 이상 말할 게 없나?"

그는 머뭇거렸다.

"네. 없습니다."

"어젯밤 여기 오지 않았다는 거냐?"

"그렇습니다."

"그러면 이건 어떻게 설명할 거지?"

홉킨스는 결정적인 증거인 수첩을 꺼내보였다. 첫째 장에 붙잡힌 청년의 머리글자가 쓰여 있고 표지에는 핏자국이 있는 수첩이었다.

가엾은 청년은 완전히 무너져 내렸다. 두 손에 얼굴을 파묻고 온몸을 떨었다.

"그게 어디서 났습니까?"

그는 신음하듯 말했다.

"몰랐습니다. 호텔에서 잃어버렸다고 생각했어요."

"그만하면 됐어."

홉킨스가 단호하게 말했다.

"뭐든 할 말이 있으면 법정에서 해라. 이제 나와 같이 경찰서로 간다. 아, 홈즈 씨. 저를 도와주러 친구 분과 함께 내려오셔서 정말 감사드립니다. 알고 보니 안 오셔도 되는 일이었습니다. 저 혼자서도 성공적으로 해결할 수 있는 일이었는데 말입니다. 그렇긴 해도, 고맙습니다. 브램블티 호텔에 방을 예약해놓았으니, 마을로 다함께 걸어가면 되겠군요."

"음, 왓슨. 자네는 어떻게 생각하나?"

다음날 아침, 돌아오는 길에 홈즈가 물었다.

"내가 보기에, 자네는 만족스럽지 않은 것 같군."

"오, 아닐세, 왓슨. 완전히 만족하고 있다네. 그렇기는 하나, 스탠리 홉킨스의 방식이 마음에 들지 않는군. 나는 스탠리 홉킨스에게 실망했네. 좀 더 나은 걸 기대했거든. 언제나 실현 가능한 다른 가설을 찾아보고, 그에 대비해야 하는 걸세. 이것이 범죄 수사의 첫째 조건이야."

"그렇다면 다른 가설은 뭔가?"

"내가 혼자 해 오고 있던 수사 방향이 있다네. 아무런 결과가 없을 수도 있어. 나도 그건 모르지. 하지만, 어쨌든 간에 끝까지 가 보고 싶네."

베이커 가에서는 편지 몇 통이 홈즈를 기다리고 있었다. 홈즈는 그중 하나를 급하게 집어 들고 열어보더니 의기양양하게 웃음을 터뜨렸다.

"훌륭해! 왓슨, 다른 가설이 진전되고 있네. 전보용지 있나? 두 통만 써주게. 〈래트클리프 대로(大路), 섬너 해운 회사 앞. 내일 아침 10시, 세 명을 보내주기 바람 – 바질〉 바질은 그쪽에서 쓰는 내 이름일세. 또 한 통은, 〈브릭스턴, 로드 가 46번지, 스탠리 홉킨스 경감 앞. 내일 아침 9시 30분 아침식사에 오기 바람. 중요한 일임. 올 수 없으면 전보 바람. – 셜록 홈즈〉 왓슨, 이 극악무도한 사건 때문에 열흘이나 시달렸네. 이제 내 앞에서 완전히 몰아낼 수 있게 되었군. 내일이면 완결 지을 수 있을 걸세."

스탠리 홉킨스 경감은 정확한 시간에 나타났고, 우리는 허드슨 부인이 준비한 훌륭한 아침식사를 앞에 두고 다함께 앉았다. 젊은 경감은 자신의 성공에 고취되어 있었다.

"자네의 결론이 정말 옳다고 생각하나?"

홈즈가 물었다.

"이보다 완벽하게 해결한 사건은 상상할 수도 없습니다."

"나는 사건이 완전히 끝난 건 아니라 생각하네."

"홈즈 씨, 저를 놀라게 하시는군요. 그 이상 무엇을 바라겠습니까?"

"자네의 이론으로 모든 문제를 설명할 수 있을까?"

"틀림없지요. 그 넬리건 청년은 사건이 발생한 바로 그날 브램블티 호텔에 도착했다는 걸 알아냈습니다. 골프를 치러 온 척했더군요. 그의 방은 일층이기 때문에 마음먹으면 언제든 나갈 수 있었습니다. 그날 밤 우드맨 리로 내려가, 오두막에서 피터 캐리를 만났고, 말다툼을 하다가 작살로 살해한 겁니다. 그러고 나서 자신이 한 짓에 겁을 먹고는 오두막에서 도망쳐 나오다, 피터 캐리에게 표시가 다른 증권들에 대해 물어보려고 가져왔던 수첩을 떨어뜨린 거지요. 이미 보셨겠지만, 어떤 것은 체크 표시가 되어있고, 다른 대부분 증권에는 안 되어 있습니다. 표시가 된 증권은 런던 주식시장에서 찾아냈지만, 다른 것들은 아마도 여전히 캐리의 수중에 있겠지요. 넬리건 청년은 아버지의 채권자들에게 빚을 갚기 위해서 그걸 되찾고 싶다고 자신이 직접 말했습니다. 달아난 후 한동안은 감히 오두막에 다시 갈 수가 없었지만, 필요한 정보를 얻기 위해 결국 용기를 내 겁니다. 정말 간단하고 명확하지 않습니까?"

홈즈는 웃으며 고개를 저었다.

"홉킨스, 내가 보기엔 딱 한 가지 결점이 있네. 그건 본질적으로 불가능한 일이야. 자네는 작살로 어떤 물체를 꿰뚫는 걸 해본 적이 있나? 없다고? 쯧쯧, 이보게, 자네는 이런 세밀한 부분에 주의를 기울여야 하네. 내 친구 왓슨이 내가 그걸 실습하느라 오전을 다 보냈다는 걸 말해줄 거야. 그건 쉬운 일이 아닐세. 강하고 숙련된 팔이 필요하지. 그런데 이 사건에선 작살 끝이 한 번에 몸을 뚫고 벽에 깊이 박혔다네. 이 허약한 청년이 그런 엄청난 공격을 할 수 있다고 생각하나? 한밤중에 검은 피터와 사이좋게 럼주를 마시던 사내가 그 청년이란 말인가? 그 이틀 전 밤, 커튼에 보였던 옆모습이 그 청년일까? 아냐, 아니지, 홉킨스. 우리가 찾아야할 사람은 그보다 무서운 다른 인물이야."

홈즈의 말이 계속되는 동안 경감의 얼굴은 점점 더 침울해져갔다. 그의 기대와 야망이 모두 허무하게 사라진 것이다. 하지만 대응한 번 해보지 못하고 포기할 수는 없었다.

"홈즈 씨, 넬리건이 그날 밤 거기 있었다는 건 부인하지 못할 겁니다. 수첩이 증명하니까요. 당신이 허점을 집어낸다 해도, 저는 배심원을 납득시킬 충분한 증거를 가지고 있다고 생각합니다. 홈즈 씨, 게다가 저는 용의자를 잡아놓고 있습니다. 당신이 말하는 그 대단한 인물은 어디 있습니까?"

"내 생각엔, 계단에 있는 것 같군."

홈즈가 침착하게 말했다.

"왓슨, 권총을 가까이에 두는 것이 좋을 것 같네."

그는 일어나, 보조탁자에 서류를 올려놓았다.

"이제 준비가 끝났어."

그가 말했다.

밖에서 굵고 탁한 목소리로 얘기하는 소리가 들려오더니, 허드슨 부인이 문을 열고서 남자 세 명이 바질 선장을 찾는다고 말했다.

"한 명씩 들여보내 주십시오."

홈즈가 말했다.

첫 번째로 들어온 사람은 혈색이 좋은 볼에 하얀 구레나룻이 있는 작은 립스톤 피핀* 같은 남자였다. 홈즈는 주머니에서 편지 하나를 꺼냈다.

"이름은?"

---

* 사과의 일종. Ribston pippin.

그가 물었다.

"제임스 랑카스터요."

"미안하네, 랑카스터. 자리가 다 찼군. 오느라 수고했으니 여기 반 파운드 받게. 이쪽 방에 들어가 잠시 기다리게나."

두 번째는 큰 키에 바싹 마른 남자로, 머리카락은 길고 안색은 창백했다. 그의 이름은 휴 패틴스였다. 그도 역시 채용하지 않았고, 반 파운드를 주고는 기다리라고 지시했다.

세 번째 지원자는 눈에 띄는 용모를 하고 있었다. 사나운 불도 그 같은 얼굴에 머리카락과 수염은 엉키고 덥수룩했으며, 두터운 눈썹이 덤불처럼 매달린 그 아래에 대담한 검은 눈이 빛나고 있었다. 그는 인사한 뒤 선원들이 그렇듯이, 손으로 모자를 돌리며 서 있었다.

"당신 이름은?"

홈즈가 물었다.

"패트릭 케언즈요."

"작살잡인가?"

"그렇습니다. 스물여섯 번 배를 탔지요."

"던디 항이지?"

"그렇습니다."

"탐사선도 탈 수 있겠나?"

"네. 그렇습니다."

"급료는?"

"한 달에 팔 파운드입니다."

"당장 출발할 수 있나?"

"제 장비를 가져오는 대로 갈 수 있습니다."

"서류는 있고?"

"네. 그렇습니다."

그는 주머니에서 낡고 손때에 번들거리는 서류 뭉치를 꺼냈다. 홈즈는 그걸 대강 훑어보더니 돌려줬다.

"자네가 바로 내가 찾던 사람이군."

그가 말했다.

"보조 탁자 위에 계약서가 있네. 거기에 서명하면 모두 해결되는 걸세."

그 선원은 기우뚱거리며 걸어가 펜을 집었다.

"여기에다 서명할까요?"

그는 탁자 쪽으로 몸을 기울이며 물었다. 홈즈는 그의 뒤에서 어깨를 끌어안듯 몸을 기울이며, 양 손을 그의 목 양쪽으로 뻗었다.

금속성 소리가 철컥하며 들렸고 성난 황소 같은 울부짖음도 이어졌다. 다음 순간, 홈즈와 선원은 함께 방바닥을 굴렀다. 홈즈가 멋진 솜씨로 재빨리 손목에 수갑을 채웠지만, 그는 거인처럼 엄청난 힘을 가지고 있었다. 홉킨스와 내가 달려들지 않았다면 금방 내 친구를 제압했을 것이다. 내가 권총의 차가운 총구를 관자놀이에 들이대고서야 그는 저항해도 소용없다는 걸 알았다. 끈으로 그의 발목을 단단히 동여매고 일어났을 때, 우리 모두는 싸움에 지쳐 숨이 턱에 차있었다.

"홉킨스, 정말 미안하게 되었네."

홈즈가 말했다.

"스크램블드에그가 차가워진 것 같군. 그래도 나머지 아침식사는 훨씬 즐겁게 먹을 수 있지 않은가. 자네 사건이 완전한 승리로 끝났다는 걸 생각하면 말이야."

스탠리 홉킨스는 놀라서 아무 말도 하지 못했다.

"홈즈 씨, 무슨 말을 해야 할지 모르겠습니다."

그는 얼굴이 새빨개져서 겨우 입을 열었다.

"처음부터 바보짓을 하고 있던 것 같습니다. 저는 제자이고 당신은 스승이란 것을 절대 잊어선 안 된다는 걸 이제야 알았습니다. 당신이 한 일을 모두 보았는데도, 저는 어떻게 된 일인지 어떤 의미인지 조차 모르고 있습니다."

"그래, 그래."

홈즈는 기분 좋게 말했다.

"우리 모두는 경험을 통해서 배우지. 이번 수업에서 자네가 배워야 할 것은 절대 다른 가능성을 놓쳐선 안 된다는 거야. 자네는 넬리건에게 정신을 뺏겨 피터 캐리를 살해한 진짜 살인범 패트릭 케언즈에 대해 생각할 여지가 없었네."

선원의 쉰 목소리가 대화에 끼어들었다.

"이보시오, 잠깐만."

그가 말했다.

"나야 이렇게 다루어져도 불평하지 않겠습니다만, 말은 제대로

---

* 달걀 요리의 일종.

해주시지요. 내가 피터 캐리를 살해했다고 하셨는데, 나는 짐승을 도살한 거라고 부릅니다. 그건 전혀 다르지요. 아마도 내 말은 믿지 않겠지만 말입니다. 이야기를 지어낸다고 하겠지요."

"전혀 아닐세."

홈즈가 말했다.

"할 말이 있으면 들려주게."

"그럼 하겠습니다. 맹세코, 내 이야기 모두가 진실입니다. 나는 검은 피터를 잘 알고 있는데, 그자가 칼을 꺼내기에 재빨리 작살 하나를 움켜잡아 찌른 겁니다. 둘 중 하나가 죽을 거란 건 알았기 때문이지요. 그래서 그자가 죽은 거죠. 그걸 당신들은 살해했다고 부르는군요. 어쨌거나, 검은 피터의 칼이 내 심장에 들어오는 대신, 곧 내 목에 밧줄을 달고 죽게 생겼습니다."

"어째서 거기에 간 거지?"

홈즈가 물었다.

"처음부터 이야기하지요. 편안히 말할 수 있게 좀 앉게 해주십 시오. 그 일이 일어난 건 1883년, 그해 8월이었지요. 피터 캐리는 시 유니콘 호의 선장이었고 나는 예비 작살잡이었습니다. 남쪽에 서 일주일 동안 불어오는 강풍을 맞바람으로 맞으며, 떠다니는 얼 음 덩어리 사이에서 빠져나와 귀향하던 중 북쪽에서 떠밀려온 작 은 배를 만났지요. 그 안에는 단 한 사람이 있었는데 뱃사람이 아 니더군요. 승무원들은 배가 침몰하리라 생각하고 구명보트를 타고 노르웨이 해안으로 갔습니다. 제가 보기엔 모두 익사했을 겁니다. 어쨌든 우린 그 남자를 배에 태웠는데, 선실에서 선장과 꽤 긴 이야기를 하더군요. 그 남자와 함께 끌어올린 짐은 양철상자 한 개였지요. 내가 아는 한, 그 남자는 이름을 말한 적도 없고, 다음 날 밤에는 원래 있지도 않았던 것처럼 사라져버렸습니다. 사람들이 말하기를, 그가 스스로 배 밖으로 뛰어내렸거나, 아니면 험한 날씨 때문에 떨어진 거라 했지요. 오직 단 한사람만이 그 남자에게 무슨 일이 일어난 건지 알고 있는데, 그게 바로 납니다. 한 밤중에 야간 당직을 서던 중에 선장이 그 남자를 들어 난간 너머로 던지는 것을 내 눈으로 직접 보았지요. 셰틀랜드* 등대가 보이기 이틀 전 일입니다.

그걸 혼자서만 알고서, 나는 일이 어떻게 될지 지켜보았지요. 스코트랜드에 돌아왔을 때, 그 일은 간단하게 무마되었고, 아무도 그걸 묻는 사람이 없었습니다. 모르는 사람이 사고로 죽었을 뿐이니 누구도 신경 쓸 일이 아니었던 겁니다. 얼마 후에 피터 캐리는 바다를 떠났고, 한동안은 어디 있는지 알 수가 없었지요. 나는 그 양철상자 덕에 선장이 일을 그만두었다고 짐작하고, 내 입을 막을 만한 돈을 그자가 줄 수 있으리라 생각했습니다.

런던에서 그를 만났다는 한 선원으로부터 어디 사는지 알아내고, 그자를 쥐어짜려고 내려갔지요. 첫째 날 밤은 분별 있게 굴면서 내가 선원일을 그만두고 살도록 해주겠다는 겁니다. 이틀 후 밤에 그 일을 마무리 짓기로 했지요. 그런데 내가 가보니, 술에 거의 취한 데다가 고약한 성질이 나타나 있더군요. 우리는 같이 앉아 술을 마시며 옛날이야기를 풀어놓았습니다. 그런데 마시면 마실수록

---

* 영국 스코틀랜드 북쪽에 있는 제도(諸島).

그자 얼굴이 좋지 않게 변했지요. 나는 벽에 걸린 작살을 발견하고는 이야기를 끝내기도 전에 그게 필요하게 될지도 모른다는 생각이 들었습니다. 그러더니 결국 그자는 내게 욕설과 저주의 말을 퍼부으며, 살기가 번뜩이는 눈으로 커다란 접는 칼을 손에 들더군요. 그자가 칼집에서 칼을 빼내기도 전에, 내가 작살로 그 자를 꿰뚫어버렸습니다. 세상에! 어찌나 소리를 지르던지! 그 얼굴이 잠을 잘 때면 떠오릅니다. 나는 그자의 피가 온통 튀어 있는 가운데 서서 잠시 동안 있었는데, 모든 것이 조용하기만 했지요. 그래서 다시 용기를 냈습니다. 주위를 둘러보니 선반 위에 그 양철상자가 있었지요. 나에게도 피터 캐리만큼 권리가 있으니까, 아무튼, 그걸 가지고 오두막을 나왔습니다. 바보같이 탁자 위에 담배쌈지를 놓고 왔지요.

자 이제 이 이야기 중에서 가장 괴상한 부분을 얘기하겠습니다. 오두막 밖으로 나오자마자 누군가 오는 소리가 들려서 나는 덤불 뒤에 숨었지요. 한 남자가 살금살금 다가와서 오두막에 들어가더니, 마치 유령이라도 본 듯 비명을 지르고는 죽어라 도망을 갔습니다. 그가 누구이고 무엇을 하러 왔는지는 더 이상 모릅니다. 나는 십 마일을 걸어가 턴브리지 웰스에서 기차를 타고 런던에 왔는데, 그걸 아는 사람은 아무도 없지요.

돌아와서 상자를 살펴보고서 거기에 돈은 없고, 나로서는 팔수도 없는 서류만 있다는 걸 알게 되었습니다. 기대고 있던 검은 피터도 없어졌으니 나는 한 푼 없이 런던에 좌초된 신세가 되었지요. 내가 하던 일을 다시 하는 수만 남았습니다. 높은 급료에 작살잡이를 구한다는 광고를 보고 선박회사에 가보았더니 이리로 보내더군요. 이게 내가 아는 전부입니다. 다시 한 번 말하는데, 내가 검은 피터를 죽인 것에 대해 경찰은 감사해야할 겁니다. 교수대 밧줄 값을 절약해 주었으니까요."

"아주 분명하게 잘 말해 주었네."

홈즈가 일어나, 파이프에 불을 붙이며 말했다.

"홉킨스, 이 죄수를 지체하지 말고 안전한 장소로 호송했으면 좋겠네. 이 방은 감옥으로는 적당하지 않고, 패트릭 케언즈가 우리 양탄자를 너무 많이 차지하고 있으니까 말이야."

"홈즈 씨."

홉킨스가 말했다.

"감사의 마음을 어떻게 표현해야할지 모르겠습니다. 저는 아직까지도 어떻게 이런 결과에 도달하신 건지 이해할 수가 없군요."

"처음부터 올바른 단서를 잡은 것이 행운이었을 뿐이네. 내가 만약 이 수첩에 대해 알았다면 나도 자네와 같은 생각을 했을 가능성이 있어. 하지만 내가 아는 모든 것은 한 방향을 가리키고 있었지. 놀랍도록 센 힘, 작살을 사용하는 숙련도, 럼주, 싸구려 담배가 들은 바다표범 가죽 담배쌈지, 이것들은 모두 선원을, 포경선을 탔던 선원을 가리키고 있었다네. 나는 담배쌈지에 있던 머리글자 〈P. C.〉가 우연의 일치라고 확신했지. 캐리는 담배도 거의 피지 않고, 선실에서 파이프도 발견되지 않았으니 피터 캐리가 아니야. 내가 위스키와 브랜디가 선실에 있냐고 물어본 걸 기억할 걸세. 자네는 있다고 했네. 다른 술이 있는데도 럼주를 택할 육지사람이 얼마나 될까? 그렇지, 나는 뱃사람이라고 확신했다네."

"그러면 이 남자는 어떻게 찾아내셨습니까?"

"이보게, 문제는 아주 간단해졌어. 그가 만약 뱃사람이라면 시유니콘 호에 탔던 선원이 틀림없지. 내가 아는 한 피터 캐리는 다른 배를 탄 적이 없으니까. 사흘 동안 던디에 전보를 보낸 결과, 1883년도 시 유니콘 호 승무원 명부를 확인할 수 있었네. 작살잡이 중에서 패트릭 케언즈를 찾아내고 나니, 조사는 거의 막바지에 다다랐지. 나는 그 남자가 아마도 런던에 있을 것이고, 한동안 이 나라를 떠나고 싶어 하리라 생각했다네. 그래서 이스트 엔드에서 며칠을 보내며 북극 탐사대를 꾸며냈고, 바질 선장 밑에서 일할 작살잡이를 구한다는 솔깃한 제안을 내놓았지. 그래서 결과가 이렇게 된 걸세!"

"대단합니다!"

홉킨스가 소리쳤다.

"정말 대단해요!"

"넬리건 청년을 최대한 빨리 풀어줘야 하네."

홈즈가 말했다.

"자네가 그 청년에게 사과해야할 거야. 그 양철상자는 그에게 돌아가겠지. 물론 피터 캐리가 팔아버린 증권은 영원히 되찾을 수 없을 걸세. 저기 마차가 있으니 용의자를 데려가 주게. 증언이 필요해서 나를 찾는다면, 왓슨과 내 주소는 노르웨이 어디쯤이 될 걸세. 상세한 주소는 나중에 보내주지."

찰스 오거스터스 밀버튼

내가 이제 이야기하려는 사건은 몇 해 전에 일어났지만, 아직도 언급하기가 망설여진다. 오랜 세월 동안 아무리 신중하고 조심한다 해도 그 사실을 대중에 발표한다는 것은 불가능한 일이었는데, 지금은 사건과 관련된 주요 인물이 인간의 법이 미치지 않는 곳에 있기 때문에, 적당한 제한을 두기만 하면 아무에게도 피해를 주는 일 없이 이야기를 할 수 있을 것이다. 그 사건은 셜록 홈즈와 나 자신의 생애에 더없이 독특한 경험으로 남아있다. 날짜라던가 실제 사건을 알아낼 수 있는 다른 사실을 비밀로 해도 독자 여러분께서는 양해하시길 바란다.

홈즈와 나는 저녁 산책을 마치고 돌아왔다. 매섭게 추웠던 어느 겨울 저녁 여섯 시경이었다. 홈즈가 램프를 켜니 탁자 위에 명함이 한 장 보였다. 그는 대강 훑어보더니 혐오스럽다는 듯 바닥에 내던져 버렸다. 내가 주워서 읽어보니 다음과 같이 적혀있었다.

중개인
찰스 오거스터스 밀버튼
햄스테드
애플도어 타워스

"누군가?"

내가 물었다.

"런던에서 제일 나쁜 인간일세."

홈즈는 이렇게 대답하며, 자리에 앉아 다리를 벽난로 쪽으로
뻗었다.

"명함 뒷면에 뭐가 적혀있나?"

나는 뒤집어보았다.

"6시 30분에 방문하겠음. - C. A. M"

내가 읽었다.

"흠! 올 시간이 되었군. 왓슨, 자네는 뭔가 스멀스멀 기어 다닌
다든가, 오그라드는 감각을 느낀 적 있나? 동물원에 있는 뱀 앞에
서서, 그 반들반들하고 미끌미끌하며 독을 품고 있는 생물이, 사악
하고 납작한 얼굴에 맹렬한 눈을 번득이는 걸 보았을 때 느낌 말일
세. 밀버튼을 보면 그런 인상이 떠오르네. 지금까지 오십 명의 살인
자를 상대해야 했지만, 그중에 가장 나쁜 자도 이 녀석만큼 혐오감
을 주지 않았지. 그런데 어쩔 수 없이 이자와 거래해야만 하는 상
황이 되었네. 실은 내 초대를 받고 오는 거야."

"그런데 이 사람이 누군데?"

"말해주지. 왓슨, 그는 협박범 중의 제왕이네. 어떤 사람이든,
여자라면 말할 것도 없고, 밀버튼의 손에 비밀과 명예가 좌우되는
날에는 하늘의 도움만 바랄 수밖에! 미소 띤 얼굴과 대리석처럼 차
가운 심장을 가지고 말라비틀어질 때까지 사람을 쥐어짜고 또 쥐
어짠다네. 이 녀석은 그 방면에 천재적이라 좀 더 괜찮은 직업을

택했더라면 명성을 얻었을 걸세. 그 방법은 이렇지. 부와 지위가 있는 사람을 위태롭게 할 편지를 아주 비싼 금액으로 사들인다는 소문을 퍼뜨리는 거야. 그에게 이런 물건을 가져오는 사람은, 주인을 배반한 시종이나 하녀들뿐만아니라 의심할 줄 모르는 여인들의 애정과 신뢰를 얻어낸 상류사회 악당 녀석도 종종 있다네. 그는 인색하게 거래하지 않아. 내가 아는 바로는, 어떤 하인에게 단 두 줄짜리 편지를 7백 파운드를 주고 샀고, 그 결과 한 귀족 가문을 파멸하게 만들었어. 이 거래에 나오는 모든 물건은 밀버튼에게 가게 되고, 그의 이름만 들어도 안색이 창백해지는 사람이 이 거대한 도시에 수백 명은 되는 걸세. 언제 그의 마수가 뻗칠 지는 아무도 몰라. 왜냐하면 그는 생활이 궁핍한 것과는 거리가 먼 부자인데다가 교활하기까지 하거든. 카드를 몇 년이고 손에 쥐고 있다가 판돈이 제일 높은 순간에 내놓는다네. 나는 그가 런던에서 가장 나쁜 인간이라고 말했는데, 발끈해서 동료를 때린 불량배와 이미 꽉 차 있는 돈지갑을 더 채우기 위해 체계적으로 방법을 세워 천천히 사람의 영혼을 고문하고 신경을 쥐어짜는 인간을 어떻게 비교할 수 있겠나?"

홈즈가 이렇게 강렬한 감정을 가지고 말하는 일은 드물었다.

"하지만,"

내가 말했다.

"그런 녀석이라면 분명히 법의 힘으로 잡을 수 있을 텐데?"

"물론 이론적으론 그렇지만 실제는 아니야. 예를 들어, 어떤 여인이 그자를 몇 달 동안 감옥에 집어넣는다고 해서 무슨 이득이 있겠는가? 그다음엔 곧장 자신의 인생이 파멸될 텐데 말이야. 피해자들은 감히 반격할 수가 없네. 만약 그자가 결백한 사람을 협박한다면 그땐 정말 잡을 수 있겠지만, 그는 악마처럼 교활한 자야. 아니, 아니지. 우리는 그자에 맞설 다른 방법을 찾아내야만 하네."

"그러면 왜 그자가 여기에?"

"어느 저명한 의뢰인이 내게 애처로운 사건을 맡겼기 때문일세. 지난 시즌 사교계에서 가장 아름다운 여성으로 데뷔한 에바 블랙웰이네. 2주 후에 도버코트 백작과 결혼이 예정되어 있지. 이 마귀 같은 녀석이 그녀가 시골의 가난한 젊은 지주에게 보낸 경솔한 편지를 몇 통 손에 넣었어. 왓슨, 경솔한 것일 뿐 그 이상은 아니라네. 그래도 혼사를 깨뜨리기엔 충분하지. 밀버튼은 많은 액수의 돈을 자기에게 지불하지 않으면 백작에게 편지를 보낸다고 했네. 나는 그를 만나 되도록 최선의 합의를 해 달라는 부탁을 받았지."

바로 그때 아래쪽 거리에서 덜거덕 소리가 요란스럽게 들려왔다. 내려다보니 위엄 있는 쌍두마차가 보였고, 환한 마차 등이 밤색 말의 번들거리는 엉덩이를 비추고 있었다. 하인이 문을 열어 주자, 작고 땅딸막한 남자가 털이 많은 아스트라한* 오버코트를 걸치고 나타났다. 일 분 뒤에 그는 방 안에 들어왔다.

찰스 오거스터스 밀버튼은 오십 대의 남자로, 크고 지적인 머리를 가졌고, 살찐 얼굴은 둥글고 수염이 없었으며, 항상 차가운 미소를 띠고 있었다. 커다란 금테 안경 뒤에서는 날카로운 회색 눈이 밝

---

* astrakhan : 러시아 아스트라한 지방에서 많이 산출되는 어린 양의 모피.

게 번득이고 있었다. 그의 겉모습은 인자한 피크위크* 씨와 비슷했는데, 새겨 놓은 듯한 위선적인 미소와 끊임없이 살피는 날카로운 눈빛 때문에 달라보였다. 그는 다가와, 작고 살찐 손을 내밀며 처음 찾아왔을 때는 유감스럽게도 만나지 못했다며 낮은 소리로 중얼거렸다. 그의 목소리는 생김새만큼 부드럽고 온화했다. 홈즈는 내민 손을 무시하고 화강암처럼 굳은 표정으로 그를 쳐다보았다. 밀버튼은 크게 미소지어보이더니 어깨를 으쓱이고는, 오버코트를 벗어 신중하게 접어서 의자 등받이에 걸친 후 자리에 앉았다.

"이 신사 분은?"

그는 내가 있는 쪽을 가리키며 말했다.

"신중한 분이시겠지? 그렇지요?"

"왓슨 선생은 내 친구이자 동료요."

"좋습니다. 홈즈 씨. 당신의 의뢰인을 위해서 물어본 것뿐이지요. 아주 예민한 일인지라 —."

"왓슨 선생도 이미 알고 있습니다."

"그럼 사업 얘길 진행해도 되겠군요. 에바 양을 대신한다고 하셨소. 내 조건을 받아들일 권한도 위임 받은 겁니까?"

"조건이 뭡니까?"

"7천 파운드."

"받아들이지 않는다면?"

"이보시오. 나로서는 이야기하기가 괴롭긴 하지만, 만약 14일까

---

* Pickwick : Dickens의 Pickwick Paper에 나오는 주인공. 착하고 익살스런 노인이다.

지 돈을 지불하지 않으면 18일 결혼식은 절대 없을 겁니다."

그의 밉살스런 미소가 더욱 커졌다. 홈즈는 잠시 생각에 잠겼다.

"내가 보기엔,"

이윽고 홈즈가 입을 열었다.

"당신이 그 문제를 너무 단정적으로 생각하는 것 같군요. 물론 나는 그 편지의 내용에 대해 잘 알고 있지요. 내 고객은 분명 내가 조언하는 대로 할 겁니다. 나는 장래 남편의 관대함을 믿고 모든 얘기를 털어놓으라고 얘기할 거요."

밀버튼은 낄낄대고 웃으며 말했다.

"백작을 잘 모르시는구려."

홈즈의 얼굴에 당황한 빛이 떠오른 것으로 보니, 잘 알고 있음이 분명했다.

"그 편지가 무슨 해를 끼치겠습니까?"

그가 물었다.

"편지는 활기가 넘치죠, 아주 활기가 있어요."

밀버튼이 대답했다.

"그 숙녀분은 편지를 매력적으로 썼지요. 하지만 내가 보증하는데, 도버코트 백작은 그렇게 생각하지 않을 겁니다. 어쨌든, 당신의 의견이 다르다면, 여기서 그만 둡시다. 이건 순전히 사업 문제이니까. 이 편지를 백작의 손에 갖다 주는 것이 당신 고객을 위한 최선의 방법이라면, 그걸 되찾는 데 그토록 많은 돈을 쓰는 건 정말 바보짓이라 생각할 테니 말이오."

그는 일어나 아스트라한 코트를 집었다. 홈즈는 분노와 치욕에 안색이 잿빛이 되었다.

"잠깐만."

홈즈가 말했다.

"너무 일찍 가려 하는군요. 이런 예민한 문제에서는 스캔들을 막기 위해 모든 노력을 기울여야 하지요."

밀버튼은 의자에 다시 앉았다.

"당신이 그 점을 파악하리라 믿고 있었소."

그는 만족스럽게 말했다.

"그렇긴 하지만,"

홈즈가 말을 이었다.

"에바 양은 부자가 아닙니다. 재산을 통 털어도 2천 파운드밖에 되지 않으니 당신이 부른 액수는 그녀에게 너무 벅찬 겁니다. 그러니, 요구하는 액수를 낮춰서 내가 제시한 그 가격에 편지를 돌려주길 부탁드리죠. 확실하게 말하는데, 그게 당신이 받을 수 있는 최고 금액인 거요."

밀버튼은 크게 웃으며 익살스럽게 눈을 반짝였다.

"그 숙녀분의 재산에 대해선 당신 말이 맞는다는 걸 잘 알고 있지요."

그가 말했다.

"그런데, 숙녀분의 결혼이란 그녀의 친구나 친척이 어느 정도 도움을 줄 수 있는 아주 적당한 기회라는 걸 알아야 합니다. 마땅한 결혼 선물이 무얼까 결정을 못하고 있을 겁니다. 그런 사람들에게 이 작은 편지 다발이 런던의 다른 어떤 큰 촛대나 식탁용 버터 접시보다도 큰 기쁨이 될 거란 것을 알려 주고 싶군요."

"그건 불가능합니다."

홈즈가 말했다.

"이런, 이런, 이렇게 유감스러울 데가!"

밀버튼이 이렇게 말하며 커다란 수첩을 꺼내들었다.

"숙녀분들이 아무런 노력도 하지 말라는 잘못된 조언을 받게 될 것 같습니다. 이걸 보시오!"

그는 수첩을 열고 봉투에 문장이 찍힌 작은 편지를 꺼냈다.

"이 편지의 주인은……. 음, 내일 아침까지는 이름을 밝히면 안 되겠군요. 하지만 그때쯤에 이건 그 여성분의 남편 손에 들어갈 겁니다. 이 모든 건 그 여성분이 가지고 있는 다이아몬드를 모조품 으로 바꾸면 되는 하찮은 금액을 주지 않았기 때문이지요. 이렇게 불쌍할 데가! 자, 지체 높은 마일즈 양과 도킹 대령 사이의 약혼 이 갑자기 파혼된 걸 기억하시오? 결혼식 이틀 전, 모닝 포스트지 에 모두 취소되었다는 짧은 기사가 실렸지요. 이유는? 믿어지지 않 겠지만, 천이백 파운드라는 터무니없이 작은 돈 때문이었소. 불쌍 하지 않습니까? 그런데 당신 같이 식견 있는 분이 의뢰인의 미래와 명예가 위태로운 상황에서, 요구 조건에 난색을 표하다니요. 놀랍 습니다, 홈즈 씨."

"내가 말한 건 사실입니다."

홈즈가 대답했다.

"그만한 돈은 없어요. 이 여인의 일생을 망치는 것보다 내가 제시하는 돈을 받는 것이 훨씬 실속 있는 일이 될 겁니다. 폭로해 봐야 무슨 이익이 있습니까?"

"그건 잘못된 생각이오, 홈즈 씨. 폭로하는 건 내게 간접적으로 굉장한 이익이 되지요. 이와 비슷한 사건이 여덟에서 열 개 정도 무르익고 있습니다. 에바 양을 통해 호된 본보기를 보여주면 그들 사이에 소문이 돌게 될 거고, 그러면 훨씬 더 분별력이 생기겠지요. 내 말을 아시겠소?"

홈즈는 의자에서 벌떡 일어났다.

"뒤로 가게, 왓슨! 나가지 못하게 해! 자, 그 수첩의 내용을 보여주시지."

밀버튼은 생쥐처럼 재빠르게 방 한쪽 편으로 가서 섰다. 등은 벽을 기대고 있었다.

"이런, 이런, 홈즈 씨."

그는 상의 앞쪽을 들어 올리고 안주머니에 꽂혀있는 커다란 권총의 개머리판을 보여줬다.

"당신에게는 뭔가 특별한 걸 기대했는데 말이오. 이렇게 흔해빠진 수법으로 무엇을 기대하는 거요? 나는 빈틈없이 무장하고 있고, 법도 내 편이라는 걸 알고 있으니 언제든 무기를 쓸 수 있소. 게다가 내가 그 편지를 수첩에 넣어서 가져왔다고 생각한다면, 그건 정말 잘못 짚은 거요. 나는 그런 바보짓을 하지 않소. 자, 이제 신사분들. 오늘 저녁에는 만날 사람이 한두 명 있기도 하고, 햄스테드까지 먼 거리이기 때문에, 이만."

그는 앞으로 걸어 나와 코트를 집어든 후, 권총에 손에 얹은 채

문 쪽으로 돌아섰다. 나는 의자를 집어 들었지만, 홈즈가 고개를 저었기에 다시 내려놓았다. 밀버튼은 웃으며 인사하고, 눈을 깜빡이더니 방을 나갔다. 잠시 뒤에 마차 문을 쾅 닫는 소리가 들렸고, 덜컹대는 바퀴 소리와 함께 떠나가 버렸다.

홈즈는 벽난로 가에 앉아 손을 바지 주머니에 깊숙이 넣고, 고개를 푹 숙인 채로 타오르는 불꽃을 응시하며 꼼짝도 하지 않았다. 움직임도 아무 말도 없이 반시간 동안 그 상태로 있었다. 그러더니, 무언가 결심을 한 사람처럼 벌떡 일어나 그의 침실로 들어갔다. 얼마 지나지 않아 염소수염을 한 멋쟁이 젊은 노동자가 뽐내며 걸어 나왔고, 거리로 내려가기 전에 점토로 만든 파이프를 램프에 대고 불을 붙였다.

"좀 이따가 돌아오겠네, 왓슨."

그는 이렇게 말하고 밤의 어둠 속으로 사라졌다. 그가 찰스 오거스터스 밀버튼에 대항하는 전쟁을 시작한 건 알았지만, 그 전쟁이 이토록 이상한 형태로 진행될 줄은 꿈에도 생각하지 못했다.

며칠 동안 홈즈는 항상 그런 복장으로 나갔다 들어왔다 했는데, 햄스테드에서 시간을 보내고 있으며 헛수고를 하는 건 아니라는 한 마디밖에 없어서, 나는 그가 무얼 하는지 전혀 알지 못했다. 그런데 거칠고 사나운 폭풍우가 치던 저녁, 바람이 비명을 지르고 창문을 흔들어대는 때에 마침내 홈즈가 마지막 원정을 마치고 돌아오더니, 변장을 벗어던지고 난로 앞에 앉아, 조용하고 낮은 목소리로 한참을 웃어 댔다.

"왓슨, 자네는 내가 결혼할 사람이라고 생각하지 않겠지?"

"그야 물론이지."

"내가 약혼했다는 얘기를 하면 자네 흥미를 끌겠군."

"이보게! 그건 축하를 ―."

"상대는 밀버튼의 하녀라네."

"세상에, 홈즈!"

"나는 정보가 필요했네, 왓슨."

"너무 지나친 것 아닐까?"

"꼭 필요한 방법이었어. 나는 유망한 기업에서 일하는 배관공으로, 이름은 에스코트라네. 그녀와 매일 저녁 산책을 하며 대화를 나눴지. 세상에, 얼마나 수다를 떨었는지! 어쨌든, 원하는 모든 걸 얻어냈네. 밀버튼의 집은 내 손바닥만큼이나 잘 알게 되었지."

"하지만 홈즈, 그 여자는?"

"그는 어깨를 으쓱해보였다."

"이보게 왓슨, 어쩔 수가 없었네. 탁자 위에 그만한 판돈이 있을 때는 최선을 다해 카드를 칠 수 밖에 없다네. 하지만 내가 등을 보이기만 하면 그 즉시 나를 제거하려고 달려들 지독한 경쟁자가 있다는 건 즐거운 일이지. 정말 멋진 밤이로군!"

"이런 날씨를 좋아하나?"

"내 의도에 딱 맞는 날씨야. 왓슨, 오늘밤 밀버튼의 집을 털러갈 걸세."

확고한 결심이 담긴 목소리로 천천히 말하는 걸 듣자, 나는 숨이 막혔고 내 피부에는 소름이 돋았다. 한밤중에 치는 번개 불빛이 순식간에 자연의 풍경을 세밀한 곳까지 모두 비추듯이, 그러한 행동이 가져올 결과가 모두 한눈에 보이는 것 같았다. 발각되고, 붙잡히고, 영예로운 경력이 돌이킬 수 없는 실패와 치욕으로 끝난 뒤, 가증스런 밀버튼의 처분 아래 내 친구가 놓인 모습 등이었다.

"홈즈, 제발 자네가 무슨 일을 하려는지 다시 생각해 보게."

내가 소리쳤다.

"이보게, 친구. 모든 걸 고려해보고 결정한 걸세. 나는 결코 무턱대고 행동하지 않아. 다른 방법이 있다면 이렇게 힘들고 정말 위험한 일을 택하진 않았을 거야. 이 행동이 법적으로는 범죄이지만 도덕적으로는 정당하다는 걸 자네도 인정할 걸세. 그의 집에 침입하는 건 그의 수첩을 강제로 빼앗기 위해서일 뿐이네. 자네가 나를 도우려고 했던 바로 그 행동인거야."

나는 곰곰이 생각해보았다.

"그래."

내가 말했다.

"우리의 목표가 다른 물건이 아닌, 불법적인 목적에 사용될 물건에 한정된다면 도덕적으로 정당한 일이지."

"바로 그걸세. 도덕적으론 정당하기 때문에, 개인적인 위험만 고려하면 되는 거야. 한 여인이 절박하게 도움을 바라는 상황인데, 신사라면 그런 걸 너무 따져선 안 되는 것이 아니겠나?"

"자네는 불법을 저지르는 입장이 되는 걸세."

"음, 그것이 위험의 일부지. 이 편지를 되찾으려면 다른 방법이 없네. 그 불행한 여인은 돈도 없고, 친척 중엔 믿고 털어놓을 수 있는 사람도 없어. 오늘이 기한의 마지막 날이고, 우리가 오늘 밤 편지를 손에 넣지 못한다면, 그 악당은 자신의 말대로 할 거고 그녀는 파멸하고 말 걸세. 그러니, 나는 내 의뢰인이 자신의 운명을 맞이하도록 내버려두던가, 아니면 이 마지막 카드를 사용해야만 하네. 자네니까 하는 말이지만, 왓슨, 이건 밀버튼이란 녀석과 나의 위험한 결투이기도 하네. 자네도 보았듯이, 첫 번째 싸움에선 그가 이겼으니, 내 자존심과 명성을 걸고 끝까지 싸울 수밖에."

"글쎄, 마음에 들진 않아도 해야만 하겠군."

내가 말했다.

"언제 출발하나?"

"자네는 안 가네."

"그러면 자네도 못가지."

내가 말했다.

"자네가 이 모험에 나를 두고 간다면, 맹세코 나는 마차를 타고 경찰서로 곧장 달려가 고발할 걸세. 평생 이 맹세는 깨뜨리지 않네."

"자네는 도울 일이 없어."

"그걸 자네가 어떻게 아는가? 무슨 일이 생길지 모르지 않는가. 어쨌든 나는 결심했네. 자존심은 자네만 있는 게 아니야. 명성도 마찬가지고."

홈즈는 난처한 듯 보였지만, 곧 인상을 펴고 내 어깨를 툭 쳤다.

"그래, 그래, 이 친구야. 그렇게 하세. 우리는 몇 년 동안 한 방에서 지내왔으니, 같은 감방을 쓰는 결말이 와도 즐거운 일이 될 걸세. 왓슨, 자네니까 고백하는 말이지만, 항상 나는 아주 유능한 범죄자가 될 수도 있겠다는 생각을 해왔네. 내 생애 처음으로 그쪽 방면으로 가보는 기회가 온 거야. 이걸 보게!"

그는 서랍에서 잘 정리된 작은 가죽 케이스를 꺼내, 수많은 번쩍이는 기구들을 펼쳐보였다.

"이건 최고급, 최신 도둑질 도구라네. 니켈 도금 쇠지레, 다이아몬드를 붙인 유리 절단기, 만능열쇠, 그리고 문명의 발달에 맞게 현대적으로 개량된 도구들이 있네. 여기 이건 내가 만든 차광식 각등이지. 모든 것이 준비되어 있어. 소리가 안 나는 신발이 있나?"

"고무로 밑창을 댄 테니스화가 있네."

"잘됐군! 복면은?"

"검은 비단으로 두 개 만들 수 있어."

"자네는 이 방면에 천성적으로 소질이 있는 것 같군. 아주 좋아, 자네는 마스크를 만들게. 출발하기 전에 저녁을 조금 먹어야겠네. 지금 9시 반이군. 11시에 마차를 타고 처치 거리까지 가세. 거기서 애플도어 타워스까지는 걸어서 15분 거리야. 자정 전에는 일에 착수할 수 있을 걸세. 밀버튼은 깊게 잠에 드는 사람이고, 어김없이 10시 반이면 자러 간다네. 운이 좋으면 에바 양의 편지를 주머니에 넣고 2시에는 돌아올 수 있을 거야."

홈즈와 나는 극장에 갔다가 돌아오는 사람들처럼 보이기 위해 예복을 입었다. 옥스퍼드 가에서 이륜마차를 타고 햄스테드 어디쯤까지 갔다. 마차 요금을 지불하고 내린 우리는, 매섭게 추운 날씨에 온몸을 관통하는 듯한 바람이 불었기에 코트 단추를 끝까지 채우고 히스 관목을 따라서 걸었다.

"이건 세심한 주의가 필요한 일이야."

홈즈가 말했다.

"문서는 그녀석의 서재에 있는 금고에 들어있는데, 그 서재는 침실과 통해있는 옆방이거든. 그런데, 작고 땅딸막하면서 잘 사는 사람들이 모두 그렇듯이 수면 과다증이야. 애거서, 내 약혼자 이름인데, 그녀가 말하기를, 하인들 사이에선 주인을 도무지 잠에서 깨울 수가 없다는 농담이 있더군. 밀버튼은 그에게 충성스런 비서가 한 명 있는데, 하루 종일 서재에서 움직이질 않는다네. 우리가 밤에 가는 이유가 그 때문일세. 그리고 정원을 돌아다니고 있는 사나운 개가 한 마리 있어. 지난 이틀 동안 늦은 시간에 애거서를 만났는데, 그녀는 내가 잘 달아날 수 있도록 그 짐승을 가둬놓았지. 여기가 그 집이야. 마당이 있는 큰 집이지. 정문을 통과하면 오른 쪽에 있는 월계수 나무 사이로 가세. 내 생각엔 여기서 복면을 쓰는 게 좋겠군. 보게, 어느 창문에도 불빛이 보이지 않아. 모든 것이 잘 되어가고 있어."

우리는 검은 비단으로 얼굴을 가리고 런던에서 가장 위험한 2인조 일당이 되어 조용하고 어둑한 집으로 슬며시 다가갔다. 한쪽 편에는 타일을 붙인 베란다 같은 것이 나와 있었고 몇 개의 창문과 문 두 개가 이어져 있었다.

"저기가 그 자의 침실일세."

홈즈가 속삭였다.

"이 문은 서재까지 곧장 이어지네. 이쪽으로 가면 가장 좋지만, 잠근 다음 빗장까지 걸어놓아서 우리가 들어가려면 꽤 큰 소리를 내야만 하지. 이리 돌아가세. 응접실로 통하는 온실이 있네."

그곳은 잠겨있었지만, 홈즈가 유리를 둥글게 잘라내고 안에 있는 열쇠를 돌려 열었다. 들어가자마자 그는 문을 닫았고, 이렇게 우리는 법의 눈으로 볼 때 범죄자가 되었다. 온실의 따뜻하고 탁한 공기와 외래종 식물의 진하고 숨이 막힐 듯한 향기가 우리의 목을 죄었다. 어둠 속에서 그는 내 손을 잡고 재빠르게 낮은 관목 사이를 지나갔는데, 내 얼굴에는 나무 가지가 스쳤다. 홈즈는 신중한 훈련으로 어둠 속에서도 볼 수 있는 놀라운 능력을 가지고 있었다. 한 손으로는 여전히 내 손을 잡은 채 그는 문을 하나 열었고, 나는 큰 방에 들어섰다는 것을 어렴풋이 느낄 수 있었다. 그 방에서는 피운지 얼마 되지 않은 시가 냄새가 나고 있었다. 그는 가구 사이를 빠져나가 또 다른 문을 열었고, 우리는 그 안으로 들어간 뒤 문을 닫았다. 손을 내밀어보니 코트 몇 벌이 벽에 걸려있는 것이 느껴져서 내가 지금 복도에 있다는 걸 알았다. 복도를 따라가다가 홈즈는 오른 쪽 문을 조심스럽게 열었다. 무언가가 우리 앞으로 달려드는 바람에 심장이 털썩 내려앉을 만큼 놀랐는데, 그게 고양이라는 걸 알고는 웃음이 터져 나올 것만 같았다. 그 방에는 난로가 타고 있었고 담배 연기가 역시 자욱했다. 홈즈는 발끝으로 걸어 들어가서, 내가 따라오기를 기다렸다가 매우 조심스럽게 문을 닫았다. 이곳이 밀버튼의 서재이고, 저 앞 쪽에 보이는 가림막이 그의 침실로 통하는 입구였다.

난롯불이 잘 타고 있어서 방 안은 환했다. 문 가까이에 전기 스위치가 반짝이는 걸 보았지만, 전등을 켜도 안전하다 할지라도, 그럴 필요가 없었다. 벽난로 옆에는 두터운 커튼이 드리워져 있었는데, 우리가 밖에서 보았던 내닫이창을 가리고 있었다. 다른 쪽에는 베란다로 통하는 문이 있었다. 한가운데에는 책상이 붉은 가죽이 번들거리는 회전의자와 같이 놓여 있었다. 반대편에는 커다란 책장이 있었고 그 위에는 대리석으로 만든 아테네 흉상이 있었다. 책장과 벽 사이 구석에는 키가 큰 녹색 금고가 서 있었는데 벽난로의 불빛을 받아 잘 닦인 황동 손잡이가 반짝였다. 홈즈는 슬며시 다가가 금고를 살폈다. 그리고는 침대 문까지 살금살금 다가가 머리를 기울이고 집중해서 소리를 들었다. 그 안에선 아무 소리도 나지 않았다. 그러다보니 도망치려면 바깥으로 나가는 문을 확보하는 것이 현명하다는 생각이 들어, 베란다 문을 살펴보았다. 놀랍게도, 잠겨있지도 빗장이 걸려있지도 않았다. 내가 홈즈의 팔을 툭 쳐서 알리자, 복면을 쓴 홈즈의 얼굴이 그쪽으로 향했다. 그는 흠칫했는데, 나만큼이나 놀랐음이 틀림없었다.

"좋지 않아."

그는 내 귀에 입술을 바짝 대고 속삭였다.

"도무지 이해할 수가 없군. 어쨌든, 낭비할 시간이 없어."

"내가 할 일은?"

"문 옆에 서 있게. 누군가 오는 소리가 들리면 안에서 빗장을 걸어. 그러면 우리가 들어온 곳으로 도망갈 수 있지. 사람들이 다른 쪽에서 들어온다면, 만약 우리 일이 끝났을 경우엔 문으로 도망가고, 아니라면 이 창문 커튼 뒤에 숨기로 하세. 알겠지?"

나는 고개를 끄덕이고 문 옆에 섰다. 처음 느꼈던 두려운 감정은 사라지고, 법의 파괴자가 아닌 수호자였을 때 느꼈던 기쁨보다 더욱 짜릿한 전율이 느껴졌다. 고귀한 우리의 임무, 기사도 정신과 이타심이라는 의식, 야비한 성격의 적수, 이 모든 것이 그날 모험의 흥미를 더해주었다. 죄의식은 멀리 사라졌고, 위험스런 상황 속에서 즐거움과 기쁨만이 있었다. 나는 감탄스런 눈빛으로, 홈즈가 도구 케이스를 열고 섬세한 수술을 하는 외과의사의 침착함과 과학적 정확성으로 도구를 선택하는 모습을 지켜보았다. 나는 금고문을 여는 것이 그의 특별한 취미라는 것을 알고 있었기에, 많은 아름다운 여인의 명성을 뱃속에 담은 녹색과 금색의 괴물, 그 용에 대적하는 것이 그에겐 즐거움이란 것을 이해하고 있었다. 예복 소매를 걷어 올리고 오버코트를 의자에 걸친 다음, 홈즈는 드릴 두 개, 쇠지레, 곁쇠* 몇 개를 늘어놓았다. 나는 가운데 문 앞에서 서서 비상사태에 대비해 양쪽을 번갈아 지켜보았다. 하지만 정작 누군가 나타났을 때 어떻게 해야 할지는 막연했다. 30분 동안 홈즈는 에너지를 집중해서 작업을 했다. 도구 하나를 내려놓고, 다른 걸 집고 하면서, 숙련된 기계공의 섬세한 손길로 도구를 다뤘다. 마침내 찰칵 소리가 들리고 커다란 녹색 문이 열렸다. 안을 흘끗 보니 수많은 서류 다발이 있었는데 각각 끈으로 묶고 봉인을 해서 내용을 써놓았다. 홈즈는 하나를 꺼냈지만 흔들리는 난로 불빛에 읽을 수가 없어서 작은 차광식 각등을 꺼냈다. 밀버튼이 옆방에 있었기 때문에 전등 스위치를 켜는 것은 너무 위험했다. 그런데 그는 갑자기 동작을 멈추고 신중하게 귀를 기울이고 있더니, 긴박하게 금고문을

---

*   여러 자물쇠에 맞는 열쇠.

닫은 후 코트를 집어 들었다. 그리고는 도구들을 주머니에 챙겨 넣고, 창문 커튼 뒤로 쏜살같이 몸을 숨기며 나에게도 그렇게 하라고 손짓했다.

홈즈와 같이 숨은 후에야 나는 그의 민감한 감각을 깨운 소리를 들을 수 있었다. 집 안 어디선가 소리가 들려왔다. 멀리서 문이 쾅 소리를 내며 닫혔다. 흐릿하고 분명하지 않은 중얼거림이 들려오더니 무거운 발걸음이 규칙적인 쿵쿵 소리로 바뀌었고, 그 소리는 빠르게 다가왔다. 발소리는 방 바깥의 복도에서 들렸다. 그리고 문 밖에서 멈췄다. 문이 열렸다. 전등 스위치를 켜는 날카로운 딸깍 소리가 났다. 문이 다시 닫히고, 독한 시가의 매운 연기가 코를 찔렀다. 우리가 있는 곳에서 불과 몇 야드 앞에서 발소리가 앞으로 갔다가 뒤로 갔다, 앞으로 갔다 뒤로 갔다를 계속 반복했다. 이윽고 의자가 삐걱대는 소리가 나더니 발소리가 멈췄다. 그리고는 열쇠로 자물쇠를 여는 소리, 종이가 바스락거리는 소리가 났다.

그때까지 감히 내다보지 못했던 나는, 이제야 앞에 있는 커튼 사이를 조심스럽게 벌려 밖을 엿보았다. 홈즈의 어깨가 내 쪽에 닿는 것으로 보아 그 역시 같이 내다보고 있다는 걸 알았다. 우리 오른쪽, 거의 손이 닿을 만한 위치에 밀버튼의 넓고 둥근 등이 보였다. 그의 움직임을 잘못 계산한 것이 틀림없었다. 그는 결코 침실에 있던 것이 아니라, 우리가 살펴보지 않았던 창문, 집의 뒤편 건물에 있는 흡연실이나 당구장에 앉아있다 온 것이다. 반백이 된 그의 커다란 머리가, 머리 윗부분은 벗겨져서 반짝이는 그의 머리가 바로 우리 눈앞에 있었다. 그는 붉은 가죽의자에 몸을 파묻고 다리는 앞으로 뻗었는데, 입에는 길고 검은 색 시가를 비스듬히 물고 있었다. 그는 검은 벨벳 칼라가 달린 군복 형태의 자줏빛 실내복을 입고 있었다. 손에는 기다란 법률서류를 들고 느긋하게 읽으며, 입으로는 담배 연기로 고리를 만들어 뿜어대고 있었다. 침착한 태도와 편안한 자세를 볼 때 빨리 떠날 기미는 보이지 않았다.

홈즈는 슬며시 내 손을 잡고 안심시키듯 흔들었다. 상황을 잘 파악하고 있으니 마음을 편안히 가지라고 말하는 것 같았다. 내가 있는 자리에선 금고문이 완전히 닫히지 않은 것이 확연하게 보이는데, 홈즈도 알고 있는 건지 걱정이 되었다. 밀버튼이 언제라도 그걸 볼 수 있기 때문이다. 나는 그의 눈길을 살피다가 금고를 보는 것이 확실해지면, 즉시 뛰어나가 내 커다란 코트로 그의 머리를 덮고 단단히 붙들어 맨 후, 그 다음은 홈즈에게 맡기겠다고 마음속으로 결심했다. 그런데 밀버튼은 전혀 고개를 들지 않았다. 그는 손에 든 서류에 흥미가 없는 듯 변론문을 한 장 한 장 넘기고 있었다. 적어도 문서를 다 읽고 시가를 다 피우고 나면 침대로 갈 것이라 나는 생각했지만, 그가 어느 쪽도 끝내기 전에 생각지도 못한 사태가 일어나 우리들의 생각은 완전히 다른 방향으로 바뀌게 되었다.

내가 바라보고 있는 동안 밀버튼은 시계를 몇 번씩 보았고 한 번은 조바심이 나는 듯 일어났다 앉기도 했다. 그러나 베란다 밖에서부터 희미한 소리가 들리기 전까지는 그렇듯 이상한 시간에 약속이 있으리란 생각은 떠오르지 않았다. 밀버튼은 서류를 내려놓고 자세를 고쳐 앉았다. 소리가 다시 반복되었고, 그 다음엔 문에서 부드럽게 두드리는 소리가 들렸다. 밀버튼은 일어나 문을 열었다.

"음,"

그가 퉁명스럽게 말했다.

"거의 삼십 분이나 늦었군."

이것으로 문이 잠겨있지 않았던 것과 밀버튼이 밤늦게까지 깨어있던 이유가 설명되었다. 여인이 드레스자락을 스치며 걷는 소리가 났다. 나는 밀버튼의 얼굴이 우리 쪽을 향했기 때문에 커튼 틈을 닫아 놓았었는데, 이제 다시 위험을 무릅쓰고 조심스럽게 열어보았다. 그는 의자에 다시 앉았고, 여전히 입에는 시가를 거만하게 비스듬히 물고 있었다. 그의 정면에는 눈부신 전등 빛을 한 몸에 받으며 키 크고 가냘픈 여인이 서 있었다. 검은 머리에, 얼굴은 베일로 가렸고, 망토 깃은 턱까지 올라와 있었다. 숨은 가쁘게 몰아쉬었고 격렬한 감정으로 온 몸이 떨리고 있었다.

"자,"

밀버튼이 말했다.

"아가씨 때문에 편안한 밤잠을 망치고 말았어. 그만한 가치가 있으면 좋겠군. 다른 시간에는 올 수 없었어? 그래?"

여인은 고개를 저었다.

"음, 할 수 없다면 할 수 없는 거겠지. 백작 부인이 지독한 여인네라면 이제 똑같이 갚아줄 기회가 생긴 거야. 불쌍하기도 하지. 뭣 때문에 그렇게 떨고 있어? 괜찮아. 기운 내. 자, 이제 사업 얘기로 들어가 볼까."

그는 책상 서랍에서 공책 하나를 꺼냈다.

"아가씨가 달버트 백작부인을 위태롭게 할 편지를 다섯 통 가지고 있다고 했어. 그걸 팔고 싶다고 했고. 나는 사고 싶다고 했지. 거기까지는 좋아. 나머지는 가격을 조정하는 것뿐이야. 나는 물론 그 편지를 검사해봤으면 좋겠군. 그게 진짜 훌륭한 자료라면─. 세 상에, 당신은?"

그 여인은 아무 말 없이 베일을 걷고, 턱까지 올라와 있던 망토 를 내렸다. 밀버튼과 마주 서 있는 여인은 가무잡잡한 피부에 아름 답고 윤곽이 뚜렷한 얼굴을 가지고 있었다. 곡선으로 굽은 코, 굵 고 진한 눈썹, 그 아래에는 강렬하게 빛나는 눈동자, 그리고 굳게 다문 얇은 입술에는 위험스런 미소를 머금고 있었다.

"나다."

그녀가 말했다.

"네가 인생을 파멸시킨 여자."

밀버튼은 웃었지만 그 목소리는 두려움으로 떨렸다.

"당신은 너무 고집을 부렸소."

그가 말했다.

"왜 내가 그런 극단적인 행동을 하게 한 거요? 분명히 말하는 데, 나는 내 스스로 파리 한 마리 해치지 못하는 사람이오. 하지만 남자는 모두 자신의 직업이 있으니, 내가 어찌 하겠소? 나는 당신 재산 범위 안에서 가격을 매겼소. 당신이 돈을 내지 않은 거요."

"그래서 네가 내 남편에게 편지를 보냈구나. 세상에서 가장 고 귀한 신사이고, 나는 그분의 신발끈조차 맬 자격이 없는 사람인데, 그 친절한 가슴에 상처를 입고 돌아가셨다. 그전날 밤, 내가 저 문 으로 들어왔던 걸 기억하겠지. 네게 자비를 베풀어주길 빌고 또 애원했건만, 너는 비웃었지. 지금도 그렇게 웃으려고 애를 써도, 네 겁먹은 가슴으로는 입술이 경련하는 걸 막지 못하는구나. 그래, 나를 여기서 다시 보리라곤 결코 생각하지 못했겠지. 하지만 그날 밤에 나는 너와 직접, 단 둘이 만날 수 있는 방법을 알게 해주었다. 그래, 찰스 밀버튼, 할 말이 있느냐?"

"당신이 나를 위협할 수 있다고 생각하지 마시오."

그는 자리에서 일어서며 말했다.

"나는 그저 소리 지르기만 하면, 하인들을 불러서 당신을 붙잡을 수 있소. 하지만 당신이 화를 내는 것도 자연스런 일이니 내가 관용을 베풀겠소. 지금 당장 들어온 곳으로 나가면, 더 이상 문제 삼지 않으리다."

그 여인은 한 손을 가슴에 넣은 채, 얇은 입술 위에 또다시 위험스런 미소를 떠올렸다.

"내 삶을 망친 것처럼, 더 이상 다른 삶을 망치지 못하게 하겠다. 내 가슴을 고통스럽게 한 것처럼, 더 이상 다른 사람에게 고통을 주지 않게 하겠다. 내가 세상의 독을 없애주겠다. 개 같은 녀석, 이걸 받아라! 이걸! 이걸! 이걸!"

그녀는 작고 반짝이는 리볼버 권총을 꺼내, 바로 앞 2피트 거리에서 밀버튼을 향해 쏘고 또 쐈다. 그는 뒷걸음치더니 곧 탁자 위로 쓰러져 무섭게 기침을 해대며 서류를 움켜쥐었다. 그리고는 비틀거리며 일어났는데, 총을 또 한 번 맞더니 바닥으로 구르며 쓰러졌다.

"네가 나를……."

그는 이렇게 소리 지른 후 조용해졌다. 여인은 그를 뚫어지게 쳐다보다가 위를 향해 있는 그의 얼굴을 신발 뒤꿈치로 밟았다. 그리고 다시 쳐다봤지만 아무런 소리도 움직임도 없었다. 날카로운 바스락 소리가 들리고, 밤공기가 뜨거운 방 안으로 들어왔다. 복수자는 가버렸다.

중간에 나선다 해도 그의 운명을 구할 순 없었겠지만, 그 여인이 뒷걸음치는 밀버튼의 몸에 총알을 쏴댈 때 나는 뛰어나가려고 했다. 그때 내 손목에 홈즈의 차갑고 억센 손이 느껴졌다. 나는 그 강하게 제지하는 손의 의미를 완전히 이해했다. 이건 우리의 일이 아니며, 정의가 악당에게 제재를 가하는 것이었다. 우리에게는 우리의 임무와 목적이 있으며, 그걸 잊지 말자는 것이었다. 여인이 나가자마자 홈즈는 뛰어나와, 재빠르고 조용한 발걸음으로 건너편 문으로 달려갔다. 그는 열쇠를 돌려 문을 잠갔다. 동시에 집안에서 사람들 소리와 서둘러 움직이는 소리가 들렸다. 권총 소리가 집안사람들을 깨운 것이다. 홈즈는 침착하게 금고로 미끄러지듯 달려가, 두 손에 편지 다발을 가득 들고 나와 벽난로 안으로 던져 넣었다. 다시, 또 다시 금고가 빌 때까지 계속했다. 누군가 문 밖에서 손잡이를 돌리고 문을 두들겼다. 홈즈는 재빠르게 주위를 둘러보았다. 책상 위에는 밀버튼에게 죽음의 예고가 되었던 편지가 그의 피에 온통 얼룩진 채 놓여있었다. 홈즈는 그것도 불타는 편지 더미 안으로 던져넣었다. 그리고 홈즈는 바깥으로 향한 문에서 열쇠를 빼낸 후, 나를 먼저 내보낸 다음, 밖으로 나와서 문을 잠갔다.

"이쪽일세, 왓슨."

그가 말했다.

"이쪽으로 가면 정원의 담을 넘어갈 수 있네."

경보는 믿을 수 없을 만큼 빠르게 퍼져나갔다. 뒤를 돌아보니, 커다란 집이 불빛으로 환해져 있었다. 정문은 열려 있고 사람들이 진입로를 달려오고 있었다. 정원은 사람들로 가득 찼고, 우리가 베란다에서 나오는 것을 본 한 녀석이 '나왔다!'라고 소리치며 우리 뒤를 바짝 따라왔다. 홈즈는 정원 지리를 잘 알고 있는 듯, 작은 나무들 사이를 누비며 빠르게 달려갔다. 나는 그 뒤를 바로 따라서 갔는데, 추격자 중 맨 선두에 있는 녀석이 숨을 헐떡이며 따라 붙었다. 우리 앞에 6피트나 되는 담이 가로막고 있었지만 홈즈는 한 번에 뛰어넘었다. 나 역시 따라 뛰었는데, 뒤에서 한 녀석이 내 발목을 잡았다. 발로 차서 떼어낸 다음, 풀이 무성하게 난 담을 기어 올라갔다. 나는 덤불 위로 엎어지고 말았지만 홈즈가 곧 나를 부축해 일으켜 주었고, 우리 두 사람은 넓은 헴스테드 황야를 가로질러 뛰어갔다. 2마일 쯤 뛰었을 때 홈즈가 드디어 멈춰 서서 귀를 기울였다. 뒤쪽에선 아무 소리도 들리지 않았다. 추격자들을 무사히 떼어낸 것이다.

내가 기록한 바와 같이, 이 놀라운 경험을 한 다음 날 우리는 아침 식사를 하고 파이프 담배를 피우고 있었다. 그때 런던 경찰청의 레스트레이드 씨가 아주 엄숙하고 잔뜩 찌푸린 얼굴로 우리의 누추한 거실로 들어왔다.

"안녕하십니까, 홈즈 씨."

그가 말했다.

"지금 바쁜 일이 있으십니까?"

"얘기를 듣지 못할 만큼 바쁜 건 아니지요."

"바로 지난밤에 헴스테드에서 일어난 놀랄 만한 사건이 있는데, 특별한 일이 없으면 좀 도와주실 수 있으리라 생각했습니다."

"저런!"

홈즈가 말했다.

"무슨 일입니까?"

"살인사건입니다. 아주 극적이고 놀라운 살인사건이지요. 이런 일에 매우 흥미가 많다는 걸 잘 알고 있습니다. 애플도어 타워스로 가서 의견을 들려주시면 정말 감사하겠습니다. 이건 평범한 사건이 아닙니다. 우리는 얼마 전부터 이 밀버튼 씨를 주시하고 있었는데, 여기서만 하는 말입니다만, 이 자는 다소 악당 기질이 있었지요. 협박을 목적으로 편지를 가지고 있었다고 합니다. 살인범들이 이 편지를 몽땅 불태워버렸지요. 값나가는 건 가져가지 않은 걸로 보아, 이 범죄자들은 지위가 높은 자들이며 오직 공개적인 폭로를 막는 것이 목적이었던 것 같습니다."

"범죄자들?"

홈즈가 말했다.

"한 명이 아닙니까?"

"네. 두 명입니다. 거의 현행범으로 잡을 뻔 했지요. 발자국도 확보했고, 생김새도 알고 있으니 십중팔구는 추적할 수 있을 겁니다. 첫 번째 녀석은 꽤 빨랐지만, 두 번째 녀석은 정원사에게 잡혔다가 격투 끝에 달아났지요. 중간 정도 키에 아주 튼튼한 몸집이고, 사각턱에다 목이 굵고 콧수염을 길렀으며 눈 쪽은 마스크를 하고 있었습니다."

"그건 좀 애매하군요."

홈즈가 말했다.

"이런, 왓슨이라고도 할 수 있겠는데요!"

"그렇군요."

경감이 재밌다는 듯 말했다.

"왓슨 선생을 묘사한 것도 같습니다."

"아, 레스트레이드. 도와줄 수 없을 것 같군요."

홈즈가 말했다.

"사실은 이 밀버튼이란 녀석을 알고 있는데, 런던에서 가장 위험한 인물 중 하나이지요. 나는 법으로 다스릴 수 없는 범죄가 존재하고, 그렇기 때문에 어느 정도는 개인적인 복수도 정당화될 수 있다고 생각합니다. 아니, 논쟁할 필요도 없지요. 나는 마음을 정했습니다. 희생자보다는 그 범죄자에게 더 동정이 가는군요. 이 사건을 맡지 않겠습니다."

홈즈는 우리가 목격한 그 비극에 대해 한 마디도 하지 않았지만, 아침 내내 깊은 생각에 빠져, 공허한 시선에 멍하니 있는 모습으로 보아 무언가 기억을 되살리려고 애쓰는 듯한 인상을 주었다. 점심 식사를 하던 중에, 그는 갑자기 벌떡 일어났다.

"세상에, 왓슨. 알아냈네!"

그가 소리쳤다.

"모자를 쓰게! 나와 함께 가야겠어!"

그는 서둘러 빠른 속도로 베이커 가를 지나 옥스퍼드 가로 갔고, 리젠트 광장 가까이 가서야 멈췄다. 이곳, 왼편에 현재의 유명 인사와 미인들 사진을 유리창 가득 진열해 놓은 가게가 있었다. 홈즈의 시선은 그중 하나에 고정되었는데, 그 시선을 따라가 보니 왕실 드레스를 입고, 고귀한 머리에는 높은 다이아몬드 보관을 쓴 당당하고 위엄 있는 여인의 사진이 있었다. 나는 그 우아하게 곡선으로 굽은 코, 두드러진 눈썹, 굳게 다문 입술, 그리고 그 밑에 있는 작고 강인한 턱을 보았다. 사진에 적힌 설명으로 그녀가 유서 깊은 대 귀족이자 정치가의 부인이었다는 걸 알고 나자 숨이 턱 막혔다. 홈즈와 눈을 마주치니, 그는 입술에 손가락을 갖다 대었고, 우리는 유리창에서 돌아섰다.

여섯 개의 나폴레옹

런던 경찰청의 레스트레이드 씨가 저녁에 우리에게 들리는 일은 그리 유별난 일은 아니었고, 홈즈도 경찰 본부에서 일어나는 모든 일들을 긴밀하게 알아낼 수 있었기에 그의 방문을 반겼다. 레스트레이드가 가져오는 뉴스에 대한 보답으로 홈즈는 그 형사가 다루는 어떤 사건이든 세세한 부분까지 항상 주의 깊게 경청하였으며, 적극적인 개입은 하지 않더라도 그 자신의 방대한 지식과 경험을 통해 가끔씩은 조언이나 제안을 해주기도 했다.

그날 저녁, 레스트레이드는 날씨와 신문에 대해 얘기하고 있었다. 그러다 갑자기 조용해지더니, 생각에 잠겨서 담배만 피워댔다. 홈즈는 예리한 시선으로 그를 바라보았다.

"무언가 특별한 사건이라도 다루고 있나요?"

그가 물었다.

"오, 아닙니다. 홈즈 씨. 아주 특별한 건 아닙니다."

"그러면 말해보시지요."

레스트레이드는 웃었다.

"글쎄요, 홈즈 씨. 제 마음에 무언가 걸리는 게 있다는 걸 부인해도 소용없겠지요. 하지만 그게 터무니없이 우스꽝스러운 일이여서, 당신이 귀찮아할까 봐 망설였습니다. 한편으론 사소한 일이긴 해도 기묘한 일임은 틀림이 없고, 홈즈 선생께선 상식을 벗어난 일이라면 뭐든 좋아한다는 것도 잘 알고 있습니다. 하지만 제 의견으로는, 이건 우리 쪽보다는 왓슨 선생께 더 맞는 일 같습니다."

"병인가요?"

내가 물었다.

"뭐랄까, 광증(狂症)이죠. 그것도 아주 괴상한 광증인 겁니다. 요즘 시대에 사는 사람이 나폴레옹을 증오해서 그 형상을 보이는 대로 다 때려 부순다니 도대체 믿을 수가 없습니다."

홈즈는 의자 깊숙이 몸을 파묻었다.

"그건 내 일이 아니군요."

그가 말했다.

"그렇지요. 제 말이 그 말입니다. 그런데 그 사람이 자기 것이 아닌 형상을 부수려고 주거침입을 했으니 의사가 아닌 경찰의 일이 되는 거지요."

홈즈는 다시 몸을 일으켰다.

"주거침입! 이거 재미있어지는군요. 상세한 얘기를 들어 봅시다."

레스트레이드는 경찰수첩을 꺼내 내용을 보며 기억을 되살렸다.

"첫 번째 사건은 나흘 전에 보고되었습니다."

그가 말했다.

"케닝턴 도로에 그림과 조상(彫像)을 파는 모스 허드슨 상점이 있습니다. 점원이 잠시 매장을 비운 사이, 뭔가 부서지는 소리가 들려 급히 가 보니 다른 미술품 몇 점과 함께 판매대에 놓여 있던 나폴레옹 석고 흉상이 산산조각이 나 있었지요. 점원이 길가로 뛰어나가 보았더니, 몇몇 지나가던 사람들이 상점에서 멀리 도망치는 남자를 보았다고 했지만, 그 악당을 아무 데서도 찾을 수 없었고 인상착의도 알 수 없었습니다. 가끔씩 일어나는 부랑아들의 지각 없는 행동으로 여기고 담당구역 경찰에도 그렇게 보고 했습니다. 석고 흉상은 몇 실링밖에 나가지 않는 것이어서 특별히 조사를 하기엔 너무 어리석은 일 같았지요.

"그런데, 두 번째 사건은 좀 더 심각하고, 더욱 특이합니다. 바로 지난밤에 일어났지요.

"케닝턴 도로, 모스 허드슨 상점에서 몇 백 야드 떨어진 거리에 유명한 의사가 살고 있는데, 이름은 바니콧이고, 템스 강 남쪽에서는 가장 큰 의원을 경영하는 의사 중 하나입니다. 사는 곳과 주 진찰실은 케닝턴 도로에 있지만, 분원(分院)으로 외과 의원과 약국은 2마일 떨어진 로어 브릭스턴 도로에 있습니다. 바니콧 의사선생은 열렬한 나폴레옹 숭배자로, 그의 집은 이 프랑스 황제에 관한 책, 그림, 유물로 가득 차 있지요. 얼마 전엔 모스 허드슨 상점에서 프랑스 조각가 드빈느의 유명한 나폴레옹 흉상을 복제한 석고상 두 점을 구입했습니다. 그중 하나는 케닝턴 도로에 있는 집 현관에 두고, 다른 하나는 로어 브릭스턴에 있는 의원의 벽난로 선반에 두었지요. 오늘 아침 바니콧이 아래층에 내려왔다가 자기 집에 밤사이 도둑이 들었다는 걸 알고 깜짝 놀랐는데, 현관에서 가져간 건 흉상 외엔 아무것도 없었습니다. 범인이 그걸 가지고 나가 정원 벽에 세게 내던져 깨뜨렸는지, 부서진 조각이 그 아래에서 발견되었습니다."

홈즈는 두 손을 서로 문질렀다.

"정말 신기한 얘기군요."

그가 말했다.

"마음에 들어 하실 것이라 생각했습니다. 하지만 아직 끝나지 않았습니다. 바니콧 의사선생은 12시에 의원으로 갔는데, 그곳에 도착해보니 밤사이에 창문이 열리고 두 번째 흉상이 산산조각이 나서 온 방에 흩어져 있었습니다. 그가 얼마나 놀랐는지 상상이 가실 겁니다. 흉상이 세워둔 그 자리에서 박살이 났지요. 두 사건 모두 그런 장난을 저지른 자가 범죄자인지 정신병자인지 알 수 있는 단서가 전혀 없습니다. 자, 홈즈 씨. 사건은 이게 다입니다."

"괴상하기보단 특이하군요."

홈즈가 말했다.

"바니콧 의사선생 집에서 깨진 흉상 두 개는, 모스 허드슨 상점에서 부서진 것과 완전히 똑같은 건가요?"

"같은 틀에서 만든 겁니다."

"그 사실은 흉상을 깨뜨린 사람이 나폴레옹에 대한 증오심 때문에 그랬다는 이론에 대치되는군요. 그 대황제의 흉상이 런던 안에 몇백 개나 있다는 걸 고려해 보면, 무차별 성상파괴자 한 사람이 같은 종류의 흉상 세 개를 부쉈다는 건 너무 지나친 우연이지요."

"저도 그렇게 생각합니다."

레스트레이드가 말했다.

"그렇다하더라도, 이 모스 허드슨 상점은 런던의 그 지역에서 흉상을 조달하는 일을 맡고 있고, 근래 몇 년 동안 그 상점에 있던 흉상은 세 개밖에 없었습니다. 그러니, 말씀하셨듯이 런던에 몇 백 개의 흉상이 있긴 하지만, 그 지역에는 바로 그 세 개만이 있었을 가능성이 큽니다. 따라서 그 지역 광신자가 그 세 개부터 시작했을 겁니다. 왓슨 선생께선 어떻게 생각하십니까?"

"편집증 환자의 증상은 실로 다양합니다."

내가 대답했다.

"현대 프랑스 심리학자들이 〈강박관념〉이란 이름으로 부르는 상태가 있는데, 별로 눈에 띄지 않는 성질이고 다른 부분에서는 완전히 정상입니다. 나폴레옹에 관한 책에 너무 깊이 심취했거나, 전쟁에 대한 상처가 가족으로부터 유전되어 이 같은 〈강박관념〉이 일어날 수 있지요. 그러한 사람들은 어떠한 광적인 위법행위도 저지를 수 있습니다."

"이보게 왓슨, 그건 아닌 것 같군."

홈즈가 고개를 저으며 말했다.

"자네가 말한 흥미로운 편집증환자가 아무리 강박관념이 심하다 해도, 이 흉상이 어디있는지 어떻게 알았겠는가."

"그렇다면 자네는 어떻게 설명할 건가?"

"설명하려는 것이 아닐세. 그 신사의 기묘한 행동에 어떤 법칙이 있다는 걸 알아냈을 뿐이지. 예를 들면, 바니콧의 현관에서는 소리를 내면 사람들이 잠에서 깰 수 있으니, 흉상을 부수기 전에 가지고 나왔다는 것이고, 반면에 의원에서는 그런 위험이 적으니까 그 자리에서 부쉈다는 것일세. 이 사건은 터무니없이 하찮은 것으로 보이지만, 내가 다룬 최고 수준의 사건들 중에서도 시작은 별 신통치 않았던 것이 있었던 걸 되짚어보면, 아직은 그저 하찮은 사건이라 부를 수는 없다네. 왓슨, 자네도 기억할 걸세. 그 끔찍한 애버네티 가족 사건에서 처음 내 주의를 끈 것은 어느 더운 날 버터에 빠져 있던 파슬리의 깊이였다는 것 말일세. 레스트레이드, 그렇기 때문에 나는 흉상 세 개가 부서진 것에 대해 웃어넘길 수가 없군요. 그 특이한 사건의 연쇄 고리에 새로운 진전이 생긴다면 내게도 알려주길 부탁드리지요."

내 친구가 얘기했던 진전은 그가 생각했던 것보다 빠르고 더욱 비극적인 형태로 나타났다. 다음날 아침, 나는 침실에서 옷을 입고 있던 중이었는데 홈즈가 문을 두드리더니 전보를 손에 들고 들어왔다. 그는 그걸 소리 내서 읽었다.

〈즉시 오시기 바람. 켄싱턴, 피트 가(街) 131번지,
레스트레이드〉

"무슨 일이지?"
내가 물었다.
"모르네. 아마 무슨 일이 있겠지. 하지만 흉상 이야기의 속편이 아닐까 생각되는군. 그런 경우라면, 성상파괴자 그 친구가 런던의 다른 구역에서 활동을 시작했다는 뜻이겠지. 커피는 탁자 위에 있

네, 왓슨. 문 앞에 마차를 불러놨고."

30분 후 우리는 피트 가에 도착했다. 런던에서 가장 활발한 지역과 바로 인접한 곳으로, 작고 조용하며 침체된 지역이었다. 131번지는 모두가 납작하고 평범하게, 멋이라고는 없이 일렬로 지은 집들 중의 하나였다. 도착해보니 구경꾼들이 집 앞 난간에 줄지어 모여 있었다. 홈즈는 휘파람을 불었다.

"이런! 적어도 살인미수는 되겠군. 런던 배달꾼 소년이 있다는 건 적어도 그 이하는 아니라는 거야. 저 녀석들이 허리를 구부리고 목을 빼고 있는 걸 보니 심각한 폭력 사건일 걸세. 왓슨, 이게 뭐야? 계단 윗부분은 물로 씻어냈는데 다른 쪽은 말라있군. 어찌된 일인지 발자국도 많아! 자, 저기 레스트레이드가 정문에 있으니 무슨 일인지 곧 알게 될 걸세."

그 형사는 근심어린 얼굴로 우리를 맞이하고는 응접실로 안내했다. 그곳에는 플란넬 면 실내복을 입은 나이 지긋한 남자가 머리 빗질도 하지 않은 모습으로 흥분한 듯 왔다 갔다 하고 있었다. 레스트레이드는 그가 집주인, 호레이스 하커 씨이며, 센트럴 프레스 연합통신사 기자라고 소개해주었다.

"또다시 나폴레옹 흉상 사건입니다."

레스트레이드가 말했다.

"지난밤에 관심을 보이셨지요, 홈즈 씨. 그래서 사건이 매우 중대하게 변화된 지금, 이곳에 모시면 좋아하실 거라 생각했습니다."

"어느 쪽으로 변화되었다는 겁니까?"

"살인사건 쪽으로 말입니다. 하커 씨, 이 신사분들에게 무슨 일이 일어났는지 명확하게 말씀해 주시지요?"

실내복을 입고 있는 남자는 우울한 얼굴로 우리 쪽을 돌아봤다.

"이상한 일입니다."

그가 말했다.

"다른 사람들의 뉴스를 수집하는 것이 내 평생 해온 일입니다만, 지금 진짜 뉴스가 내 자신에게 떨어졌는데도 당황한 나머지 단 두 단어도 쓰질 못하고 있습니다. 내가 기자로서 이곳에 왔다면, 인터뷰를 하고 모든 석간신문에 두 단짜리 기사를 냈을 겁니다. 그런데 계속해서 다른 사람들에게 귀중한 기사거리를 말해주면서도 정작 나 자신에 관해서는 쓰지를 못하고 있군요. 어쨌든, 홈즈 씨, 당신 이름은 잘 알고 있으니 이 괴상한 사건을 풀어주시기만 한다면 당신에게 이야기를 하는 수고도 보상을 받겠지요."

홈즈는 앉아서 귀를 기울였다.

"이 모든 일은 내가 네 달 전에 구입해 바로 이 방에 두었던 나폴레옹 흉상을 중심으로 일어난 것 같습니다. 나는 그걸 하이 가(街) 역에서 두 번째 집인 하딩 브라더 상점에서 싼 값으로 집어왔지요. 나는 밤에 많은 분량의 기사를 쓰고, 가끔은 새벽까지 쓰는 경우도 있습니다. 오늘도 그랬지요. 맨 위층 뒤편에 있는 서재에서 앉아있었는데, 세 시경이었을까요, 아래층에서 어떤 소리가 들렸습니다. 가만히 듣고 있었지만, 소리가 다시 나질 않아 밖에서 난 거라고 생각했습니다. 그런데 5분 후 갑자기 끔찍한 비명 소리가 들려온 겁니다. 홈즈 씨, 그건 지금까지 들어본 것 중 가장 끔찍한 소리였습니다. 평생 그 소리가 귓속에 맴돌 것 같군요. 두려움에 얼어 붙은 채로 일이 분 정도 있었지요. 그리고는 부지깽이를 들고 아래층으로 내려갔습니다. 이 방에 들어와 보니 창문이 활짝 열려있고, 벽난로 선반에 있던 흉상이 사라진 것이 금방 눈에 보이더군요. 어떤 도둑이 그런 물건을 가져가는지 도저히 이해할 수가 없습니다. 그냥 석고상일 뿐 가치 있는 물건은 아니기 때문이지요.

직접 보면 아시겠지만, 누구든 이 열린 창문으로 나가려면 크게 한 걸음 뛰어야 현관계단에 다다를 수 있습니다. 도둑이 분명 그렇게 했을 것이기에, 나는 돌아와서 문을 열었지요. 어둠 속으로 한 걸음 나가는 순간, 거기 누워있는 남자의 시신에 걸려 거의 넘어질 뻔 했습니다. 돌아가서 등잔불을 가져와서 보니 목에 깊은 상처를 입은 남자가 있었고, 사방은 온통 피바다였지요. 등을 대고 누워서 두 무릎은 세운 상태였고, 끔찍하게도 입은 벌리고 있더군요. 그 모습이 꿈에 나올 것만 같습니다. 나는 호각을 불고는 기절을 했기 때문에 더 이상은 아무것도 모릅니다. 정신을 차리고 나니 경찰이 현관에서 나를 내려다보고 있더군요."

"흠, 살해당한 남자는 누굽니까?"

홈즈가 물었다.

"아무것도 밝혀진 게 없습니다."

레스트레이드가 말했다.

"시체 안치소에 가면 보실 수 있습니다만, 현재까진 알아낸 것이 없지요. 키는 크고 햇볕에 그을린 피부에다가 힘이 좋게 생겼는데 서른은 넘지 않습니다. 옷은 초라하게 입었지만 노동자는 아닌 듯합니다. 피살자 옆의 피 웅덩이 안에는 뿔 손잡이가 달린 접는 칼이 있었지요. 살인을 저지른 자의 무기인지, 죽은 사람의 것인지는 모르겠습니다. 옷에는 이름이 없었고, 주머니에는 사과 한 개, 실 약간, 1실링짜리 런던 지도 그리고 사진 한 장밖엔 없었습니다. 이게 그겁니다."

그것은 소형 사진기로 찍은 스냅사진이 분명했다. 민첩하고 날카로운 인상에 원숭이처럼 생긴 남자로, 눈썹이 짙고 얼굴 아랫부분이 비비의 주둥이처럼 기묘하게 튀어나와 있었다.

"그리고, 흉상은 어떻게 되었나요?"

홈즈는 사진을 신중하게 살펴본 다음 말했다.

"당신이 오기 바로 전에 소식을 들었습니다. 캠던 하우스 도로에 있는 빈집의 정원 앞쪽에서 발견되었지요. 산산조각 났습니다. 지금 보러가려고 하는데, 같이 가시겠습니까?"

"물론이죠. 한 번 둘러본 다음에 가야겠군요."

그는 카펫과 창문을 살펴보았다.

"그 녀석은 다리가 길거나, 아니면 아주 민첩한 사내일 겁니다."

홈즈가 말했다.

"아래쪽에 있는 공간을 감안해 보면, 창턱에 올라와 창문을 여는 건 대단한 재주라고 할 수 있지요. 돌아갈 때는 비교적 간단했군요. 하커 씨, 같이 가서 흉상의 잔해를 보시겠습니까?"

수심에 잠긴 기자는 집필용 책상에 앉아 있었다.

"나는 뭔가 써 봐야겠습니다."

그가 말했다.

"석간신문 초판에는 벌써 상세한 내용이 나갔겠지만 말입니다. 내 운이란 다 이 모양이군요! 동커스터*에서 관람석이 무너진 사건을 기억하십니까? 그때 관람석에 앉아 있던 기자는 나 한 사람뿐이었지만, 기사를 싣지 못한 신문도 우리 신문 하나뿐이었지요. 너무 떨려서 기사를 쓸 수 없었기 때문입니다. 그리고 지금, 내 집 앞 계단에서 살인 사건이 일어났건만 또 늦고 말았군요."

우리가 방을 나올 때, 그의 펜이 풀스캡** 용지 위로 움직이며 날카로운 소리를 냈다.

흉상의 잔해가 발견된 곳은 겨우 몇 백 야드 떨어진 지점이었다. 그곳에서 우리는 처음으로 어떤 사람의 마음속에 광란과 부셔버리고자 하는 증오를 불러일으키는 위대한 황제의 모습을 보았다. 그것은 풀밭 위에 산산조각이 난 채로 흩어져 있었다. 홈즈는 그중 몇 개를 집어 주의 깊게 살펴보았다. 집중하고 있는 그의 얼굴과 의미심장한 행동을 보니, 마침내 단서를 잡은 것이 틀림없었다.

"어떻습니까?"

레스트레이드가 물었다.

홈즈는 어깨를 으쓱해보였다.

"아직 갈 길이 멀군요."

그가 말했다.

"아직 말입니다. 몇 가지 활동에 도움이 될 만한 사실을 얻기

---

* 잉글랜드 사우스요크셔에 있는 도시. 본문에 나오는 관람석은 경마장에 있는 것을 말한다.

** 34cm x 43cm 크기의 종이.

는 했습니다. 이 괴상한 범죄자의 입장에서는 인간의 목숨보다 싸구려 흉상이 더 중요한 가치가 있었지요. 그것이 한 가지 사실입니다. 그리고 특이한 사실이 하나 있는데, 흉상을 부수는 것이 단 하나의 목적이라면, 왜 집안에서 부수지 않았는가, 아니면 집 밖에 나오자마자 부수지 않았는가 하는 점입니다."

"다른 사람을 만나 당황하고 정신이 없어서 그랬겠지요. 무얼 하고 있는지 몰랐던 겁니다."

"음, 그것도 가능하군요. 하지만 흉상을 깨뜨린 이 집 정원의 위치에 특별한 주의를 기울여야합니다."

레스트레이드는 주위를 둘러보았다.

"이건 빈집이고, 그래서 아무 걱정 없이 정원에서 깨뜨린 거지요."

"그렇지요. 헌데 위쪽에 다른 빈집이 있고, 이곳에 오기 전에 그 집을 지났습니다. 그걸 들고 멀리 가면 갈수록 누군가를 만날 확률이 높아지는데, 왜 거기서 깨뜨리지 않았을까요?"

"모르겠습니다."

레스트레이드가 말했다.

홈즈는 우리의 머리 위쪽에 있는 가로등을 가리켰다.

"여기에선 깨뜨린 걸 볼 수 있지요. 저쪽에선 볼 수가 없고. 이유는 그것입니다."

"세상에! 그렇군요."

형사가 말했다.

"그러고 보니 생각이 납니다. 바니콧 의사선생이 가지고 있던 흉상이 깨진 곳은 가까운 데에 붉은 램프가 있었습니다. 홈즈 씨, 이 사실을 바탕으로 뭘 해야 하지요?"

"기억해 두고, 기록해 두어야지요. 나중에 이것과 관련된 무언가가 나타날 겁니다. 레스트레이드, 이제 어떻게 수사를 해 나갈 건가요?"

"제 생각에는, 죽은 사람의 신원을 밝히는 것이 가장 실질적인 방법인 것 같습니다. 그건 어려울 것 같지 않아요. 그가 누구이고, 그와 한패가 누구인지를 알아내면 지난 밤 피트 가에서 무엇을 했는지, 누구를 만났는지, 누가 호레이스 하커 씨의 집 앞에서 그를 죽였는지를 찾아내는 시발점이 되겠지요. 그렇지 않습니까?"

"맞습니다. 하지만 내가 이 사건에 접근하는 방식과는 맞지 않는군요."

"그럼 어떻게 하실 겁니까?"

"오, 어떤 식으로든 내가 당신에게 영향을 주면 안 되겠지요. 당신은 당신 방식대로, 나는 내 방식대로 하는 것이 좋겠군요. 나중에 서로 비교해 보고, 각자에게 도움을 제공할 수 있으니까요."

"아주 좋습니다."

레스트레이드가 말했다.

"레스트레이드, 피트 가로 돌아가게 되면, 호레이스 하커 씨를 만날 겁니다. 지난밤 그의 집에 들어온 자는 나폴레옹에 대해 피해망상을 품고 있는 위험한 살인광이라고 결정을 내렸다고 나를 대신해서 전해주십시오. 기사 쓰는 데 도움이 될 겁니다."

레스트레이드는 빤히 쳐다봤다.

"정말 그렇게 믿는 건 아니겠지요?"

홈즈는 미소 지었다.

"내가요? 음, 그런 건 아니지요. 하지만 호레이스 하커 씨와 센트럴 프레스 연합통신사의 구독자는 흥미 있어 할 것이 틀림없습니다. 자, 왓슨. 오늘은 길고 힘든 하루가 될 것 같네. 레스트레이드, 오늘 저녁 여섯 시에 시간을 내서 베이커 가로 와 주면 고맙겠습니다. 그때까지 죽은 남자의 주머니에서 나온 사진은 내가 보관하고 있겠습니다. 내 추리의 연쇄 고리가 옳다고 판명나면, 오늘 밤 착수하게 될 소규모 원정대에 동행해서 도와 주시길 부탁드릴 겁니다. 잘 가시고 이따 뵙지요. 행운을 빕니다."

셜록 홈즈와 나는 함께 하이 가로 걸어가서, 흉상을 판매한 하딩 브라더 상점에 들렀다. 젊은 점원이 하딩 씨는 오후에 나온다며, 자신은 신입이라 아무것도 알려줄 게 없다고 말했다. 홈즈의 얼굴엔 실망과 곤혹스러움이 나타났다.

"흠, 왓슨. 모든 일이 우리 뜻대로만 될 순 없겠지."

이윽고 그가 말했다.

"하딩 씨가 그때 되어야 온다면, 오후에 다시 와야만 하겠군. 자네도 추측하겠지만, 나는 이 흉상들의 제작자를 찾아서, 그것들이 남다른 운명을 가져야만 하는 어떤 특별한 이유가 있는지 알아보려고 하네. 케닝턴 도로의 모스 허드슨 씨를 찾아가서 이 문제에 어떤 해결책을 제시할 수 있는지 알아보세."

한 시간 정도 마차를 탄 후 우리는 미술품 상점에 도착했다. 그는 작고 땅딸막한 체구에 얼굴색이 붉고 성질이 급한 사람이었다.

"네. 그렇습니다. 바로 이 진열대 위입니다."

그가 말했다.

"그런 악당이 들어와서 남의 물건을 부수는데, 지방세든 국세든 왜 내는지 모르겠습니다. 네, 그렇습니다. 바니콧 의사선생께 흉상 두 개를 판 건 바로 접니다. 면목 없는 일이지요! 무정부주의자들 짓입니다. 무정부주의자가 아니라면 누가 조상을 부수고 다니겠습니까. 붉은 공화주의자들이지요. 저는 그 녀석들을 이렇게 부릅니다. 그 조상을 어디서 가져왔냐고요? 그걸 알아서 뭐하려는지 모르겠군요. 뭐, 군이 원하신다면야 말씀드리지요. 스테프니, 처지가(街)에 있는 젤더 앤 컴퍼니에서 가져왔습니다. 이 분야에서 유명한 곳이고, 20년 동안이나 해 왔지요. 몇 개나 가져왔냐고요? 두 개에 하나는 셋이지요. 두 개는 바니콧 선생 댁으로 갔고, 하나는 대낮에 우리 진열대에서 부셔졌습니다. 그 사진을 아냐고요? 아뇨, 모릅니다. 아니, 압니다. 베포이군요. 삯일을 하던 이탈리아 사람인데 가게에서 일도 잘했습니다. 조각도 좀 했고, 금박이나 틀 만들기 등 여러 일을 했어요. 그 녀석은 지난주에 일을 그만뒀고 그 이후로는 소식을 듣지 못했습니다. 아뇨, 어디서 왔는지 어디로 갔는지도 모릅니다. 여기 있는 동안 안 좋은 일은 없었어요. 그 흉상이 부서지기 이틀 전에 가버렸습니다."

"음, 모스 허드슨에서는 그 정도면 충분하네."

그 상점을 나오며 홈즈가 말했다.

"이 베포라는 사람이 케닝턴과 켄싱턴 양쪽에서 공통적으로 나타났으니, 그것으로 10마일을 달린 가치가 있어. 왓슨, 이제 스테프니에 있는 흉상 제작자 젤더 앤 컴퍼니로 가세. 거기에선 분명 도움 될 만한 것이 나올 걸세."

런던의 패션 거리, 호텔 거리, 극장 거리, 문학의 거리, 상업 지구, 해운 지구를 연이어 빠른 속도로 지나고 우리는 십만 명의 인구가 살고 있는 강변도시에 도착했다. 유럽의 버림받은 사람들이 땀과 악취에 절은 셋방에 사는 곳이었다. 한때는 부유한 상인들의 거주지였던 넓은 도로에 우리가 찾는 조각 제작소가 있었다. 건물 바깥에는 꽤 넓은 마당에 돌로 만든 기념비가 가득 차 있었다. 안쪽의 넓은 작업실에는 일꾼 오십 명이 조각이나 소조 작업을 하고 있었다. 금발에 커다란 체구의 독일인 관리자가 나와 우리를 정중하게 맞았고, 홈즈의 질문에 모두 명확하게 대답했다. 장부를 찾아본 결과, 드빈느의 나폴레옹 흉상 대리석 복제품으로부터 수백 개의 석고상을 만들었는데, 일 년 전이나 그전쯤에 모스 허드슨에게 보낸 세 점은 여섯 개 세트 중 반이고, 다른 세 개는 켄싱턴의 하딩 브라더스에게 보낸 것으로 판명되었다. 그 여섯 개는 다른 석고상과 다른 점이 전혀 없었다. 그는 누군가 그걸 부수려하는 이유가 무엇인지 알 수 없다고 했고, 그런 일이 있다는 것 자체에 어이없다는 듯 웃었다. 도매가는 6실링이지만 소매가격은 12실링이나 그 이상할 거라고 했다. 석고상은 얼굴 양 쪽을 각각 틀로 뜬 다음, 이 두 개를 소석고로 붙이면 완성된다. 작업은 대개 우리가 들어가 보았던 작업실에서 이탈리아인들이 한다. 작업이 끝나면 통로에 있는 탁자에 올려놓고 건조시킨 다음, 창고에 보관한다. 그로부터 들은

---

* 황산칼슘 반수화염. 석고를 가열하여 만드는 분말이다. 구운석고라고도 한다.

말은 이것이 전부였다.

하지만 사진을 보여주자 관리자는 뜻밖의 반응을 보였다. 얼굴은 분노로 타올랐고, 게르만족의 푸른 눈 위의 이마엔 주름이 잡혔다.

"아, 이 악당 녀석!"

그가 소리쳤다.

"예, 아주 잘 알고 있습니다. 이곳은 언제나 남부끄럽지 않은 제 작소입니다만, 단 한 번 이 녀석 때문에 경찰이 온 적이 있습니다. 지금으로부터 일 년이 넘은 일입니다. 그가 길에서 다른 이탈리아 사람을 칼로 찌르고는, 경찰들의 추격을 받으며 작업장으로 들어와 이곳에서 잡혔지요. 베포가 그 녀석 이름인데, 성은 모르겠군요. 그런 얼굴을 한 녀석을 고용했으니 내 탓이지요. 하지만 일은 잘했습니다. 최고였지요."

"그 사람은 어떻게 되었지요?"

"칼에 찔린 사람이 살아서, 일 년 형을 받았습니다. 지금은 분명 나왔을 텐데, 감히 이곳에 코빼기를 보일 순 없을 겁니다. 그 녀석 사촌이 이곳에 있으니, 지금 어디 있는지 말해주겠지요."

"아니, 아닙니다."

홈즈가 큰소리로 말했다.

"사촌에게는 한 마디도 하지 마십시오. 단 한마디도요. 부탁드립니다. 이건 아주 중대한 일입니다. 가면 갈수록 더욱 중대한 문제가 되는군요. 장부를 찾아보실 때 저도 보았는데, 그 석고상을 판 날짜가 작년 6월 3일이더군요. 베포가 언제 체포되었는지 그 날짜를 아십니까?"

"품삯 지불 대장을 보면 대강 알 수 있지요."

관리자는 대답했다.

"있습니다."

그는 몇 장 넘기고는 말을 이었다.

"마지막으로 지불한 날이 5월 20일입니다."

"고맙습니다."

홈즈가 말했다.

"더 이상 시간을 뺏고 일을 방해해선 안 될 것 같군요."

마지막으로 우리가 조사한 것을 말하지 말라는 주의를 남기고, 우리는 또다시 서쪽으로 향했다.

오후가 시작된 지 한참 지난 뒤에야 우리는 식당에 들어가 급하게 점심을 먹을 수 있었다. 입구에 붙은 전단지에는 〈켄싱턴의 폭거. 미치광이가 살인을 저지르다〉라고 적혀있었다. 내용을 보니 호레이스 하커 씨가 자신의 집에서 일어난 일을 결국 기사로 쓴 것이었다. 아주 자극적이고 화려한 묘사로 신문 기사 두 단을 채우고 있었다. 홈즈는 그걸 양념병 받침대에 기대놓고 점심을 먹으며 읽었다. 킬킬대며 두어번 웃기도 했다.

"아주 잘됐네, 왓슨."

그가 말했다.

"이걸 들어보게.

이 사건에 대해 이견이 없다는 것은 좋은 일이다. 경험이 많은 경찰청의 레스트레이드 씨와 유명한 자문 전문가 셜록 홈즈 씨는 그토록 비극적으로 결말을 맺은 기괴한 연쇄사건이 계획된 범죄가 아니라 정신이상에 의한 것이라는 결론에 도달했다. 정신이상자가 아니라면 도저히 이 사건을 설명할 수 없을 것이다.

왓슨, 이용하는 방법만 알고 있다면, 언론은 가장 쓸모 있는 기관이지. 자, 이제 점심을 다 먹었으면 켄싱턴으로 되돌아가 하딩 브라더 상점 주인이 무슨 말을 하는지 알아보기로 하세."

거대한 상점의 설립자는 체구가 작고 곱슬머리에 활기 찬 사람으로, 민첩하고 눈치가 빨랐으며, 명석한 두뇌에 말도 아주 잘했다.

"예. 그 기사는 석간신문에서 벌써 읽었습니다. 호레이스 하커 씨는 우리 상점 고객입니다. 몇 달 전에 흉상을 판매했지요. 스테프니의 젤더 앤 컴퍼니에 그런 종류의 흉상 세 개를 주문했습니다. 지금은 다 팔렸지요. 누구에게요? 아, 판매 장부를 조회해 보면 간단하게 말씀드릴 수 있습니다. 예, 여기 있군요. 아시는 바와 같이 하커 씨에게 한 개, 그리고 치즈윅, 래버넘 베일, 래버넘 저택의 조시아 브라운 씨에게 한 개, 레딩 시, 로어 그로브 로(路)의 샌드포드 씨에게 한 개를 팔았습니다. 아뇨, 당신이 보여준 사진 속 얼굴은 전혀 본 적이 없습니다. 좀처럼 보기 드문 못생긴 얼굴이라, 잊어버릴 수가 없을 것 같은데요. 직원 중에 이탈리아 사람이 있냐고요? 있습니다. 직공이나 청소부 중에 몇 명 있지요. 그 사람들이 원하기만 하면 이런 판매장부는 마음대로 훔쳐 볼 수가 있을 겁니다. 이 책을 지키고 있어야할 특별한 이유가 없으니까요. 어쨌거나, 참 이상한 사건이군요. 조사 결과 뭔가 나오면 저한테도 좀 알려주길 부탁드립니다."

홈즈는 하딩 씨가 증언을 하는 동안 수첩에 몇 가지를 적었는데, 사건 조사 진행 상황에 완전히 만족하는 모습을 볼 수 있었다. 그렇지만, 서두르지 않으면 레스트레이드와의 약속에 늦을 거라는 말 외엔 하지 않았다. 아니나 다를까, 베이커 가에 도착해보니 그 형사가 이미 와서 조바심이 난 듯 방 안을 왔다갔다하고 있었다. 잘난 체하는 얼굴을 보니 하루를 헛되이 보낸 건 아닌 모양이었다.

"어떻습니까?"

그가 물었다.

"홈즈 씨, 좋은 일이 있습니까?"

"아주 바쁜 하루를 보냈지요. 수확도 좀 있었습니다."

내 친구가 이어서 설명했다.

"우리는 소매상 두 곳에 갔었고, 도매 제조업자도 만났지요. 각각의 흉상이 어디서 왔는지 추적해냈습니다."

"흉상!"

레스트레이드가 큰 소리로 말했다.

"이것 참, 셜록 홈즈 씨. 당신은 자신 만의 방식이 있으니, 제가 그걸 뭐라 할 수는 없겠지요. 하지만 오늘은 제가 더 보람 있는 하루를 보낸 것 같습니다. 죽은 남자의 신원을 확인했거든요."

"정말입니까?"

"범죄를 저지른 동기도 알아냈습니다."

"멋지군요!"

"사프란 힐'과 이탈리아인 거주 지역에 정통한 조사관이 있습니다. 죽은 남자는 가톨릭 상징을 목에 걸고 있었고, 또 피부색으로 볼 때 남쪽에서 온 것이 아닐까 생각했지요. 조사관 힐이 보자마자 알아보더군요. 이름은 피에트로 베누치, 나폴리 출신으로 런던 최고 살인자 중 하나입니다. 마피아와 관련된 녀석인데, 아시다시피, 마피아는 명령이라면 살인도 마구 저지르는 비밀 정치 조직이지요. 자, 이제 사건이 어떻게 된 건지 확실히 아실 겁니다. 다른 녀석도 역시 이탈리아인이고, 마피아 단원일 겁니다. 어떤 식으로든 그 자가 조직의 규칙을 위반한 거죠. 피에트로는 그 자를 추격했습니다. 아마도 그 남자의 주머니에서 발견한 그 사진은, 다른 사람을 찌르게 될까봐 갖고 다닌 걸 겁니다. 그 녀석을 추적하다가 어떤 집에 들어가는 것을 보고는 밖에서 기다렸지요. 그리고 격투 중에 자신이 칼에 찔려 죽은 거지요. 어떻습니까, 셜록 홈즈 씨?"

홈즈는 찬성한다는 의미로 박수를 쳤다.

"훌륭합니다, 레스트레이드. 훌륭해요! 하지만 흉상이 부서진 것에 대한 설명이 빠졌습니다."

"흉상! 그 흉상에 대한 생각을 도무지 버리지 못하시는군요. 사실, 그건 아무것도 아닙니다. 기껏해야 절도죄로, 많아야 6개월 형입니다. 우리가 진짜 조사하고 있는 건 살인사건이지요. 제가 말씀드리는데, 저는 모든 단서를 손 안에 쥐고 있습니다."

"그럼 다음엔 어떻게 할 건가요?"

---

* Saffron Hill : 런던 남동부에 있는 거리 이름. 빈민 지역이며, 찰스 디킨스의 '올리버 트위스트'에서도 이 거리가 나온다.

"아주 간단합니다. 힐과 함께 이탈리아인 거주 지역에 가서, 우리가 가지고 있는 사진과 같은 녀석을 찾아 살인죄로 체포하면 됩니다. 같이 가시겠습니까?"

"안 될 것 같군요. 더 간단한 방법으로 사건을 끝낼 수 있을 듯한데요. 장담할 순 없습니다. 왜냐하면 모든 것이, 그러니까 모든 요인이 우리가 통제할 수 있는 범위 밖에 있으니까요. 하지만 큰 기대를 걸고 있습니다. 실은 승률이 이분의 일이라고 봅니다. 만일 오늘밤 우리와 함께 간다면, 그 자를 붙잡아 투옥할 수 있도록 도와드리지요."

"이탈리아인 거주 지역에요?"

"아닙니다. 치즈윅이 그 자를 찾기에 더 나은 곳이지요. 레스트레이드, 오늘 밤 우리와 함께 치즈윅에 간다면, 내일 이탈리아인 거주 지역에 같이 가기로 약속하겠습니다. 좀 늦어도 상관없겠지요. 11시 전에는 떠나지 않을 예정이니까, 몇 시간 자두는 것이 좋을 겁니다. 아침 전에 돌아올 가능성은 없으니까 말입니다. 레스트레이드, 우리와 같이 저녁 식사를 합시다. 그리고, 떠나기 전까지 소파를 내어드리지요. 왓슨, 그동안에 속달 배달부를 불러주면 좋겠네. 당장 부쳐야할 중요한 편지가 있다네."

홈즈는 저녁 내내 창고에 쌓아둔 오래된 신문 더미들을 뒤졌다. 마침내 그가 내려왔을 때 그의 눈엔 승리의 기쁨이 보였지만, 조사 결과에 대해서는 우리 둘 중 아무에게도 말하지 않았다. 여러 갈래로 얽힌 이 복잡한 사건을 한 단계 한 단계씩 풀어나가는 걸 봐 온 나로서는 우리가 도달해야할 목표가 무엇인지 아직 모르긴 해도, 그 괴상한 범인이 나머지 두 개의 흉상에도 같은 시도를 하리라 홈즈가 예상한다는 건 분명히 알고 있었다. 내가 기억하기에, 그중 하나는 치즈윅에 있었다. 의심할 여지없이, 우리의 여행은 현장에서 그를 잡기 위해서였다. 석간신문에 잘못된 단서를 제공함으로써 범인이 안심하고 그의 계획대로 할 수 있도록 한 내 친구의 교묘함에 나는 경탄하지 않을 수 없었다. 홈즈가 내게 권총을 가지고 가라고 했을 때도 나는 놀라지 않았다. 그는 자신이 좋아하는 무기, 납을 넣은 사냥용 채찍을 집어 들었다.

11시에 사륜마차가 문 앞에 왔고, 우리는 그것을 타고 햄머스미스 다리 건너편으로 갔다. 마부에게는 이곳에서 기다리라고 지시했다. 잠시 걷고 나니 한적한 도로가 나오고, 그 길가로 마당을 갖춘 쾌적한 집들이 있었다. 그중 한 집의 문기둥에 〈래버넘 저택〉이라 적혀 있는 것이 가로등 불빛에 비쳐 보였다. 정원 길 위에 희미한 동그라미를 비추고 있는 현관 채광창 외에는 완전히 캄캄한 것을 보니, 집안사람들은 모두 자러 간 것이 틀림없었다. 길과 마당을 구분하고 있는 나무 울타리 안쪽에 짙은 그림자가 드리워져 있었기 때문에, 우리는 그곳에 웅크리고 앉았다.

"긴 시간 동안 기다리게 될 지도 모르겠군."

홈즈가 속삭였다.

"비가 오지 않고 별이 비추고 있으니 감사해야겠네. 시간을 보내기 위해 담배 피우는 것도 안 될 것 같아. 어쨌든 우리 노고가 보상을 받을 확률은 이분의 일이네."

하지만 우리의 철야근무는 홈즈가 염려한 것만큼 그리 길지 않았고, 아주 갑작스럽고 특이한 형태로 끝났다. 어느 순간, 다가오는 소리도 들리지 않았는데 정원 문이 활짝 열리고 유연하고 어두운 물체가, 마치 원숭이가 움직이듯 재빠르게 정원 길을 달려갔다. 그 물체는 문 사이로 새어나오는 불빛 위를 빠르게 휙 지나가더니, 집 안의 어두운 그림자 속으로 사라져버렸다. 한참 동안 우리는 숨을 죽이고 기다리고 있었는데, 그때 삐걱대는 소리가 아주 가냘프게 들려왔다. 창문이 열리고 있었다. 소리가 멈춘 뒤 또 다시 긴 침묵이 이어졌다. 그 녀석은 집안으로 들어가고 있었다. 방 안쪽에서 갑자기 차광식 각등의 불빛이 보였다. 그가 찾는 물건이 거기 없었는지, 다른 방 블라인드 너머로 불빛이 보였고, 또다시 다른 방으로 이어졌다.

"저 열린 창문으로 갑시다. 넘어서 나올 때 체포하면 됩니다."

레스트레이드가 낮은 목소리로 말했다.

그러나 우리가 가기도 전에 그 남자가 다시 나타났다. 그가 흐릿한 불빛 속에 들어왔을 때 무언가 하얀 물건을 옆구리에 끼고 있는 것이 보였다. 그는 사방을 조심스럽게 둘러보았다. 아무도 없고 조용한 거리에 안심한 것 같았다. 그는 우리 쪽으로 등을 돌리며 짐을 내려놓았고, 곧이어 강하게 두드리는 소리가 났고, 덜거덕 소리가 이어졌다. 그 남자는 자신의 일에 열중한 나머지 우리가 살금살금 잔디밭을 건너가는 소리를 듣지 못했다. 홈즈는 호랑이처럼 뛰어올라 그의 등을 덮쳤고, 레스트레이드와 나도 합세하여 양쪽 손목을 잡아 수갑을 채웠다. 몸을 돌려보니, 섬뜩하고 창백한 얼굴이 분노하고 몸부림치면서 우리를 노려보았다. 우리가 잡은 남자는 그 사진 속의 인물이 틀림없었다.

그런데 홈즈가 관심을 두고 있는 건 범인이 아니었다. 문 앞 계단에 쪼그리고 앉아, 그 남자가 집 안에서 가지고 나온 물건을 조심스럽게 살펴보고 있었다. 그것은 우리가 아침에 보았던 나폴레옹 흉상과 같은 것이었고, 그 역시 비슷한 조각으로 부서져있었다. 홈즈는 부서진 파편을 들고 신중하게 불에 비춰보았는데, 석고 조각 어느 것도 다를 것이 없었다. 그가 조사를 완전히 마치고 나자 현관불이 켜졌고, 문이 열리더니 살찐 몸집에 쾌활한 인상의 집주인이 바지에 셔츠 차림으로 나타났다.

"조시아 브라운 씨이신지요?"

"네. 맞습니다. 당신은 틀림없이 셜록 홈즈 씨겠군요? 속달 배달부를 통해 보내온 편지를 받고 당신이 말한 그대로 했습니다. 모든 문을 안에서 잠그고 일이 벌어지기만을 기다렸지요. 악당을 잡으셨으니 저도 매우 기쁘군요. 신사 여러분, 안으로 들어오셔서 간단한 식사라도 하시면 어떻습니까?"

하지만 레스트레이드가 용의자를 안전한 곳으로 데려가길 바랐기 때문에, 잠시 후에 우리는 대기 중인 마차를 불렀고, 네 명 모두 런던으로 향했다. 포로는 한 마디도 하지 않은 채 헝클어진 머리카락 아래 그늘진 눈으로 우리를 노려보았고, 내 손이 그에게 가까이 가자 굶주린 늑대처럼 물어뜯으려고 달려들었다. 경찰서에 가서 한참 머물며 그의 몸수색 결과를 기다렸는데, 나온 것은 동전 몇 실링, 최근에 흘린 피가 손잡이에 다량으로 묻어있는 칼집이 달린 긴 칼뿐이었다.

"다 잘됐습니다."

헤어질 때 레스트레이드가 말했다.

"힐이 이런 패거리들을 잘 아니까, 그 녀석 이름도 곧 알아내겠지요. 마피아라는 제 논리가 잘 맞았다는 걸 아시겠지요. 하지만 홈즈 씨, 솜씨 좋게 그를 잡아주셔서 정말 감사드립니다. 어떻게 그리 하신건지 아직 잘 모르겠습니다."

"설명하기엔 시간이 너무 늦은 것 같군요."

홈즈가 말했다.

"게다가 아직 끝나지 않은 문제가 한두 가지 있지요. 이 사건은 끝까지 파헤쳐야할 가치가 있는 사건들 중 하나입니다. 내일 여섯 시에 내 집으로 다시 한 번 들려준다면, 아직 당신이 파악하지 못한 이 사건 전체의 의미를 알려드리지요. 이 사건은 범죄의 역사에서 볼 수 없는 완전히 독창적인 특징을 가지고 있습니다. 왓슨, 자네가 내 사건 기록을 더 펴내게 된다면, 나폴레옹 흉상에 관한 특이한 사건으로 자네 책을 더욱 생기 있게 만들 수 있을 걸세."

다음 날 저녁 다시 만났을 때, 레스트레이드는 범인에 대한 많은 정보를 지니고 있었다. 그의 이름은 베포인 것 같지만, 성은 알지 못했다. 그는 이탈리아인 집단 거주지에서 아무 짝에도 쓸모없는 놈으로 유명했다. 한때는 솜씨 좋은 조각가로 정직한 삶을 살았지만, 나쁜 길에 빠져들고 두 번이나 감옥에 갔다. 한번은 단순한 도둑질이었고 또 한 번은 이미 아는 바와 같이 자기 나라 사람을 찌른 죄였다. 영어는 완벽하게 할 줄 알았다. 흉상을 부순 이유는 아직 알아내지 못했다. 그에 대한 질문은 어느 것도 대답하길 거부했지만, 경찰은 이 똑같은 흉상들은 그가 직접 만든 것이라는 사실을 알아냈다. 그가 젤더 앤 컴퍼니에서 그런 종류의 일을 했기 때문이다. 이런 모든 정보들은 대부분 우리가 알고 있었는데, 홈즈는 예의바르게 듣고 있었다. 하지만 홈즈를 잘 아는 사람이라면, 그의 생각이 다른 곳에 가 있다는 걸 분명하게 알 수 있을 것이다. 그가 늘 그렇게 꾸며대는 얼굴 뒤에는 불안과 기대가 섞여 있음을 나는 간파해냈다. 마침내 그가 의자에서 벌떡 일어났고, 눈이 반짝였다. 벨이 울린 것이다. 잠시 뒤, 계단을 올라오는 발소리를 들렸고, 붉은 얼굴에 희끗희끗한 구레나룻이 있는 나이 지긋한 남자가 방으로 안내되었다. 그는 오른 손에 든 구식 여행 가방을 탁자 위에 올려놓았다.

"셜록 홈즈 씨 계십니까?"

내 친구는 인사하며 미소를 지었다.

"레딩의 샌드포드 씨 맞지요?"

그가 말했다.

"그렇습니다. 제가 좀 늦은 것 같군요. 기차 시간이 맞지 않아 그렇게 되었습니다. 제가 가지고 있는 흉상에 대해 편지를 쓰셨더군요."

"그렇습니다."

"여기 편지를 가지고 왔습니다. 〈드빈느의 나폴레옹 복제품을 가지길 원합니다. 귀하가 가지고 있는 것에 10파운드를 지불할 용의가 있습니다.〉라고 하셨는데, 맞습니까?"

"확실합니다."

"당신 편지를 받고 무척 놀랐습니다. 내가 그런 물건을 소유하고 있다는 걸 어떻게 아셨는지 모르겠군요."

"물론 놀라셨을 겁니다만, 설명은 아주 간단합니다. 하딩 브라더 상점의 하딩 씨가 당신께 마지막 남은 복제품을 팔았다며 주소를 알려주더군요."

"오, 그렇게 된 건가요? 그 사람이 내가 산 가격도 말하던가요?"

"아뇨, 말하지 않았습니다."

"음. 저는 그리 부자는 아니지만 정직한 사람입니다. 이 흉상은 단 15실링에 샀습니다. 제가 10파운드를 받기 전에 이걸 말씀드려야 한다고 생각합니다."

"샌드포드 씨, 정말 양심적인 분이십니다. 하지만 그 가격을 말한 이상, 바꾸지 않겠습니다."

"아, 홈즈 씨. 아주 후하신 분이시군요. 요청하신 대로 흉상을 가지고 왔습니다. 여기 있습니다!"

그는 가방을 열었고, 드디어 우리가 두 번이나 부서진 조각으로 만났던 흉상이 완전한 모습으로 탁자 위에 놓이는 것을 볼 수 있었다.

홈즈는 주머니에서 종이 한 장을 꺼내고 탁자 위에 10파운드 지폐를 올려놓았다.

"샌드포드 씨, 여기 증인들 있는 자리에서 이 종이에 서명을 해주시면 좋겠습니다. 간단하게 흉상에 관해 당신이 가지고 있는 모든 권한을 내게 양도한다고 쓰시면 됩니다. 제가 절차를 중요시하는 사람이라서요. 그리고 아시다시피, 나중에 어떤 일이 생길지 모르는 법이니까요. 감사합니다, 샌드포드 씨. 여기 돈이 있습니다. 좋은 저녁이 되시길 바랍니다."

방문객이 나간 뒤 셜록 홈즈의 행동은 우리의 시선을 고정시켰다. 그는 서랍에서 깨끗하고 흰 천을 꺼내 탁자를 덮는 것부터 시작했다. 그리고는 새로 손에 넣은 흉상을 그 천 한가운데에 놓았다. 마지막으로, 그는 사냥용 채찍을 집어 들고 나폴레옹의 머리 꼭대기에 일격을 가했다. 흉상은 산산조각이 났고, 홈즈는 조각난 잔해 위로 고개를 숙이고 열심히 살펴보았다. 다음 순간, 그는 승리의 함성을 지르며 조각 하나를 들어올렸다. 푸딩 속의 건포도처럼 둥글고 검은 물체가 박혀있었다.

"여러분,"

그가 큰 소리로 말했다.

"저 유명한 보르지아 가문의 흑진주를 소개해드리겠습니다."

레스트레이드와 나는 한동안 말없이 앉아 있었다. 그러다가 훌륭한 연극의 클라이맥스를 볼 때처럼 감정에 이끌려, 함께 박수를 쳤다. 홈즈의 창백한 뺨은 붉게 물들었고, 관객들에게 찬사를 받는 대극작가처럼 허리를 굽혀 인사했다. 이 순간만큼은 그가 추리기계로서의 모습을 잠시 멈추고, 칭찬과 갈채를 좋아하는 인간의 모습을 드러냈다. 유별나게 자존심이 강하고 겉으로 드러나는 걸 싫어하는 성격으로, 대중의 평판을 경멸하는 그였지만, 진심에서 우러나오는 친구의 경탄과 찬사에는 깊이 감동할 줄도 알았다.

"그렇습니다, 여러분."

그가 말했다.

"이것은 현재 전세계에 존재하는 것 중 가장 유명한 진주입니다. 귀납적 추리를 계속 연계해 나간 끝에, 데이커 호텔, 콜로나 공주의 침실에서 분실된 이후부터, 스테프니의 젤더 앤 컴퍼니에서 제작된 여섯 개의 나폴레옹 흉상 중 마지막 제품 안에서 찾아내기까지 추적할 수 있었던 것은 행운이었지요. 레스트레이드, 이 귀중한 보석이 사라져 큰 화제가 되었고, 되찾으려했던 런던 경찰의 노력은 수포로 돌아간 일을 기억하실 겁니다. 이 사건에 대해 자문을 의뢰받았지만 어떤 도움도 주질 못했습니다. 이탈리아 사람인, 공주의 하녀에게 혐의를 두었고 그녀의 오빠가 런던에 있다는 것도 입증되었지만, 그 두 사람이 접촉했다는 걸 밝히는 데 실패했지요. 하녀의 이름은 루크레티아 베누치인데, 이틀 전 살해당한 피에트로가 그녀의 오빠라는 건 의심할 여지가 없다고 생각했습니다. 오래된 신문더미에서 날짜를 찾아보았더니, 진주가 사라진 것은 베포가 폭력죄를 저지르고 젤더 앤 컴퍼니 제작소에서 체포되기 꼭 이틀 전이더군요. 바로 그때가 이 흉상들을 만들던 시기였습니다. 자, 이제 사건의 전개를 분명하게 아시겠지요. 물론, 내가 알아낸 차례와는 정반대 순서로 여러분은 아시게 된 겁니다. 베포는 진주를 손에 넣었습니다. 그가 피에트로에게서 훔쳤을 수도 있고, 피에트로와 공모를 한 것일 수도 있고, 피에트로와 그의 여동생 사이에서 중개역할을 했을 수도 있습니다. 어느 쪽이든 결과는 같지요.

중요한 사실은 그가 진주를 가졌다는 것이고, 진주가 그의 손에 있을 당시, 그는 경찰의 추적을 받고 있었다는 겁니다. 베포는 그가 일하는 공장으로 향했고, 아주 귀중한 포획물을 숨길 시간은 오직 몇 분밖에 없다는 걸 알았지요. 그렇지 않으면 수색 당할 때 발견될 테니까요. 복도에는 건조중인 여섯 개의 나폴레옹 석고상이 있었습니다. 그중 하나는 아직 말랑말랑했지요. 능숙한 일꾼이었던 베포는 당장 젖은 석고에 작은 구멍을 만들고, 진주를 집어넣고는 몇 번 손질을 해서 틈을 다시 막았습니다. 훌륭한 은닉처였지요. 아무도 그걸 찾을 가능성이 없었습니다. 그러나 베포는 1년 형을 선고 받았고, 그동안에 6개의 흉상은 런던 각지로 흩어졌지요. 어디에 그의 보물이 있는지 알 수 없었습니다. 깨뜨려서 봐야만 했지요. 흔드는 것은 소용이 없습니다. 석고가 젖어있을 때였으니까 딱 붙어 버렸지요. 실제 그랬습니다. 베포는 실망하지 않고 대단한 재주와 인내심으로 흉상 찾기에 나섰습니다. 사촌이 젤더에서 일하고 있었기 때문에 흉상을 판 소매상을 알 수 있었지요. 그는 모스 허드슨 상점에 점원으로 들어갔고, 그렇게 해서 세 개를 찾아냈습니다. 진주는 거기 없었지요. 그 다음엔 이탈리아 점원의 도움으로 다른 세 개의 흉상이 간 곳을 찾는 데 성공했습니다. 첫 번째는 하커의 집이었지요. 베포가 진주를 가져갔다고 믿고 뒤를 쫓던 공모자를 거기서 만나게 되었는데, 격투 끝에 그를 찌른 겁니다."

"그가 공모자였다면 어째서 베포의 사진을 가지고 다닌 건가?" 내가 물었다.

"그를 추적하기 위해서일세. 다른 사람에게 알아보려면 필요했겠지. 그게 확실한 이유라네. 어쨌든, 나는 베포가 살인을 저지른 후에 행동을 늦추기보단 서두를 거라 계산했지요. 그는 경찰이 비밀을 알아낼까봐 두려워했고, 그래서 경찰이 앞서기 전에 서둘러야 했습니다. 물론, 나는 하커 씨의 흉상에서 진주를 찾아내지 못했다는 걸 알 수 없었지요. 그게 진주라고 확실히 결론을 내리지도 못했고, 다만 무언가를 찾는다는 것만 분명히 알았습니다. 왜냐하면 흉상을 들고 다른 집들은 다 지나친 다음에, 가로등이 있어 잘 살펴볼 수 있는 정원에서 깨뜨렸기 때문이지요. 하커 씨의 흉상은 세 개 중 하나였으니, 내가 말했듯이 진주가 들어 있을 확률은 이제 정확히 이분의 일이 된 겁니다. 두 개가 남았는데, 런던에 있는 것을 먼저 찾아 나설 것이 분명했지요. 나는 또 다른 비극을 피하기 위해, 그 집 사람들에게 경고해 두었습니다. 그리고 내려가, 만족스런 결과를 얻게 된 겁니다. 물론, 그때 나는 우리가 뒤쫓고 있는 것이 보르지아 진주라는 걸 확실히 알고 있었지요. 살해당한 남자의 이름을 연계 고리로 해서 찾아낸 겁니다. 남은 단 하나의 흉상은 레딩에 있는 것이고, 진주는 그곳에 있을 것이 틀림없었습니다. 나는 그걸 여러분이 보는 앞에서 주인으로부터 샀습니다. 그리고 그게 여기 있지요."

우리는 잠시 아무 말 없이 앉아 있었다.

"홈즈 씨,"

레스트레이드가 말했다.

"지금까지 당신이 많은 사건을 해결하는 걸 보아 왔습니다만, 이보다 더 능숙하게 처리한 것은 본 적이 없습니다. 런던 경찰청은 당신을 시샘하지 않습니다. 아니, 무척 자랑스럽게 생각하고 있습니다. 내일 경찰청에 오신다면, 나이든 경감에서부터 어린 경관에 이르기까지 한 사람도 빠짐없이, 당신께 반가운 악수를 청할 것입니다."

"고맙군요!"

홈즈가 말했다.

"고맙습니다!"

이렇게 말하며 그는 돌아섰는데, 부드럽고 인간적인 감정에 동화된 듯, 지금까지 보지 못했던 모습이었다. 그러나 잠시 후엔 예전의 냉정하고 실천적인 사색가로 돌아갔다.

"왓슨, 진주를 금고에 넣어두게."

그가 말했다.

"그리고 콩크 싱글턴 위조사건 서류를 가져다주게나. 안녕히 가십시오, 레스트레이드. 어떤 문제라도 가지고 오시면, 기쁜 마음으로 최선을 다해, 사건해결에 도움이 될 조언을 한두 가지 해드리겠습니다."

세 학생

1895년, 셜록 홈즈와 나는, 굳이 여기 적을 필요가 없는 여러 사건으로 인해 영국의 거대한 학술도시*에서 몇 주를 보내게 되었다. 내가 지금 이야기하려는 것은 바로 그때 우리 앞에 일어난 일인데, 사소하지만 교훈적인 사건이다. 독자들이 그 대학이나 범인을 정확히 알 수 있도록 상세한 설명을 하는 것은 지각없고 무례한 일이 될 것이다. 그토록 곤란한 스캔들은 차차 소멸하도록 놔두는 것이 좋은 일이다. 하지만 사건 자체는 내 친구의 놀라운 재능을 설명하는데 도움이 되기 때문에, 신중을 기해서 이야기할 수 있을 것이다. 이 글에서는 사건과 연관된 특정한 지명, 관련 인물들에 대한 단서가 되는 말은 피하도록 하겠다.

　그 당시 우리는 도서관에서 가까운 가구 딸린 셋방을 얻어 숙박하고 있었고, 셜록 홈즈는 고대 영국 헌장에 대한 연구에 온 힘을 기울이고 있었다. 그 연구는 앞으로 하나의 제목으로 이야기해도 될 만큼 인상적인 결과를 가져왔다. 어느 날 저녁, 지인이 우리를 찾아왔는데, 그는 세인트 루크 대학의 지도교수이자 강사인 힐

---

* 학술도시(學術都市), university town : 대학, 박물관, 연구소 등이 밀집되어 있어 학술연구의 중심이 되는 도시를 말한다. 영국에서는 케임브리지, 옥스퍼드를 꼽을 수 있다.

튼 솜즈 씨였다. 솜즈 씨는 키가 크고 마른 사람으로, 신경이 예민하고 흥분하기 쉬운 체질이었다. 나는 그가 늘 침착하지 못하다는 걸 알고 있었지만, 특히 그날은 걷잡을 수 없이 흥분한 상태였기 때문에 무언가 꽤 이상한 일이 벌어진 것이 틀림없다고 생각했다.

"홈즈 씨, 귀중한 시간을 몇 시간 정도 내주실 수 있으리라 믿습니다. 세인트 루크 대학에 매우 곤란한 사건이 일어났습니다. 정말 우연한 행운으로 당신이 시내에 계셨기에 다행이지, 저로서는 어찌할 바를 몰랐을 겁니다."

"저는 지금 매우 바빠서, 다른 신경을 쓸 틈이 없군요."

내 친구가 대답했다.

"경찰의 도움을 요청하는 것이 나을 것 같습니다."

"아니, 안 됩니다. 그건 정말 안 될 일입니다. 한번 경찰을 부르면 사태는 돌이킬 수 없게 됩니다. 이 일은 대학의 명예에 관련된 사건이고, 가장 중요한 것은 스캔들을 피하는 겁니다. 당신은 뛰어난 능력만큼 사려 깊은 분이시니, 이 세상에서 저를 도울 사람은 당신뿐입니다. 홈즈 씨, 제발 어떻게든 해 주십시오."

마음에 딱 맞는 베이커 가의 환경을 떠난 이후, 홈즈는 좀 짜증이 난 상태였다. 스크랩북이나, 화학실험 도구도 없고, 너저분한 집과 같은 편안함이 없기 때문에 기분이 그리 좋지 않았다. 홈즈는 내키지 않지만 어쩔 수 없다는 듯 어깨를 으쓱해 보였고, 방문객은 잔뜩 흥분해서 손짓을 해가며, 서둘러 이야기를 쏟아냈다.

"홈즈 씨, 먼저 내일이 포트슈 장학생 선발 시험의 첫째 날이란 걸 말씀드려야겠군요. 저는 시험위원 중 한 사람입니다. 제 과목은 그리스어로, 첫 번 시험은 응시생들이 아직 접해보지 않은 긴 그리스어 문장을 해석하는 겁니다. 그 문장은 시험지로 인쇄를 했는데, 만일 응시생이 이걸 미리 본다면 당연히 막대한 이익을 보게 됩니다. 그렇기 때문에 시험지를 지키는데 만전을 기하게 되지요.

오늘 세 시경, 인쇄소로부터 이 시험지의 교정쇄가 도착했습니다. 시험 문제는 투키디데스˚의 책 중 한 장의 절반을 실었습니다. 저는 틀린 곳이 없도록 주의 깊게 살펴봤습니다. 네 시 반까지도 일이 끝나지 않았지요. 그런데, 친구 사무실에서 차를 마시기로 약속을 했기 때문에 교정쇄를 책상에 그대로 두고 나왔습니다. 자리를 비운 것은 한 시간이 넘을 겁니다.

홈즈 씨, 아시겠지만, 우리 대학의 문은 이중문으로, 안쪽은 녹색 베이즈 천을 덮은 것이고, 바깥엔 무거운 참나무로 만든 것입니다. 이 바깥문에 다가가는데, 열쇠가 꽂혀 있는 것을 보고 깜짝 놀랐습니다. 순간, 내가 열쇠를 거기에 꽂아둔 채 나갔다고 생각했는데, 주머니 안을 보니 그대로 있는 겁니다. 내가 아는 한, 똑 같은 열쇠는 단 하나 뿐이고 그걸 가지고 있는 사람은 하인, 배니스터입니다. 그는 10년 동안 내 시중을 들어준 하인으로, 정직한 사람이라 절대 의심할 수 없습니다. 그 열쇠는 분명 그의 것이었지요. 내가 차를 마실 것인지 물어보려고 방에 들어갔다가 부주의하게도 열쇠를 문에 꽂아둔 채 나온 겁니다. 그가 내 방에 온 시간은 내가

˚　Thucydides : BC. 5세기 후반에 활동한 그리스의 역사가. 〈펠레폰네소스 전쟁사〉를 썼다.　투기디데스가 쓴 산문은 그리스어로 쓴 글 중에서 가장 어려운 것으로 손꼽힌다.

떠난 지 몇 분 지나지 않았을 때였습니다. 다른 상황이라면 열쇠를 잊어버리고 놓아둔 것이 별 문제가 아니었을 텐데, 오늘은 아주 통탄할 결과를 가져온 것이지요.

책상 위를 보는 순간, 나는 누군가가 시험지를 뒤적거렸다는 걸 알아차렸습니다. 교정쇄는 긴 종이 세 장이었습니다. 그걸 모두 한 군데에 두고 나갔습니다. 그런데, 하나는 마루 위에 떨어져 있고, 또 하나는 창가 작은 탁자에 있고, 나머지 하나는 내가 놓아둔 그대로 있었습니다."

홈즈가 처음으로 끼어들었다.

"첫 번째 장은 마루 위, 두 번째 장은 창가, 세 번째 장은 놓아둔 그대로이군요."

그가 말했다.

"맞습니다. 홈즈 씨. 놀랍군요. 그걸 어떻게 아셨습니까?"

"흥미로운 이야기입니다. 계속해주시지요."

"잠시 동안 나는 배니스터가 내 시험지를 살펴보는 용서할 수 없는 죄를 저질렀다고 생각했습니다. 배니스터는 아니라고 부인을 했고, 그 말에 정직성이 보였기 때문에 나는 그가 진실을 말하고 있다고 확신했습니다. 그렇다면 누군가가 지나가다 열쇠가 문에 꽂혀있는 것을 보았고, 내가 없는 것을 알고는 들어와 시험지를 살펴본 것입니다. 장학금은 아주 가치 있는 것이고, 많은 금액이 걸려있습니다. 부도덕한 자라면 동료들보다 유리한 위치를 차지하기 위해서 모험을 걸어볼 수도 있지요.

배니스터는 그 일에 큰 충격을 받았더군요. 시험지에 손댄 흔적이 분명하다는 걸 알고서는 거의 기절할 뻔 했습니다. 브랜디를 좀 주고, 내가 방 안을 신중하게 조사하는 동안 의자에 앉혀 놨습니다. 얼마 지나지 않아, 구겨진 시험지 외에 침입자가 남긴 다른 흔적이 있다는 걸 발견했습니다. 창가의 탁자 위에 연필을 깎은 부스러기가 있었지요. 또, 부러진 연필심도 있었습니다. 그 악당 녀석이 급하게 시험지를 베끼다 연필심을 부러뜨려서, 깎을 수밖에 없던 겁니다."

"잘됐군요!"

사건에 점점 몰두하면서 기분이 좋아진 홈즈가 말했다.

"운명의 여신이 당신 편입니다."

"그게 다가 아닙니다. 새로 장만한 집필용 책상이 있는데, 표면이 훌륭한 붉은 가죽으로 덮여 있지요. 그건 매끈하고 얼룩 하나 없었다는 걸 맹세할 수 있습니다. 배니스터도 마찬가지로 잘 알고 있습니다. 그런데 3인치 정도가 깨끗하게 잘려나갔더군요. 긁힌 정도가 아니라 완전히 잘려나간 겁니다. 탁자 위에는 이것뿐이 아니라, 진흙이나 반죽으로 된 듯한 검은 색 작은 덩어리가 있었는데, 그 안에는 톱밥처럼 보이는 알갱이가 들어있었습니다. 이런 흔적들은 시험지에 손댄 자가 남긴 것이라 확신합니다. 신원을 파악할 만한 발자국이나 다른 증거는 없었습니다. 나는 어쩔지 모르고 있다가, 참으로 다행스럽게도 당신이 시내에 있다는 생각이 갑자기 떠올라, 곧장 당신께 사건을 맡기려고 온 것입니다. 홈즈 씨, 도와주십시오. 제가 진퇴양난에 빠져 있다는 것을 아시겠지요. 그 녀석을 찾아내거나 아니면 새로운 시험지가 준비될 때까지 시험을 연기해야합니다. 그렇게 되면 설명을 하지 않을 수가 없고, 우리 단과 대학뿐 아니라 전체 대학교에 먹구름을 던지는 엄청난 스캔들로 이어질 겁니다. 무엇보다도 저는 이 사건을 조용하고 신중하게 마무리 짓고 싶습니다."

"기꺼이 사건을 조사하고 최선을 다해 도와드리지요."

홈즈는 일어나 오버코트를 집으며 말했다.

"아주 재미없는 사건은 아니군요. 시험지가 도착한 후에 찾아온 사람이 있나요?"

"네. 같은 층에 있는 젊은 인도 학생, 다우라트 라스가 시험에 관해 상세한 질문을 하려고 왔었지요."

"방에 들어왔습니까?"

"네."

"시험지는 책상 위에 있었나요?"

"제 기억으로는 두루마리로 말려 있었습니다."

"교정쇄라는 걸 알 수 있었을까요?"

"그럴 수도 있습니다."

"방에 다른 사람은 없었습니까?"

"네."

"교정쇄가 거기 있다는 걸 다른 사람이 알았습니까?"

"인쇄업자 외에는 모릅니다."

"배니스터는 알았나요?"

"아뇨. 전혀 아닙니다. 아무도 몰랐습니다."

"배니스터는 지금 어디 있습니까?"

"그는 많이 아픕니다. 불쌍한 친구 같으니. 의자에 앉혀두고 왔습니다. 저는 서둘러 이곳으로 왔지요."

"문을 열어놓고 오셨나요?"

"우선 시험지를 서랍에 넣고 잠가놨습니다."

"솜즈 씨, 그러니까 이렇게 된 거군요. 만일 그 인도 학생이 두루마기가 교정쇄라는 걸 알아차리지 못했다면, 교정쇄가 있다는 걸 모르는 사람이 우연히 왔다가 손을 댔다는 이야기가 됩니다."

"저도 그런 것 같습니다."

홈즈는 알 수 없는 미소를 지었다.

"그러면,"

그가 말했다.

"가서 둘러봅시다. 왓슨, 이건 자네 사건이 아닐세. 육체가 아니라 정신이 필요한 일이니까. 좋아! 원한다면 함께 가세. 솜즈 씨, 앞장서십시오!"

의뢰인의 거실에는 길고 낮은 격자창이 있었는데, 오래 된 이끼로 물들은 유서 깊은 대학의 안마당을 향하고 있었다. 고딕식 아치문을 지나자 낡은 돌계단이 이어졌다. 교수의 방은 일층에 있었다. 그 위에는 각 층에 한 명 씩, 세 학생이 있었다. 우리가 문제의 현장에 도착했을 때는 이미 황혼이 지고 있었다. 홈즈는 창문 앞에 멈춰 서서 열심히 살펴보았다. 그 다음엔 바짝 다가가더니 발끝으로 서서 목을 길게 빼고, 방 안을 들여다보았다.

"문을 통해서 들어간 것이 틀림없습니다. 창유리 하나 공간으로는 들어갈 수 없으니까요."

학식이 높은 안내자가 말했다.

"이것 참!"

홈즈는 이렇게 말하고는, 교수를 흘긋 쳐다보더니 묘하게 웃어 보였다.

"흠, 여기서는 더 이상 알아낼 것이 없으니, 안으로 들어가는 게 낫겠습니다."

교수는 바깥문을 열고 우리를 그의 방으로 안내했다. 홈즈가 카펫을 살피는 동안 우리는 입구에 서 있었다.

"여기엔 아무 흔적이 없는 것 같군요."

그가 말했다.

"이렇게 건조한 날에는 바랄 수 없는 일이지요. 하인은 회복된 모양입니다. 의자에 앉혀놓았다고 하셨는데, 어느 의자이지요?"

"저쪽 창가입니다."

"알겠습니다. 가까이에 작은 탁자가 있군요. 이제 들어오셔도 됩니다. 카펫 조사는 끝냈습니다. 작은 탁자를 먼저 살펴보기로 하지요. 물론, 무슨 일이 벌어졌는지 확실히 알겠군요. 그 자는 방에 들어와 중앙에 있는 책상에서 시험지를 한 장씩 집어 들었습니다. 그걸 창가 탁자로 가져간 겁니다. 왜냐하면 거기서는 당신이 안마당을 건너오는 걸 볼 수 있기 때문에, 효과적으로 도망갈 수 있지요."

"사실, 볼 수 없었습니다."

솜즈가 말했다.

"저는 옆문으로 들어왔기 때문입니다."

"아, 그거 잘 됐군요. 흠, 어쨌든, 범인은 그런 생각을 했지요. 시험지 세 장을 보여주십시오. 손자국은 없군요. 전혀! 흠, 처음에 이걸 가져가서 베껴 썼습니다. 가능한 모든 약어를 사용한다면 시간이 얼마나 걸릴까요? 15분 이상 걸렸을 겁니다. 그리고는 시험지를 바닥에 던지고 다음 장을 집었지요. 한창 베껴 쓰고 있는 중에 당신이 돌아왔기 때문에 아주 급하게 손을 떼고 돌아갔습니다. 아주 급했지요. 시험지를 제자리에 갖다 놔서, 그가 왔던 걸 알지 못하게 해야 했는데, 그럴 시간이 없었습니다. 바깥문을 열고 들어왔을 때 서둘러 계단을 올라가는 발소리를 듣지 못했습니까?"

"아뇨, 그런 건 못들은 것 같습니다."

"이런, 연필심이 부러질 정도로 빠르게 썼군요. 아까 보셨듯이 연필을 다시 깎아야 했지요. 왓슨, 이건 흥미로운 일이군. 이건 흔한 연필이 아닐세. 일반적인 연필보다 크고, 부드러운 연필심에다가 겉 색깔은 짙은 푸른색이야. 제조회사 이름이 은색 글자로 찍혀있는데, 나머지 길이가 1인치 반 밖에 안 되는군. 솜즈 씨, 그런 연필을 찾아보면, 용의자를 잡을 수 있을 겁니다. 한 가지 덧붙인다면, 크고 아주 날이 무딘 칼을 가지고 있다는 걸 참고하십시오."

솜즈 씨는 쏟아져 나오는 정보에 당황한 듯 했다.

"다른 것들은 이해하겠습니다만,"

그가 말했다.

"길이에 대해서는 정말 모르겠습니다."

홈즈는 깎아낸 부스러기 하나를 집어 들었는데, 거기에는 〈NN〉이란 글자가 있었고 그 다음은 공백이었다.

"아시겠지요?"

"아뇨, 아직도 잘……."

"왓슨, 그동안 자네에게 불공정하게 대한 것 같군. 다른 사람들도 이러하니 말이야. 이 〈NN〉이 무엇이겠는가? 한 단어의 끝 부분일세. 요한 파버(Johann Faber)가 가장 유명한 연필 제조사의 이름이라는 걸 자네도 알고 있겠지. 〈요한(Johann)〉 다음에 남은 연필 길이가 얼마 만큼일지 명확하지 않은가?"

그는 작은 탁자를 전등 옆으로 가져다 놓았다.

"번들거리는 탁자 표면에 자국이 남도록, 범인이 쓴 종이가 얇은 것이길 바랬습니다. 아니군요. 아무것도 보이질 않아요. 여기선 더 이상 알아낼 것이 없습니다. 중앙에 있는 책상으로 가 보겠습니다. 이 작은 덩어리가 검은 반죽 같다고 말씀하신 거로군요. 제가 보기엔 대략 피라미드 모양이고, 속이 비어있는 것 같습니다. 말씀하셨듯이 안에 톱밥 가루가 보입니다. 어허, 이건 정말 흥미롭군요. 그리고 잘라진 가죽은, 찢어진 것이 분명합니다. 가늘게 긁힌 자국에서 시작해서 톱니처럼 고르지 못한 홈을 남겼군요. 솜즈 씨, 이 사건에 관심을 갖게 해주신 것을 깊이 감사드려야겠습니다. 저 문은 어디로 이어지는 겁니까?"

"제 침실입니다."

"사건이 터진 이후 들어가 보셨나요?"

"아뇨, 곧장 당신에게로 갔습니다."

"한 번 둘러보고 싶군요. 정말 멋지고 고풍스런 방입니다! 바닥 조사가 끝날 때까지 잠시 기다려주십시오. 아니, 아무것도 없군요.

이 커튼은 뭡니까? 안쪽에 옷을 걸어 두셨군요. 누군가 이 방에서 숨어있어야만 한다면, 여기에 있을 겁니다. 침대는 너무 낮고 옷장은 너무 좁으니까 말입니다. 아무도 없을까요?"

홈즈가 커튼을 끌어당길 때, 약간 긴장하며 경계하는 태도를 보였기 때문에 나는 그가 돌발 사태에 대비하고 있다는 걸 알았다. 하지만 커튼을 당기자 나타난 것은 걸이못에 줄지어 걸려 있는 서너 벌의 옷뿐이었다.

"어라! 이게 뭐지?"

그가 말했다.

그건 작고 검은 피라미드 모양에 퍼티*처럼 생겼는데, 서재의 책상 위에 있던 것과 완전히 똑같았다. 홈즈는 손바닥에 그걸 올려놓고 전등불에 비춰 보았다.

"솜즈 씨, 방문객은 거실 뿐만 아니라, 침실에도 흔적을 남긴 것 같습니다."

"뭐하려고 여기에 온 겁니까?"

"그건 명백합니다. 당신이 예상과 다른 곳으로 돌아왔기 때문에, 문 앞에 올 때까지 알지 못한 겁니다. 그는 어떻게 했을까요? 자신의 정체가 탄로 날만한 것을 모두 집어 들고 몸을 숨기기 위해 당신의 침대로 뛰어 들어간 것이지요."

"세상에, 홈즈 씨. 제가 배니스터와 이 방에 있을 때 그걸 알기만 했다면, 그 자를 잡을 수 있었단 말씀입니까?"

"제가 판단한 바로는 그렇군요."

---

* putty : 창유리 등을 접합하는 재료.

"홈즈 씨, 다른 가능성도 있습니다. 침실 창문을 보셨습니까?"

"격자창, 납으로 된 창틀, 세 쪽으로 분리된 창문, 경첩으로 연결된 여닫이 창, 사람이 드나들 정도로 넓습니다."

"맞습니다. 그 창은 안마당 구석을 향해 있어서, 어느 정도는 보이지 않지요. 범인은 그 창을 이용해 들어온 다음, 침실을 지나며 흔적을 남기고, 문이 열려있는 걸 발견하고는 그쪽으로 도망간 겁니다."

홈즈는 답답하다는 듯 고개를 저었다.

"실용적인 생각을 해봅시다. 이 계단을 이용하는 학생이 세 명 있고, 그들 모두가 당신 방문 앞을 지나간다고 하셨지요?"

"그렇습니다."

"그 학생들 모두가 이번 시험을 봅니까?"

"네."

"그들 중 의심이 갈 만한 학생이 있나요?"

솜즈는 주저했다.

"그건 아주 예민한 문제군요."

그가 말했다.

"증거가 없는데 의심을 해서는 안 되겠지요."

"의심이 어떤 건지부터 들어봅시다. 증거는 제가 그 후에 찾겠습니다."

"그렇다면 여기 살고 있는 세 학생의 특징을 간단히 말씀 드리지요. 셋 중 가장 낮은 층에 사는 길크리스트는 공부와 운동을 모두 잘하는데, 대학 럭비 팀과 크리킷 팀에서 활동을 하고 있고, 장

애물 경주와 멀리 뛰기에 출전하기도 했습니다. 훌륭하고 남자다운 학생이지요. 아버지는 경마로 파산한 그 유명한 자베즈 길크리스트 경입니다. 매우 가난하지만 열심히 공부하는 근면한 학생이지요. 잘해나갈 겁니다.

3층에는 인도인 학생 다우라트 라스가 있습니다. 인도인들이 그렇듯이 그 학생도 조용하고 수수께끼 같은 친구지요. 공부를 잘하는데 그리스어가 약한 과목입니다. 착실하고 규율을 잘 따르는 학생입니다.

맨 위층에는 마일즈 맥클러런이 있습니다. 그 학생은 똑똑한 친구입니다. 마음만 먹으면 전체 대학에서 최고 성적을 내는 학생이 될 겁니다. 그런데 고집이 세고 방탕한데다가 제멋대로이지요. 1학년 때에 카드 사건으로 퇴학당할 뻔 했습니다. 이번 학기 내내 게으름 피웠으니, 시험이 다가오는 것이 두려울 겁니다."

"그러면 그 학생이 의심스러운 건가요?"

"그렇게까지는 말할 수 없겠습니다만, 아마도 셋 중에서는 그 학생이 가능성이 큽니다."

"그렇군요. 자, 그럼 하인 배니스터를 만나봅시다."

배니스터는 키가 작고, 하얀 얼굴에 깨끗이 면도를 했으며, 머리가 희끗희끗한 오십대의 남자였다. 조용한 일상생활에 갑작스런 소동을 일으킨 사건에, 그는 아직도 괴로워하고 있었다. 살찐 얼굴은 신경과민으로 실룩거렸고, 손가락은 계속해서 움직였다.

"배니스터, 우리는 이 불행한 사건을 조사 중이네."

그의 주인이 말했다.

"네. 교수님."

"자네가,"

홈즈가 말했다.

"열쇠를 문에 꽂아두었다고 들었는데?"

"네. 그렇습니다."

"시험지가 있던 바로 그 날에 그런 일을 했다니 정말 이상한 일이 아닌가?"

"정말 운이 없었습니다. 하지만 이전에도 그런 일이 가끔 있었습니다."

"언제 그 방에 들어갔나?"

"네 시 반쯤이었습니다. 그때가 솜즈 씨께서 차를 드시는 시간입니다."

"얼마나 머물러 있었지?"

"안 계신 것을 알고 곧장 돌아 나왔습니다."

"책상 위에 있는 시험지를 보았는가?"

"아뇨, 전혀 못 봤습니다."

"어째서 문에 키를 꽂아둔 거지?"

"차 쟁반을 손에 들고 있었습니다. 열쇠를 가지러 돌아오겠다고 생각했지요. 그런데 잊어버렸습니다."

"바깥문은 용수철 자물쇠인가?"

"아닙니다."

"그럼 항상 열어두나?"

"네. 그렇습니다."

"방에 있던 사람이 나갈 수도 있겠군?"

"네, 그렇습니다."

"솜즈 씨가 돌아와 자네를 호출했을 때, 무척 놀랐다고 했지?"

"네, 그렇습니다. 이곳에서 오랫동안 지내오면서 그런 일은 전혀 없었습니다. 거의 기절할 뻔 했습니다."

"알겠네. 현기증이 시작됐을 때 어디에 있었나?"

"어디에 있었냐고요? 아, 여기, 문 옆이었습니다."

"그것 참 특이하군. 자네는 저 멀리 구석에 있는 의자에 가서 앉았으니 말일세. 왜 다른 의자는 지나쳐 간 건가?"

"모르겠습니다. 어디에 앉을 지는 신경 쓰지 않았습니다."

"홈즈 씨, 저는 배니스터가 이 일에 대해서 잘 알고 있다고 생각하지 않습니다. 얼굴빛도 좋지 않군요. 핼쑥해 보이는데요."

"주인이 나간 후에 여기서 얼마나 있었나?"

"일 분 정도입니다. 그 다음엔 문을 잠그고 제 방으로 갔습니다."

"자네가 의심스럽다고 생각하는 사람은 누구인가?"

"오, 저는 감히 그런 말씀은 못 드립니다. 이 대학 안에 그런 일을 할 신사분이 있다는 건 믿을 수 없습니다. 저는 도저히 못 믿겠습니다."

"알겠네. 그래야겠지. 오, 한 가지 더 있네. 자네가 시중드는 세 학생 중 누구에게라도 이 일에 대해 얘기하지 않았겠지?"

"네. 한 마디도 안했습니다."

"그들 중 누구도 만나지 않았나?"

"네, 그렇습니다."

"잘 했네. 자, 솜즈 씨. 괜찮으시다면 안마당에 나가 잠시 걷기로 하지요."

어둠이 몰려오는 가운데, 우리 위쪽으로는 세 개의 노란 사각형이 빛을 발하고 있었다.

"세 마리 새가 둥지로 들어왔군요."

홈즈가 올려다보며 말했다.

"어라! 저건 뭐지? 셋 중 한 명은 불안해 보이는군요."

그건 인도 학생이었는데 어두운 그림자가 갑자기 블라인드 뒤로 나타났다. 그는 방 안을 빠르게 왔다 갔다 하고 있었다.

"학생들의 방을 각각 들여다 보았으면 합니다."

홈즈가 말했다.

"가능할까요?"

"어려울 것 없습니다."

솜즈가 대답했다.

"이쪽 건물은 대학에서 제일 오래된 곳이라, 방문객이 구경을 다녀도 이상한 일이 아닙니다. 따라오십시오. 제가 직접 안내하지요."

"이름은 말하지 말아 주십시오!"

길크리스트의 방문을 두드릴 때, 홈즈가 말했다.

키가 크고, 담황색 머리에 호리호리한 젊은 친구가 문을 열었고, 우리가 찾아온 목적을 알고는 반겨주었다. 안에 들어서니 정말 진기한 중세 영국 건축양식을 많이 볼 수 있었다. 그중 하나에 매

혹된 홈즈는 수첩에 그리겠다고 고집하다가 연필을 부러뜨려서, 방 주인에게 하나를 빌려야했고, 나중에는 연필을 깎을 칼도 빌렸다. 이상하게도 똑같은 사고가 인도 학생의 방에서도 벌어졌다. 조용하고, 키가 작은 매부리코 학생은 우리를 곁눈질로 보다가 홈즈의 건축물 연구가 끝나자 눈에 띄게 좋아했다. 홈즈가 양쪽 어디에서 찾고 있는 단서를 얻었는지, 나로서는 알 수 없었다. 세 번째 방 방문은 실패했다. 노크를 해도 바깥문은 열리지 않았고, 그 뒤에서 엄청난 욕설이 빗발치듯 쏟아져 나왔다.

"당신이 누구든 알게 뭐야. 지옥에나 가버려!"

성난 목소리가 으르렁댔다.

"내일이 시험이야. 누구도 날 방해하지 마."

"버릇없는 녀석이군요."

물러나 계단을 내려올 때, 안내하던 교수가 화가 나서 얼굴을 붉히며 말했다.

"물론, 노크한 사람이 나라는 건 알지 못했겠지만, 그렇다 해도 무례한 행동입니다. 이런 상황을 고려해볼 때 더욱 의심이 가는군요."

홈즈의 반응은 엉뚱했다.

"그 학생의 키가 정확히 얼마나 되는지 아십니까?"

그가 물었다.

"홈즈 씨, 그건 정말 모르겠군요. 인도 학생보다는 크고, 길크리스트 보다는 크지 않습니다. 5피트 6인치* 정도 될 것 같군요."

---

* 약 168cm

"그건 아주 중요합니다."

홈즈가 말했다.

"자, 그럼, 솜즈 씨. 안녕히 계십시오."

우리를 안내하던 교수는 깜짝 놀라 당황하며 크게 소리쳤다.

"세상에, 홈즈 씨. 저를 남겨두고 이렇게 갑작스레 가시려는 건 아니겠지요! 상황을 잘 모르시는군요. 내일이 시험입니다. 오늘 밤 무언가 명확한 행동을 취해야 합니다. 누군가 시험지를 손댄 상태 에서 시험을 보게 할 수는 없습니다. 사태를 직시하셔야 합니다."

"있던 그대로 놔두십시오. 내일 아침 일찍 들러 이 사건을 논의 하지요. 어떤 행동을 지시할 수도 있습니다. 그동안은 아무것도 하 시면 안 됩니다. 아무것도."

"잘 알았습니다. 홈즈 씨."

"마음을 편안히 놓으셔도 됩니다. 어려움을 헤쳐 나갈 길을 분 명 찾을 겁니다. 검은 진흙 덩이와 연필 깎은 부스러기는 제가 가지 고 갑니다. 안녕히 계십시오."

어둠이 깔린 안마당으로 나왔을 때 우리는 창문을 다시 올려 다보았다. 인도 학생은 여전히 방안을 왔다갔다하고 있었다. 다른 학생들은 보이지 않았다.

"흠, 왓슨. 어떻게 생각하나?"

큰 도로에 들어서자 홈즈가 물었다.

"카드 세 장으로 하는 약간 위험한 게임이지, 그렇지 않나? 세 명이 있네. 그중 한 명이 틀림없어. 자네가 선택해 보게. 누굴 고르 겠나?

"맨 위층에 사는 입이 험한 녀석이네. 그 녀석 점수가 제일 높군. 하지만 인도 학생도 역시 음흉해 보인다네. 왜 저리도 계속해서 방 안을 왔다갔다하는 건가?"

"그건 별 일 아니야. 무언가를 외우려 노력할 때 저렇게 하는 사람들이 많지."

"우리를 수상한 눈으로 쳐다봤네."

"내일 시험을 준비하느라 매 순간이 소중한 때에, 이방인 한 무리가 찾아온다면 자네도 그럴 걸세. 아냐, 그건 별일이 아니라네. 연필이나 칼 역시 문제가 없었어. 하지만 그 친구는 내 머리를 아프게 하는군."

"누구?"

"배니스터, 그 하인 말일세. 목적이 뭔지 알 수가 없어."

"나는 더할 나위 없이 정직한 사람이라는 인상을 받았네."

"나도 그랬지. 그게 머리 아픈 부분일세. 왜 더할 나위 없이 정직한 사람이……. 어허, 여기 큰 문구점이 있군. 조사를 시작해보세."

시내에는 문구점이 네 개뿐이었는데, 홈즈는 그곳을 모두 다니면서 연필 깎은 부스러기를 제시하며 동일 제품을 높은 값에 사겠다고 했다. 모든 문구점들이 똑같이 말하기를, 주문해 줄 수는 있으나 흔한 크기의 연필이 아니기 때문에, 가져다 놓은 것은 없다고 했다. 내 친구는 실패에도 낙담한 것 같지 않았고, 포기한다는 의미로 반쯤은 익살스럽게 어깨를 으쓱해보였다.

"이보게 왓슨, 좋지 않군. 이것이 가장 훌륭하고 결정적인 단서였는데 틀려 버렸어. 하지만, 나는 이것 없이도 충분히 사건을 해결할 수 있다고 확신하네. 이런! 여보게, 아홉 시가 다 되었어. 하숙집 주인아주머니가 일곱 시 반에 완두콩 요리를 한다고 수다를 떨었다네. 왓슨, 자네가 끊임없이 담배를 피우는 것과 식사 시간이 불규칙한 것 때문에 나가 달라는 소리를 들을 것 같군. 나도 같이 쫓겨나고 말이야. 어쨌든 간에, 그렇게 되기 전에 우리는 신경과민이 된 교수와 부주의한 하인, 세 명의 진취적인 학생에 관한 문제를 해결할 수 있을 걸세."

그날 홈즈는 사건에 대해 더 이상 언급하지 않았지만, 뒤늦은 저녁식사를 한 뒤에 한참 동안 생각에 빠진 채로 앉아 있었다. 아침 여덟 시, 내가 막 몸단장을 끝냈을 때 그가 내 방으로 들어왔다.

"흠, 왓슨,"

그가 말했다.

"세인트 루크 대학으로 갈 시간이 됐네. 아침을 먹지 않아도 되겠나?"

"물론이지."

"솜즈는 우리가 뭔가 분명한 이야기를 해주기 전까지는 아주 불안해 하고 있을 걸세."

"분명하게 얘기해 줄 것이 있는가?"

"그런 것 같네."

"결론을 냈단 말인가?"

"이보게, 왓슨. 그래, 나는 수수께끼를 풀었네."

"하지만 새로 찾은 증거가 없지 않은가?"

"아하! 여섯 시에 일찍 침대에서 일어나 나갔다 온 일이 헛수고가 아니었지. 이와 같은 걸 찾기 위해서 두 시간 동안 힘들게 조사하고, 적어도 5마일은 걸어 다녔네. 이걸 보게나!"

그는 손을 내밀었다. 손바닥 위에는 작고 검은 피라미드 모양의 진흙 덩어리가 세 개 있었다.

"아니, 홈즈. 어제는 두 개였네."

"오늘 아침 하나가 더 생겼지. 3번이 나온 곳이 1,2번의 출처와 같다는 건 정당한 논증일세. 그렇지, 왓슨? 자, 빨리 가서 솜즈 친구를 괴로움에서 해방시켜주세."

우리가 그의 방으로 찾아갔을 때 불운한 교수는 불쌍하리만큼 불안해 하고 있었다. 시험이 몇 시간 후면 시작되는데, 그는 여전히 사람들에게 공개할 지, 아니면 귀중한 장학금이 걸린 경쟁에 범죄자가 참여하도록 놔둬야 할지, 결정하지 못하고 진퇴양난에 빠져있었다. 정신적인 불안이 너무 컸기 때문에 가만히 서 있지를 못하고, 홈즈에게로 달려와 간절하게 두 손을 내밀었다.

"감사하게도 와 주셨군요! 자포자기하고 포기하시면 어쩌나 했습니다. 어떻게 할까요? 시험을 실시할까요?"

"예. 시험은 반드시 실시해야지요."

"하지만 그 악당 녀석은?"

"그는 시험을 치르지 않습니다."

"누군지 알아내셨습니까?"

"그렇습니다. 이 사건을 공개하지 않는다 해도, 우리가 법의 힘을 빌려 자그마한 비공식 군법회의를 열어야 합니다. 괜찮으시다면,

솜즈 씨는 거기에! 왓슨, 자네는 여기에! 저는 중간에 안락의자를 가져다 놓고 앉겠습니다. 이 정도면 죄인의 마음속에 두려움을 주기에 충분하리라 생각합니다. 벨을 울리십시오!"

배니스터는 들어오더니, 우리가 재판관처럼 앉아 있는 걸 보고 놀라며 뒷걸음질쳤다.

"문을 닫아 주게."

홈즈가 말했다.

"자, 배니스터, 어제 사건의 진실을 말해 주겠나?"

그 남자는 머리카락 끝까지 하얗게 질렸다.

"모두 다 말씀을 드렸습니다."

"더 할 말은 없고?"

"전혀 없습니다."

"저런, 그러면 내가 몇 가지 얘기하겠네. 어제 자네가 저 의자에 앉은 것은, 방에 있었던 사람의 정체를 알아볼 만한 어떤 물건을 감추기 위해서가 아니었나?"

배니스터의 얼굴은 죽은 사람처럼 창백해졌다.

"아닙니다. 절대 아닙니다."

"그냥 얘기해 본 걸세."

홈즈는 온화하게 말했다.

"솔직히 말하자면, 증명할 수는 없네. 하지만 가능성은 충분하지. 솜즈 씨가 나가있는 동안에 자네는 침실에 숨어 있던 사람을 내보내주었으니 말일세."

배니스터는 마른 입술에 침을 발랐다.

"거기엔 아무도 없었습니다."

"아, 유감스런 일이군, 배니스터. 조금 전까지는 진실을 말했겠지만, 지금은 거짓말을 한다는 걸 알고 있네."

그 남자의 얼굴은 무뚝뚝하게 반항하는 표정을 띠었다.

"거기엔 아무도 없었습니다."

"이런, 이런, 배니스터!"

"없었습니다. 아무도 없었어요."

"그렇다면 자네에겐 더 이상 물어볼 것이 없네. 방 안에 남아주겠나? 저쪽 침실문 근처에 서 있게. 자, 솜즈 씨, 길크리스트 청년 방으로 올라가서 이곳으로 내려오라고 전해주시면 고맙겠습니다."

잠시 뒤 교수는 학생을 데리고 돌아왔다. 그는 키가 크고 잘 생긴 남자로, 유연하고 민첩한 몸매에 걸음걸이는 탄력이 있었으며, 솔직하고 호감이 가는 얼굴이었다. 걱정이 가득한 그의 푸른 눈은 우리들을 하나하나 바라보더니, 마지막에는 저쪽 구석에 있는 배니스터의 당황해서 어찌할 바를 모르는 표정에 머물렀다.

"문을 닫게."

홈즈가 말했다.

"길크리스트 군, 이곳에는 우리밖에 없고, 우리들 사이에서 오가는 말은 한 마디도 다른 사람들에게 전해지지 않을 걸세. 우리 서로 솔직하기로 하세. 길크리스트 군, 어째서 자네처럼 올바른 인물이 어제는 그런 행동을 저지르게 된 건가?"

불운한 청년은 비틀비틀 뒷걸음치며, 두려움과 비난이 가득 찬 눈빛을 배니스터에게 던졌다.

"길버스트 도련님. 아닙니다, 아니에요. 저는 한 마디도 하지 않았습니다. 한 마디도요!"

"안했지. 하지만 이제는 했군."

홈즈가 말했다.

"자, 이보게. 배니스터의 말을 들었으니 자네 입장이 곤란해졌다는 걸 알았을 거야. 자네가 할 일은 오직 솔직하게 고백하는 것뿐일세."

한동안 길크리스트는 두 손을 올리고 괴로움에 일그러진 얼굴을 가리려고 애썼다. 다음 순간, 그는 책상 옆에 무릎 꿇고 쓰러져 두 손에 얼굴을 파묻고는 격정적으로 흐느끼기 시작했다.

"자, 진정하게."

홈즈는 부드럽게 말했다.

"사람은 누구나 실수하는 법이네. 적어도 자네를 철면피 같은 범죄자라고 비난할 사람은 아무도 없어. 내가 솜즈 씨에게 일이 어떻게 된 건지 말해주는 편이 간단하겠군. 자네는 내가 틀린 점이 있으면 알려주게. 그래도 되겠지? 그래, 그래, 대답하려고 애쓸 필요 없네. 잘못된 점이 있는지 잘 들어보게나.

솜즈 씨, 시험지가 방에 있다는 걸 아무에게도, 베니스터에게 조차도 말하지 않았다는 얘기를 들었을 때부터, 내 머리 속에선 이 사건이 점차 분명한 모양새를 갖추기 시작했지요. 물론, 인쇄업자는 고려하지 않았습니다. 시험지는 그의 사무실에서도 볼 수 있었으니까요. 인도 학생 역시 혐의를 두지 않았습니다. 교정쇄가 두루마기로 말려있었다면 그게 뭔지 몰랐을 겁니다. 그뿐 아니라, 방에 한 번 들어가 봤더니, 뜻밖에도 바로 그날에 시험지가 책상 위에 있었다는 건 도저히 있을 법한 우연의 일치가 아니지요. 그것도 고려하지 않았습니다. 방에 들어간 사람은 시험지가 거기 있다는 걸 알고 있었습니다. 어떻게 알았을까요?

처음에 이 방에 가까이 왔을 때, 저는 창문을 살펴봤지요. 당신은 환한 대낮에, 맞은편에서 바라보는 눈도 있는데 창문을 통해 들어왔을 거란 얘기를 해서 저를 즐겁게 해주었습니다. 그건 터무니없는 생각입니다. 나는 사람이 지나가면서 가운데 책상에 있는 시험지를 보려면 얼마나 키가 커야할지 계산해보았습니다. 제 키는 6피트*인데, 애를 써야 볼 수 있더군요. 그보다 작은 사람이라면 볼 기회가 없는 겁니다. 이미 아시겠지만, 세 학생 중에 특히 키가 큰 학생이 있다면, 시험지를 보았을 가능성이 셋 중에서는 가장 높은 것이지요.

방에 들어와서는, 작은 탁자를 살펴보고 제 생각을 이야기해 드렸습니다. 중앙에 있는 책상에선 아무것도 알아내지 못했지만, 그때 길크리스트가 멀리뛰기 선수라는 당신의 이야기를 들었지요. 바로 그 순간, 사건의 전체 모습이 떠올랐고, 필요한 것은 뒷받침할 확실한 증거뿐이었는데, 그것도 곧 손에 넣었습니다.

사건은 이렇게 된 겁니다. 이 젊은 친구는 운동장에서 멀리뛰기 연습을 하며 오후를 보냈습니다. 그리고는 점프용 운동화를 들고 돌아왔지요. 아시다시피 그 운동화에는 날카로운 스파이크가 박혀 있습니다. 이 방 창문을 지나다가, 큰 키 덕분에 교정쇄가 책

---

* 약 182.8cm

상 위에 있는 것을 보았고, 그게 어떤 건지 짐작할 수 있었지요. 방문 앞을 지나면서 부주의한 하인이 꽂아 놓은 열쇠를 보지 않았다면, 그런 불행한 일은 생기지 않았을 것입니다. 갑작스런 충동으로 방에 들어간 학생은 그게 정말 교정쇄인지 확인해 보고 싶었습니다. 그리 위험한 모험은 아니었습니다. 질문할 것이 있어 온 것이라고 둘러대면 되니까요.

그런데 진짜 교정쇄라는 것을 알고는, 유혹에 굴복하고 말았습니다. 운동화는 책상 위에 놓아 두었지요. 창가 의자에 올려놓았던 건 무엇이었나?"

"장갑입니다."

청년이 말했다.

홈즈는 의기양양하게 배니스터를 바라보았다.

"길크리스트 학생은 장갑을 의자 위에 놓고, 교정쇄를 한 장씩 집어다가 베꼈습니다. 교수는 정문으로 들어올 테니 볼 수 있다고 생각했지요. 다들 아시는 바와 같이, 솜즈 씨는 옆문으로 들어왔습니다. 학생은 문에서 갑자기 소리가 나는 것을 들었지요. 도망가는 건 불가능했습니다. 장갑은 잊어버리고 운동화만 든 채 침실로 뛰어 들어갔습니다. 책상 위의 긁힌 자국이 처음에는 가늘다가 침실 문 방향으로 깊어진 것을 보셨을 겁니다. 그쪽으로 운동화를 끌어 당겼다는 사실을, 범인이 그쪽으로 몸을 숨겼다는 것을 알려주기에 충분하지요. 스파이크에 붙어있던 흙이 책상 위에 떨어졌고, 침실에서도 두 번째 증거가 떨어졌습니다. 오늘 아침 제가 운동장을 조사하다가 도약대에서 끈끈한 검은색 점토를 발견해서 견본으로 가지고 왔는데, 선수가 미끄러지는 걸 방지하기 위해 흩뿌린 참나무 껍질 찌꺼기나 톱밥 같은 것도 같이 섞여 있었지요. 길크리스트 군, 내가 말한 게 모두 맞나?"

그 학생은 몸을 일으켜 세웠다.

"네. 사실입니다."

그가 말했다.

"세상에! 더 이상 할 말은 없는가?"

솜즈가 소리쳤다.

"네. 있습니다만, 불명예스럽게 발각이 된 충격으로 어찌할 바를 모르고 있었습니다. 솜즈 교수님, 여기 편지가 있습니다. 밤새 잠을 자지 못하고, 오늘 새벽 일찍 쓴 것입니다. 제 죄가 밝혀지기 전에 쓴 편지입니다. 여기 있습니다. 보시면 아시겠지만, 〈시험을 치르지 않기로 결심했습니다. 로디지아* 경찰의 위임을 받아 당장 남아프리카로 갈 예정입니다.〉라고 썼습니다."

"부정하게 획득한 것으로 이익을 취하지 않겠다는 말을 들으니 진심으로 기쁘네."

솜즈가 말했다.

"그런데 어째서 마음을 바꾼 건가?"

길크리스트는 배니스터를 가리켰다.

"저를 올바른 길로 인도한 사람이 바로 저 사람입니다."

그가 말했다.

---

* Rhodesia : 아프리카 남부에 있는 옛 영국 식민지. 현재는 독립국가, 잠비아, 짐바부웨로 나뉘어 있다.

"자, 이제, 배니스터."

홈즈가 말했다.

"내가 이야기했듯이, 이 청년을 나가게 해 줄 수 있었던 사람은 자네뿐이란 것이 명백해졌네. 그러고 나서 자네는 방을 나와, 문을 잠그고 간 것이 틀림없어. 창문으로 도망갔다는 건 믿을 수 없는 이야기이지. 이 사건의 마지막 문제점을 풀어주지 않을 텐가? 자네가 그런 행동을 한 이유를 말해주게."

"알고 나면 아주 단순한 것입니다만, 아무리 영리한 사람이라해도 그걸 알 수는 없었을 겁니다. 저는 한때, 자베즈 길크리스트경의 집사였습니다. 이 젊은 신사분의 아버지이십니다. 그분이 몰락하신 뒤 이 대학에 하인으로 왔지만, 세상을 떠난 그분을 저는 절대 잊을 수가 없었습니다. 지난날을 생각해서 그분의 아들을 성심껏 보살펴드렸지요. 어제 제가 호출을 받고 이 방에 들어왔을 때, 처음으로 제 눈에 들어온 것은 의자에 놓인 길크리스트 도련님의 장갑이었습니다. 그 장갑을 잘 알고 있었기에, 사태를 파악할 수 있었습니다. 솜즈 교수님이 그걸 발견하게 되면, 일이 끝나 버리는 거지요. 저는 의자에 쓰러지듯 앉아 솜즈 교수님이 나갈 때까지 조금도 움직이지 않았습니다. 그러고 나서 제가 무릎에 앉히고 어르고 귀여워했던, 가엾은 어린 주인님을 나오게 했더니, 모든 걸 고백하셨지요. 제가 도련님을 구해 드리는 것이 당연한 일 아닙니까? 저는 도련님께 그런 행동으로 이익을 봐서는 안 된다고 말씀드렸지요. 돌아가신 주인님이라면 그렇게 하셨을 겁니다. 제가 비난을 받아야할까요?"

"아니지, 정말 아닐세."

홈즈는 진심을 담은 말을 하며, 자리에서 일어났다.

"자, 솜즈 씨. 문제를 이제 해결했으니, 아침식사가 기다리는 집으로 가야하겠습니다. 가세, 왓슨! 그리고 길크리스트 군, 로디지아에서는 밝은 미래가 있으리라 믿네. 한 번 바닥으로 떨어져봤으니 말일세. 장래에 얼마나 높이 올라가게 될지 기대가 되는군."

금테 코안경

1894년 한 해 동안 우리가 겪은 사건을 담은 두터운 세 권의 원고를 보자면, 그 수많은 재료 속에서 가장 흥미로우면서도, 동시에 잘 알려진 내 친구의 특별한 재능을 보다 더 드러내 보일 수 있는 사건을 골라내는 건, 나에게 너무 힘든 일이라는 걸 고백해야겠다. 책장을 넘겨 보면, 역겨운 붉은 거머리 이야기, 은행가 크로스비의 끔찍한 죽음에 대한 기록이 나타난다. 애들턴 비극 보고서와 고대 영국 분묘에 관한 특이한 내용도 역시 여기에 있다. 저 유명한 스미스 모티머 상속 사건도 이 시기의 일이고, 대로의 암살범, 휴렛을 추격하고 체포함으로써 프랑스 대통령으로부터 자필 감사 편지와 레지옹 도뇌르 훈장*을 받은 것도 역시 이때의 일이다. 이 모든 것이 이야기거리가 되기에 충분하지만, 욕슬리 관(館)만큼 특이하고 흥미로운 요소를 많이 겸비한 사건은 없다고 나는 생각한다. 이 사건에는 윌로비 스미스 청년의 가엾은 죽음뿐만 아니라, 기묘한 범죄의 동기를 밝혀줄 새로운 사실이 연속적으로 일어났기 때문이다.

---

* the Order of the Legion of Honour : 프랑스 최고의 훈장. 군사적인 공로나 문화적인 공적이 있는 사람에게 수여하는 것으로, 나폴레옹1세가 1802년에 제정하였다. 가장 높은 그랑크루아 등급에서 가장 낮은 슈발리에까지 5가지 등급이 있다. 우리나라에도 이창동, 임권택 감독 등 많은 수상자가 있다.

11월 하순, 거칠고 사나운 비바람이 부는 밤이었다. 홈즈와 나는 저녁 내내 아무 말 없이 앉아 있었다. 그는 고배율 확대경으로 팰림세스트에 원래 씌어 있었던 글자의 흔적을 판독하고 있었고, 나는 외과수술에 관한 최근 논문에 빠져 있었다. 바깥에선 바람이 울부짖으며 베이커 가를 지나가고 있었고, 빗줄기는 창문을 맹렬하게 두들겼다. 인간이 만든 도시가 사방으로 10마일이나 펼쳐져 있고 우리는 바로 그 한가운데 있는데도 자연의 혹독한 손아귀가 느껴졌다. 그 자연의 거대한 힘에 비한다면 런던 전체는 들판에 있는 하나의 점, 두더지가 파놓은 흙더미에 불과할 뿐이라는 사실을 깨닫자 기묘한 기분이 들었다. 나는 창문으로 걸어가 황량한 거리를 살펴보았다. 군데군데 서 있는 가로등 불빛이 진흙탕이 된 길과 반짝이는 포장도로를 비추고 있었다. 마차 한 대가 옥스퍼드 가 끝에서부터 물을 튀기며 달려오고 있었다.

"흠, 왓슨. 오늘 밤 꼭 나가야할 일이 없으니 잘 된 일이군."

홈즈가 확대경을 옆에 놓고 팰림세스트를 말면서 얘기했다.

"일을 많이 한 것 같네. 눈이 피로해지는 일이지. 내가 알아낸 바로는, 15세기 후반기에 기록된 대수도원 보고서만큼 흥미로운 건 아닐세. 이야! 이야! 이야! 이건 무슨 일이지?"

윙윙대는 바람 사이로 말발굽 소리와 마차 바퀴가 보도의 연석에 끌리는 삐그덕 소리가 들려왔다. 내가 보았던 마차가 우리 집 앞에서 멈춘 것이다.

"저 사람이 무슨 일이지?"

---

* palimpsest : 원래의 글을 지우고 다시 쓴 고대문서.

한 사람이 마차에서 내리는 걸 보며 내가 말했다.

"무슨 일? 우릴 찾아온 거네. 이보게, 왓슨. 우리에겐 오버코트와 목도리, 오버슈즈*, 그리고 날씨와 싸우기 위해 만든 인간의 모든 발명품이 필요할걸세. 그런데, 잠깐만! 마차가 떠나는군! 아직 희망이 있네. 우리와 함께 가려고 했다면 마차를 그대로 뒀겠지. 내려가 보게, 왓슨. 문을 열어야지. 선량한 사람들은 모두 잠에 들었을 시간이네."

한밤중의 방문객 위로 현관 불빛이 내리비치자, 나는 그를 어렵지 않게 알아볼 수 있었다. 장래가 유망한 젊은 형사, 스탠리 홉킨스였다. 홈즈가 그의 경력에 실질적인 도움을 준 적이 몇 번 있었다.

"안에 계십니까?"

그는 걱정스럽게 물었다.

"올라오게."

홈즈의 목소리가 위에서 들렸다.

"오늘 같은 밤에는 특별한 일이 있어서 찾아온 것이 아니면 좋겠군."

형사는 계단을 올라갔다. 우리 방의 램프 빛에 방수 우의가 반짝였다. 나는 그가 우의를 벗는 걸 도와주었고, 홈즈는 벽난로 안의 장작을 두들겨 잘 타오르도록 했다.

"자, 이보게 홉킨스. 이리 와서 발을 녹이게."

그가 말했다.

---

* 비 올 때 방수용으로 구두 위에 싯는 덧신.

"담배는 여기 있고, 의사 선생은 레몬을 넣은 따뜻한 물을 처방해 줄걸세. 이런 밤에는 그게 좋은 약이 되지. 오늘 같이 폭풍이 부는 날에 온 것을 보니 뭔가 중요한 일이 틀림없군."

"그렇습니다. 홈즈 씨. 오늘 오후는 정말 바빴습니다. 최근 기사에서 욕슬리 사건을 보셨습니까?"

"오늘은 15세기 이후의 글은 본 적이 없네."

"아, 한 단짜리 기사이고, 모두 틀린 내용이라 안 보셨어도 상관없습니다. 모든 걸 확실하게 처리했습니다. 켄트 지역으로, 채덤에서 7마일, 기차선로에서 3마일 떨어진 곳입니다. 저는 3시 15분에 전보를 받았고, 욕슬리 관에 5시에 도착해서 조사를 한 후, 마지막 기차로 채링 크로스에 돌아와, 곧장 마차를 타고 이곳에 왔습니다."

"그렇다면, 사건을 아직 분명하게 끝내지 못했다는 뜻인가?"

"저로서는 어디가 머리고 어디가 꼬리인지 알 수가 없습니다. 제가 보기엔, 이 사건은 지금까지 다뤄 본 중에서 가장 복잡한 사건입니다. 처음에는 너무나 간단하고, 누구라도 쉽게 해결할 사건 같았지요. 홈즈 씨, 이 사건에는 동기가 없습니다. 한 사람이 죽었습니다. 그건 부정할 수 없는 사실이지요. 하지만 제가 아는 한에서는, 세상 누구도 그를 해칠 이유가 없습니다."

홈즈는 담배에 불을 붙이고 의자 등받이에 몸을 기댔다.

"이야기를 들어보세."

그가 말했다.

"사건은 아주 명확합니다. 제가 알고자 하는 건 그 사실이 나타내는 의미입니다. 제가 파악한 줄거리는 이렇습니다. 몇 년 전, 이 시골 주택, 욕슬리 관에 코람 교수라는 노인이 자리 잡았습니다. 그는 병약해서 하루 중 반은 침대에 누워 있었고, 나머지 반은 지팡이를 짚고 집 주위를 절뚝거리며 다니거나, 정원사가 밀어 주는 휠체어를 타고 정원에 나왔습니다. 찾아 오는 이웃은 몇 안 되었지만 다들 그를 좋아했고, 아주 학식이 높은 사람으로 알려져 있습니다. 집안 식구로는 늙은 가정부 마커 부인과 하녀 수잔 탈턴이 있지요. 이 두 사람 모두 그가 이사 왔을 때부터 있었고, 훌륭한 성품의 여인들 같더군요. 교수는 학문적인 책을 쓰고 있는데, 일 년 전에 비서가 필요해서 한 명을 고용했습니다. 처음 두 명은 잘 맞지가 않았고, 세 번째로 대학을 갓 졸업한 아주 젊은 청년 윌로비 스미스 군이 왔는데 잘 맞았던 모양입니다. 그가 하는 일은 매일 오전 교수가 구술하는 대로 글을 쓰고, 오후에는 대개 다음날 작업에 필요한 참고 문헌이나 인용문 등을 찾는 일을 했습니다. 소년 시절에는 어핑엄 스쿨을, 청년 시절에는 케임브리지를 다닌 윌로비 스미스는 적이 없는 친구입니다. 그의 추천장을 보았는데, 원래부터 예의 바르고 얌전하며 근면한 친구로, 결점이라곤 전혀 없습니다. 그런데 바로 이 청년이 오늘 아침 교수의 서재에서, 살해당했다고밖에 말할 수 없는 모습으로 죽음을 맞이한 것입니다."

바람은 창문에서 울부짖으며 비명을 질러댔다. 홈즈와 나는 난로 가까이 당겨 앉았고, 젊은 경감은 천천히, 한 가지씩 기묘한 이야기를 풀어나갔다.

"영국 전역을 다녀도,"

그가 말했다.

"이보다 더 꽉 막혀 있고, 바깥과 교류하지 않는 집안은 찾을 수 없을 겁니다. 몇 주일이 지나도록 문밖을 나서는 사람이 없을 때도 있습니다. 그 교수는 일에 파묻혀서 다른 일은 아무것도 모릅니다. 스미스 청년은 이웃에 아는 사람이 하나도 없고, 교수와 똑같은 생활을 했습니다. 두 여인도 나가는 일이 없었지요. 휠체어를 밀어주는 정원사 모티머는 크림 전쟁에 참여한 적이 있는 군인 연금 수령자로, 훌륭한 인물입니다. 집 안에 살지는 않고, 정원 한쪽 편에 있는 방 세 개짜리 오두막에서 지냅니다. 욕슬리 관 울타리 안에 사는 사람은 이들뿐입니다. 그리고 런던에서 채덤까지 이어지는 큰 도로는 정문으로부터 백 야드 떨어져 있습니다. 빗장을 걸지 않아서 누구라도 걸어 들어올 수 있지요.

자, 이제 수잔 탈턴의 증언을 말씀드리겠습니다. 이 사건에 대해 확실한 이야기를 들을 수 있는 단 한 사람입니다. 오전 11시에서 12시 사이였습니다. 그때 수잔은 위층 앞쪽 침실에서 커튼을 달고 있었지요. 코람 교수는 아직 침실에 있었습니다. 날씨가 나쁠 때는 정오까지 일어나지 않는 일이 종종 있답니다. 가정부는 집 뒤편에서 일을 하느라 바빴지요. 윌로비 스미스는 거실로도 쓰는 침실에 있었는데, 그때 하녀가 듣기를, 복도를 지나 그녀가 있던 방 아래층 서재로 가는 소리가 났다고 합니다. 그를 보지는 못했지만, 빠르고 다부진 발소리라서 틀릴 리가 없다고 했습니다. 그녀는 서재 문이 닫히는 소리는 듣지 못했는데 일이 분 지난 후에 끔찍한 비명 소리가 아래에서 들리더랍니다. 거칠고 쉰 듯한 목소리였고 기이하고 부자연스러웠기 때문에 남자 소리인지 여자 소리인지 구분할 수 없었습니다. 그와 동시에 집이 흔들릴 정도로 무겁게 쿵 소리가 나더니, 주위가 조용해 졌습니다. 그 하녀는 놀라서 잠시 동안 돌처럼 굳어져 있다가, 용기를 내서 아래층으로 내려갔지요. 서재 문은 닫혀 있었고, 그녀가 열고 들어갔습니다. 안에는 윌로비 스미스 군이 바닥에 누워 있었지요. 처음에는 상처를 보지 못했는데, 일으키려다가 목 뒤에서 피가 흘러나오는 것을 보았습니다. 상처는 작았지만 아주 깊게 뚫렸기 때문에 경동맥이 끊어진 겁니다. 그 상처를 입힌 흉기는 청년의 옆, 카페트 위에 놓여 있었지요. 봉랍을 떼는 작은 칼인데, 구식 책상에서 볼 수 있는 것으로 상아 손잡이가 달려 있었고 날은 단단했습니다. 교수의 책상에서 나온 것이지요.

하녀는 처음엔 스미스 청년이 이미 죽었다고 생각했습니다만, 유리 물병을 가져다 이마에 물을 좀 부으니 곧 눈을 떴습니다. 〈교수님〉 하면서, 〈그 여자였습니다〉라고 중얼거렸지요. 하녀는 정확히 그렇게 말했다며 맹세해도 좋다고 했습니다. 청년은 뭔가 더 말하려고 애쓰면서 오른손을 치켜들었습니다. 그리고는 숨을 거두었지요.

그동안에 가정부도 그곳에 왔지만, 청년이 죽어 가면서 남긴 말을 듣기엔 늦었다고 하더군요. 가정부는 수잔을 시체 옆에 남겨 두고 서둘러 교수의 방으로 갔습니다. 교수는 심하게 불안해 하며 침대에 앉아 있었는데, 소리를 듣고 무언가 끔찍한 일이 일어났다는 걸 깨달았기 때문입니다. 가정부 마커 부인은 교수가 아직 잠옷을 입고 있는 걸 분명히 봤다고 했습니다. 사실 모티머의 도움 없이는 옷을 입는 것도 불가능했고, 모티머에게는 12시에 오라고 지시했답니다. 교수는 멀리서 비명 소리를 들었지만 더 이상은 아무것도 몰랐다고 했습니다. 그 청년이 마지막 남긴 〈교수님, 그 여자였습니다〉라는 말에 대해선 전혀 뜻을 모른다고 했고, 정신착란으로 인한 헛소리일 거라고 생각하더군요. 그는 윌로비 스미스에겐 적이 하나도 없으며, 그런 범죄를 당할 이유가 없다고 믿고 있습니다. 그가 처음으로 한 행동은 정원사 모티머를 경찰에 보낸 것입니다. 잠시 뒤 경찰서장이 저를 그곳으로 보냈습니다. 제가 도착할 때까지는 아무것도 움직이지 말고, 집으로 통하는 작은 길에 아무도 들어가지 못하게 하라는 준엄한 명령이 내려졌습니다. 셜록 홈즈 씨. 당신이 가르쳐준 이론을 실제로 적용해 볼 훌륭한 기회가 생긴 겁니다. 정말 바랄 것이 없었습니다."

"셜록 홈즈가 없는 걸 빼면 말이지."

내 친구가 쓴웃음을 지으며 말했다.

"어쨌든, 이야기를 계속 들어 보세. 자네는 어떤 일을 했는가?"

"홈즈 씨, 먼저 간단하게 그린 평면도를 봐주십시오. 교수의 서재 위치나 사건의 여러 지점을 대략적으로 표시했습니다. 제 조사 활동을 이해하시는데 도움이 될 겁니다."

그는 간단한 평면도를 펼쳐 홈즈의 무릎에 올려 놓았다. 여기에 내가 모사한 그 평면도를 싣는다. 나는 자리에서 일어나 홈즈의 뒤에 서서, 어깨너머로 바라봤다.

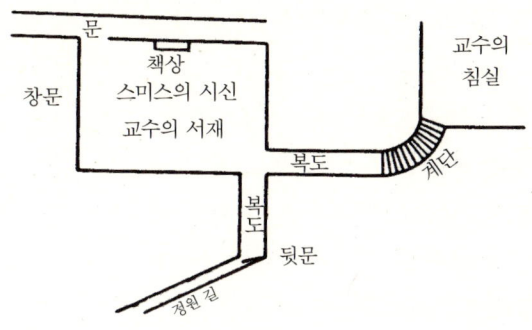

"이건 물론, 중요하다고 생각되는 지점만을 간략하게 그린 겁니다. 나머지는 나중에 직접 보십시오. 자, 먼저 살인범이 집안으로 들어오는 걸 가정할 때, 그가 남자든 여자든 어떻게 들어왔을까요? 틀림없이 서재로 직접 통하는, 정원의 작은 길과 뒷문을 이용했을 겁니다. 다른 길은 매우 복잡합니다. 도망갈 때도 역시 같은 길이었을 겁니다. 방에서 나가는 길이 두 곳이 더 있지만, 하나는 수잔이 내려오고 있었기에 막혔고, 또 다른 쪽은 교수의 침실과 곧장 이어지기 때문입니다. 그렇기 때문에, 저는 즉시 정원의 작은 길에 주목했습니다. 최근에 내린 비로 젖어 있었기에 발자국이 남아있을 것이 틀림없었지요.

조사 결과, 제가 상대하고 있는 범인은 신중하고 노련한 자라는 것이 밝혀졌습니다. 작은 길에는 발자국 하나 없었습니다. 하지만 누군가가 흔적을 남기지 않기 위해, 작은 길을 따라 양쪽에 있는 풀밭을 밟고 지나간 것이 확실했지요. 뚜렷한 자국은 남아 있지 않았지만 풀이 밟혀 있어, 그곳으로 간 것이 분명했습니다. 그날 아침 정원사든 다른 어떤 사람이든 그쪽으로 가지 않았고, 비는 밤 동안에 내리기 시작했기 때문에, 범인 외에 다른 사람일 리가 없습니다."

"잠깐만,"

홈즈가 말했다.

"이 작은 길은 어디로 향하지?"

"큰 길 쪽입니다."

"길이는 얼마나 되고?"

"약 백 야드 정도입니다."

"대문에서 작은 길로 이어지는 지점에서 분명 흔적을 찾을 수 있었을 텐데?"

"불행히도 작은 길의 그 지점에는 타일이 씌워져 있었습니다."

"흠, 큰 길에는?"

"없었습니다. 사람들이 밟고 지나가 진창이 되어 있더군요."

"쯧쯧, 그렇다면, 풀밭 위의 발자국은 들어온 건가, 나간 건가?"

"알 수가 없습니다. 발자국 윤곽이 전혀 없었습니다."

"발이 큰지도, 작은지도 모르고?"

"식별할 수 없었습니다."

"홈즈는 안타깝다는 듯 탄식했다. 그 이후로 비가 쏟아져 내리고 허리케인이 불고 있네."

그가 말했다.

"팰림세스트를 판독하는 것보다 더 어려운 일이 될 걸세. 흠, 어쩔 수가 없지. 홉킨스, 자네가 한 일은 뭔가? 확실하게 알아낸 것이 없다는 것을 확실히 안 다음에 말일세."

"저는 확실하게 알아낸 것이 꽤 있다고 생각합니다. 누군가가 밖에서부터 조심스럽게 집 안으로 들어왔다는 것을 알아냈습니다. 그 다음엔 복도를 조사했습니다. 코코넛 매트가 깔려 있어 어떤 흔적도 남아있지 않았지요. 복도는 서재로 이어졌습니다. 가구가 별로 없는 방이었습니다. 서랍이 있는 커다란 책상이 가장 중요한 가구였습니다. 그 책상은 서랍 두 개가 한 줄로 있었고, 그 사이에는 작은 여닫이 장이 있었습니다. 서랍은 열려 있고 장은 잠겨 있었지요. 그 서랍은 늘 열려 있고 중요한 것은 보관하지 않는 것 같았습니다. 장에는 중요 서류가 있었는데 손 댄 흔적은 없었고, 교수도 잃어 버린 것이 없다고 확인했습니다. 훔쳐간 것이 없는 건 확실합니다.

이제 그 청년의 시신에 대해 얘기하겠습니다. 시신은 책상 옆에서 발견되었는데, 평면도에 표시한 것처럼, 책상 바로 왼쪽이었지요. 찔린 상처는 목 오른편이고, 뒤에서 앞쪽으로 찌른 것이기 때문에 자해한 것이라고 보기는 불가능합니다."

"칼 위로 넘어진 것이 아니라면 그렇지."

홈즈가 말했다.

"그렇습니다. 저도 그 생각을 했습니다. 하지만 칼이 발견된 곳은 시신에서 몇 피트 떨어진 곳이라서, 그건 불가능해보였습니다. 물론, 죽은 청년이 남긴 말도 있으니까요. 그리고 드디어 매우 중요한 증거물을 찾아냈습니다. 죽은 청년이 오른 손에 꽉 쥐고 있던 겁니다."

스탠리 홉킨스는 주머니에서 작은 종이 꾸러미를 꺼냈다. 그걸 펼치니, 끝에 검은 비단끈이 끊어진 채로 달려있는 금테 코안경이 나타났다.

"윌로비 스미스는 시력이 아주 좋았습니다."

홉킨스가 덧붙였다.

"이건 자객의 얼굴에서 잡아챘거나 가지고 있던 걸 뺏은 것이 틀림없습니다."

홈즈는 깊은 관심과 흥미를 보이며 그 안경을 손에 들고 살폈다. 코 위에 걸치고 그걸 통해 글자도 읽어 보고, 창으로 가서 거리를 바라보기도 하더니, 램프 불빛에 대고 세밀하게 살펴보았다. 마침내 그는 낄낄 웃으며 책상 앞에 앉아, 종이에 몇 줄을 쓰고는 스탠리 홉킨스에게 건넸다.

"최선을 다해 알아낸 걸세."

그가 말했다.

"아마 도움이 될 거야."

놀란 형사는 큰 소리로 메모를 읽었다. 내용은 다음과 같다.

〈수배할 인물. 교양 있고 숙녀처럼 차려입은 여성. 코가 눈에 띄게 두껍고, 눈 사이가 좁다. 이마에 주름이 있고 사물을 응시하는 버릇이 있으며 등이 굽었을 가능성이 있다. 지난 몇 달 간 적어도 두 번은 안경점에 찾아간 적이 있다. 안경 도수가 아주 높으며, 안경점은 많지 않으니 그녀를 추적하는데 어려움이 없을 듯.〉

홈즈는 홉킨스의 놀란 모습을 보고 웃었는데, 내 모습도 그와 다르지 않았을 것이다.

"내 추리는 아주 간단한 걸세."

그가 말했다.

"안경만큼 추론하기에 훌륭한 바탕이 되는 재료를 찾긴 힘들 걸세. 더욱이 이것처럼 눈에 띄는 것이라면 말이야. 여인의 것이라는 건 섬세한 모양을 보고 추측했는데, 물론 죽은 남자가 마지막 남긴 말도 도움이 되었네. 세련되고 교양이 있다는 건, 자네도 보았겠지만, 순금으로 멋지게 만든 안경이기 때문일세. 이런 안경을 쓰는 사람이 단정치 못하다는 건 생각조차 못할 일이거든. 그리고 안경 코받침이 자네 코에 비해 너무 넓다는 걸 알게 될 텐데, 그건 이 여인의 콧잔등이 아주 넓다는 걸 보여주지. 이런 종류의 코는 대개 짧고 작지만, 예외가 많이 있으니까 독단적이 될 염려도 있고 해서, 이 점은 강조하지 않았네. 내 얼굴은 좁은 편인데 이 안경을 써보니 초점이 가운데는커녕 가운데 근처로도 오지 않았어. 그러므로 이 연인의 눈은 코와 상당히 가까울 걸세. 왓슨, 자네도 알겠지만 이 안경은 오목 렌즈이고 보통 이상으로 도수가 높네. 이런 시력을 가지고 있다면 생활에 큰 영향을 끼쳤을 것이고, 신체적인 특징도 나타나게 되지. 그건 이마, 눈썹, 어깨 등에서 볼 수 있네."

"그렇군."

내가 말했다.

"자네 얘기는 잘 이해할 수 있네. 그런데, 어떻게 안경점을 두 번 방문했다는 걸 알아낸 건지 나로서는 도무지 알 수가 없군."

홈즈는 손으로 안경을 들어올렸다.

"자네도 알겠지만,"

그가 말했다.

"코에 닿는 압력을 줄이기 위해 코받침에 작은 코르크 조각을 붙였네. 그중 한쪽은 변색되고 꽤 많이 닳았는데, 다른 쪽은 새 거야. 분명 한쪽이 떨어져나가 새로 붙인 것이지. 내가 판단하건데, 오래된 쪽도 붙인지 몇 달 이상은 되지 않을 걸세. 이 두 개는 완전히 똑같이 생겼고, 이런 점을 종합해 보면 이 여인은 같은 상점을 두 번 간 것을 알 수 있지."

"세상에, 정말 놀랍습니다!"

홉킨스가 경탄하며 소리쳤다.

"생각해보니 저는 손 안에 모든 증거를 가지고 있으면서도, 전혀 알지를 못했군요! 어쨌든 런던의 안경점을 돌아다니려고 했었습니다."

"물론 그래야지. 그런데, 사건에 관해 더 이상 얘기할 것은 없나?"

"없습니다, 홈즈 씨. 제가 아는 것만큼, 아니 그보다 많이 아실 것 같군요. 시골 도로나 기차역에서 낯선 사람이 목격되지는 않았나 조사를 해봤습니다. 아무도 없더군요. 가장 골치 아픈 문제는 범죄의 동기가 없다는 것입니다. 누구도 동기를 알지 못합니다."

"아! 그건 내가 도와줄 입장이 아니군. 그런데 자네는 내일 우리가 함께 가기를 바라는 건가?"

"홈즈 씨, 너무 어려운 일이 아니면 부탁드립니다. 채링 크로스에서 채덤 역으로 가는 기차가 아침 여섯 시에 있는데, 그걸 타면 여덟 시에서 아홉 시 사이에 욕슬리 관에 갈 수 있습니다."

"그러면 가기로 하세. 자네 사건은 아주 흥미로운 점이 있네. 조사해 보면 재미있을 걸세. 흠, 한 시가 다되어 가는군. 몇 시간 자는 게 좋겠네. 자네는 벽난로 앞 소파를 차지하는 것이 좋을 것 같아. 떠나기 전에 내 알코올램프로 커피 한 잔 끓여 주겠네."

다음 날, 강풍은 그쳤으나 여행을 시작하기엔 괴로운 아침이었다. 차가운 겨울 해가 템스 강의 황량한 습지와 길고 완만한 하류 위로 떠올랐다. 그걸 보니 우리가 활동하던 초기에 안다만 섬사람들을 추적하던 때가 기억이 났다. 길고 피로한 여행을 한 뒤에 우리는 채텀에서 몇 마일 떨어진 작은 기차역에 내렸다. 그곳 여관에서 마차에 말을 매는 동안, 우리는 서둘러 아침을 먹었고, 그래서 욕슬리 관에 도착했을 때에는 곧장 일을 시작할 수 있었다. 경관한 명이 정원문에서 우리를 맞이했다.

"아, 윌슨. 새로운 소식이 있나?"

"아뇨, 없습니다."

"낯선 사람을 봤다는 보고도 없고?"

"네, 없습니다. 역에 내려가 봤더니 어제는 낯선 사람이 온 적도 간 적도 없다고 분명하게 얘기하더군요."

"여관이나 셋집도 조사해봤나?"

"네. 신원이 분명하지 않은 사람은 없었습니다."

"그래, 채텀까지는 걸어갈 만한 거리이니까. 거기서는 누구든지 눈에 띄지 않게 투숙하거나 기차를 탈 수가 있지. 홈즈 씨, 여기가 제가 말한 정원 길입니다. 어제 이곳에는 아무런 발자국이 없었다는 걸 보증할 수 있습니다."

"어느 쪽 풀에 발자국이 있었는가?"

"이쪽입니다. 길과 화단 사이에 있는 좁은 풀밭입니다. 지금은 흔적을 볼 수 없지만, 그때는 확실히 보였습니다."

"그래, 맞아. 누군가 이쪽을 지나갔군."

홈즈가 허리를 숙이고 풀밭 경계를 살피며 말했다.

"그 여인은 신중하게 풀밭을 골라서 걸었네. 그렇지 않았다면, 길 위에 발자국을 남겼거나, 부드러운 화단 위에 더욱 선명한 자국을 남겼을 테니 말이야. 그렇지 않나?"

"그렇습니다. 분명 냉정한 여자일 겁니다."

홈즈의 얼굴을 보니 완전히 집중하고 있었다.

"돌아갈 때도 이 길로 간 것이 틀림없다고 했지?"

"네. 다른 길은 없습니다."

"이 풀밭 위로?"

"분명합니다, 홈즈 씨."

"흠! 정말 대단한 일이야. 정말 대단해. 자, 길은 다 본 것 같군. 앞으로 나아가보세. 이 정원문은 보통 열려 있겠지? 그러면 방문객이 아무 일도 안하고 그냥 걸어 들어올 수 있었겠군. 살해하려는 마음은 없었어. 그랬다면 책상에 있는 칼을 집어 드는 대신에 적당한 무기를 지니고 왔겠지. 그녀는 복도를 따라갔고, 코코넛 매트 위에 아무런 흔적을 남기지 않았네. 그리고 서재에 들어갔지. 얼마나 있었을까? 우리로선 알 수가 없군."

"몇 분 되지 않았을 겁니다. 말씀드리는 걸 잊었습니다만, 가정부 마커 부인이 사건이 일어나기 얼마 전, 약 15분 전에 거기서 청소를 했다고 말했습니다."

"음, 그러면 범위가 정해졌군. 그 여인이 방에 들어와서 무엇을 했을까? 책상을 향해 간다. 무엇 때문에? 서랍에 있는 것 때문은 아니야. 그녀가 가져갈 만한 가치가 있는 것이라면, 분명 잠가 놓았 겠지. 그래, 나무 책상 안에 있는 무언가를 노리고 온 거야. 어라! 표면에 긁힌 자국은 뭐지? 왓슨, 성냥을 켜서 들고 있게. 홉킨스, 이 건 왜 말을 하지 않았나?"

홈즈가 살펴보고 있는 자국은 열쇠 구멍 오른편 황동 부분에 난 것으로, 니스칠한 표면이 4인치 정도 긁혀있었다.

"홈즈 씨, 저도 그걸 봤습니다만, 열쇠 구멍 주변에는 언제나 흠집이 있기 마련이라서요."

"이건 최근에, 아주 최근에 난 것일세. 긁힌 부분에 황동이 빛 나는 걸 보게. 오래된 흠집이라면 다른 표면과 똑같은 색깔이었을 거야. 내 확대경으로 보게. 밭고랑 양쪽에 쌓인 흙처럼 니스칠이 일 어나 있네. 마커 부인을 불러 주게."

슬픈 얼굴을 한 나이 든 여인이 방에 들어왔다.

"어제 아침에 이 책상의 먼지를 털었나요?"

"예."

"이 흠집을 봤습니까?"

"아뇨, 못 봤습니다."

"못 본 것이 틀림없을 겁니다. 그랬다면 먼지떨이가 니스칠 찌꺼 기를 털어냈을 테니까요. 이 책상 열쇠는 누가 가지고 있습니까?"

"교수님이 시계줄에 차고 계십니다."

"간단한 열쇠인가요?"

"아닙니다. 처브' 열쇠이지요."

"잘 알았습니다. 마커 부인, 가도 좋습니다. 이제 좀 더 진행해 보기로 하세. 그 여인은 방에 들어와, 책상 앞으로 가서 여닫이장 문을 열었거나, 열려고 했네. 그녀가 이러고 있는 동안, 윌로비 스미스 청년이 방에 들어왔지. 그녀는 급하게 열쇠를 빼려다 문에 흠집을 내고 말았네. 청년이 그녀를 붙들자, 떼어놓기 위해 가장 가까운 곳에 있던 물건을 집어 들고 친 걸세. 그게 우연히도 칼이었지. 한 번 휘두른 것이 치명상이 되었네. 청년은 쓰러지고 여인은 도망쳤는데, 목적했던 물건을 가져갔는지 아닌지는 알 수 없군. 하녀 수잔을 불러주겠나? 수잔, 비명소리가 들린 후에 누군가 저 문을 통해 도망갈 수 있을까?"

"아뇨, 그건 불가능해요. 제가 계단을 내려오기 전에 보았는데, 복도엔 아무도 없었어요. 게다가 문이 열렸으면 제가 듣지 못했을 리가 없어요."

"그러면 나간 길은 정해졌군. 그 여인은 왔던 곳으로 나간 것이 틀림없네. 이 복도는 교수의 방으로 통한다고 알고 있네. 이쪽으로 다른 출구는 없나?"

"네. 없습니다."

"이제 내려가서 교수를 만나 봐야겠네. 어라, 홉킨스! 이건 아주 중요하군. 아주 중요해. 교수 방으로 가는 복도에도 코코넛 매트가 깔려있네."

---

* Chubb : 영국의 유명한 자물쇠, 금고 회사.

"네. 그게 무슨 상관이지요?"

"사건에 관련된 의미를 모르겠는가? 저런, 저런. 굳이 내 의견을 주장하진 않겠네. 아마도 내가 틀렸겠지. 하지만 암시하는 바가 많군. 함께 가서 교수를 소개해주게."

우리는 복도를 내려갔는데, 정원으로 이어지는 복도와 길이가 같았다. 끝에 이르자 계단이 몇 개 나왔고 그 위에 문이 있었다. 우리의 길잡이가 노크를 했고, 교수의 침실로 안내를 했다.

그곳은 아주 큰 방이었다. 셀 수 없이 많은 책이 가득 차 있었고, 책장에서 넘쳐난 책은 구석에 무더기로 놓여 있거나 책장 밑 여기저기에 쌓여 있었다. 침대는 방 한가운데 있었고, 집주인은 그 위에, 베개에 의지해서 앉아 있었다. 나는 그렇게 독특한 외모를 가진 사람은 본 적이 없었다. 매부리코에 수척한 얼굴이 우리를 돌아보고 있었는데, 길게 늘어진 눈썹 아래 깊게 꺼진 눈자위 안에선 날카로운 검은 눈동자가 있었다. 머리와 수염은 하얗게 세었지만, 입 주위 수염만은 기묘하게도 노란 빛을 띠고 있었다. 엉킨 흰색 털 안에선 담배가 빨갛게 타고 있었고, 방 안 공기는 퀴퀴한 담배 연기로 고약한 냄새를 풍기고 있었다. 홈즈에게 손을 내밀 때, 나는 그 손이 누런 니코틴으로 얼룩져있는 걸 보았다.

"홈즈 씨, 담배 피십니까?"

그는 교양 있는 영어로 말했는데, 좀 점잔빼는 듯한 이상한 억양이었다.

"담배 한 대 피우시지요. 그리고 당신도 한 대 어떠십니까? 이걸 추천 드리지요. 알렉산드리아의 이오니데스가 특별히 보내온 겁니다. 한 번에 천 개씩 보내오는데, 애석하게도 2주마다 새로 주문을 해야 되는군요. 좋지 않지요. 아주 좋지 않아요. 하지만 늙은이에게 즐거움이란 별로 없는 법이지요. 담배와 일, 이것이 내게 남은 전부이군요."

홈즈는 담배에 불을 붙이고, 방 안 전체를 재빨리 둘러보았다.

"담배와 일, 하지만 이제 담배뿐이지요."

노인이 탄식했다.

"아아! 이 무슨 운명의 방해란 말입니까! 누가 그런 끔찍한 파국을 예견이나 했겠습니까? 그렇게 훌륭한 청년을! 몇 달 동안 훈련을 받더니 아주 뛰어난 조수가 되었지요. 홈즈 씨, 이 사건을 어떻게 생각하시는지요?"

"아직 결론을 내리지 않았습니다."

"사방이 어두운 암흑 속에 있는 우리에게 한 줄기 빛을 주신다면, 정말 은혜로 여기겠습니다. 그런 충격은 나 같은 가련한 책벌레이자 불구자에겐 엄청난 일이지요. 생각하는 능력도 잃어버린 것 같습니다. 하지만 당신은 활동적인 사람이고 실무적인 사람이지요. 당신의 삶에선 이런 일은 매일 반복되는 일상과 같을 겁니다. 어떤 상황에서도 평정을 잃지 않겠지요. 당신이 우리 편에 계시니 정말 행운입니다."

노교수가 이야기하는 동안 홈즈는 방 한편에서 왔다갔다하고 있었다. 그는 엄청나게 빠르게 담배를 피워대고 있었다. 그 역시 집주인처럼 알렉산드리아의 새로운 담배가 마음에 든 것이 틀림없었다.

"예, 정말 결정적인 타격을 입었지요. 저기 보조 탁자에 있는 원고 더미가 나의 최고 작품입니다. 시리아와 이집트의 콥트 사원에서 발견된 문서를 분석한 것으로, 계시종교*의 근본을 깊이 연구한 작업입니다. 이제 조수가 없어졌으니 내 허약한 체력으로 저걸 완성할 수나 있을지 모르겠습니다. 세상에! 홈즈 씨. 당신은 나보다 담배를 빨리 피우는군요."

홈즈는 미소를 지었다.

"저는 담배에 관해선 권위자이지요."

그는 상자에서 담배를 또 하나 꺼내 방금 피운 꽁초로 불을 붙였다. 네 개째였다.

"코람 교수님, 장황한 심문으로 괴롭혀 드리지 않겠습니다. 교수님은 사건이 일어난 시간에 침대에 계셨기 때문에 아무것도 알지 못한다고 들었으니까요. 이것만 묻겠습니다. 불행한 청년이 마지막으로 한 말, 〈교수님, 그 여자였습니다〉의 뜻이 무엇이라고 생각하십니까?"

교수는 고개를 저었다.

"수잔은 시골아이입니다."

그가 말했다.

"그런 부류는 매우 어리석다는 걸 당신도 알 겁니다. 그 청년이 말도 안 되는 헛소리를 중얼거린 걸 가지고, 이런 의미 없는 말로 억지로 꾸며 붙인 것이지요."

---

* revealed religion : 인간에 대한 신의 은총을 바탕으로 하는 종교. 기독교, 유대교, 이슬람 교 등이 여기에 속한다.

"알겠습니다. 이 비극적인 사건에 대해 어떻게 생각하고 계시는지요?"

"아마도 사고일겁니다. 우리끼리 하는 얘기지만, 자살이겠지요. 젊은 사람들이란 마음속에 우리가 절대 알지 못하는 고민을 숨겨두고 있는 법입니다. 이것이 살인보다도 더 가능성 있는 가설이지요."

"그렇지만 안경은?"

"아! 나는 학자일 뿐입니다. 몽상 속에 사는 사람이지요. 인생의 실제적인 문제는 설명드릴 수 없습니다. 그렇기는 하지만, 사랑의 증표로 별스런 물건이 사용되기도 한다는 것을 잘 알고 있지요. 담배를 더 피우셔도 좋습니다. 그 담배를 좋아하는 사람을 보니 반갑군요. 부채든, 장갑이든, 안경이든, 사람이 생을 마감할 때에 어떤 물건을 상징이나 비장품으로 가지고 있을지 누가 알겠습니까? 이쪽 신사분은 풀밭에 있는 발자국을 얘기하던데, 하지만 그런 건 결국, 오해하기 쉬운 겁니다. 칼에 대해서 말하자면, 불행한 청년이 쓰러지면서 멀리 던졌을 수도 있는 거지요. 내가 유치한 소리를 하는 것일 수도 있지만, 내 생각에 윌로비 스미스는 자신의 손으로 최후를 맞이한 것입니다."

홈즈는 그의 의견에 충격을 받은 듯, 한동안 계속해서 방안을 왔다갔다했고, 생각에 몰두하며 담배를 피우고 또 피웠다.

"코람 교수님,"

마침내 그가 말했다.

"책상에 있는 여닫이 장에는 무엇이 있습니까?"

"도둑이 가져갈 것은 없습니다. 집안 문서, 죽은 아내의 편지, 나에겐 영예로운 대학 학위증 등이지요. 여기 열쇠가 있습니다. 직접 보시지요."

홈즈는 그 열쇠를 집어 들고 잠시 살펴보더니 돌려주었다.

"아뇨, 제겐 도움이 되지 않을 것 같습니다."

그가 말했다.

"정원으로 조용히 내려가서 전체 사건을 다시 한 번 생각해보는 것이 낫겠습니다. 교수님이 제시한 자살이론은 논의해 볼 만한 것이군요. 폐를 끼쳐서 죄송하다는 말씀을 드려야겠군요. 코람 교수님, 점심시간이 끝날 때까지는 방해하지 않겠다고 약속드리겠습니다. 두 시에 다시 와서 그동안 있었던 일을 말씀드리도록 하지요."

홈즈는 이상하게도 멍한 모습이었고, 한동안 아무 말 없이 정원의 작은 길을 왔다갔다하기만 했다.

"단서를 잡았는가?"

참지 못하고 내가 물었다.

"그건 내가 피운 담배에 달려 있네."

그가 말했다.

"내가 큰 실수를 한 것일지도 모르지. 그 담배가 알려줄 걸세."

"이보게, 홈즈."

나는 큰 목소리로 말했다.

"도대체 무슨……."

"어허, 자네가 직접 확인하게 될 걸세. 만약 아니라 해도, 나쁠 것은 없어. 당연히, 안경점에 관한 단서로 돌아가면 되니까 말이야. 하지만 할 수 있다면 지름길로 가고 싶군. 아, 저기 마커 부인이 있군! 오 분 동안 유익한 대화를 나눠보기로 하세."

전에도 언급한 적이 있듯이, 홈즈는 그가 마음먹기만 하면 호감을 주는 특유의 방식으로 여자들과 쉽게 친해졌고, 금새 마음을 터놓을 수 있는 사이가 되었다. 그가 말한 시간의 반밖에 되지 않았지만, 가정부의 신용을 얻은 홈즈는 마치 몇 년 동안 만난 사이처럼 이야기를 나눴다.

"네, 홈즈 씨. 말씀하신 그대로에요. 담배를 끔찍하도록 많이 피우세요. 낮에는 하루 온종일 피우고 어떤 때는 밤에도 계속 피워요. 아침에 그 방에 들어가 보면 글쎄, 런던 안개 같다니까요. 불쌍한 스미스 씨, 그분도 담배를 피웠지만 교수님처럼 지독하진 않았어요. 건강이라, 글쎄요. 담배 때문에 좋아진 건지 나빠진 건지 모르겠어요."

"아!"

홈즈가 말했다.

"담배는 입맛을 잃게 만들지요."

"글쎄요, 그건 잘 모르겠어요."

"교수님은 뭐든 거의 못 드시지요?"

"글쎄요, 일정하지가 않아요. 정말 그래요."

"오늘 아침식사는 못하셨고, 담배를 그렇게 피워댔으니 점심도 못 드신다는데 내기를 걸어도 좋습니다."

"음, 그러면 내기에 졌네요. 사실, 오늘 아침은 유난히도 많이

드셨어요. 제가 아는 한 그렇게 많이 드신 적은 없었어요. 점심으로
는 커틀릿을 잔뜩 주문하셨지요. 제가 놀랐다니까요. 저는 어제 서
재에서 스미스 씨가 바닥에 쓰러져 있는 걸 보고는 음식은 쳐다보
지도 못하겠어요. 뭐, 세상엔 여러 종류의 사람들이 있으니까요. 교
수님은 입맛을 잃지 않으셨어요."

우리는 정원에서 빈둥거리며 오전을 보냈다. 스탠리 홉킨스는
전날 아침 채덤 거리에서 아이들 몇 명이 낯선 여인을 봤다는 소
문을 듣고 조사하러 마을로 내려갔다. 내 친구는 평소의 활력을 모
두 잃어버린 것 같았다. 이토록 마음 내키지 않은 듯 사건을 처리
하는 건 전혀 본 적이 없었다. 홉킨스가 돌아와, 그 아이들을 찾았
으며, 목격한 여자가 홈즈의 설명과 완전히 일치했고, 안경이나 코
안경을 쓰고 있었다는 새로운 소식을 전했을 때조차도, 예민한 관
심을 불러일으키지 못했다. 그런데 점심 식사 때 시중을 들던 수잔
이, 스미스 씨가 어제 아침 나갔다가 비극적인 사건이 벌어지기 30
분 전에 돌아왔다는 이야기를 자진해서 할 때는 주의 깊게 듣고
있었다. 나는 그 일이 가지고 있는 의미를 몰랐지만, 홈즈는 머릿속
에 그려놓은 도표에 그 일을 맞추어 넣은 것이 틀림없었다. 갑자기
그는 자리에서 일어나 시계를 보았다.

"신사 여러분, 두 시입니다."

그가 말했다.

"올라가서 우리의 친구, 교수님을 만나 이 문제를 해결하기로
합시다."

노인은 점심식사를 막 마쳤는데, 가정부가 얘기한 대로, 입맛을

잃지 않았다는 것을 빈 접시가 증명해 보이고 있었다. 우리를 향해 돌아선 하얀 갈기 같은 머리털이며 번득이는 눈을 보니, 그는 정말이지 기묘한 인물이었다. 입에는 변함없이 담배를 물고 있었다. 옷은 차려입고 난로 근처 안락의자에 앉아 있었다.

"홈즈 씨, 수수께끼를 해결하셨습니까?"

그는 옆에 있는 탁자 위에 놓인 커다란 양철 담배 상자를 내 친구 쪽으로 밀어주었다. 그때 홈즈는 손을 뻗어 잡으려 하다가, 가장자리에서 놓쳐 상자는 뒤집어진 채 떨어졌다. 일이 분 동안 우리는 무릎을 굽히고 여기저기로 흩어진 담배를 주웠다. 다시 일어났을 때, 나는 홈즈의 두 눈이 반짝이고 양 볼은 옅게 물들어있는 것을 알아차렸다. 그런 전투 신호는 오직 중대 국면에서만 나타나는 것이었다.

"예."

그가 말했다.

"해결했습니다."

스탠리 홉킨스와 나는 놀라서 그를 빤히 쳐다보았다. 노교수의 수척한 얼굴에는 비웃는 듯한 표정이 지나갔다.

"그렇군요! 정원에서요?"

"아뇨, 여깁니다."

"여기서! 언제입니까?"

"바로 지금입니다."

"셜록 홈즈 씨, 분명 나를 놀리는 거군요. 그런 태도로 다루기에는 너무 심각한 사건이라는 걸 말씀드려야겠습니다."

"코람 교수님, 저는 제 추리의 모든 연결 고리를 되짚어 생각하고 확인했습니다. 그리고 그것이 견고하다는 걸 확신합니다. 당신의 동기가 무엇인지, 이 이상한 사건에서 당신의 역할이 정확히 무엇이었는지, 저는 아직 말씀드릴 수 없습니다. 몇 분 안에 당신의 입을 통해 듣게 될 겁니다. 그동안 당신을 위해 지나간 일을 재구성해 드리지요. 제가 아직 모르는 부분이 무엇인지 알 수 있도록 말입니다.

어제 한 여인이 당신의 서재로 들어갔습니다. 책상에 있는 어떤 문서를 가져가려는 의도에서였지요. 그녀는 자신의 열쇠를 가지고 있었습니다. 당신이 가지고 있는 열쇠를 살펴볼 기회가 있었는데, 니스칠이 벗겨지는 흠집이 날 때 생기는 변색을 조금도 찾을 수 없더군요. 그러므로 당신은 공범이 아닙니다. 증거물을 통해 알아낸 결과, 그 여인은 당신도 모르게 훔치러 온 것이지요."

교수는 입으로 연기를 내뿜었다.

"재미있고 유익한 이야기군요."

그가 말했다.

"더 하실 말씀은 없나요? 그 여인을 그만큼 추적해 냈다면, 어떻게 되었는지도 얘기할 수 있겠지요."

"얘기해보겠습니다. 먼저, 그녀는 당신의 조수에게 붙잡히게 되었고, 도망가려고 그를 찔렀습니다. 그런 심각한 상처를 입히려는 의도는 없었으리라 저는 확신하기에, 그 재앙은 불행한 사고였다고 생각합니다. 자객이란 무기를 지니지 않고 오는 법이 없지요. 자신이 저지른 일에 겁먹은 그녀는 서둘러 비극의 현장에서 도망갔습니다. 하지만 불행하게도 격투 중에 안경을 잃어버렸고, 그녀는 안경 없이는 꼼짝도 할 수 없는 심한 근시였습니다. 양쪽 다 코코넛 매트가 깔려있기 때문에, 자신이 온 곳이라고 생각한 그녀는 복도를 달려갔습니다만, 잘못된 곳이라 깨달았을 때는 너무 늦었습니다. 뒤쪽으로는 도망갈 길이 막혀버린 것이지요. 어떻게 했을까요? 뒤로는 갈 수 없습니다. 그 자리에 서 있을 수도 없습니다. 앞으로 가야만 했지요. 그래서 갔습니다. 계단을 올라가 문을 열고서, 당신의 방으로 들어온 겁니다."

노인은 입을 벌린 채 홈즈를 사납게 쏘아보았다. 놀라움과 공포가 그의 표정이 풍부한 얼굴에 새겨 넣은 듯 나타났다. 그러더니, 있는 힘을 다해 어깨를 들썩이고는 억지웃음을 터뜨렸다.

"홈즈 씨, 아주 훌륭합니다."

그가 말했다.

"하지만 당신의 놀라운 이론에는 한 가지 작은 결함이 있군요. 나는 그때 방에 있었고 그날은 전혀 방에서 나간 적이 없습니다."

"잘 알고 있습니다. 코람 교수님."

"그러면 당신 말뜻은, 내가 침대에 누워 있으면서도 그 여자가 내 방에 들어오는 걸 알지 못했다는 겁니까?"

"그렇게 말하진 않았지요. 당신은 알고 있었습니다. 그녀와 이야기도 했습니다. 누군지도 알았습니다. 그녀가 피신하도록 도와주었지요."

교수는 또다시 높은 목소리로 웃음을 터뜨렸다. 그는 두 발로 서 있었고, 두 눈은 불꽃처럼 타올랐다.

"당신 미쳤군!"

그가 소리쳤다.

"실성한 소리를 하고 있어. 내가 피신시켰다고? 그럼 그 여자가 지금 어디 있어?"

"저기 있습니다."

홈즈는 이렇게 말하며, 방 한쪽에 있는 높은 책장을 가리켰다.

나는 노인이 두 손을 들어 올리더니, 황폐한 얼굴에 끔찍한 경련을 일으키며 의자로 쓰러지는 것을 보았다. 그와 동시에 홈즈가 가리킨 책장이 빙 돌면서 열렸고 한 여자가 방 안으로 뛰쳐나왔다.

"당신이 옳아요!"

그녀는 이상한 외국 억양으로 소리쳤다.

"당신이 옳아요. 난 여기 있어요."

그녀는 벽 속의 은신처에서 나온 먼지와 거미줄에 뒤덮여 있었다. 얼굴에도 먼지가 묻어 있었는데, 아무리 잘 보아도 예쁜 얼굴은 아니었다. 홈즈가 예측했던 외모와 그대로 맞아떨어졌고, 그에 덧붙여 길고 고집스런 턱을 가지고 있기 때문이었다. 원래 나쁜 시력이기도 하고, 어두운 곳에서 밝은 곳으로 나오기도 한 탓에, 그녀는 멍한 상태로 서서 눈을 깜빡이며 여기가 어디인지, 우리가 누구인지 파악하려고 했다. 그러나 이 모든 결점에도 불구하고 그녀의 행동에는 어떤 고귀함이 있었다. 도전적인 턱과 치켜든 머리에서 나타나는 용감한 태도는 존경과 찬탄을 불러일으키고 있었다.

스탠리 홉킨스가 그 여인의 팔을 잡고 죄인으로서 수갑을 채우려했지만, 그녀는 복종할 수밖에 없는 압도적인 위엄으로 점잖게

물리쳤다. 노인은 얼굴에 경련을 일으키며 의자에 누워, 어두운 눈
빛으로 그녀를 바라보았다.

"예. 내가 죄인입니다."

그녀가 말했다.

"저 안에 서서 모든 얘길 다 들을 수 있었습니다. 여러분이 진
실을 찾아냈다는 걸 알았어요. 모든 걸 인정하지요. 그 청년을 죽
인 건 바로 납니다. 그런데, 누군가 사고였다고 말했는데 그 말이
맞습니다. 나는 내 손에 쥔 것이 칼이라는 것조차 몰랐어요. 절망
적인 상황에서 그 청년을 떼어놓으려고 책상 위에 있던 아무거나
집어 들고 때린 것이었지요. 제 말은 진실입니다."

"부인,"

홈즈가 말했다.

"저도 진실이라고 확신합니다. 건강이 좋지 않으신 것 같아 걱
정이군요."

그녀의 안색이 무시무시한 빛으로 변했는데, 얼굴에 있는 검은
먼지 얼룩 때문에 더욱 무섭게 느껴졌다. 그녀는 침대 가장자리에
걸터앉아, 다시 말을 이었다.

"여기 있을 시간이 얼마 없어요."

그녀가 말했다.

"하지만 여러분에게 모든 진실을 알려드릴 겁니다. 나는 이 남
자의 아내입니다. 이 사람은 영국 사람이 아니에요. 러시아 사람입
니다. 이름은 말하지 않겠습니다."

처음으로 노인이 동요하는 모습을 보였다.

"제발, 안나!"

그가 소리쳤다.

"제발!"

여인은 그에게 깊은 경멸의 눈빛을 보냈다.

"세르기우스, 당신은 어째서 비참한 삶에 그리도 집착하는 건가요?"

그녀가 말했다.

"많은 사람들에게 해를 입혔고 이득을 본 사람은 아무도 없어요. 당신 자신조차 말이에요. 어찌되었든, 하느님이 결정하신 시간이 되기 전에 가느다란 생명의 실을 끊는 것은 내가 할 일이 아니에요. 맹세하건대, 나는 이 저주받은 집의 문지방을 넘을 때부터 이미 결심하고 있었어요. 하지만 지금은 이야기를 해야 합니다. 그렇지 않으면 너무 늦어요.

신사 여러분, 이미 말했듯이 저는 이 사람의 아내입니다. 우리가 결혼할 당시, 이 사람은 오십이었고 나는 스무 살의 어리석은 여자였지요. 러시아의 어느 도시, 어느 대학이었어요. 그 장소는 말하지 않겠습니다."

"안나, 제발!"

노인이 다시 중얼거렸다.

"우리들은 개혁주의자였고, 혁명가이며, 무정부주의자였어요. 잘 아실 겁니다. 이 사람과 나, 그리고 많은 사람들이 더 있었지요. 그런데 시련의 시기가 닥쳐왔어요. 경찰 한 명이 살해당하고 많은 사람들이 체포되었습니다. 경찰이 증거를 찾을 때에, 내 남편이 자기 목숨을 구하고 막대한 보상금을 타기 위해 자신의 아내와 동료를 배반했어요. 그래요, 그의 자백으로 인해 우리 모두는 체포되었지요. 우리 중 몇 명은 교수대로 갔고, 다른 몇은 시베리아로 갔습니다. 나 역시 시베리아로 갔는데, 종신형은 아니었어요. 내 남편은 부정하게 얻은 돈을 가지고 영국으로 와, 숨어서 지냈습니다. 동료들이 그가 있는 곳을 알게 되면, 일주일도 지나지 않아 정의의 심판을 받으리란 걸 알고 있었기 때문이지요."

노인은 떨리는 손을 뻗어 담배를 집었다.

"안나, 나는 당신의 처분을 바랄 뿐이오."

그가 말했다.

"당신은 언제나 내게 잘해주었지."

"아직 이 사람이 저지른 최고의 악행은 말하지 않았습니다. 우리 결사의 동지 중에 진정한 친구가 한 사람 있었어요. 그는 고결하고 이타적이며 사랑이 넘치는 사람으로, 내 남편과는 반대였지요. 그는 폭력을 증오했어요. 우리 모두가 죄가 있다 해도, — 만약 그게 죄가 된다면 말이지요—그 사람은 무죄입니다. 그는 계속해서 우리에게 그런 노선을 버리라는 설득의 편지를 썼어요. 이 편지가 있었다면 그를 구할 수 있었을 겁니다. 날마다 썼던 내 일기가 있어도 그랬겠지요. 그를 향한 내 감정과 우리들 각자의 견해를 그 안에 적어 놓았습니다. 내 남편이 일기와 편지 모두를 발견하고 가져갔어요. 그걸 숨겨 놓고, 젊은 남자의 생명을 맹세코 빼앗겠다고 무진 애를 썼지요. 생명을 빼앗는 데는 실패했지만, 알렉시스는 시베리아로 유형을 가서, 그곳에서 지금, 바로 이 순간에도, 소금 광산에서 일하고 있습니다. 이 악당! 생각해 봐라. 이 악당! 지금, 바로 이 순간에도 일하며 노예처럼 살고 있다. 당신은 그 이름을 부를 자격도 없는데 말이다. 당신 목숨은 내 손 안에 있지만, 나는 당신을 놓아 주겠다."

"당신은 항상 고귀한 여성이었소, 안나."

노인이 담배 연기를 뿜어내면서 말했다.

그녀는 일어났지만, 고통스런 비명을 작게 지르며 다시 주저앉았다.

"말을 끝내야 해요."

그녀가 말했다.

"형기가 끝나자 나는 일기와 편지를 찾기로 결심했어요. 그걸 러시아 정부에 보내면 내 친구를 석방시킬 수 있습니다. 나는 남편이 영국으로 간 것을 알았지요. 몇 달 동안 찾은 끝에 이 사람이 어디에 있는지 알아냈습니다. 아직도 그 일기장을 가지고 있다는 것도 알았습니다. 왜냐하면, 내가 시베리아에 있을 때 이 사람에게서 편지를 받은 적이 한 번 있는데 일기의 한 구절을 인용해서 나를 비난한 적이 있기 때문이지요. 하지만 복수심에 불타는 남편의 성격으로는, 스스로 그걸 내어줄 리가 없다는 것이 확실했습니다. 내가 직접 찾아와야 했지요. 이런 목적으로 사설탐정 회사에서 대리인을 고용해서, 남편의 집에 조수로 들어가게 했어요. 세르기우스, 그 사람이 바로 금방 나가버린 두 번째 조수였어요. 그 대리인은 서류가 책상의 여닫이장에 있다는 걸 알아냈고, 열쇠를 복사했습니다. 더 이상은 하지 않으려고 했지요. 그는 집의 도면을 주면서, 오후에는 조수가 이곳에서 일하니까 서재가 항상 비어있다고 말했습니다. 그래서 결국은 용기를 내서 내가 직접 서류를 찾으러 온 겁니다. 그리고 성공했어요. 그러나 얼마나 큰 대가를 치르게 된 건지!

서류를 꺼내고 여닫이장을 잠그는데 그 청년이 나를 붙들었습니다. 오전에 이미 만났던 청년이었지요. 길에서 그를 만났을 때, 남편의 조수인지도 모르고 코람 교수가 사는 곳이 어디인지 물어봤었어요."

"그렇군! 그렇군요!"

홈즈가 말했다.

"조수가 돌아와서 교수에게 여인을 만났다는 얘기를 한 겁니다. 그래서, 마지막 숨을 거둘 때 그 여자라는 메시지를 남기려고 애를 쓴 것이지요. 아까 이야기했던 바로 그 여자라고 말입니다."

"내가 말하게 해주세요."

그녀는 절박한 목소리로 말했다. 그녀는 고통으로 괴로운 표정이었다.

"그가 쓰러지자 나는 방에서 뛰쳐나와, 문을 잘못 찾아 들어갔고, 알고 보니 내 남편의 방이었습니다. 남편은 나를 경찰에 넘길 거라고 말했지요. 저는 만일 그렇게 하면 당신 목숨은 내 손에 달린 거라 말했습니다. 나를 법정에 세우면, 나도 그를 동료들에게 넘길 수 있으니까요. 내 목숨을 구하고자 하는 것이 아니고, 내 목적을 달성하기 위해서였습니다. 이 사람은 내가 말한 대로 하는 사람이란 걸 알고 있었지요. 그래서 우리의 운명을 함께 하게 된 것입니다. 다른 어떤 이유도 아닌, 바로 그 이유 하나로 이 사람은 나를 숨겨준 것이지요. 남편은 나를 컴컴한 은신처로 밀어 넣었습니다. 혼자만이 알고 있던 예전 시대의 유물이었지요. 이 사람은 자신의 방에서 식사를 했기 때문에, 음식을 내게 나눠줄 수 있었어요. 경찰이 집에서 떠나가면 나는 밤에 몰래 빠져나가 다신 돌아오지 않기로 합의했습니다. 하지만 어떻게 했는지, 당신이 우리 계획을 알아냈군요."

그녀는 드레스 앞부분을 헤치고 작은 꾸러미를 꺼냈다.

"이것이 내가 마지막으로 남기는 말입니다."

그녀가 말했다.

"이게 바로 알렉시스를 살릴 수 있는 겁니다. 당신의 명예와 정의에 대한 사랑을 믿고 맡기겠어요. 받으세요! 러시아 대사관에 가져다주면 됩니다. 이제, 제 할 일은 끝났군요. 그러면……."

"멈추시오!"

홈즈가 소리쳤다. 그는 방을 가로질러 뛰어가, 작은 약병을 쥐고 있는 그녀의 손목을 붙들었다.

"이미 늦었어요!"

그녀는 침대 위로 주저앉으며 말했다.

"이미 늦었어요. 은신처에서 나오기 전에 독약을 마셨습니다. 현기증이 나는군요! 나는 갑니다! 당신께 맡긴 꾸러미를 잊지 마세요."

"간단한 사건이지만, 어느 면에선 교훈적인 점도 있었네."

런던으로 돌아오던 중에 홈즈가 말했다.

"이 사건은 처음부터 코안경에 달려 있었지. 죽어가는 남자가 다행히도 그걸 움켜쥐었기에 우리는 사건을 해결할 수 있었네. 안경 도수가 높았기 때문에, 안경을 착용한 사람이 그걸 빼앗긴다면 거의 장님이 되어 무력한 상태가 된다는 건 명백한 일이지. 그 여인이 좁은 풀밭 위를 따라 한 번의 실수도 없이 걸어갔다고 자네가 말했을 때, 그건 놀랄 만큼 대단한 일이라고 내가 말했네. 자네도 기억할 걸세. 그녀가 여벌의 안경을 가지고 있던 것이 아니라면, 그건 도무지 불가능한 일이라고 나는 마음속으로 결론을 내렸지. 그러므로 그녀가 집안에 남아있다는 가설을 심각하게 고려해 보았네. 두 복도가 비슷하다는 것을 알고 나니, 그 여인이 실수하기가 쉽다는 게 명확해졌지. 그리고 그런 실수를 했다면, 교수의 방으로 들어간 것이 분명하네. 그래서 이런 가정을 뒷받침해 줄 것을 찾기 위해 정신을 바짝 차리고 집중했고, 방 안에 은신처가 될 만한 것이 있는지 주의 깊게 조사해봤지. 카펫은 끊긴 곳이 없고 단단하게 고정되어 있었기 때문에, 바닥에 숨겨진 문이 있으리란 생각은 버렸네. 책 뒤에는 은신처가 있을 가능성이 있었지. 자네도 알다시피, 오래된 도서관에는 그런 곳이 흔하거든. 다른 곳에는 책이 바닥에 쌓여있을 정도인데, 한쪽 책장 하나는 비어있더군. 그렇다면 그게 문일 수도 있다고 생각했네. 흔적은 찾지 못했지만, 카펫이 어두운 색깔이라 검사하기에 아주 좋았지. 그런 까닭에 나는 그 훌륭한 담배를 마구 피워대며 의심스러운 책장 앞에 온통 재를 떨어뜨려 놓았네. 방법은 간단하지만 효과는 대단하지. 그다음엔 아래층으로 내려와, 왓슨 자네와 함께 코람 교수의 식사량이 늘었다는 것을 알 아냈네. 자네는 의미를 파악하지 못했지만, 다른 사람에게 음식을 제공하고 있다는 걸 추측할 수 있었지. 우리는 다시 그 방으로 올 라갔고, 담배 상자를 뒤집어 바닥을 잘 살펴볼 기회를 얻었네. 담뱃 재 위에 남겨진 흔적을 통해 범인이 우리가 없는 동안 은신처에서 나왔다는 걸 분명하게 알 수 있었지. 자, 홉킨스. 채링 크로스에 도 착했네. 성공적으로 사건을 해결한 것을 축하하네. 틀림없이, 경찰 본부로 가겠군. 왓슨, 자네와 나는 러시아 대사관으로 달려가야겠 네."

스리쿼터백[*] 실종사건

베이커 가에서 살면서 기이한 전보를 받는 것은 익숙한 일이었지만, 7, 8년 전의 어느 침울한 2월 아침에 배달된 전보는 특별한 기억으로 남아 있다. 셜록 홈즈는 그걸 들고 15분 동안이나 당혹스러워 했다. 수신인은 홈즈였고, 내용은 다음과 같았다.

> 기다려 주기 바람. 끔찍한 재난.
> 내일 꼭 필요한 라이트윙 스리쿼터백 실종.
> 오버턴

"스트랜드 소인, 10시 30분 발송."

홈즈는 그걸 읽고 또 읽었다.

"오버턴 씨는 이걸 보낼 때 아주 흥분했던 것이 틀림없네. 그리고 좀 논리적이지 않은 면이 있어. 어쨌든, 좋아. 〈타임스〉를 다 읽을 때면 올 걸세. 그러면 무슨 일인지 알게 되겠지. 이렇게 침체된 시기에는 아무리 사소한 사건이라도 환영일세."

주위의 모든 사물이 느리게 움직인다는 생각이 들만큼 그때

---

[*] three quarter back : 럭비 경기에서 하프백과 풀백 사이에 위치하는 선수. 스리쿼터라고도 함.

우리는 무척이나 지루한 시간을 보내고 있었는데, 나는 그런 정체된 시기를 두려워하게 되었다. 내 친구의 두뇌는 비정상적으로 활동적이어서, 작업해야 할 재료가 떨어지면 위험하다는 것을 경험을 통해 알았기 때문이다. 한때는 그의 놀라운 활동에 위협을 가했던 마약 습관을 나는 몇 년에 걸쳐 점진적으로 그만두게 했다. 이제 정상적인 환경에서는 더 이상 인공적인 자극제를 바라지 않았지만, 그 악마는 죽은 게 아니라 잠들어 있을 뿐이며, 그 잠은 가벼운 것이라 홈즈의 금욕적인 얼굴에 주름이 생기고, 깊고 알 수 없는 눈이 침울한 생각에 잠기는 권태의 시기가 오면 거의 깨어나려고 했다. 그렇기 때문에 나는 이 오버턴 씨가 누구든 간에 감사했다. 격정적인 그의 삶 속에서 일어나는 그 모든 태풍보다도 내 친구에게 더욱 위험한 정적을 깨뜨릴 수 있는 수수께끼 같은 메시지를 가져오기 때문이었다.

우리가 바라던 대로, 전보가 온지 얼마 지나지 않아 보낸 사람이 나타났다. 케임브리지, 트리니티 대학, 시릴 오버턴이라고 쓰인 명함이 먼저 올라왔고, 16스톤*의 단단한 뼈와 근육으로 이루어진 거대한 청년이 넓은 어깨를 입구 양쪽에 스칠 듯하면서 들어섰다. 잘 생겼지만 근심으로 수척해진 얼굴로 우리를 차례로 바라보았다.

"셜록 홈즈 선생님?"

내 친구는 고개를 끄덕였다.

"홈즈 선생님, 런던 경찰청에서 오는 길입니다. 스탠리 홉킨스

---

* 1 스톤(stone)은 14파운드. 즉, 16스톤은 224파운드로 약 101kg이다.

경감님을 만났습니다. 선생님께 가라고 조언하시더군요. 그분이 보시기에 이 사건은 일반 경찰보다는 선생님께 더 맞을 거라고 얘기하셨습니다."

"앉아서 무슨 일인지 말해 주게나."

"홈즈 선생님, 큰일입니다. 정말 큰일입니다! 제 머리가 반백이 되지 않은 것이 이상할 정도입니다. 갓프리 스톤턴, 물론 들어보셨을 겁니다. 그는 전체 팀의 중심입니다. 갓프리를 스리쿼터 라인에서 빼느니 보단 차라리 팀에서 다른 두 명을 빼겠습니다. 패스, 태클, 드리블 그 어디에서도 그보다 나은 선수는 없습니다. 그리고 머리도 좋고 모두를 이끄는 통솔력도 좋지요. 제가 어떻게 하면 좋겠습니까? 홈즈 선생님, 선생님께 제가 묻고 싶은 게 그겁니다. 1순위 후보 선수로 무어하우스가 있지만, 그는 하프백으로 훈련 받았기 때문에 터치라인을 지키는 대신 항상 스크럼 오른 쪽으로 나아가려고 합니다. 그가 훌륭한 플레이스킥을 하는 건 사실입니다만, 판단력이 없고 멍청이처럼 달릴 줄을 모릅니다. 옥스퍼드의 모튼이나 존슨 같은 선수라면 가볍게 그를 이길 겁니다. 스티븐슨은 잘 뛰긴 해도 25야드 라인에서 드롭킥을 할 줄 모르지요. 펀트나 드롭킥을 못하는 스리쿼터백이 무슨 소용이 있겠습니까. 홈즈 선생님, 선생님이 갓프리 스톤턴을 찾아주지 못한다면 우린 끝장인 겁니다."

그가 중요한 얘기가 나올 때마다 억센 손으로 자신의 무릎을 치며, 활력 있고 진지한 태도로 긴 이야기를 쏟아내는 동안, 내 친구는 즐겁고도 놀라운 표정으로 듣고 있었다. 방문객이 말을 마치자 홈즈는 손을 뻗어 비망록의 〈S〉항목을 꺼냈다. 그는 수많은 정보의 광산을 뒤졌지만 헛수고였다.

"위조계의 젊은 샛별, 아서 H. 스톤턴이 있군."

그가 말했다.

"그리고 내가 교수대로 보낸 헨리 스톤턴이 있네. 하지만 갓프리 스톤턴은 금시초문인 걸."

방문객이 놀랄 차례였다.

"아니, 홈즈 선생님. 알고 계시리라 생각했습니다."

그가 말했다.

"그렇다면, 갓프리 스톤턴을 전혀 들어 보신 적이 없다면, 시릴 오버턴도 모르시는 겁니까?"

홈즈는 즐거운 듯 고개를 저었다.

"세상에!"

운동선수가 소리쳤다.

"저는 잉글랜드 대 웨일스 경기에서 1순위 후보 선수였고, 올한 해 동안 대학팀 주장을 맡았습니다. 하지만 그건 아무것도 아닙니다! 케임브리지, 블랙히스, 그리고 다섯 개 국제대회에서 최고의 스리쿼터백으로 이름을 날린 갓프리 스톤턴을 모르는 사람이 영국에 있으리라고는 생각도 못했습니다. 맙소사! 홈즈 선생님, 어디에 사셨던 겁니까?"

홈즈는 체구가 커다란 청년이 천진난만하게 놀라는 모습을 보고 웃었다.

"오버턴 군, 자네는 나와 다른 세상에 살고 있네. 나보다 훨씬 더 유쾌하고 건강한 세상이지. 나는 사회의 수많은 분야로 나뭇가지를 펼치고 있지만, 영국에서 가장 훌륭하고 건강한 아마추어 스포츠에는 다행스럽게도 전혀 들어가 본 적이 없네. 하지만, 오늘 아침 자네가 예상하지 못한 방문을 한 것으로 보니, 신선한 공기와 공정한 경기의 세계에서도 내가 할 일이 있는 모양일세. 이보게, 그러니까 이제, 거기 앉아서 조용하고 천천히, 정확하게 무슨 일이 일어난 건지, 내가 어떻게 도와주길 바라는 건지 말해 주게나."

어린 오버턴의 얼굴에는 머리보다 근육을 사용하는데 익숙한 사람의 곤란한 표정이 나타났지만, 차츰 기묘한 이야기를 우리에게 들려주기 시작했다. 그의 이야기에는 많은 반복과 모호한 점이 있었기에 그러한 것은 생략했다.

"홈즈 선생님, 제가 말하려던 것은 이겁니다. 저는 케임브리지 대학 럭비 팀의 주장이고, 갓프리 스톤턴은 최고의 선수입니다. 내일 우리는 옥스퍼드와 경기를 합니다. 우리는 어제 모두 올라와 벤틀리에 있는 예약객만 받는 호텔에서 짐을 풀었습니다. 10시가 되자, 저는 모든 선수들을 돌아보며 잠자리에 들었는지 확인했습니다. 엄격한 훈련과 충분한 잠이 훌륭한 팀을 만든다고 저는 믿고 있지요. 저는 갓프리가 자러 가기 전에 만나 한두 마디를 나눴습니다. 제가 보기엔 얼굴이 창백하고 걱정이 있는 것 같았지요. 무슨 일이 있냐고 물었습니다. 그는 괜찮다며 머리가 좀 아플 뿐이라고 말했지요. 저는 잘 자라는 인사를 하고 나왔습니다. 30분쯤 지났는데 짐꾼이 와서 말하기를, 턱수염이 있고 거칠어 보이는 남자가 편지를 들고 갓프리를 찾아왔다고 하더군요. 그가 아직 잠자리에 들지 않았기에, 편지를 방으로 가져다 주었습니다. 갓프리는 그 편지를 읽더니 전투용 도끼에 맞은 것처럼 의자에 주저앉았다는 군요. 겁이 난 짐꾼은 나를 데려오려고 했는데, 갓프리가 말렸습니다. 그는 물 한 잔을 마시고 기운을 차렸지요. 그리고는 아래층으로 내려가, 현관에서 기다리던 남자와 몇 마디를 나누고는 같이 나갔습니다. 짐꾼이 그들을 본 건 그게 마지막으로, 스트랜드 방향으로 뛰다시피 하며 갔다더군요. 오늘 아침 갓프리의 방은 비어있었고, 침대에는 잔 흔적이 없었습니다. 그의 물건들도 어젯밤에 제가 봤던 그대로 있었습니다. 낯선 사람의 편지를 받고 나가 버린 뒤, 아무런 소식이 없는 겁니다. 저는 그가 다시 돌아온다고 생각하지 않습니다. 갓프리는 뼛속까지 완전한 운동선수입니다. 그럴 수밖에 없는 이유가 아니라면 훈련을 중단하고 주장을 곤경에 빠뜨릴 리가 없습니다. 네, 영원히 가버렸다는 느낌이 듭니다. 다신 볼 수 없겠지요."

셜록 홈즈는 주의를 집중해서 그의 특이한 이야기에 귀를 기울였다.

"그래서 어떻게 했나?"

"혹시 어떤 소식이라도 들을 수 있을까 해서 케임브리지로 전보를 보냈습니다. 답장이 왔지요. 아무도 그를 못봤다고 했습니다."

"그가 케임브리지로 돌아갈 수 있었을까?"

"네. 늦은 기차가 있습니다. 11시 15분이요."

"하지만, 자네가 확인한 바로는 거기에 타지 않았겠지?"

"네. 아무도 본 사람이 없었습니다."

"다음엔 어떻게 했나?"

"마운트 제임스 경에게 전보를 보냈습니다."

"마운트 제임스 경에게는 왜?"

"갓프리는 양친이 없고, 마운트 제임스 경이 가장 가까운 친척입니다. 아마도 삼촌일 겁니다."

"그래. 이 사건에 새로운 빛을 던져주는군. 마운트 제임스 경은 영국에서 가장 부유한 인물 중 하나일세."

"갓프리가 그렇게 얘기하는 걸 들었습니다."

"자네 친구가 가까운 친척이라고?"

"네. 그가 상속자이지요. 그 노인은 거의 80살이 되었고 온몸에 통풍이 심합니다. 사람들이 말하기를 손가락 관절로 당구 큐에 초크칠을 할 수 있다더군요.* 평생 동안 갓프리에게 1실링조차 주지 않았을 정도로 구두쇠이지만, 결국 모든 재산이 그에게 갈 겁니다."

"마운트 제임스 경에게서 소식이 있었나?"

"아뇨."

"자네 친구가 마운트 제임스 경에게로 갈 이유가 있는가?"

"글쎄요, 지난밤에 뭔가 걱정스런 일이 있었고, 만약 그게 돈과 관련된 문제라면 부자인데다 제일 가까운 친척을 찾아갈 가능성도

---

* 통풍은 기원전 5세기 히포크라테스가 언급했을 만큼 오래된 병으로, 몸속에 요산이 많아져서 생긴다. 가장 흔한 증상은 관절염의 발작이며, 그 통증이 심해서 '질병의 왕'으로 불리기도 했다. 만성 결절성 통풍으로 진행이 되면 손, 발, 무릎, 귀 등에 요산덩어리로 이루어진 다양한 크기의 결절이 나타나게 된다. 이 결절이 터지면 치약 같은 물질이 배출되기도 한다. 여기서 '초크칠'을 한다는 표현은 이 치약 같은 물질(요산덩어리)로 칠한다는 의미로 보인다.

있다는 겁니다. 물론 제가 들은 바로는 지금까지 그런 일은 없었습니다. 갓프리는 그 노인을 좋아하지 않았지요. 어쩔 수 없는 일이 아니라면 가지 않았을 겁니다."

"흠, 그건 금방 확인할 수 있지. 만약 자네 친구가 친척, 마운트제임스 경에게 갔다면 거칠어 보이는 남자가 그렇게 늦은 시간에 찾아온 것과 그 때문에 마음의 동요를 일으킨 것은 어떻게 설명하려나?"

시빌 오버턴은 두 손으로 머리를 껴안았다.

"저는 전혀 모르겠습니다."

그가 말했다.

"그래, 알겠네. 한가한 날이니까, 기꺼이 이 사건을 조사해 보기로 하지."

홈즈가 말했다.

"이 젊은 친구 없이 경기할 준비를 갖추기를 강력하게 권해주고 싶네. 자네가 말한 바와 같이, 그런 식으로 떠난 데에는 거역할 수 없는 이유가 있었을 걸세. 그리고 같은 이유로 그를 데려와야 하는 거로군. 호텔로 같이 가서, 짐꾼이 이 사건에 대해 새로운 사실을 제공해 줄지 알아보기로 하세."

셜록 홈즈는 신분이 낮은 증인을 편안하게 안심시키는 데 있어서는 대가였다. 그는 가프리 스톤턴의 빈 방에서 짐꾼이 가지고 있는 정보를 짧은 시간에 모두 뽑아냈다. 지난밤에 온 방문객은 신사도 노동자도 아니었다. 짐꾼이 묘사한 바에 의하면 그저 〈중간쯤으로 보이는 사람〉인데, 나이는 50이고, 턱수염은 반백이었으며, 창백한 얼굴에 수수한 옷차림이었다. 그는 당황한 듯 보였다. 짐꾼은 편지를 내미는 손이 떨리는 걸 보았다고 했다. 가프리 스톤턴은 그 편지를 주머니에 쑤셔 넣었다. 스톤턴은 현관에서 그 남자를 만났을 때 악수를 하지 않았다. 그들은 몇 마디 말을 나눴는데, 짐꾼이 알아들은 말은 〈시간〉이라는 단어 하나였다. 그 다음에 두 사람은 이미 말했던 것처럼 서둘러 떠났다. 현관 시계를 보니 정확히 10시 반이었다.

"어디 보자,"

홈즈가 스톤턴의 침대에 앉으며 말했다.

"자네는 주간 담당이지?"

"네. 그렇습니다. 11시에 일이 끝납니다."

"야간 담당은 본 것이 없겠지?"

"네. 늦은 시각에 극장 패거리가 왔을 뿐, 다른 사람은 없었습니다."

"어제는 하루 종일 일했는가?"

"네."

"스톤턴 군에게 편지 같은 걸 전해준 것이 있나?"

"네. 전보 한 통입니다."

"아! 흥미로운 일이군. 그게 몇 시였나?"

"6시 정도입니다."

"스톤턴 군은 어디서 그걸 받았지?"

"여기, 이 방입니다."

"그걸 열어볼 때 자네도 있었나?"

"네. 답장이 있을까 해서 기다렸습니다."

"음, 있었나?"

"네. 답장을 썼습니다."

"자네가 그걸 받았나?"

"아뇨, 그분이 직접 부쳤습니다."

"하지만, 자네가 있는 자리에서 답장을 썼지?"

"네. 저는 문가에 서 있었고, 그분은 저 탁자에서 등 돌리고 있었습니다. 다 쓰고 나서 '됐어요. 내가 직접 부칠 겁니다.'라고 말했습니다."

"무엇으로 썼나?"

"펜입니다."

"탁자 위에 있는 전보용지를 썼겠지?"

"네, 앞장에 썼습니다."

홈즈는 일어났다. 전보용지를 들고 창가로 가서 맨 앞장을 자세히 살펴보았다.

"애석하게도 연필로 쓰지 않았군."

그는 이렇게 말하며, 실망한 듯 어깨를 으쓱해 보이고는 전보용지를 제자리로 던졌다.

"왓슨, 자네도 자주 봐 왔겠지만, 눌린 자국은 대개 뒷장에 남게 되지. 사실 그 때문에 많은 행복한 결혼이 깨지기도 했네. 그런데, 여기엔 아무런 흔적을 찾을 수 없군. 그래도 기뻐할 일은, 그가 굵은 깃촉 펜으로 썼다는 거야. 분명히 압지에서 흔적을 찾을 수 있을 걸세. 아, 그렇지. 이게 바로 그거야!"

그는 압지 한 장을 떼어낸 후 다음과 같은 문자가 보이도록 펼쳤다.

"거울에 비춰봐요!"
시릴 오버턴이 몹시 흥분해서 소리쳤다.
"그럴 필요 없네."
홈즈가 말했다.
"이 종이는 얇아서 뒤집으면 글자를 볼 수 있지. 이것 보게."
그는 압지를 뒤집었고, 우리는 그 내용을 읽었다.

"그러니까 이건 갓프리 스톤턴이 사라지기 몇 시간 전에 급하게 보낸 전보의 마지막 부분이네. 우리가 놓친 글자가 적어도 여섯 단어는 되는걸. 하지만 남아있는 〈제발 우리 곁에 있어 주십시오!〉

란 글은 이 청년이 자신에게 무서운 위험이 다가오는 걸 알았다는 것과, 그 위험에서 지켜줄 누군가가 있다는 것을 증명하지. 〈우리〉, 이 단어에 주목하게! 또다른 사람이 관련되어 있다는 거야. 창백한 얼굴에 턱수염을 기르고 불안해보이던 그 남자가 아니라면 누구겠는가? 그러면 갓프리 스톤턴과 턱수염 남자의 관계는 무엇일까? 그리고 절박한 위험에 처한 두 사람이 도움을 청하는 제 삼의 인물은 누구일까? 우리의 조사는 벌써 여기까지 좁혀졌군."

"그전보를 누구한테 보냈는지 알아내기만 하면 되겠네."

내가 의견을 말했다.

"맞아, 왓슨. 자네 의견은 훌륭하지만, 나는 이미 마음속으로 생각해보았네. 하지만 자네가 우체국으로 걸어 들어가 다른 사람이 보낸 전보의 부본을 보여 달라고 한다면, 공적인 부분이라 꺼려할 걸세. 이런 문제에는 형식주의가 심하거든. 그렇지만, 교묘한 솜씨와 약간의 섬세함만 있다면 목적을 이룰 수 있을 거야. 그나저나, 오버턴 군, 자네가 있는 앞에서 탁자 위에 남아있는 서류들을 살펴보고 싶네."

그곳에는 몇 통의 편지와 계산서, 수첩 등이 있었고, 홈즈는 날렵하고 예민한 손가락과 날카롭고 예리한 눈으로 하나하나 뒤집어보며 조사했다.

"여기엔 아무것도 없어."

이윽고 그가 입을 열었다.

"그건 그렇고, 나는 자네 친구가 건강한 청년이라고 생각하는데, 아픈 데는 없나?"

"아주 건강합니다."

"아팠던 적은 없고?"

"한 번도 없습니다. 정강이를 맞아 쓰러진 적이 있고, 한 번은 슬개골이 빠진 적도 있지만, 그건 별 일 아닙니다."

"아마도 자네가 생각하는 만큼 튼튼하지 않은 것 같군. 남몰래 병을 앓고 있었을 지도 모르지. 자네가 동의한다면, 한두 가지 서류를 내 주머니에 넣어 두겠네. 앞으로 조사하는 데 필요할 수도 있으니까."

"잠깐만, 잠깐만 기다리시오!"

불평어린 목소리가 들려와 쳐다보았더니, 괴상하게 생긴 작은 노인이 문 앞에서 경련을 일으키며 부들부들 떨고 있었다. 색이 바랜 검은 옷에 챙이 넓은 실크 모자를 썼고, 하얀 넥타이는 느슨하게 매고 있었는데, 전체적인 모습이 시골뜨기 교구목사나 장의사가 돈을 주고 고용한 참배객 같았다. 하지만 그의 초라하고 우스꽝스럽기조차 한 모습에도 불구하고, 날카롭게 갈라지는 목소리와 급하고 격렬한 행동이 주의를 끌었다.

"당신이 누군데, 무슨 권리로 이 사람의 서류에 손대는 거요?"

그가 물었다.

"저는 사립탐정이고, 실종 사건을 해결하려고 애쓰고 있습니다."

"오, 그렇소? 누가 당신에게 의뢰한 거요, 응?"

"스톤턴 군의 친구인, 이 신사분이 런던 경찰청을 통해 제게 의뢰한 겁니다."

"자네는 누군데?"

"시릴 오버턴입니다."

"그러면 전보를 보낸 사람이 바로 자네로군. 내 이름은 마운트 제임스 경이다. 베이스워터 합승마차를 타고 최대한 빨리 왔지. 그러니까 자네가 탐정을 부른 건가?"

"네."

"그러면 자네가 비용을 준비할 건가?"

"제 친구 갓프리를 찾아내면 틀림없이 그가 준비할 겁니다."

"하지만 만약 못 찾는다면? 응? 대답해 봐!"

"그럴 경우엔, 틀림없이 그 친구 가족이……."

"당치도 않아!"

작은 체구의 노인이 소리 질렀다.

"나한테는 1페니도 바라지 마라! 단 1페니도! 탐정 양반, 당신도 알아 두시오. 나는 이 청년의 단 하나 뿐인 가족이고, 분명히 말하지만 나한테는 책임이 없소. 그 아이가 만약 유산 상속을 받게 된다면, 그건 내가 돈을 낭비하지 않았기 때문이오. 지금부터 돈을 물려줄 생각은 없소. 당신이 마음대로 가져가려는 서류에 대해 말하자면, 그 안에 돈이 될 만한 것이 있을 경우에 대비해서 그걸 어떻게 사용했는지 정확하게 보고해주시오."

"잘 알겠습니다."

셜록 홈즈가 말했다.

"그런데, 이 청년이 실종된 데 대해서 짐작 가는 이유라도 있으신지 물어봐도 되겠습니까?"

"아니, 없소. 그 아이는 클 만큼 컸고, 나이도 먹을 만큼 먹었으니 자신을 돌볼 수 있소. 그 아이가 길을 잃을 정도로 바보라면, 나는 그 애를 찾는 일에 대해선 책임을 지지 않을 거요."

"저는 경의 입장을 충분히 이해하고 있습니다."

홈즈는 장난스럽게 눈을 반짝이며 말했다.

"경께서는 제 입장을 이해하지 못하시는 것 같습니다. 갓프리 스톤턴은 가난한 사람으로 보입니다. 만약 그가 납치된 거라면, 그가 가진 재산 때문일 리가 없습니다. 마운트 제임스 경, 경이 부자라는 건 너무도 유명해서 해외까지도 소문이 날 정도이지요. 강도 일당이 당신의 집이나, 습관, 귀중품 등에 대한 정보를 얻으려고 조카를 납치한다는 건 충분히 가능한 일입니다."

기분 나쁜 작은 손님의 얼굴이 그가 맨 넥타이처럼 하얗게 되었다.

"세상에, 그런 생각을 하다니! 나는 그런 악랄한 만행은 생각지도 못했소! 세상에 그런 짐승 같은 악당이 있다니! 하지만 갓프리는 훌륭한 녀석이고, 충실한 녀석이오. 누구도 늙은 삼촌에 대해서 얘기하도록 회유할 순 없을 것이오. 오늘 저녁에 금괴를 은행으로 옮겨야하겠소. 탐정 양반, 그동안 수고를 아끼지 마시오. 그 아이가 안전하게 돌아올 수 있도록 철저하게 조사해주길 부탁드리겠소. 돈에 대해서 말하자면, 음, 5파운드나 10파운드 정도라면 언제든 좋소."

마음이 누그러지긴 했지만, 구두쇠 귀족은 우리에게 도움이 될 만한 정보를 주지 못했다. 조카의 개인적인 생활에 대해선 아는 것이 거의 없었기 때문이다. 우리가 가진 단 하나의 단서는 불완전한 전보뿐이었다. 홈즈는 그걸 베낀 후, 손에 들고 두 번째 연결고리를 찾아 출발했다. 마운트 제임스 경은 떼어냈고, 오버턴은 그의 팀에 닥친 재난에 대해 선수들과 상의하려고 갔다.

호텔에서 가까운 거리에 우체국이 있었다. 우리는 그 앞에서 멈춰 섰다.

"왓슨, 이건 해볼 가치가 있네."

홈즈가 말했다.

"물론, 영장이 있어야 부본을 보여 달라는 요청을 할 수 있지만, 아직 우리는 그 단계에 온 것은 아니야. 아주 바쁜 곳이니 사람들 얼굴을 기억하지 못하겠지. 한 번 모험을 해보세."

"귀찮게 해서 미안합니다만,"

홈즈는 창살 너머에 있는 젊은 여인에게 부드러운 태도로 말을 건넸다.

"제가 어제 전보를 보냈는데, 작은 실수를 했습니다. 답장이 전혀 없어서, 제가 끝에 이름을 넣는 걸 빼먹지 않았나 걱정이 되는군요. 그런 건지 확인을 해주실 수 있을까요?"

젊은 여인은 부본 다발을 뒤적이며 찾았다.

"몇 시였죠?"

그녀가 물었다.

"여섯 시 조금 지나서였습니다."

"누구한테 보내는 거죠?"

홈즈는 나를 슬쩍 쳐다보며 손가락을 입에 대어보았다.

"마지막 말에 〈제발〉이라고 적었습니다."

그는 은밀하게 속삭였다.

"답장을 받지 못해 저는 너무도 불안합니다."

젊은 여인은 용지 하나를 골라냈다.

"이거에요. 이름이 없네요."

그녀는 이렇게 말하며, 그걸 카운터에 펼쳐보였다.

"역시, 답장을 못 받은 건 그것 때문이었군요."

홈즈가 말했다.

"이런, 내가 얼마나 바보 같은 짓을 한 건지! 안녕히 계십시오, 아가씨. 걱정을 덜어주셔서 정말 고맙습니다."

거리로 다시 나오자, 그는 킥킥 웃으며 두 손을 비볐다.

"어떤가?"

내가 물었다.

"이보게, 왓슨. 잘되어가고 있네. 잘되고 있지. 그 전보를 한 번 보기 위해서 여러 가지 계획을 세웠는데, 바라지도 않았던 첫 번째 시도에 성공하고 말았군."

"그런데 어떤 정보를 얻은 건가?"

"조사를 시작해야 할 출발점을 알아냈네."

그는 큰소리로 마차를 불렀다.

"킹스 크로스 역으로."

그가 말했다.

"그러면, 멀리 가는 건가?"

"그렇지. 우리는 함께 케임브리지로 달려가야만 하네. 모든 신호가 그쪽을 가리키고 있는 것 같아."

"말해주게."

마차가 덜컹거리며 그레이스 인 도로를 달릴 때 내가 물었다.

"아직 실종 원인에 대해서 짐작 가는 것이 없나? 우리가 다룬 사건 중에서 이처럼 동기가 불확실한 것은 없는 것 같군. 정말로 부자 삼촌에 대한 정보를 얻기 위해 그를 납치했다고 생각하는 건 아니겠지?"

"이보게, 왓슨. 고백컨대 그건 가능성이 있는 이야기라고 생각하지 않는다네. 하지만, 몹시도 불쾌한 그 노인의 관심을 끄는 데는 가장 좋을 거란 생각이 들더군."

"그건 정말 확실했지. 그런데 자네 생각은 뭔가?"

"몇 가지 얘기해 볼 수 있네. 이 사건이 중요한 시합 전날 일어났다는 점, 그 팀의 승리에 꼭 필요한 단 한 명의 선수가 휘말려있다는 점, 이것을 보면 미심쩍으면서도 시사적인 부분이 있다는 걸 인정해야 할 걸세. 물론, 우연일 수도 있지만, 흥미로운 일이지. 아마추어 스포츠에는 도박이 없긴 한데, 장외에는 일반 대중들 사이에서 도박이 많이 벌어지고 있거든. 그러니 경마계의 악당들이 경주마에 손을 대듯이, 누군가가 선수에게 손을 댈 가능성도 있는 거야. 이것이 첫 번째 설명일세. 두 번째로는 빤한 일이긴 하지만, 현재 가진 재산이 아무리 초라하다 해도, 실제로 이 청년이 막대한 재산을 상속받을 인물이니 몸값을 받으려고 그를 납치하는 음모를 꾸몄을 가능성도 없는 건 아니지."

"그런 가설로는 전보에 대해서 설명할 수가 없네."

"맞는 말일세, 왓슨. 우리가 다뤄야할 단 하나의 실제적인 물건은 아직 전보뿐이니, 다른 데를 헤매지 말고 거기에 집중해야 하네. 우리가 지금 케임브리지를 향해 가는 것도 이 전보를 보낸 목적을 알아내기 위해서라네. 우리의 조사 방향은 현재 불분명하지만, 저녁때까지 우리가 문제를 해결하지 못했거나, 상당한 진전을 이루지 못했다면 그야말로 놀라운 일이 될 걸세."

오래된 대학 도시에 도착했을 때는 이미 어두워진 뒤였다. 홈즈는 역에서 마차를 탔고, 마부에게 레슬리 암스트롱 의사선생의 집으로 가자고 말했다. 몇 분 후, 우리가 탄 마차는 번화가의 어느 큰 저택 앞에서 멈췄다. 안내를 받아 안으로 들어가서 오랫동안 기다린 후에야 우리는 진찰실에 입장할 수 있었다. 안에는 의사가 책상 뒤에 앉아있었다.

레슬리 암스트롱이란 이름을 내가 몰랐다는 것은, 그동안 내 직업과 얼마나 멀리 떨어져 있었는지를 알려주고 있었다. 나는 이제 그가 케임브리지 의과대학의 가장 훌륭한 교수 중 한 사람일뿐 아니라, 과학의 여러 분야에 걸쳐, 유럽 전역에 명성을 떨치고 있는 사상가라는 걸 잘 알고 있다. 그의 찬란한 경력을 모른다 해도, 그 남자의 커다랗고 네모난 얼굴, 숱 많은 눈썹 아래 생각에 잠긴 듯한 눈동자, 그리고 화강암처럼 완고한 턱을 그저 한 번 쳐다보기만 하면 깊은 인상을 받을 것이다. 강인한 성격의 남자, 빈틈없는 정신을 가진 남자, 냉혹하고 금욕주의적이며 과묵하고 만만찮은 남자…… 이것이 내가 본 레슬리 암스트롱 박사였다. 그는 내 친구의 명함을 손에 들고, 못마땅한 표정에 싫은 내색을 하고 바라보았다.

"셜록 홈즈 씨, 당신 이름을 들어본 적이 있소. 당신의 직업을 잘 알고 있는데, 결코 내가 찬성할 수 없는 직업 중의 하나이오."

"박사님, 그렇다면 당신은 이 나라에서 일어나는 모든 범죄에 동의하는 것이 됩니다."

"당신이 범죄를 억제하는 데만 노력을 기울인다면 이 사회 모든 분별 있는 시민들의 지지를 받을 것이오. 물론 나는 경찰 기관으로도 충분히 그 목적을 이룰 수 있다 생각하고 있소. 당신의 직업이 비판을 받는 까닭은 사적인 비밀을 캐고 다니고, 감추어 두는 것이 나은 가족사를 긁어모으기 때문이오. 거기에 더해서 당신보다 바쁜 사람의 시간을 낭비하고 있소. 예를 들자면, 바로 이 순간 나는 당신과 대화를 하는 대신에 논문을 쓰고 있어야 하지요."

"맞는 말씀입니다만, 이 대화는 논문보다 더 중요하다는 것을 알게 되실 겁니다. 덧붙여 말씀드리자면, 우리는 방금 전에 당신이 비난한 것과 정반대의 일을 하고 있지요. 우리는 사적인 일이 대중에 공개되는 것 같은 일을 막으려고 애씁니다만, 사건이 경찰의 손에 넘어가면 필연적으로 공개되고 맙니다. 간단하게 말하자면, 우리는 이 나라의 정규군에 앞장서서 가는 비정규 선발대라고 보시면 됩니다. 저는 갓프리 스톤턴 군에 대해서 물어볼 일이 있어 왔습니다."

"무엇을 물어본단 말이오?"

"그를 알고 계시지요?"

"나와 가까운 친구요."

"그가 실종되었다는 것을 아십니까?"

"아, 정말이오?"

의사선생의 냉혹한 얼굴에는 아무런 표정 변화가 없었다.

"스톤턴은 어젯밤 호텔을 떠난 후 소식이 없습니다."

"틀림없이 돌아올 거요."

"내일이 〈대학 럭비 경기〉 날입니다."

"나는 그런 유치한 경기에는 관심이 없소. 그 청년을 알고 있고 좋아하기에, 그가 처한 상황만을 걱정할 뿐이오. 내 영역에는 럭비 경기라는 건 전혀 없소."

"그러면 스톤턴 군 실종 사건 조사에 관심을 가져주시길 바랍니다. 그가 어디 있는지 아십니까?"

"전혀 모르오."

"어제 이후에 그를 만난 적이 있습니까?"

"아니, 없소."

"스톤턴 군은 건강했습니까?"

"물론이오."

"아팠던 적이 있습니까?"

"전혀 없소."

홈즈는 박사의 눈앞에 종이 한 장을 들이밀었다.

"그러면 지난 달 갓프리 스톤턴 군이 케임브리지 레슬리 암스트롱 박사에게 지불한 13기니 영수증에 대해 설명할 수 있으신지요? 그의 책상에 있던 서류 중에서 가져온 겁니다."

박사는 화를 내며 얼굴을 붉혔다.

"내가 설명해야할 이유가 뭔지 모르겠소. 홈즈 씨."

홈즈는 영수증을 다시 수첩에 넣었다.

"공개적으로 설명하는 걸 좋아하신다면, 곧 그렇게 될 겁니다. 이미 말씀드린 것처럼 다른 사람이라면 신문에 공개할 일을 저는 침묵할 수 있습니다. 그러니 제게 모든 걸 털어놓는 편이 현명한 일이지요."

"나는 아무것도 모르오."

"런던에 있는 스톤턴 군에게 연락을 받으셨습니까?"

"전혀 없었소."

"이런, 이런. 또 다시 우체국 얘기가 나와야겠군."

홈즈는 지친 듯 한숨을 쉬었다.

"어제 저녁 6시 15분에 런던에 있던 갓프리 스톤턴은 긴급 전보를 당신에게 발송했습니다. 이 전보는 그의 실종과 관계있는 것이 틀림없지요. 그런데 당신은 받지 않았다고 하는군요. 이건 정말 비난 받을 만한 일입니다. 이곳 경찰서로 가서 신고를 해야겠습니다."

레슬리 암스트롱 박사는 책상 뒤에서 벌떡 일어났는데, 그의 검은 얼굴은 분노로 붉은빛이 되었다.

"내 집에서 나가 주셔야 하겠소."

그가 말했다.

"당신을 고용한 마운트 제임스 경에게 말하시오. 나는 경이든 대리인이든 상대하고 싶지 않다고 말이오. 아니, 더 이상 말하지 않겠소!"

그는 미친 듯이 벨을 울렸다.

"존, 이 신사 분들을 밖으로 모셔라!"

거만한 집사가 거칠게 우리를 문 밖으로 이끌었고, 우리는 거리로 내밀렸다. 홈즈는 웃음을 터뜨렸다.

"레슬리 암스트롱 박사는 성격도 활동력도 대단한 인물이네."

그가 말했다.

"아직까지 이런 사람은 본 적이 없군. 그가 자신의 재능을 다른 쪽으로 발휘한다면 저명한 모리아티가 남긴 빈자리를 메우기에 충분할 걸세. 이보게, 왓슨. 이제 우리는 이 불친절한 마을에서 아는 사람도 없이 꼼짝 못하게 되었네. 하지만 사건을 포기하고 돌아갈 수는 없지. 암스트롱 박사의 집 맞은편에 우리에게 꼭 맞는 작은 여관이 하나 있군. 자네가 앞쪽 방을 잡아놓고 오늘밤 필요한 물건들을 구입해 두게. 나는 몇 가지 조사할 시간이 필요하네."

하지만 그 몇 가지 조사할 일은 홈즈가 생각했던 것보다 더 길어졌기에, 그는 9시 가까이 되어서야 여관에 돌아왔다. 창백하고 낙담한 얼굴에, 먼지를 뒤집어쓴 그는 허기와 피로에 지쳐 있었다. 탁자 위에는 저녁이 차가운 음식으로 준비되어 있었다. 배고픔을 해결하고 파이프에 불을 붙이고 나서야 그는 평상시 일이 잘 풀리지 않을 때 그랬던 것처럼, 반쯤 익살스러우면서도 완전히 이성적인 모습을 보였다. 마차 바퀴 소리가 들리자 그는 일어나 창밖을 내다보았다. 가스등의 불빛 아래, 회색 말 두 필과 사륜마차가 그 의사선생의 집 문앞에 서 있었다.

"세 시간 동안 나가 있었군."

홈즈가 말했다.

"6시 반에 출발해서, 지금 돌아왔어. 그러면 반경 10에서 12마일 정도 되는데, 매일 한 번, 어떤 때는 두 번 나간다네."

"의사가 진료를 가는 거야 이상할 것 없지 않은가."

"하지만 암스트롱은 사실 진료를 하는 의사가 아니지. 강의를 하고 자문을 하는 게 일이야. 논문 작업에 방해가 되는 일반 진료는 하지 않네. 그런데 왜 넌더리나도록 먼 곳을 다녀오는 것일까, 그리고 누굴 만나고 오는 걸까?"

"마부에게 물어보면……."

"이보게 왓슨, 내가 그걸 제일 먼저 시도해 보지 않았다고 생각하나? 그 마부의 타고난 성질이 나쁜 것인지, 그 주인이 그렇게 시킨 것인지는 몰라도, 나한테 개를 풀어놓을 정도로 야만적이었네. 개든 사람이든 내 지팡이에 혼이 나긴 했지만, 어쨌든 일은 틀려 버렸지. 그 후로는 사이가 나빠져서 더 이상 조사를 할 수가 없었네. 내게 정보를 준 사람은 여관 안마당에 있던 친절한 주민 한 명뿐이었지. 박사의 습관이나 매일 같이 나가는 것을 말해 준 이는 바로 그 사람이었네. 바로 그때, 그 사람의 말을 뒷받침하듯이 마차가 문 앞에 나타나더군."

"따라갈 수는 없었나?"

"훌륭해, 왓슨! 오늘 저녁엔 자네가 빛을 발하는 걸. 내게도 그 생각이 떠오르더군. 자네도 봤겠지만, 우리가 있는 여관 옆에 자전거 상점이 있네. 그 안으로 뛰어 들어가 자전거 한 대를 빌렸고, 마차가 시야에서 완전히 사라지기 전에 출발할 수 있었지. 재빨리 마차를 따라잡은 다음, 신중하게 100야드 정도 거리를 유지하면서 시내를 완전히 벗어날 때까지 그 마차의 불빛을 쫓아갔네. 시골길을 한참 달렸을 때, 굴욕적인 사건이 일어났어. 마차가 멈추어 서고 박사가 내리더니, 내가 멈춰 서 있는 곳으로 돌아와서 빈정대는 말투로 말했네. 길은 좁은데, 자신의 마차가 내 자전거 가는 길을 막고 있는 건 아니냐고 하더군. 말솜씨는 정말 경탄할 정도였네. 나는 일단 마차를 지나쳐 큰 도로를 달리다가, 몇 마일 쯤 간 뒤 적당한 곳에 멈춰 서서, 그 마차가 지나가기를 기다렸네. 하지만 마차는 보이지 않았네. 그렇다면 내가 지나며 보았던 몇 개의 옆길 중 하나로 방향을 튼 것이 틀림없었지. 자전거를 돌려서 왔지만 마차는 어디에도 보이지 않았네. 그리고 이제, 자네도 봤듯이, 내가 온 후에 그 마차가 온 걸세. 물론, 나는 처음엔 박사가 나갔다오는 것과 갓프리 스톤턴의 실종 사이에 특별한 관련이 있다고 생각하지 않았네. 그저 현재 우리의 관심을 끄는 암스트롱 박사와 관련된 모든 것을 조사해 보고자 하는 일반적인 이유였을 뿐이었지. 그런데 지금은 박사가 나갔다오는 동안 누가 따라오지 않을까 세심하게 살펴본다는 걸 알았으니, 그 일이 더욱더 중요한 것이라는 생각이 드네. 이 사건을 해결하기 전까지는 마음이 편하지 않을 것 같군."

"우린 내일도 미행할 수 있네."

"우리가? 자네가 생각하는 만큼 간단하지가 않아. 자네는 케임브리지 주의 풍경을 잘 알지 못하겠지? 몸을 숨기는 것 자체가 쉽지 않네. 오늘 밤 지나온 곳 모두가 자네 손바닥만큼 평평하고 말끔하더군. 그리고 오늘 밤 분명하게 본 것처럼, 우리가 미행할 사람은 바보가 아니야. 나는 오버턴에게 런던에 새로운 상황이 생기면

이 주소로 알려 달라고 전보를 쳤는데, 그동안 우리가 할 일은 오직, 우체국의 친절한 젊은 여자가 보여준 스톤턴의 긴급 전보 부본에 나왔던 이름, 즉 암스트롱 박사에게 주의를 집중하는 걸세. 그는 청년이 어디 있는지 알고 있어. 맹세할 수 있네. 그가 알고 있다면 우리도 역시 알아내야지. 그렇지 못한다면 우리의 실패가 될 걸세. 지금 현재는 결정적인 카드가 그의 손에 있는 걸 허용하고 있지만, 자네도 알다시피 나는 그런 상황으로 게임을 끝내는 사람이 아니야."

하지만 다음 날에도 우리는 사건 해결에 가까이 가지 못했다. 아침식사 후에 편지 한 통이 전해졌는데, 홈즈는 웃으며 내게 건넸다. 내용은 다음과 같다.

선생 보시오.
내가 움직이는 대로 따라다니며 뒤를 캐는 건 시간낭비라는 걸 분명히 말해두겠소. 어젯밤 당신이 본 것처럼, 내 사륜마차 뒤에는 창문이 있소. 당신이 20마일을 자전거로 달려서 처음 출발했던 지점으로 돌아가고 싶다면 나를 따라오시오. 나를 염탐하는 건 어떤 식으로든 갓프리 스톤턴 군에게 도움이 안 된다는 사실을 알려드리겠소. 그 청년을 위해 당신이 할 수 있는 일은 당장 런던으로 돌아가 당신의 고용주에게 그 아이를 찾을 수 없었다고 보고하는 것이오. 케임브리지에 있으면 시간 낭비만 하게 될 거요.
레슬리 암스트롱.

"박사는 거리낌 없이 솔직한 상대로군."

홈즈가 말했다.

"그래, 좋아. 내 호기심을 자극하는군. 나는 진실을 알기 전까진 떠나지 않을 걸세."

"마차가 지금 그의 집 문 앞에 있네."

내가 말했다.

"박사가 마차 안으로 들어가는군. 타면서 우리 쪽 창문을 한 번 쳐다봤네. 내가 자전거를 타고 가서 운을 시험해볼까?"

"아니, 아닐세, 왓슨! 자네의 타고난 날카로운 통찰력에는 경의를 표하지만, 저 대단한 박사의 상대는 안 될 것 같네. 나 혼자 자유롭게 조사를 하는 편이 목적을 달성할 가능성이 높을 것 같아. 자네는 혼자 있어야겠네. 조용한 시골지방에서 낯선 이방인 둘이서 캐묻고 다닌다면 걷잡을 수 없이 소문이 날 걸세. 이 유서 깊은 도시에는 자네가 즐겁게 구경할 만한 볼거리가 분명히 있을 거야. 나는 저녁이 되기 전에 좋은 소식을 들고 올 수 있기를 바라야겠네."

하지만, 내 친구는 한 번 더 실망을 할 운명이었다. 그는 밤이 되어서야 지친 모습으로 실패한 채 돌아왔다.

"왓슨, 오늘도 소득 없는 하루였네. 박사가 갔던 방향으로 넓게 범위를 잡아, 케임브리지의 모든 마을을 다녔고, 선술집 주인과 다른 지방 소식통을 만나 의견을 나눴네. 꽤 많은 지역을 다녔어. 체스터턴, 히스턴, 워터비치, 그리고 오킹턴을 차례로 조사했지만, 모두 실망스러웠네. 그렇게 조용한 계곡 같은 곳에 한 쌍의 말이 끄는 사륜마차가 매일 모습을 나타냈으니 눈에 띄지 않을 수 없었을 텐데 말이야. 박사가 다시 점수를 올렸네. 나에게 온 전보가 있나?"

"있네. 내가 열어봤지. 여기 쓰여 있기를,

〈트리니트 대학, 제레미 딕슨에게 폼피를 부탁하십시오.〉

나는 무슨 얘긴지 모르겠네."

"오, 명확한 내용일세. 오버턴에게서 온 건데, 내가 보낸 질문에 대한 답변이지. 제리미 딕슨 군에게 편지를 써야겠네. 그러면 우리의 운도 돌아올 거야. 그나저나, 경기에 관한 소식은 있나?"

"있네. 이 지역 석간신문 최종판에 잘 쓴 기사가 실려 있군. 옥스퍼드가 1골 2트라이 차이로 이겼어. 기사 마지막에는 이렇게 쓰여 있네."

〈담청색* 팀이 패한 원인은 국제적으로 가장 뛰어난 선수, 갓프리 스톤턴이 불행하게도 출전하지 못했기 때문이다. 그의 빈자리는 경기 매순간마다 느껴졌다. 스리쿼터 라인에서 호흡이 맞지 않았고, 공격과 수비가 약해져서 팀 전체가 열심히 노력했음에도 결과는 무위로 돌아가고 말았다.〉

"우리의 친구, 오버턴의 불길한 예감이 그대로 맞았군."
홈즈가 말했다.

---

* Light Blues(담청색) : 케임브리지 대학이 운동경기에서 일반적으로 사용하는 색깔이다. 케임브리지 블루(cambridge Blue)라고도 한다. RGB (163,193,173)이다.

"개인적으로 나는 암스트롱 박사의 생각에 동의하네. 내 영역에도 럭비 경기란 없어. 왓슨, 오늘은 일찍 자게나. 내일은 바쁜 하루가 될 것 같은 예감이 드는군."

다음날 아침, 나는 일어나 홈즈를 보고는 기겁을 하며 놀라고 말았다. 그가 작은 피하주사기를 들고 난로 가에 앉아 있었기 때문이다. 나는 그 기구를 홈즈의 성격 중 단 하나의 단점과 결부시켜 생각하게 되었고, 그의 손 안에서 반짝이는 것을 보자 최악의 상황을 떠올리고 겁이 났다. 홈즈는 당황한 내 표정을 보고 웃으며 그 물건을 탁자 위에 내려놓았다.

"아니, 아닐세, 친구. 긴장할 필요가 없네. 이건 악마의 도구가 아니라 우리의 수수께끼를 풀어줄 열쇠라는 걸 알게 될 걸세. 나는 이 주사기에 모든 희망을 걸고 있네. 방금 간단한 정찰을 마치고 돌아왔는데, 모든 일이 순조롭게 돌아가고 있어. 왓슨, 아침을 많이 먹어두게. 오늘은 암스트롱 박사의 자취를 따라갈 테니까 말이야. 한번 추적하기 시작하면 멈추지 않고, 먹는 일도 쉬는 일도 없이 그의 소굴까지 달려갈 걸세."

"그럴 거라면,"

내가 말했다.

"박사는 일찍 출발할 테니 아침을 싸가지고 가는 것이 낫겠네. 그의 마차가 문 앞에 있어."

"걱정 말게. 가게 내버려둬. 내가 따라갈 수 없는 곳까지 갈 수 있다면 그는 정말 영리한 사람이지. 식사를 마치고 나와 함께 아래층으로 내려가면, 탐정 한 명을 소개해 주겠네. 우리가 해야 하는 일, 그 분야에서는 아주 탁월한 전문가이네."

아래층으로 내려가서 나는 홈즈를 따라 마구간 안마당으로 갔다. 그는 작은 외양간의 문을 열고는 비글과 폭스하운드가 합친 듯한 땅딸막하고 귀는 축 처진, 흰색과 황갈색이 섞인 개를 한 마리 끌고 나왔다.

"폼피를 소개하겠네."

그가 말했다.

"폼피는 이 지역 사냥개의 자랑이지. 체격이 보여주듯이 아주 잘 뛰지는 못하지만, 후각은 믿음직한 사냥개라네. 자, 폼피. 네가 빠른 건 아니겠지만, 런던에서 온 중년신사 두 명에게는 너무 빠를 수도 있으니, 네 목에 가죽 줄을 채워야겠다. 자, 애야. 가자. 네 능력을 보여주렴."

그는 개를 이끌고 길을 건너 박사의 집 앞으로 갔다. 그 개는 잠시 코를 킁킁거리며 냄새를 맡더니, 흥분했는지 높은 소리로 울고는 목줄을 팽팽하게 당기며 빠른 속도로 거리를 달리기 시작했다. 반시간이 지나자 우리는 시내를 벗어나 시골길을 빠르게 걷고 있었다.

"홈즈, 대체 무엇을 한 건가?"

내가 물었다.

"진부하고 오래된 것이지만 경우에 따라 유용한 방법이지. 오늘 아침 박사의 집 마당으로 걸어 들어가, 아니시드*가 가득 찬 내

---

* aniseed : 아니스 열매 씨앗에서 추출한 무색 또는 연노랑색의 액체로, 거담, 기침, 소화불량 등에 약재로 쓰인다.

주사기를 마차 뒷바퀴에 쏘았네. 사냥개는 아니시드 냄새를 따라 여기서 영국의 끝까지라도 갈 거야. 우리의 친구, 암스트롱은 마차를 달려 케임브리지를 벗어나기 전에는 폼피를 떨쳐낼 수 없다네. 오, 교활한 악당이로군! 그날 밤, 이렇게 해서 나를 따돌린 걸세."

개는 갑자기 큰 길에서 방향을 돌려 풀로 덮인 작은 길로 들어갔다. 반 마일 쯤 더 가자 이 길은 또 다른 큰 길로 이어졌고, 흔적은 급하게 오른쪽으로 꺾이더니 우리가 떠나온 시내 방향으로 향했다. 그 길은 도시의 남쪽을 완만한 곡선을 그리며 돌아, 우리가 출발한 지점 반대 방향으로 이어지는 것이었다.

"그러면 우회하며 돌아간 것은 순전히 우리 때문이었단 말인가?"

홈즈가 말했다.

"마을 사람들을 상대한 내 조사활동이 아무 소득이 없었던 건 놀라운 일이 아니었군. 박사가 그런 게임을 한 건 그럴 만한 가치가 있었기 때문이겠지. 그렇게 정교한 속임수를 쓴 이유가 무엇인지 알고 싶군. 오른편으로 가면 트럼핑턴 마을이 나올 거야. 그리고, 아 이런! 사륜마차가 모퉁이를 돌아오네. 서둘러, 왓슨. 어서. 탄로 나겠어."

그는 가기 싫어하는 폼피를 끌며 통로를 지나 벌판으로 뛰어들었다. 우리가 겨우 울타리 뒤로 피신했을 때 마차가 덜컹거리며 지나갔다. 그 안에 암스트롱의 모습이 언뜻 보였는데, 허리를 숙이고 두 손으로 머리를 감싸고 있는 것으로 보아 깊은 슬픔에 빠진 것 같았다. 내 동료의 근심스런 얼굴을 보니 그도 역시 박사를 본 것이 틀림없었다.

"탐험의 끝에는 어두운 결말이 있을 것 같아 걱정 되는군."

그가 말했다.

"얼마 지나지 않아 알게 되겠지. 가자, 폼피! 아! 벌판에 오두막이 있네."

목적지에 도달한 것이 분명했다. 폼피는 사륜마차 바퀴의 흔적이 아직 남아 있는 문 밖에서 낑낑대며 열심히 뛰어다녔다. 작은 길이 호젓한 오두막으로 이어지고 있었다. 홈즈가 울타리에 개를 묶어놓았고, 우리는 서둘러 앞으로 나아갔다. 내 친구는 작은 통나무 문을 두드리고 또 두드렸지만 아무 응답이 없었다. 하지만 버려진 집은 아니었다. 형언할 수 없이 침울하고, 절망과 고통으로 웅얼거리는 소리가 낮게 들려왔기 때문이다. 망설이며 잠시 서 있던 홈즈는 우리가 온 길 쪽을 돌아봤다. 사륜마차가 오고 있었는데, 회색 말이 끄는 마차가 틀림없었다.

"이런, 박사가 돌아오고 있어!"

홈즈가 소리쳤다.

"그렇다면 어쩔 수가 없군. 박사가 오기 전에 무슨 일인지 알아봐야만 하네."

그가 문을 열었고, 우리는 현관으로 들어갔다. 웅얼거리는 소리는 점점 커지더니, 길고 고통스런 울부짖음으로 변했다. 그 소리는 위층에서 내려오고 있었다. 홈즈가 뛰어올라갔고 나는 그 뒤를 따랐다. 그가 반쯤 닫힌 문을 밀어서 열자, 우리는 눈앞에 펼쳐진 광경에 소스라치게 놀라며 멈춰섰다.

젊고 아름다운 여인이 침대에 누운 채 죽어 있었다. 그녀의 얼굴은 창백하고 평온했으며, 초점을 잃은 커다란 푸른 눈동자는 마구 헝클어진 금발머리카락 사이로 천정을 바라보고 있었다. 침대 발치에는 반쯤 무릎을 꿇은 청년이 침대시트에 얼굴을 묻고 고통스럽게 흐느끼고 있었다. 너무나도 깊은 슬픔에 빠져있었기 때문에, 그는 홈즈가 어깨에 손을 올리고 나서야 고개를 들고 우리를 쳐다보았다.

"자네가 갓프리 스톤턴 군인가?"

"예, 맞습니다. 하지만 너무 늦으셨습니다. 이 사람은 죽었습니다."

그 청년은 정신이 없는 상태였기에 우리를 도움을 주기 위해 온 의사라고만 생각했다. 홈즈가 위로의 말을 몇 마디 전하며, 그가 갑자기 사라져 동료들이 놀랐던 일을 설명하려는데 계단에서 발소리가 들려왔고, 암스트롱이 단호하고 괴로운 얼굴로, 의심스런 표정을 지으며 문앞에 나타났다.

"자, 신사 여러분."

그가 말했다.

"바라던 목적은 이뤘고, 아주 특별히 미묘한 시간을 골라 침입하셨구려. 죽은 사람 앞에서 떠들어댈 수는 없으나, 내가 좀 더 젊었더라면 당신들의 짐승 같은 만행을 그냥 넘어가진 않았을 것이오."

"잠깐만요, 암스트롱 박사. 서로 간에 작은 오해가 있는 것 같습니다."

내 친구가 점잖게 말했다.

"우리와 같이 아래층으로 가시면, 이 불행한 사건에 대해 서로 해명할 기회가 있을 것 같군요."

잠시 뒤, 우리는 아래층 응접실에서 험악한 얼굴의 박사와 한 자리에 있었다.

"자, 말해보시오."

그가 말했다.

"먼저, 나는 마운트 제임스 경에게 고용된 사람이 아니라는 것과 이 사건에서 제 입장은 그런 귀족과는 완전히 다르다는 걸 아셨으면 합니다. 사람이 실종되었을 때 나의 의무는 그의 안위를 확인하는 것이며, 확인이 되면 내 일은 끝난 것입니다. 그리고 사건에 범죄가 관련되지 않는 한, 나는 개인적인 스캔들은 대중에 공개하는 것보단 덮어두려고 애쓰고 있습니다. 내가 생각하는 것과 같이, 이 사건에 범법행위가 없다면 이 사실이 신문에 공개되지 않도록 협력하겠다는 제 결정을 전적으로 믿으셔도 됩니다."

암스트롱 박사는 급하게 한 걸음 앞으로 나와 홈즈의 손을 굳게 잡았다.

"당신은 좋은 사람이오."

그가 말했다.

"내가 당신에 대해 잘못 판단했소. 가엾은 스톤턴을 이런 상황에 혼자 두고 갔던 것이 후회가 되어 마차를 돌려 다시 왔는데, 당신을 만나 서로 알게 되었으니 하늘에 감사해야 되겠소. 당신도 어느 만큼은 알겠지만, 상황은 아주 간단하오. 일 년 전에 갓프리 스톤턴이 한동안 런던에서 하숙을 한 적이 있었는데, 그 하숙집 주인 딸과 정열적으로 사랑하게 되어 결혼하게 되었소. 갓프리의 아내는 아름다울 뿐만 아니라 지성적이기도 했지요. 그런 아내를 부끄러워할 남자는 없을 것이오. 하지만 갓프리는 그 심술궂은 귀족 노인의 상속인이었고, 그가 결혼했다는 소식이 전해지면 상속은 끝장날 것이 틀림없었소.

나는 그 청년을 잘 알고 있었고, 그의 뛰어난 재능을 좋아했다오. 나는 모든 힘을 다해 일이 잘되도록 도왔소. 한번 그 이야기가 새어나가면 얼마 지나지 않아 모든 사람이 알게 되는 것이기에, 우리는 최선을 다해 누구도 알지 못하도록 애썼소이다. 이 호젓한 오두막이 있었고 그 자신이 신중했던 덕분에 갓프리는 지금까지는 잘 해내왔소. 그들의 비밀을 아는 사람은 나와, 트럼핑턴으로 도움을 청하러 가서 지금은 없는 훌륭한 하인뿐이라오. 그런데 갓프리의 아내가 위험한 병에 걸림으로 해서, 마침내 끔찍한 불행이 찾아온 거요. 가장 나쁜 악성 폐병이었소. 불쌍한 아이는 슬픔으로 반쯤 정신이 나갔지만 경기를 하기 위해 런던으로 가야만 했소. 자초지종을 설명하지 않으면 경기에서 빠질 수가 없었고, 그렇게 되면 비밀이 탄로 나기 때문이오. 나는 전보를 통해 기운 내라는 말을 보냈고, 그는 답장으로 최선을 다해달라고 간청하는 내용을 보냈소. 어떻게 봤는지 모르지만 당신이 본 것이 바로 그 전보요. 상태가 얼마나 위급한지는 알려 주지 않았는데, 그 아이가 여기 있어봐야 할 수 있는 일이 없었기 때문이오. 하지만 여인의 아버지에게는 사실을 알려주었고, 그 사람이 분별없이 갓프리에게 연락을 한 것이지요. 그 결과 갓프리는 거의 광란상태가 되어 이곳으로 곧장 달려왔고, 오늘 아침 죽음이 그 여인의 고통을 멈추게 할 때까지, 침대 끝에 무릎 꿇은 모습으로 계속해서 있던 것이오. 홈즈 씨, 이게 전부요. 나는 당신과 당신 친구의 판단력을 믿어 의심치 않소."

홈즈는 박사의 손을 움켜쥐었다.

"가세, 왓슨."

그는 이렇게 말했고, 우리는 슬픔이 가득한 집에서 빠져나와 겨울의 창백한 햇빛 속으로 들어갔다.

애비 그레인지 저택

1897년 겨울이 끝으로 향해가던 어느 날, 서리가 내리고 매섭게 추운 새벽이었다. 누군가 내 어깨를 세게 잡아당기는 바람에 나는 잠에서 깨어났다. 홈즈였다. 그의 손에 들린 촛불에 비쳐 나를 내려다보는 열정적인 얼굴이 보였고, 나는 한눈에 무언가 일이 생겼다는 걸 알았다.

"일어나게, 왓슨. 일어나!"

그가 소리쳤다.

"사건이 시작되었네. 이야기는 나중에 하고! 옷 입고 나가세!"

10분 후, 우리는 마차에 타고 채링 크로스 역을 향해 적막한 거리를 덜컹거리며 달려가고 있었다. 겨울의 희미한 새벽이 서서히 밝아오고 있었고, 일찍 일하러 나가는 노동자의 모습이 이따금 어렴풋이 보였다. 홈즈는 아무 말 없이 두터운 코트 속에 파묻혀 있었으며, 나 역시 그런 모습으로 웅크리고 있었다. 공기는 매섭게 차가웠고, 또 우리 둘 다 아침을 먹지 않았기 때문이었다.

기차역에 도착해서 따뜻한 차를 마시고, 켄트 행 열차에 자리 잡고 나서야 홈즈는 이야기를 할 수 있게 되었고 나도 들을 수 있게 되었다. 홈즈는 주머니에서 편지 한 장을 꺼내 큰소리로 읽었다.

켄트 주, 마샴, 애비 그레인지 저택
3:30 A.M.

친애하는 홈즈 씨,

놀랄 만한 사건이 발생했으니 즉시 와서 도와주신다면 감사하겠습니다. 전적으로 당신께 맞는 사건입니다. 부인을 풀어준 것 외에는 모든 것을 처음 발견한 그대로 남겨두었습니다만, 유스터스 경을 거기에 두는 건 곤란하므로, 한시라도 빨리 와주시길 부탁드립니다.

스탠리 홉킨스 올림.

"홉킨스가 나를 부른 것은 일곱 번이었는데, 그의 소환은 언제나 충분한 이유가 있었네. 내 생각엔 그가 다룬 사건 모두가 자네 기록에 들어있을 걸세. 왓슨, 자네에겐 선택하는 능력이 있다는 걸 인정해야겠군. 자네 이야기에서 유감스런 부분을 그 능력이 많이 보상해주고 있지. 자네의 치명적인 습관은 모든 것을 과학적인 훈련이 아닌 이야기의 관점으로 본다는 것이네. 그 때문에 유익하고 모범적인 논증이 될 것을 망치고 말았지. 인기를 끌만한 지엽적인 문제에 빠져서 최상의 책략과 정교한 방법은 가볍게 처리했기 때문에 독자들에게 흥미를 줄 뿐, 가르침은 주질 못하네."

"그러면 왜 자네가 직접 쓰지 않는가?"

나는 좀 비꼬듯이 말했다.

"쓸 걸세, 왓슨. 쓸 거야. 지금은 자네도 알다시피 꽤 바쁘지만, 만년에는 수사 기법에 초점을 맞춘 교과서 한 권을 저술하는데 생애를 바칠 작정이네. 우리가 현재 조사하려는 건 살인 사건인 것 같네."

"그럼, 유스터스 경이 죽었다고 생각하는 건가?"

"그렇게 말해야 할 것 같군. 홉킨스의 편지를 보니 꽤 당황한 것 같은데, 그는 감정에 쉽게 휩쓸리는 사람이 아니거든. 그래, 나는 그곳에 폭력 행위가 있었고, 우리가 조사할 수 있도록 시체를 그대로 두었다고 생각하네. 단순한 자살이라면 나를 부르지 않았겠지. 부인을 풀어주었다는 건, 비극적인 사건이 일어나는 동안 방 안에 갇혀있었다는 이야기로 생각되는군. 왓슨, 우리는 지금 상류 사회로 가고 있네. 바스락거리는 종이, 〈E.B.〉라고 쓰인 모노그램*, 귀족 집안의 문장, 아름다운 그림을 연상시키는 주소로 말이야. 우리 친구 홉킨스는 명성에 맞게 행동했을 테고, 우리는 흥미로운 아침을 보내게 될 걸세. 사건은 지난 밤 12시 전에 일어났네."

"그걸 어떻게 아나?"

"기차에 대해 조사해 보고 시간을 계산해 보면 알 수 있지. 그 지방 경찰이 연락을 받고 출동을 하고, 런던 경찰청에 보고를 하고, 홉킨스가 나가게 되었고, 그 다음 순서로 내게 연락이 온 것이라네. 이 모든 과정이 꼬박 하루 밤은 걸리지. 음, 치즐허스트 역에 도착했으니, 곧 의문이 밝혀지게 되겠군."

좁은 시골 길을 따라 2마일을 달려가니 한 저택의 정문에 도착했다. 나이 든 관리인이 나와 문을 열어 주었는데, 초췌한 얼굴이 커다란 참사가 있었음을 말해주고 있었다. 장대한 정원 사이로 오래된 느릅나무가 늘어선 가로수길이 나있었고, 그 끝에는 정면

---

* monogram : 이름 첫 글자를 따서 만든 도안 글자. 결합 문자라고도 한다.

에 팔라디오˚ 양식으로 기둥을 세운 낮고, 양 옆으로 넓게 펼쳐진 집이 있었다. 담쟁이 넝쿨에 가려진 중앙 부분은 오랜 세월이 지난 것이 틀림없었는데, 커다란 창문을 보니 근래에 수리를 한 듯했고 집의 한쪽 날개 부분은 분명 새로 지은 것 같았다. 젊은이다운 용모를 지닌 스탠리 홉킨스 경감이 열성적이고 긴장된 얼굴로 현관 앞에서 우리를 맞이했다.

"홈즈 씨, 이렇게 와주셔서 정말 반갑습니다. 왓슨 선생님도요. 그런데 제가 한 번 더 편지를 쓸 시간이 있었더라면 번거롭게 해드리지 않았을 텐데요. 부인이 의식을 찾고 사건에 대해 명확한 진술을 하고 나니, 우리가 할 일이 별로 남지 않았습니다. 루이섐 강도 일당을 기억하시겠지요?"

"랜들 3인조 말인가?"

"그렇습니다. 아버지하고 아들 둘이죠. 그들 짓입니다. 의심할 여지가 없습니다. 시드넘에서 2주일 전에 일을 저지르고 목격자와 인상착의가 확보되었지요. 이렇게 가까운 곳에서 이렇게 빨리 또 다른 일을 벌이다니 대담하기도 합니다. 하지만 틀림없이 그들이 한 짓입니다. 이번엔 교수형에 당할 일을 저질렀군요."

"그러면 유스터스 경은 죽었나?"

"네. 집에 있던 부지깽이에 머리를 맞았습니다."

"유스터스 브랙큰스톨 경이라고 마부가 말하더군."

---

* 팔라디오 : Andrea Palladio, 16세기에 활약한 이탈리아 비첸차 출신의 건축가. 팔라디오 양식은 그가 고대 건축을 연구하여 만든 독자적인 고전주의 양식으로 유럽 여러 도시에 큰 영향을 끼쳤다.

"맞습니다. 켄트에서 가장 부유한 사람 중 하나이지요. 브랙큰스톨 부인은 거실에 계십니다. 그런 끔찍한 경험을 했으니 불쌍한 부인이지요. 제가 처음 만났을 때는 반은 죽어 있는 것 같더군요. 직접 만나서 진술을 들어보시는 편이 나을 것 같습니다. 그 다음에 함께 식당을 조사하시지요."

브랙큰스톨 부인은 평범한 사람이 아니었다. 나는 그리도 우아한 자태에, 여성스런 모습, 아름다운 얼굴을 지닌 사람은 본 적이 없었다. 금빛으로 빛나는 머리에 푸른 눈동자의 그녀는, 최근에 겪은 일로 인해 수척하고 찡그린 얼굴이었지만, 전에는 그에 어울리는 혈색을 지닌 완벽한 미인이었음이 틀림없었다. 그녀의 피해는 정신적인 것만이 아니라 육체적인 것도 있었다. 한쪽 눈 위가 짙은 보라색으로 끔찍하게도 부어올라 있었고, 키가 크고 엄격해 보이는 하녀가 식초를 섞은 물로 열심히 적셔주고 있었다. 부인은 힘없이 소파에 누워 있었지만, 우리가 방 안으로 들어가자 재빠르게 예리한 시선으로 쳐다보았고, 그녀의 아름다운 얼굴에는 경계하는 표정이 나타나는 것을 보니, 그런 끔찍한 경험을 겪은 후에도 총명함이나 담대함은 흔들리지 않은 것 같았다. 그녀는 푸른색과 회색으로 된 헐렁한 실내복으로 몸을 감싸고 있었는데, 옆에는 검은 세퀸*으로 장식한 약식 야회복이 소파에 걸쳐 있었다.

"홉킨스 씨, 모든 일을 다 말씀 드렸어요."

그녀가 피로한 듯 말했다.

"대신 말씀해 주실 수는 없나요? 아, 꼭 필요하다고 생각하신

---

* sequin : 여자옷 장식으로 쓰이는 반짝이는 금속 조각.

다면 이 신사분들에게 무슨 일이 일어난 건지 말씀드리지요. 식당은 벌써 가보셨나요?"

"부인의 말씀을 먼저 듣는 편이 좋겠다고 생각했습니다."

"이 문제를 잘 정리해 주신다면 고맙겠군요. 그이가 아직도 그곳에 누워있다는 생각을 하면 무서워요."

그녀는 몸서리를 치며 두 손으로 얼굴을 가렸다. 그때, 헐렁한 실내복이 그녀의 팔뚝에서 흘러내렸다. 홈즈가 크게 소리쳤다.

"부인! 다른 상처가 있군요. 그건 뭡니까?"

희고 통통한 그녀의 팔 한쪽에 선명한 붉은 반점이 나 있었다. 그녀는 서둘러 가렸다.

"아무것도 아니에요. 어젯밤 끔찍한 사건과는 관계가 없어요. 당신과 당신 친구분이 자리에 앉으시면, 있는 힘을 다해 이야기해 드리지요.

"저는 유스터스 브랙큰스톨 경의 부인입니다. 결혼한 지 약 일 년이 되었지요. 우리의 결혼이 행복한 것이 아니었다는 걸 숨기려 시도해봐야 소용이 없을 겁니다. 제가 그걸 부정한다 해도 이웃 사람들이 당신께 말할 것 같아 두렵군요. 아마도 어느 정도는 제 잘못도 있겠지요. 저는 남 오스트레일리아의 자유롭고, 덜 형식적인 분위기에서 자라났기 때문에, 예의범절을 따지고 얌전을 떠는 영국의 생활은 잘 맞지 않아요. 하지만 중요한 이유는 다른 곳에 있는데, 그건 모든 사람들이 잘 알고 있듯이 유스터스 경이 고질적인 술꾼이었기 때문이지요. 그런 남자와는 한 시간을 같이 있는 것도 유쾌하지 않은 일이에요. 감수성이 예민하고 혈기왕성한 여인이 그런 남자에게 밤낮으로 묶여 있다면 어떨지 짐작하실 수 있나요? 그런 결혼을 의무로 구속하는 것은 신성 모독이고, 범죄이며, 악랄한 행위이에요. 당신들의 이런 터무니없는 법은 이 땅에 저주를 가져올 겁니다. 하느님이 그런 사악한 일을 그냥 보고만 계시지 않을 겁니다."

그 순간 부인은 일어섰는데, 두 뺨은 붉게 물들었고 끔찍한 상처가 난 이마 아래에선 두 눈이 불타오르고 있었다. 그러자 엄격해 보이는 하녀가 강하면서도 부드러운 손길로 부인의 머리를 쿠션에 뉘었고, 그녀의 거칠었던 분노는 차츰 사라지더니 격렬한 흐느낌을 바뀌었다. 이윽고 그녀가 말을 이었다.

"어젯밤 일을 말씀드리겠어요. 아마 아시겠지만, 이 집에서는 하인들이 모두 신관에서 잠을 잡니다. 중앙 본관은 주거용으로 쓰이는데, 뒤쪽엔 주방이 있고 위층에는 우리 부부의 침실이 있지요. 제 하녀인, 테레사는 제 방 위층에서 잡니다. 그 외에는 아무도 없고, 소리가 나도 다른 건물에선 들리지 않아요. 강도들이 이걸 잘 알고 있었음이 틀림없어요. 그게 아니라면 그런 행동을 하지 않았겠지요.

유스터스 경은 10시 반에 자러 갔어요. 하인들은 이미 각자의 숙소로 갔지요. 하녀 테레사만이 제 시중을 들기 위해 맨 위층 방에서 잠들지 않고 있었어요. 저는 책에 폭 빠져서 11시까지 이 방에 있었지요. 그러다 위층으로 올라가기 전에 집안 단속을 하느라 둘러보며 다녔습니다. 말씀 드렸듯이, 유스터스 경이 항상 믿음직한 사람은 아니었기에 제가 직접 하는 것이 습관이 되었어요. 주방, 식기실, 총기실, 당구장, 응접실을 다니고 마지막엔 식당으로 갔습니다. 두꺼운 커튼이 드리워진 창문으로 가는데 갑자기 얼굴에 바람이 불어와서 문이 열렸다고 생각했지요. 커튼을 젖히자, 식당 안으로 막 들어온 어깨가 넓은 나이든 남자와 얼굴을 마주치고 말았어요. 그 창문은 프랑스식 긴 창으로 실제로는 정원의 잔디밭으로 직접 통해 있지요. 저는 침실용 촛불을 들고 있었는데, 그 불빛에 비쳐 첫 번째 남자 뒤로 두 명이 더 들어오는 모습이 보이더군요. 뒤로 물러섰지만, 순식간에 그 일당에게 붙들렸습니다. 먼저 제 손목을 잡아채더니 목을 붙들었어요. 소리를 지르려고 했지만, 그 남자가 사정없이 휘두른 주먹에 눈 위를 맞아, 바닥으로 쓰러지고 말았지요. 몇 분 동안 기절했다가 정신을 차리고 나니, 그들은 벨을 당기는 줄을 끊어 식탁 상석에 있는 떡갈나무 의자에 저를 단단히 묶어놨더군요. 꼼짝도 못하게 묶인 데다 소리를 내지 못하도록 입에도 손수건으로 재갈을 물렸습니다. 불행하게도 남편이 들어온 것은 바로 그때였어요. 아마도 무언가 수상한 소리를 듣고, 그런 상황을 예상했던 것 같아요. 긴 잠옷에 바지를 입고, 애용하는 자두나무 몽둥이를 손에 들고 있었어요. 남편은 강도들을 향해 달려들었는데, 나이든 남자가 허리를 굽혀 벽난로에서 부지깽이를 집어 들더니 그이가 지나갈 때 무섭게 내리쳤습니다. 그이는 신음하며 쓰러진 후 다신 움직이지 않았지요. 저는 다시 기절했지만, 의식을 잃은 건 아주 짧은 시간이었어요. 눈을 떠보니, 그들은 선반에서 은제품을 골라서 꺼내놓았고, 와인 한 병도 내어놨더군요. 그리고 각자 손에 잔을 들고 있었지요. 이미 말씀 드렸는지 아닌지 모르겠지만, 한 명은 나이가 많고 턱수염이 났으며, 다른 두 명은 젊고 수염이 없는 청년이었습니다. 아마 아버지와 아들이겠지요. 그들은 서로 무언가 속삭였어요. 그리고는 다가와서 제가 잘 묶여있는지 확인했습니다. 이윽고 창을 통해 나간 뒤 문을 닫았어요. 입에 물린 재갈을 푸는데도 거의 15분이나 걸렸지요. 풀고 나서 소리를 질렀더니 하녀가 달려왔습니다. 다른 하인들도 곧 깨어났고, 지방 경찰을 부르러 보냈어요. 곧 런던에도 연락이 갔지요. 신사 여러분, 이것이 제가 말할 수 있는 전부이에요. 이토록 괴로운 이야기를 다시 하는 일은 없으리라 믿겠습니다."

"홈즈 씨, 질문이 있으십니까?"

홉킨스가 물었다.

"더이상 브랙큰스톨 부인의 시간을 빼앗거나 괴롭히고 싶지 않군요."

홈즈가 말했다.

"식당으로 가기 전에 자네가 겪은 일을 듣고 싶네."

그는 하녀를 쳐다보았다.

"저는 그 자들이 집에 들어오기 전에 보았습니다."

그녀가 말했다.

"침실 창문 옆에 앉아 있었기 때문에, 달빛 아래 세 남자가 저쪽 관리인집 문가에 있는 것이 보였습니다만 그때는 별로 신경 쓰지 않았습니다. 마님의 비명소리가 들린 건 그때부터 한 시간이 넘어서였지요. 뛰어내려와 보니 불쌍한 우리 어린 양, 마님께서는 아까 말씀하신 것처럼 묶여계셨고, 경께서는 피와 뇌수를 쏟아내고 바닥에 쓰러져 계셨지요. 거기에 묶여 있는데다 경의 피가 드레스에 얼룩졌으니 웬만한 여자라면 정신이 나갈 만도 했지만, 마님은 용기를 잃지 않았습니다. 애들레이드*의 메리 프레이저 아가씨가 그랬고, 애비 그레인지의 브래큰스톨 부인이 바로 그런 여인입니다. 신사 여러분들, 질문은 충분히 하셨겠지요. 이제 마님은 이 늙은 테레사와 함께 방으로 가서 쉬셔야만 합니다."

몹시 마른 그 여인은 어머니와 같은 부드러운 손길로 여주인을 부축하고 방에서 나갔다.

"저 여자는 부인과 평생 동안 같이 지냈습니다."

홉킨스가 말했다.

"아기 때 유모로 부인을 돌봤고, 18개월 전, 처음으로 오스트레일리아를 떠나 영국으로 올 때 같이 왔습니다. 이름은 테레사 라이트인데 요즘 같은 때는 볼 수 없는 여잡니다. 홈즈 씨, 이쪽으로 오십시오!"

홈즈의 표정이 풍부한 얼굴에서 깊은 관심이 사라져 버린 것을 보고, 나는 그가 이 사건에 대한 매력을 잃어버렸다는 걸 알았다. 범인 체포가 아직 남아있기는 했지만, 이 평범한 악당들 때문에 어째서 그가 손을 더럽히겠는가? 심원한 학식을 지닌 전문가가 홍역 때문에 불려왔을 때 느낄만한 당혹감이 내 친구의 눈에서 보였다. 하지만 애비 그레인지의 식당 풍경은 그의 관심을 사로잡고 흥미를 다시 불러일으킬 만큼 기묘했다.

그곳은 매우 넓고 천장이 높은 방이었는데, 천장에는 조각한 떡갈나무를 붙였고, 벽에는 떡갈나무 판자를 댔으며, 멋진 사슴 머

---

* Adelaide : 오스트레일리아 남부의 항구도시. 아름다운 경치로 유명하다.

리와 고대 무기가 사방에 걸려 있었다. 문 반대편에 우리가 이야기 들었던 높은 프랑스식 창이 있었다. 오른쪽에는 작은 창 세 개가 있어서 차가운 겨울 햇볕이 방 안으로 드리워졌다. 왼쪽에는 넓고 깊은 벽난로가 있었고, 그 위에는 커다란 떡갈나무 벽로 장식이 덧붙여져 있었다. 벽난로 옆에는 팔걸이가 있고, 다리에는 가로막대가 끼워져 있는 육중한 떡갈나무 의자가 있었다. 그 의자에는 붉은색 끈이 안팎으로 엉켜있었는데, 가로막대 양쪽에는 탄탄한 매듭이 보였다. 부인을 풀어주었을 때 매듭은 묶인 채 그대로 두고, 끈에서만 빠져나온 것이다. 이런 상세한 내용은 나중에서야 알게 된 것이고, 우리들의 관심은 벽난로 앞 호랑이 가죽 깔개 위에 누워있는 끔찍한 물체에 완전히 빠져 들었다.

40살 쯤 되는, 키가 크고 좋은 체격을 가진 남자의 시신이었다. 등을 대고 누워 얼굴은 위로 향하고 있었고, 짧고 검은 수염 사이로 하얀 이가 드러나 보였다. 꽉 쥔 두 손은 머리 위로 올렸는데 묵직한 자두나무 몽둥이가 가로 놓여있었다. 거무스름한 피부에 매부리코를 지닌 잘 생긴 얼굴은 깊은 원한과 증오로 몸부림치듯 일그러져 있어서, 무서운 악마의 얼굴이 나타나 있는 것 같았다. 자수로 멋을 낸 잠옷을 입고 있고, 바지 밑으로 맨발이 나와 있는 것으로 보아, 자다가 놀라 깨어난 것이 분명했다. 머리에는 끔찍한 상처가 나 있었고, 온 방 안이 그를 쓰러뜨린 타격이 얼마나 맹렬한 것이었는지 증명해 주고 있었다. 그의 옆에는 무거운 부지깽이가 놓여 있었는데 충격으로 인해 구부러져 있었다. 홈즈는 그 부지깽이와 그것이 만들어낸 비참한 몰골을 살펴보았다.

"랜들 노인은 힘이 대단한 인물임이 틀림없네."

그가 말했다.

"그렇습니다."

홉킨스가 말했다.

"그 자들의 기록을 가지고 있는데, 험악한 녀석들이죠."

"그자들을 잡는 데는 어려움이 없겠군."

"물론입니다. 이전부터 찾고 있었습니다만, 미국으로 가버렸다
는 이야기도 있었지요. 이제 그 일당이 여기 있는 걸 알았으니, 도
망갈 길이 없을 겁니다. 모든 항구에 벌써 전문을 띄웠으니 저녁이
되기 전에 답장이 오겠지요. 궁금한 것은, 부인이 인상착의를 말하
면 누군지 금방 발각이 될 것을 알면서 어째서 그런 미친 짓을 했
느냐 하는 겁니다."

"그렇군. 일반적으로는 브래큰스톨 부인도 아무 말하지 못하도
록 했을 텐데 말이야."

"그 자들이 알아차리지 못한 게 아닐까,"

내가 의견을 말했다.

"기절했다가 깨어난 것을 말일세."

"그럴 수도 있지. 의식이 없는 것으로 보았다면 생명을 뺏을 필
요야 없겠지. 홉킨스, 죽은 사람은 어떤 인물인가? 뭔가 수상한 이
야기가 들린 것 같은데."

"술을 마시지 않았을 때는 정말 친절한 사람이지만, 술에 취하
면 완전히 마귀처럼 되었지요. 반쯤 취한 상태에서도 마찬가지였는
데, 사실 완전히 취한 적은 별로 없었습니다. 그런 때는 악마가 몸

속에 들어있는 것 같았고, 무슨 일이든 닥치는 대로 저질렀습니다. 제가 듣기로는, 재산도 있고 직위도 있는데도 불구하고 경찰에 구속될 뻔한 적이 한두 번 있다더군요. 개에게 석유를 뿌리고 불을 붙인 사건도 있었는데, 더욱 심한 것은 그 개가 부인 것이었답니다. 소문을 막느라 애를 먹었지요. 그 다음엔 유리병을 하녀, 테레사 라이트에게 던진 일이 있었습니다. 그것도 꽤 시끄러운 일이었지요. 우리끼리니까 하는 말이지만, 전체적으로 볼 때 그가 없어졌으니 집안이 밝아지게 될 겁니다. 지금 무엇을 보고 계십니까?"

홈즈는 무릎 꿇고 앉아서 부인을 단단히 묶었던 붉은 줄 매듭을 깊은 관심을 가지고 살피고 있었다. 그리고는 올이 풀리고 끊어진 부분을 유심히 바라보았다. 강도들이 잡아당겨 끊어진 부분이었다.

"이걸 잡아당길 때, 주방에 있는 벨이 분명 시끄럽게 울렸을 텐데."

그가 말했다.

"아무도 들을 수 없었습니다. 주방은 이 집 맨 뒤에 있으니까요."

"강도들이 아무도 듣지 못한다는 걸 어떻게 알았지? 어떻게 벨줄을 이렇게 무모하게 잡아당길 수가 있겠나?"

"그렇습니다. 홈즈 씨. 바로 그겁니다. 제가 몇 번이고 스스로 질문을 던졌던 것이 바로 그겁니다. 이 녀석들은 집안 사정을 잘 알고 있던 것이 틀림없습니다. 비교적 이른 시간에 하인들이 모두 잠자리에 드는 것이며, 주방에 있는 벨소리를 들을 사람이 아무도 없다는 것을 분명하게 알고 있었지요. 그러므로 하인 중 하나와 한 패였다는 겁니다. 확실합니다. 그런데, 하인이 여덟 명이 있지만 모두가 다 착한 사람들입니다."

"다른 조건이 모두 같다면,"

홈즈가 말했다.

"주인이 던진 유리병에 머리를 맞은 사람을 의심하게 되겠지. 하지만 그건 헌신적으로 섬기는 주인을 배신하는 행위이기도 하네. 그래, 어쨌든, 이건 사소한 문제이니까 자네가 랜들 일당을 잡으면 어렵지 않게 협력자를 찾을 수 있을 걸세. 우리 앞에 있는 모든 증거들을 보면 부인의 이야기를 확증할 수 있을 것 같군. 확증이 필요하다면 말일세."

그는 프랑스식 창문으로 걸어가 밀어젖혔다.

"여긴 아무런 흔적이 없네. 땅이 쇠처럼 단단하니 그런 건 바랄 수도 없지. 벽로 장식 위의 이 양초에 불을 켰었군."

"네. 강도들이 그 불빛과 부인의 침실용 촛불을 이용해 다닌 겁니다."

"그 자들이 가져간 건 뭔가?"

"그게, 많지 않습니다. 선반 위에 있던 접시 여섯 개입니다. 브랙큰스톨 부인은 유스터스 경이 죽음으로 해서 당황한 나머지 집 안을 샅샅이 뒤지지 않았다고 생각하더군요. 그렇지 않았다면 그 정도로 끝나진 않았을 겁니다."

"분명 그랬을 걸세. 그런데 내가 보기에, 와인을 마신 것 같군."

"마음을 안정시키려고 마셨겠지요."

"그렇군. 찬장에 있는 이 세 개의 잔은 건드리지 않았겠지?"

"네. 병도 그대로입니다."

"한 번 살펴볼까. 어라, 어라! 이게 뭐지?"

세 개의 잔은 한 군데 모여 있었고, 모두 와인이 묻어있었는데, 그중 하나에는 찌꺼기가 남아있었다. 옆에 세워놓은 병은 3분의 2 정도 차 있었고, 와인 색깔이 깊게 물들은 기다란 코르크 마개도 있었다. 병의 모양과 먼지가 묻은 것을 보니, 살인자들이 즐겼던 술은 평범한 와인이 아니었다.

홈즈의 태도에 변화가 생겼다. 열의 없던 표정은 사라지고, 예민하고 깊숙한 눈에 관심의 빛이 다시 들어왔다. 그는 코르크 마개를 들고 세세하게 살펴봤다.

"이걸 어떻게 뽑았지?"

그가 물었다. 홉킨스는 반쯤 열린 서랍을 가리켰다. 그 안에는 식탁보와 커다란 와인오프너가 들어있었다.

"브래큰스톨 부인이 이 와인오프너를 사용했다고 말했나?"

"아닙니다. 기억하시겠지만, 부인은 그 병을 열 때 의식이 없었습니다."

"그렇지. 사실상 이 와인오프너는 쓰이지 않았네. 이 병은 휴대용 오프너로 딴 거야. 아마 칼에 붙어있는 것으로, 길이가 1인치 반쯤 되는 것이네. 코르크 윗부분을 살펴보면 뽑아내기까지 세 번 뚫은 것을 볼 수 있을 걸세. 이건 완전히 관통되지 않았어. 긴 와인오프너였다면 관통되었을 테고 한 번에 뽑을 수 있었겠지. 자네가 이 녀석들을 잡게 되면, 그들이 가진 소지품 중에서 와인오프너가 달린 다용도칼을 찾을 수 있을 걸세."

"놀랍습니다!"

홉킨스가 말했다.

"그런데 사실, 이 와인 잔이 나를 곤혹스럽게 만드는군. 브랙큰스톨 부인은 세 명이 마시는 걸 실제로 봤다고 했었지?"

"네. 분명히 말했습니다."

"그러면 그걸로 끝이군. 더 이상 말할 게 뭐가 있겠나? 하지만 홉킨스, 자네도 이 세 개의 잔이 주목할 만하다는 걸 인정해야할 걸세. 뭐라고? 주목할 만한 것이 뭔지 모르겠다고? 됐네, 됐어. 그냥 넘어가지. 나처럼 특별한 지식과 특별한 능력을 가진 사람은 손쉽게 잡히는 간단한 것보다 복잡한 설명을 찾으려는 경향이 있을 지도 모르겠네. 물론, 잔에 관한 건 그저 단순한 우연일 수도 있어. 그럼 잘 있게, 홉킨스. 내가 도와줄 일도 없고, 자네는 사건을 명확하게 해결할 것 같네. 랜들을 체포하거나 사건이 더 진전되는 일이 있다면 알려주게나. 자네가 성공적으로 해결을 해서, 내가 축하하게 될 날이 곧 오리라 믿네. 가세, 왓슨. 우리는 집에 있는 것이 더 유익할 것 같군."

돌아오는 길에, 홈즈의 얼굴에는 무언가 그 자신이 본 것에 대해 무척 당혹해 하는 표정이 보였다. 가끔씩, 사건이 완전히 해결된 것처럼 말하며 당혹스런 생각을 떨쳐버리려고 애썼지만 의혹은 또다시 자리 잡았다. 그의 주름 잡힌 이마와 멍한 눈동자는 그의 생각이 애비 그레인지 저택, 한밤중에 식당에서 일어난 비극적 사건으로 돌아가 있다는 걸 보여 주었다. 마침내, 우리가 탄 기차가 시골 변두리 역에서 출발하려는 순간, 그는 갑작스레 일어나 플랫폼으로 뛰어내렸고 나 역시 내리게 했다.

"이보게 친구, 미안하네."

그는 우리가 탔던 기차의 마지막 칸이 모퉁이를 돌아 사라지는 것을 바라보며 말했다.

"단순히 변덕스런 생각일 수도 있는데 자네한테 피해를 주는 것 같아 미안하군. 하지만, 왓슨. 사건을 이대로 두고는 도무지 떠날 수가 없네. 내가 가진 본능이 반대를 부르짖고 있어. 이건 아닐세. 이건 아니야. 맹세코 이건 아니야. 그런데 부인의 이야기는 완벽하고, 하녀가 그 진술을 보강해주고 있으며 세부적인 증거도 꼭 들어맞지. 내가 그 반대 증거로 가지고 있는 건 무엇이지? 와인 잔 세 개. 그것뿐일세. 하지만 만약 내가 그걸 당연하게 받아들이지 않았다면, 만약 내가 모든 것을 신중하게 조사했더라면, 미리 준비된 이야기에 말려들지 않고 사건을 처음부터 접근해 나갔더라면, 무언가 다른 행동을 할 수 있는 명확한 사실을 찾아내지 않았을까? 물론 그랬을 걸세. 왓슨, 치즐허스트로 가는 열차가 올 때까지 여기 벤치에 앉아 있게. 내가 증거를 나열해 볼 테니 자네는 먼저 그 부인과 하녀가 말한 내용이 반드시 사실이라는 생각을 버려야 하네. 부인의 매력적인 분위기에 우리의 판단이 말려들지 않도록 하게.

냉정하게 바라본다면, 부인의 이야기에는 분명 의혹을 불러일으키는 부분이 있네. 이 강도들은 2주일 전 시드넘에서 상당히 큰 벌이를 했지. 그들에 대한 이야기나 생김새에 대해서 신문에 났기 때문에, 가상의 도둑이 등장하는 이야기를 꾸며내려는 사람이라면 자연스럽게 그 기사를 떠올렸을 걸세. 사실, 크게 한탕을 벌인 강도들은 일반적으로 조용하고 태평스럽게 그 수입을 즐기지, 또 다른 위험한 일을 저지르지는 않거든. 또, 그렇게 이른 시간에 강도가 일을 벌이는 것도 이상하고, 소리치는 걸 막기 위해 여자를 때리는 것도 이상해. 그렇게 하면 비명을 지르게 된다는 건 누구나 생각할 수 있는 데 말이야. 한 사람을 제압하기에 충분한 인원인데 살인을 저지르는 것도 이상하지. 손에 닿는 곳에 더 많은 것이 있는데 몇 개만 훔쳐가는 걸로 만족했다는 것도 이상해. 마지막으로, 그런 녀석들이 술병을 반 정도만 비우고 남겨둔 것도 정말 이상한 일이지. 왓슨, 이 모든 이상한 일들을 어떻게 생각하나?"

"그렇게 모아 놓고 보니 효과가 상당하네. 그런데 하나하나도 꽤 가능성이 있는 이야기이군. 내가 보기에 가장 이상한 일은, 부인을 의자에 묶어 놨다는 걸세."

"음, 왓슨. 그 문제는 확실히 모르지만, 강도들은 부인을 죽이거나, 아니면 도망칠 때 즉각 알리는 걸 막기 위해 그런 식으로 묶어놓든가, 둘 중 하나를 해야 했던 건 분명하네. 어쨌든 간에, 부인의 이야기에는 사실로 볼 수 없는 점이 있지 않은가? 자 이제, 처음으로 돌아가 와인 잔 문제를 생각해 보겠네."

"와인 잔이 무슨 문제인가?"

"그 와인 잔을 잘 보았나?"

"분명하게 보았네."

"우리가 들은 바로는 세 명이 술을 마셨다고 했네. 그게 맞는 것 같은가?"

"어째서 아니지? 각각의 잔에 와인이 들어 있었네."

"맞아. 하지만 찌꺼기는 오직 하나의 잔에만 있었지. 그 사실을 주목해야 하네. 마음속에 떠오르는 것이 없나?"

"마지막 잔을 채울 때 찌꺼기가 들어갔을 걸세."

"천만에. 그 병은 가득 차 있었는데, 처음 두 잔은 깨끗하고 세 번째 잔에만 찌꺼기가 잔뜩 들어갔다는 건 도무지 생각조차 못할 일이네. 그걸 설명하려면 두 가지 방법이 있지. 딱 두 가지 뿐이야. 하나는, 두 번째 잔을 채운 후에 병을 격렬하게 흔드는 거지. 그러면 세 번째 잔에 찌꺼기가 들어가게 되네. 이런 일은 있을 것 같지가 않아. 그래, 나는 내가 옳다고 확신하네."

"그러면 자네가 생각하는 건 뭔가?"

"사용한 건 오직 두 개뿐이고, 그 두 잔에 있던 찌꺼기를 세 번째 잔에 부었던 거지. 그렇게 해서 세 명이 있던 것처럼 보이는 효과를 낸 걸세. 그 방법이면 마지막 잔에 찌꺼기가 모이게 되지, 그렇지 않은가? 그래, 나는 확신하고 있네. 그런데 이 사소한 현상에 대한 나의 해석이 맞는다고 하면, 이 사건은 평범한 일에서 곧장 아주 중대한 사건으로 부상하게 되지. 왜냐하면 그것은 브래큰스톨 부인과 하녀가 우리에게 일부러 거짓말한다는 걸 의미하거든. 또한 그들의 이야기는 단 한 마디도 믿을 수 없게 되고, 그들이 진범을 감추려고 하는 데에는 어떤 강력한 이유가 있을 테니 우리는 그 두 사람의 도움 없이 사건을 구성해 나가야만 한다는 의미가 되는 걸세. 이것이 우리 앞에 놓인 임무이라네. 자, 그리고 왓슨, 시드넘 열차가 왔군."

애비 그레인지 저택 사람들은 우리가 돌아온 것을 보자 무척이나 놀랐다. 홉킨스가 본부에 보고를 하기위해 떠났다는 걸 안 셜록 홈즈는 식당을 차지하고 안에서 문을 잠근 다음, 정밀하고 고된 조사를 두 시간 동안이나 했다. 이는 찬란한 추론의 전당을 세울 수 있는 탄탄한 기초를 만드는 것이다. 교수의 시범을 관심 있게 바라보는 학생처럼 나는 한쪽 구석에 앉아서 그의 훌륭한 조사 방식을 하나하나 지켜보았다. 창문, 커튼, 카펫, 의자, 끈 등을 차례로 세심하게 조사하고 충분히 심사숙고했다. 불행한 준남작의 시신을 치웠을 뿐 나머지는 모두 아침에 보았던 그대로였다. 마지막으로 홈즈는 놀랍게도 커다란 벽로 장식 위로 기어 올라갔다. 그의 머리 위 높은 곳에, 몇 인치 정도 남은 붉은 색 끈이 철사줄에 아직 매달려 있었다. 그는 한참동안 위를 바라보고 있다가, 좀 더 가까이 가기 위해 벽에서 튀어나온 나무 선반에 무릎을 올렸다. 그렇게 하니 몇 인치만 더 가면 끊어진 끈의 끝부분에 그의 손이 닿을 것 같았다. 하지만 그가 관심을 두는 부분은 끈이 아니라 선반 그 자체인 것 같았다. 이윽고 그는 만족스런 탄성을 지르며 내려왔다.

"왓슨, 잘 됐네."

그가 말했다.

"사건을 풀었어. 우리 기록 중에서 가장 놀랄만한 사건 중 하나가 될 거야. 하지만, 이런 세상에, 나는 정말 우둔했었네. 평생의 대실수를 저지를 뻔했어. 이제 몇 가지 빠진 고리 외에는 모든 연결점이 거의 완성되었네."

"범인들을 알아낸 건가?"

"왓슨, 범인은 한 명일세. 단 한 명이지만 가공할 인물이네. 부지깽이를 한 번에 구부러뜨린 것이 증명하듯이 사자처럼 강하지. 키는 6피트 3인치*이고 다람쥐처럼 빠르고 손재주가 뛰어나며, 이런 교묘한 이야기를 혼자 지어낼 정도이니 놀라운 기지를 지닌 자야. 그래, 왓슨. 우리는 한 개인이 만든 아주 놀라운 수공예품을 만난 것이라네. 하지만 그는 저 벨 줄에 우리가 의심을 품지 않을 수 없는 단서를 남겨주었지."

"그 단서가 어디 있단 말인가?"

"자, 자네가 벨 줄을 당긴다면 말일세, 왓슨. 어디서 끊어질 것 같은가? 분명 철사줄에 매단 부분이겠지. 그런데 어째서 이 경우에는 맨 위에서 3인치 떨어진 부분이 끊어진 걸까?"

"거기가 닳아서 올이 풀린 부분이기 때문에?"

"맞아. 이 끝을 조사해 보면 닳아서 올이 풀려 있네. 그자는 칼을 가지고 이렇게 만들 정도로 교활한 거야. 하지만 반대쪽은 올이 풀려있지 않았네. 여기서는 보이지 않겠지만, 벽로 선반 위에 올라가면 깨끗하게 잘려 있고 올이 풀린 흔적은 전혀 없다는 걸 볼 수 있을 걸세. 무슨 일이 있었는지 재구성해 보게. 그자는 끈이 필요했어. 벨이 울려서 사람들이 깰까 봐 잡아당겨서 끊을 수는 없었네. 그자는 어떻게 했을까? 벽로 장식 위로 뛰어올라 갔네. 손이 닿지 않자, 선반 위에 무릎을 올린 후 칼을 가지고 줄을 끊은 걸세. 선반 위 먼지에 그 흔적이 남아있지. 내 손이 닿기에는 최소 3인치가 모자라더군. 그래서 나보다 적어도 3인치는 크다고 추리한 걸세.

---

* 약 190.5cm

저 떡갈나무 의자 시트 위에 있는 자국을 보게! 저게 뭐지?"

"피로군."

"틀림없이 피야. 이것 하나 만으로도 부인의 이야기가 터무니없다는 걸 알 수 있네. 범행이 저질러질 때 부인이 의자에 앉아있었다면 어떻게 저 자국이 생겼겠나? 아니, 아니지. 그녀는 남편이 죽은 후에 저 의자에 앉은 거야. 검은 드레스에 이것과 맞는 자국이 있다는데 내기를 걸어도 좋네. 왓슨, 우리는 아직 워털루*에 온 것이 아니야. 처음엔 졌으나 결국엔 승리를 거두니, 마렝고**라고 할 수 있지. 이제 그 유모, 테레사와 몇 마디 이야기를 해보고 싶군. 원하는 정보를 얻어 내려면 잠시도 방심해선 안 되네."

그 엄격한 오스트레일리아 유모는 흥미로운 인물이었다. 말수가 적고, 의심이 많으며, 무뚝뚝해서, 홈즈가 호감 있는 태도로 그녀가 하는 말을 모두 잘 받아주었지만 마음을 누그러뜨리고 온화한 모습이 되기까지는 시간이 꽤 걸렸다. 그녀는 죽은 주인에 대한 증오심을 숨기려 하지 않았다.

"예. 그분이 저한테 유리병을 던진 건 사실입니다. 마님을 욕하시는 걸 듣고, 마님의 오빠가 있었더라면 감히 그렇게 말하지 못할 거라고 말씀드렸지요. 그랬더니 유리병을 던지더군요. 어여쁜 마님

---

* Waterloo : 나폴레옹의 프랑스군이 영국, 프로이센 연합군과 싸워 패배를 한 벨기에 남동부의 지명. 이 워털루 전투가 나폴레옹이 마지막 벌인 전투로, 이후 나폴레옹은 세인트헬레나 섬에 유배되어 세상을 떠난다.

** Marengo : 이탈리아의 평야 이름. 나폴레옹의 프랑스군과 오스트리아군이 전투를 벌인 장소. 처음에는 오스트리아군의 기습으로 패색이 짙었으나, 다음날 반격을 해서 대승을 거둔다.

을 그냥 내버려 두기만 한다면 그런 건 열두 번을 던져도 좋습니다. 그분은 끊임없이 마님을 괴롭혔고, 마님은 자존심이 강했기 때문에 불평하지 않으셨어요. 오늘 아침 보셨던 팔의 상처 자국도 저에게는 말씀하지 않으셨지요. 하지만 저는 그게 모자핀으로 찌른 자국이란 걸 잘 알고 있습니다. 그 비열한 악마! 하느님, 지금은 죽은 그 사람에게 이렇게 말하는 걸 용서해 주세요. 만약 악마가 이 땅에 살아 있었다면, 그가 바로 악마일거예요. 처음 우리를 만났을 때는 정말 상냥한 사람이었지요. 그게 겨우 18개월 전인데, 우리는 그게 마치 18년처럼 느껴집니다. 마님이 막 런던에 도착했을 때였지요. 예, 전에는 고향을 떠나본 적이 없으니, 첫 번째 여행이었어요. 그분은 직위와 돈과 런던식 거짓말로 마님의 사랑을 얻어 냈어요. 마님이 실수를 한 것이라면 그에 대한 벌은 충분히 받은 겁니다. 만약 그랬다면 말이죠. 주인을 처음 만난 때가 몇 월이냐고요? 글쎄요, 우리가 도착한 후 바로였어요. 6월에 도착했으니 7월이군요. 결혼은 작년 1월에 했습니다. 예, 마님은 다시 거실로 내려와 계셔요. 만날 수는 있지만, 너무 많은 걸 묻지는 마세요. 몸도 마음도 견뎌내기 힘든 일을 겪으신 분이니까요."

브레큰스톨 부인은 똑같은 소파에 기대어 누워 있었지만, 아까보다는 밝아 보였다. 우리와 같이 들어간 하녀는 또 다시 부인의 이마에 생긴 타박상을 찜질하기 시작했다.

"저를,"

부인이 말했다.

"심문하려고 다시 오신 건 아니겠지요?"

"아닙니다."

홈즈가 부드러운 목소리로 대답했다.

"브래큰스톨 부인, 저는 불필요하게 부인을 괴롭혀 드리지 않겠습니다. 이미 많은 어려움을 겪으셨다는 걸 잘 알고 있기에, 제 바람은 부인을 편안하게 해드리는 것뿐입니다. 부인께서 저를 친구로 생각하시고 믿어 주신다면, 저도 그 믿음에 보답할 것입니다."

"제가 무엇을 하길 바라시나요?"

"진실을 말씀해주십시오."

"홈즈 씨!"

"아뇨, 아닙니다. 브레큰스톨 부인. 그건 소용없습니다. 부인께서는 제가 가진 보잘 것 없는 명성에 대해서 들어 본 적이 있으실 겁니다. 부인의 이야기가 완전히 꾸며낸 것이라는 데 제 명성을 걸겠습니다."

여주인과 하녀는 얼굴이 창백해져서 두려운 눈으로 홈즈를 쏘아보았다.

"뻔뻔스러운 사람들이군요!"

테레사가 소리쳤다.

"마님께서 거짓말을 하신다는 말씀입니까?"

홈즈는 의자에서 일어났다.

"하실 말이 없으십니까?"

"모든 걸 다 말씀 드렸어요."

"브레큰스톨 부인, 다시 한 번 생각해보십시오. 솔직한 편이 낫지 않겠습니까?"

잠시 그녀의 아름다운 얼굴에 망설임이 나타났다. 그러더니 다시 강한 마음을 먹은 듯 표정을 감췄다.

"내가 아는 건 모두 말씀드렸습니다."

홈즈는 모자를 집어들고 어깨를 으쓱해보였다.

"유감이군요."

그는 이렇게 말하고는, 더 이상 아무 말 없이 방을 나와 집을 떠났다. 정원에는 연못이 있었는데, 내 친구는 그쪽으로 걸어갔다. 연못은 완전히 얼어있었지만 외톨이 백조를 위해서 구멍이 뚫린 부분이 하나 있었다. 홈즈는 그걸 뚫어지게 쳐다보다가, 거길 지나쳐 관리인의 오두막으로 갔다. 거기서 스탠리 홉킨스에게 보내는 짧은 편지를 써서 관리인에게 맡겼다.

"맞을 수도 있고, 틀릴 수도 있겠지만 우리 친구 홉킨스를 위해서 뭐라도 해야지. 여길 두 번 방문했으니까 말이야."

그가 말했다.

"아직은 그에게 내 생각을 알려줄 마음은 없네. 우리의 다음 작전 현장은 애들레이드—사우샘프턴 항로 선박회사가 될 것 같군. 내 기억이 맞는다면, 펠멜 가 끝에 있을 거야. 두 번째 노선으로 남오스트레일리아와 영국을 연결하는 증기선도 있지만 먼저 범위가 큰 쪽부터 살펴보기로 하세."

홈즈의 명함을 책임자에게 전해주자 곧 안으로 들어갈 수 있었고, 얼마 지나지 않아 그가 원하는 모든 정보를 얻을 수 있었다. 1895년 6월에 이 노선에서는 모항(母港)에 도착한 배가 단 한 척뿐이었다. 〈지브롤터의 바위〉라는 이름으로 그 회사에서 가장 크고 훌륭한 배였다. 승객 명단을 보니 애들레이드의 프레이저 양과 하녀가 승선한 기록이 있었다. 그 배는 지금 오스트레일리아를 향해 가는 중인데, 현재는 수에즈 운하의 남쪽 어딘가에 있었다. 승무원은 한 사람을 제외하곤 1895년과 같았다. 일등 항해사 잭 크록커 씨가 선장이 되어 새로운 배 〈배스 락〉를 맡았으며, 그 배는 사우샘프턴에서 이틀 뒤에 출항할 예정이었다. 그는 시드넘에 살지만, 지시를 받기 위해 아침에 오기 때문에 기다려도 된다고 했다.

하지만 홈즈는 그를 만날 마음이 없었고, 단지 그의 경력이나 성격에 대해서 알기를 원했다.

그의 경력은 대단했다. 전체 승무원 중에 그에 필적할 만한 항해사가 없었다. 성격으로 말하자면, 근무 중에는 믿음직하지만 배 갑판에서 내려 서면 거칠고 저돌적이 되었다. 성미가 급하고, 쉽게 흥분했는데 그래도 성실하고 정직하며 마음씨 고운 친구였다. 이상이 애들레이드—사우샘프턴 회사에서 얻은 정보의 핵심 부분이다. 홈즈는 이런 내용을 들은 후 사무실을 나왔다. 그 다음엔 마차를 타고 런던 경찰청으로 갔지만, 들어가지는 않고 마차에 앉아 눈썹을 찡그린 채 깊은 생각에 빠져있었다. 마침내 그는 마차를 돌려 채링 크로스 전신국으로 가서 전보를 보냈고, 그리고는 결국 베이커 가로 다시 돌아왔다.

"아니, 그럴 수가 없었네, 왓슨."

방에 들어서자 그가 말했다.

"한 번 영장이 발부되면, 도무지 구해낼 방법이 없으니까 말이야. 지금까지 활동하면서, 내가 범인을 찾아낸 것이 그 범죄보다 더 큰 피해가 된 적이 한두 번 있었네. 이제 조심하는 법을 배웠으니, 내 양심을 속이는 것보단 영국의 법을 속이는 편을 택하려 하네. 행동에 나서기 전에 좀 더 알아 봐야겠어."

늦은 오후, 스탠리 홉킨스 경감이 찾아왔다. 일이 잘되지 않는 모양이었다.

"홈즈 씨, 당신은 마법사 같습니다. 가끔은 정말 사람의 능력이 아니라는 생각이 듭니다. 도대체 어떻게 훔쳐간 은제품이 그 연못 바닥에 있다는 걸 아셨습니까?"

"나는 몰랐네."

"하지만 그곳을 조사해보라고 하셨습니다."

"그래서 찾아냈는가?"

"네. 찾았습니다."

"도움이 되었다니 정말 잘됐네."

"하지만 도와주신 것이 아닙니다. 사건을 더 어렵게 만들어 주셨습니다. 도대체 어떤 강도들이 은제품을 훔쳐내고는 가까운 연못에 던져 버린답니까?"

"그건 정말 상식을 벗어난 행동이 분명하지. 나는 그저 원하지도 않는 은제품을 훔친 사람이라면, 단지 눈속임을 위해 가져간 거라면 말일세. 그걸 빨리 없애 버리려고 애쓰는 것이 당연하다는 생각이 들었을 뿐이네."

"하지만 어째서 그런 생각이 드신 겁니까?"

"음, 그럴 수도 있다는 생각이 들더군. 그자들이 프랑스식 창문을 통해 나왔을 때, 바로 코앞에 연못이 있고, 마침 알맞게도 얼음

위에 구멍이 뚫려 있었지. 숨겨둘 장소로 더 좋은 곳이 있겠는가?"

"아, 숨겨둘 장소요! 그거 좋군요!"

스탠리 홉킨스가 소리쳤다.

"그렇군요. 그래요, 이제 알겠습니다! 이른 시각이라 길에는 사람들이 있었을 테고, 은제품을 가지고 다니는 걸 다른 사람들이 볼까 봐, 연못 속에 빠뜨려 놓았다가 조용해지면 되찾아갈 생각이었군요. 훌륭합니다, 홈즈 씨. 눈속임 이론보다 훨씬 낫군요."

"정말 그렇군. 감탄할 만한 이론을 세웠네. 내 생각이 좀 무모하긴 했지만, 덕분에 은제품을 찾게 되었다는 걸 인정해야 할걸세."

"네. 그렇습니다. 모두가 홈즈 씨 덕분입니다. 그런데 저는 심각한 문제에 부딪쳤습니다."

"문제?"

"네, 홈즈 씨. 랜들 일당이 오늘 아침 뉴욕에서 체포되었습니다."

"저런, 홉킨스! 그건 어젯밤 켄트에서 그자들이 살인을 저질렀다는 자네 이론이 완전히 틀렸다는 얘기로군."

"치명적이지요, 홈즈 씨. 정말 치명적입니다. 그래도 랜들 일당 말고도 3인조 강도단이 더 있으니까요. 아니면 아직 경찰이 들어보지 못한 새로운 일당이 있을 수도 있습니다."

"그렇지. 가능한 일이야. 아, 가려고?"

"네. 홈즈 씨. 사건을 끝내기 전까지는 쉴 틈이 없습니다. 저에게 도움이 될 만한 이야기는 없으신지요?"

"한 가지 얘기했네."

"무슨 말씀을?"

"음, 눈속임 이론이지."

"하지만, 홈즈 씨, 왜? 어째서 그런 일을 한단 말입니까?"

"아, 물론 그게 문제일세. 하지만 그 아이디어를 마음속에 담아 두길 권하네. 아마도 거기서 뭔가를 찾아낼 수도 있을 걸세. 저녁을 먹고 가지 않겠나? 그럼, 잘 가게. 일이 어떻게 진행되는지 알려 주게나."

저녁 식사가 끝나고 식탁을 치우자 홈즈가 사건 얘기를 다시 시작했다. 파이프에 불을 붙이고 슬리퍼를 신은 발을 기분 좋게 불타오르는 벽난로 쪽으로 뻗었다. 그는 느닷없이 시계를 쳐다보았다.

"왓슨, 새로운 일이 생길 걸세."

"언제?"

"지금. 몇 분 후에. 자네는 조금 전 내가 스탠리 홉킨스에게 심하게 했다고 생각할 테지?"

"나는 자네의 판단을 믿네."

"아주 현명한 대답이로군. 그 문제는 이렇게 봐야 하네. 내가 아는 것은 비공식적인 것이지만, 그가 아는 건 공식적인 일이야. 나는 개인적인 판단을 할 권리가 있지만 홉킨스는 없어. 그는 모든 걸 공개해야 하네. 그렇지 않으면 배임 행위가 되지. 아직 확실치 않은 사건으로 그를 괴로운 입장에 처하게 하고 싶지 않아. 그래서 사건에 대한 내 생각이 명확해질 때까지 정보를 알려 주는 걸 미뤄 두는 거라네."

"그럼 언제 그 시기가 오는 건가?"

"그 시기가 됐네. 이제 자네는 이 놀라운 사건의 마지막 장면을 보게 될 걸세."

계단에서 소리가 들리더니, 문이 열리고 남자다움의 표본이라 할 수 있는 사내가 안으로 들어왔다. 키가 무척 큰 청년이었는데, 금빛 콧수염을 길렀고 푸른 눈에 적도의 태양으로 그을린 피부를 가지고 있었으며, 탄력 있는 걸음걸이는 거대한 체구가 강할 뿐만 아니라 민첩하다는 것을 보여 주고 있었다. 그는 방문을 닫은 후, 솟구쳐 오르는 감정을 다스리려는 듯 주먹을 꼭 쥐고 가슴을 들썩이며 서 있었다.

"앉게, 크록커 선장. 내가 보낸 전보를 받았나?"

방문객은 안락의자에 풀썩 주저앉더니 의문어린 눈으로 우리를 차례로 바라보았다.

"전보를 받고, 당신이 말한 시간에 온 겁니다. 사무실에 오셨다는 얘기도 들었습니다. 당신에게서 빠져나갈 방법이 없더군요. 최악의 상황을 얘기해보십시오. 저를 어떻게 하실 생각입니까? 체포할 겁니까? 이보십시오, 말해보세요! 거기 앉아서 나를 고양이 앞에 쥐처럼 가지고 놀진 못할 겁니다."

"이 친구에게 담배를 주게나."

홈즈가 말했다.

"크록커 선장, 한 대 피우시게. 그렇게 지나치게 흥분할 필요 없네. 자네가 평범한 범죄자라고 생각했다면, 여기 앉아서 자네와 함께 담배 피우지도 않았을 거야. 그걸 확실히 알아 두게. 솔직하게 말한다면 좋은 일이 있을걸세. 나를 속이려 든다면 자넬 그냥 두지 않을 거야."

"내가 어쩌길 바라는 겁니까?"

"지난 밤, 애비 그레인지 저택에서 일어났던 모든 일을 사실대로 말해주게. 사실대로 말이야. 아무것도 더하지도 말고, 빼지도 말게. 나는 이미 많은 것을 알고 있으니, 자네가 조금이라도 속이려고 든다면 창문으로 가서 이 경찰 호각을 불겠네. 그러면 이 사건은 영원히 내 손을 떠나게 되는 거야."

선장은 잠시 동안 생각했다. 그러더니 햇볕에 그을린 커다란 손으로 자신의 다리를 탁 쳤다.

"해보겠습니다."

그가 소리쳤다.

"당신이 약속을 지키는 사람이며, 공평한 사람이라 믿고 모든 이야기를 하겠습니다. 하지만 먼저 한 가지 말씀 드리지요. 저로서는 이 일을 전혀 후회하지 않으며, 두려워하지도 않습니다. 똑같은 일을 두 번 다시라도 할 것이며, 이에 대해 자부심을 느끼고 있습니다. 빌어먹을 짐승! 그자가 고양이처럼 목숨을 많이 가졌다 해도, 내가 모두 빼앗고 말 것입니다. 하지만 그 여인, 메리 프레이저. 그 저주받은 이름으로는 절대 부를 수 없으니, 이 이름으로 부르겠습니다. 그녀에게 고통을 준 걸 생각하면, 그녀의 사랑스런 얼굴에 미소를 떠올리기 위해서 내 목숨마저도 바칠 수 있는 저로서는 가슴이 답답합니다. 하지만, 하지만 제가 어찌해야 했습니까? 신사 여러분, 제 얘기를 들려드리지요. 그 다음에 남자대 남자로서 알려주십시오. 제가 어떻게 해야 했습니까?

"예전 얘기부터 해야겠군요. 모든 것을 다 알고 계시는 것 같으니까, 〈지브롤터의 바위〉호에서 그녀는 승객으로, 저는 일등항해사로서 만났다는 것도 알고 계시겠지요. 처음 만난 날부터 그녀는 제게 세상에서 단 하나 뿐인 여인이었습니다. 항해하는 동안 그녀에 대한 사랑은 하루하루 점점 더 커져 갔습니다. 야간 근무를 하는 동안, 그 어둠 속에서 무릎을 꿇고 그녀가 밟고 지나간 갑판에 입 맞춘 적이 얼마나 많았는지 모릅니다. 그녀가 저를 대하는 태도는 다른 여성들과 다를 바 없었습니다. 저는 불평하지 않았습니다. 그건 저만의 짝사랑이었지, 그녀에게는 친구이고 우정이었으니까요. 헤어질 때 그녀는 자유로운 사람이었지만, 저는 완전히 그녀에게 구속된 사람이었습니다.

다음 항해에서 돌아와 보니, 그녀의 결혼 소식이 들리더군요. 예, 그녀라고 해서 좋아하는 사람이 있으면 결혼하지 못할 이유가 있겠습니까? 신분이나 재산 —그녀만큼 어울리는 사람이 있겠습니까? 그녀는 아름다움과 우아함을 위해 태어난 여성입니다. 그녀가 결혼했다고 해서 슬퍼하지 않았습니다. 저는 그렇게 이기적인 놈은 아닙니다. 저는 그저 그녀에게 행운이 찾아온 것을, 한 푼 없는 뱃사람에게 몸을 맡기지 않은 것을 기뻐했습니다. 그것이 제가 메리 프레이저를 사랑하는 방식입니다.

그녀를 다시 만나게 되리란 생각은 하지도 못했습니다만, 지난 번 항해 때 저는 승진을 했고, 새로 만든 배가 아직 진수되지 않아서, 승무원들과 함께 시드넘에서 두 달을 기다려야 했습니다. 어느 날 저는 시골길을 가다가 그녀의 오래된 하녀 테레사 라이트를 만났습니다. 테레사는 그녀에 대해서, 그녀의 남편에 대해서, 모든 것을 얘기해 주었지요. 신사여러분, 저는 그 얘기를 듣고 거의 미쳤습니다. 그녀의 신발을 핥을 자격도 없는 술주정뱅이 개가 감히 그녀에게 손을 대다니! 저는 테레사를 또 만났습니다. 그 다음에 바로 그녀, 메리를 만났고, 또 다시 만났습니다. 그리고는 더 이상 만나려 하지 않더군요. 그런데 얼마 전 이 주 후면 항해를 떠난다는 통고를 받고, 그전에 한 번 더 그녀를 만나야겠다는 결심을 했습니다. 테레사는 언제나 제 편이었습니다. 메리를 사랑했고, 그 악당 녀석을 저만큼이나 증오했기 때문이지요. 테레사로부터 그 집안 사정에 대해서 많이 들었습니다. 메리는 잠을 자지 않고 아래층 자신의 작은 방에서 책을 읽을 때가 많다고 했습니다. 저는 어젯밤 그곳에 몰래 들어가 창문을 긁었습니다. 처음에 그녀는 문을 열어주려 하지 않았지만, 이제는 저를 마음속으로 사랑하고 있었기에, 추운 밤에 나를 그대로 내버려두지 못했습니다. 그녀는 앞쪽 커다란 창으로 들어오라고 속삭였지요. 그 문은 열려 있었고, 들어가 보니 식당이었습니다. 또다시 저는 그녀의 입을 통해서 얘기를 듣고 피가 끓어 올랐습니다. 또다시 제가 사랑하는 여인을 학대하는 그 짐승을 저주했지요. 신사 여러분, 저는 그녀와 함께 창 안쪽에 서 있기만 했을 뿐입니다. 신께서 결백함을 판단하실 겁니다. 그때 그자가 미치광이처럼 방 안으로 달려 들어오더니, 온갖 천한 욕을 퍼부으며 손에 들고 있던 몽둥이로 그녀의 얼굴을 강하게 때렸습니다. 저는 부지깽이를 집어 들었습니다. 그건 둘 사이의 공평한 싸움이었지요. 제 팔을 보십시오. 그자가 먼저 내리친 자국입니다. 그 다음은 제 차례였지요. 저는 썩은 호박을 내리치듯 그자를 해치웠습니다. 제가 후회한다고 생각하십니까? 아닙니다! 그자가 죽느냐 내가 죽느냐 하는 상황이었습니다. 게다가 그자가 죽지 않으면 그녀가 죽는 겁니다. 어떻게 그 미치광이의 손 안에 그녀를 남겨둘 수 있겠습니까? 그래서 그자를 죽였습니다. 제가 잘못했습니까? 자, 그럼 신사 여러분이 제 입장이었다면 어떻게 하셨겠습니까?

그자에게 맞을 때 그녀가 비명을 질렀기 때문에 테레사가 위층에 있는 방에서 내려왔습니다. 찬장 위에 와인이 한 병 있기에, 저는 그걸 따서 메리의 입술 사이로 조금 부어 넣었습니다. 충격으로 인해 거의 죽은 사람 같았기 때문입니다. 그 다음에 저도 한 모금 마셨습니다. 테레사는 얼음처럼 냉정해서 저와 같이 이야기를 꾸몄지요. 우리는 강도가 저지른 것처럼 꾸며야 했습니다. 테레사는 그녀에게 우리가 만든 이야기를 계속 반복해서 들려줬고, 그동안에 저는 기어 올라가 벨 줄을 끊었지요. 그 다음엔 그녀를 의자에 묶고, 줄 끝 부분이 자연스럽게 보이도록 올을 풀었습니다. 그렇게 하지 않으면 도대체 어떤 강도가 줄을 끊으려고 거기까지 올라가겠냐고 의심하게 될 테니까요. 그리고 강도가 든 것처럼 꾸미기 위해 은으로 만든 접시와 주전자를 몇 개 가지고 나왔습니다. 제가 떠나고 15분 후에 소리를 지르라고 얘기했지요. 저는 연못에 은제품을 던져 넣고 시드넘으로 갔습니다. 제 생애 단 한 번, 정말 훌륭한 일을 한 밤이었다는 생각이 들었습니다. 홈즈 씨, 사실대로 말씀드렸습니다. 제 목을 걸더라도 분명한 진실입니다."

홈즈는 한동안 말없이 담배만 피웠다. 그리고는 걸어가 방문객의 손을 잡고 악수했다.

"내가 생각했던 그대로이군."

그가 말했다.

"자네 말이 모두 진실이란 걸 알고 있네. 자네가 한 얘기 중에 내가 알지 못하는 건 없으니 말이야. 곡예사나 뱃사람이 아니면 선반을 딛고 올라가 벨 줄을 자를 수 있는 사람은 아무도 없지. 의자를 묶은 끈 매듭도 뱃사람이 아니면 할 수가 없고. 부인이 뱃사람과 접촉을 한 것은 단 한 번이었고, 이곳으로 오는 여행 중이었네. 그를 감싸주려고 무던히 애를 쓰는 것을 볼 때, 그 사람은 비슷한 신분이었으며 그를 사랑하고 있다는 걸 알 수 있었지. 한 번 올바른 단서를 잡아낸 후론, 손바닥 보는 것처럼 쉽게 자네를 찾을 수 있었네."

"경찰은 절대 속임수를 꿰뚫어보지 못할 거라고 생각했습니다."

"경찰은 알지 못하고, 앞으로도 그럴 거라고 나는 믿네. 자, 여길 보게, 크록커 선장. 나는 자네가 누구라도 견디기 힘든 극도의 도발을 받고 행동했다는 걸 인정하지만, 이건 아주 중요한 사건이야. 나는 자신을 방어하기 위한 자네의 행위가 정당한 것으로 판결될 것이라 확신하네. 하지만, 그건 영국 배심원이 결정할 문제이지. 그렇긴 해도, 나는 자네의 행동에 많은 공감을 하기에, 앞으로 24시간 안에 사라져준다면 누구도 자네를 찾지 않을 것을 약속하겠네."

"그 다음엔 모든 걸 공개하는 겁니까?"

"물론 공개될 걸세."

선장은 화가 나서 얼굴이 붉어졌다.

"도대체 무슨 제안이 그렇단 말입니까? 저도 그 정도 법은 알고 있는데, 그리 되면 메리가 공범의 책임을 지게될 겁니다. 당신은 내가 살며시 도망쳐버리고 그녀 혼자 어려움을 당하도록 내버려둘 것이라 생각하십니까? 안 됩니다. 저들이 나에게 극형을 내리도록 해도 좋습니다. 하지만 제발, 홈즈 씨, 가엾은 메리가 법정에 서지 않도록 방법을 찾아 주십시오."

홈즈는 선장에게 두 번째로 손을 내밀었다.

"그저 시험을 해 봤을 뿐이네. 자네는 매번 진심을 말하는 것 같군. 음, 내가 큰 책임을 지게 되었네. 하지만 홉킨스에게 훌륭한 암시를 주었으니, 스스로 그걸 이용하지 못한다면 나로서도 더 이상 해줄 것이 없지. 여길 보게, 크록커 선장. 우리는 법적인 형식을 갖추도록 하겠네. 자네는 피고인일세. 왓슨, 자네는 영국 배심원을 맡게. 자네보다 그 역할에 잘 어울리는 사람은 본 적이 없네. 나는 판사를 맡지. 자, 배심원 여러분, 진술을 들으셨습니다. 피고에 대한 평결은 유죄입니까, 무죄입니까?"

"무죄입니다, 판사님."

내가 말했다.

"백성의 목소리는 하늘의 목소리이니라.* 크록커 선장, 당신을 석방하겠소. 경찰이 다른 희생자를 찾아내지 않는 한 자네는 안전할 걸세. 일 년 후에 그 부인에게 돌아가게. 그녀와 자네의 장래 모습이 오늘 밤 우리의 판결이 정당했음을 말해주길 바라네!"

---

* Vox populi, vox Dei.

두 번째 얼룩

나는 〈애비 그레인지 저택 사건〉을 끝으로 지금까지 대중에게 발표해왔던 내 친구 셜록 홈즈의 활약을 담은 이야기를 마무리할 생각이었다. 이런 결심을 하게 된 건 재료가 부족해서가 아니다. 나에게는 아직 언급한 적이 없는 수 백 가지의 사건이 담긴 노트가 있기 때문이다. 이 놀라운 인물의 특이한 성격과 독창적인 방법에 대한 독자들의 흥미가 사그라졌기 때문도 아니었다. 진짜 이유는 홈즈가 그의 경험을 연이어 발표하는 것을 꺼려했기 때문이다. 그가 전문가로서 실제적인 활동을 하는 한 성공 기록은 현실적인 가치가 있었지만, 런던을 완전히 떠나 서섹스 다운스에 자리 잡고 연구와 양봉에 몰두한 이후로는 이름이 알려지는 것을 싫어하게 되었기에, 이 문제에 관해서는 자신의 뜻을 지켜달라고 단호하게 요구했다. 나는 그에게 때가 되면 〈두 번째 얼룩 사건〉을 발표하겠다는 약속을 했으며, 그가 다룬 사건 중에서 가장 중요하고 국제적인 사건으로 이 긴 사건집을 완결시키는 것이 합당하다는 지적을 했고, 마침내 사건 설명에 신중을 기한다는 조건으로 대중에 발표하는 것을 허락 받았다. 이야기를 해 나감에 있어서 어떤 부분에선 모호한 면이 있다하더라도, 독자 여러분께서는 말을 삼가는 데에는 특별한 이유가 있음을 이해해 주시길 바란다.

연도는 물론이고 몇 십 년대라고도 밝힐 수 없는 어느 해 가을, 화요일 아침이었다. 베이커 가의 초라한 방으로 유럽의 유명 인물이 두 명 찾아왔다. 한 사람은 높은 코에, 독수리 같은 눈매, 엄격하고 위압적인 인상을 가지고 있었는데, 그가 바로 영국 수상을 두 번 역임한 이름 높은 벨린저 경이었다. 또 한 사람은, 어두운 피부에 윤곽이 뚜렷한 얼굴을 지녔고 나이는 아직 중년이 되지 않았으며, 아름다운 육체와 정신을 갖추고 태어난 우아한 인물, 이 나라에서 가장 촉망 받은 정치가, 유럽부 장관 트릴로니 호프였다. 그들은 종이가 여기저기 흩어져 있는 긴 의자에 나란히 앉았는데, 초췌하고 걱정스런 얼굴을 보니 절박하고 중요한 문제로 찾아왔다는 걸 쉽게 알 수 있었다. 수상은 야위고 푸른 혈관이 보이는 손으로 우산의 상아 손잡이를 꽉 잡고, 수도자처럼 수척한 얼굴로 홈즈와 나를 침울하게 쳐다보았다. 유럽부 장관은 신경질적으로 수염을 당기며, 시계줄 장식을 만지작거리고 있었다.

"홈즈 씨, 잃어버린 걸 깨달은 때는 오늘 아침 여덟 시였고, 즉시 수상님께 알렸습니다. 우리가 함께 당신을 찾아온 것은 수상님의 뜻입니다."

"경찰에 알렸습니까?"

"아니오."

잘 알려진 그의 빠르고 단호한 태도로 수상이 말했다.

"알리지도 않았고, 알릴 수도 없소. 경찰에 알린다는 것은, 길게 보면 대중에 공표하는 것과 같소. 그것이야말로 우리가 각별히 피하고자 하는 일이오."

"어째서 그렇습니까?"

"문제의 서류는 헤아릴 수 없을 만큼 중요한 것으로, 그것이 공표된다면 유럽은 혼란에 빠질 수 있소. 분명 그럴 것이오. 전쟁이냐 평화냐 하는 문제가 거기에 달려있다 해도 과언이 아니오. 극비리에 그걸 찾을 수 없다면, 아예 찾지 않는 편이 낫소. 왜냐하면 그걸 가져간 이들이 목표하는 바가 그 내용이 일반에게 알려지는 것이기 때문이오."

"알겠습니다. 그럼, 트릴로니 호프 장관님, 서류를 분실할 때의 상황을 정확하게 말씀해주시면 고맙겠습니다."

"홈즈 씨, 그건 아주 간단한 일입니다. 그 서류는 외국의 군주로부터 온 편지로, 6일 전에 받았습니다. 중요한 것이기에 내 금고에는 넣지 않고, 매일 저녁 화이트홀 테라스에 있는 집으로 가져가서 침실의 서류 송달가방에 넣고 열쇠로 잠가놨습니다. 어젯밤엔 그 안에 있었습니다. 그건 확실합니다. 저녁 식사 전 옷을 갈아입을 때 가방을 열고 편지가 그 안에 있는 걸 봤으니까요. 오늘 아침에 보니 사라졌더군요. 서류 가방은 밤새 화장대 거울 옆에 세워놨습니다. 나는 잠귀가 밝은 사람이고, 아내도 그렇습니다. 우리 부부는 밤사이에 아무도 침실에 들어오지 않았다는 걸 맹세할 수 있습니다. 그런데 편지가 사라져버렸습니다."

"저녁 시간은 몇 시였나요?"

"7시 반입니다."

"얼마 동안 있다 침실로 가셨습니까?"

"아내가 극장에 갔습니다. 그래서 기다리고 있었지요. 11시 반이 되어서야 방으로 갔습니다."

"그러면 서류 가방은 네 시간 동안 아무도 지키는 사람이 없었군요."

"아침에 하녀가 들어오고, 다른 시간에는 내 시종과 아내의 몸종이 드나드는 것 외에는 아무도 그 방에 들어갈 수 없습니다. 그들은 모두 오랫동안 같이 지내온 충실한 하인들이지요. 게다가, 그들 중 누구도 서류 가방에 평소의 관청 서류보다 더 귀중한 것이 들어있다는 걸 알 수 없습니다."

"그 편지의 존재에 대해서 아는 사람은 누굽니까?"

"집 안에는 아는 사람이 없습니다."

"부인께선 아셨겠지요?"

"아닙니다. 오늘 아침 그 서류를 잃어버리기 전까진 아내에게 아무 말도 하지 않았습니다."

수상이 만족스럽다는 듯 고개를 끄덕였다.

"나는 공적인 일에 대한 자네의 판단력이 훌륭하다는 걸 오래전부터 알고 있었네."

그가 말했다.

"이런 중요한 기밀은 가족 간의 유대보다 훨씬 더 우선해야 하는 일이지."

유럽부 장관은 머리를 숙였다.

"잘 봐주셔서 감사합니다. 오늘 아침이 되기 전까지는 아내에게 단 한 마디도 하지 않았습니다."

"추측할 수도 있지 않을까요?"

"아닙니다, 홈즈 씨. 그럴 수가 없습니다. 아내뿐 아니라 어느 누구라도 추측할 수 있는 것이 아닙니다."

"전에도 서류를 분실하신 적이 있습니까?"

"없습니다."

"영국에서 이 편지의 존재를 아는 사람은 누굽니까?"

"어제 내각의 각료들에게 통보를 했습니다만, 참석한 각료 모두가 비밀 엄수 서약을 했고, 수상께서 엄숙한 경고를 내리셨습니다. 세상에, 그리고 몇 시간도 지나지 않아 내가 잃어버린 것을 생각해 보면!"

그의 잘생긴 얼굴은 절망으로 일그러졌고, 두 손은 머리카락을 쥐어뜯었다. 잠시 동안 충동적이고 격정적이며 감수성이 예민한 그의 본래 성격이 나타났다. 하지만 귀족적인 얼굴과 부드러운 목소리가 이내 돌아왔다.

"각료 외에 부처의 관리 두 명이나 세 명쯤이 그 편지에 대해서 알고 있습니다. 그밖에는 영국에서 아는 사람이 없습니다. 홈즈 씨, 내가 보증합니다."

"그럼 해외에는?"

"편지를 쓴 사람 말고는 그걸 본 사람이 없으리라 믿습니다. 평상시 사용하는 공식적인 통로를 이용한 것이 아니기 때문에 그 나라의 장관도 모를 겁니다."

홈즈는 잠시 동안 생각에 잠겼다.

"이제, 이 서류에 대해서 구체적으로 물어봐야 하겠군요. 왜 이 서류를 분실한 것이 그토록 중대한 결과를 초래하는 겁니까?"

두 정치가는 빠르게 눈빛을 교환했고, 수상은 눈썹을 찌푸렸다.

"홈즈 씨, 그 봉투는 길고 얇은 것으로 연한 파란 색이오. 붉은 봉랍에는 웅크린 사자 모양 도장이 찍혀있지요. 주소는 크고 두꺼운 글씨체로……."

"죄송합니다만,"

홈즈가 말했다.

"그런 상세한 점도 흥미로운 점이고 참으로 중요합니다만, 제가 묻는 것은 좀 더 근본적인 것입니다. 편지의 내용은 무엇입니까?"

"그건 극히 중요한 국가의 기밀이오. 유감스럽지만 말할 수 없을 뿐더러, 말할 필요도 없다고 생각하고 있소. 사람들이 말하는 당신의 뛰어난 능력이라면, 내가 묘사한 봉인이 붙은 편지를 찾을 수 있을 거요. 그러면 당신은 나라에 큰 공헌을 하게 되는 것이고, 우리는 힘이 닿는 한 어떤 보상이라도 해 드리겠소."

셜록 홈즈는 미소를 지었다.

"두 분은 이 나라에서 가장 바쁘신 분들입니다."

그가 말했다.

"저도 작은 일이지만 꽤 많은 의뢰를 받고 있지요. 매우 유감스러운 일이지만 이 문제는 도와드릴 수가 없으니, 대화를 계속하는 건 시간 낭비가 될 것 같습니다."

수상은 벌떡 일어섰는데 움푹 들어간 눈에선 맹렬한 불꽃이 튀었다. 각료들을 겁먹게 한다는 그 모습이었다.

"이런 대접을 받다니,"

그는 말을 시작하려다 멈추고는, 화를 다스리며 다시 자리에 앉았다.

일이 분 정도 정적이 흘렀다. 이윽고, 노정치가는 어깨를 으쓱해보였다.

"홈즈 씨, 우리는 당신의 조건을 받아들일 수밖에 없소. 당신이 옳은 것은 분명하오. 우리가 당신을 전적으로 신뢰하지 않으면서, 우리를 위해 나서 달라고 하는 건 이치에 맞지 않는 일이겠지요."

"저도 동의합니다."

젊은 정치가가 말했다.

"그럼 오로지 당신과 당신의 동료인 왓슨 선생의 신의를 믿고 말씀 드리겠소. 이 일이 밖으로 새나가면 나라에 커다란 재난이 생길 것이니, 다시 한 번 여러분의 애국심에 호소하는 바이오."

"믿어주십시오."

"그 편지는 최근 우리나라의 식민지 확장에 대해 불만을 품은 외국의 어떤 군주가 보낸 것이오. 그건 독단적으로 자신의 의견을 성급하게 쓴 것이지요. 조사한 결과 그 나라의 장관도 이 사실을 모르고 있었소. 그렇기는 하나, 유감스런 말투로 쓴 글이고, 어떤 문장은 아주 도발적이어서, 이 편지가 공표된다면 틀림없이 이 나라를 극히 위험한 격앙 상태로 만들 것이오. 내가 분명히 얘기하건대, 그런 동요가 일어나게 된다면, 그 편지가 공표된 지 일주일 안에 이 나라는 큰 전쟁에 휘말리게 될 것이오."

홈즈는 종이 위에 어떤 이름을 적은 뒤 수상에게 건넸다.

"맞소. 그 사람이오. 그리고 이 편지가, 이 사람의 편지가 10억의 비용과 10만의 목숨에 해당하는 것이고, 바로 그 편지를 이해할 수 없는 방식으로 잃어버린 것이오."

"편지를 보낸 사람에겐 알렸습니까?"

"암호 전보를 발신했소."

"아마도 그분이 이 편지가 공표되기를 바라는 거겠지요."

"아니오. 그분도 이미 자신의 행동이 경솔하고 성급했음을 후회하고 있다는 걸 믿을 만한 확실한 근거가 있소. 만약 편지가 공개된다면, 우리보다 그쪽 나라와 그분께 더 큰 타격이 될 거요."

"그렇다면, 이 편지를 공개함으로써 이익을 얻는 사람은 누구일까요? 어째서 그걸 훔치거나 공표하려고 하는 겁니까?"

"홈즈 씨, 그건 아주 복잡한 국제 정치 영역으로 들어가야 하는 문제라오. 하지만 유럽의 상황을 생각해 보면 동기를 파악하는 데 어려움이 없을 것이오. 유럽 전역은 무장한 병영이오. 두 개의 연맹이 서로 군사력에 있어서 평형을 유지하고 있소. 대영제국은 중립을 지키고 있소. 만약 영국이 그 한쪽 연맹과 전쟁에 빠진다면, 다른 연맹이 전쟁에 참여하든 안하든 패권을 쥐게 될 거란 건 분명한 거요. 아시겠소?"

"잘 알겠습니다. 그렇다면, 그 군주의 적들은 편지를 입수해서 공표함으로써 우리나라와 그 나라 간에 불화를 일으키려고 하겠군요?"

"그렇소."

"만약 그 편지가 적의 손에 들어간다면, 그걸 누구에게로 보낼까요?"

"유럽의 어느 장관이라도 상관없소. 아마 지금 이 순간에도 증기기관이 낼 수 있는 가장 빠른 속도로 그 쪽을 향해 가고 있을 것이오."

트릴로니 호프 장관은 고개를 앞으로 떨어뜨리고 큰 신음 소리를 냈다. 수상은 그의 어깨에 부드럽게 손을 올렸다.

"이보게, 자네가 운이 없었던 걸세. 아무도 자넬 비난하지 않네. 자네는 모든 예방책을 다 한 거야. 홈즈 씨, 이제 모든 사실을 다 말한 거요. 어떻게 했으면 좋겠소?"

홈즈는 침통하게 고개를 저었다.

"그 편지를 되찾지 못하면 전쟁이 일어난다고 생각하십니까?"

"그럴 가능성이 크다고 생각하고 있소."

"그럼, 전쟁을 준비하십시오."

"지나친 말씀이오, 홈즈 씨."

"현실을 생각해 보십시오. 편지를 잃어버린 시각이 밤 11시 30분 이후라곤 상상할 수 없습니다. 왜냐하면 호프 장관과 부인은 그 시간 이후부터 분실한 걸 알게 될 때까지 방에서 함께 계셨기 때문입니다. 그렇다면 어제 저녁 7시 30분에서 11시 30분 사이에 훔쳐간 것일 텐데, 아마 앞쪽 시간대일 겁니다. 그걸 가져간 사람이 누구든 간에, 편지가 거기 있다는 걸 알고 있었기에, 될 수 있는 대로 빨리 손에 넣으려 하는 것이 자연스런 일이니까요. 자, 이 중요한 서류를 그 시간에 가져갔다면 지금은 어디에 있겠습니까? 그걸 자신이 간직하고 있을 이유는 없지요. 필요로 하는 사람에게 신속히 전달되었을 겁니다. 지금 그걸 되찾아오거나, 아니면 추적할 기회라도 있을까요? 이미 우리가 손을 쓸 범위를 벗어났습니다."

수상은 긴 의자에서 일어났다.

"홈즈 씨, 당신이 말한 논리는 완벽하구려. 이 일은 정말 우리의 손을 벗어났다는 생각이 드오."

"일단 그 서류를 하녀나 시종이 가져갔다고 가정을 해 보면……."

"그들은 모두 오랫동안 일해 온 믿을 만한 하인들입니다."

"장관님의 방은 3층에 있어서 외부에서 들어오는 길이 없고, 내부에서는 눈에 띄지 않고 올라올 수 없다고 하셨습니다. 그렇다면 집 안에 있는 누군가가 훔친 것이 틀림없습니다. 그걸 훔쳐서 누구에게 가져가 주었을까요? 저도 그 이름을 잘 알고 있는 국제스파이나 비밀요원일 겁니다. 그 분야에 최고라고 불리는 인물이 셋 있습니다. 저는 그들의 동정을 살피고 각자의 행방을 알아보는 걸로 조사를 시작하겠습니다. 만약 누군가 행방을 알 수 없는 사람이 있다면, 특히 어젯밤 이후에 사라졌다면, 편지가 어디로 간 건지 방향을 알게 될 겁니다."

"왜 사라지겠습니까?"

유럽부 장관이 물었다.

"편지를 가지고 런던에 있는 대사관으로 가면 될 텐데요."

"저는 그렇게 생각하지 않습니다. 이런 스파이들은 독립적으로 활동하고 있고, 대사관과는 관계가 좋지 않은 경우가 많지요."

수상은 동의한다는 뜻으로 고개를 끄덕였다.

"홈즈 씨, 당신 말이 옳소. 귀중한 노획물이니 자신이 직접 본부에 가져다주려 하겠지요. 당신의 수사 방향은 아주 훌륭하다고 생각하오. 그나저나, 호프 장관, 이 재난 때문에 다른 의무를 게을 리 해서는 안 되겠지. 낮 동안에 새로운 진전이 있으면 연락하겠소. 당신도 조사 결과가 있으면 곧장 우리에게 알려주시오."

두 정치인은 인사를 하고 침통한 걸음으로 방을 나갔다.

저명한 방문객들이 떠나가자 홈즈는 말없이 파이프에 불을 붙이고 앉아 한동안 깊은 생각에 빠져들었다. 나는 조간신문을 펼치고 지난 밤 런던에서 일어난 충격적인 범죄사건 기사에 몰두했다. 그때 내 친구가 소리를 지르며 벌떡 일어나더니, 벽난로 선반에 파이프를 내려놓았다.

"그래,"

그가 말했다.

"이보다 나은 접근 방법은 없지. 상황은 절망적이지만, 희망이 없는 건 아니야. 지금이라도 그들 중 누가 가져갔는지 확인해 보면, 아직 그의 손에서 빠져나가지 않았을 가능성도 있을 거야. 결국, 이 자들에겐 돈이 문제인거고, 내 뒤에는 영국 금고가 버티고 있으니까. 그것이 시장에 나온다면 내가 사들여야지. 세금이 1페니 더 오른다 해도 말이야. 그 자는 편지를 손에 쥐고서, 다른 편에 넘기기 전에 이쪽이 얼마를 매길지 알아보고 있겠지. 그런 대담한 게임을 할 수 있는 자는 세 명이 있는데, 오버스타인, 라 로티에르, 그리고 에두아르도 루카스라네. 이들을 차례대로 만나 봐야겠어."

나는 조간신문을 흘깃 보았다.

"고돌핀 가에 사는 에두아르도 루카스 말인가?"

"맞네."

"그 사람은 만날 수 없을 걸세."

"왜?"

"지난밤 자신의 집에서 살해되었네."

지금까지 우리가 활동해 오는 동안 내 친구가 나를 놀라게 한 적이 많았는데, 내가 이렇게 그를 완전히 놀라게 하고 나니 몹시도 기쁜 마음이 들었다. 그는 혼란스런 표정으로 나를 바라보다가 내 손에 든 신문을 낚아챘다. 그가 자리에서 일어설 때 내가 읽고 있었던 기사는 다음과 같다.

웨스트민스터 살인사건

어젯밤 고돌핀 가 16번지에서 불가사의한 사건이 발생했다. 템즈 강과 웨스트민스터 성당 사이에 위치한 이곳은, 고풍스런 18세기 건물이 줄지어 있으며 국회의사당의 거대한 탑 그림자가 드리워진 지역이다. 작지만 고급스런 이 저택에서 몇 년 동안 거주했던 에두아르도 루카스 씨는 매력적인 성품뿐만 아니라 우리나라 최고의 아마추어 테너 가수 중 하나로 명성이 높았기 때문에 사교계에서 잘 알려진 인물이다. 루카스 씨는 독신으로, 나이는 34세이고 집안 식구로는 나이가 지긋한 가정부 프링글 부인, 시종 미튼이 있다. 가정부는 일찍 일을 마치고 맨 위층 방에서 잠을 잔다. 시종은 햄머스미스에 있는 친구를 만나러 저녁에 나갔다. 10시 이후, 루카스 씨는 집에 혼자 있었다. 그 시간 동안 무슨 일이 일어났는지 아직 밝혀지지 않았지만, 바렛 경관이 11시 15분 경 고돌핀 가를 지나다가 16번지 집 문이 열려있는 걸 보왔다. 문을 두드려도 응답이 없었다. 앞문에서 불빛이 나오는 걸 보고, 복도로 들어가 다시 문을 두드렸지만 역시 반응이 없었다. 그래서 문을 밀고 들어갔다. 방 안은 엉망으로 어질러 있었고, 가구는 모두 한쪽으로 치워져 있었으며, 가운데에는 의자 하나가 누워 있었다. 의자 옆에는 집주인이 의자 다리를 붙잡은 채 쓰러져 있었다. 그는 심장을 찔리고 즉사한 것이 틀림없었다. 범죄에 사용된 칼은 날이 굽은 인도 단검으로, 벽을 장식했던 동양 무기 수집품을 떼어낸 것이다. 방 안의 값나가는 물건을 가져가려는 시도가 없었기 때문에 강도의 소행은 아닌 것으로 보인다. 에두아르도 루카스 씨는 유명하고 인기가 좋은 인물이었기에, 불가사의한 죽음을 당한 그에게 사교계의 많은 지인들이 가슴 아픈 관심과 깊은 조의를 표할 것이다.

"음, 왓슨, 이걸 어떻게 생각하나?"

한참 동안 조용히 있던 홈즈가 물었다.

"이건 정말 놀라운 우연이로군."

"우연이라고! 이 드라마에 등장할 수 있는 인물로 내가 세 명을 말했는데, 그중 하나가 드라마가 공연 되는 바로 그 시간에 살해당했네. 우연이라 하기엔 너무도 이상한 일이야. 도저히 있을 수 없는 일이네. 이보게, 왓슨. 이 두 사건은 관련되어 있어. 분명히 관련되어 있지. 그 연관성을 찾아내는 것이 우리가 할 일이야."

"하지만 이제는 경찰이 모든 걸 알고 있을 걸세."

"전혀 아니지. 경찰이 아는 건 고돌핀 가 사건 뿐이야. 화이트홀 테라스에 대해선 아무것도 모르고, 또 몰라야 하네. 두 사건을 아는 사람은 우리뿐이고, 우리만이 그 사이의 연관성을 추적할 수 있지. 어쨌든, 나에게는 루카스를 의심할 만한 분명한 이유가 있네. 고돌핀 가와 웨스트민스터는 화이트홀 테라스에서 걸어서 몇 분 거리에 위치하고 있네. 내가 말한 다른 두 비밀 요원은 웨스트 엔 드 끝에 있네. 그러므로 루카스는 다른 두 명에 비해 유럽부 장관 식구들과 관련을 맺거나 메시지를 받기에 손쉬운 입장이었지. 사소 한 일이지만 몇 시간 사이에 사건이 집중되어 있다는 건 중요한 일 이 될 수 있다네. 어라! 누가 여길 찾아왔지?"

허드슨 부인이 쟁반에 한 여인의 명함을 들고 나타났다. 홈즈 는 그걸 흘긋 보고 눈썹을 치켜 올리더니 내게 건넸다.

"힐다 트릴로니 호프 부인께 올라오시라고 전해 주십시오."

그가 말했다.

잠시 뒤, 이미 아침에 유명한 인물을 맞이했던 우리의 초라한 방에 더욱 영광스럽게도 런던에서 가장 아름다운 여성이 등장했 다. 나는 벨민스터 공작의 아름다운 막내 따님에 대해 가끔 들어 본 적이 있지만, 아무리 설명을 듣고 아무리 흑백 사진을 들여다봐 도, 그 미묘하고 섬세한 매력과 아름다운 색으로 표현되는 절묘한 미모는 제대로 알 수 없었다. 하지만 그 가을의 아침, 처음으로 우 리의 눈길을 끌었던 것은 그녀의 아름다움이 아니었다. 사랑스런 볼은 격한 감정으로 인해 창백해졌고, 눈은 빛났지만 열에 들떠 있 었으며, 애써 자제하려는 듯 예민한 입술은 굳게 다문 채 일그러뜨 리고 있었다. 매력적인 손님이 문을 열고 들어섰을 때 처음 느꼈던 것은 아름다움이 아니라 두려움이었다.

"홈즈 씨, 남편이 이곳에 다녀갔지요?"

"네, 부인. 다녀가셨습니다."

"홈즈 씨, 제가 이곳에 왔다는 것을 그이에게는 말하지 말아주세요."

홈즈는 냉담하게 고개를 숙이고는 손짓으로 부인에게 의자를 권했다.

"저를 아주 미묘한 입장에 서게 하시는군요. 부디 앉으셔서 원하시는 바를 말씀해주십시오. 하지만 무조건적인 약속은 해드리지 못할 것 같군요."

그녀는 방을 가로질러 걸어가 창을 등지고 의자에 앉았다.

"홈즈 씨,"

그녀는 하얀 장갑을 낀 손을 쥐었다 폈다 하면서 말했다.

"제가 솔직하게 말씀드릴 테니 당신도 솔직하게 말씀해 주세요. 남편과 저는 모든 일을 터놓고 얘기하는데 단 한 가지 예외가 있습니다. 그건 정치에 관한 것이지요. 그이는 이 문제에 대해선 입을 봉하고 있어요. 아무 말도 하지 않지요. 저는 어젯밤 우리 집에서 엄청난 사건이 생겼다는 걸 알고 있습니다. 서류가 사라졌다고 하더군요. 하지만 그 문제가 정치적인 것이라 남편은 터놓고 얘기하기를 거부하고 있어요. 이건 정말 중요한, 아주 중요한 이야기인데, 저는 모든 일을 다 알아야겠습니다. 정치가 외에 진실을 알고 있는 사람은 오직 당신뿐입니다. 홈즈 씨, 제발 부탁드립니다. 무슨 일이 벌어진 건지, 그로 인해 무슨 일이 생길 지 정확하게 말씀해 주세요. 모든 걸 다 말해 주세요, 홈즈 씨. 의뢰인의 이익을 위해서 침묵을 지킨다는 생각은 하지 마세요. 제가 확신하는데, 저한테 터놓고 얘기하는 것이 그이의 이익을 위해서 가장 큰 도움이 될 거예요. 그도 이걸 알아야 해요. 도둑맞은 편지는 어떤 건가요?"

"부인, 정말 불가능한 일을 부탁하고 계십니다."

그녀는 신음소리를 내며 양 손에 얼굴을 묻었다.

"이걸 아셔야 합니다, 부인. 부군께서는 이 문제를 부인에게 알리는 것이 적당하지 않다고 생각하셨습니다. 저는 직업상 비밀 엄수를 약속한 뒤에 그 사실을 알게 되었습니다만, 부군께서 부인께 말씀하지 않은 것을 제가 어떻게 얘기하겠습니까? 그걸 물으시는 건 정당한 처사가 아닙니다. 부인께서 물어봐야할 사람은 그분이지요."

"그이에겐 이미 물어 봤어요. 마지막 수단으로 당신을 찾아온 겁니다. 하지만 홈즈 씨, 분명하게 말해 줄 순 없다 해도, 부디 한 가지 점만 가르쳐 주시면 큰 도움이 될 거예요."

"무엇입니까, 부인?"

"이 사건으로 해서 남편의 정치적 경력에 어려움이 있을까요?"

"부인, 일이 제대로 되지 않는다면 매우 불행한 결과가 나올 것이 분명합니다."

"아!"

그녀는 의혹이 해소된 것처럼 깊이 숨을 들이마셨다.

"홈즈 씨, 한 가지 더 묻겠습니다. 처음 이 불행한 사태를 알았을 때 충격을 받은 남편이 무심코 한 말을 들었는데, 이 서류가 사라지면 사회에 커다란 영향을 미친다는 뜻이었어요."

"그분이 그렇게 말하셨다면, 저는 부정할 수 없군요."

"어떤 일이 생기는 건가요?"

"안 됩니다, 부인. 또다시 제가 대답할 수 없는 것을 물으셨습니다."

"그렇다면 더 이상 시간을 빼앗지 않겠어요. 홈즈 씨, 좀 더 자유롭게 말씀해 주지 않으셨다 해서 당신을 탓하지는 않겠습니다. 당신도 제가 그이의 뜻을 어겨 가며 남편의 걱정을 나누려 했다고 해서 나쁘게 생각하진 않겠지요. 다시 한 번, 내가 왔다는 말을 하지 말기를 부탁드려요."

그녀는 문 앞에서 우리를 돌아보았는데, 고뇌에 시달린 아름다운 얼굴, 놀란 듯한 눈, 찡그린 입술이 나에겐 마지막 인상으로 남았다. 그리고 그녀는 사라졌다.

"자, 왓슨. 여성은 자네의 분야이지."

치마 스치는 소리가 점점 멀어지고 현관 문이 쾅 닫히자, 홈즈는 미소를 지으며 말했다.

"저 아름다운 부인의 목적은 무엇이겠나? 정말 원하는 건 뭐지?"

"자신이 직접 분명하게 말하지 않았나. 걱정하는 건 아주 당연한 일일세."

"흠! 그 부인의 모습을 생각해 보게, 왓슨. 그 태도, 흥분을 감추려 애쓰던 것, 침착하지 못한 모습, 끈질기게 묻는 것 등을 말이야. 그녀는 감정을 조금도 보이지 않는 계급 출신이란 걸 기억하게."

"많이 동요하고 있던 건 확실했네."

"그녀가 모든 것을 알아야 남편에게 좋은 일이 된다며, 이상할 정도로 우릴 납득시키려고 애썼던 것을 기억해 보게. 그건 어떤 의미를 가지고 있을까? 왓슨, 자네도 봤겠지만, 그녀는 빛을 등지는 전략을 택했네. 표정을 우리에게 보이고 싶지 않았던 거야."

"그렇군. 방 안에서 바로 그 의자를 골라서 앉았네."

"그러나 여자들의 동기란 참으로 수수께끼 같은 것이지. 그와 같은 이유로 내가 의심했던 마게이트*의 여인을 기억할 걸세. 코에 파우더가 없는 것이 증거가 되어 사건을 해결했네. 그런 표사(漂砂)** 위에 어떻게 집을 짓겠는가? 여자들의 사소한 행동에도 커다란 의미가 담겨 있을 수 있고, 아주 이상한 행동도 머리핀이나 머리카락을 마는 인두 때문일 수 있네. 왓슨, 나갔다 오겠네."

"나간다고?"

"고돌핀 가로 가서 경찰청 친구들과 오전을 보내야겠어. 우리 문제의 해결은 에두아르도 루카스와 관련이 있지만, 어떤 식으로 관련된 건지는 사실 조금도 알 수가 없네. 사실에 앞서 가설을 세우는 것은 치명적인 실수이지. 이보게 왓슨, 자네는 집을 지키고 있다가 다른 방문객이 오면 맞아주게나. 가능하다면 점심은 와서 같이 먹겠네."

그날 하루 종일, 그리고 다음 날, 또 다음 날도 홈즈는 아무 말 없이 침울한 기분으로 보냈다. 뛰어나갔다가는 뛰어 들어오고, 끊임없이 담배를 피워대고, 한바탕 바이올린을 연주하기도 하고, 공

---

*   Margate : 영국 켄트 주에 있는 도시. 해안 휴양지로 유명하다.
**   quicksand : 해안 하구 등에 나타나는 세립사 퇴적층. 늪처럼 한 번 빠지면 헤어나오기가 어렵다. 유사(流砂)라고도 함.

상에 잠기기도 하고, 식사 시간이 아닌 때에 샌드위치를 게걸스럽게 먹기도 했는데, 내가 가끔씩 던지는 질문에는 전혀 대답하지 않았다. 그가 조사하는 일이 잘되어 가지 않는 것이 분명했다. 그는 사건에 대해서는 아무 말도 하지 않았기에, 나는 신문을 통해 사건 심리의 상세한 내용을 보았고, 고인의 시종이었던 존 미튼이 체포되었다가 곧이어 석방되었다는 걸 알게 되었다. 검시 배심원은 명확한 〈고의 살인〉이란 판결을 내렸지만, 범행 당사자에 대해선 늘 그렇듯이 〈알 수 없음〉으로 적혀있었다. 범행 동기도 알아내지 못했다. 방에는 값나가는 물건이 가득했지만 아무것도 가져가지 않았다. 죽은 남자의 서류도 뒤진 흔적이 없었다. 그 서류들을 신중하게 조사한 결과, 그는 국제 정치에 대한 열성적인 연구가였고, 끊임없이 소문을 수집했으며, 언어에 능통했고, 꾸준하게 편지를 써왔다는 사실을 알아냈다. 그는 여러 나라의 지도적인 정치가와 친분을 유지했다. 하지만 서랍을 가득 채운 서류 중에서 세상을 떠들썩하게 만들 만한 내용은 발견되지 않았다. 여자관계는 난잡했지만 깊은 관계는 없던 것 같았다. 많은 여자를 사귀었지만, 친한 적은 별로 없었고 그가 사랑했던 여자도 없었다. 일상생활은 규칙적이었고, 나쁜 행동은 하지 않았다. 그의 죽음은 완전한 수수께끼였고, 그 상태로 풀리지 않을 것 같았다.

　시종 존 미튼의 체포에 대해서 말하자면, 나태한 경찰의 실망스런 선택이었을 뿐이다. 그건 공소유지가 될 수 없었다. 미튼은 그날 밤 햄머스미스에 있는 친구를 방문했다. 알리바이는 완벽했다. 그가 친구 집에서 출발한 시각은, 범행 현장이 발견되기 전까지 웨스트민스터로 올 수 있는 시간이었지만, 그는 오는 길에 일부 구간은 걸어왔다고 설명했고, 그날 밤 날씨가 좋았다는 걸 생각해 보면 그럴 만도 했다. 실제로 도착한 시간은 12시였는데 예상 못한 비극에 몹시 놀라는 것 같았다. 그는 주인과 항상 사이가 좋았다. 시종의 사물함에서 죽은 남자의 소유물이 발견되었는데, 특히 면도기가 들은 작은 상자도 있었지만, 고인으로부터 선물로 받은 거라고 해명했으며, 가정부가 그 사실을 확인해 주었다. 미튼은 루카스 밑에서 3년을 일했다. 루카스가 대륙으로 갈 때 미튼을 데려가지 않은 것은 주목할 만 했다. 어떤 때는 파리에 가서 석 달 동안 있기도 했는데, 미튼은 고돌핀 가의 집에 남아 있었다. 가정부에 대해 말하자면, 그녀는 사건이 발생하던 밤에 아무것도 듣지 못했다. 방문객이 있었다면, 주인이 직접 맞이했을 것이다.

내가 신문을 통해 알아낸 바에 의하면, 그렇게 사흘 동안 수수께끼가 풀리지 않은 채 남아있었다. 홈즈는 그보다 더 알고 있었겠지만 스스로 생각만 할 뿐이었다. 레스트레이드 경감이 사건에 대해서 알려 주었다는 걸로 볼 때, 여러 가지 상황이 진전되고 있는 것 같았다. 나흘 째 되던 날, 파리에서 긴 전문이 날아왔는데, 모든 의문을 해결해주는 듯 했다.

파리 경찰은 최근, 지난 월요일 밤 웨스트민스터, 고돌핀 가에서 살해당한 에두아르도 루카스 씨 사건을 둘러싼 의문을 풀어줄 만한 사실을 발견했다. (데일리 텔레그래프 기사) 고인은 그의 방에서 칼에 찔린 채 발견되었고, 시종에게 혐의가 갔지만, 알리바이로 인해 풀려난 사건을 독자들은 기억할 것이다. 어제, 오스테

를리츠 가(街)의 작은 주택에 거주하는, 앙리 푸르네이 부인으로 알려진 여인이 정신 발작을 일으켰다고 그 집의 하인들이 당국에 신고했다. 검사 결과 그녀는 치유할 수 없는 위험한 정신병이 상당히 진행되어 있는 것으로 판명되었다. 경찰은 앙리 푸르네이 부인이 지난 화요일 런던에 갔다가 돌아왔으며, 웨스트민스터 살인사건과 분명한 관련이 있다는 것을 알아냈다. 사진을 비교해보니 앙리 푸르네이 씨와 에두아르도 루카스 씨는 동일 인물이고, 고인은 어떤 이유에서인지 런던과 파리에서 이중생활을 해 왔다는 것이 밝혀졌다. 크리올* 태생인 푸르네이 부인은 극단적인 다혈질 성격이었고, 과거에는 심각한 질투심으로 인해 광증에 이른 적도 있었다. 런던을 떠들썩하게 만든 끔찍한 범죄사건도 그녀가 이러한 원인으로 저지른 것이라고 추측하고 있다. 월요일 밤 그녀의 행적은 아직 밝혀지지 않았지만, 화요일 아침 채링 크로스 역에서 그녀의 인상과 부합되는 한 여성이 마구 헝클어진 복장을 하고 난폭한 행동을 벌여 사람들의 시선을 끌었던 건 분명한 사실이다. 따라서 광증을 일으킨 상태에서 범죄를 저질렀거나, 범죄를 저지른 결과 이 불행한 여인의 마음속에서 광증이 나타난 것으로 볼 수 있다. 현재 그녀는 제대로 진술을 할 수 있는 정신 상태가 아니며, 의사는 그녀가 이성을 되찾을 가망성이 없다고 했다. 푸르네이 부인으로 보이는 한 여성이 월요일 밤에 고돌핀 가의 그 집을 몇 시간 동안 바라보고 있는 것을 목격했다는 증언도 있다.

"홈즈, 이걸 어떻게 생각하나?"

---

* Creole : 서인도 제도, 모리셔스 섬, 남아메리카 등에 이주한 백인의 자손. 또는 미국 Louisiana주의 프랑스계 이민의 자손을 뜻한다.

그가 아침식사를 끝내는 동안 나는 그 기사를 크게 읽어 주었다.

"이보게, 왓슨."

그는 식탁에서 일어나 방안을 왔다 갔다 하면서 말했다.

"자네는 오랫동안 참으며 기다려 왔겠지만, 내가 지난 사흘 동안 아무 말도 하지 않았던 것은 말할 것이 없었기 때문이라네. 파리에서 이런 기사가 나왔지만, 우리에게는 큰 도움이 되질 못하는군."

"그 남자의 죽음에 관해서는 확실히 해결이 되었네."

"그 남자의 죽음은 사소한 사건이야. 그 편지를 추적해서 유럽을 재앙에서 구해내는 우리의 진짜 임무에 비해선 하찮은 사건이지. 지난 사흘 동안 일어난 가장 중요한 일은, 아무 일도 일어나지 않았다는 걸세. 나는 거의 매시간 정부로부터 보고를 받고 있는데, 유럽 어디에도 분쟁이 생길만한 징후가 없는 것이 확실하네. 자, 만약 편지를 공표했다면, 아니 공표되었을 리는 없지. 하지만 공표되지 않았다면 지금 어디에 있겠는가? 누가 가지고 있을까? 왜 그걸 감추고만 있을까? 그게 내 머리를 망치처럼 두드리는 의문이라네. 편지가 사라지던 밤에 루카스가 죽은 것은 정말 우연이었을까? 그가 편지를 손에 넣었을까? 그렇다면 왜 그의 서류 중에는 없었던 걸까? 미친 아내가 가져간걸까? 그렇다면 파리에 있는 그녀의 집에 있을까? 프랑스 경찰의 의심을 사지 않고 어떻게 내가 그 집을 찾아볼 수 있을까? 이보게 왓슨, 이런 경우 우리에게는 범죄자만큼이나 경찰이 위험한 존재가 되네. 모든 사람이 우리의 적이지. 하지만 엄청난 이익이 걸려 있어. 내가 이 사건을 성공적으로 해결한다면 내 경력에 더없는 영광이 될 것이 틀림없네. 아, 전방에서 최근 소식이 들어왔군!"

그는 배달 온 편지를 서둘러 훑어보았다.

"어라! 레스트레이드가 뭔가 흥미로운 것을 본 모양일세. 모자를 쓰게, 왓슨. 웨스트민스터까지 함께 산책을 나가 보세."

내가 그 사건 현장을 방문한 건 그때가 처음이었다. 거무스름한 색에 높고 폭이 좁은 그 집은 처음 지어진 세기에 어울리게 단정하고 질서정연하며 견고했다. 레스트레이드의 불독같은 얼굴이 정면 창문을 통해 우리가 오는 걸 내다보고 있다가, 커다란 몸집의 경관이 문을 열고 우리를 들여보내주자 친절하게 인사하며 맞이했다. 우리가 안내받아 들어간 방은 사건이 벌어진 곳이었지만 카펫 위에 보기 흉한 핏자국이 불규칙적으로 얼룩져 있는 것 외엔 아무런 흔적이 없었다. 그 카펫은 인도산 깔개로 작은 사각형 모양이며 방 한가운데에 있었는데, 그 주위의 바닥은 고광택 사각 나무판자가 넓게 깔려 있어 아름답고 고풍스러웠다. 벽난로 위에는 훌륭한 무기 수집품이 걸려 있었는데, 그중 하나가 비극적인 밤에 사용된 것이었다. 창가에는 사치스런 책상이 있었고, 방의 여기저기에 걸린 사진, 양탄자, 벽걸이 장식 등은 모두가 호화스럽고 여성적인 취향을 보여주고 있었다.

"파리에서 온 뉴스를 보셨습니까?"

레스트레이드가 물었다. 홈즈는 고개를 끄덕였다.

"프랑스 친구들이 이번에는 제대로 한 것 같습니다. 틀림없이 그들이 말한 대로입니다. 제 추측으로는, 그는 자신의 생활을 밀실처럼 숨겨 왔는데, 갑작스럽게 그녀가 찾아와 문을 두드린 겁니다. 거리에 세워둘 수는 없었으니 들어오게 했지요. 여자는 어떻게 추적해왔는지 얘기하면서 그를 비난했습니다. 얘기를 하다 보니 문제는 점점 커져갔고, 손닿는 곳에 단검이 있어서 곧 파국에 이른 거지요. 하지만 모든 일이 단숨에 끝난 건 아니었습니다. 의자들이 모두 저쪽으로 치워져있고, 남자는 여자를 막으려고 한 것처럼 의자를 손에 쥐고 있었으니까요. 우리는 직접 본 것이나 다름없이 명확하게 파악하고 있습니다."

홈즈는 눈썹을 치켜 올렸다.

"그런데 나를 부른 이유는 뭔가요?"

"아, 예. 그건 다른 문제입니다. 그저 사소한 것이지만 홈즈 씨가 흥미를 가질 만한 기묘한 일이 있습니다. 그러니까, 괴상한 일이라고 하실 겁니다. 겉으로 보기에는 사건과는 별 관계가 없고, 있을 수도 없는 문제입니다."

"그게 무슨 일입니까?"

"그러니까, 이런 범죄 사건이 일어나면, 우리는 현장을 보존하기 위해 아주 신경 쓰고 있습니다. 아무것도 움직이지 않았지요. 경찰이 밤낮으로 지키고 있습니다. 오늘 아침, 죽은 사람은 매장되었고, 적어도 이 방에 관련된 수사는 끝났기 때문에 좀 치워야겠다는 생각을 했지요. 보시다시피, 이 카펫은 바닥에 고정된 것이 아니고 그냥 놓아둔 겁니다. 이걸 들어 올리다가 발견했는데……."

"발견했다고요?"

홈즈는 불안한 듯 긴장된 표정이었다.

"아, 우리가 뭘 발견했는지 홈즈 씨는 백년이 걸려도 추측조차 못할 겁니다. 저 카펫 위에 얼룩이 보이지요? 상당히 많은 양의 피가 흘러서 스며든 것이 틀림없습니다, 맞지요?"

"분명 그럴 거요."

"자, 저 밑의 하얀 나무판자 부분엔 얼룩이 전혀 없다는 것을 아시면 놀라실 겁니다."

"얼룩이 없다고요! 하지만 분명히……"

"예, 그렇게 말씀하시겠지요. 그러나 아무런 얼룩이 없는 것이 사실입니다."

그는 손으로 카펫 한쪽 끝을 잡고 뒤집어, 그가 말한 것이 사실이라는 걸 보여주었다.

"카펫 밑쪽엔 위와 마찬가지로 얼룩이 있습니다. 분명히 자국을 남겼어야 합니다."

레스트레이드는 유명한 전문가를 곤혹스럽게 만든 것이 기쁜 듯 껄껄 웃었다.

"자, 이제 설명해 드리지요. 두 번째 얼룩이 있습니다. 하지만 카펫과 바닥이 서로 맞지는 않습니다. 직접 보시지요."

그는 이렇게 말하며 카펫의 다른 쪽을 뒤집어 보였다. 과연 고풍스런 바닥의 하얀 사각형 판자에는 붉은 피가 흐른 자국이 커다랗게 있었다.

"홈즈 씨, 어떻게 생각하십니까?"

"그야, 간단하지요. 두 개의 얼룩은 서로 일치하니, 카펫을 돌려

놓은 겁니다. 사각형이고 고정되어 있지 않았으니 쉬운 일이지요."

"카펫을 돌려놓았다는 것쯤은 홈즈 씨의 말을 듣지 않아도 우리 경찰은 잘 알고 있습니다. 이쪽으로 돌려 놓으면 얼룩이 서로 맞게 되니 그거야 명백한 일이지요. 하지만 제가 알고자 하는 것은, 누가 옮겼으며, 왜 그랬냐는 겁니다."

나는 홈즈의 굳은 얼굴을 보고, 그가 속으로 흥분해서 떨고 있음을 알았다.

"잠깐만, 레스트레이드."

그가 말했다.

"복도에 있는 경관이 이곳을 계속해서 지키고 있던 겁니까?"

"네. 맞습니다."

"음, 이렇게 해 보시지요. 저 경관을 주의 깊게 심문하십시오. 우리 앞에서는 안 됩니다. 우리는 여기서 기다리고 있지요. 저 경관을 뒤에 있는 방으로 데려가십시오. 혼자 있는 편이 자백을 받아내기에 좋을 겁니다. 어떻게 감히 이 방에 사람을 들여보내고 혼자 있게 놔뒀냐고 추궁하십시오. 그런 일을 한 적이 있냐고 묻는 건 안 됩니다. 다 알고 있는 것처럼 하는 겁니다. 누군가 여기 왔었다는 걸 당신이 알고 있다고 말하세요. 압박해야 합니다. 용서 받는 길은 오직 모든 걸 고백하는 방법 외엔 없다고 하십시오. 내가 말한 그대로 해야 합니다!"

"결단코, 저 녀석이 아는 게 있다면 다 실토하게 만들 겁니다!"

레스트레이드가 소리쳤다. 그가 현관으로 뛰어나가고 잠시 뒤, 뒤쪽에 있는 방에서 그의 윽박지르는 목소리가 들려왔다.

"지금이야, 왓슨. 지금!"

홈즈가 광적인 열띤 목소리로 소리 질렀다. 무관심한 태도 뒤에 숨겨놓았던 악마와도 같은 힘이 격동하는 에너지가 되어 터져 나왔다. 그는 마루에 깔린 카펫을 확 잡아당기고 곧장 바닥에 엎드려 사각 나무판자 위를 손과 무릎으로 기어 다녔다. 판자 가장자리를 손톱으로 파나가다 보니 옆으로 들리는 것이 하나 있었다. 거기에는 상자 뚜껑처럼 안쪽에 경첩이 달려 있었다. 그 아래에는 작고 검은 구멍이 뚫려 있었다. 홈즈는 서둘러 그 안에 손을 집어 넣었다가, 분노와 실망이 섞인 씁쓸한 고함을 지르며 손을 빼냈다. 그 안은 비어있었다.

"서두르게, 왓슨, 서둘러! 다시 제대로 해놔야 하네!"

나무 뚜껑을 다시 닫고, 카펫을 제자리에 놓자마자 복도에서 레스트레이드의 목소리가 들렸다. 그가 들어왔을 때, 홈즈는 무심하게 벽난로 선반에 기대서서, 참을 수 없이 지루하다는 듯 터져 나오는 하품을 숨기려고 애쓰고 있었다.

"홈즈 씨, 기다리게 해서 죄송합니다. 이 사건이 죽을 만큼 지루하신 모양입니다. 그나저나, 모두 자백했습니다. 이리 들어와, 맥퍼슨. 이 신사분들에게 자네의 용서받을 수 없는 행동에 대해서 말씀 드려."

몸집이 큰 경관은 뉘우치는 듯 새빨개진 얼굴로 주저주저하며 방 안으로 들어왔다.

"나쁜 뜻은 없었습니다. 정말입니다. 어제 저녁에 젊은 여자가 문 앞에 왔는데, 집을 잘못 찾았다고 하더군요. 그러다 얘기를 하게 되었습니다. 아시겠지만, 하루 종일 여기에 있다 보면 쓸쓸하기 때문에."

"음, 그래서 어떻게 되었나?"

"신문에서 읽었다며 사건이 벌어진 곳을 보고 싶다고 했습니다. 세련된 말투에 품위 있는 젊은 여자라서, 슬쩍 보게 해주는 건 문제가 없을 거라 생각했지요. 그런데 카펫 위의 자국을 보자마자 마루에 쓰러지더니 죽은 듯이 일어나질 않았습니다. 저는 안으로 들어가 물을 좀 가져왔지만, 그래도 깨어나질 않더군요. 그래서 브랜디를 구하려고 길모퉁이를 돌아서 있는 아이비 플랜트로 갔습니다. 브랜디를 가지고 돌아와 보니 그 젊은 여자는 깨어나서 가버렸습니다. 아마도 제 얼굴을 마주하기가 부끄러워서 그런 모양입니다."

"카펫이 움직인 건 무엇 때문인가?"

"그게, 돌아와 보니 좀 접혀있었습니다. 그 여자가 그 위에 쓰러져 있었고, 반짝이는 마루에 고정시키지 않고 놓아둔 거니까요. 그래서 제가 나중에 똑바로 펴놨습니다."

"맥퍼슨 경관, 나를 속일 수 없다는 걸 배웠을 거다."

레스트레이드가 뽐내면서 말했다.

"분명 너는 직무태만을 해도 절대 들키지 않을 거라고 생각했겠지만, 나는 카펫을 그냥 한 번 쳐다보기만 해도 누군가 방에 들어왔다는 걸 알 수 있어. 아무것도 잃어버린 것이 없다는 게 다행인 줄 알아라. 그렇지 않으면 곤란한 상황에 빠졌을 거야. 홈즈 씨, 이런 사소한 문제로 오시게 해서 죄송합니다. 하지만 첫 번째와 두 번째 얼룩이 서로 일치하지 않는 것을 흥미롭게 여기시리라 생각했습니다."

"물론, 아주 흥미로웠습니다. 경관, 그 여자는 여기에 한 번만 온 건가?"

"네. 딱 한 번 왔습니다."

"누군지 아는가?"

"이름은 모릅니다. 타자수를 구한다는 광고를 보고 왔다는데 번지를 잘못 찾았다더군요. 아주 상냥하고 우아한 젊은 여자였습니다."

"키는 크고? 얼굴은 예쁘던가?"

"네. 키가 큰 젊은 여자였습니다. 다른 사람이 봐도 아주 예쁘다고 할 겁니다. 〈오, 경관님, 잠깐만 들여다보게 해주세요.〉라고 말했습니다. 예쁜데다가 애교 있게 말하는 바람에, 잠깐 들여보내는 건 문제가 없을 줄 알았지요."

"옷은 어떻게 입었던가?"

"수수한 차림이었습니다. 발까지 내려오는 긴 망토를 입었지요."

"그때가 몇 시였나?"

"막 어두워지는 시간이었습니다. 브랜디를 가지고 돌아올 때 가로등 불을 켜고 있더군요."

"잘 알았네."

홈즈가 말했다.

"자, 왓슨, 다른 곳에 더 중요한 일이 있는 것 같군."

레스트레이드는 거실에 남고 우리는 집을 나왔는데, 경관이 따라와 문을 열어주었다. 홈즈는 현관 앞 계단에서 돌아서더니 무언가 손에 쥐고 경관에게 보여주었다. 경관은 그걸 뚫어지게 들여다보았다.

"이런, 세상에!"

그는 놀란 표정으로 소리쳤다. 홈즈는 손가락을 입술에 대며, 손에 쥐었던 것을 상의 주머니에 넣었다. 그리고는 돌아서 거리로 내려오자 웃음을 터뜨렸다.

"아주 좋아!"

그가 말했다.

"가세, 왓슨. 최후의 막을 시작하는 커튼이 올라갔네. 이 말을 들으면 안심이 될 걸세. 전쟁은 없을 거고, 트릴로니 호프 장관의 화려한 경력에도 차질이 생기지 않을 것이며, 무분별한 군주도 그의 경솔한 행동으로 인한 벌을 받지 않을 거고, 수상 각하도 복잡한 유럽 문제에서 벗어나게 될 거야. 우리들이 맡은 일을 재치 있게 처리한다면, 매우 위험한 사건이 될 수 있었던 이 문제를 아무도 돈 한 푼 들이지 않고 해결하게 되는 거라네."

나의 마음속은 이 비범한 인간에 대한 감탄으로 가득 찼다.

"자네가 문제를 해결했군!"

내가 소리쳤다.

"아직 아니야, 왓슨. 아직도 밝혀지지 않은 부분이 몇 가지 있네. 하지만 이만큼 알고 있으면서도 결과를 얻지 못한다면 그건 우리의 잘못이라 해야지. 곧장 화이트홀 테라스로 가서 문제를 해결하기로 하세."

유럽부 장관의 거처에 도착해서 홈즈가 만나기를 청한 사람은 힐다 트릴로니 부인이었다. 우리는 응접실로 안내되었다.

"홈즈 씨."

그녀의 얼굴은 분노로 분홍빛이 되어 있었다.

"이건 정말 부당하고 비열한 일입니다. 설명 드린 바와 같이, 남편이 자신의 일에 간섭한다고 생각할까 봐 내가 당신을 방문한 것을 비밀로 해달라고 했습니다. 그런데 당신은 그 약속을 저버리고 이렇게 찾아와, 우리 사이에 무슨 거래라도 있는 것처럼 보이게 하는군요."

"부인, 불행하게도 다른 방법이 없었습니다. 저는 극히 중요한 편지를 되찾아달라는 부탁을 받았습니다. 그러니, 부인, 부탁하건대 편지를 제 손에 넘겨주십시오."

부인은 벌떡 일어났는데, 그녀의 아름다운 얼굴에서 핏기가 단숨에 사라져버렸다. 그녀는 비틀거렸고, 눈은 멍해졌기 때문에 나는 기절하겠다는 생각이 들었다. 그러나 필사적인 노력으로 충격에서 벗어나 정신을 차렸다. 극도의 놀라움과 분노가 그녀의 얼굴에 나타났다.

"홈즈 씨, 당신, 당신은 나를 모욕하고 있어요."

"진정하십시오, 부인. 그래봐야 소용없습니다. 편지를 주시지요."

그녀는 벨을 울리려고 달려갔다.

"집사를 불러 당신들을 내보내겠어요."

"벨을 울리지 마십시오, 힐다 부인. 그렇게 하시면 스캔들을 피하려는 제 열성적인 노력이 모두 수포로 돌아갑니다. 편지를 주시고 모든 걸 바로 잡으시지요. 저에게 협조하신다면, 제가 모든 일을 제대로 해놓겠습니다. 저를 적으로 생각하시면 폭로할 수밖에 없습니다."

그녀는 여왕처럼 당당하고 도전적인 모습으로 서서, 홈즈의 영혼을 읽어내려는 듯 두 눈을 그에게 고정하고 있었다. 손은 벨 위에 있었지만 그걸 울리지는 않았다.

"저를 겁주려고 하시는군요. 홈즈 씨, 여기까지 오셔서 여자를 위협하다니, 그건 별로 남자다운 일은 아닙니다. 뭔가 알고 계시다고 하셨지요. 알고 계신 게 뭔가요?"

"앉으십시오, 부인. 쓰러지면 다치실 겁니다. 앉으시기 전엔 이야기하지 않겠습니다. 고맙습니다."

"홈즈 씨, 오 분 드리겠어요."

"힐다 부인, 일 분이면 충분합니다. 저는 부인이 에두아르도 루카스를 찾아간 것, 그에게 편지를 건네준 것, 어젯밤 교묘한 방법으로 그 방에 다시 갔던 것, 카펫 아래 비밀 장소에서 편지를 가져온 것을 모두 알고 있습니다."

그녀는 창백한 얼굴로 홈즈를 빤히 쳐다보다가 침을 두 번이나 삼키고서야 말을 내뱉었다.

"당신 미쳤군요, 홈즈 씨. 당신 미쳤어!"

마침내 그녀가 소리쳤다. 홈즈는 주머니에서 작은 마분지 조각을 하나 꺼냈다. 그건 초상화에서 오려낸 여인의 얼굴이었다.

"쓸모가 있을 거라 생각해서 가지고 있었습니다."

그가 말했다.

"그 경관이 이 사진을 알아보더군요."

그녀는 숨을 헐떡이며 의자 등받이에 머리를 기댔다.

"진정하십시오, 힐다 부인. 당신은 편지를 가지고 계십니다. 사건은 아직 수습할 수 있습니다. 부인을 괴롭힐 생각은 없습니다. 잃어버린 편지를 당신 남편께 돌려드리기만 하면 제 임무는 끝나니까요. 제 말을 들으시고 솔직하게 말씀하십시오. 방법은 이것밖에 없습니다."

그녀의 용기는 감탄할 만했다. 그 상황에서도 패배를 인정하려하지 않았다.

"다시 한 번 말씀 드리는데, 홈즈 씨, 터무니없는 상상을 하고 계십니다."

홈즈는 의자에서 일어났다.

"유감입니다, 힐다 부인. 저는 최선을 다했습니다. 하지만 모두 헛수고가 되었군요."

그는 벨을 울렸다. 집사가 들어왔다.

"트릴로니 호프 씨는 집에 계시는가?"

"1시 15분 전에 집에 오실 겁니다."

홈즈는 자신의 시계를 보았다.

"15분 남았군."

그가 말했다.

"알겠네. 기다리지."

집사가 문을 닫고 나가자마자, 힐다 부인은 손을 뻗으며 홈즈의 발 앞에서 무릎을 꿇었다. 홈즈를 올려다보는 그녀의 아름다운 얼굴엔 눈물이 흐르고 있었다.

"오, 살려주세요, 홈즈 씨. 저를 살려주세요!"

그녀는 미친 듯이 애원하고, 간청했다.

"제발 부탁이에요. 그이에겐 말하지 마세요! 저는 그이를 너무나도 사랑합니다! 그이의 인생에 한 점 그늘도 드리우게 하고 싶지 않아요. 이걸 안다면 그이의 고결한 가슴에 상처가 될 겁니다."

홈즈는 부인을 일으켜 세웠다.

"부인, 마지막 순간에나마 이성을 찾으셨으니 감사드립니다. 한순간도 지체할 수 없습니다. 편지는 어디 있습니까?"

그녀는 책상으로 달려가 자물쇠를 열고 길고 파란 봉투를 꺼냈다.

"홈즈 씨, 여기 있어요. 내가 전혀 못 봤다면 좋았을 것을!"

"어떻게 이걸 돌려놓지?"

홈즈가 중얼거렸다.

"빨리, 빨리! 방법을 생각해 내야 해! 서류 송달가방은 어디 있습니까?"

"아직 침실에 있어요."

"정말 행운이군요! 부인, 어서 그걸 가지고 오십시오!"

잠시 뒤 그녀는 빨간 색 납작한 가방을 손에 들고 나타났다.

"지난번에 이걸 어떻게 여셨습니까? 복사본 열쇠를 가지고 계시지요? 물론 가지고 계시겠지요. 열어주십시오!"

힐다 부인은 품 안에서 작은 열쇠를 꺼냈다. 가방이 열렸다. 그 안에는 서류가 가득 차 있었다. 홈즈는 그 푸른 봉투를 다른 문서 사이에 깊숙이 밀어 넣었다. 가방을 닫고 잠근 다음, 침실로 다시 갖다 두었다.

"이제 남편 분을 맞이할 준비가 끝났습니다."

홈즈가 말했다.

"아직 10분 정도 여유가 있군요. 힐다 부인, 당신을 최대한 보호해 드리겠습니다. 그 답례로 남은 시간 동안 이 희한한 사건의 진상을 솔직하게 말씀해 주시지요."

"홈즈 씨, 모든 걸 말씀 드리겠어요."

부인이 큰 소리로 말했다.

"오, 홈즈 씨, 그이에게 한순간이라도 슬픔을 주게 된다면, 차라리 제 오른손을 잘라버릴 거예요! 런던 어디에도 저보다 그이를 사랑하는 여인은 없을 겁니다. 하지만 만약 그이가 제가 한 행동을 알게 된다면, 어쩔 수 없이 한 행동이라 할지라도, 저를 절대로 용서하지 않을 거예요. 그이는 자신의 명예를 소중하게 생각하기 때문에, 다른 사람의 실수를 잊지도 용서하지도 않아요. 도와 주세요, 홈즈 씨! 제 행복이, 그이의 행복이, 우리의 인생이 걸려있어요!"

"고정하십시오, 부인. 시간이 없습니다."

"홈즈 씨, 그건 제 편지 때문이었어요. 결혼하기 전에 쓴 경솔하고 바보 같은, 사랑에 빠진 소녀의 충동적인 편지였습니다. 나쁜 뜻으로 쓴 건 아니었지만, 그이는 범죄라고 생각할 겁니다. 그이가 그 편지를 읽게 되면 저에 대한 신뢰는 영원히 사라지게 될 거예요.

그 편지를 쓴 건 몇 년 전이지요. 모든 일이 다 잊혔다고 생각했습니다. 그런데 루카스라는 남자로부터, 그 편지를 손에 넣었으며 남편 앞으로 그걸 보내겠다는 말을 듣고야 말았습니다. 저는 인정을 베풀어주길 애원했어요. 그는 제가 남편의 서류 송달가방에서 자신이 알려주는 어떤 서류를 가져다주면 제 편지를 돌려주겠다고 하더군요. 관공서에 첩자가 있어서 그 편지가 있다는 걸 알려준 거예요. 제 남편에게는 피해가 없을 거라고 보증했어요. 홈즈 씨, 제 입장이 되어 보세요! 제가 어떻게 해야 했을까요?"

"남편 분께 터놓고 얘기해야지요."

"그럴 수 없어요, 홈즈 씨. 그럴 수 없어요! 한쪽으로는 파멸이 확실할 것 같았고, 다른 쪽으로는, 남편의 서류를 훔치는 것은 무서운 일이었지만, 정치 문제라서 어떤 중대한 결과를 가져올지 몰랐어요. 제가 오직 확실히 아는 것은 신뢰와 사랑의 문제였지요. 홈즈 씨, 저는 하고야 말았어요! 저는 그이의 열쇠 모양 본을 떴습니다. 루카스라는 남자가 복사본을 만들었지요. 그이의 서류가방을 열어, 편지를 꺼내서 고돌핀 가로 가져갔습니다."

"부인, 거기서 무슨 일이 있었지요?"

약속한 대로 문을 두드렸어요. 루카스가 열어주더군요. 그 남자를 따라 방 안으로 들어갔는데, 현관문을 조금 열어 두었습니다. 그 남자와 단 둘이 있는 것이 무서웠기 때문이에요. 제가 들어갈 때 어떤 여자가 밖에 있던 것이 기억납니다. 거래는 곧 끝났어요. 그는 제 편지를 책상 위에 올려놓고 있었고, 저는 편지를 건넸지요. 그도 편지를 주었습니다. 그 순간 문 쪽에서 소리가 들렸어요. 복도에서 들려오는 발자국 소리였습니다. 루카스는 재빨리 카펫을 들추더니, 거기에 있는 비밀 장소에 편지를 던져 넣고는 다시 덮었어요.

그 후에 일어난 일은 마치 무서운 악몽 같았어요. 어둡고 미친 듯이 날뛰는 얼굴. 여자의 목소리. 그 여자는 프랑스어로 이렇게 소리 질렀어요. 〈기다리고 있던 것이 헛수고가 아니었어. 마침내, 결국 여자와 있는 걸 찾아냈다!〉 무서운 싸움이 벌어졌지요. 그 남자가 의자를 손에 든 것을 보았고, 여자의 손에서 칼이 번쩍이는 것을 보았어요. 저는 그 끔찍한 현장에서 뛰어나와 집을 빠져나갔습니다. 그리고 다음날 아침 신문을 보고 무서운 싸움을 결과를 알게 되었지요. 그전날 밤은 행복했습니다. 내 편지를 손에 넣었고, 앞으로 어떤 일이 벌어질지 그때까지는 몰랐기 때문이에요.

아침이 되어서야 저는 골치 아픈 문제를 또 다른 문제와 바꾸었을 뿐이라는 걸 깨달았습니다. 편지를 잃어버리고 괴로워하는 남편의 모습에 제 가슴도 아팠어요. 그의 발 앞에 무릎을 꿇고 제가 한 일을 얘기하고 싶은 마음을 겨우 참았습니다. 그렇게 되면 제 과거를 고백해야 하니까요. 그날 아침, 저는 제가 저지른 죄가 얼마나 중대한 범죄인지 알아보기 위해서 당신을 찾아갔습니다. 그걸 안 순간부터 제 마음 속에는 온통 남편의 편지를 되찾아야겠다는 한 가지 생각밖에는 없었어요. 그 편지는 루카스가 넣어둔 장소에 아직 있을 것이 틀림없었지요. 그 무서운 여자가 방에 들어오기 전에 감췄으니까요. 만약 그 여자가 들어오지 않았다면, 비밀 장소가 어딘지도 몰랐을 겁니다. 어떻게 그 방에 들어갈 수 있을까요? 이틀 동안 그곳을 지켜봤지만, 문이 한 번도 열리지 않더군요. 지난밤, 마지막 방법을 시도했습니다. 제가 어떻게 했고, 어떻게 성공했는지는 이미 알고 계시지요. 편지는 가져왔지만, 남편에게 제가 저지른 죄를 고백하지 않고서는 돌려줄 방법이 없었기에, 없애버릴 생각을 하고 있었어요. 어머나, 그이가 계단을 올라오는 소리가 들려요!"

유럽부 장관이 흥분해서 방 안으로 뛰어 들어왔다.

"무슨 소식이 있습니까? 홈즈 씨, 무슨 소식이라도?"

그가 소리쳤다.

"희망이 있습니다."

"아, 하느님 감사합니다!"

그의 얼굴이 밝아졌다.

"수상께서는 저와 함께 점심을 드실 겁니다. 그분께도 희망을 전해드려도 되겠지요? 강철 같은 신경을 지니신 분이지만, 이 끔찍한 사건 이후엔 거의 잠을 이루지 못하십니다. 제이콥, 수상님께 오시라고 전해주겠나? 그리고 여보, 미안하지만 이건 정치에 관한 일이라오. 식당에서 기다리면 잠시 후에 가겠소."

수상의 태도는 차분했지만 눈빛은 번쩍이고 여윈 두 손이 경련하고 있는 것을 보니, 그 역시 젊은 동료만큼이나 흥분하고 있음을 알 수 있었다.

"홈즈 씨, 보고할 일이 있다고 들었습니다만?"

"아직까진 아닙니다."

내 친구가 대답했다.

"가능한 모든 곳을 조사해본 결과, 우려할 만한 위험은 없다고 확신합니다."

"하지만, 그것으로는 부족하오. 홈즈 씨. 그런 불타는 화산 위에서 계속 살 수는 없는 것 아니겠소. 무언가 확실한 것이 있어야 하오."

"저에겐 그걸 찾으리라는 희망이 있습니다. 그것이 제가 여기 온 이유이지요. 이 문제를 생각하면 생각할수록 편지가 이 집을 떠나지 않았다는 확신이 듭니다."

"홈즈 씨!"

"만약 나갔다면, 지금쯤 공표되었을 것이 분명하니까요."

"하지만 집 안에 보관하려고 훔치는 사람이 어디 있단 말입니까?"

"저는 누군가 훔쳐갔다고 생각하지 않습니다."

"그러면 어떻게 서류가방에서 사라진 겁니까?"

"저는 서류가방에서 사라진 적이 없다고 확신합니다."

"홈즈 씨, 지금 농담할 때가 아닙니다. 서류가방에서 사라졌다는 내 말을 분명히 들으셨지 않습니까?"

"화요일 아침 이후에 그 가방을 조사해보셨습니까?"

"아뇨, 그럴 필요가 없었지요."

"장관께서 잘못 보고 넘어가셨을 수도 있습니다."

"분명 말하는데, 그건 불가능합니다."

"그건 확신할 수 없는 겁니다. 저는 그러한 일을 본 적이 있습니다. 거기엔 다른 서류가 있었겠지요. 아마 다른 것과 섞였을 수도 있습니다."

"그 편지는 맨 위에 있었습니다."

"누군가가 가방을 흔들어서 바뀔 수도 있지요."

"아니, 아니오. 모두 다 꺼내 봤습니다."

"호프, 그건 간단히 해결할 수 있네."

수상이 말했다.

"그 서류가방을 가져와 보게."

장관은 벨을 울렸다.

"제이콥, 내 서류가방을 가지고 내려오게. 이건 터무니없는 시간낭비지만 여전히 만족하지 못하시니 해 보겠습니다. 고맙네, 제이콥. 여기 두게. 나는 항상 시계줄에 열쇠를 매달아두고 있습니다. 보시다시피 여기 서류가 있습니다. 메로 상원의원이 보낸 편지, 찰스 하디 경이 보낸 보고서, 베오그라드*에서 온 각서, 러시아–독일 곡물세에 대한 문서, 마드리드**에서 온 편지, 플라워즈 의원의 메모…… 세상에! 이건 뭐지? 벨린저 수상님! 벨린저 수상님!"

수상은 그의 손에 든 파란 봉투를 잡아챘다.

"맞아, 이거다. 편지도 그대로 있어. 호프, 축하하네."

"고맙습니다! 고맙습니다! 홈즈 씨, 마음이 가벼워지는 것 같습니다! 하지만 이건 믿을 수 없는 일이군요. 불가능한 일입니다. 당신은 마법사, 마술사로군요! 어떻게 거기 있다는 걸 아셨습니까?"

"다른 곳 어디에도 없다는 걸 알았으니까요."

---

* 세르비아의 수도.

** 스페인의 수도.

"내 눈을 믿을 수가 없습니다!"

그는 정신없이 문으로 뛰어갔다.

"아내는 어디 있지? 모든 게 잘됐다고 말해 줘야 합니다. 힐다! 힐다!"

계단 쪽에서 그의 목소리가 들려왔다.

수상은 눈을 반짝이며 홈즈를 바라보았다.

"이보시오."

그가 말했다.

"눈에 보이는 것 이상의 무언가가 있구려. 어떻게 편지가 가방으로 돌아오게 된 거요?"

홈즈는 웃으며, 경이로운 눈으로 날카롭게 바라보는 시선을 피했다.

"우리에게도 외교적인 비밀이 있지요."

그는 이렇게 말한 뒤, 모자를 집어 들고 문 쪽으로 돌아섰다.

셜록 홈즈의 귀환

초판 1쇄 인쇄 2011년 2월 7일
초판 1쇄 발행 2011년 2월 11일

지은이 아서 코난 도일
옮긴이 강의선
발행인 모지희
편집인 신현부
발행처 부북스

주소 100-835 서울시 중구 신당2동 432-1628
전화 02-2235-6041
팩스 02-2253-6042
이메일 boobooks@naver.com

ISBN 978-89-93785-19-7 04080
ISBN 978-89-93785-07-4 (세트)